बेहतर भारत
बेहतर दुनिया

बेहतर भारत
बेहतर दुनिया

राजदीप सरदेसाई

सर्वाधिकार • सुरक्षित
संस्करण • 2025
मूल्य • पाँच सौ रुपए
अनुवाद • शुचिता मीतल
आवरण • धीरज सप्रू
मुद्रक • नरुला प्रिंटर्स, दिल्ली

ह पेंगुइन बुक्स द्वारा पेपरबैक संस्करण में प्रकाशित हो चुकी है।

HATAR BHARAT, BEHATAR DUNIYA
na Murthy ₹ 500.00
Prakashan Pvt. Ltd., 4/19 Asaf Ali Road, New Delhi-2
ement with Penguin Book India
nail.com ISBN 978-93-5048-468-5

अक्षता, रोहन

इंफ़ोसिस की युवा टीम

एवं भारत और विश्व के युवाओं को

इस विश्वास के साथ समर्पित

कि

आप एक बेहतर भारत

और एक बेहतर दुनिया का निर्माण करेंगे

आभार

सबसे पहले मुझे अपने बेटे रोहन को धन्यवाद देना चाहिए, जो मेरे पीछे पड़ा रहा कि मैं अपने भाषणों को एक किताब की शक्ल दूं। मेडिकल का छात्र होने के नाते अठारह घंटे काम करने के बावजूद पिछले तीन साल के दौरान अक्सर उसने फ़ोन कर-करके लगातार तर्क किया कि यह काम क्यों होना चाहिए। उसकी हौसला-अफ़ज़ाई और स्नेह भरे शब्दों ने बेहद मुश्किल दिनों में मेरी हिम्मत बढ़ाई, तो सामान्य दिनों में मेरे उत्साह में बढ़ोत्तरी की। मेरी बेटी अक्षता और पत्नी सुधा इस प्रोजेक्ट में उत्साही सहायक रहीं, जिसके लिए मैं अत्यंत आभारी हूं। मैं अपनी ज़िंदगी की दो अन्य सबसे महत्वपूर्ण महिलाओं का भी धन्यवाद देना चाहूंगा—अपनी मां और अपनी सास का। वे सदैव प्रेरणा का अजस्र स्रोत रही हैं।

भारत में और विदेशों में अनेक संस्थाओं—विश्वविद्यालय, कॉरपोरेशन, प्रकाशन और संगठनों—ने मुझे इन व्याख्यानों और लेखों को लिखने के लिए आमंत्रित किया था। मैं उनका भी आभारी हूं। मेरे सहयोगियों और पुराने सहयोगियों—के. जी. लक्ष्मीनारायणन, देवी पावरेजा, जोसेफ़ एलेनचेरी, सुदर्शन एन. मूर्ति और संदीप राजू—ने अपनी रिसर्च के ज़रिए इन भाषणों को तैयार करने और इनका ड्राफ़्ट तैयार करने में अथाह सहयोग दिया। उनकी कड़ी मेहनत और प्रतिबद्धता के बिना इन भाषणों में इतना बल न आ पाता। इन विलक्षण लोगों का मैं बेहद शुक्रगुज़ार हूं—इनके साथ काम करना मेरा सौभाग्य था। व्हार्टन स्कूल में स्ट्रेटेजी के प्रोफ़ेसर और सिंगापुर के नैन्यांग बिज़नेस स्कूल के डीन प्रोफ़ेसर जितेंद्र वीर सिंह ने अपने सशक्त विचारों और भाषा से मेरे कुछ भाषणों को प्रभावपूर्ण बना दिया। मैं उनका अत्यंत आभारी हूं। ए. जी. पांडुरंगा के समान सेक्रेटरी मिलना मुश्किल है। यह मेरा सौभाग्य है कि वे मेरे साथ काम करते हैं। सेक्रेटरी के तौर पर सहयोग की उनकी प्रतिबद्धता के बिना यह पुस्तक प्रकाश में नहीं आ पाती। उनकी सहायता के लिए मैं उनका शुक्रगुज़ार हूं।

भारत में रोज़गार पैदा करने और ग़रीबी की समस्या से निबटने के अस्त्र के रूप में उद्यमशीलता को इस्तेमाल करने के मेरे प्रयोग की शुरुआत सत्तर के दशक में फ़्रांस में मेरे रहने के दौरान हुई थी और इंफ़ोसिस के ज़रिए इसने हकीक़त का रूप लिया। इसके

अतिरिक्त इंफ़ोसिस एक ऐसा भव्य मंच रहा है, जिस पर मैं नवीनता, मूल्यों और नेतृत्व संबंधी अपने अनेक विचारों, विश्वासों और धारणाओं को आज़मा सका। इंफ़ोसिस के सत्ताइस साल के सफ़र ने मुझे वो बनाया जो मैं आज हूं, मुझे अनेक महत्वपूर्ण सबक सिखाए और बेपनाह इज़्ज़त और दौलत दी। इस शक्तिशाली मंच और इसके प्रभावशाली सह-संस्थापकों और प्रमुख प्रारंभिक प्रणेताओं—एन. एस. राघवन, क्रिस गोपालकृष्णन, नंदन नीलेकनी, के. दिनेश, अशोक अरोरा, शिबुलाल, मोहनदास पई, श्रीनाथ बाटनी, वी बालाकृष्णन, स्वर्गीय जी. आर. नायक, रामदास कामथ, फणीश मूर्ति, शरद हेगड़े, कर्नल कृष्णा, एशान जोशी, मुरलीकृष्णा, डी.

एन. प्रह्लाद, प्रवीण राव, ए. एस. कृष्णामूर्ति, विनायक पई, बिनोद, सुबु गोपाराजू, सुरेश कामथ, मैलिगा, रामचंद्रप्पा और सह-संस्थापकों और प्रमुख प्रारंभिक प्रणेताओं के परिवार, हमारे

वर्तमान एवं पुराने स्वतंत्र निदेशक, इनके अलावा और भी अनेक लोग जिनका मैंने नाम से उल्लेख नहीं किया है—के बिना मुझ जैसा औसत आदमी कुछ नहीं होता। मैं इन लोगों और सैकड़ों-हज़ारों इंफ़ोसिसियनों का आभारी हूं जिन्होंने मुझे ऐसा असरकारी अवसर प्रदान किया।

अगर मैंने मुंबई के पटनी कंप्यूटर सिस्टम्स में सॉफ़्टवेयर ग्रुप को चलाने के दौरान असाधारण अनुभव न पाए होते तो कई मायनों में इंफ़ोसिस सफल न हो पाता। वहां बीते उत्साहपूर्ण समय के लिए मैं अशोक पटनी, उनके भाई गजेंद्र और नरेन पटनी, सुरेश मानेक, हरीश टंडन, घनश्याम गुप्ता, जमशेद मेहता और पीसीएस के अपने अन्य सहयोगियों का आभारी हूं।

मेरे स्वर्गवासी पिता, स्वर्गवासी श्वसुर, अपने और सुधा के भाइयों-भाभियों, बहनों-बहनोइयों और भतीजे-भतीजियों के बिना आज मैं जहां हूं, वहां न होता। मैं इन सबका आभारी हूं।

समाज, राष्ट्र और दुनिया के बारे में मेरे विचार देश-विदेश के अनेक वरिष्ठ लोगों, अध्यापकों, बॉसों, दोस्तों, सहयोगियों, छात्रों और रिश्तेदारों से हुई बातचीत से प्रभावित होते रहे हैं।

पेंगुइन इंडिया के एलन लेन इंप्रिंट के पब्लिशिंग डाइरेक्टर उदयन मित्रा के व्यावसायिक नज़रिए ने मुझे चमत्कृत किया है। मेरे हर काम की उच्च गुणवत्ता और समय पर पूरा होने की पाबंदी की ज़रूरत भारतीय परिप्रेक्ष्य में संतुष्ट हो पाना आसान नहीं है। वे अपनी प्रतिबद्धता, मेहनत और धैर्य से दोनों को पाने में कामयाब रहे। उनके साथ काम करके मुझे अत्यंत प्रसन्नता हुई और मुझे बहुत कुछ सीखने को मिला। मैं पेंगुइन इंडिया के सीईओ माइक ब्रायन और परामर्श संपादक हैदर एडम्स का भी बहुत शुक्रगुज़ार हूं, जो इस प्रोजेक्ट में उत्साही पार्टनर थे।

मैं अपने प्रधानमंत्री डॉ. मनमोहन सिंह, और माइक्रोसॉफ़्ट इंडिया के बोर्ड के चेयरमैन विलियम हेनरी गेट्स तृतीय का भी आभारी हूं, जिन्होंने मेरे और इस पुस्तक के बारे में कृपापूर्ण वचन कहे। हेनरी गेट्स तृतीय से सुवचन दिलवाने में मदद करने के लिए मैं माइक्रोसॉफ़्ट इंडिया के चेयरमैन और अपने दोस्त रवि वेंकटेश का भी आभारी हूं।

अपने वक्तव्यों के लिए विचार जुटाने में अनेक किताबों, वीडियो, वेबसाइट, लेखों और शोध प्रकाशनों ने मेरी मदद की। जहां भी संभव हुआ, मैंने उन विशिष्ट स्रोतों और लेखकों का उल्लेख किया है। मैं इन सभी प्रकाशनों, वेबसाइट-धारकों और किताबों एवं लेखों के लेखकों को धन्यवाद देता हूं।

जब मैं युवाओं के साथ काम करता हूं तो अपने बेहतरीन रूप में होता हूं। अपने इस सफ़र में इंफ़ोसिस टीम के **150,000** से ज़्यादा युवाओं के साथ काम करना मेरा सौभाग्य रहा है। मुझे यह सुख प्रदान करने के लिए मैं उन्हें धन्यवाद देता हूं।

प्रस्तावना

हम आह्लादकारी दौर से गुज़र रहे हैं। मुंबई त्रासदी के बावजूद भारत बेहतरी की ओर एक असाधारण सफ़र पर है। जब मैं यात्रा करता हूं तो अपने आसपास आत्मविश्वास देखता हूं। पिछले तीन सौ साल में पहली बार, हमें लगभग हर बड़े मुल्क की इज़्ज़त मिली है। हालिया अतीत में हमने अनेक उल्लेखनीय उपलब्धियां हासिल की हैं। हमने वैश्विक स्तर पर प्रतियोगी सॉफ़्टवेयर इंडस्ट्री बनाई है। हमारी बहुत सी कंपनियों और उद्यमियों को विश्व रैंकिंग में स्थान मिला है। हमारे वैज्ञानिकों और इंजीनियरों ने चांद पर अंतरिक्ष यान भेजा। सैटेलाइट तकनीक के ज़रिए हमने भारत के लभगग हर गांव में टेलीविज़न की शक्ति पहुंचाई है। स्वदेशी टेलीकॉम तकनीक की मेहरबानी से असम और केरल के गांव दिल्ली से बस एक फ़ोन कॉल की दूरी पर हैं। हमने बड़े-बड़े बांध और पुल बनाए हैं; खाद्यान्न के मामले में हम

आत्मनिर्भर हो गए हैं; प्राथमिक शिक्षा और चिकित्सा सेवा के क्षेत्र में हमने तरक़्क़ी की है; और हमने विश्व स्तर के शैक्षिक संस्थान बनाए हैं। हमारे सर्जन और फ़िज़ीशियन हमारे अस्पतालों में जटिल से जटिल मेडिकल समस्याओं को सुलझा रहे हैं। हमारे पत्रकार और टीवी शो के एंकरों ने सच के प्रति अपनी प्रतिबद्धता से हमारी सरकारों, कंपनियों, संस्थानों और नागरिकों को चौकस कर दिया है। चंद देशभक्त, ईमानदार और योग्य नेता और अफ़सर हमारे दिलों में हसरत जगाते हैं कि काश देश में इस तरह के और लोग भी हों। अप्रवासी भारतीय जिस भी समाज में रहने गए हैं, वहां उन्होंने प्रतिष्ठा हासिल की है। विज्ञान, तकनीक, वाणिज्य और चिकित्सा के क्षेत्र में उन्होंने भारत की साख बढ़ाई है। हमारे सैनिकों और अफ़सरों ने हमें सुरक्षित रखने के लिए ज़बर्दस्त बलिदान दिए हैं।

सचिन तेंदुलकर टेस्ट मैचों और वन डे में सबसे ज़्यादा रन और सबसे ज़्यादा शतक लगाने वाले बैट्समैन बन गए हैं। विश्वनाथ आनंद फिर से शतरंज के विश्व चैंपियन बन गए हैं। सायना नेहवाल ने विश्व जूनियर बेडमिंटन चैंपियनशिप जीती है। अभिनव बिंद्रा ने ओलंपिक में भारत के लिए पहला व्यक्तिगत गोल्ड मैडल जीता है। ए. आर. रहमान, गुलज़ार और रेसुल पूकुट्टी ने ऑस्कर जीतकर अंतरराष्ट्रीय मनोरंजन के क्षेत्र में भारत को प्रतिष्ठा दिलाई है। इन सबने देश का सिर ऊंचा किया है।

पिछले कुछ सालों में हमारी सकल घरेलू उत्पाद दर दुनिया की सबसे ऊंची दरों में रही है। हमारा विदेशी मुद्रा भंडार भरा हुआ है। आज उच्च शिक्षा के लिए भारत सबसे ज़्यादा छात्रों को अमेरिका भेजता है। हालिया वैश्विक आर्थिक संकट के बावजूद, हमारी सरकार और उद्योगों के अग्रणी नेता आश्वस्त हैं कि हम अपनी असाधारण आर्थिक प्रगति जारी रखेंगे।

मगर ये सारी उपलब्धियां भारतीयों के सिर्फ़ एक तबके ने ही हासिल की हैं। अभी भी हम महात्मा गांधी, जवाहरलाल नेहरू और राजेंद्र प्रसाद का भारत बनाने से बहुत दूर हैं, जिसमें हर भारतीय को अपना पूर्णतम विकास करने के आर्थिक साधन उपलब्ध होंगे और जहां ग़रीबी, बीमारी और अज्ञानता समाप्त हो जाएगी। 300 मिलियन से ज़्यादा भारतीय अभी भी भूख, अशिक्षा और बीमारियों से मुक्त नहीं हैं।

हमें आज़ाद राष्ट्र के उन लक्ष्यों को पाने की दिशा में अभी काम करना होगा, जिनकी वकालत अमेरिकी राष्ट्रपति फ्रैंकलिन डी. रूज़वेल्ट ने अपने प्रसिद्ध भाषण 'चार आज़ादियां' में की थी—भाषण और अभिव्यक्ति की आज़ादी, धर्म की आज़ादी, अभावों से आज़ादी और भय से आज़ादी। भारत की समस्या यह है कि उच्च शिक्षा और विज्ञान एवं प्रौद्योगिकी में हमारी प्रगति भी 350 मिलियन भारतीयों को अशिक्षा से बाहर नहीं निकाल सकी है। यह कल्पना करना भी मुश्किल है कि देश के 318 मिलियन लोगों की पीने के पानी तक पहुंच नहीं है और 250 मिलियन लोगों को सामान्य चिकित्सा सेवा उपलब्ध नहीं है। 2009 में भी 630 मिलियन लोगों की पहुंच सामान्य सेनीटेशन सुविधाओं तक क्यों नहीं है? जब हम अपने शहरों में विश्व स्तर के सुपर मार्केट और फ़ूड चेन देखते हैं और जब हमारे शहरी बच्चे अपने पीत्ज़ा की टॉपिंग के विकल्पों को लेकर इतराते हैं, तो क्यों देश के 51 फ़ीसदी बच्चे कुपोषण के शिकार हैं? जब भारत दुनिया के सबसे ज़्यादा इंजीनियर और वैज्ञानिक बनाता है तो क्यों हमारे 52 फ़ीसदी प्राइमरी स्कूलों में दो कक्षाओं पर मात्र एक अध्यापक है? जब हमारे नेता और अधिकारी लुटियन की दिल्ली और राज्य की राजधानियों में बड़े-बड़े बंगलों में रहते हैं, हमारे कॉरपोरेट लीडर मैंशन, याट और जहाज़ों पर पैसा लुटाते हैं और हमारे शहरी युवा अपने स्पोर्ट्स शूज़ पर फ़िदा होते हैं तो फिर क्यों 300 मिलियन से ज़्यादा भारतीय मात्र 545 रुपए महीने पर गुज़ारा करते हैं जिसमें किसी तरह दो वक़्त की रोटी जुट पाती है, और उसके बाद शिक्षा, कपड़ों, घर और दवाओं के लिए बिल्कुल नहीं या नाममात्र का पैसा बच पाता है?

ये सवाल मुझे उसी दिन से परेशान कर रहे हैं जब मैंने बहुत पहले 1974 में ऐतिहासिक शहर नीस से, जो तब यूगोस्लाविया में था और अब सर्बिया में है, इस्तानबुल जाते हुए एक मालगाड़ी के गार्ड के डिब्बे में इक्कीस घंटे अकेले, भूखे और ठंड में आत्मावलोकन करते हुए बिताए थे। इंफ़ोसिस की स्थापना के अपने प्रयोग के ज़रिए ग़रीबी की समस्या हल करने में उद्यमशीलता की शक्ति का प्रदर्शन करने में मुझे कुछ

सफलता मिली है। फिर भी, जब मैं भारत के बड़े कैनवस को देखता हूं, तो अक्सर उलझन, उद्विग्नता और असहायता का अनुभव करता हूं—साथ ही इस समस्या का हल ढूंढ़ने के लिए प्रेरित भी होता हूं।

विकासशील देशों में समान आर्थिक प्रगति के बारे में अपने गहन आत्मावलोकन के बहुत शुरू में ही मुझे तीन उपयोगी किताबें पढ़ने का सौभाग्य हासिल हुआ, जिन्होंने मेरी विचारधारा को बहुत प्रभावित किया। वो हैं: मैक्स वेबर की द प्रोटेस्टेंट एथिक एंड द स्प्रिट ऑफ़ कैपिटलिज़्म; महात्मा गांधी की माई एक्सपेरिमेंट्स विद ट्रुथ; और फ्रैंज़ फ़ैनन की पो नॉयर, मास्केस ब्लैंक्स (ब्लैक स्किन, व्हाइट मास्क्स)। बहुत मायनों में आर्थिक विकास की मेरी सारी अवधारणा इन्हीं तीन प्रभावशाली किताबों पर आधारित है। मेरे बहुत से वक्तव्य भी उन्हीं सबकों पर आधारित हैं जो मैंने इनसे सीखे हैं। मैक्स वेबर की किताब काफ़ी जटिल है। उनकी थीसिस अच्छे संस्कारों—मेहनत, ईमानदारी, आत्मसंयम—के महत्व पर है और व्यक्ति और समाज की ज़िंदगी को बेहतर बनाने के लिए उद्यमशीलता पर फ़ोकस करती है। हालांकि आज यह बहुत सामान्य स्तर की लगती है, मगर सत्तर के दशक के शुरुआती सालों में मुझे यह ऐसी नहीं लगती थी। मैं कड़ी मेहनत और अच्छे संस्कारों के माहौल में पला-बढ़ा था। अपने सरल भाव में मैं मानता था कि सारे समाज और राष्ट्र एक से हैं और अपने इस विश्लेषण में कि भारत फ्रांस से क्यों अलग है, इन तथ्यों को शामिल नहीं करता था। इसलिए, मैक्स वेबर ने मेरे विश्वास की बुनियाद रखी कि उच्च महत्वाकांक्षा वाले भले और मेहनती लोग महान राष्ट्र बनाते हैं, भले ही कितनी ही विपरीतताएं क्यों न हों। मेरे लिए विकास की पहेली का यह पहला हिस्सा था।

लोगों की आकांक्षाओं को उभारने, एक महान सपने को पाने के लिए उनसे बलिदान स्वीकार करवाने और सबसे महत्वपूर्ण उस सपने को हक़ीक़त में बदलने में अच्छे नेतृत्व की महत्ता के प्रति महात्मा गांधी ने मेरी आंखें खोलीं। गांधी जी ने जाना था कि अगर अनुयायियों को बलिदान करना है तो नेताओं में उनका विश्वास होना अत्यंत ज़रूरी है। विश्वास पाने के लिए उन्होंने सबसे शक्तिशाली अस्त्र का प्रयोग किया—मिसाल बनकर नेतृत्व करना। वे ग़रीब लोगों की तरह ही खाते, कपड़े पहनते, यात्रा करते और रहते थे। महात्मा गांधी की सादा शैली से संभार-तंत्र और सुरक्षा संबंधी अनेक समस्याएं खड़ी होती थीं। सुना है कि स्वतंत्रता संघर्ष में उनकी सहयोगी रही सरोजनी नायडू ने एक बार हल्के-फुल्के पलों में टिप्पणी की थी कि गांधी जी की ग़रीबी को बनाए रखने पर बड़ा भारी धन व्यय होता है। मगर अपने कहे पर जीकर दिखाना महात्मा के लिए बेहद ज़रूरी था, जिन्हें हमारे लोगों की नब्ज़ की समझ किसी भी दूसरे भारतीय नेता से कहीं ज़्यादा थी। गांधी जी की किताब और जीवन का सबसे बड़ा सबक़ मेरे लिए यह रहा कि ख़ुद मिसाल बनकर नेतृत्व करो। मैंने काफ़ी शुरू में ही जान लिया था कि विकास की पहेली

का यह दूसरा हिस्सा है।

मैं समझता था कि राष्ट्रों और समाजों के आर्थिक विकास के संदर्भ में मैंने वेबरवादी और गांधीवादी फ़लसफ़ों को समझ लिया है। कम से कम प्रारंभिक दौर के हमारे नेताओं और अधिकारियों में मैंने अच्छे संस्कार और अच्छा नेतृत्व देखा था। मगर मैं इस उलझन में पड़ा रहा कि मेरा देश विकास उस तरह की प्रगति क्यों नहीं कर पा रहा जो कि इतनी स्वाभाविक लगती थी। यहीं पर फ़्रैंज़ फ़ैनन की किताब कारगर साबित हुई। उत्तर-औपनिवेशिक समाज में सुशिक्षित वर्ग की औपनिवेशिक मानसिकता पर उनकी अत्यंत उपयोगी किताब ने ग़रीब और अधिकारहीन लोगों की प्रगति में बाधा डालने वाली नौकरशाही और सुशिक्षितों की भूमिका के प्रति मेरी आंखें खोल दीं। उत्तर-उपनिवेशी समाज में 'सफ़ेद नक़ाब पहने काले सुशिक्षितों' की औपनिवेशिक मानसिकता—यह मानसिकता कि शासक और शासितों के अधिकार और ज़िम्मेदारियां अलग-अलग होते हैं और यह विषमता शासकों के पक्ष में झुकी होती है—यक़ीनन विकास की पहेली का तीसरा हिस्सा थी। भारतीय सुशिक्षितों का इस तरह का बर्ताव मैं रोज़ देखता हूं कि किस तरह वो अपने बच्चों को तो इंग्लिश मीडियम के स्कूलों में भेजते हैं, जबकि ग़रीब लोगों के बच्चों को देसी स्कूलों में भेजने का दबाव डालते हैं, ख़ुद विलासिता में रहते हुए भी ग़रीबी के गुणों की तारीफ़ें करते नहीं थकते, ख़ुद आराम से शहरों में बैठे रहकर ग्रामीण जीवन को महिमामंडित करते हैं।

शायद बहुत से पाठक हैरान होंगे कि पूंजी, भौतिक संसाधन, तकनीक और कौशल जैसी पारंपरिक सामग्री इस पहेली के हिस्सों के रूप में नहीं दिखीं। मैं मानता हूं कि आर्थिक विकास के लिए ये चारों महत्वपूर्ण हैं। मगर, मैं दो वजहों से इन चीज़ों को उन तीनों के बाद रखता हूं जिन्हें मैंने ऊपर बताया है। पहली, अपने प्राइमरी स्कूल के दिनों से ही, मुझे सिखाया गया है कि भारत के पास प्रचुर भौतिक संसाधन और विकासयोग्य क़ौशल है। दूसरे, मैंने इनमें से एक या अधिक चीज़ों से रहित बहुत से देशों के उदाहरण देखे हैं, जिन्होंने इन्हें बहुतायत से हासिल करने के उपायों को ढूंढ़ निकाला है। जापान और स्विट्ज़रलैंड विशाल मात्रा में भौतिक संसाधन आयात करते हैं और निर्यात करने के लिए विश्व स्तर की तकनीक और दूसरे चीज़ें बनाते हैं। चीन जैसे देश भारी पूंजी को आकर्षित करते हैं। हालिया अतीत में, भारत ने प्रत्यक्ष विदेशी निवेश और पोर्टफ़ोलियो निवेश को कई गुना बढ़ाने के लिए सटीक नीतियां बनाई हैं। तकनीक के कुछ क्षेत्रों में हमने बहुत अच्छी सफलता पाई है। किसी भी अख़बार या पत्रिका को खोलकर देख लें, आपको कई लेख मिल जाएंगे कि किस प्रकार चीन, सिंगापुर और दक्षिण कोरिया जैसे देश उन्नत कौशल विक़ास के क्षेत्र में विश्व रैंकिंग में ऊपर चढ़ सके हैं। मुझे यक़ीन है कि सकारात्मक विचारधारा का नेतृत्व भारत में पूंजी, भौतिक संसाधन, तकनीक और कौशल की कमी से आसानी से उबर सकेगा।

सत्तर के दशक के मध्य में जब मैं भारत लौटा तो अपने इन विश्वासों को प्रदर्शित करने के लिए एक प्रयोग करने के लिए मैं दृढ़प्रतिज्ञ था। मैं किसी राजनीतिक दल में शामिल होने के विचार पर मंथन कर रहा था और इस विषय पर तब अपनी मित्र और बाद में पत्नी बनी सुधा से चर्चा भी कर चुका था। इस विचार के प्रति सुधा का नज़रिया सहानुभूति भरा था, मगर मेरे क़रीबी जन—दोस्त-रिश्तेदार सभी—शायद, उतने उत्साही नहीं थे। मैंने बहुत जल्दी ही जान लिया कि पहले मुझे अपने विश्वासों को एक छोटे फ़लक पर उतारना होगा। और उसी दौरान, भारत में ग़रीबी की समस्या को हल करने के लिए मैंने उद्यमशीलता की शक्ति को आज़माने का फ़ैसला किया। मैंने भारतीय बाज़ार के लिए सॉफ़्टवेयर विकसित करने के लिए सॉफ़्ट्रॉनिक्स शुरू की। इस प्रयोग में बहुत जल्दी ही मैं समझ गया कि भारत अभी सॉफ़्टवेयर ख़रीदने के लिए तैयार नहीं है, और कि कामयाब होने के लिए मुझे विकसित बाज़ारों पर ध्यान केंद्रित करना होगा। मुझे यह भी यक़ीन नहीं था कि सेल्स, लोगों, ग्राहकों और फ़ाइनेंस संभालने के लिए मुझमें अपेक्षित योग्यता है भी या नहीं। मैंने सॉफ़्ट्रॉनिक्स बंद कर दी और मुंबई में पटनी कंप्यूटर सिस्टम्स (पीसीएस) में बतौर सॉफ़्टवेयर ग्रुप के हैड लग गया। पीसीएस का अनुभव ईश्वर-प्रदत्त था। मेरे बॉस ऐसे बेहतरीन व्यक्ति थे जिनकी लोग आकांक्षा कर सकते हैं—अशोक पटनी, एक ज़हीन, नेक और उदार व्यक्ति। वहां अपने चार सालों में मैंने सॉफ़्टवेयर बिज़नेस के बारे में बहुत कुछ सीखा। मैं शानदार युवाओं की टीम से मिला, जिनमें से छह मेरे अगले वेंचर—इंफ़ोसिस—में मेरे साथ जुड़े। मैं चाहता था कि इंफ़ोसिस का प्रयोग भारतीयों और इंडस्ट्री के लोगों को यह दिखा दे कि उदार पूंजीवाद के अपने लाभ हैं; कि भारत में जायज़ और नीतिगत तरीक़े से पैसा कमाया जा सकता है; कि यहां भी कॉरपोरेट बिज़नेस के बेहतरीन उसूलों पर चल सकते हैं; कि धन के लोकतांत्रिकीकरण से उच्च वृद्धि होती है, स्थायी कंपनियां उभरती हैं; और कि मूल्य आधारित व्यापारिक नेतृत्व से हमारे समाज में भी व्यापार के प्रति सदाशयता पनपती है। अब यह प्रयोग वयस्कता में प्रवेश कर चुका है और इंफ़ोसिस के मेरे असाधारण सहयोगियों की बदौलत इसने एक निश्चित स्तर की दक्षता भी दर्शाई है।

समानांतर तौर पर मैं अपने इस विश्वास को मज़बूत करता रहा कि हमारे देश के विकास में किसी भी बड़े स्तर की सफलता को विकास दे तीन स्तंभों के प्रति व्यापक स्तर पर लोगों की सहमति चाहिए, और वो हैं—लोगों, ख़ासकर युवाओं में, आदर्श नागरिकत्व और काम के बेहतरीन उसूल; हमारे वरिष्ठजनों: नेताओं, अधिकारियों, कॉरपोरेट जगत के अग्रणी लोग, विभिन्न व्यवसायों में अग्रणी लोग और समाज के प्रभावशाली चिंतकों में बेहतरीन क़िस्म की नेतृत्व क्षमता; और अंत में, हमारे सुशिक्षित वर्ग का 'क़ाली चमड़ी, गोरा नक़ाब' का व्यवहार समाप्त करना ताकि वो उस वास्तविकता को स्वीकार कर सकें जो कि भारत है और समान और सबको सम्मिलित करने वाले विकास (जो कि हमारे

प्रधानमंत्री डॉ. मनमोहन सिंह के प्रयासों की बदौलत अब लोकप्रिय जुमला बन गया है) के लिए हल खोज सकें।

तत्कालीन राष्ट्रपति ए. पी. जे. अब्दुल कलाम समेत अनेक लोगों से हुई बातचीत में यही स्पष्ट हुआ कि प्रतिष्ठित लोगों द्वारा अच्छे संस्कारों की बात करना युवाओं की मानसिकता को बदलने की दिशा में पहला महत्वपूर्ण क़दम होगा। प्रधानमंत्री अटलबिहारी वाजपेयी ने भारत को विदेशों में बेचने के साथ ही अपने वक्तव्यों का क्षेत्र बढ़ाकर उनमें वैश्विक छात्र समुदाय को सम्मिलित करने की महत्ता सुझाई थी। राष्ट्रपति बनने से पहले डॉ. कलाम एक कारवां लेकर देश भर में घूमने और बच्चों से बात करने के विचार पर भी सोच रहे थे, और मैं उनका पार्ट-टाइम सहयोगी होने वाला था। ऐसा नहीं होना था क्योंकि **2002** में वे राष्ट्रपति बन गए। इसी दौरान, डॉ. मनमोहन सिंह ने, जो तब सांसद थे, धर्मनिरपेक्षता पर मेरा दरबारी सेठ मेमोरियल व्याख्यान पढ़ा, और उन्होंने मुझे युवाओं से बात करते रहने के लिए प्रेरित किया। ऐसे प्रभावशाली लोगों से मिले हौसले ने यह निर्णय लेने में मेरी मदद की कि मैं भारत और विदेशों में युवाओं से मुख़ातिब होने के ज़्यादा से ज़्यादा निमंत्रण स्वीकार करूं।

मेरा मानना है कि हमारी चुनौतियां ये हैं कि हम अपने इस संसार की कमियों और सीमाओं को यथा रूप में पहचानें, उस संसार के बारे में विचार करें जो हम इसे बनाना चाहते हैं, और उस संसार को बनाने के लिए त्याग करें और मेहनत करें। अपने आसपास की कमियों को स्वीकार करने की हमारी क्षमता और इच्छा उन्हें मिटाने की दिशा में पहला क़दम होगा। बजाय ऐसा जताने जैसे कि ये कमियां हों ही नहीं और बस ये कहते रहने कि हम दुनिया का सर्वश्रेष्ठ देश हैं, इन कमियों से मुक्त शानदार भविष्य के पुनर्निर्माण का उत्साह जगाने की योग्यता और कड़ी मेहनत करने की शक्ति सकारात्मक और आशावादी होगी। अपनी समस्याओं को न पहचानना, ऐसा व्यवहार करना मानो कुछ हुआ ही न हो या हमारी स्थिति को सुधारने के लिए कुछ नहीं किया जा सकता हो, और स्वयं को ग़रीबी और कष्टों से बदहाल संसार से काट लेना घोर निराशावाद के चिह्न हैं। इसीलिए आप मुझे अपने व्याख्यानों में देश और दुनिया की वर्तमान परिस्थितियों के बारे में चर्चा करते, हल सुझाते और युवाओं को परामर्श देते पाएंगे कि वे इन हलों का आकलन करें और अपने लिए, अपने देश और दुनिया के लिए एक बेहतर भविष्य बनाने की दिशा में कार्य करें। मैं उन्हें सलाह देता हूं कि वो मुमकिन से आगे की सोचें। रॉबर्ट कैनेडी ने जॉर्ज बर्नार्ड शॉ के शब्द उधार लेते हुए इस चुनौती को बेहतरीन ढंग से कहा था, "कुछ लोग चीज़ों को उस तरह से देखते हैं जैसी वो होती हैं और उन पर प्रश्न करते हैं; मैं उन चीज़ों का सपना देखता हूं जो नहीं होतीं और कहता हूं कि क्यों नहीं है?" महान नेतृत्व यही है। हमारे नेताओं की नई पीढ़ी को संदर्भ की, विद्यमान मानसिकता और उनसे जुड़ी झिझकों की बाधाओं से पार पाना होगा ताकि वे उन बदलावों को ला सकें जो इस राष्ट्र और इस

संसार को जीने के लिए एक बेहतर स्थान बना दें। अमेरिकी राष्ट्रपति बराक ओबामा ने इस इच्छा को अपने "यस, वी कैन" (हां, हम कर सकते हैं) के नारे में अभिव्यक्त किया था। मेरा सपना युवाओं की एक ऐसी पीढ़ी को देखना है जो "हां, हम करेंगे" के नारे को अपनाए और वास्तव में इन बेहतरीन विचारों को हक़ीक़त का जामा पहनाने के लिए कड़ी मेहनत करे। अपने राष्ट्र के संस्थापकों की मेहनत और त्याग को हम अपनी आंखों के सामने ज़ाया होते नहीं देख सकते।

इस किताब के लिए मैंने पिछले पांच साल में दिए अपने डेढ़ सौ व्याख्यानों में से अड़तीस को चुना है, और भरसक कोशिश की है कि दोहरावों को हटा दूं। मैंने भारत और विश्व के भविष्य से जुड़े मुद्दों को उठाने की कोशिश की है। वैश्वीकरण, लीडरशिप, असमानता, कॉरपोरेट गवर्नेंस और मूल्यों जैसे महत्वपूर्ण शब्दों को अनेक व्याख्यानों में प्रस्तुतीकरण की पूर्णता के लिए बार-बार परिभाषित किया है।

भारत का महान भविष्य बनाने में युवाओं की भागीदारी में मेरा असीम विश्वास है। इंफ़ोसिस में, मैं ख़ुद को स्मार्ट और भरोसेमंद युवाओं के बीच रखता था। बेहद रणनीतिगत निर्णय लेने में, मैं अपने युवा सहयोगियों की अधिक से अधिक भागीदारी पर बल देता था। मैं नेतृत्व के पदों पर युवाओं को लाने का घोर हिमायती हूं। बहुत से लोग दुखी होते हैं कि आज के युवाओं में कोई मूल्य नहीं हैं, वे अनुशासनहीन हैं और मेहनत में विश्वास नहीं करते। मैं उनसे सहमत नहीं हूं। ज़्यादातर युवा लोग जिनसे मैं मिलता हूं, उससे बेहतर हैं जैसा कि मैं उनकी उम्र में था। इसलिए यह उचित ही होगा कि मैं इस किताब का आरंभ दुनिया भर में—मैनेजमेंट[1], तकनीक[2], बिज़नेस[3], डिज़ाइन[4], लॉ[5], फ़ॉरेन ट्रेड[6] और लिबरल आर्ट्स[7]—के छात्रों को दिए व्याख्यानों की श्रृंखला से करूं। भारत के छात्रों को दिए मेरे व्याख्यानों का फ़ोकस देश की स्थिति, हमारे द्वारा की गई प्रगति, हमारे सामने मौजूद चुनौतियों, नई मानसिकता की ज़रूरत, राष्ट्र-निर्माण में मूल्यों की महत्ता, और एक समग्र भारत और एक समग्र संसार बनाने के लिए विचारों और उनके क्रियान्वयन में उत्कृष्टता के लाभ की आवश्यकता पर रहा है। जहां भी ज़रूरी हुआ, मैंने महज़ विचारों की अभिव्यक्ति के बजाय उनके क्रियान्वयन पर बल दिया है। मगर किसी

---

1. 'समकालीन संसार में सफलता'— दीक्षांत उदबोधन, आई. एन. एस. ई. ए. डी., फ़ॉन्टेनब्लॉ
2. 'इक्कीसवीं सदी का भारतीय'— दीक्षांत उदबोधन, भारतीय औद्योगिक संस्थान, दिल्ली
3. 'वैश्वीकृत कॉरपोरेशन में सफलता'— दीक्षांत उदबोधन, आई. ए. ई. एस. ई. बिज़नेस स्कूल,
4. 'उत्कृष्टता की आवश्यकता'— दीक्षांत उदबोधन, नेशनल इंस्टीट्यूट ऑफ़ डिज़ाइन, अहमदाबाद
5. 'वैश्वीकरण के युग में विधि-व्यवसायी'— दीक्षांत उदबोधन, नेशनल लॉ स्कूल ऑफ़ इंडिया यूनीवर्सि
6. 'भारत में और अधिक खुले व्यापार के दौर की वकालत'— दीक्षांत उदबोधन, इंडियन इंस्टीट्यूट ट्रेड, नई दिल्ली
7. 'शिक्षा में धर्म की भूमिका'— दीक्षांत उदबोधन, पंजाब विश्वविद्यालय, चंडीगढ़

वजह से, इस देश में, विचारों को क्रियान्वित किए बिना उन्हें स्वयं में एक उद्देश्य की तरह देखने का चलन रहा है। दरअसल, हमारे अधिकांश बुद्धिजीवियों के लिए अभिव्यक्ति ही एक बड़ी उपलब्धि होती है! किसी विचार के क्रियान्वयन की दिशा में कोई प्रगति किए बिना बस उस पर चर्चा करते रहने की प्रवृत्ति कभी-कभी हास्यास्पद स्तर तक पहुंच जाती है। अगर मेरी गणना सही है, तो पिछले पच्चीस साल में बंगलौर में एक पावर स्टेशन बनाने के लिए अब तक हम तैंतीस सेमीनार कर चुके हैं। लेकिन फिर भी बंगलौर में कोई पावर प्लांट नहीं है और हम अभी तक ब्लैकआउट्स से त्रस्त हैं।

मेरा यह भी मानना है कि अच्छे लीडर एक चिड़िया के पचास हज़ार फुट की ऊंचाई से देखकर बने संसार के नज़रिए को एक ज़मीनी कीड़े के नज़रिए के साथ एकीकृत कर सकते हैं। वे महान दृष्टिकोण को गढ़ सकते हैं, उस दृष्टिकोण को क्रियान्वित करने के लिए बेहद सूक्ष्म बारीकियों को समझ सकते हैं, और उस दृष्टिकोण को समय से, बजट के भीतर रहते हुए और अपेक्षित गुणवत्ता के साथ क्रियान्वित कर सकते हैं। मुझे यक़ीन है कि क्रियान्वयन पर तीक्ष्ण फ़ोकस और बारीकियों को समझने की क्षमता हमारे देश के विकास के लिए सर्वाधिक तात्कालिक ज़रूरतें हैं।

अंतरराष्ट्रीय समुदाय के विद्यार्थियों को दिए मेरे व्याख्यानों का फ़ोकस अपनी उद्यमी यात्रा और अपने जीवनकाल[8] में हासिल किए सबक़ों, उभरते बाज़ारों, कॉरपोरेट गवर्नेंस और वैश्विक तापमान और पूंजीवाद में विश्वास की पुनर्स्थापना के महत्व जैसे समकालीन मुद्दों पर होता है।

वेबर के मेरे आधार ने मुझे इस विश्वास की ओर प्रेरित किया कि व्यक्तिगत तौर पर, हम वैसे होते हैं जैसी हमारी संस्कृति होती है, और जैसे हमारे संस्कार होते हैं। संस्कृति हमारे विश्वासों, जीवन में हमारी प्राथमिकताओं, हमें सुख-दुख देने वाली बातों, हम अपना समय और धन किस तरह ख़र्च करते हैं, ग़रीबों के प्रति हमारी चिंता, और हमारे आपसी व्यवहार को निर्धारित करती है। संस्कार व्यवहार का वह रूप तैयार करते हैं जिसे समुदाय का हर सदस्य दूसरे सदस्य की आशा, आत्मविश्वास, उत्साह और आनंद बढ़ाने के लिए अपनाता है। तीव्रगामी विकास की हमारी खोज, अपने संस्थापक जनकों के वचनों से मुक्त होने के हमारे दृढ़ संकल्प, और ग्लोबल समुदाय के भरोसेमंद और सृजनशील सदस्य के तौर पर अपनी पहचान बनाने में संस्कार बेहद महत्वपूर्ण हैं। इसीलिए, संस्कारों पर दिए व्याख्यानों में मैंने मेहनत, अनुशासन[9], टीमवर्क[10], धर्म

8. 'अनुभव से ज्ञान'— पूर्व प्रारंभिक व्याख्यान, स्टर्न स्कूल ऑफ़ बिज़नेस, न्यूयॉर्क यूनीवर्सिटी
9. 'राष्ट्रीय विकास में गति लाने में अनुशासन की भूमिका'— जनरल के. एम. करियप्पा व्याख्यान, नई दिल्ली
10. 'चक दे, इंडिया! की बारी'— *टाइम्स ऑफ़ इंडिया* में प्रकाशित

निरपेक्षता[11], ईमानदारी[12], समझौतों का सम्मान, वैयक्तिक हितों से पहले सामाजिक सरोकारों को रखना, दूसरों से सीखने के प्रति खुलापन, 'चक दे, इंडिया!' का जोश, सशक्तीकरण[13], और आख़िरकार, हमारी संस्कृति के अच्छे पहलुओं को बनाने और पश्चिमी संस्कृति की अच्छाइयों को ग्रहण करने[14] जैसे विषयों पर बात की है।

2008 में कैनेडी स्कूल में दिए मैल्कम वियनर लेक्चर[15] में मैंने 1991 के वित्तीय सुधारों के लाभों, केंद्रीय और राज्य स्तरों पर सुधारों को जारी रखने के महत्व, और समग्र विकास के लिए इन सुधारों के विस्तृत आधार देने की ज़रूरत पर बात की थी। मैंने इस ज़रूरत पर भी बल दिया कि हमारे नेता भारत को बनाने वाले बहुल संसारों—ग्रामीण और शहरी, शिक्षित और कम शिक्षित—को बांधें। डेविड ब्लूम, डेविड कैनिंग और जेपी सेविला के बेहतरीन काम की बदौलत, 'जनसांख्यिकीय लाभांश' की धारणा हमारे नेताओं, सिविल सेवकों और बुद्धिजीवियों के लिए हमारे देश के सामने मौजूद जनसंख्या वृद्धि और राष्ट्र-निर्माण के लिए युवाओं को तैयार करने जैसे गंभीर मसले को नज़रअंदाज़ करने का सुगम अस्त्र बन गई है। हमें याद रखना चाहिए कि जब तक हमारी जनसंख्या वृद्धि पर रोक नहीं लगेगी और बेहतर शिक्षा, स्वास्थ्य और पोषण के द्वारा हमारी रोज़गार-योग्य पीढ़ी तैयार नहीं होगी, तब तक कोई भी सुधार समग्र विकास नहीं ला सकता। अर्थव्यवस्था के क्षेत्र में हुई अपनी प्रगति को भी हम कुछ हद तक अपनी जनसंख्या में हो रही बढ़ोतरी की तीव्र दर की वजह से खो रहे हैं। जनसंख्या पर दिए मेरे ए. डी. श्रॉफ़ व्याख्यान[16] का यही विषय था।

मेरे दिमाग़ में यह स्पष्ट है कि हमारे ग़रीबों की ज़िंदगी को सुधारने में तकनीक की अहम भूमिका है। भारत और अन्य स्थानों पर ग़रीबी मिटाने की दिशा में तकनीक आधारित उन्नति के अनेक उदाहरण हैं। इसलिए मैंने उन तकनीकों पर एक आलेख को भी स्थान दिया है जिन्होंने आज़ादी के बाद के भारत में ग़रीबों की दशा सुधारने की दिशा में भारी काम किया है।[18]

भारतीय सॉफ़्टवेयर उद्योग भारतीय उद्योगों के लिए एक प्रतिमान है। उद्योग अभी भी अपने शैशवकाल में है। मगर बीस साल के छोटे से अंतराल में इसने बड़ी संख्या में उच्च श्रेणी और प्रयोज्य आय वाली नौकरियां उत्पन्न की हैं; विश्व बाज़ारों में जीत हासिल करने की उत्कृष्टता पर फ़ोकस किया है; उन्नत देशों में ग्राहकों से सम्मान पाया है; देश के लिए समुचित मात्रा में विदेशी मुद्रा विनिमय उत्पन्न किया है; और कुछेक मामलों को छोड़कर, कॉरपोरेट गवर्नेंस में बेहतरीन मापदंडों को अपनाया है। भविष्य में इस उद्योग के सामने अपार अवसर हैं और इन अवसरों को हासिल करने में इसके समक्ष महत्वपूर्ण चुनौतियां हैं। भारतीय सॉफ़्टवेयर उद्योग पर दिए मेरे जवाहरलाल नेहरू व्याख्यान का यही विषय था।[19]

आज यह एक सामान्य सच हो गया है कि जो राष्ट्र पूर्ण साक्षरता नहीं पाता और उच्च शिक्षा और शोध के क्षेत्र में उत्कृष्टता हासिल नहीं करता, वह न तो ग़रीबी से पार पा सकता है और न ही विश्व शक्ति बन सकता है। उच्च शिक्षा तभी वरदान सिद्ध हो सकती है जब आलोचनात्मक सोच, उत्सुकता, कक्षा में सक्रिय भागीदारी, और हाईस्कूल स्तर पर समस्या-सुलझाने वाला प्रशिक्षण हो। हाईस्कूल के प्रधानाध्यापकों को दिए व्याख्यान में मेरा यही विषय था।[20] जवाहरलाल नेहरू की दूरदृष्टि की बदौलत भारत ने उच्च शिक्षा के क्षेत्र में अच्छी शुरुआत की और विज्ञान, तकनीक, मेडीसन, लॉ, डिज़ाइन, मैनेजमेंट, लिबरल आर्ट्स, एवं आर्कीटेक्चर में उच्च शिक्षा के विश्व स्तर के संस्थान स्थापित किए; बड़ी संख्या में अमेरिका, जर्मनी, इंग्लैंड, ऑस्ट्रेलिया और फ़्रांस जैसे विकसित देशों से उच्च शिक्षित भारतीय शिक्षकों को आकर्षित किया; और भारत और विदेशों के शोधार्थियों के बीच आपसी संवाद का माहौल तैयार किया है। इंदिरा गांधी ने भी **1980** तक इस परंपरा को बख़ूबी निभाया, जब कुछेक अति-उत्साही नौकरशाहों ने भारत और विदेशों के विद्वानों के बीच विनिमय पर अनावश्यक रोक लगा दी। बाद में आई सरकारों ने उच्च शिक्षा संस्थानों पर अपनी पकड़ मज़बूत रखी। इसका नतीजा इन

---

18. 'भारत की तस्वीर बदल देने वाले आठ दृष्टिकोण'— *द हिंदू* में प्रकाशित
19. 'सॉफ़्टवेयर उद्यम: नए भारत के मंदिर'— तेईसवां जवाहरलाल नेहरू स्मृति व्याख्यान, लंदन
20. 'अगर मैं किसी सैकेंडरी स्कूल का प्रिंसीपल होता?'— बिशप कॉटन ग्रुप ऑफ़ स्कूल्स, बंगलौर के प्रधानाध्यापकों की सभा में दिया व्याख्यान

संस्थानों में बढ़ी अत्यधिक नौकरशाही और अनम्यता, और परिणामस्वरूप उत्कृष्टता में आई कमी के रूप में सामने आया। मगर सब कुछ ख़त्म नहीं हुआ है। अभी भी हम अपने आसपास देख सकते हैं, भारत और विदेशों के बेहतर कार्य करने वाले संस्थानों से सीख सकते हैं, और अपने उच्च शिक्षा संस्थानों की गरिमा को वापस ला सकते हैं। इसी विषय पर मैंने भारत में उच्च शिक्षा पर के. सी. बसु व्याख्यान दिया था।[21]

मगर, उत्कृष्ट विश्वविद्यालयों का एजेंडा, अमेरिका जैसे उन्नत देशों में भी, इन विश्वविद्यालयों के छात्रों द्वारा अपनी विशेषज्ञता के चुने हुए क्षेत्रों—विज्ञान, तकनीक, मेडीसन, लॉ और लिबरल आर्ट्स—में उत्कृष्टता हासिल करने पर ही समाप्त नहीं हो जाता। इन विश्वविद्यालयों को अपने भूतपूर्व छात्रों को अपने द्वारा उनमें रोपे गए महत्वपूर्ण मूल्यों को वास्तविक दुनिया में ले जाने और उसमें सुधार लाने की ओर प्रेरित करना होगा। उन्हें बेहतर इंसान बनना होगा। उन्हें महानतर उद्देश्य के लिए खड़े होना होगा। उन्हें उन बेशुमार समस्याओं को संबोधित करना होगा जो संपूर्ण मानव-जाति के विकास को अवरुद्ध करती हैं। दूसरे शब्दों में, दुनिया के बेहद उन्नत विश्वविद्यालयों के एजेंडा भी अधूरे ही हैं। यह मेरे कॉर्नेल व्याख्यान का विषय था।[22]

मैं किसी ऐसे समुदाय—कंपनी, संस्थान या राष्ट्र—को नहीं जानता जिसने आकांक्षा, परिश्रम, प्रतिबद्धता, फ़ोकस, आशा, विश्वास, विनम्रता और त्याग की लंबी जद्दोजहद के बिना सफलता पाई हो। लोगों को ऐसे क्षेत्र की ओर प्रतिबद्ध होने को प्रेरित करने के लिए, जो कि थका देने वाले, मगर अंत में फल प्रदान करने वाले हों, महान नेताओं—या एजेंटों—की आवश्यकता है जिनमें बड़े-बड़े सपने देखने का माद्दा हो और अपने विश्वासों के लिए खड़े होने की हिम्मत हो, जिनमें शानदार छवि निर्माण करने की शक्ति हो, और जो उस छवि को अनुयायियों के बड़े तबके तक ले जा सकें। इन नेताओं को मिसाल बनकर अपने अनुयायियों का विश्वास पाना होगा, उनमें भविष्य के लिए उम्मीद और विश्वास जगाना होगा, उन्हें इस सफ़र का हिस्सा होने को लेकर उत्साह और गर्व महसूस करवाना होगा; और मेहनत और क्रियान्वयन में उत्कृष्टता से उस सपने को हकीक़त में बदलना होगा। महात्मा गांधी, ली कुआन यू, अब्राहम लिंकन, और बिल गेट्स ऐसे महान नेतृत्व के अच्छे उदाहरण हैं। वक़्त की तात्कालिक मांग है कि राजनीति, व्यापार, शिक्षा और दूसरे क्षेत्रों में बड़ी संख्या में ऐसे नेताओं के उभरने के लिए माहौल तैयार किया जाए। बदकिस्मती से, आज विकासशील देशों में जहां उनकी भारी ज़रूरत है, भरोसेमंद नेताओं की कमी है। इसी प्रकार, वाल स्ट्रीट और साथ ही मेन स्ट्रीट में भी नेतृत्व में पूरी तरह विश्वास ख़ो जाने के इस दौर में, व्यापारिक अगुवाओं के लिए यह बेहद ज़रूरी हो गया है कि समुदाय का विश्वास वापस हासिल करने की दिशा में स्वयं को फिर से समर्पित कर

21 'भारत में उच्च शिक्षा के लिए सुधारों के उपाय'— तृतीय के. सी. बसु स्मृति व्याख्यान, कोलकाता

22 'अधूरे काम'— जेफ़्री लीहमैन के कॉर्नेल विश्वविद्यालय का प्रेज़ीडेंट बनने के शुभारंभ पर दिया व्याख्यान

दें। इसी विषय पर मेरा ब्लूमबर्ग व्याख्यान[23] और बिज़नेस टुडे[24] में लीडरशिप पर लिखा लेख था।

पिछले दस सालों में कॉरपोरेट लीडर्स की छवि इतनी दाग़दार हुई है जितनी पहले कभी नहीं हुई थी। एनरॉन, वर्ल्डकॉम, पर्मालाट और विश्व की दूसरी अनेक कंपनियों के साथ ही भारत में भी हाल ही में एक कंपनी ने विश्वसनीय व्यवसायों में सीईओ के पद को निम्नतम स्तर पर पहुंचा दिया है। नियम-आधारित प्रशासन के चाहे कितने ही परामर्श दिए जाएं, मगर वे कॉरपोरेट लीडर्स के नैतिक व्यवहार को नहीं बढ़ा सकते। ज़रूरत इन बातों की है: कॉरपोरेट लीडर्स में मूल्यों का बदलाव; उसूलों और निर्देशों का एक ब्योरा बनाना जो उच्च श्रेणी के व्यक्तियों को कॉरपोरेशन के स्वतंत्र डाइरेक्टर के तौर पर आकर्षित और सशक्त करेगा; सिस्टम, प्रक्रियाओं और प्रोत्साहनों का एक ब्योरा बनाना जो कॉरपोरेशनों के प्रबंधन में निष्पक्षता,

पारदर्शिता और जवाबदेही को बढ़ाए; और ऐसा माहौल बनाना जो कॉरपोरेट लीडर्स की सफलता को उनके द्वारा कमाए जाने वाले पैसे से नहीं, बल्कि उनकी अपनी कॉरपोरेशन और समुदाय में उन्हें मिलने वाली इज़्ज़त से आंके। कॉरपोरेट गवर्नेस पर रॉबर्ट मैक्सन[25], सी. डी. देशमुख[26] और रंगनाथन[27] व्याख्यानों का मेरा यही विषय था। उभरते देशों में लोक प्रशासन एक और ऐसा विषय है जिसे हाल के समय में भारी तवज्जो मिली है। भ्रष्टाचार, भाई-भतीजावाद, उदासीनता, औपनिवेशिक मानसिकता, पारदर्शिता और जवाबदेही का अभाव और प्रोत्साहनों की कमी ने भारत में सार्वजनिक परियोजनाओं के क्रियान्वयन में भारी गड़बड़ी पैदा की है। प्रशासन के ऐसे नए मॉडलों को बनाना ज़रूरी है जो भारत जैसे उभरते देशों में सर्वश्रेष्ठ प्रतिभा को आकर्षित करें, प्रोत्साहन उपलब्ध कराएं, निष्पक्षता, पारदर्शिता और जवाबदेही लाएं, और विकास की गति में तेज़ी लाएं। लोक प्रशासन पर दिए मेरे जे. आर. डी. टाटा व्याख्यान[28] का यही विषय था।

किसी कंपनी की सफलता का बेहतरीन सूचकांक इसकी दीर्घायु है। ऐसी दीर्घायु संदर्भ—समाज—के साथ संतुलन बनाकर रखने से आती है। समाज एक कॉरपोरेशन को ग्राहक, कर्मचारी और निवेशकों का योगदान देता है। यह नेताओं और नौकरशाहों का

---

23. 'नेतृत्व: इंफ़ोसिस यात्रा के दौरान सीखे सबक'— ब्लूमबर्ग लीडरशिप कॉन्फ्रेंस, न्यूयॉर्क में दिया व्याख्यान
24. 'उभरते भारत के लिए नेतृत्व की मानसिकता'— *बिज़नेस टुडे* में प्रकाशित
25. 'अच्छा कॉरपोरेट प्रशासन: मात्र चेकलिस्ट या नई मानसिकता?'— रॉबर्ट पी. मैक्सन व्याख्यान, जॉर्ज वाशिंगटन यूनीवर्सिटी, वाशिंगटन, डीसी
26. 'कॉरपोरेट प्रशासन और भारत में इसकी प्रासंगिकता'— सी. डी. देशमुख स्मृति व्याख्यान, नई दिल्ली
27. 'कॉरपोरेट प्रशासन: एक व्यवसायी का नज़रिया'— रंगनाथन स्मृति व्याख्यान, नई दिल्ली
28. 'प्रभावी लोक प्रशासन का नया मॉडल'— पांचवा जे. आर. डी. टाटा स्मृति व्याख्यान, नई दिल्ली

योगदान भी देता है जो ऐसी नीतियां बनाते हैं जो कॉरपोरेशन की सफलता-असफलता को प्रभावित करती हैं। इसलिए कॉरपोरेशनों के लिए समाज एक महत्वपूर्ण स्टॉकहोल्डर है। किसी कंपनी की लंबी अवधि की सफलता के लिए सामाजिक उत्तरदायित्वों का प्रदर्श न कर उसके द्वारा समाज की सद्भावना पाना आवश्यक है। आजकल के पूंजीवाद को लेकर पनपे संदेहाकुल माहौल में सामाजिक उत्तरदायित्व की यह ज़रूरत और भी ज़्यादा बढ़ गई है। पूंजीवाद में विश्वास जगाने का उपाय सहृदय पूंजीवाद की दिशा में बढ़ना है जो कि निष्पक्षता, पारदर्शिता और जवाबदेही से युक्त पूंजीवाद है जिसका प्रतिपादन अग्रणी लोग अपने स्टॉकहोल्डरों—ग्राहकों, कर्मचारियों, वेंडर-साझेदार, उस स्थान की सरकार और समाज—के प्रति करते हैं। कॉरपोरेट सामाजिक उत्तरदायित्व[29] और सहृदय पूंजीवाद[30] पर मेरे व्याख्यानों में यही मुद्दा लिया गया है।

सत्तर के दशक का फ्रांस अनूठा देश था। यही एकमात्र पश्चिमी, विकसित देश था जहां सुस्थापित कम्युनिस्ट पार्टी थी। सत्तर के दशक में पेरिस में रहना मेरे लिए न सिर्फ़ अपने व्यवसाय—कंप्यूटर साइंस—बल्कि सामाजिक और आर्थिक विकास पर धारणाएं बनाने की दृष्टि से भी बेहद शिक्षाप्रद रहा। मुझे अनेक बुद्धिजीवियों, राजनीतिज्ञों और दक्षिणपंथी, मध्यमार्गी और वामपंथी कार्यकर्ताओं से बात करने का भी मौक़ा मिला। मैंने अध्ययन किया, निरीक्षण किया, डाटा इकट्ठा किया और दुनिया में ग़रीबी मिटाने और आर्थिक विकास के मूलभूत उपायों पर कुछ निष्कर्ष निकाले। मेरा निष्कर्ष था कि ग़रीबी की समस्या का एकमात्र उपाय हाथ में आने वाली अच्छी आय वाली नौकरियों के अवसर पैदा करना है। ऐसे हल के लिए ऐसे उद्यमी चाहिए जो धारणाओं को नौकरियों और धन में बदल सकें। जिस तरह कुछ ही अच्छे सर्जन, पत्रकार, इंजीनियर, डॉक्टर और कलाकार हैं, उसी तरह कुछ ही सफल उद्यमी होंगे। ये लोग भी इंसान हैं और इन्हें भी बाक़ी सबकी तरह सफल होने के लिए प्रोत्साहन चाहिए। नौकरियां पैदा करना सरकारों की ज़िम्मेदारी नहीं है। मगर, हर जगह सरकारों की यह ज़िम्मेदारी ज़रूर है कि इन उद्यमियों के सफल होने के लिए एक निष्पक्ष, पारदर्शी, तीव्र और प्रोत्साहनयुक्त माहौल बनाएं। उद्यमशीलता के मूलभूत अवयवों पर मेरे विचार ये हैं: एक ऐसा विचार, जिसके बाज़ार में मूल्य को एक साधारण वाक्य में, जटिल या यौजिक वाक्य में नहीं, कहा जा सके; एक बाज़ार जो इस विचार को स्वीकार करने और इसके लिए मूल्य चुकाने को तैयार हो; एक टीम जो किसी कारोबार को चलाने के लिए योग्यताओं, विशेषज्ञताओं, अनुभव और बुद्धि का पारस्परिक रूप से विशिष्ट और सामूहिक रूप से विस्तृत ब्योरा तैयार कर सके; एक चिरस्थायी मूल्य प्रणाली; और, बेशक वित्त। ये फ्रेमवर्क और मेरी

---

29. 'भारत में लोक कल्याण की पीड़ा'— मौलाना आज़ाद स्मृति व्याख्यान, नई दिल्ली
30. 'सहृदय पूंजीवाद'— ग्लोबल ब्रांड फ़ोरम, सिंगापुर में दिया व्याख्यान

उद्यमी यात्रा की कहानी व्हार्टन[31] और मद्रास मैनेजमेंट एसोसिएशन[32] में दिए मेरे व्याख्यानों की विषय-वस्तु बनी।

ग्लोबलाइज़ेशन की बदौलत हर वो देश जो पैसे के मूल्य के बदले ग्लोबल बाज़ार में कोई उत्पाद या सेवा प्रदान कर सकता है, वो न सिर्फ़ अपने नागरिकों का, बल्कि उन देशों के नागरिकों का जीवन भी सुधार सकता है जो उन उत्पादों या सेवाओं का इस्तेमाल करते हैं। अंतरराष्ट्रीय व्यापार दोनों ही कारोबारी साझेदारों को लाभ पहुंचाता नज़र आता है। मगर आजकल अमेरिका जैसे विकसित देशों और भारत जैसे उभरते देशों में भी ग्लोबलाइज़ेशन को लेकर भारी संदेह पैदा हो रहा है। डेल के अपने व्याख्यान[33] में मैंने बताया है कि विकसित देशों के लिए ग्लोबलाइज़ेशन वरदान कैसे है। नानी पालकीवाला व्याख्यान[34] में मैं बताता हूं कि भारत को ग्लोबलाइज़ेशन में सफल होने के लिए क्या करना होगा। स्टैन्फ़ोर्ड के अपने व्याख्यान[35] में मैं एम. बी. ए. छात्रों को समझाता हूं कि ग्लोबलाइज़्ड दुनिया में उभरते हुए बाज़ार उत्पादक और उपभोक्ता दोनों ही रूप में अहम क्यों होंगे। मैं उन्हें सामान्यत: उभरते बाज़ारों में और विशिष्ट रूप से पिरामिड की निचली सतह पर मौके तलाशने की सलाह देता हूं।

पुस्तक के आख़री दो व्याख्यान इंफ़ोसिस के एक अरब डॉलर का रेवेन्यु[36] अर्जित करने और कंपनी के रजत जयंती समारोहों[37] के अवसरों पर दिए गए थे। आख़री खंड में मेरे मनपसंद विषय पर भी एक लेख सम्मिलित है—किसी कॉरपोरेशन के लिए प्रतिष्ठा क्यों ज़रूरी है और इसे कैसे पाया जाए।[38]

मैंने जानबूझकर अपने व्याख्यानों को विचारों और अभिव्यक्ति की दृष्टि से सरल रखा है। अंतत: उद्देश्य तो भारत और दुनिया भर के युवाओं को सरल भाषा में प्रभावशाली धारणाओं के बारे में बताना है। यह याद रखना बहुत ज़रूरी है कि अंग्रेज़ी बोलने वाले कुछेक लाख भारतीय भारत को नहीं बनाते हैं। दरअसल, वो तो छोटा सा समुदाय हैं। मगर, वास्तविकता यह है कि भारत में अंग्रेज़ी ही एकमात्र सूत्र भाषा है और हममें से ज़्यादातर लोग अंग्रेज़ी माध्यम में शिक्षित हैं। फिर भी, हमें यह नहीं भूलना

---

31. 'एक उद्यमी का मंथन'— प्रारंभिक व्याख्यान, व्हार्टन स्कूल ऑफ़ बिज़नेस, फ़िलाडेल्फ़िया
32. 'उद्यमशीलता'— चौदहवां अनंतरामाकृष्णन स्मृति व्याख्यान, चेन्नई
33. 'क्या हमें एक सपाट दुनिया की ज़रूरत है?'— पहला माइकल डेल व्याख्यान, यूनीवर्सिटी ऑफ़ टेक्सस, ऑस्टिन
34. 'भारत के लिए वैश्वीकरण को कारगर बनाना'— चौथा नानी पालकीवाला व्याख्यान, मुंबई
35. 'उभरती अर्थव्यवस्थाओं का रूपांतरण और नई विरासतों का निर्माण'— 'शिखर से नज़ारा', ग्रेजुएट स्कूल ऑफ़ बिज़नेस, स्टैन्फ़ोर्ड यूनीवर्सिटी में दिया व्याख्यान
36. 'अब तक का सफ़र'— इंफ़ोसिस के बिलियन डॉलर दिवस समारोह के अवसर पर बंगलौर में दिया व्याख्यान
37. 'वयस्क होने पर'—इंफ़ोसिस की पच्चीसवीं सालगिरह के समारोह के अवसर पर मैसूर में दिया व्याख्यान
38. 'कॉरपोरेशन की साख की अहमियत'— बिज़नेसवर्ल्ड में प्रकाशित

चाहिए कि भारत के किसी भी रूपांतरण के लिए यह आवश्यक है कि अच्छे विचार उसके सुदूर गांवों के बच्चों के उर्वर दिमाग़ों को प्रेरित करें, हमारी शहरी झोपड़पट्टी के दमित युवाओं की भूली-बिसरी आवाज़ों में उम्मीद जगाएं, और हमारे शहरों के बेहतरीन स्कूलों के अंग्रेज़ी बोलने वाले स्मार्ट, आशावान और आत्मविश्वासी बच्चों के बीच से सर्वश्रेष्ठ को बाहर लाएं। नए भारत की कहानी सिर्फ़ अमीरों के आरामदेह ड्राइंगरूमों में ही नहीं, बल्कि ग़रीब, आशावान और नागरिक अधिकारों से वंचितों की बस्तियों और झुग्गी-झोपड़ियों में भी लिखी जाएगी। जो लोग इस बात को समझेंगे और जल्दी ही इस दिशा में कार्य करेंगे, वे इस देश को एक बेहतर स्थान बनाएंगे। समग्र विकास यही है।

हमारी चुनौती को इस पुस्तक के आवरण में बख़ूबी दर्शाया गया है। ये लाखों ग़रीब, अशिक्षित, अल्प-पोषित और नागरिक अधिकारों से वंचित ग्रामीण और शहरी बच्चों में आशा जगाने और उनकी बेहतरी के लिए है, ताकि वो भी आवरण पर दिए शहरी स्कूली बच्चों की भांति वास्तव में पेट भर भोजन पाए, अच्छे कपड़े पहने, ख़ुश और आत्मविश्वासी बन सकें। यह बात उन संदर्भों, वातावरण, सुविधाओं और मौक़ों को शहरी ग़रीब और ग्रामीण बच्चों तक पहुंचाने की है, जिन्हें आवरण पर मौजूद बच्चा सहज भाव से लेता है। यह समझना बहुत ही अहम है कि यह शून्य-हासिल वाला खेल नहीं है और कि ग़रीब बच्चों की हालत में सुधार उन बच्चों को उपलब्ध मौक़ों की क़ीमत पर नहीं हो सकती जो कि पहले से ही सुविधा-प्राप्त हैं। इसीलिए हमारे नेता, नौकरशाह और सुसंस्कृत वर्ग को बहुत सी दुनियाओं को बांधना होगा—शहरी और ग्रामीण, अमीर और ग़रीब, शिक्षित और कम शिक्षित। अपने कार्य की जटिलताओं और चुनौतियों को समझने और उनकी क़द्र करने के लिए उन्हें भारत की दोनों वास्तविकताओं को आमने-सामने रखना होगा और समुचित नीतियां बनानी होंगी जो भारत को बनाने वाली इन बहुत सी दुनियाओं की उम्मीदें और आत्मविश्वास बढ़ा सकें। अगर मेरे व्याख्यान इन भारी चुनौतियों को पाठकों तक पहुंचा सकें तो इस पुस्तक को प्रकाशित करने का मेरा उद्देश्य सार्थक हो जाएगा।

ये चुनौतियां किसी विश्वास या नारों से नहीं, बल्कि प्रतिबद्ध और मूल्य आधारित नेताओं और अनुयायियों के कड़े परिश्रम के ज़रिए पूरी होंगी। मेरी पीढ़ी के नेताओं के लिए यह समझना और इस विश्वास के साथ काम करना बेहद ज़रूरी है कि हमारी विरासत हमारे शब्दों से नहीं, बल्कि हमारे कार्यों से लिखी जाएगी। यह सिर्फ़ उन्हीं नेताओं के द्वारा लिखी जाएगी जिनमें विचार और कार्यों की समग्रता है। यह सिर्फ़ उन्हीं के द्वारा लिखी जाएगी जिनमें इतना आत्मविश्वास है कि वे हमारी समस्याओं को समझ सकें, उन लोगों से हल तलाश सकें जिनके पास अच्छे विचार हैं और जो उन्हें बख़ूबी हल कर चुके हैं और ऐसे हलों को लागू करने के लिए कड़ी मेहनत करने को तैयार हों।

मैंने हर व्याख्यान को अपने आप में संपूर्ण बनाने की कोशिश की है, भले ही इसकी

वजह से कुछ अहम विचारों का दोहराव करना पड़ा हो। मैंने जितनी भी समस्याओं पर चर्चा की है, लगभग उन सब पर अपने उपाय, सही हों या ग़लत, सुझाने का प्रयास भी किया है। ये आसान उपाय नहीं हैं। इनके लिए बड़ा भारी अनुशासन, त्याग, देशभक्ति और कड़ी मेहनत चाहिए। अगर हम इन उपायों में सफल हो जाते हैं, तो परिणाम आश्चर्यजनक होंगे। हमारा जीवन जीने योग्य हो जाएगा। हम भावी पीढ़ियों के प्रति अपना देय चुका देंगे। सबसे अहम तो यह कि हम अपने संस्थापक जनकों की उम्मीदों पर खरे उतरेंगे। अगर ये व्याख्यान कुछेक हज़ार युवाओं को भी इन परामर्शों को मानने और इस देश और दुनिया को एक बेहतर स्थान बनाने के लिए प्रेरित कर सके तो मेरा काम पूरा हो जाएगा।

शुभकामनाएं।

अनुक्रमणिका

खंड–I

छात्रों को संबोधन

अनुभव से ज्ञान

आज मैं आपके साथ अपने जीवन के कुछ सबक बांटने जा रहा हूं। ये सबक मैंने अपने कैरियर के शुरुआती संघर्षों में सीखे थे, कभी-कभी ऐसी अनियोजित घटनाओं के प्रभाव की वजह से, जो कि ऐसी कुठाली बन गई थीं जिन्होंने मेरे चरित्र को काट-छांटकर मेरे भविष्य को आकार दिया।

पहले तो मैं आपके साथ अपने जीवन की अहम घटनाओं को बांटना चाहूंगा, इस आशा के साथ कि इनसे आपको मेरे संघर्षों के साथ ही ये समझने में भी मदद मिल सकेगी कि किस प्रकार अनियोजित घटनाओं और प्रभावशाली लोगों से संयोगवश हुई मुलाकातों ने मेरे जीवन और कैरियर को आकार दिया। बाद में मैं जीवन के उन गहन अनुभवों को बांटूंगा जिन्हें मैंने सीखा है। मुझे पूरी उम्मीद है कि मेरे इन विचारों से आपको अपनी समस्याओं और क्लेशों को समझने में मदद मिलेगी और आप उन्हें छिपा हुआ वरदान मानेंगे।

पहली घटना तब हुई जब मैं भारतीय औद्योगिक संस्थान, कानपुर में कंट्रोल थ्योरी का ग्रेजुएट छात्र था। **1968** में इतवार की एक सुबह नाश्ते पर, मैं एक मशहूर कंप्यूटर वैज्ञानिक से मिला जो एक नामी-गिरामी अमेरिकी यूनीवर्सिटी से छुट्टी पर आए हुए थे। वे छात्रों के एक बड़े समूह के साथ कंप्यूटर साइंस के क्षेत्र में हो रहे नए रोमांचकारी विकासों की चर्चा कर रहे थे, और बता रहे थे कि कैसे इस प्रकार के विकास हमारे भविष्य को बदल देंगे। वे काफ़ी स्पष्ट, उत्साही और बेहद विश्वसनीय थे। मुझ पर बहुत असर हुआ। नाश्ते से सीधा मैं लाइब्रेरी पहुंचा, उनके सुझाए चारों-पांचों पेपर पढ़ डाले, और इस निश्चय के साथ लाइब्रेरी से निकला कि कंप्यूटर साइंस ही पढ़ूंगा। आज जब उस निर्णायक मुलाकात के बारे में सोचता हूं, तो अनायास प्रशंसा कर बैठता हूं कि कैसे एक आदर्श चरित्र एक युवा छात्र का भविष्य संवार सकता है। इस अनुभव ने मुझे सिखाया कि कीमती सलाह कभी-कभी अप्रत्याशित स्रोत से भी मिल सकती है, और संयोगवश हुई घटनाएं कभी-कभी नए दरवाजे खोल सकती हैं।

पूर्व प्रारंभिक व्याख्यान, स्टर्न स्कूल ऑफ़ बिजनेस, न्यूयॉर्क यूनीवर्सिटी, **9** मई, **2007**

अगली घटना जिसने मुझ पर अमिट छाप छोड़ी, **1974** में घटी। स्थान था: निस, जो कि तत्कालीन यूगोस्लाविया (वर्तमान सर्बिया) और बल्गारिया के बीच सीमावर्ती शहर है। मैं पेरिस से अपने जन्मस्थान मैसूर आने के लिए लिफ़्ट ले रहा था। जब एक दयालु ड्राइवर ने शनिवार की रात नौ बजे मुझे निस के रेलवे स्टेशन पर उतारा, रेस्तरां बंद हो चुका था। अगली सुबह बैंक भी बंद था, और मैं कुछ खा नहीं सका क्योंकि मेरे पास स्थानीय करेंसी नहीं थी। इतवार की रात साढ़े आठ बजे जब सोफ़िया एक्सप्रेस स्टेशन पर आई, तब तक मैं प्लेटफ़ॉर्म पर ही सोता रहा। मेरे डिब्बे में मुसाफ़िरों के नाम पर सिर्फ़ एक लड़का और एक लड़की ही थे। उस युवा लड़की से मैं फ़्रैंच में बात करने लगा। वो आइरन कर्टेन कंट्री में रहने की मुश्किलों के बारे में बताने लगी। अचानक, कुछ पुलिसवालों ने बड़ी बेरुख़ी से हमें रोक दिया, बाद में मुझे पता चला कि उन्हें उस लड़के ने यह सोचकर बुलाया था कि हम बल्गारिया की कम्युनिस्ट सरकार की आलोचना कर रहे हैं। लड़की को अलग ले जाया गया; मेरे बैकपैक और स्लीपिंग बैग की तलाशी ली गई। मुझे प्लेटफ़ॉर्म पर घसीटते हुए ले जाकर एक छोटे से **8** गुणा **8** के कमरे में डाल दिया गया, जहां पत्थर का ठंडा फ़र्श और टॉयलेट सुविधाओं के नाम पर एक कोने में एक छेद था। उस बेहद ठंडे कमरे में बिना खाने-पानी के मुझे बहत्तर घंटे रखा गया। बाहरी दुनिया को फिर से देखने की सारी उम्मीदें मैं छोड़ चुका था, तभी दरवाजा खुला। मुझे बहुत बदतमीजी से खींचकर निकाला, एक तैयार खड़ी मालगाड़ी के गार्ड के डिब्बे में बंद कर दिया और कहा गया कि बारह घंटे बाद इस्तानबुल पहुंचने पर मुझे छोड़ दिया जाएगा। गार्ड के आख़री शब्द अभी भी मेरे कानों में गूंजते हैं: "तुम भारत नाम के एक मित्र देश के हो, इसीलिए तुम्हें जाने दे रहे हैं!"

इस्तानबुल तक का सफ़र बेहद एकाकी था, और मैं भूखा था। इस लंबे, ठंडे, एकाकी सफ़र ने मुझे कम्युनिज़्म के बारे में अपनी धारणाओं पर फिर से गहराई से सोचने पर मजबूर कर दिया। अंधेरे में डूबी बृहस्पतिवार की सुबह-सुबह, **108** घंटे भूखा रहने के बाद, मैं वामपंथ के प्रति अपने बचे-खुचे आख़री लगाव से भी मुक्त हो गया। मैंने निष्कर्ष निकाला कि बड़े स्तर पर रोजगार पैदा करने वाली उद्यमशीलता ही समाजों में से ग़रीबी को उखाड़ फेंकने का जरिया हो सकती है। दिल में गहरे कहीं मैं हमेशा बल्गारियन गार्डों को शुक्रिया कहता हूं कि उन्होंने मुझे असमंजस में पड़े वामपंथी से एक दृढ़निश्चयी, हमदर्द पूंजीवादी बना दिया! अंतत: घटनाओं के इस क्रम ने ही **1981** में इंफ़ोसिस की बुनियाद डाली।

ये पहली दो घटनाएं तो इत्तफ़ाकन थीं, लेकिन अगली दो, दोनों ही इंफ़ोसिस की यात्रा से जुड़ी हैं, कहीं अधिक योजनाबद्ध थीं और इन्होंने मेरे कैरियर के ग्राफ़ पर बहुत गहरा असर डाला।

1990 की सर्दियों के एक शनिवार की सुबह, इंफ़ोसिस के सात में से पांच संस्थापक

हरे-भरे बंगलौर सबर्ब के हमारे छोटे से दफ़्तर में मिले। उस घड़ी में दस लाख डॉलर की मोहक राशि में इंफ़ोसिस की संभावित बिक्री के बारे में फ़ैसला लिया जाना था। तत्कालीन भारत के व्यवसाय-विरोधी माहौल में नौ साल संघर्ष करने के बाद हम सब इस आशा को लेकर ख़ुश थे कि आख़िरकार कुछ पैसा तो देखने को मिलेगा। मैंने अपने युवा सहयोगियों को भविष्य की अपनी योजनाओं के बारे में बोलने दिया। चार घंटे अब तक की हमारी इस यात्रा की मुश्किलों और भविष्य की चुनौतियों पर चर्चा चलती रही। मैं अब तक एक शब्द भी नहीं बोला था।

आख़िरकार मेरी बारी आई। मैंने **1981** में मुंबई के एक छोटे से घर से शुरू हुई हमारी यात्रा के बारे में बात की, जिसमें बहुत सी चुनौतियां हावी रही थीं, साथ ही यह भी कहा कि मेरा विश्वास है कि हम भोर से पहले के सबसे अंधकारमय पहर में खड़े हैं। फिर मैंने एक बड़ा दुस्साहसिक कदम उठाया। मैंने कहा कि अगर वे सब कंपनी को बेचने के लिए मन बना चुके हैं, तो मैं अपने सहयोगियों से इसे ख़रीद लूंगा, हालांकि मेरी जेब में एक पैसा नहीं था। कमरे में सन्नाटा छा गया। मेरे सहयोगी मेरे अड़ियलपन पर हैरत करने लगे। मगर मैं ख़ामोश रहा। मगर मेरे तर्कों के एक घंटे बाद, मेरे सहयोगियों ने अपनी सोच मेरे सोचने की दिशा में प्रवृत्त कर ली, मैंने उनसे इल्तेजा की कि अगर हम एक बड़ी कंपनी बनाना चाहते हैं तो हमें आशावादी और आत्मविश्वासी होना होगा। हम उस दिन के अपने वादे से कहीं ज़्यादा आगे निकल गए। उसके बाद से अठारह सालों में इंफ़ोसिस का रेवेन्यु तीन अरब डॉलर से ऊपर निकल गया, नेट आय अस्सी करोड़ डॉलर से ज़्यादा और मार्केट कैपिटलाइजेशन अठाईस अरब डॉलर से ज़्यादा हो चुका है, जो कि उस दिन के दस लाख डॉलर के प्रस्ताव से अठाईस हजार गुना अधिक है। इस प्रक्रिया में, इंफ़ोसिस ने सत्तर हजार अच्छी तनख़्वा वाली नौकरियां, दो हजार से ऊपर डॉलर मिलियनेयर और बीस हजार से ऊपर रुपयों में मिलियनेयर बनाए हैं।

अंतिम कहानी: **1995** की झुलसती गर्मी की एक सुबह, एक फ़ॉर्च्युन-**10** कॉरपोरेशन ने इंफ़ोसिस समेत अपने भारतीय सॉफ़्टवेयर वेंडर्स को बंगलौर के ताज रेजीडेंसी होटल के अलग-अलग कमरों में बैठाया ताकि वे आपस में बात न कर सकें। इस कस्टमर की कड़ी सौदेबाजी की प्रवृति मशहूर थी। हमारी टीम नर्वस थी। पहली बात तो, बस लगभग पचास लाख डॉलर के रेवेन्यु वाली हमारी कंपनी इस कस्टमर की तुलना में बौनी थी। दूसरे, हमारे रेवेन्यु में करीब पच्चीस फ़ीसदी योगदान इसी कस्टमर का था। इस सौदे को गंवाने का हमारी हाल ही में सूचीबद्ध हुई कंपनी पर बहुत बुरा असर पड़ता। तीसरे, कस्टमर का सौदेबाजी का तरीका बहुत उग्र था। कस्टमर की टीम एक कमरे से दूसरे कमरे में जाती, हरेक वेंडर से बेहतरीन शर्तें लेती और एक वेंडर को दूसरे वेंडर के ख़िलाफ़ खड़ा करती। कई राउंड तक यही चला। हमारे विभिन्न तर्क कि क्यों उचित मूल्य—जो हमें अच्छे लोगों, आर एंड डी, इंफ़्रास्ट्रक्चर, तकनीक और प्रशिक्षण में निवेश

करने दे—वास्तव में उनके ही हित में हैं, कस्टमर का रुख़ हमारी ओर नहीं मोड़ सके। आख़री दिन पांच बजे तक, हमें वहीं के वहीं फ़ैसला करना था कि कस्टमर की शर्तें मानें या वहां से चले आएं।

जब मैं फ़ैसले पर मनन कर रहा था, तो सबकी आंखें मुझ पर लगी थीं। मैंने अपनी आंखें बंद कीं और तब तक की हमारी यात्रा पर नजर दौड़ाई। बहुत से सख़्त फ़ैसले लेने के दौरान हमने हमेशा इंफ़ोसिस के लंबी अवधि के हितों को ही ध्यान में रखा था। मैंने साफ़ शब्दों में कस्टमर की टीम को बता दिया कि हम उनकी शर्तें नहीं मान सकते, क्योंकि इससे बाद में हमें उन्हें निराश करना पड़ सकता है। मगर मैंने कस्टमर की पसंद के वेंडर को सहज और व्यावसायिक ढंग से काम सौंपने का वादा किया। इंफ़ोसिस के लिए यह निर्णायक मोड़ था।

इसके बाद, हमने एक रिस्क मिटिगेशन काउंसिल (जोखिम न्यूनीकरण समिति) गठित की जिसे ये देखना था कि हम किसी एक क्लाइंट, तकनीक, देश, उपयोग क्षेत्र या मुख्य कर्मचारी पर फिर कभी जरूरत से ज़्यादा निर्भर न हों। यह संकट एक तरह से वरदान ही साबित हुआ। आज, इंफ़ोसिस के पास जोखिमों से निबटने की रणनीति है जिसने इसके रेवेन्यु और लाभों को स्थिर रखा है।

अब मैं आपके साथ जिंदगी के उन सबकों को बांटना चाहूंगा जो इन घटनाओं ने मुझे सिखाए। मैं अनुभव से सीखने की महत्ता से शुरू करूंगा। मेरा विश्वास है कि ये ज़्यादा महत्वपूर्ण नहीं है कि शुरू कहां से करें। ज़्यादा जरूरी ये है कि आप कैसे और क्या सीखते हैं। अगर शिक्षा की गुणवत्ता ऊंची है, तो विकास का चढ़ाव सीधा होगा और आप ख़ुद को उस जगह पाएंगे जो कि पहले अप्राप्य थी। मुझे विश्वास है कि इंफ़ोसिस की कहानी इसका जीवंत उदाहरण है।

मगर अनुभव से सीखना जटिल भी हो सकता है। नाकामियों के मुकाबले कामयाबियों से सीखना कहीं ज़्यादा मुश्किल होता है। अगर हम नाकाम होते हैं, तो बड़े ध्यान से सटीक कारणों पर विचार करते हैं। सफलता बिना विचार किए हमारे सभी पूर्व कार्यों को सुदृढ़ कर देती है।

एक दूसरा विषय संयोगवश हुई घटनाओं की शक्ति से जुड़ा है। जब मैं अपने जीवन के विस्तृत, विभिन्नताओं भरे फ़लक के विषय में सोचता हूं, तो संयोगवश हुई घटनाओं की सुविचारित चुनावों के साथ हुई परस्पर क्रियाओं द्वारा निभाई अविश्वसनीय भूमिका पर चकित रह जाता हूं। यद्यपि वास्तव में निर्णायक मोड़ स्वयं में अक्सर आकस्मिक होते हैं, लेकिन हम उन पर किस तरह की प्रतिक्रिया देते हैं, यह आकस्मिक नहीं होता। संयोगात्मक घटनाओं पर हमारी व्यवस्थित प्रतिक्रिया की यही गुणवत्ता महत्वपूर्ण होती है।

बेशक, व्यक्ति जिस मानसिकता के साथ काम करता है, वह भी बहुत महत्वपूर्ण है।

किसी व्यक्ति का यह विश्वास बहुत मायने रखता है कि योग्यता आनुवंशिक होती है या कि उसे विकसित किया जा सकता है। पहला दृष्टिकोण, एक दृढ़ मानसिकता चुनौतियों से बचने की और उपयोगी नकारात्मक फ़ीडबैक को नजरअंदाज करने की प्रवृत्ति पैदा करती है, और लोगों को बहुत जल्दी ही ठहराव की ओर ले जाती है, जिससे वे अपनी पूरी क्षमता प्राप्त नहीं कर पाते। दूसरा दृष्टिकोण, विकास की मानसिकता, चुनौतियों को अंगीकार करने और आलोचनाओं से सीखने की प्रवृत्ति की ओर ले जाता है, और लोगों को उपलब्धियों के उच्च स्तरों तक जाने में सक्षम बनाती है।

चौथा विषय भारतीय आध्यात्मिक परंपरा—आत्मज्ञान—की आधारशिला है। वस्तुतः कहा जाता है कि ज्ञान का उच्चतम रूप आत्मज्ञान है। मेरा विश्वास है कि अपने विषय में यह उच्चतर जागरूकता और ज्ञान ही अंततः स्वयं में एक ज़्यादा ठोस विश्वास, साहस, दृढ़ निश्चय, और, सबसे महत्वपूर्ण, विनम्रता पैदा करने में सहायक होता है—ये गुण व्यक्ति को अपनी सफलता को गरिमा और विनीत भाव से स्वीकार करने में सक्षम बनाते हैं।

अपने जीवन के अनुभवों के आधार पर मैं कह सकता हूं कि अनुभवों से सीखने के इसी विश्वास, विकास की मानसिकता, संयोगात्मक घटनाओं की शक्ति और आत्म-परीक्षण ने ही इतना विकास करने में मेरी मदद की है। आज जहां मैं हूं, **1960** के दशक में वहां पहुंचने की संभावनाएं बहुत क्षीण थी। फिर भी, हर क्रमिक कदम के साथ, ये संभावनाएं मेरे पक्ष में बदलती चली गई, और जीवन के इन सबकों ने परिस्थितियां बदल दीं।

मैं कुछ सलाहों के साथ अपनी बात ख़त्म करना चाहूंगा। क्या आप मानते हैं कि आपका भविष्य नियत है, और पहले ही तय हो चुका है? या, आप मानते हैं कि आपका भविष्य अभी लिखा जाना है और कि यह कभी-कभी दैवाधीन घटनाओं पर निर्भर करता है? क्या आप मानते हैं कि ये घटनाएं वो निर्णायक मोड़ उपलब्ध करा सकती हैं, जिनके प्रति आप पूरी ऊर्जा और उत्साह से प्रतिक्रिया करेंगे? क्या आप मानते हैं कि आप इन घटनाओं से सबक हासिल करेंगे और अपनी नाकामियों पर मंथन करेंगे? क्या आप मानते हैं कि आप अपनी सफलताओं को और ज़्यादा बारीकी से परखेंगे? मुझे उम्मीद है कि आप मानते हैं कि सीखने के महान अवसरों के साथ अनेक निर्णायक मोड़ों के द्वारा भविष्य को गढ़ा जा सकेगा। वास्तव में, मैंने इसी राह पर चलकर बहुत लाभ पाया है।

अंतिम बात: जब, एक दिन, आप दुनिया में अपना मुकाम हासिल कर चुके हों, तो याद रखें कि, अंतिम विश्लेषण में, हम अपने द्वारा अर्जित की गई संपत्ति के मात्र संरक्षक हैं, भले ही वह वित्तीय, बौद्धिक या भावात्मक संपत्ति ही क्यों न हो। आपकी संपत्ति का बेहतरीन उपयोग इसे उन लोगों के साथ बांटना है, जो कम भाग्यशाली हैं।

मेरा विश्वास है कि हम सबने कभी न कभी उन वृक्षों के फल खाए हैं जिन्हें हमने नहीं रोपा था। नियत समय आने पर, जब देने की हमारी बारी आती है, तो बदले में हमें

बाग़ रोपने चाहिए, जिनके फल भले ही हम कभी न खा सकें, मगर जो आने वाली पीढ़ियों को लाभ पहुंचाएंगे। मेरा विश्वास है कि यह हमारा पवित्र दायित्व है, ऐसा दायित्व जिसे समय आने पर आप निभाएंगे।

तो आगे बढ़िए, खुली बांहों से अपने भविष्य को अंगीकार कीजिए, और उत्साह के साथ खोज के अपने जीवन सफ़र पर निकल पड़िए!

□

इक्कीसवीं सदी का भारतीय

मेरे लिए युवाओं और विद्वानों के साथ रहने से बढ़कर आनंद और कोई नहीं है। मुझे संस्कृत का एक श्लोक याद आता है जिसमें विद्वान व्यक्ति की महिमा बताई गई है:

स्वगृहे पूज्यते ज्येष्ठ: स्वग्रामे पूज्यते प्रभुहु
स्वदेशे पूज्यते राजा विद्वान सर्वत्र पूज्यते

(अपने घर में सबसे बड़े व्यक्ति का सम्मान होता है, अपने ग्राम में मुखिया का सम्मान होता है, अपने देश में राजा का सम्मान होता है, मगर विद्वान का सर्वत्र सम्मान होता है।)

जब आप किसी शैक्षिक संस्थान से स्नातक होते हैं और एक बड़े समाज के जिम्मेदार सदस्य बन जाते हैं, तो यह विचार करना सार्थक होगा कि इतने वर्ष शिक्षा में लगाने का क्या उद्देश्य था और समाज में सार्थक योगदान देने में आप इसे कैसे इस्तेमाल कर सकते हैं। उन्नति सपनों पर आधारित होती है और इसे बदलाव की आवश्यकता होती है। बदलाव को सीखने की आवश्यकता होती है। शिक्षा सीखना सीखने के विषय में ही होती है। इस प्रकार शिक्षा किसी राष्ट्र के प्रगति हासिल करने का मुख्य साधन होती है। शिक्षित होने का मतलब है कि आप समाज में अपने उत्तरदायित्व को स्वीकार कर रहे हैं—उत्तरदायित्व कम भाग्यशालियों के प्रति सज्जनता दिखाने का, एक ऐसा भविष्य बनाने का जिसपे आने वाली पीढ़ियां गर्व कर सकें, और उस वादे को पूरा करने का जो आजादी हमारे लिए लाई थी। यह व्यक्ति का आत्मविश्वास बढ़ाने के लिए होती है कि वह कोई उपयोगी सपना देख सके और उच्च कार्य निष्पादन के द्वारा उस सपने को हकीकत में बदलने की योग्यता पा सके। यह दिमाग़ को नए विचारों को स्वीकार करने के लिए खोलने, उनका आकलन करने और उन्नति के लिए उन्हें इस्तेमाल करने के लिए होती है। यह साधन उपलब्ध करवाने के लिए आपको अपने माता-पिता, शिक्षकों और देश का कृतज्ञ होना चाहिए।

यह उचित ही होगा कि आप इस समय एक महत्वपूर्ण मुद्दे पर विचार करें। और वह है, क्या भारत ने आजादी के बाद पर्याप्त तरक्की की है? क्या हम इस तरक़्की से ख़ुश हो

दीक्षांत उद्‌बोधन, भारतीय औद्योगिक संस्थान, दिल्ली, 9 अगस्त, 2001

सकते हैं? क्या हम तरक़्की की उस चाल के साथ कदम मिलाकर चल सके हैं, जो कि बाकी दुनिया ने हासिल की है? क्या हमने टिकाऊ तरक़्की हासिल की है? क्या हमने अपने संस्थापकों के सपनों को पूरा किया है जो एक ऐसा भारत चाहते थे जहां हर व्यक्ति आजाद होगा और उन्हें विकास के लिए और अपनी योग्यताओं को भरपूर उभारने के लिए आवश्यक साधन उपलब्ध होंगे? क्या हम एक ऐसे भारत का सपना देख सकते हैं जहां से ग़रीबी, बीमारी और अज्ञानता लुप्त हो चुकी होगी?

जब बात आती है कि हमें अभी और क्या हासिल करना बाकी रहता है, तो आंकड़े सब बता देते हैं। हम एक खरब लोगों का राष्ट्र हैं जहां महज अठाईस फ़ीसदी लोग शहरी क्षेत्रों में रहते हैं; एक औसत व्यक्ति मात्र **1498** रुपए माहवार (हमारा प्रति व्यक्ति सकल घरेलू उत्पाद दुनिया के न्यूनतमों में हैं) कमाता है; हमारी सिर्फ़ **54** फ़ीसदी आबादी साक्षर है; औसत आयु मात्र **61** वर्ष है; देश का एचडीआई (मानव विकास सूचकांक) दुनिया के **175** देशों में **125**वां है; **318** मिलियन लोगों को पीने का साफ़ पानी उपलब्ध नहीं है; **250** मिलियन लोगों को मूलभूत चिकित्सा सेवा उपलब्ध नहीं है; **630** मिलियन लोगों को शौचालय-सुविधा उपलब्ध नहीं है; **51** फ़ीसदी बच्चे अल्पपोषण का शिकार हैं; और हमारे आधे प्राइमरी विद्यालयों में दो कक्षाओं पर मात्र एक अध्यापक है! इन आंकड़ों की सूची मैं सुनाता रह सकता हूं। आजादी के बाद के पचास से अधिक सालों में हमारे नेताओं ने देश को नारकीय स्थिति में ला छोड़ा है।

मुझे तस्वीर पूरी करने दें। हर जगह भ्रष्टाचार है। विकास धीमा पड़ गया है; दुनिया भर में भारत में आरक्षण का प्रतिशत सर्वोच्च है और यही एकमात्र ऐसा देश बन गया है जहां प्रतिभा गौण महत्व की है। जाति, धर्म, क्षेत्र और भाषा पर आधारित प्रभुत्व अपवाद से अधिक नियम बन गया है। हमने एक ऐसी चुनाव प्रणाली बनाई है जहां वास्तव में लोगों को ग़रीब, असहाय और अशिक्षित रखने पर हमारे नेताओं को लाभ मिलता है। संपन्न और विपन्न लोगों के बीच की दरार बढ़ती जा रही है। चीन के विपरीत, जनसंख्या नियंत्रण को कमोबेश छोड़ दिया गया है। शिक्षित इंजीनियर और वैज्ञानिक हड़बड़ी में भारत छोड़ रहे हैं। समाजवाद के दिशाहीन और ग़लतफ़हमी भरे सिद्धांत और अर्थहीन नारे हमारे राजनीतिक आकाओं का मुख्य आहार बन गए हैं। बेशक, हमारे नेताओं के बीच भी कुछ अपवाद हैं, मगर वे बहुत दुर्लभ हैं।

अगर आपको अच्छी शिक्षा का लाभ मिला है, तो आप ऐसे भारत के कुछेक धन्य लोगों में से हैं। आपको समाज, अपने माता-पिता और शिक्षकों को धन्यवाद देना चाहिए, क्योंकि एक औसत बच्चा प्राथमिक शिक्षा के लिए यहां मात्र छह सौ रुपए सालाना का हकदार है।

आज हमें राजनीतिक स्वतंत्रता तो प्राप्त है, मगर आर्थिक स्वतंत्रता—भूख, बीमारी और अज्ञानता से स्वतंत्रता—नहीं। मेरा विश्वास है कि आर्थिक स्वतंत्रता प्राप्त करना इस

पीढ़ी का दायित्व है। इस समाज को बदलना, हरेक ग़रीब बच्चे की आंख से आंसू पोंछने के महात्मा गांधी के सपने को पूरा करना हमारा दायित्व है। क्या हम यह कर सकते हैं? मेरा जवाब तो स्पष्ट रूप से हां है। क्या आप जानते हैं कि मुझे इतना विश्वास क्यों है? यह इसलिए क्योंकि मुझे विश्वास है कि एक संभाव्य असंभवता एक निश्चित संभावना से बेहतर है। इसके अलावा, युवा शक्ति में मुझे जबरदस्त भरोसा है, उस ऊर्जा, आत्मविश्वास, दृढ़ निश्चय और उत्साह में जो हमारे युवा नागरिकों में कूट-कूट कर भरा है। मगर ये बड़ा भारी काम है और इसके लिए आवश्यक है कि आप सख़्त मनन करें, आत्मनिरीक्षण में लगें और वे काम करने का फ़ैसला करें जो पिछली पीढ़ियों ने नहीं किए।

इन लक्ष्यों को पाने के लिए हमें एक सुसंस्कृत समाज बनाना होगा—एक ऐसा समाज जहां हर व्यक्ति को अपना जीवन बेहतर बनाने के लिए समान अवसर प्राप्त होंगे; जहां हर बच्चे को खाना, आवास, चिकित्सा सुविधा और शिक्षा प्राप्त होगी; जहां हर पीढ़ी अगली पीढ़ी का जीवन बेहतर बनाने के लिए त्याग करेगी।

ऐसा बदलाव लाने और ग़रीबी मिटाने के लिए इक्कीसवीं सदी की एक नई मानसिकता की आवश्यकता है—वो जो इस समाज को बेहतर बनाने के लिए हमारा निश्चय दृढ़ बना सके। सी.के. प्रह्लाद ने एक बार मुझसे कहा था, "विकासशील देश होना महज एक मानसिकता है।" मैं उनसे पूरी तरह सहमत हूं। वास्तव में, जब सत्तर के दशक के शुरू में मैं फ्रांस गया था, तो पहला फ़र्क मैंने विकसित देश और विकासशील देश की 'मानसिकता' का पाया। फ्रांस में हर कोई इस तरह दिखाता है मानो जनसुविधाएं सुधारने पर चर्चा करना, बहस करना और फ़टाफ़ट इस दिशा में कार्य करना उनका ही काम हो। भारत में, हम चर्चा करते हैं, बहस करते हैं और इस तरह जताते हैं मानो किसी भी जनसुविधा का सुधार हमारा काम न हो, और नतीजतन, बिल्कुल भी कार्य नहीं करते हैं। इस मानसिकता को ऐसी मानसिकता में बदलना होगा जो सभी सार्वजनिक मुद्दों से जुड़ सके, और सार्वजनिक क्षेत्र में किसी भी समस्या को सुलझाने के लिए तेजी से कार्य कर सके। इसके लिए हर व्यक्ति को, जितना उसने समाज से लिया है, उससे ज़्यादा किसी न किसी रूप में समाज को वापस देना होगा। इसी तरह देश उन्नति करते हैं। हर मेहनतकश, निष्कपट और ईमानदार नागरिक—शिक्षक, नेता, अधिकारी, सैन्यकर्मी, व्यवसायी, प्रशासनिक कर्मचारी और चौकीदार, ये तो बस कुछ लोग हैं—को इस कार्य में महत्वपूर्ण भूमिका निभानी है। कोई छोटा नहीं है। मगर, हममें से शिक्षित लोगों के लिए, जिन्होंने हमारे कम भाग्यशाली बंधुओं के त्याग से लाभ उठाया है, बाकी सबकी बनिस्बत ज़्यादा अवसर और जिम्मेदारी है। इक्कीसवीं सदी की मानसिकता को अपनाने वाले शिक्षित भारतीयों को कुछ विहित गुणों को मानना होगा। मैं इनके बारे में कुछ बताता हूं।

सबसे पहले तो, हमें उच्च महत्वाकांक्षाएं चाहिए। महत्वाकांक्षाएं हमें उन सीमाओं को पार करने की ऊर्जा देती हैं जिन्हें हमारा माहौल हमारे ऊपर थोप देता है। वे उम्मीदों को

जन्म देती हैं और उन्हें कायम रखती हैं, जो कि उन्नति के लिए सबसे ज़्यादा जरूरी है। वे चमत्कारों को हासिल करने में सहायक होती हैं। स्वतंत्र भारत की महात्मा गांधी की महत्वाकांक्षा के कारण ही आज मैं और आप आजाद लोगों की तरह घूम-फिर पा रहे हैं। यह कहना कोई अतिशयोक्ति नहीं होगी कि महत्वकांक्षाएं ही सभ्यताओं को बनाती हैं। इसलिए आप जो भी करते हों, अपनी महत्वाकांक्षाएं बहुत ऊंची रखें।

हमारे राष्ट्र-निर्माण के कार्य में कटुता का कोई स्थान नहीं है। कटुता ऊर्जा और उत्साह को खींचती है, जो अपने सपने पूरे करने के लिए हमें बहुतायत में चाहिए।

उन क्षेत्रों में अवसर तलाशें जो सरकारी नियंत्रण से बाहर हैं। बड़े अवसर वहीं होते हैं और वहीं योग्यता को पहचाना और सराहा जाता है। उन्हीं क्षेत्रों में ग़रीबी की समस्या को हल करने की अपनी मुहिम में आप रोजगार के बेहतर अवसर पैदा कर सकते हैं।

प्रगति के लिए आत्मविश्वास भी बेहद अहम है। खुलापन ऐसे ही आत्मविश्वास का चिह्न है। इसलिए नए विचारों को स्वीकार करने, आंकने, उन्हें अनुकूल बनाने और अपनाने की योग्यता ही सफल लोगों को कम-सफल लोगों से अलग करेगी। हमें ऐसे कोई भी विचार और अवधारणाएं छोड़नी होंगी जो हमें कौमपरस्ती, उग्र राष्ट्रीयता और संकीर्णता की ओर ले जाती हैं। आपस में जुड़े विश्व ग्राम के इस युग में, आर्थिक उन्नति चाहने वाले किसी भी राष्ट्र को बाहरी दुनिया से ख़ुद को काटना नहीं चाहिए। पचास और साठ के दशकों में ऐसा करने वाले देशों ने इस अलगाव की व्यर्थता को पहचान लिया है और सफलतापूर्वक इस ट्रेंड को पलटकर इसके परिणामस्वरूप मिले खुलेपन से लाभ पाया है। अब समय है कि हम ईस्ट इंडिया कंपनी सिंड्रोम से ऊपर निकलें और उन राष्ट्रों की बेहतरीन नीतियों से लाभ उठाएं जिन्होंने हमसे पहले अपनी आर्थिक समस्याओं को हल कर लिया है। आख़िरकार, सर्वश्रेष्ठ होने के लिए हमें दुनिया में सर्वश्रेष्ठ के साथ खड़ा होना होगा। इससे जरा भी कम नीति हमें शिखर पर नहीं ले जाएगी। इसके लिए बहुत अनुशासन और मेहनत चाहिए।

हजार सालों से ज़्यादा के हमारे औपनिवेशीकरण के कारण, हमारे समाज में लोग अविश्वासी और दमित हैं। हम एक ऐसा समाज हैं जहां शासन के हितों को लोगों के हितों से ज़्यादा अहम समझा जाता है; जहां सार्वजनिक क्षेत्र के संस्थानों में कार्यरत कुछ हजार लोगों की नौकरियों को उन लाखों उपभोक्ताओं से ज़्यादा पुनीत समझा जाता है जिन्हें इन संस्थानों द्वारा सेवा देने की उम्मीद की जाती है; जहां एक भारतीय मल्टीनेशनल विदेशी सरकारों की तुलना में अपने ही देश की सरकार द्वारा विश्वास की कमी को महसूस करती है; और जहां नौकरशाह मानते हैं कि विश्व स्तर के शैक्षिक संस्थानों को चलाने के बारे में उन संस्थानों के जहीन बुद्धिजीवियों की तुलना में वे कहीं ज़्यादा जानते हैं।

दुर्भाग्य से, स्वतंत्रता के पचास साल बाद भी, हम अब तक पूर्व शासकों की बपौती से पार नहीं पा सके हैं, जो कि ख़ुद इस बीच तेजी से बदल गए हैं। हमें समझना होगा कि

सार्वजनिक क्षेत्र के हित सार्वजनिक हित नहीं हैं और यह कि सरकार के हित लोगों के हित नहीं हैं। इस बोध का एक उदाहरण भी सरकार शासितों के सारे एकाधिकारों को हटाने में सक्रिय सिद्ध होगा। सरकारी एकाधिकार दुनिया भर में सरकारी अधिकारियों और लोगों के लाभों के बीच अभिन्न रूप से विषमता पैदा करते हैं। मेरे लिए यह समझना मुश्किल है कि क्यों, मसलन, हमारी सरकार शिक्षा के क्षेत्र में लाइसेंस को अभी तक कायम रखे हुए है, जबकि अधिकांश औद्योगिक लाइसेंसिंग को यह समाप्त कर चुकी है। दस से बीस साल की अवधि में, सरकार को रक्षा, विदेश, गृह और मैक्रो-आर्थिक नीतियों के मामलात को छोड़कर धीरे-धीरे अन्य सभी गतिविधियों से बाहर निकल आना चाहिए, और वाणिज्य के सभी क्षेत्रों में महज नियंत्रक बन जाना चाहिए।

हमारा कुलीन वर्ग अभी भी, जैसा कि फ्रैंज फ़ैनन ने उत्तर-औपनिवेशिक समाजों पर लिखी अपनी मशहूर किताब में कहा है, काली चमड़ी और गोरी नकाब चढ़ाए लोगों की तरह बर्ताव करता है। यह मानसिकता बदलनी होगी, वर्ना आप ख़ुद को और अपने आसपास के समाज को हमेशा एक-दूसरे के विरोध में खड़ा पाएंगे।

हमारी हजार साल की गुलामी का एक और अभिशाप है उदासीनता। भारत के अभी तक पिछड़ा होने की मुख्य वजह सक्रिय कार्य करने की हमारी अनिच्छा है, तब भी जब हल हमारे समक्ष खड़ा होता है। नियति को दोष देकर हम अपनी समस्याओं को हल करने की जिम्मेदारी लेने से बचते हैं। हमें हजरत मोहम्मद के शब्दों को याद रखना चाहिए, जिन्होंने कहा था, "ख़ुदा किसी शख़्स में तब तक कुछ नहीं बदलता जब तक कि वे ख़ुद अपने आप को नहीं बदलते।" जीवन के हर क्षेत्र से जुड़े लोगों से मिले मेरे अनुभवों ने इस विचार की पुष्टि ही की है। हम एक ऐसा राष्ट्र बन गए हैं जो शब्दाडंबर में तो श्रेष्ठ है, मगर कार्यों में नाकारा। आपको बातें कम और कार्यों पर अधिक फ़ोकस करना होगा।

आपको इस सिद्धांत में विश्वास और इसके अनुसार कार्य करना होगा कि लघु अवधि के लिए निजी हितों से पहले सार्वजनिक हितों को रखने से लंबी अवधि में आपके निजी लाभ बेहतर होंगे। सरल शब्दों में, इसका अर्थ है कि किसी भी लेन-देन में सार्वजनिक संस्थान—देश, राज्य, शहर, कॉलेज या कंपनी—के हित को पहले रखा जाए। दरअसल, हमारे भ्रष्ट नेताओं, अधिकारियों और कॉरपोरेट लीडरों के बर्ताव को इस अहम सिद्धांत की पूर्ण उपेक्षा के तौर पर देखा जा सकता है।

अहंकार, अभिमान और दूसरे लोगों के प्रति अवमानना ने हमारे दिमागों को हजारों साल से कुंठित कर रखा है और हमारी उन्नति को रोक रखा है। इस देश में विनम्रता दुर्ल भ है। ग्यारहवीं सदी में भारत आने और अनेक पंडितों से मुलाकात करने वाले मशहूर फ़ारसी लेखक अल बरूनी ने भी इस प्रवृत्ति पर टिप्पणी की है। अब समय है कि हम यह समझ लें कि भारत आर्थिक रूप से सफल देशों की पंक्ति में निचली सतह पर है, इस सच को स्वीकार कर लें, अपने से बेहतर लोगों का उनकी उपलब्धियों के लिए सम्मान करने की

कोशिश करें, उनसे सीखें और अपने आर्थिक स्तर को सुधारें।

योग्यता को त्यागने वाला कोई भी समाज अपनी समस्याओं को सुलझाने में सफल नहीं रहा है। समाज के कमजोर वर्गों के लिए एक निश्चित अवधि तक स्कूलों में आरक्षण और वित्तीय सहायता देना तो वांछनीय है, लेकिन इस बारे में गहन संदेह है कि आर्थिक पिछड़ेपन को जाति के आधार पर निर्धारित किया जाए, जैसा कि आज भारत में हो रहा है। यह विडंबना ही है कि आज लोग मेहनत, ज्ञान और ईमानदारी की तुलना में पिछड़ेपन के अवलंब को उन्नति का साधन मानते हैं। इस तरह हम शायद दुनिया का एकमात्र ऐसा देश बन गए हैं जहां लोग ख़ुद को पिछड़ा कहलाने के लिए लड़ते हैं! इस मुद्दे पर बहस करना और ऐसी राय का माहौल बनाना आपका दायित्व है जहां लोग आर्थिक उन्नति की सही परिप्रेक्ष्य में आकांक्षा करें।

हमने एक ऐसा आर्थिक मॉडल अपनाया है जिसमें सरकार ने योग्यता और जवाबदेही की परवाह किए बग़ैर रोजगार पैदा करने और उन्हें बनाए रखने की जिम्मेदारी ले ली है। नतीजा हुआ बेरोजगारी, अयोग्यता, अवज्ञा, योग्य लोगों का नैतिक पतन और

अर्थव्यवस्था में मूल्यों का पतन। हाल के समय में इस मॉडल को भंग करने पर भी कुछ चर्चा हुई है। मगर इस रचनात्मक खंडन को अंजाम देने के लिए दूरदृष्टि, साहस और तेजी से कार्य करने की जरूरत है। आपको ऐसे नेताओं का उत्साह बढ़ाना चाहिए जिन्होंने इस कार्य को हाथ में लिया है, और ऐसी पहल के सकारात्मक पहलुओं को आम लोगों तक पहुंचाने में मदद करनी चाहिए।

आपको याद रखना होगा कि इस देश में ग़रीबी की समस्या को हल करने का एकमात्र तरीका रोजगार के और अवसरों को पैदा करना है। इसके लिए उद्यमों की जरूरत है। कृषि क्षेत्र में पहले से ही बहुत कम पगार पर बहुत सारे लोग लगे हुए हैं। इसलिए आपको मेन्युफ़ैक्चरिंग और सेवा क्षेत्रों में रोजगार पैदा करना होगा। हमारी सरकारें, चूंकि जनता के प्रति उनकी जवाबदेही बहुत कम या ना के बराबर है, संभवत: और ज़्यादा नौकरियां पैदा नहीं करेंगी। इसलिए हमें ज़्यादा से ज़्यादा उद्यमियों की आवश्यकता है। हमें और ज़्यादा इंजीनियर, वैज्ञानिक, अधिकारी और नेता चाहिए जो उद्यमशीलता की मानसिकता को बढ़ावा दें। नए रोजगार पैदा करने के लिए सम्मिलित प्रयास करना होगा।

बहुत से विकासशील देशों में प्रगति की कमी की वजह संसाधनों का अभाव नहीं, बल्कि प्रबंधन कौशल और व्यवसायिक रवैये की कमी है। अपने काम में व्यवसायिक और प्रभावी होने से हमें अपने संसाधनों—मानवीय योग्यता, कच्चे माल, घरेलू और विदेशी निवेश, और इंफ्रास्ट्रक्चर, ये तो बस कुछेक हैं—का भरपूर उपयोग करने में मदद मिलती है। ऐसा इसलिए है क्योंकि एक व्यवसायिक व्यक्ति का जुड़ाव अपने व्यवसाय से होता है, किसी संस्था या व्यक्ति से नहीं। इसी प्रकार, वह निजी संबंधों को अपने व्यवसायिक कार्यों में आड़े नहीं आने देता। वह निष्पक्ष और पूर्वाग्रहों से मुक्त होता है और पूर्व समझौतों का

भार लाए बग़ैर हर समझौते को नए सिरे से शुरू करता है। वह निष्पक्ष फ़ैसले लेता है और इस सिद्धांत में विश्वास करता है, "ईश्वर में मुझे भरोसा है; बाकी सबको डाटा मेज पर रखना होगा।" इस प्रकार संस्था में हरेक को, चाहे वह पद में कितना ही बड़ा या छोटा हो, किसी भी मुद्दे पर उसे संतुष्ट करने का समान मौका मिलेगा। नतीजतन, उसके साथ काम करने में सब विश्वास और उत्साह से भरे होंगे।*

कार्यगत उसूलों, ईमानदारी, विधि और अनुबंध के नियम को मानने, और परोपकार के मामले में स्वयं मिसाल बनकर बाकी सबका नेतृत्व करना भी आपका कर्तव्य है। आज के समय में, ऐसे नेतृत्व की बेहतरीन मिसाल राष्ट्रपिता महात्मा गांधी ने पेश की थी। अपने हर काम में, उन्होंने जो कहा उसे करके दिखाया और नीतिवचनों का पालन किया। इसमें कोई हैरत नहीं कि अहिंसा द्वारा भारत को स्वतंत्र कराने के अपने लक्ष्य में उन्हें हर भारतीय का भरोसा, विश्वास और संबल मिला।

मेरे राय में, अपने पश्चिमी साथियों के विपरीत भारतीय व्यवसायी परोपकार के मामले में कहीं ज़्यादा कंजूस हैं। जब तक आप अपने स्कूल या कॉलेज को अपने जीवन की आमदनी का कम से कम एक छोटा हिस्सा नहीं देंगे, तब तक भावी पीढ़ियों के लिए इन संस्थाओं को मजबूत बनाना मुश्किल होगा। इसके अलावा, अपने समझौते के अनुबंधों को पूरा करने के मामले में भी भारतीय व्यवसायियों की साख बहुत बुरी है। वास्तव में, विदेश में अध्ययन करने के लिए सरकार या शैक्षिक संस्थानों से वित्तीय सहायता पाने वाले अधिकांश व्यवसायी अपनी अनुबंधीय प्रतिबद्धताओं से इस तरह पलट गए हैं जिस पर वे या उनके बच्चे गर्व नहीं कर सकते। समझौतों का सौ फ़ीसदी अनुपालन ही भावी पीढ़ियों को योग्य और जरूरतमंद विद्यार्थियों की सहायता करने वाली वित्तीय पहलों का लाभ उठाने में मदद करने का एकमात्र तरीका है।

आप जो कुछ भी करें, उसमें उत्कृष्टता पैदा करें। उत्कृष्टता के इन द्वीपों को जोड़कर आप समाज को बदलने की अपनी क्रांति के लिए एक महत्वपूर्ण पिंड बना सकते हैं।

याद रखें कि वास्तविकता, आख़िरकार, वह है जिसे आप सक्रियता से बनाते हैं। भारत में वास्तविकता का अर्थ है भ्रष्टाचार, गंदी सड़कें, प्रदूषण, और बिजली का अभाव। सिंगापुर में वास्तविकता का अर्थ है साफ़ सड़कें, प्रदूषणहीनता, भरपूर बिजली, अच्छे एयरपोर्ट आदि। हमारी नई वास्तविकता को तय करना और उसे गढ़ना आपका काम है।

भारत का भविष्य आपमें निहित है। मुझे इसमें जरा भी संदेह नहीं है कि आप इस समाज के, या जिस भी समाज में आप रहना पसंद करेंगे, उपयोगी नागरिक होंगे।

संस्कृत के एक और श्लोक के साथ मैं अपनी बात समाप्त करूंगा जो कि मेरी कही

---

* जब मैं पुल्लिंग शब्द का प्रयोग करता हूं, तो मेरा तात्पर्य पुरुष एवं महिला दोनों व्यवसायियों से होता है। इंफ़ोसिस में, हमारी महिला मैनेजर व्यावसायिक रवैये की बेहतरीन मिसाल हैं।

बातों और विश्वासों के मूल में है:

अहिंसा प्रथमम् पुष्पम्, पुष्पम् इंद्रियनिग्रहम्
सर्वभूता दया पुष्पम्, क्षमा पुष्पम् विशेष्टा
शांति ध्यान पुष्प ततैवाचा, सत्यम् अष्टविधम् पुष्पम्
विष्णूम् प्रसीदम् करेत

(अहिंसा, इंद्रियों पर नियंत्रण, सबके प्रति दया, क्षमा, शांति, ध्यान, परोपकार और सत्य—ये आठ पुष्प ईश्वर को प्रसन्न करते हैं।)

बेशक, ये गुण इक्कीसवीं सदी के आदर्श भारतीय का वर्णन करते हैं।

□

समकालीन संसार में सफलता

अपने मनपसंद शहर पेरिस में होना मुझे हमेशा अच्छा लगता है। मेरा मन सैंतीस साल पहले के उस सर्द दिन में वापस पहुंच जाता है जब मैं ओर्ली में उतरा था, जेब में मुश्किल से पचास फ़्रैंक थे, होंठों पर फ़्रैंच का शायद ही कोई शब्द हो, मगर फिर भी मैं उत्साह से भरा हुआ था कि मैं **1968** की छात्र क्रांति की धरती पर हूं, अपने पसंदीदा गणितज्ञ लाप्लेस और पसंदीदा अभिनेत्री ब्रिजिट बार्डो की धरती पर हूं। फ़्रांसीसी लोग बहुत विनम्र और सत्कार करने वाले थे, चाहे वह किसी बिस्त्रो का वेटर हो, आलियांस फ़्रांचाइज के मेरे प्रोफ़ेसर हों, दफ़्तर में मेरे सहयोगी हों या फ़्रैंच कम्युनिस्ट पार्टी के प्रतिबद्ध कार्यकर्ता तक, जिनसे मुझे कम्युनिज़्म पर लंबी चर्चाएं करने का सुयोग हासिल हुआ। किसी तरह, आज भी, यह शहर अपनी वही ताजगी, जोश और ऊर्जा बनाए रख सका है जिसे मैंने सत्तर के दशक में अपने निवास के दौरान महसूस किया था।

स्नातक होने का दिन हरेक के जीवन की महत्वपूर्ण घटना होती है। यह वह दिन है जब आप शिक्षा के मंदिर के खुले, सहयोगात्मक और बौद्धिकता से प्रेरित माहौल से बाहर विरोधों, हैरतअंगेज संभावनाओं और कड़ी चुनौतियों से भरी असल दुनिया में कदम रखते हैं। वह दुनिया जिसमें आप व्यवसायी के रूप में श्रेष्ठता हासिल करेंगे, उस दुनिया से बहुत अलग है जिसमें मैंने चालीस साल पहले कदम रखा था, जब मैं आपकी उम्र का था, इसका श्रेय हाल की तीन महत्वपूर्ण घटनाओं को जाता है: वैश्वीकरण, विश्व का बढ़ता तापमान और मुक्त बाजार का पूंजीवाद। मैं थोड़ा समय लेकर यह बताऊंगा कि ये इतने उपयोगी विषय क्यों हैं कि इस दुनिया का रूप बदल देंगे और यह भी चर्चा करूंगा कि ऐसी दुनिया में आपकी भूमिका क्या होगी।

वैश्वीकरण क्या है? मैं इसे दो स्तरों पर परिभाषित करूंगा। मोटे तौर पर, यह विश्व भर में पूंजी, सेवाओं, वस्तुओं और श्रम का टकराव रहित प्रवाह है। यह विश्व स्तर पर विचारों, ज्ञान और संस्कृति को बांटना भी है। यह ग़रीबी, एड्स, आतंकवाद और विश्व के बढ़ते तापमान जैसे वैश्विक मुद्दों से निबटने के प्रति एक साझा फ़िक्र और योजना बनाना

दीक्षांत उदबोधन, आई. एन. एस. ई. ए. डी., फ़ॉन्टेनब्लॉ, 18 दिसंबर, **2008**

भी है। माइक्रोइकोनॉमिक या फ़र्म के स्तर पर, यह देशों की सीमाओं से बाधित हुए बग़ैर जिस जगह सबसे सस्ती पूंजी हो, वहां से उसे हासिल करना, जिस जगह सर्वश्रेष्ठ प्रतिभा मिले, वहां से उसे लेना, सबसे योग्यता वाली जगह पर उत्पादन करना और जहां बाजार हो वहां माल बेचना है। इंफ़ोसिस, आईबीएम और एडिडास फ़र्म स्तर पर वैश्वीकरण के बेहतरीन उदाहरण हैं।

आपके, भविष्य के कॉरपोरेट लीडरों के लिए वैश्वीकरण के क्या निहितार्थ हैं? सबसे पहले तो, दुनिया भर में कॉरपोरेशनों को जबरदस्त प्रतियोगिता का सामना करना पड़ेगा, क्योंकि नई खोजें विश्व के किसी भी—विकसित साथ ही विकासशील—हिस्से से आ सकती हैं। वैश्वीकरण होने से आज सफलता अनिवार्य रूप से यह हो गई है कि आप कितनी तेजी से नई धारणाओं को विकसित करते हैं, उन्हें लागू करते हैं, और बाजार में प्रतियोगात्मक लाभ उठा लेते हैं, ताकि आप एक बेहतर कंपनी, समाज, देश और संसार बना सकें। इसलिए प्रतिभा, नवीनता और बाजार तक पहुंचने के समय और कीमतों में कमी लाने पर आपका फ़ोकस बहुत विशाल आधार पर बढ़ना होगा। आपको आत्मविश्वास और दृढ़ता के आधार पर शीघ्र फ़ैसले लेने होंगे। ऐसे माहौल में, मुझे यकीन है कि सफल कॉरपोरेशन के लिए अपरिवर्तनशील गुण सिर्फ़ नए विचारों, प्रतिभा, गति, नवीनता और क्रियान्वयन में उत्कृष्टता के प्रति खुलापन ही होंगे। आपकी चुनौती ऐसी मानसिकता का निर्माण करना होगी जो इन गुणों को अपना सके।

आपको अपनी कॉरपोरेशनों में बहुल-संस्कृतिवाद के प्रति सहनशीलता और सम्मान का माहौल बनाना होगा। सार्वभौमिक मूल्यों—ईमानदारी, शालीनता, मेहनत, सहनशीलता और सुशिष्टता, एक-दूसरे में अच्छाइयों को तलाशना और अंतरों पर बल को कम करना—पर बल देना इन बहुल-सांस्कृतिक टीमों से सर्वश्रेष्ठ काम लेने के लिए आवश्यक होगा। आपको विभिन्न संस्कृतियों के व्यवसायियों की महत्वाकांक्षाओं को सराहना सीखना होगा। आपको अपनी संस्कृति के अच्छे पहलुओं को बरकरार रखते हुए दूसरी संस्कृतियों से सीखने के प्रति खुला नजरिया रखने की मानसिकता बनानी होगी।

दूसरे, इस सपाट दुनिया में, हर वो राष्ट्र जो विश्व बाजार में कुछ योगदान दे सकता है, न सिर्फ़ अपने देश की जनता की, बल्कि दुनिया भर के लोगों—अमीर-ग़रीब, शहरी-ग्रामीण, शक्तिशाली और कमजोर, शिक्षित और कम शिक्षित—की जिंदगियों में सुधार ला सकता है। विकासशील देश, ख़ासकर, अभूतपूर्व अवसरों के साथ वैश्विक लीडरों को प्रस्तुत करते हैं। वास्तव में, इस समय विश्व का आधे से अधिक सकल घरेलू उत्पाद (जिसे क्रय क्षमता के मूल्यों के अनुपात से आंका जाता है) विकासशील देशों के द्वारा निर्मित है। चीन और भारत जैसे देशों में तीस से कम आयु वर्ग के उपभोक्ताओं की बड़ी तादाद के साथ, अपनी तेजी से बढ़ती अर्थव्यवस्थाओं, बेहतर आय और जनसांख्यिकीय अंतरों के कारण विकासशील देशों में उपभोक्ता आधार महत्वपूर्ण हो गया

है। इस प्रकार, आपको केवल विकसित

अर्थव्यवस्था के 'धनी' उपभोक्ताओं के बारे में सोचना बंद करना होगा। आपको उन उत्पादों और सेवाओं के निर्माण में आगे आना होगा, जो पिरामिड के सबसे निचले पायदान के दो अरब ग़रीब लोगों की जेब पर भारी न पड़े। हालांकि प्रति ईकाई राजस्व एवं प्रति ईकाई लाभ कम हो सकता है मगर विकासशील देशों के उपभोक्ताओं की बड़ी संख्या को देखते हुए आपकी कंपनी अच्छा-ख़ासा लाभ कमा सकती है लेकिन इसके लिए आपको इन देशों के उपभोक्ताओं की प्राथमिकताओं को समझना और उनके अनुसार काम करना होगा।

सामान्यतया, उभरती हुई अर्थव्यवस्थाएं या तो अतीत में उपनिवेश रही थीं, या तानाशाह या कम्युनिस्ट शासन के तहत थीं। दूसरे शब्दों में, वहां कुछ समय पहले तक भी पूंजीवाद नहीं था, और पूंजीवाद, विदेशी कंपनियों और लोगों को लेकर वहां गहन संदेह था। इसलिए सफलता पाने के लिए आपको इन समाजों में विश्वास पैदा करना होगा। हरेक फ़ैसले लेने से पहले आप यह पूछें कि क्या इससे आपकी कंपनी और आपका देश बेहतर बनेगा। अगर संदेह हो, तो देश के हित को चुनें क्योंकि जब तक देश सफल नहीं होगा, आपकी कंपनी सफल नहीं हो सकती। ऐसी नीति उभरती अर्थव्यवस्थाओं में लाभदायी और स्थायी कारोबार बनाने का निश्चित रास्ता होगी। यूनीलिवर इस सिद्धांत का शानदार उदाहरण है।

अब, मैं दूसरी घटना पर आता हूं—विश्व का बढ़ता तापमान। वैश्वीकरण का एक परिणाम चीन और भारत जैसे देशों में अपने नागरिकों को कारें, बिजली और आवास जैसी सुविधाएं प्रदान करके उनके जीवन की गुणवत्ता को बढ़ाने की जायज इच्छा उठना है। इनके लिए जबरदस्त मात्रा में ऊर्जा की आवश्यकता होती है, और नतीजा हुआ पहले से ही पीड़ित ग्रह में बढ़ता कार्बन उत्सर्जन। विकसित देशों के उत्थान की मेहरबानी से पिछले पैंतीस साल में यह कार्बन उत्सर्जन बहुत तेज दर से बढ़ता रहा है।

इसके निर्णयात्मक सुबूत हैं कि इन उत्सर्जनों के कारण हवा और समंदर का तापमान बढ़ा है, ध्रुवीय हिम-खंड पिघलने लगे हैं और दुनिया भर में समंदर का स्तर बढ़ रहा है। ये रुझान इकोसिस्टम को असंतुलित करेंगे, भोजन और जल की उपलब्धता में कमी आएगी और अप्रत्याशित स्तर पर बीमारियां फैलेंगी। इसका हल विकासशील देशों को वे सुविधाएं त्यागने के लिए मजबूर करना नहीं होगा, जिन्हें विकसित देश एक सदी से भोग रहे हैं। हमें एक ग्रह की तरह एकजुट होना होगा और ऊर्जा के वैकल्पिक उपाय उत्पन्न करने और कार्बन उत्सर्जन में कमी लाने के लिए तकनीकी नवीनताओं का इस्तेमाल करना होगा। इंटरगवर्मेंटल पैनल ऑन क्लाइमेट चेंज (आईपीसीसी), इसके प्रतिभाशाली चेयरमैन डॉ आर. के. पचौरी और भूतपूर्व अमेरिकी उपराष्ट्रपति अल गोर के अनथक प्रयासों से वातावरण में परिवर्तन के संबंध में जागरूकता बढ़ी है। फिर भी, भावी व्यापारिक और

राजनीतिक नेताओं द्वारा इस काम का एक महत्वपूर्ण हिस्सा पूरा किया जाना अभी शेष है। यही आपका योगदान अहम होगा। निजी जिंदगी में ऊर्जा और पानी की खपत कम करने, ऊर्जा-तटस्थ इमारतें बनाने और ऊर्जा बचाने वाली निर्माण प्रक्रियाएं बनाने पर ध्यान केंद्रित करें। अपने उपभोक्ताओं और अपनी आपूर्ति श्रृंखला को अपने उत्पादों, सेवाओं और वेंडर-पार्टनरों के जरिए ऊर्जा और पानी की खपत कम करने में सहायता दें। आख़िरकार, हमारे पास एक यही ग्रह है। ख़ुद को इस तरह ढालें मानो आपने इसे अगली पीढ़ी से उधार लिया हो। याद रखें कि आपको इसे उन्हें अच्छी स्थिति में लौटाना है।

यह मुझे अपने तीसरे मुद्दे पर लाता है—मुक्त बाजार का पूंजीवाद, यह भी वैश्वीकरण का एक और नतीजा है। अब यह स्पष्ट हो गया है कि कम्युनिज़्म को या तो एक अलाभकारी विचारधारा मानकर छोड़ दिया गया है या व्यवहार में इसे राज्य निर्देशित पूंजीवाद से बदल दिया गया है। दुर्भाग्य से, अनेक कॉरपोरेट लीडरों का लालच, वाल स्ट्रीट का डगमगाना, सीईओ और साधारण कर्मचारियों की तनख़्वाओं में बढ़ता फ़र्क, और असफल सीईओ को दिए अविश्वसनीय बर्ख़ास्तगी मुआवजों ने सवाल खड़ा किया है कि क्या पूंजीवाद वाकई सब लोगों के लाभ का उपाय है, या कुछ चालाक लोगों के लिए सीधे-सादे मिडिल क्लास और ग़रीब लोगों की आंखों में धूल झोंकने का साधन है। पूंजीवाद के इतिहास में पहले कभी इतने थोड़े से लोगों ने इतने सारे लोगों के लिए इतनी बड़ी मुसीबत खड़ी नहीं की थी। अमेरिकी कांग्रेस में हाल में हुई बहस इस भावना को बख़ूबी व्यक्त करती है। अनेक जाने-माने टिप्पणीकारों ने राय दी है कि विश्व अर्थव्यवस्था को दी गई हाल की चालीस खरब की मदद इस नई कहावत का शक्तिशाली सुबूत है, "अगर आप सौ डॉलर उधार लेते हैं, तो उसे चुकाना आपकी जिम्मेदारी है। अगर कोई कॉरपोरेशन सौ खरब डॉलर का उधार लेती है, तो उसकी फ़िक्र करना सरकार का दायित्व है।" इस मदद ने एक नई बहस छेड़ दी है कि क्या मुक्त बाजार के पूंजीवाद का वर्तमान रूप शासकीय मदद के मूलभूत रूप से समाजवादी साधन के बिना टिकाऊ हो सकता है।

मेरा विश्वास है कि ढेर सारे कानून और नियमन भी लालच की समस्या को हल नहीं कर सकेंगे और न ही पूंजीवाद को बचा सकेंगे। पूंजीवाद को बचाने और इसे इसकी आब लौटाने का एक ही तरीका है कि आप शालीन, ईमानदार, औचित्यपूर्ण, मेहनती और सामाजिक रूप से चेतन व्यापारिक अग्रेता की तरह बर्ताव करें। अपने हर काम में आपको पूछना होगा कि इससे आपकी कॉरपोरेशन के सबसे निचले स्तर के कर्मचारी और आपके समाज के सबसे ग़रीब आदमी की बेहतरी किस तरह होगी। आपको अपने समुदाय—अपनी कॉरपोरेशन, अपने समाज, अपने देश और इस ग्रह—के हितों को अपने हितों से पहले रखना होगा। इसीलिए, मेरी कंपनी—इंफ़ोसिस—में हम इस सूक्ति का पालन करते हैं: "अगर आपकी अंतरआत्मा साफ़ है तो आप चैन की नींद सो सकते हैं।"

वैश्वीकरण, विश्व के बढ़ते तापमान और मुक्त बाजार के पूंजीवाद के इन दिनों में

सफल होने के लिए आपकी कॉरपोरेशन के हर कर्मचारी को लघु अवधि में बड़े भारी त्याग स्वीकार करने होंगे और उम्मीद करनी होगी कि लंबी अवधि में अच्छाई सफल होगी और उन सबके जीवन को बेहतर बनाएगी। उम्मीद को हकीकत में बदलने के लिए आवश्यक है कि अग्रेता भरोसेमंद बनें। मेरा यह विश्वास है कि आगे रहकर और मिसाल बनकर नेतृत्व करना ही अपने सहयोगियों का विश्वास जीतने के साधन हैं। शालीन नेतृत्व की ऐसी स्थायी विरासत बनाने के लिए बस ख़ुद से यह सवाल पूछें, "मैं ऐसा क्या करूं कि कल अगर मैं न रहूं तो लोग मेरी कमी महसूस करें?"

मेरा आप सबसे निवेदन है कि मिसाल बनकर नेतृत्व करने के द्वारा कॉरपोरेट लीडरशिप में नए मानक निर्धारित करें। बतौर लीडर शालीनता, निष्पक्षता, ईमानदारी, पारदर्शिता और जवाबदेही का प्रदर्शन करने से निश्चय ही पूंजीवाद पुनर्जीवित होगा और यह संसार उससे ज़्यादा धनी, ख़ुशहाल, हरा और सुरक्षित होगा, जितना आपने विरासत में इसे पाया था।

□

वैश्वीकृत कॉरपोरेशन में सफलता

जब आप इस महान संस्थान के गेट से बाहर निकलेंगे जो कि अंतरराष्ट्रीय व्यापार के अग्रणियों को तैयार करने के लिए जाना जाता है, तो आप जानेंगे कि यहां आपकी शिक्षा ने आपको बिना किसी अवरोध के राष्ट्र की सीमाओं को पार करने, नई संस्कृतियों को शीघ्रता से अपनाने, बिना प्रयास मेजबान राष्ट्रों में सद्भावना बनाने और अपनी शिक्षा से उन समाजों में मूल्य जोड़ने और अपनी कॉरपोरेशनों को शक्तिशाली बनाने के लिए तैयार किया है। इस तरह की शिक्षा दुर्लभ और अमूल्य होती है। **1970** के दशक की शुरुआत में पेरिस में मेरे अनुभव, जबकि मैं शानदार फ़्रांसीसी संस्कृति से लाभ उठाने के लिए कतई तैयार नहीं था, इस बात की अच्छी मिसाल हैं कि क्यों इस तरह के संस्थान अमूल्य होते हैं। हालांकि सत्तर के दशक में पेरिस में होना रोमांचकारी था, मगर यह न सिर्फ़ मेरे, बल्कि पेरिस के मेरे अत्यंत उदार और समझबूझ वाले दोस्तों के लिए भी हताशाजनक था क्योंकि मुझे फ़्रांसीसी संस्कृति की जरा भी जानकारी नहीं थी।

दुनिया के नागरिक के तौर पर आपकी चुनौतियां क्या हैं? आपको दफ़्तर और बाहर तालमेल बिठाना होगा। आपको स्वीकार करना होगा कि इतिहास में 'पश्चिम की विजयों' के अलावा भी बहुत कुछ है और यह कि नया इतिहास एशिया और दूसरी जगहों पर लिखा जा रहा है। आपको इस पारंपरिक मानसिकता को धता बतानी होगी कि एशियाई सफलता पश्चिम के साथ खेला गया शून्य-अंक का खेल है। आपको मानना होगा कि हम एक सपाट दुनिया में रहते हैं जहां नए विचार और उत्पाद कहीं से भी आ सकते हैं। एक निष्पक्ष, समान, शांत, हरा और ख़ुशहाल ग्रह बनाने के लिए आपको प्रयत्नों की अग्रिम पंक्ति में होना होगा। आपको अंतरराष्ट्रीय व्यापार के परंपरागत नियम भुला देने होंगे और शीघ्रता से वैश्वीकृत कॉरपोरेशन के नियमों को सीखना होगा। मैं वैश्वीकरण को देशों की सीमाओं से बाधित हुए बग़ैर जिस जगह सबसे सस्ती पूंजी हो, वहां से उसे हासिल करने, जहां सर्वश्रेष्ठ प्रतिभा हो, वहां से उसे लेने, सबसे कौशल वाली जगह पर उत्पादन करने और जहां बाजार हो, वहां माल बेचने के तौर पर परिभाषित करता हूं। पश्चिमी बाजारों

दीक्षांत उदबोधन, आई. ए. ई. एस. ई. बिजनेस स्कूल, बार्सीलोना, **9** मई, **2008**

के लिए सॉफ़्टवेयर बनाने के लिए भारत और चीन में बहुतायत से मानव-शक्ति का इस्तेमाल करने वाला इंफ़ोसिस वैश्वीकृत कॉरपोरेशन का अच्छा उदाहरण है। अतीत में, हमेशा घिसी-पिटी पश्चिमी विचारधाराएं, उत्पाद और सेवाएं ही विकासशील देशों में बाजार पाती थीं। आज भारत और चीन की आर्थिक सफलता और उभरते देशों के तीव्र विकास ने बाजारों, प्रतिभा और पूंजी के प्रवाह के बारे में हमारी ज़्यादातर पूर्व धारणाओं को बदल दिया है। आपके सामने एक लीडर और प्रबंधक दोनों ही रूपों में अभूतपूर्व चुनौतियां होंगी। लीडर के तौर पर आपको ऐसे लक्ष्य पर फ़ैसला लेना होगा जो कि प्रशंसनीय, रोमांचकारी और महत्वाकांक्षी हो। और आपको वैश्विक प्रबंधक होना होगा—ऐसा प्रबंधन व्यवसायी जिसकी महत्वाकांक्षाएं राष्ट्रीय सीमाओं से ऊपर हों, जो विश्व स्तर पर परफ़ॉर्मेंस को सामने रखता हो, और जो अनेक संस्कृतियों के साथ व्यवहार करने में सहज हो।

आमतौर पर माना जाता है कि किसी कॉरपोरेशन की सफलता अच्छे विचारों को खोजने और उनके क्रियान्वयन से तय होती है, ताकि वे ग्राहकों के लिए ज़्यादा से ज़्यादा प्रासंगिक हो सकें। नई खोज दिमाग़ की ताकत से होती है, ऐसा दिमाग़ जो ख़ुश, ऊर्जावान और जोशीला हो। ऐसी ताकत कॉरपोरेशन के लोगों की गुणवत्ता से भी मिलती है। इसीलिए इंफ़ोसिस में हम मानते हैं कि शाम को जब हमारा आख़री कर्मचारी भी घर चला जाता है तो कंपनी का बाजारगत पूंजीकरण शून्य हो जाता है, भले ही कार्यदिवस में वो कुछ भी रहा हो। मुझे कोई सफ़ल कॉरपोरेशन दिखाइए, और मैं आपको उसके चेयरमैन से लेकर चौकीदार तक ख़ुशहाल, आशावान, आत्मविश्वासी, उत्साही और ऊर्जावान लोगों का समूह दिखाऊंगा। मुझे कोई सफल प्रबंधक दिखाएं, और मैं आपको एक ऐसी संयुक्त टीम दिखाऊंगा जिसका हर सदस्य इंद्रधनुष देख रहा होगा और विश्वास से भरा होगा कि वह इसका एक हिस्सा पा लेगा। आज टीमवर्क बहुत ज़्यादा अहम हो गया है—हम एक जटिल संसार में रहते हैं जहां सफल होने के लिए बहुविध योग्यताएं और कड़ी मेहनत चाहिए। मगर, किसी भी व्यक्ति में किसी काम के हर पक्ष को संभाल पाने की या तो योग्यता नहीं होती या उसमें इतना दमख़म नहीं होता। इसलिए टीमवर्क महत्वपूर्ण है। एक प्रबंधक को अपनी टीम के सदस्यों का आत्मविश्वास, हौसला, ऊर्जा और आशाएं बढ़ानी चाहिए। ऐसी टीम बनाना, राष्ट्रीयताओं, नस्ल, मजहबी मान्यताओं और वर्गों के पूर्वाग्रहों से परे जाना और बहुल-संस्कृतियों और विभिन्नताओं दोनों को अपनाना आपकी बड़ी चुनौती होगी। आख़िरकार, ऐसी टीमें ही तो संभव-असंभाव्यता के लक्ष्यों को सहज-संभव लक्ष्यों में बदलती हैं।

ऐसी टीम बनाने के लिए आपको क्या करना चाहिए? टीम के सदस्यों में दूसरी संस्कृतियों और विश्वासों के प्रति सहनशीलता और सम्मान होना आवश्यक है, ताकि वे अपनी पहचान को लेकर सहज हो सकें। हरेक सदस्य को एक बृहद सपने की दिशा में बढ़ने वाला समग्र मुसाफ़िर होना चाहिए और उस सपने की तरफ़ बढ़ने के लाभ देखने

चाहिए। किसी दल को अगर फलोत्पादी और ख़ुशहाल होना है तो उसमें नागरिकों के दो वर्ग नहीं हो सकते। सार्वभौमिक मूल्यों—ईमानदारी, शालीनता, मेहनत, सहनशीलता और सौजन्यता, प्रत्येक की अच्छाई को देखना, और अपने अंतरों को नजरअंदाज करना—पर बल देने से हमें एक साझा कारण ढूंढ़ने और एक साथ काम करने में मदद मिलती है। अपनी संस्कृतियों की अच्छी बातों को बरकरार रखते हुए अगर हम दूसरी संस्कृतियों से सीखने के प्रति खुला रवैया अपनाएंगे, तो हम बेहतर इंसान बन सकेंगे।

नई खोजें और नए विचार ऐसे माहौल में ही पनपते हैं जो खुली बहस, चर्चा और भागीदारी करने के लिए टीम के हर सदस्य का हौसला बढ़ाए। ऐसा माहौल तब पनपता है जब लोगों को यह विश्वास हो कि उनके विचार को डाटा और तथ्यों के आधार पर आंका जाएगा और कि निजी पूर्वाग्रहों के लिए टीम में कोई जगह नहीं है। इसीलिए इंफ़ोसिस में हम इस सिद्धांत में विश्वास करते हैं, "ईश्वर में हमें भरोसा है; बाकी सबको डाटा मेज पर रखना होगा।" वास्तव में, यह पहला सबक था जो सैंतीस साल पहले मैंने अपने शिक्षक प्रोफ़ेसर कृष्णय्या से सीखा था।

इससे कोई फ़र्क नहीं पड़ता कि कोई विचार कितना अच्छा है, उसकी तब तक कोई कीमत नहीं होती, जब तक कि दूसरे लोग उसे समझें नहीं, उसे अपना मानकर अंगीकार न करें और उसे लागू करने में आपकी मदद न करें। इसलिए, एक प्रबंधक की सफलता के लिए संवाद बहुत अहम है। यह मानते हुए कि हमें बहु-सांस्कृतिक दलों के साथ काम करना है, हमें सार्वभौमिक रूप से समझे जाने वाले, सरल मगर सशक्त शब्दों और रूपकों में विश्व भर के लोगों से संवाद करना होगा। हालंकि अंग्रेजी अभी भी विश्व भर में साझा व्यापारिक भाषा की तरह बड़ी भूमिका निभा रही है, मगर स्थानीय भाषाओं को समझना और उन्हें सराहना भी आवश्यक है। हम एक ऐसे युग में रहते हैं जिसमें निरंतरता सिर्फ़ बदलाव है और तेज गति से होते बदलावों को संभालने के लिए सीखने की क्षमता ही एकमात्र साधन है। सीखने की क्षमता एक व्यक्ति की नए विचारों को लगातार और तेजी से सीखने और पुराने विचारों को भुलाने की योग्यता है, फिर चाहे वो विचार तकनीकी हों या प्रबंधन से जुड़े। यह वह मानसिकता भी है जो नए विचारों, नए लोगों, नई संस्कृतियों और नए आदर्शों के प्रति खुलापन रखती है, ये सारे ही पक्ष ग्लोबल लीडर की सफलता के लिए जरूरी हैं।

आत्मविश्वासी लोग अच्छी प्रतिभा को आकर्षित करते हैं, और सदाशयता ऐसे आत्मविश्वास का चिह्न है। एक सफल प्रबंधक हमेशा ही उदार होता है और अपनी उपलब्धियों के श्रेय को अपनी टीम के हर सदस्य के साथ बांटता है। वह इस सिद्धांत में विश्वास करता है, "प्रशंसा सबके सामने करो, मगर आलोचना अकेले में करो।" वास्तव में, लोगों में ऐसे आत्मसम्मान को जगाना बेहद जरूरी है ताकि वे टीम में प्रभावी रूप से विचारात्मक योगदान दें और गुणवत्ता ला सकें। आत्मसम्मान तभी फलता-फूलता है जब

सबके प्रति शिष्टाचार और सौजन्यता के माहौल में चर्चाएं की जाएं। इसीलिए इंफ़ोसिस में हम इस धारणा में विश्वास करते हैं, "जब तक कि आप अप्रिय नहीं हैं, तब तक आप मुझसे असहमत हो सकते हैं।"

याद रखें कि ग्लोबल वातावरण में परफ़ॉर्मेंस सबसे जरूरी है। परफ़ॉर्मेंस से पहचान बनती है, पहचान से सम्मान मिलता है, और सम्मान से शक्ति प्राप्त होती है। अगर हम शक्तिशाली राष्ट्र बनना चाहते हैं, तो हमारे पास एक ही साधन है परफ़ॉर्मेंस, जिसे मेहनत, स्मार्टनेस, उत्कृष्टता और समग्रता के जरिए पाया जाता है।

मेजबान समाजों में सफल होने के लिए उनमें विश्वास पैदा करना बेहद जरूरी है। इसके लिए आपको अपने हर काम में कॉरपोरेट गवर्नेंस के बेहतरीन उसूलों के प्रति अपनी प्रतिबद्धता दर्शानी होगी। कॉरपोरेट गवर्नेंस का फ़ोकस सभी स्टेकहोल्डरों—ग्राहकों, निवेशकों, कर्मचारियों, वेंडर-पार्टनरों, संबंधित स्थान की सरकार और समाज—के प्रति निष्पक्षता को सुनिश्चित करते हुए शेयरहोल्डरों के मूल्य को अधिकतम करने पर होता है। आजकल के वैश्विक पूंजी के मुक्त-प्रवाह के दिनों में, पूंजी को आकर्षित करने की योग्यता के लिए आवश्यक है कि कॉरपोरेशनें कॉरपोरेट गवर्नेंस के बेहतरीन विश्व मानकों पर दृढ़ रहें। इंफ़ोसिस में कॉरपोरेट गवर्नेंस की हमारी फ़िलॉसफ़ी की बुनियाद इस धारणा पर है, "अगर आपकी अंतरआत्मा साफ़ है तो आप चैन की नींद सो सकते हैं।" हमारा यह भी विश्वास है कि कम का वादा करके ज़्यादा देना अच्छी नीति है। इसके अलावा, स्टेकहोल्डरों को बुरी ख़बर जल्दी से जल्दी और सक्रियता से देना भी अच्छा रहता है। इससे स्टेकहोल्डरों में सदाशयता बनती है। वे पूरी तरह समझते हैं कि हर व्यापार में, अंतत: उतार-चढ़ाव आते ही हैं। मगर वे इस बात को सराहते हैं कि प्रबंधन हमेशा उन्हें स्थिति से अवगत कराता रहता है। हमारे इस विश्वास को इस धारणा से बल मिलता है, "जब संदेह हो, तो प्रकट कर दो।"

मेरी एक अत्यंत दृढ़ धारणा है कि कॉरपोरेशनों का समाज में योगदान देने का महत्वपूर्ण कर्तव्य है। हालांकि, औसतन लोगों की आर्थिक स्थिति बेहतर करने के लिए जबरदस्त उन्नति की जा रही है, मगर दुर्भाग्य से दुनिया भर में अमीरों और ग़रीबों के बीच की खाई बढ़ती जा रही है, ख़ासकर विकासशील देशों में। समाज की सदाशयता अत्यंत आवश्यक है। आख़िर, समाज ही तो ग्राहक, कर्मचारी और निवेशक प्रदान करता है, और राजनेताओं और अधिकारियों के जरिए ऐसी नीतियां बनाता है जो आपकी कॉरपोरेशन को प्रभावित करती हैं। समाज में सकारात्मक योगदान दिए बग़ैर कोई भी कॉरपोरेशन अपनी उन्नति को स्थायी नहीं बना सकती। अपने सभी फ़ैसलों में, आप पहले मेजबान समाज के हितों को रखें, फिर अपनी कॉरपोरेशन के। उद्यमियों के लिए ऐसी नीति हमेशा सफल रही है।

अपने कुछ परामर्श मैं एक बार फिर दोहराना चाहूंगा, जिन्हें मैं दुनिया भर में युवाओं

को संबोधित करते समय कहता हूं, क्योंकि ये विचार मेरे जीवन के अनुभवों और विश्वासों का अभिन्न हिस्सा रहे हैं।

- सबसे पहले तो मैं अपने सभी कार्यों में विश्वसनीय होने के महत्व पर बल दूंगा।
- दूसरे, डर स्वाभाविक है, मगर आपको अपने कार्यों को इससे शासित नहीं होने देना है। जिस प्रकार डर कभी-कभी आपके अंतर्बोध की छिपी आवाज होता है जो उस ओर इशारा करती है जिसे आपका तार्किक दिमाग़ अभी नहीं देख पाया है, उसी प्रकार कभी-कभी यह अपने और दुनिया के एक नए हिस्से को समझने का निमंत्रण भी होता है।
- तीसरे, सहायक परिवार एक ऐसा आधार है जिस पर संतुष्टिदायक जीवन और कैरियर बनते हैं। अपने लिए ऐसे लोगों की सहयोगी प्रणाली बनाइए जो आपकी सफलताओं में ख़ुश हों और संकट, संदेह और नैतिक-संघर्षो के पलों में आपके साथ खड़े हों। आपके पीछे जब यह चट्टान जैसा सहारा होगा, तो आप अपने कैरियर में लगभग कुछ भी झेल सकते हैं।
- चौथे, काम में उत्कृष्टता जीवन में उत्कृष्टता लाती है और जीवन में उत्कृष्टता काम में उत्कृष्टता लाती है। जब तक आप घर में सुखी व्यक्ति नहीं होंगे, आप दफ़्तर में भी ख़ुश व्यक्ति नहीं हो सकेंगे। जीवन में सफलता वह होती है जब आपके कमरे में प्रवेश करते ही लोगों की आंखें चमक उठें और लोगों के बीच जाकर आपकी आंखों में चमक आ जाए। जीवन का आनंद लें। अपने सहयोगियों और परिवार के साथ हंसी-मजाक करें। अपने काम को गंभीरता से लें, लेकिन ख़ुद को नहीं!
- पांचवे, ख़ुद को इस प्रकार व्यवस्थित करना सीखें, ख़ासकर अपनी भावनाओं को, जो दूसरों और अपनी गरिमा का सम्मान करें।
- अंत में, अपना जीवन इस प्रकार जिएं और कैरियर को इस तरह से आगे बढ़ाएं कि अपने समाज में आप सकारात्मक फ़र्क ला सकें। जब, एक दिन, आप दुनिया में अपनी पहचान बना लेंगे, तो याद रखें कि अंतिम विश्लेषण में हम सब अपने द्वारा अर्जित संपत्ति के अस्थायी संरक्षक मात्र हैं, फिर चाहे वह संपत्ति वित्तीय, बौद्धिक या भावात्मक हो। आपकी सारी संपत्ति का बेहतरीन इस्तेमाल उसे कम भाग्यशाली लोगों के साथ बांटना है।

ऐसी ही बुनियादों पर महान नेता और संस्थाएं फलती-फूलती हैं।

तो आगे बढ़िए, खुली बांहों से अपने भविष्य को अंगीकार कीजिए, और उत्साह के साथ खोज के अपने जीवन सफ़र पर निकल पड़िए!

□

उत्कृष्टता की आवश्यकता

बहुत से मायनों में, ग्रेजुएशन दिवस का तात्पर्य होता है कि आप वयस्कों की श्रेणी में शामिल हो गए हैं। अब आप जिंदगी भर टैक्स देने और बेशुमार बिलों का भुगतान करने योग्य हो गए हैं! अच्छी ख़बर यह है कि आपके सामने मौजूद अवसर भी अंतहीन हैं। आपके सम्मानीय संस्थान ने आपको अपने सपने पूरे करने के लिए साधन-संपन्न बना दिया है—चुनने के लिए भविष्य आपका है।

अपने यहां रहने के दौरान शायद आप करीब स्थित साबरमती आश्रम भी गए होंगे और उस जगह से प्रेरित भी हुए होंगे। मैं आपसे एक बुनियादी सवाल पूछना चाहता हूं जो महात्मा गांधी के बहुत से भाषणों में स्पष्ट था। ऐसा क्यों है कि भारत अंतरराष्ट्रीय स्तर और अंतरराष्ट्रीय पहचान के किसी एक उत्पाद का दम भी नहीं भर पाता? हमारे पास जीवंत लोकतंत्र, आजाद प्रेस और स्वतंत्र न्यायपालिका समेत कई सफलताएं हैं। हमारे यहां विश्व स्तर के वैज्ञानिकों और इंजीनियरों का दुनिया का तीसरा सबसे बड़ा समूह है, और खाद्यान्न उत्पादन के साथ ही बांध, रॉकेट व उपग्रह बनाने में भी हम आत्मनिर्भर हो गए हैं। मगर कोई एक ऐसा क्षेत्र नहीं है जिसमें हम आत्मविश्वास से कह सकें कि, "हम दुनिया में सर्वश्रेष्ठ हैं।"

आपको इस प्रश्न पर विचार करना चाहिए क्योंकि किसी भी उत्पाद की सफलता में डिजाइन अहम रोल अदा करता है, फिर चाहे वह सेरेमिक्स हो, निर्मित सामान हो या सॉफ़्टवेयर एप्लीकेशंस हों। वास्तव में, मेरा मानना है कि किसी तकनीक की लंबी अवधि की सफलता इस बात पर निर्भर करती है कि कितनी जल्दी वह उपभोक्ता-अनुकूल बनता है। मैं सूचना-तकनीक का उदाहरण लेता हूं। पहले, हमारी दिलचस्पी उपभोक्ता-अनुकूलन और सॉफ़्टवेयर विकास की सहजता की अपेक्षा हार्डवेयर के ही अधिकतम इस्तेमाल तक सीमित थी। आज के कंप्यूटरों में **66,000** गुणा कंप्यूटिंग शक्ति है, उसी कीमत पर जिसमें वे **1975** में बनाए जा रहे थे। इस प्रकार, इतने वर्षों में कंप्यूटिंग शक्ति में आए सुधारों ने प्रभावशालिता पर बल और ग्राहक के लिए उपयोग की सहजता को बढ़ा दिया है। इस

दीक्षांत उद्बोधन, नेशनल इंस्टीट्यूट ऑफ़ डिजाइन, अहमदाबाद, 11 दिसंबर, **2001**

उद्योग ने यह समझा है कि प्रभावी हल उपलब्ध करवाने के लिए हलों के मानवीय पक्षों को संबोधित करने की आवश्यकता है। दरअसल, ग्राफ़िकल यूजर इंटरफ़ेसेज उद्योग का उसूल बन गया है। आईटी और कंज़्यूमर इलेक्ट्रॉनिक्स का निरंतर जारी विलय और अधिक उपभोक्ता-अनुकूल और बुद्धिमान चीजों के आने की बात करता है। इसीलिए, इस तकनीक चालित संसार में डिजाइन महत्वपूर्ण भूमिका निभाता रहेगा।

विश्व स्तरीय उत्पाद बनाने और सेवाएं देने में भारत की बुरी परफ़ॉर्मेंस के कारणों और इस संबंध में हम क्या कर सकते हैं, इस पर मैं संक्षेप में चर्चा करूंगा।

सफलता के लिए उत्कृष्टता हमेशा से एक अहम पक्ष रहा है—फिर चाहे वह व्यापार हो, खेल हो या कला। उत्कृष्टता पर हमने ठीक से ध्यान नहीं दिया है। शायद इसकी एक मुख्य वजह अभी हाल तक मौजूद रही नियोग और नियंत्रण अर्थव्यवस्था थी। उन दिनों सुधार के लिए कोई प्रोत्साहन नहीं था, क्योंकि लाइसेंस राज कार्य-प्रभारियों को सुरक्षा सुनिश्चित करता था।

राजनीतिक कारणों ने अनुवर्ती सरकारों को समाजवाद की भ्रमित धारणाओं से चिपके रहने के लिए मजबूर किया। विलासिता को नीची निगाह से देखा जाता था। शानदार इमारत बनाने की अपेक्षा मूलभूत आवास उपलब्ध करवाने को राजनीतिक तौर पर बेहतर समझा जाता था। गुणवत्ता की अपेक्षा मात्रा पर बल देने के कारण इसी को, अपने आप में, विकास की मुश्किलों का हिस्सा कहा जा सकता है। मगर, परेशानी की बात तो ऐसी मानसिकता का बनना थी जो उच्च गुणवत्ता को जबरदस्त ऊंची कीमतों के समकक्ष रखती थी। इसलिए, सरकार अपने नागरिकों को दोयम दर्जे की चीजें और सेवाएं देकर ख़ुद को पर्याप्त रूप से न्यायसंगत ठहराती थी। इसने अपने लोगों को विश्व स्तर की चीजें और सेवाएं उपलब्ध कराने की हमारी योग्यता के आत्मविश्वास को निचोड़ लिया।

तब स्वतंत्र भारत में सफलता आप किसको जानते हैं के कारण मिलती थी, न कि आप क्या कर सकते हैं के आधार पर। व्यापक रूप से फैली नौकरशाही किसी भी ग़ैर-सरकारी पहल के प्रति संदेह उत्पन्न कर देती थी। योग्यता की अपेक्षा कीमत के आधार पर ठेके देने के लिए 'टेंडर' प्रक्रिया का इस्तेमाल व्यापक हो गया था।

एक और भ्रांति भरी धारणा यह विश्वास थी कि उपभोक्ता वस्तुएं आवश्यक बुराई हैं। माहालानोबिस मॉडल ने उपभोक्ता सामानों की तुलना में पूंजीगत माल पर बल दिया। समाजवादी प्रणाली देश में और भी कई बुराइयां लाई। शायद इनमें से सबसे अहम थी जवाबदेही की कमी। सरकारें और सार्वजनिक क्षेत्र के संस्थान चलाने वाले लोग अपने सिवा और किसी के प्रति जवाबदेह नहीं थे।

ख़ुशकिस्मती से पुरानी मानसिकता बेहतरी की दिशा में बदल रही है। **1990** के दशक के शुरू में भारतीय अर्थव्यवस्था का उदारीकरण एक नया संदर्भ लाया और उसने इस बदलाव के लिए मजबूर किया। भारतीय कंपनियां दुनिया की बेहतरीन कंपनियों से टक्कर

लेने के सपने देखने लगीं। वास्तव में, उदारीकरण ने ही भारतीय सॉफ़्टवेयर उद्योग की सफलता की बुनियाद रखी थी।

वैश्वीकरण और तकनीक की शक्तियां हमारे संसार को पुनर्गठित कर रही हैं। विश्व व्यापार अब दुनिया के सकल घरेलू उत्पाद का लगभग पच्चीस फ़ीसदी हो गया है। निजीकरण वैश्विक यथार्थ सा बन गया है और लगभग सौ से ज़्यादा देश निजीकरण के एजेंडा पर चल रहे हैं। इंटरनेट की पहुंच साढ़े चार करोड़ से ज़्यादा लोगों तक फैल गई है। मानवीय जीनोम की मैपिंग से अब संभवत: दवाओं की नई श्रेणी का विकास होगा और हमारे जीवन की गुणवत्ता में सुधार आएगा। ये तो बुनियादी ताकतें कार्यरत हैं। वास्तव में, जिस दुनिया में आप कदम रखने वाले हैं, वह उस दुनिया से बहुत ज़्यादा फ़र्क है जिसमें हम दस साल पहले तक रहते थे।

इस युग में, आप दुनिया के बेहतरीन लोगों के साथ प्रतियोगिता में होंगे। आपके सामने मौजूद कार्य निस्संदेह बहुत कठिन है। सालों के संरक्षणवाद ने भारतीय कंपनियों की रचनात्मकता और उत्कृष्टता पर बल को चूस लिया है। फ़ैसला लेने वालों के इस नजरिए को ढालने के लिए आपको कड़ी मेहनत करनी होगी कि भारत महज प्रतियोगी कीमतों का ही नहीं, उच्च गुणवत्ता का भी पर्याय है। भारतीयत कंपनियां तेजी से विश्व बाजार में अपनी मौजूदगी दर्ज करवा रही हैं। वे आपकी स्वाभाविक मित्र हैं। जब वे इंडिया इंक का ब्रांड बना रही हैं, तो इसमें उनकी मदद के लिए आपको मौजूद रहना होगा।

उत्कृष्टता को हासिल करें। ऊंचा लक्ष्य रखें और बड़े सपने देखें। क्रियान्वयन में उत्कृष्टता को अपना केंद्रीकृत विश्वास बनाएं। याद रखें, उत्कृष्टता को घोर प्रशिक्षण, स्पष्ट फ़ीडबैक और निरंतर आत्म-सुधार से ही पाया जा सकता है। ऐसी उत्कृष्टता सिर्फ़ ऐसे माहौल में ही पनप सकती है जहां इसे पहचाना और पुरस्कृत किया जाए। अपने कार्य स्थल में ऐसा माहौल बनाने का प्रयत्न करें।

आपके सपने और आपका उत्साह सबसे ज़्यादा महत्वपूर्ण हैं। जब आप वास्तविक दुनिया में कदम रखें, तो दिल से युवा रहें और नए विचारों के प्रति खुला रवैया रखें। कभी स्थितियों को जस का तस स्वीकार न करें। आप जो भी काम करें, दुनिया में सर्वश्रेष्ठ होने का प्रयास करें। हैरॉल्ड टेलर के शब्दों को याद रखें: "वास्तविक उपलब्धि का मूल सर्व श्रेष्ठ बनने की इच्छा में है, जो कि आप बन सकते हैं।"

अंत में, याद रखें कि शब्दों का तब तक कोई मायना नहीं होता जब तक कि उन्हें कार्यों का अवलंब न मिले। हेनरी फ़ोर्ड अक्सर कहते थे, "आप जो करने वाले हैं, उसके आधार पर अपनी साख नहीं बना सकते।" इसलिए, अपनी उपलब्धियों से अपनी साख बनाएं। राष्ट्र को आपकी जरूरत है।

□

वैश्वीकरण के युग में विधि-व्यवसायी

आज का दिन एक मील का पत्थर है जहां से आप और ज्ञान पाने की अपनी खोज जारी रखेंगे। बहुत से अर्थों में, यह इस बात का द्योतक है कि आप वास्तविक दुनिया में आ चुके हैं, एक ऐसी दुनिया में जो वैश्वीकरण और तकनीक की शक्तियों की बदौलत बहुत तेजी से बदल रही है। पिछले बीस सालों में, विश्व व्यापार के विकास का छह फ़ीसदी सालाना का औसत रहा है, जो कि दुनिया के आर्थिक उत्पादन के विकास का दोगुना है। हम एक आपस में जुड़ी दुनिया में रहते हैं जहां नैस्डैक में हुई घटनाएं मुंबई स्टॉक एक्सचेंज में गूंजती हैं।

इस नए माहौल में, भारत को प्रतियोगितात्मक बनाने में विधि-व्यवसायियों की बड़ी भारी जिम्मेदारी है, क्योंकि बाकी चीजों के साथ ही कानून भी बदलाव का साधन है। आपके सामने प्रशासक, कानून-निर्माता, वकील, जज और कानूनी सलाहकार की महत्वपूर्ण जिम्मेदारियां स्वीकार करने और परिवर्तनकारी बदलाव लाने के अवसर हैं।

मैं एक मिसाल देता हूं। **1990** के दशक में भारतीय सॉफ़्टवेयर उद्योग की सफलता में सबसे महत्वपूर्ण पक्ष हमारी अर्थव्यवस्था का उदारीकरण था। उदारीकरण ने सरकारी एजेंसियों से व्यापार तक घर्षण में कमी लाकर और हमारे अपने बोर्डरूम में फ़ैसले लेने की गति को सुधारकर हमारी मदद की। केंद्रीय सरकार में वकीलों ने आधुनिक कानूनी ढांचे में शीघ्रता से नए नियमों को ढालकर सुधारों में महत्वपूर्ण भूमिका निभाई थी। उन्होंने फ़्रांसीसी लेखक एंटॉयन ड सेंट-एक्ज़्युपेरी के परामर्श के अनुसार कार्य किया, जिन्होंने कहा था, "जहां तक भविष्य की बात है, आपका काम उसे पहले से देखना नहीं, बल्कि उसे सक्षम करना है।" हमारे प्राचीन दिवालिएपन के कानूनों, श्रम कानूनों और उद्योग-कानूनों को, जिन्हें सुधारों ने अभी छुआ भी नहीं है, पुनर्गठित करके हमारे व्यापारों की वैश्वीकरण की चुनौतियों का सामना करने में मदद करना आपकी निरंतर जारी जिम्मेदारी होगी। ऐसे देश के रूप में जो अपने नागरिकों के लिए नौकरियों के अवसर पैदा करने के लिए वैश्विक पूंजी की शक्ति के उपयोग की उम्मीद करता है, भारत को आधुनिक, व्यापार-अनुकूल, निष्पक्ष

दीक्षांत उदबोधन, नेशनल लॉ स्कूल ऑफ़ इंडिया यूनीवर्सिटी, बंगलौर, **11** अगस्त, **2002**

और तेजी से कार्य करने वाली न्यायिक प्रणाली बनाने के लिए अग्रिम पंक्ति में रहना होगा।

वैश्वीकरण के इस दौर में विधि व्यवसायियों का काम स्थानीय न्यायाधिकरणों और देशीय सीमाओं से पार चला गया है। व्यापार निरंतर अंतरराष्ट्रीय अवसरों को तलाशते रहते हैं। इसलिए दुनिया के सुदूर कोनों में भारतीय व्यापारों के लिए अपनी मौजूदगी स्थापित करने को आसान बनाने का काम विधि व्यवसायियों का है। हमारे विधि व्यवसायियों के लिए दुनिया के सबसे महत्वपूर्ण बाजारों—जी-7 देशों और विकसित दुनिया—की कानून प्रणाली के अनूठेपन की पूरी जानकारी होना जरूरी है। इसलिए अंतरराष्ट्रीय कानून की पढ़ाई बहुत अहम हो जाती है। विकसित देशों के लॉ स्कूल अंतरराष्ट्रीय और तुलनात्मक कानून के नए कोर्स लाकर वैश्वीकरण पर अपनी प्रतिक्रिया दे रहे हैं। वास्तव में, पिछले दशक में अमेरिका के लॉ स्कूलों के पाठ्यक्रम में सबसे ज़्यादा स्पष्ट बदलाव इसी क्षेत्र में रहा है। भारतीय लॉ स्कूलों को भी इसी मार्ग पर चलना चाहिए और हमारे छात्रों को वैश्विक रूप से सोचने में सक्षम करना चाहिए।

जिस तरह विश्व बाजार तेजी से एकीकृत होते जा रहे हैं, उसी तरह कानूनी सेवाएं भी। भारत ने भी वाणिज्यिक सेवाओं के सामान्य समझौते (गैट्स) पर दस्तख़त किए हैं। **2005** से हमारा सेवा क्षेत्र अंतरराष्ट्रीय सेवा प्रदाताओं के साथ प्रतियोगिता के लिए खुल गया है। इसलिए भारत के विधि व्यवसाय को भी विदेशी लॉ फ़र्मों से प्रतियोगिता के लिए तैयार रहना चाहिए। यह तभी बेहतरीन ढंग से होगा जब भारतीय विधि व्यवसायी विश्व की बेहतरीन नीतियों को अपनाएंगे और विधि-उत्कृष्टता की संस्कृति बनाएंगे। वैश्विक उत्कृष्टता के लिए वैश्विक मानसिकता भी आवश्यक शर्त है। **1999** की बोलोनी घोषणा के अनुसार यूरोपीय यूनियन के देशों में वकीलों को सचलता प्रदान करने के लिए यूरोप के विश्वविद्यालयों को विधि शिक्षा में एक समान स्टैंडर्ड अपनाना होगा। अगर हमारे विधि विश्वविद्यालय अंतरराष्ट्रीय विधि विश्वविद्यालयों के साथ शैक्षिक आदान-प्रदान और शोध को प्रोत्साहन देंगे तो इस तरह की मानसिकता भारत में भी उभरेगी। वर्ना, हमारे छात्र विदेशों के लॉ स्कूलों की ओर जाते रहेंगे। हार्वर्ड और स्टैनफ़ोर्ड विश्वविद्यालयों के लॉ स्कूल विदेशी शिक्षकों की नियुक्ति और छात्रों के दाख़िलों को लगातार बढ़ा रहे हैं।

आज के सूचना युग को कभी-कभी बौद्धिक संपत्ति कानून का सुनहरा युग कहा जाता है। शोध और तकनीकी खोजों में निवेश को जारी रखने के लिए बौद्धिक संपत्ति के अधिकार बहुत महत्वपूर्ण हैं। विकसित दुनिया में अग्रणी लॉ स्कूलों ने बौद्धिक संपत्ति कानून पर ध्यान देने के लिए अपने पाठ्यक्रम में बदलाव किए हैं। मसलन, स्टैनफ़ोर्ड विश्वविद्यालय में 'उच्च तकनीक और बौद्धिक संपत्ति कानून' पर एक कोर्स है, जिसमें साइबर कानून, दूरसंचार कानून और दूसरे उच्च-तकनीक उद्योगों संबंधी कानून आते हैं। अगर हम भारतीय हाइ-टेक कंपनियों और उनके पश्चिमी प्रतिरूपों के बीच सफल समझौते करवाना चाहते हैं तो हमारे विधि व्यवसायियों को भी ऐसे कोर्सों में प्रशिक्षित होना होगा।

हमारे लॉ स्कूलों के पुराने छात्रों को भी विधि व्यवसाय में हो रही प्रगतियों के बारे में समय-समय पर प्रशिक्षित करना होगा। यहीं कंटीन्यूइंग लीगल एजुकेशन (आवृत्तिशील विधि शिक्षा) की प्रणाली महत्वपूर्ण हो जाती है ताकि आप अपने पुराने छात्रों और दूसरे वकीलों को नई जानकारी से लैस रखें। वास्तव में, मैं तो राय दूंगा कि बार लाइसेंसों के नवीकरण के लिए इस तरह की आवृत्तिशील शिक्षा को अनिवार्य कर दिया जाए।

आज के व्यवसायी तकनीकी विकासों के साथ कदम मिलाकर चले बिना कामयाब नहीं हो सकते। तकनीक का इस्तेमाल न्याय-प्रबंधन में होने वाली देरी को कम करता है, वकीलों और जजों को बहसें और निर्णय तैयार करने में मदद करता है, और मामले संबंधी कानूनों पर शीघ्रता से रिसर्च करके विधि सहायक उपलब्ध करवाता है। तकनीक का ऐसा इस्तेमाल ज्ञान के पुन: प्रयोग को सुधारता है, उत्पादकता में सुधार लाता है और मुकद्दमों में लगने वाले समय और पैसे में कमी लाता है। इस प्रकार, सूचना-तकनीक योग्यताएं किसी भी विधि व्यवसायी के लिए आवश्यक गूढ़ सक्षमताएं बन जाएंगी।

भारत में जजों की मांग और आपूर्ति में बड़ा भारी फ़र्क है। भारतीय कचहरी प्रणाली में प्रति दस लाख लोगों पर मात्र बारह या तेरह जज होते हैं, जबकि अमेरिका में यह अनुपात प्रति दस लाख लोगों पर सौ से ज़्यादा जजों का है। अगर हमारी कानून प्रणाली को समय पर न्याय प्रदान करना है, तो हमें इस अंतर को पाटना होगा। इसका एक तरीका तो नेशनल लॉ स्कूल जैसे संस्थानों में कानून के छात्रों की संख्या बढ़ाना है। नेशनल लॉ स्कूल सिस्टम को देश भर में ज़्यादा से ज़्यादा ऐसे स्कूल स्थापित करने चाहिए।

कानून बुनियादी सामाजिक संस्था है। कानूनों के सकारात्मक कार्य और एंटी-ट्रस्ट कानून मिसाल हैं कि कैसे कानून प्रणाली सामाजिक वातावरण पर नियंत्रित रखती है और उसको प्रभावित करती है। आजकल नागरिक समाज आंदोलनों, मानव अधिकार मुद्दों ने जबरदस्त महत्ता हासिल कर ली है। जिन देशों का मानव अधिकार का रिकॉर्ड अच्छा नहीं है, उन्हें आर्थिक निवेशों के लिए लाभकारी नहीं समझा जाता। श्रम मानकों और बाल श्रम से जुड़े मुद्दे भी फ़ोकस में आ रहे हैं। कपड़े एवं जूते जैसे अनेक उद्योगों में कम वेतन और अधिकारहीन स्थितियां भी दुनिया भर में चिंता का कारण बनी हैं। साफ़ चेतना वाले योग्य वकीलों को समाज में फैली इन बुराइयों के ख़िलाफ़ लड़ना और न्यायसंगता को सुनिश्चित करना चाहिए। विकसित देशों के लॉ स्कूलों ने ऐसे पाठ्यक्रमों की ओर अपना ध्यान बढ़ाया है। मिसाल के लिए हार्वर्ड लॉ स्कूल में मानवाधिकार कार्यक्रम नाम का एक कार्य क्रम है, जिसमें छात्र अनेक तरह की गतिविधियों में भाग लेते हैं जिनसे मानवाधिकारों के बारे में महत्वपूर्ण समझ पनपती है। भारत इस क्षेत्र में पिछड़ने का जोखिम नहीं ले सकता।

जब आप अपने कार्य जीवन में उतरेंगे, तो याद रखिएगा कि स्थायी सफलता की बुनियाद नैतिक व्यवहार है। किसी भी कॉरपोरेशन की सफलता के लिए कॉरपोरेट प्रशासन महत्वपूर्ण है। कॉरपोरेशनों के कानूनी सलाहकारों के तौर पर आपको अपने सभी लेन-देनों

में पारदर्शी और नीतिगत तरीकों को अपनाने का प्रयास करना होगा। आप जो भी कानूनी परामर्श दें, याद रखें कि उनमें सामाजिक हित आपके मालिक के हितों से पहले आएं।

आपकी शिक्षा आपको देश के सामाजिक और कानूनी ढांचे को प्रभावित करने और उसमें बदलाव लाने के लिए सक्षम बनाती है। आपकी डिग्री इस बात का सुबूत है कि आपने कानून की बारीकियां जान ली हैं और कि अब आप अपने भविष्य का दारोमदार उठाने के लिए तैयार हैं। आइए हम सब मिलकर अपने देश को एक बेहतर स्थान बनाने का सपना देखें। बड़े सपने देखिए और संभाव्य रूप से असंभव बदलावों को अपना लक्ष्य बनाइए। एलेनर रूजवेल्ट की कही इस बात को अपना उद्घोष बनाइए: “भविष्य उन्हीं लोगों का है जो अपने सपनों की ख़ूबसूरती में यकीन रखते हैं।”

□

भारत में और अधिक खुले व्यापार के दौर की वकालत

आज भारत दुनिया की तेजी से विकसित होती अर्थव्यवस्थाओं में शामिल है। मगर एक खरब की जनसंख्या वाला हमारा देश अभी भी अपने कई लक्ष्यों को पाने से बहुत दूर है। भारत की पच्चीस फ़ीसदी आबादी ग़रीब है और उन्तालीस फ़ीसदी अशिक्षित है। मानव विकास सूचकांक में दुनिया में हम **127**वें स्थान पर हैं।

भारत की ग़रीबी में मुख्य भूमिका निभाती है कृषि पर हमारी आबादी की जरूरत से ज़्यादा निर्भरता। आज भारत की पैंसठ फ़ीसदी आबादी कृषि पर निर्भर करती है, जबकि हमारे देश के सकल घरेलू उत्पाद में इस क्षेत्र का हिस्सा कुल बाईस फ़ीसदी है। नतीजतन, इस क्षेत्र में श्रम की आपूर्ति बहुत ज़्यादा है। भारत में प्रति कृषि मजदूर जोड़ा गया औसत मूल्य एक ग़ैर-कृषि मजदूर का सत्ताईस फ़ीसदी है।

स्पष्ट है, सुदृढ़ औद्योगिक क्षेत्र कृषि पर भारत की अति-निर्भरता को व्यापक रूप से कम कर सकता है, और ग़रीबी को भी कम कर सकता है। मिसाल के लिए चीन हर साल अपने एक फ़ीसदी लोगों के कृषि क्षेत्र से बाहर निकालता है और उन्हें अपने सफल भवन निर्माण और मेन्युफ़ैक्चरिंग क्षेत्र में लगा देता है। यह इसलिए संभव होता है क्योंकि चीन के पास अच्छा निर्यात बाजार है। दूसरी ओर, भारतीय उद्योग विकास के लिए मुख्य रूप से घरेलू बाजार पर भरोसा करता है। कई कारणों से यह सही नहीं है। भारतीय जनसंख्या की ज़्यादा तादाद में ख़रीदने की शक्ति बहुत कम है। भारत की ग्रामीण जनसंख्या की प्रति व्यक्ति आय अनुमानतः **11,000** रुपए सालाना से भी कम या तीस रुपए प्रतिदिन से जरा ही ज़्यादा है। ग्रामीण क्षेत्रों में प्रति व्यक्ति मासिक ख़र्च **554** रुपए और शहरी क्षेत्रों में **1022** है। इस तरह भारत में व्यय करने वाली आमदनी बहुत कम है। इसका अर्थ है कि भारत को अपने उद्योगों के विकास को तेज करने और रोजगार के अवसर पैदा करने के लिए निर्यात की ओर ध्यान देना चाहिए।

दीक्षांत उद्‌बोधन, इंडियन इंस्टीट्यूट ऑफ़ फ़ॉरेन ट्रेड, नई दिल्ली, **17** अप्रैल, **2005**

ज़्यादातर देशों में निर्यात ही आर्थिक विकास की कुंजी रहा है। यह सामान्य रूप से माना जाता है कि निर्यात पर दृढ़ फ़ोकस वाले और मुक्त व्यापार नीति से चालित देशों की सकल घरेलू उत्पाद दर **1990** से **2000** के बीच सबसे ज़्यादा रही थी। मुक्त व्यापार और निर्यात में बढ़ोत्तरी के आधार पर श्रेणीबद्ध किए गए पहले पांच देशों में सालाना प्रति व्यक्ति सकल घरेलू उत्पाद दर में वृद्धि औसतन दो फ़ीसदी थी, जबकि उसी दौरान नीचे के पांच देशों में सालाना प्रति व्यक्ति सकल घरेलू उत्पाद दर में वृद्धि मात्र **0.2** फ़ीसदी के औसत पर हुई थी। **1990** में पूर्वी एशिया की अर्थव्यवस्थाओं ने वस्तुओं और सेवाओं दोनों के निर्यात में सकल घरेलू उत्पाद के तीस फ़ीसदी की बढ़ोत्तरी देखी—जो कि **1980** के अनुपात से दोगुनी थी—और उनकी सकल घरेलू उत्पाद वृद्धि दर उसी समय के दौरान सालाना दस फ़ीसदी से अधिक के औसत पर थी।

हाल के वर्षों में, भारतीय निर्यात में जबरदस्त वृद्धि रही है। **2004** में निर्यात अपने सर्वाधिक चरम स्तर **79** बिलियन डॉलर के आंकड़े पर पहुंच गया था। मगर, अर्थशास्त्री रघुराम राजन ने लिखा है कि अंतरराष्ट्रीय मुद्रा कोष का व्यापार नियमन सूचकांक भारत को अभी भी दस में से आठ अंक देकर दुनिया के सबसे ज़्यादा प्रतिबंधों वाले देशों में रखता है। **2004** में भारत का कुल विदेशी व्यापार विश्व व्यापार के एक फ़ीसदी से भी कम था। आज, वस्तुओं और सेवाओं के क्षेत्र में चीन का निर्यात भारत से छह गुणा ज़्यादा है। **2003** में चीन के आयात-निर्यात में हुई वृद्धि ही भारत के कुल आयात-निर्यात से ज़्यादा बड़ी थी।

भारत को व्यापार में ज़्यादा खुलापन अपनाना होगा। आज के वैश्वीकरण के युग में, जहां भौगोलिक और नियामक बाधाएं गिर रही हैं, भारत विश्व बाजार को नजरअंदाज नहीं कर सकता। पीटर ड्रकर के इन शब्दों को याद रखना बुद्धिमानी होगी कि आज की विश्व अर्थव्यवस्था में कोई दूरियां नहीं हैं और सब कुछ 'लोकल' है। यहीं आप लोग महत्वपूर्ण भूमिका निभा सकते हैं। आप भविष्य के लीडर हैं जो हमारी व्यापार और निर्यात नीतियों को आकार देने में मदद करेंगे और भारत को विश्व मानचित्र पर लाएंगे। आपकी शिक्षा आपको हमारे नेताओं पर यह प्रभाव डालने में सक्षम बनाती है कि वे आर्थिक विकास के लिए सही फ़ैसले लें।

विश्व बैंक का अनुमान है कि उचित व्यापार सुधारों और प्रतियोगिता के अनुकूल नीतियों के द्वारा भारत दोहरे अंकों की दर से विकास कर सकता है। यह स्पष्ट है कि भारत अपने सत्य के क्षणों के रूबरू है। एक अहम सवाल है जिसका हमें बिना किसी लाग-लपेट के जवाब देना चाहिए। वो यह है, क्या हम अपने सामने मौजूद अवसरों को थामेंगे और विश्व मंच पर एक महत्वपूर्ण खिलाड़ी बनेंगे? अगर जवाब हां में है, तो हमें सुधारों के लिए अत्यावश्यकता का भाव पैदा करना चाहिए।

अनुवर्ती सरकारों की निर्यात और व्यापार में खुलेपन के प्रति ऐतिहासिक रूप से

मिश्रित धारणाएं रही हैं। मैं आपको एक दिलचस्प कहानी सुनाता हूं। अस्सी के दशक में कभी, एक भारतीय प्रधानमंत्री ने कॉमर्स सेक्रेटरी को राय दी कि निर्यातकों को अग्रिम पंक्ति में लाने के लिए वे एक नारा दें, "निर्यात करो या मिट जाओ।" कॉमर्स सेक्रेटरी ने जवाब दिया, "सर, हमें ऐसे जोखिम भरे फ़ैसले नहीं लेने चाहिए। मुझे डर है कि यह देश मिट जाने का फ़ैसला करेगा।" यह मिश्रित भाव आज भी बना हुआ है। दरअसल, **1995** से **2003** के बीच विश्व व्यापार संस्था के तहत एंटी-डंपिंग के सर्वाधिक मामले दर्ज करने का रिकॉर्ड भारत के ही पास है।

स्पष्ट है कि हमें कुछ मुश्किल चुनाव करने हैं—ऐसे चुनाव जो अलोकप्रिय हो सकते हैं, मगर सुधारों को लागू करने के लिए जरूरी हैं। आप इस देश को व्यापार के प्रति ज़्यादा खुला बनाने के प्रयास का हिस्सा होंगे। ऐसे सख़्त मगर अलोकप्रिय फ़ैसले लेने में पिछले विरोधों को पार करने के लिए आपमें विश्वास का साहस होना चाहिए। अपने व्यवसाय के प्रति ईमानदार और सच्चे रहें। बिना डरे काम करें। मुझे सैम्युअल जॉनसन के शब्द याद आते हैं जिन्होंने कहा था, "अगर आपमें साहस नहीं है, तो आप अपने अन्य किसी गुण को इस्तेमाल करने का अवसर नहीं पा सकेंगे।"

भारत विश्व व्यापार में केंद्रीय भूमिका निभाए, इसके लिए भारतीय उद्योग को वैश्विक रूप से प्रतियोगिता करने में सक्षम होना चाहिए। नतीजतन, उद्योग को विदेशी निवेश के लिए खोलकर भारत को सबसे पहले तो प्रतियोगिता को प्रोत्साहन देना चाहिए। यही भारतीय उद्योगों में विश्व श्रम और पूंजी उत्पादकता के मानकों को पाने की कुंजी है।

मैं कुछ उदाहरण देता हूं। आईटी, ऑटोमोटिव और बीपीओ क्षेत्रों में विदेशी प्रत्यक्ष निवेश (एफ़डीआई) ने भारत में घरेलू उद्योगों को प्रोत्साहित करने का काम किया है, उन्हें नयापन लाने के लिए मजबूर किया है। मिसाल के लिए, भारत के ऑटोमोटिव क्षेत्र में विदेशी निवेश का प्रभाव डेटा पॉइंट है। **1992** से **2001** के बीच उत्पादकता **256** फ़ीसदी बढ़ी, और उद्योग में रोजगार ग्यारह फ़ीसदी बढ़ा।

इकोनॉमिस्ट ने आकलन किया है कि भारतीय अर्थव्यवस्था को अक्सर हाथी की तरह चित्रित किया जाता है—विशाल, बोझिल और धीमी गति से चलने वाली। विश्व में मजबूत प्रतियोगी बनने के लिए हमें इस नजरिए को बदलना होगा। हमें सशक्त अंतरराष्ट्रीय ब्रांड बनाने होंगे जिन्हें दुनिया भर में पहचान मिले ताकि भारत की नई छवि बन सके।

भारत का व्यापारिक माहौल अत्यंत प्रतिबंधकारी है। विश्व बैंक के अध्ययन के अनुसार, भारत में नया व्यापार शुरू करने में नवासी दिन लगते हैं, व्यापार अनुबंध लागू करने में **425** दिन, और किसी कारोबार को बंद करने में दस साल लग जाते हैं! भारत के अनम्य श्रम कानून निवेश और रोजगार-उत्पत्ति को हतोत्साहित करते हैं। जब दुनिया के इस्पात उद्योगपति लक्ष्मी मित्तल से पूछा गया कि भारत को छोड़कर उन्होंने इंडोनेशिया को क्यों चुना, तो उन्होंने कहा, "मुझे वहां एक स्वतंत्र माहौल मिला।" हमें सभी क्षेत्रों के

भारतीय उद्योगपतियों को अपना घर छोड़े बिना ग्लोबल साम्राज्य बनाने के लिए सक्षम करना चाहिए।

अगर आप कॉरपोरेट क्षेत्र में काम करें, तो आपको सुधारों और अंतरराष्ट्रीय व्यापार नीतियों को लागू करने के लिए प्रचारक बनना होगा। भारत में विदेशी प्रतियोगिता का सामना करने के प्रति एक प्रतिरोधी मानसिकता है। एक बार एक कैबिनेट मंत्री ने टिप्पणी की थी कि भारतीय व्यापार अक्सर सरकार से अपील करते हैं कि और ज़्यादा सुधारों और प्रतियोगिता के लिए सभी क्षेत्रों को खोल दिया जाए, मगर उनके अपने क्षेत्र के सिवा!

बेहतरीन होने के लिए भारतीय कॉरपोरेशनों को दुनिया के बेहतरीनों के समकक्ष आना होगा। इससे कुछ भी कम आपको शिखर पर नहीं ले जाएगा। वैश्विक स्तर पर समकक्ष आना ही अंतरराष्ट्रीय स्तर पर प्रतियोगिता करने का एकमात्र तरीका है। ऐसा करने के लिए कंपनियों को निर्यात प्रशिक्षण की आवश्यकता है। आपका बिक्री के अवसरों का फ़ायदा उठाने के लिए इच्छुक रहना होगा, भले ही वे कहीं से भी सामने आएं; सबसे सस्ते संसाधनों का इस्तेमाल करने के लिए इच्छुक रहना होगा, भले ही वे कहीं से भी उपलब्ध हों; बेहतरीन लोगों को रखने के लिए इच्छुक रहना होगा, भले ही वे कहीं के भी हों; और जबरदस्त प्रतियोगिता के लिए इच्छुक रहना होगा, भले ही उसकी उत्पत्ति कहीं से भी हो। यही वैश्वीकरण है।

आज विश्व पूंजी उस जगह जाने को स्वतंत्र है जहां उसे अनुकूल वातावरण मिले। हमारे व्यावसायिक लोगों के पास वैश्विक मूल्य की योग्यताएं और वैश्विक अवसर मौजूद हैं। बेहतरीन वैश्विक कंपनियों के उत्पाद ख़रीदने और उनकी सेवाएं लेने के लिए हमारे ग्राहकों की उन तक पहुंच है। यहीं कॉरपोरेट प्रशासन के बेहतरीन उसूलों पर टिके रहना कारगर रहता है। जब तक हमारी कॉरपोरेशन निष्पक्षता, पारदर्शिता और जवाबदेही के उच्चतम स्तर का पालन नहीं करेंगी, वे बेहतरीन ग्राहकों, कर्मचारियों और निवेशकों को आकर्षित करने में नाकाम रहेंगी।

अपने हितों से पहले राष्ट्र के हित रखें। लंबी अवधि में इससे आपका ही लाभ होगा। ऐसी राय का माहौल बनाने के लिए कड़ी मेहनत करें जो लघु अवधि के फ़ायदों पर लंबी अवधि के विकास को तरजीह दे। सभ्य समाज के शिक्षित नागरिकों के रूप में, आपको इस महत्वपूर्ण उसूल का पालन करना चाहिए।

आपमें से कुछ लोग सरकार में काम करेंगे, और कुछ निजी क्षेत्र में। भविष्य के नेताओं के तौर पर यह आपकी जिम्मेदारी होगी कि सकारात्मक बदलाव लाएं। बदलाव के एजेंट बनने के लिए आपको आत्मविश्वास, खुलेपन, निष्पक्षता, विनम्रता, वैश्विक समकक्षता और श्रेष्ठता से युक्त नई मानसिकता का विकास करना होगा। समस्याओं को हल करने में सक्रिय रहें। हाई-परफ़ॉर्मेंस की संस्कृति बनाने के लिए श्रेष्ठता को अपनाएं। जोखिम उठाने के लिए इच्छुक रहें। नाकामियों को तर्कसंगत न ठहराएं; इससे लोग

उदासीन हो जाते हैं और निष्क्रियता को न्यायसंगत मानने लगते हैं। याद रखें कि "अंधेरे को कोसने से बेहतर है एक दीया जलाना।"

सबसे महत्वपूर्ण, उच्च महत्वाकांक्षाओं को अंगीकार करें। महत्वाकांक्षा से हमें संदर्भो द्वारा थोपी गई सीमाओं को जीतने की ऊर्जा मिलती है। वास्तव में, समाजवादी कहते हैं कि देश की जबरदस्त उन्नति के लिए सामूहिक सकारात्मक भावना महत्वपूर्ण होती है। भविष्य के नेताओं के रूप में आपको अपनी टीम की महत्वाकांक्षाएं बढ़ानी होंगी, और यह विश्वास पैदा करना होगा कि भारत, वस्तुत: विश्व शक्ति बन सकता है। अगर हम ऐसा कर सके तो एक खरब भारतीय विजेता होंगे।

आइए हम एक साथ अपने देश को एक बेहतर स्थान बनाने का सपना देखें। मेरी आपसे दर्ख़ास्त है कि आगे बढ़ें, और संभाव्य-असंभव के क्षेत्र को खोजें। "क्यों?" पूछने के बजाय पूछें, "क्यों नहीं?" सार्थक और उत्कृष्टता के जीवन को अपनाएं। अब्राहम लिंकन के शब्दों को याद रखें: "आपकी जिंदगी के वर्ष नहीं, आपके वर्षों में जिंदगी मायने रखती है।"

□

शिक्षा में धर्म की भूमिका

मैं एक ऐसे विषय पर बात करना चाहता हूं जो एक सफल जीवन के साथ ही एक सफल कैरियर के लिए भी बहुत अहम है। "आपकी सारी विद्वता व्यर्थ होगी अगर उसके साथ आप अपना चरित्र निर्माण नहीं करेंगे और अपने विचारों और कार्यों पर नियंत्रण हासिल नहीं करेंगे," महात्मा गांधी अक्सर कहते थे।

इक्कीसवीं सदी में प्रवेश करते हुए मुझे अक्सर अल्बर्ट आइंस्टाइन की प्रसिद्ध बात याद आती है कि धर्म के बिना विज्ञान पंगु है, और विज्ञान के बिना धर्म अंधा है। दरअसल, जैसे-जैसे हमारे जीवन पर तकनीक का प्रभाव बढ़ता है, हमारे जीवन का सामाजिक और मानवीय पक्ष उतना ही जरूरी होता जाता है।

स्वतंत्र भारत के संस्थापक ऐसा राष्ट्र बनाना चाहते थे जहां हर धर्म फले-फूले और हर आवाज सुनी जाए। इसलिए, भारत ने सही फ़ैसला लेते हुए धर्मनिरपेक्षता को उसूल के रूप में अपनाया। धर्मनिरपेक्षता की धारणा का अर्थ है कि धर्म व्यक्ति का निजी मामला है और व्यक्ति-व्यक्ति या व्यक्ति और राज्य के बीच किसी भी किस्म के सार्वजनिक लेन-देन में इसका कोई स्थान नहीं होगा। इस दर्शन में जबरदस्त गुण है। मगर, हमारी शिक्षा प्रणाली ने निरंतर धर्म की अहमियत कम रखी है। नतीजतन, हम दूसरे धर्मों के बारे में ज़्यादा नहीं जानते क्योंकि लोग उनके बारे में खुलकर बात नहीं करते। इस अज्ञानता से संदेह और अविश्वास पनपता है। वास्तव में ऐसे संदेह और अविश्वास के नतीजे में एक धर्म के मानने वालों द्वारा दूसरे धर्मावलंबियों पर हमला होता है। हम इसे जारी नहीं रहने दे सकते। इस देश की विरासत इतनी कीमती है कि इसे चंद गुंडों और अनपढ़ों की कट्टरता और नफ़रत के हाथों बर्बाद नहीं होने दिया जा सकता।

हमारे संस्कारों और दुनिया के साथ हमारे मेलजोल को आकार देकर धर्म हमारी जिंदगी में एक अहम भूमिका निभाता है। यह हमारे इतिहास और संस्कृति का हिस्सा है। महत्वपूर्ण रूप से, धार्मिक विश्वास न केवल देश और समुदायों के भीतर, बल्कि कभी-कभी संस्थाओं के भीतर भी स्वयं को नैतिक सवालों और विवादों में सामने लाते हैं। जब आप

दीक्षांत उदबोधन, पंजाब विश्वविद्यालय, चंडीगढ़, 28 दिसंबर, 2001

लोग इस देश और विश्व के नेता बनेंगे, तो अपने सहयोगियों के धार्मिक विश्वासों की समझबूझ अत्यंत महत्व रहेगी।

आज हम ग्लोब्लाइज़्ड दुनिया में कार्य करते हैं। हम विभिन्न संस्कृतियों और विभिन्न धर्मों के लोगों से मिलते-जुलते हैं। आज सफलता के लिए आवश्यक है कि आप दुनिया भर में फैली अत्यंत प्रेरित, सहयोगी और योग्य टीम का हिस्सा बनें। ऐसी उच्च-ऊर्जावान यूनिटें एकीकृत दल की तरह काम करती हैं और राष्ट्रीयता, नस्ल और धार्मिक विश्वासों द्वारा थोपी सीमाओं को लांघ जाती हैं। इस प्रकार, यह अहम है कि हम अपने सहयोगियों के धार्मिक विश्वासों, आस्थाओं और रीति-रिवाजों को समझें, उनकी कद्र करें।

यह स्वीकार करना और सराहना बहुत जरूरी है कि भारत एक बहुलवादी समाज है। ऐतिहासिक तौर पर, ख़राब टीमवर्क के कारण भारत को बहुत नुक़सान उठाना पड़ा है। अच्छे टीमवर्क के लिए हमारे विचारों और विश्वासों की विविधता की शक्ति का लाभ उठाना जरूरी है। इस शक्ति को जानने के लिए हमें अपने गुणों को बनाए रखते हुए दूसरे लोगों के विचारों और विश्वासों के प्रति सम्मान और सहनशीलता दिखानी होगी। वास्तव में, इंफ़ोसिस में हमने इसी दर्शन को आत्मसात करने की कोशिश की है। इंफ़ोसिस में हमेशा से कार्यस्थल पर मेलजोल का यह उसूल रहा है, "जब तक कि आप अप्रिय नहीं हैं, तब तक आप मुझसे असहमत हो सकते हैं।"

मेरे लिए धर्मनिरपेक्षता हर धर्म का सम्मान करना और हर धर्म के सकारात्मक पक्षों को सराहना है। "धर्म महज बातों का पिटारा नहीं है। जो सबको एक नजर से देखता है और जो सबको समान समझता है, वास्तव में वही धार्मिक है," आदिग्रंथ कहता है। वास्तव में, हरेक धर्म इंसान को नेकी सिखाता है और हरेक धर्म के अपने सकारात्मक पक्ष होते हैं, चाहे वह हिंदू धर्म की ज्ञान की खोज हो, सिख पंथ की सहनशीलता हो, ईसाई मत में रचा-बसा त्याग हो, इस्लाम का भाईचारा हो, या बौद्ध धर्म का दया भाव हो।

अगर हमें अपने बच्चों को सहनशीलता सिखानी है, तो उन्हें दूसरे लोगों के दृष्टिकोण को जानना और सराहना चाहिए। महात्मा गांधी ने इसे बख़ूबी व्यक्त करते हुए कहा था, "मैं अपने घर में हर तरफ़ दीवारें बनाना और अपनी खिड़कियों को बंद रखना नहीं चाहता। मैं चाहता हूं मेरे घर में सब देशों की संस्कृतियां यथासंभव मुक्त भाव से बहें।" इसके अलावा, स्वतंत्र और उन्मुक्त वादविवाद विभिन्न धर्मों से जुड़ी पूर्वाग्रहों से भरी धारणाओं को तोड़ने में मदद करता है। भारत के कितने घरों में माता-पिता ऐसे वादविवाद को प्रोत्साहन देते हैं? जब तक हम ऐसे अभ्यास में भागीदारी नहीं करेंगे, सहनशीलता को अपनाना मुश्किल होगा। इस दिशा में हमारी शिक्षा प्रणाली को पहल करनी चाहिए।

निष्कर्षत: स्कूलों और कॉलेजों की शिक्षा में सभी प्रमुख धर्मों को समेटना चाहिए, ऐसे वादविवादों को सम्मिलित करने के लिए सिलेबस में सुधार लाना चाहिए। इस शिक्षा को उच्च शिक्षा के स्तर तक सीमित रखने के बजाय प्राथमिक स्कूल के दौर से ही शुरू कर देना

चाहिए। मगर स्कूलों में धार्मिक शिक्षा शुरू करते समय सावधानियां जरूर बरतनी होंगी। माता-पिताओं को यह आश्वस्त करना जरूरी होगा कि जब उनके बच्चे विभिन्न धर्मों के बारे में पढ़ते हैं, तो वे सिर्फ़ उन धर्मों के अच्छे पक्षों को जान रहे हैं और उन्हें उन बातों को अपनाने के लिए मजबूर नहीं किया जा रहा है। हमें शिक्षकों को भी संवेदनशील बनाना होगा। शिक्षक प्रशिक्षण में सभी प्रमुख धर्मों की जानकारी भी शामिल होनी चाहिए। दुर्भाग्य से, भारत में आईआईटी और आईआईएम जैसे उत्कृष्ट संस्थान होने के बावजूद हमने शिक्षकों को प्रशिक्षित करने का एक भी उच्च-गुणवत्ता युक्त संस्थान नहीं बनाया है।

यह अहम है कि सहनशीलता उन्हीं लोगों द्वारा दर्शाई जा सकती है जिनके पास सिद्ध, पूर्वाग्रहों से रहित डेटा और तथ्यों के आधार पर बनी ठोस आस्थाएं और विश्वास होते हैं। यह एक और कारण है कि हम अपने प्राथमिक स्कूलों में विभिन्न धर्मों के विचारों पर बहसों को प्रोत्साहित करें। अगर हम ऐसा करेंगे, तो हमारे बच्चे आत्मविश्वासी, खुले दिमाग़ों के, सहनशील और बहुल-संस्कृतिवादी बनेंगे जिनकी इस देश को हमारे सामने मौजूद भारी चुनौतियों को हल करने के लिए अत्यधिक जरूरत है। संक्षेप में, हमें तोड़ने वाले नहीं, जोड़ने वाले चाहिए।

आप एक सुनहरे भविष्य की ओर बढ़ रहे हैं। बहुत से ऐसे अवसर आएंगे जब आपके मूल्यों की परीक्षा होगी। अपनी शिक्षा और परवरिश की बदौलत आप उन पर खरे उतरेंगे। जब आप अपने जीवन में आगे बढ़ेंगे, तो अपने विश्वासों पर गर्व करें, साथ ही दूसरे लोगों के विश्वासों, दृष्टिकोणों और रायों का भी सम्मान करें। याद रखें कि सारे धर्मो और देशों के पास देने के लिए कुछ सकारात्मक होता है। उसे ढूंढ़ निकालना हमारा दायित्व है।

□

खंड–II

मूल्य

पश्चिम से हम क्या सीख सकते हैं ?

मैं एक ऐसे महत्वपूर्ण विषय को उठाने जा रहा हूं जिस पर मैं सालों से मनन कर रहा हूं—आज के भारतीय समाज में पश्चिमी मूल्यों की भूमिका। दृढ़ मूल्यों पर निर्मित कंपनी के होने की वजह से यह विषय मेरे दिल के बहुत करीब है। इसके अलावा, एक संस्था अपने समाज का प्रतिनिधित्व करती है और कुछ सबक जो मैंने अपनी कंपनी को चलाने के दौरान सीखे हैं, वे राष्ट्रीय संदर्भ में भी लागू होते हैं।

अंग्रेजी का 'कम्युनिटी' शब्द लैटिन के दो शब्दों के मेल से बना है: कॉम ('साथ') और उनस ('एक')। यानी एक कम्युनिटी एक और बहुत दोनों ही है। यह लोगों का समूह भर नहीं, बल्कि एकीकृत बाहुल्य है। वेद कहते हैं, "मनुष्य अकेले जी सकता है, लेकिन जिंदा केवल समूह में ही रह सकता है।" इसलिए, चुनौती वैयक्तिक और सामाजिक हितों में संतुलन बिठाते हुए एक प्रगतिशील समुदाय बनाने की है। इस चुनौती से निबटने के लिए हमें एक ऐसी मूल्य प्रणाली विकसित करनी होगी जिसमें लोग सामान्य हित के लिए छोटे-छोटे त्यागों को स्वीकार करें।

मूल्य प्रणाली क्या है? यह व्यवहार का ऐसा ब्योरा है जो समुदाय के सदस्यों का भरोसा, विश्वास और प्रतिबद्धता बढ़ाता है। यह वैधता के दायरे से परे जाता है। यह हमारा शिष्ट एवं वांछित व्यवहार है। यह हमारे अपने हितों से पहले समुदाय के हितों को रखता है। इस प्रकार, हमारी सामूहिक जीवन रक्षा और उन्नति ठोस मूल्यों से निर्दिष्ट होती है।

हमारी मूल्य प्रणाली के दो स्तंभ हैं—परिवार के प्रति वफ़ादारी और समुदाय के प्रति वफ़ादारी। दोनों में से कोई भी दूसरे से अलग नहीं हो सकता क्योंकि सफल समाज वही हैं जो दोनों को सामंजस्यता से जोड़ता है। मगर, भारतीय समाज ने, पिछले करीब एक हजार से ज़्यादा वर्षों से, पारिवारिक वफ़ादारी को सामाजिक वफ़ादारी से ऊपर रखा है। दूसरी ओर, पश्चिम परिवार की अपेक्षा समाज के प्रति वफ़ादारी पर कहीं ज़्यादा ध्यान देता है। इन दोनों समाजों के अच्छे पहलुओं को जोड़कर, मेरा विश्वास है कि हम किसी वांछित हल

लाल बहादुर शास्त्री स्मृति व्याख्यान, नई दिल्ली, 2 अक्टूबर, 2002

पर पहुंच सकते हैं। इसी संदर्भ में मैं आज के भारतीय समाज में पश्चिमी मूल्यों की भूमिका पर चर्चा करूंगा।

आपमें से कुछ लोग सोचेंगे कि यहां मैं ज़्यादातर बातें वास्तव में सदियों पुराने भारतीय मूल्यों की कर रहा हूं, पश्चिमी मूल्यों की नहीं। लेकिन मैं वर्तमान में जीता हूं, किसी बीते हुए युग में नहीं और इन मूल्यों को मैंने प्रमुखत: पश्चिम में प्रयुक्त होते देखा है, भारत में नहीं। इस आलेख के शीर्षक की यही वजह है। अगर इन मूल्यों को व्यवहार में लाया जाता है तो मुझे ख़ुशी होगी, फिर चाहे हम इन्हें पश्चिमी मूल्य कहें या पुराने भारतीय मूल्य।

एक भारतीय के तौर पर, मुझे एक ऐसी संस्कृति का भाग बनकर गर्व है जिसकी जड़ें पारिवारिक मूल्यों में गहरी पैठी हुई हैं। परिवार के प्रति हमारी जबरदस्त वफ़ादारी है। माता-पिता अपने बच्चों के लिए बहुत ज़्यादा त्याग करते हैं। वे उन्हें तब तक मदद देते हैं जब तक कि वे अपने पांवों पर खड़े नहीं हो जाते। इसी के साथ, बच्चे भी अपने बुजुर्ग माता-पिता की देखभाल करना अपना फ़र्ज समझते हैं। हम इन कहावतों में विश्वास करते हैं—"मातृ देवो भव" (मां ही ईश्वर है) और "पितृ देवो भव" (पिता ही ईश्वर है)। भाई -बहनों को एक-दूसरे के लिए त्याग करने को प्रेरित किया जाता है और बड़े भाई या बड़ी बहन को दूसरे भाई-बहनों से सम्मान प्राप्त होता हैं। शादी को एक पवित्र संबंध समझा जाता है। पति-पत्नी से जीवन भर साथ रहने की उम्मीद की जाती है। संयुक्त परिवारों में, पूरे परिवार को परिवार के कल्याण के लिए काम करना होता है। हमारे पारिवारिक जीवन में बहुत ज़्यादा प्यार और स्नेह होता है।

यही भारतीय मूल्यों का सार है और हमारी एक मुख्य ताकत है। हमारे परिवार हमारे लिए महत्वपूर्ण सहयोग तंत्र की तरह काम करते हैं। वास्तव में, इंफ़ोसिस की सफलता का श्रेय इसके संस्थापकों के साथ ही उनके परिवारों को भी जाता है कि मुश्किल समय में भी उन्होंने उनका साथ दिया।

दुर्भाग्य से, पारिवारिक जीवन के प्रति हमारा रवैया समुदाय के प्रति हमारे रवैया में नहीं झलकता है। सड़कों को गंदा करने से लेकर भ्रष्टाचार और संविदात्मक दायित्वों की अवहेलना करने तक, हम समाज की भलाई के प्रति उदासीन हैं। पश्चिम में, लोग परिवार के प्रति वफ़ादारी के समान ही समाज के प्रति वफ़ादारी को भी महत्वपूर्ण समझते हैं। वे हमसे ज़्यादा समाज की परवाह करते हैं। वे आम तौर पर हमसे ज़्यादा समाज के लिए त्याग करते हैं। नतीजा होता है सार्वजनिक और सामुदायिक जीवन की बेहतर गुणवत्ता।

मैं उन कुछ सबकों की बात करूंगा जो हम भारतीय पश्चिम से सीख सकते हैं और अपने शानदार मूल्यों में उन्हें शामिल कर सकते हैं ताकि अपने समाज को बेहतर बना सकें।

पश्चिम में, समाज के लिए बहुत सम्मान है। पार्क गंदगी से मुक्त होते हैं, सड़कें साफ़ होती हैं, सार्वजनिक शौचालय में कुछ लिखा नहीं होता, ये ऐसे समाज के उदाहरण हैं जो

समुदाय और उसकी जगहों का सम्मान करता है। दूसरी ओर, भारत में हम रोज अपने घरों को साफ़ करते हैं, अपने बाग़ों में पानी देते हैं, लेकिन जब किसी सार्वजनिक पार्क में जाते हैं, तो उसे गंदा करने से पहले एक बार भी नहीं सोचते।

भ्रष्टाचार, जिस तरह हम इसे भारत में पसरा हुआ देखते हैं, एक और मिसाल है कि किस तरह हम अपने, ज़्यादा से ज़्यादा अपने परिवार के हितों को समाज के हितों से ऊपर रखते हैं। पश्चिम में समाज किसी हद तक भ्रष्टाचार से मुक्त है। मिसाल के लिए, वहां तेज गति के चालान से बचने के लिए किसी पुलिसवाले को रिश्वत देना बहुत मुश्किल है। ऐसा इसलिए है क्योंकि वहां लोग सामाजिक हितों से ऊपर निजी हितों को रखने की समाज की कीमत को समझते हैं। मगर भारत में, भ्रष्टाचार, टैक्स चोरी, धोखाधड़ी और रिश्वत हमें खोखला कर रहे हैं। ठेकेदार अफ़सरों को रिश्वत देते हैं और सस्ते किस्म की सड़कें और पुल बनाते हैं। नतीजा होता है कि कम पैसा ख़र्च करने की वजह से समाज को दोयम दर्जे की सड़क मिलती है। यही कहानी रक्षा उपकरणों की ख़रीद, लाइसेंस हासिल करने और सरकारी पदों पर भर्ती के मामले में सच है, और ये तो महज कुछ उदाहरण हैं। दुर्भाग्य से, यह व्यवहार इतना व्यापक हो गया है कि लगभग सभी इसे मूक सहमति दे देते हैं।

सामुदायिक मामलों को संबोधित करने में उदासीनता ने हमें प्रगति करने से रोक रखा है, जो कि अन्य परिस्थितियों में हमारी पहुंच में होती। हम अपने आसपास गंभीर समस्याओं को देखते हैं, मगर उन्हें हल करने की कोशिश नहीं करते। हम इस तरह बर्ताव करते हैं मानो समस्याओं का अस्तित्व ही न हो या जैसे वे किसी और की समस्याएं हों। दूसरी ओर, पश्चिम में लोग समाज की समस्याओं से सक्रियता से निबटते हैं। हमारे इस उदासीन रवैये के अनेक उदाहरण हैं। मिसाल के लिए हम सब भारत में सूखे की समस्या से परिचित हैं। चालीस साल से भी पहले एक सिंचाई विशेषज्ञ डॉ. के. एल. राव ने परामर्श दिया था कि इस समस्या के हल के लिए उत्तर और दक्षिण भारत में सारी नदियों को जोड़ते हुए वाटर-ग्रिड बनाए जाएं। दुर्भाग्य से, इस दिशा में कुछ नहीं किया गया। बंगलौर में बिजली की कमी एक और उदाहरण है। **1983** में यह तय किया गया था कि बंगलौर की बिजली की मांग पूरी करने के लिए एक पावर प्लांट बनाया जाएगा। बदकिस्मती से हमने अभी तक इसे शुरू नहीं किया है। मुंबई का मिलन सबवे पिछले चार दशक से नारकीय हालत में है, मगर कोई कार्रवाई नहीं की गई है। सॉफ़्टवेयर इंडस्ट्री में जल्दी-जल्दी यात्राएं करने को देखते हुए, पांच साल पहले मैंने परामर्श दिया था कि **240** पेज का पासपोर्ट शुरू किया जाए। इससे बार-बार पासपोर्ट दफ़्तर के चक्कर लगाना बच जाएगा। दरअसल, हम इसके लिए भुगतान करने को भी तैयार थे। मगर इस विषय में विदेश मंत्रालय के जवाब का मुझे अभी भी इंतजार है।

हम भारतीयों के लिए थॉमस हंटर के शब्दों को याद रखना बेहतर होगा कि निष्क्रियता बहुत धीमे चलती है और ग़रीबी बहुत जल्दी उससे आगे निकल जाती है।

हमारी उदासीनता की क्या वजह हो सकती थी? हजार साल से ज़्यादा समय तक हमारे ऊपर विदेशियों का शासन रहा था। इसलिए हमने हमेशा से यह माना है कि सार्वजनिक या सामाजिक मुद्दे किसी विदेशी शासक की परेशानी हैं और उन्हें हल करना हमारी जिम्मेदारी नहीं है। हम बस किसी और के आदेश पूरे करने के आदी हो गए हैं। "हम वो होते हैं जो हम बार-बार करते हैं," अरस्तू ने कहा था। पिछले हजार साल से यह इंतजार करते हुए कि कोई विदेशी हमें बताए कि क्या करना है, हमारे समाज के फ़ैसला लेने वाले ख़ुद फ़ैसले लेने के आदी नहीं रहे हैं। वे किसी और का मुंह देखते हैं कि उनकी ओर से वह फ़ैसले ले। दुर्भाग्य से, मुंह देखने के लिए कोई होता नहीं है और यही हमारी त्रासदी है।

हमारे बौद्धिक अहं ने भी हमारे समाज का कोई भला नहीं किया है। मैंने बहुत ज़्यादा यात्राएं की हैं और अपने अनुभव में मैंने कोई दूसरा ऐसा समाज नहीं देखा है जहां लोग इतनी कम प्रगति करके जितनी कि हमने की है, बेहतर समाजों के प्रति इतनी घृणा रखते हों जितनी हम रखते हैं। हमें याद रखना चाहिए कि अहं पाखंड को जन्म देता है। कोई और समाज वर्तमान में इतनी कम उपलब्धियां हासिल करके, अपने अतीत की इतनी डींगें नहीं हांकता जितना कि हम हांकते हैं। यह कोई नई घटना नहीं है, बल्कि कम से कम हजार साल पुरानी है। मध्य पूर्व से दसवीं सदी में आए यात्री और तर्कशास्त्री अल बरूनी ने, जो भारत में तीस साल रहे थे, भी भारतीयों की इस ख़ासियत का जिक्र किया है। उनके अनुसार, उनकी यात्रा के दौरान ज़्यादातर भारतीय पंडित उनसे शास्त्रार्थ करना तक अपनी शान के ख़िलाफ़ समझते थे। वास्तव में, कुछेक बार जब किन्हीं पंडितों ने उनकी बातें सुनने की इच्छा दिखाई और उनके तर्कों को बहुत सशक्त पाया, तो हमेशा ही बरूनी से पूछा कि किस भारतीय पंडित ने उन्हें इतनी प्रभावशाली बातें सिखाई हैं!

किसी प्रगतिशील समाज का सबसे महत्वपूर्ण गुण उन लोगों के प्रति सम्मान है, जिन्होंने उससे ज़्यादा उपलब्धि हासिल की है, और उनसे सीखने की इच्छा है। इसके विपरीत, हमारे नेता हमें विश्वास दिलाते हैं कि दूसरे समाज ऐसा कुछ नहीं जानते जो अपनाने लायक हो। साथ ही, मीडिया में रोज आप हमारे नेताओं के बेशुमार दावे पाएंगे कि हमारा देश दुनिया में सबसे महान है। बेहतर होगा ये लोग थॉमस कार्लायल के शब्द याद करें कि हमारी सबसे बड़ी ग़लती किसी अन्य के प्रति सचेत न होना है।

अगर हमें प्रगति करनी है, तो हमें यह रवैया बदलना होगा, उन लोगों की बात सुननी होगी जिन्होंने हमसे बेहतर प्रदर्शन किया है, उनसे सीखना और उनसे बेहतर प्रदर्शन करना होगा। हम अपनी असफलताओं को तर्कसंगत ठहराते रहते हैं। हमारे समान किसी और समाज ने इस गुण में महारत हासिल नहीं की है। जाहिर है, यह हमारी अक्षमता, भ्रष्टाचार और उदासीनता को न्यायसंगत ठहराने का एक बहाना है। इस रवैये को बदलना होगा। सर जोसिया स्टैंप की बात याद रखना बेहतर होगा, जिन्होंने कहा था, "अपने दायित्वों से मुकरना आसान है, लेकिन हम अपने दायित्वों से मुकरने के परिणामों से नहीं मुकर सकते।"

एक और महत्वपूर्ण गुण जो हम भारतीय पश्चिम से सीख सकते हैं, वह है जवाबदेही। पश्चिम में, आपका चाहे जो भी पद हो, आप अपने कामों के लिए जवाबदेह होते हैं। भारत में, आप जितना ज़्यादा 'महत्वपूर्ण' होते हैं, उतना ही कम जवाबदेह होते हैं। उदाहरण के लिए, एक वरिष्ठ नेता ने एक बार घोषणा की कि वो लगातार दस साल से अपना टैक्स रिटर्न भरना 'भूल' जा रहे हैं—और उनका कुछ नहीं बिगड़ा! भारत में सौ से ज़्यादा नुक्सान में जा रही सार्वजनिक क्षेत्र की इकाइयां (केंद्रीय) हैं। मैंने इन संस्थाओं के किसी मंत्री, अफ़सर या टॉप मैनेजर के ख़िलाफ़ बुरे प्रदर्शन के लिए कोई कार्रवाई की जाते हुए नहीं देखी।

श्रम की गरिमा पश्चिमी मूल्य प्रणाली का एक और अभिन्न हिस्सा है, लोग अपने काम पर गर्व करते हैं फिर चाहे वे जो भी काम करें। दूसरी ओर भारत में हम शारीरिक श्रम, अनुशासित क्रियान्वयन या जवाबदेही के काम करने वालों को नीची निगाह से देखते हैं। भारत में हर कोई विचारक बनना चाहता है, कर्ता नहीं, क्योंकि कुछ भी करने के लिए मेहनत करनी होती है और उसे नीचा समझा जाता है। मैं बहुत से इंजीनियरों से मिला हूं, कॉलेज से नए-नए निकले इंजीनियर, जो बस आराम की नौकरी करना चाहते हैं, ऐसा काम नहीं जो कारोबार या देश के लिए महत्व का हो। हमने यह नहीं समझा है कि दफ़्तर को साफ़ रखना भी उतना ही जरूरी और गरिमापूर्ण है जितना कि कंपनी को ठीक से चलाना। जब तक संस्था का हर व्यक्ति अपना बेहतरीन नहीं देगा, तब तक कोई संस्था सफल नहीं हो सकती। हमें ऐसी मानसिकता चाहिए जो ईमानदारी से काम करने वाले हर व्यक्ति का सम्मान करे।

भारतीय दोस्ताना हुए बग़ैर अंतरंग हो सकते हैं। वे बेहिचक अजनबियों से भी अहसान की मांग कर देते हैं। अभी उसी दिन जब मैं बंगलौर से मंत्रालय जा रहा था, तो ट्रेन में एक साथी मुसाफ़िर से मुलाकात हुई। मुश्किल से पांच मिनट बातचीत हुई होगी कि उसने इल्तेजा की कि मैं उसके मैनेजिंग डाइरेक्टर से बात करूं कि अनुशासनात्मक कार्रवाई के तहत कंपनी के निचले दस फ़ीसदी की सूची में आया उसका नाम हटा दें। मुझे रुडयार्ड किपलिंग का कथन याद हो आया, "पश्चिमी व्यक्ति बिना अंतरंग हुए मित्रवत हो सकता है, मगर एक पूर्वी व्यक्ति बिना मित्र हुए अंतरंग हो सकता है।"

पश्चिम से एक और सबक उनके कार्य-व्यवहार में व्यवसायिकता के विषय में सीखा जाना है। वैयक्तिक समीकरणों से ज़्यादा अहम आम भलाई है। पश्चिम में व्यवसायिक कामों में लोग निजी संबंधों को आड़े नहीं आने देते। वे किसी सहयोगी के अयोग्य काम के बारे में ईमानदार फ़ीडबैक देने में जरा भी नहीं हिचकिचाएंगे, भले ही वो सहयोगी उनका निजी मित्र हो। भारत में हम कार्य संबंधी संवाद को निजी परिप्रेक्ष्य में देखते हैं। व्यवसायिकता का एक और अहम पक्ष श्रेष्ठता को लागू करना है। श्रेष्ठता निजी वरीयताओं और

पूर्वाग्रहों को किसी व्यक्ति के प्रदर्शन का आकलन करने में हमें प्रभावित नहीं करेगी। जैसे-जैसे हम ख़ुद को विश्व मानकों के समकक्ष लाना शुरू करेंगे, हमें श्रेष्ठता को अपनाना होगा। हम दुनिया में सबसे 'पतली चमड़ी' वाला समाज हैं। हम वहां भी अपमान देख लेते हैं जहां अपमान की मंशा नहीं होती। ऐसा इसलिए हो सकता है क्योंकि हम करीब हजार साल तक आजाद नहीं रहे थे।

व्यवसायिकता का एक और महत्वपूर्ण पक्ष है समय की पाबंदी और दूसरे लोगों के समय की कद्र करना। पश्चिम में समय की पाबंदी सभी लेन-देनों में एक महत्वपूर्ण कसौटी होती है। मगर भारतीय मानक समय पता नहीं क्यों हमेशा पीछे चलता है। डैडलाइन कभी पूरी नहीं की जाती हैं। कितने सार्वजनिक प्रोजेक्ट समय से पूरे होते हैं? निराश करने वाली बात यह है कि हमने इसे अपवाद की जगह नियम मान लिया है। भारत में मीटिंग में देर से आना महत्वपूर्ण होने की निशानी समझा जाता है। आप पद में जितना ऊंचा होंगे, आपसे किसी भी मीटिंग में उतना ही लेट पहुंचने की उम्मीद की जाती है! बेशक, अगर आप वीवीआईपी हैं तब तो मीटिंग में आने की जरूरत ही नहीं है, भले ही आपने उसमें शामिल होने का वादा किया हो!

पश्चिम में, बहुत कम उम्र से ही माता-पिता बच्चों को स्वतंत्र रूप से सोचना सिखाते हैं। इस प्रकार वे मजबूत, आत्मविश्वासी व्यक्ति बनते हैं। हमारी संस्कृति में आपसे अपने बॉस या बड़ों से अलग सोचने की अपेक्षा नहीं की जाती। ज़्यादातर स्कूल-कॉलेजों में अध्यापकों को सवाल पूछने वाले विद्यार्थी पसंद नहीं आते। जहीन लोगों को भी मैंने स्वतंत्र रूप से सोचने को नकारते और बॉस द्वारा कहे अनुसार काम करना पसंद करते ही देखा है। अगर हमें विश्व में सफल होना है तो इस व्यवहार पर काबू पाना होगा।

पश्चिम में समझौते की शर्तों का शायद ही कभी उल्लंघन होता हो। विश्व-बाजार में व्यापार करने के इच्छुक किसी भी राष्ट्र की विश्वसनीयता को बढ़ाने का सबसे अहम पहलू कानूनी अधिकारों और समझौतों को लागू करना है। भारत में हम शादी के वचनों को पवित्र मानते हैं। मगर इस मानसिकता को सार्वजनिक क्षेत्र में आगे नहीं बढ़ाते हैं। उदाहरण के लिए भारत का एनरॉन के साथ लाभहीन समझौता था। इस समझौते के लिए जिम्मेदार लोगों को सजा देने के बजाय हमने समझौते को ही पूरा नहीं किया। यह उचित होता कि हम समझौते को रद्द कर देते, क्योंकि एनरॉन नाजायज गतिविधियों में लिप्त था। मगर हमने तो एनरॉन की नाजायज गतिविधियों के बारे में पता लगने से बहुत पहले ही समझौते से हाथ खींच लिया था। अमेरिकी विश्वविद्यालयों में उच्च शिक्षा के लिए दी जाने वाली राष्ट्रीय छात्रवृत्ति के लिए मैंने कई छात्रों की सिफ़ारिश की है। उनमें से अधिकांश भारत लौटे ही नहीं, जबकि समझौते के अनुसार उन्हें अपनी डिग्री पाने के बाद कम से कम पांच वर्ष भारत में बिताने चाहिए थे। वास्तव में, एक प्रसिद्ध अमेरिकी विश्वविद्यालय के एक प्रोफ़ेसर के अनुसार छात्र ऋण अदा न करने वालों में सबसे ज़्यादा तादाद भारतीयों की

होती है; ये सब छात्र अच्छे अंकों से उत्तीर्ण होते हैं और बढ़िया नौकरियां पाते हैं, मगर अपना ऋण चुकाने को तैयार नहीं होते। उनकी इस हरकत की वजह से भारत से अब जाने वाले छात्रों के लिए ऋण पाना मुश्किल हो गया है। हमें इस रवैये को भी बदलना होगा।

हम भारतीय बौद्धिक ईमानदारी भी नहीं दिखाते हैं। मिसाल के लिए, हमारे राजनीतिक नेता पत्रकारों को मोबाइल फ़ोन से फ़ोन करके कहते हैं कि वे टेक्नोलॉजी में विश्वास नहीं करते हैं! अगर हम चाहते हैं कि हमारे युवा प्रगति करें, तो ऐसे पाखंड को रोकना होगा। हम अपने नागरिक अधिकारों से अच्छी तरह परिचित हैं। मगर फिर भी अधिकारों के साथ जुड़े कर्तव्यों को स्वीकार करने में अक्सर नाकाम रहते हैं। हमें अमेरिकी राष्ट्रपति ड्वाइट आइसेनहॉवर के शब्दों को याद रखना चाहिए कि जो लोग अपने उसूलों से ऊपर अपने विशेषाधिकारों को आंकते हैं, जल्दी ही दोनों को खो देते हैं।

हमें याद रखना होगा कि हमारी अधिकांश बुनियादी सामाजिक समस्याएं आम भलाई के प्रति प्रतिबद्धता की कमी के कारण बढ़ती हैं। हेनरी बीचर ने कहा था, "संस्कृति वह है जो सबकी बेहतरी के लिए काम करने में हमारी मदद करती है।" मेरा मानना है कि अपने अच्छे मूल्यों को बरकरार रखते हुए और अपनी संस्कृति में इन पश्चिमी मूल्यों को शामिल करके हम सार्थक प्रगति कर सकते हैं।

हमारे व्यवहार की अधिकांश कमियां लालच, आत्मविश्वास की कमी, राष्ट्र में विश्वास की कमी और समाज के प्रति सम्मान की कमी की वजह से आती हैं। महात्मा गांधी के शब्दों को याद रखना सर्वाधिक उचित होगा कि इस दुनिया में सबकी जरूरतों के लायक पर्याप्त है, मगर सबके लालच के लिए नहीं। हम सब मिलकर एक ऐसा समाज बनाएं जहां हम दूसरों के साथ वैसा ही बर्ताव करें जैसा हम दूसरों से अपने लिए चाहते हैं। हम जिम्मेदार नागरिक बनें और अपने देश को जीने के लिए एक बेहतर स्थान बनाएं। "उत्तरदायित्व महानता का मूल्य है," विंस्टन चर्चिल ने कहा था। हमें अपने पारिवारिक मूल्य अपने घर की सीमाओं से आगे बढ़ाने होंगे।

आइए हम ज़्यादा से ज़्यादा लोगों के ज़्यादा से ज़्यादा कल्याण के लिए काम करें: समस्त जनाम् सुखिनो भवन्तु। हम महज अच्छे लोगों की तरह नहीं, अच्छे नागरिकों की तरह भी बर्ताव करें, ताकि अगली पीढ़ी के लिए अच्छी मिसाल पेश कर सकें।

□

राष्ट्रीय विकास में गति लाने में अनुशासन की भूमिका

भारत के सशस्त्र बलों ने उस बेहद मूल्यवान गुण को संजोकर रखा है, जिसकी आज के भारत में बहुत कमी है—यानी अनुशासन। हम चाहे जिस भी क्षेत्र में कार्य करते हों, दिन में न जाने कितनी बार मूलभूत अनुशासन की धज्जियां उड़ाते अनेक उदाहरण देखते हैं। इसलिए यह उचित होगा कि मैं राष्ट्रीय अनुशासन की गति में तेजी लाने के लिए अनुशासन की भूमिका पर चर्चा करूं।

सबसे पहले तो मैं राष्ट्रीय विकास के सिलसिले में हमारी आज की स्थिति के बारे में थोड़ी बात करूंगा। **1991** के सुधारों के बाद से भारत का सकल घरेलू उत्पाद छह फ़ीसदी वार्षिक के औसत से बढ़ा है, और इसने भारत को दुनिया के सबसे तेजी से विकास करते देशों में ला खड़ा किया है। देश में ग़रीबी **1990** के दशक के शुरू की **34** फ़ीसदी से ज़्यादा से गिरकर **2003** में **26** फ़ीसदी रह गई। विक्रय शक्ति के अनुपात के आधार पर भारत अमेरिका, चीन और जापान के बाद दुनिया की चौथी सबसे बड़ी अर्थव्यवस्था है। गोल्डमैन सैक्स के एक अध्ययन की राय में **2015** तक भारत का आर्थिक विकास चीन से आगे निकल जाएगा। इसका अनुमान है कि भारत **2022** तक ब्रिटेन को पीछे छोड़ देगा और **2032** तक जापान को पीछे छोड़कर चीन और अमेरिका के बाद विश्व की तीसरी सबसे बड़ी अर्थव्यवस्था बन सकता है।

मैं उस देश को विकसित कहूंगा जो कि अपने हरेक नागरिक को 'श्रेष्ठ जीवन' की सामग्री उपलब्ध करवाए: शिक्षा, चिकित्सा सेवा, पोषण, आवास, साफ़ वातावरण, जीवन में आगे बढ़ने के अवसर, और सबसे अहम, एक विश्वास कि नागरिकों की वर्तमान पीढ़ी भावी पीढ़ी के लिए अपने देश को बेहतर समाज बनाने के लिए सब कुछ कर रही है। विकास एक मनोस्थिति है। यह समानता, निष्पक्षता, आशा, विश्वास और कर सकने के भाव की मानसिकता पैदा करती है। एक विकसित देश ऐसी नीतियां बनाता और लागू

जनरल के. एम. करियप्पा व्याख्यान, नई दिल्ली, **3** दिसंबर, **2005**

करता है जो नागरिकों के लिए एक समान और स्थायी भविष्य का निर्माण करती हैं।

इस परिप्रेक्ष्य में देखते हैं कि हम आज कहां हैं। भारत सरकार द्वारा **1956** में जिस सपने की रूपरेखा बनाई गई थी, वह एक ग़रीबी मुक्त भारत का था, जहां पच्चीस साल में सबके लिए रोजगार होता, **1981** तक यह हमसे दूर ही था। मानव विकास सूचकांक में भारत **177** देशों में से **125**वें स्थान पर है; **26** करोड़ भारतीय ग़रीबी रेखा से नीचे हैं—वो ग़रीबी रेखा जो अंतरराष्ट्रीय मानक के आधार पर नहीं, भारत द्वारा बनाई गई है। वयस्क साक्षरता **39** फ़ीसदी है—भारत में **30** करोड़ से ज़्यादा लोग अशिक्षित हैं, यह दुनिया में सबसे ज़्यादा अशिक्षितों का समूह है। देश में **2.5** करोड़ से ज़्यादा बच्चे स्कूल नहीं जाते हैं। भारत की बाल जनसंख्या का आधा हिस्सा कुपोषण का शिकार है, और हर साल दुनिया में होने वाली बाल मृत्यु में प्रत्येक पांच में से एक भारत में होती है। भारत में बेरोजगारी अनुमानत: दस फ़ीसदी है। **2016** तक भारत काम करने लायक आबादी में **32.5** करोड़ लोग जोड़ देगा। अगर हम अपने युवाओं को उपयोगी रोजगार दे सकते तो ये आंकड़े वरदान साबित होते। इन युवाओं को मुख्य धारा में लाने के लिए भारत को अगले पांच साल तक हर साल एक करोड़ नौकरियां उत्पन्न करनी होंगी। मगर

अर्थव्यवस्था ज़्यादा से ज़्यादा कुल करीब दस लाख नौकरियां जोड़ पा रही है।

स्पष्ट है, आर्थिक विकास में भारत के सामने अभी बहुत गहन चुनौतियां हैं। क्या हम इन चुनौतियों से निबट सकेंगे? मेरा विश्वास है कि निबट सकेंगे, क्योंकि संभावनाएं हमारे पक्ष में हैं। औद्योगिक क्रांति के बाद पहली बार भारत को एक क्षेत्र में विश्व-योगदाता की तरह माना गया है—वह है हाई-टेक क्षेत्र। आज भारतीय सशक्त उद्यमियों के रूप में जाने जाते हैं और हमारा देश विदेशी निवेश के लिए मनपसंद स्थान बनता जा रहा है। अंतरराष्ट्रीय पूंजी बाजार में देश के लिए काफ़ी सदाशयता है। थॉमस फ्रीडमैन जैसे मशहूर पत्रकार भारत पर फ़िदा हैं। शीघ्रता से आर्थिक विकास पाने के लिए हमें इस अवसर के छोटे से झरोखे को हथिया लेना चाहिए।

मगर भारत के बारे में सारी जोशीली बातें इस तरह के सवालों की सुनगुन में थम जाती हैं: आपके देश में इतना भ्रष्टाचार क्यों है? आपके यहां बेहतर इंफ़्रास्ट्रक्चर क्यों नहीं हो सकता? आपके यहां बेहतर नौकरशाही क्यों नहीं हो सकती? आप आम प्राथमिक शिक्षा लागू करके निरक्षरता की समस्या को हल क्यों नहीं कर सकते? आपके यहां अब तक बाल मजदूर क्यों हैं? पता नहीं क्यों एक समृद्ध प्राचीन संस्कृति और एक मॉडर्न हाई-टेक क्षमता से युक्त भारत के लिए ऐसे सवालों का सामना करना मुश्किल हो जाता है।

हम वे उम्मीदें पूरी करने में असमर्थ क्यों हो जाते हैं जिन्हें हमारे बीच का एक छोटा सा तबका— नेता, अफ़सर, कॉरपोरेट लीडर, शिक्षाविद, कलाकार, सैन्य बल आदि—जगाता है? राष्ट्रीय विकास के अनेक घटक हैं—प्राकृतिक संसाधन, मानव संसाधन, नेतृत्व और आख़िर में अनुशासन। इसमें कोई संदेह नहीं कि हमारे पास प्राकृतिक संसाधनों की

कोई कमी नहीं है। लगभग हर प्राकृतिक संसाधन के मामले में हम दुनिया के पहले दस देशों की सूची में हैं। इसके अलावा, कम प्राकृतिक संसाधनों वाले देशों, जैसे जापान, स्विट्जरलैंड, और सबसे हालिया सिंगापुर ने दिखा दिया है कि प्राकृतिक संसाधनों की कमी विकास के मार्ग की रुकावट नहीं है। बेशक एक खरब से अधिक की जनसंख्या वाले भारत का, जहां दुनिया में दूसरा सबसे बड़ा वैज्ञानिक प्रतिभा का समूह है, मानव संसाधन की कमी की शिकायत नहीं करनी चाहिए। वास्तव में भारत के पास योग्य लीडरों का पर्या प्त संवर्ग है। हमारे वर्तमान प्रधानमंत्री ने जो कि किसी भी विश्व मानक के आधार पर स्वयं एक असाधारण व्यक्ति हैं, अपने आसपास एक श्रेष्ठ दल गठित किया है। नौकरशाही, कॉरपोरेट जगत, सेना, शिक्षा और कला जैसे सभी क्षेत्रों में हमारे पास विश्व में सम्मानित लीडर हैं। फिर भी किसी वजह से ये लीडर अपने पास योग्य मानव संसाधन और मूल्यवान प्राकृतिक संसाधनों के होते हुए भी इस देश की ग़रीबी की मूलभूत समस्या को हल नहीं कर सके हैं।

यह मुझे अपने आख़री घटक पर लाता है—अनुशासन। हमारी जनता द्वारा प्रदर्शि त अनुशासन की घोर कमी तेज गति से आर्थिक विकास के लिए इन बाकी तीनों सशक्त पक्षों को बेअसर कर देने में दिखती है। हम रोज अपने आसपास अनुशासनहीन व्यवहार के असंख्य उदाहरण देखते हैं। ज़्यादा दुख की बात तो यह है कि यह व्यवहार सुशिक्षित और शक्तिशाली लोगों तक के बीच एक नियम सा बन गया है।

अनुशासन तयशुदा प्रोटोकॉल, नियमों, वांछित कामों, नियंत्रणों और लोगों एवं समाजों के कार्यों को सुधारने की दृष्टि से बनाए गए कानूनों का पालन करना है। अनुशासन वैयक्तिक विकास, सामुदायिक विकास और राष्ट्रीय विकास का आधार है। अ़धिकांश प्रगति की वजह सामंजस्य के साथ काम करने वाले लक्ष्य प्रेरित दलों के संयुक्त प्रयास हैं। दूसरे शब्दों में, यदि दल का हर सदस्य यह दिखाए कि वह व्यवहार के तयशुदा मानकों का पालन करेगा, तो दल का हर सदस्य यह समझेगा कि कोई व्यक्ति उनके काम का ग़ैरमुनासिब फ़ायदा नहीं उठा रहा है। ऐसी टीम में, सफलता के घटक—भरोसा, विश्वास, गर्व, ऊर्जा, आशा, जोश और महत्वाकांक्षा—ऊंचे होंगे। ऐसी टीमों की उपलब्धियां असाधारण होंगी। हर लक्ष्य समय से पहले पूरा होगा। वास्तव में, कमाल की उपलब्धियां हासिल करने में अनुशासन की भूमिका के दो महान उदाहरण द्वितीय विश्व युद्ध की लगभग पूर्ण तबाही के बाद फिर से उभरकर आए जापान और जर्मनी हैं। सिंगापुर और दक्षिण कोरिया जैसे देशों का हमारे अपने जीवनकाल में तीसरी दुनिया के देशों से पहली दुनिया के देशों में रूपांतरण भी अनुशासन की ताकत का एक और उदाहरण है।

आर्थिक विकास लोगों की उत्पादकता को बढ़ाना है। देश जितना विकसित होगा, प्रति व्यक्ति सकल घरेलू उत्पाद भी उतना ही ऊंचा होगा। उत्पादकता गति, नवीनता और क्रियान्वयन में उत्कृष्टता से आती है। यह निरंतर बेहतर विचारों को पहचानने और उन्हें

बेहतर और तेज गति से क्रियान्वित करना है। ऐसे प्रयास के लिए अनुशासन की आवश्यकता होती है। लगभग बिना अपवाद के, सभी विकसित देशों में विकासशील देश के मुकाबले बेहतर अनुशासन होता है।

एक अनुशासित, संगठित कार्यबल दृढ़ उत्पादकता वृद्धि लाता है जो बदले में देश में आर्थिक विकास लाती है। माइकल पोर्टर ने 'अनुशासित कार्यबल के तुलनात्मक लाभ' के बारे में बताया था जिसने **1970** और **1993** के बीच सिंगापुर को श्रम उत्पादकता वृद्धि **4.1** फ़ीसदी वार्षिक तक ले जाने में सक्षम बना दिया था, जबकि उसी दौरान अमेरिका में **1.3** और इंग्लैंड में **1.94** वृद्धि रही थी। ब्रिटेन के शासन से स्वतंत्र होने के चार दशक बाद सिंगापुर ने ब्रिटेन की प्रति व्यक्ति आय को पीछे छोड़ दिया।

अब मैं विचार और कार्य में समय-प्रबंधन के अनुशासन पर ध्यान दूंगा। विचारों में अनुशासन का तात्पर्य वस्तुगतता, तर्कों में डेटा और तथ्यों का इस्तेमाल, और किसी विचार को विशुद्ध रूप से उसके गुणों के आधार पर समर्थन देना है। कार्य में अनुशासन धन, शक्ति या किसी भी तरह के स्वहित से प्रभावित हुए बग़ैर सही काम करना है।

विकास के लिए मानव संसाधन को सशक्त करना आवश्यक है, जो कि सबसे मूल्यवान संसाधन है। एक विकसित समाज अपने लोगों के समय के प्रभावी उपयोग को सबसे ज़्यादा महत्व देता है। एक देश की विकास दर और उसकी जनता के समय के प्रभावी उपयोग के बीच सीधा संबंध है।**1960** और **1970** के दशक में जापान की तीव्र वृद्धि जापान के कार्यबल द्वारा उत्पादकता में जबरदस्त बढ़ोत्तरी से चालित थी। इस अवधि के दौरान, जापान में प्रति घंटे का मूल्य **11.30** डॉलर था, जबकि अमेरिका में यह **3.20** डॉलर ही था। भारत में श्रम उत्पादकता, औसतन, अमेरिकी स्तर की **10** फ़ीसदी मात्र है। एक चीनी श्रमिक की उत्पादकता, कार्यक्षेत्र के मुताबिक, एक भारतीय श्रमिक के मुकाबले **30** से **180** फ़ीसदी अधिक आंकी गई है। भारत में कृषि उत्पादकता यूरोपीय और अमेरिकी स्तरों से एक तिहाई है।

यह देखते हुए कि विकासशील देशों की सरकारें राष्ट्रीय विकास में एक बड़ी भूमिका निभाती हैं, सरकार द्वारा समय-प्रबंधन में अनुशासन लाना बहुत अहम है। बदकिस्मती से, यह एक ऐसा क्षेत्र है जिसमें भारतीय सरकार बहुत ढीली है। अन्य जगहों पर जिस अनुमोदन में तीन से चार महीने लगते हैं, भारत में उसमें तीन से पांच वर्ष लग जाते हैं। अधिकारी मुश्किल से ही कभी समय पर आते हैं। संसद सत्र छोटी-छोटी बातों पर नियमित रूप से बाधित और स्थगित होते रहते हैं। संसदीय कार्य का एक घंटा भारतीय करदाताओं को लगभग **17** लाख रुपए का पड़ता है, और एक संसद सत्र प्रतिदिन **1.5** करोड़ रुपए से अधिक का पड़ता है। भारत में जन अधिकारी मीटिंगों और समारोहों मे देर से आने को अकुशलता का नहीं, बल्कि महत्ता का चिह्न समझते हैं। हाल ही में, एक मुख्यमंत्री ने ऑस्ट्रेलिया के प्रधानमंत्री के साथ मुलाकात रद्द कर दी जो राज्य की राजधानी के साथ गठबंधित

शहर के समझौते पर दस्तख़त करने आए थे। ऑस्ट्रेलिया के प्रधानमंत्री इस व्यवहार को कतई नहीं समझ पाए।

मेरा मानना है कि विचारों में अनुशासन की कमी या बौद्धिक बेईमानी विकास की तेज गति में अवरोध लाने वाला दूसरा सबसे बड़ा तथ्य है। भारत जैसे विकासशील देशों के ज़्यादातर लीडर जिस काम को करना उचित समझते हैं, उसका उलटा करते हैं। नेताओं को आर्थिक विकास के लिए बौद्धिक रूप से ईमानदार चुनाव करते समय अनुशासन बरतना चाहिए। राजनीतिक दबाव के नतीजे में लिए गए आर्थिक फ़ैसले देश के लंबी अवधि के विकास पर महत्वपूर्ण असर डाल सकते हैं। ऐसे बहुत से उदाहरण हैं जब सत्ताधीन राजनीतिक दल द्वारा लागू की गई नीतियों का उसी दल ने विपक्ष में जाने पर विरोध किया है। हाल ही में एक प्रगतिवादी मुख्यमंत्री और उनके वित्त मंत्री मुझसे मिलने आए थे। मैंने उनसे पूछा कि उन्होंने वैट लागू करने का विरोध क्यों किया था। वे मुझे कोई उचित जवाब नहीं दे सके और उन्होंने यह काम अपने वित्त मंत्री पर छोड़ दिया। वित्त मंत्री ने पहले तो कहा कि वैट उनके राज्य के लिए हितकारी नहीं था। जब मैंने उदाहरण देकर उनके राज्य के लिए वैट के फ़ायदे समझाए तो उनका जवाब था कि उनकी पार्टी को वैट पसंद नहीं था। संयोगवश जब वही पार्टी केंद्र की सत्ता में थी तो उसने वैट लागू किया था।

सफल आर्थिक फ़ैसलों के लिए विचारों या वास्तविकता में अनुशासन होना आवश्यक है, ताकि निवेशों के परिणामों और प्रभावों पर फ़ोकस किया जा सके। नब्बे के दशक की शुरुआत में कर्नाटक के राज्य प्लानिंग बोर्ड के समक्ष ग्रामीण आवास निवेश संबंधी एक प्रस्तुतीकरण में इस तरह के फ़ोकस की कमी का एक स्पष्ट उदाहरण मुझे याद आता है। नतीजों और प्रभावों पर मेरे सवालों को अड़चनें डालने वाले के सवाल कहकर दरकिनार कर दिया गया। दूसरी ओर चीन में सरकारी अधिकारियों के वेतन और पदोन्नति उनके संबंधित क्षेत्र के विकास परिणामों से कड़ाई से जुड़े होते हैं। अधिकारियों को प्रति वर्ष सात फ़ीसदी का वृद्धि लक्ष्य दिया जाता है और उन्हें हर तिमाही में इंफ़्रास्ट्रक्चर बनाने, जुर्म कम करने आदि में प्रगति दर्शानी होती है।

भारत में विचारों के अनुशासन के परिणामस्वरूप लिए गए विषयगत फ़ैसलों पर ज़्यादातर जाति या धर्म को दृष्टिगत रखते हुए समझौता किया जाता है। इससे हमारी राजनीति प्रणाली शून्य-शेष खेल बन गया है, जहां पार्टियां सार्वजनिक लाभों को लक्ष्य करने की जगह संकीर्ण हितों से चालित होती हैं। विधायिकाओं में होने वाली बहसें और चर्चाएं प्रगति की चिंताओं से ज़्यादा पार्टीगत हितों से प्रेरित होनें में ख़त्म हो जाती हैं। सामुदायिक हितों के प्रति नेताओं की इस तरह की उदासीनता ने सरकारी नीति को बहुत अधिक प्रभावित किया है। नतीजतन, कानून निर्माताओं को आर्थिक विकास और वृद्धि की दिशा में अनुशासित प्रयास करने के लिए न के बराबर प्रोत्साहन मिलता है। इसके बजाय उनका फ़ोकस अपने वोट बैंक के हितों को देखने और उनके तुष्टीकरण पर रहता

है। मिसाल के लिए, भारत में सरकारें देश में समग्र विकास और वृद्धि लाने के बजाय समर्थक समूहों को सब्सिडी बांटना अधिक पसंद करती हैं। आज देश में सब्सिडी चिंताजनक रूप से भारत के सकल घरेलू उत्पाद की चौदह फ़ीसदी है।

ईमानदार क्रियान्वयन में अनुशासन की कमी से बढ़ने वाला भ्रष्टाचार हमारी प्रगति में एक और अड़चन है। भ्रष्टाचार सिर्फ़ नैतिक मुद्दा ही नहीं है, बल्कि भारत जैसे ग़रीब देश में आर्थिक प्रगति की एक शक्तिशाली बाधा भी है। ज़्यादातर अर्थव्यवस्थाएं मानती हैं कि भ्रष्टाचार तब फलता-फूलता है जब नेता और अधिकारी अनावश्यक और अलाभकारी सार्वजनिक परियोजनाओं और अक्षम ठेकेदारों के चयन को तरजीह देते हैं। ग़रीबों की किस्मत सुधारने की प्रतिबद्धता का दम भरने वाले नेताओं को यह याद रखना चाहिए कि एक भ्रष्ट देश में ग़रीब ही सबसे ज़्यादा तकलीफ़ पाता है। आमतौर पर ज़्यादातर मेगा परियोजनाओं का लक्ष्य ग़रीबों को स्वास्थ्य सेवा, शिक्षा और पोषण प्रदान करना होता है। परिणामस्वरूप, जैसा कि डॉ. बिमल जालान कहते हैं, बड़े स्तर पर भ्रष्टाचार का नतीजा नकली दवाएं, स्कूलों का ख़राब निर्माण, ग़ैरहाजिर और अयोग्य शिक्षक और घटिया स्तर की खाद्य सामग्री होता है और मुख्य रूप से इसका असर ग़रीबों पर पड़ता है। मध्य वर्ग और उच्च वर्ग ऐसी सेवाओं पर निर्भर नहीं होते। इसलिए भ्रष्टाचार पहले से ही असमान समाज में असमानता को बढ़ाता है। भ्रष्टाचार छोटे उद्योगों को भी सबसे ज़्यादा प्रभावित करता है क्योंकि वे इससे जुड़ी बढ़ी हुई कीमतों को चुकाने में असमर्थ रहते हैं। दूसरी ओर, कुछ अपवादों को छोड़कर बड़े उद्योग अप्रभावकारी, घूसख़ोर प्रणाली का फ़ायदा उठाकर एकाधिकार स्थापित करते हैं या बाजार में अपना हिस्सा बढ़ाकर अपने लाभ में सुधार कर लेते हैं। इसलिए हर उस नेता को अनुशासन को अपनाना और भ्रष्टाचार से लड़ना चाहिए, जो कमजोर और ग़रीबों के हित की बात करता है।

अर्थशास्त्रियों ने दर्शाया है कि किस प्रकार भ्रष्टाचार वृद्धि दर और उत्पादकता को कम कर देता है, निवेश को हतोत्साहित करता है, वित्त के निकास को बढ़ाता है और समग्र अर्थव्यवस्था में लोगों के विश्वास को डिगाता है, और इस तरह एक नकारात्मक चक्र बना देता है। एक जाने-माने विकास-अर्थशास्त्री ने दिखाया है कि एक बेहद भ्रष्ट देश में भ्रष्टाचार में पचास फ़ीसदी की कमी ही सकल घरेलू उत्पाद में वृद्धि की दर को 1.5 फ़ीसदी बढ़ाने की क्षमता रखती है। शोधकर्ताओं ने भी दिखाया है कि भ्रष्टाचार राष्ट्रीय आय में निवेश के अनुपात को घटाता है। अगर हम अपने भ्रष्टाचार पर नियंत्रण कर लेते तो अस्सी और नब्बे के दशक में भारत की सकल घरेलू उत्पाद दर 6.5 फ़ीसदी की जगह आठ फ़ीसदी होती।

कार्यों और परियोजनाओं को क्रियान्वित करने के प्रति एक अनुशासित रवैया एक देश के लक्ष्यों को उसके विकास प्रयासों से प्राप्त वास्तविक नतीजों से जोड़ने के लिए अनिवार्य है। क्रियान्वयन में अनुशासन ने ही चीन को शंघाई के पुडौंग जिले में एक

भविष्यात्मक शहर बनाने में सक्षम किया है, जो मात्र एक दशक पहले खेती योग्य भूमि थी। दिल्ली की विश्व स्तर की मेट्रो रेल भी क्रियान्वयन में अनुशासन का एक और अच्छा उदाहरण है। दूसरी ओर, हम सैकड़ों दूसरे उदाहरण भी देखते हैं जिनमें कोई परियोजना, जो दुनिया के किसी भी दूसरे स्थान पर छह महीने में पूरी हो जाती, भारत में वह कई साल में और गुणवत्ता में कहीं निचले स्तर पर क्रियान्वित हो पाती है।

भ्रष्टाचार और अनुशासनहीनता ने भारत के ईमानदार, सुदृढ़ और साहसी अधिकारियों के दुर्लभ समूह को पूरी तरह हतोत्साहित कर दिया है। आज ईमानदार, सुदृढ़ और दूरदृष्टि युक्त अधिकारी और नेता सजा पाते हैं और जब वे जनता के हित में कड़े फ़ैसले लेते हैं या प्रशासन में अत्यावश्यक सुधारों को लागू करते हैं, तो उन्हें असंगत काम सौंप दिए जाते हैं। संगठन में भ्रष्टाचार को उजागर करने का प्रयास करने पर राष्ट्रीय राजमार्ग प्राधिकरण के सत्येंद्र दुबे की मृत्यु हो जाना, और इंडियन ऑयल के एस. मंजूनाथ द्वारा कंपनी की वितरण प्रणाली में भ्रष्टाचार से निबटने की कोशिश करने पर उनकी हत्या कर दिया जाना दर्शाता है कि हमारे सार्वजनिक संस्थानों में ईमानदारी और अनुशासन की कितनी कम कीमत आंकी जाती है। हमारे देश के युवाओं ने हमारे सार्वजनिक संस्थानों और सरकार में भरोसा खो दिया है। वरिष्ठ नेता सोमनाथ चटर्जी ने एक बार बताया था कि एक बार उन्होंने एक जहीन युवती से पूछा कि वह क्या कैरियर चुनना चाहेगी, तो उसका जवाब था, "राजनीति के सिवा कुछ भी।"

मैंने तीन मुख्य क्षेत्रों—मानव संसाधन और समय प्रबंधन, विचार और क्रियान्वयन—में अनुशासन की आवश्यकता दर्शाई है। अब मैं इन समस्याओं के संभावित हलों की ओर मुड़ता हूं।

अनुशासनहीनता सर्वव्यापी हो गई है। आज हमारे युवाओं का अपने वरिष्ठजनों—नेताओं, अधिकारियों और कॉरपोरेट लीडरों—के व्यवहार से मोहभंग हो चुका है। हमारे लोकतंत्र और चुनाव प्रणाली में उनकी आस्था ख़त्म हो रही है। ईमानदारी, शिष्टाचार और मेहनत, और स्वतंत्रता पाने के समय हमारे पूर्वजों द्वारा अपनाए मूल्यों में उनका विश्वास चुकने लगा है। इसलिए यह समय की मांग है कि सख़्त फ़ैसले और नीतियां लागू की जाएं जो भारत के नेताओं, अधिकारियों, कॉरपोरेट लीडरों और समाज में भी अनुशासन का भाव पैदा करें। शीघ्र और कठोर कदम उठाने होंगे।

बड़े और स्थायी बदलाव लाने के लिए रोल मॉडल महत्वपूर्ण हैं। ज़्यादातर समाज इसीलिए उन्नति कर पाते हैं क्योंकि उनके यहां पीढ़ी दर पीढ़ी रोल मॉडल रहे हैं जिन्होंने अच्छा आचरण और अनुशासन प्रदर्शित किया है। दुर्भाग्य से आज के भारत में हमारे पास बहुत ज़्यादा रोल मॉडल नहीं हैं। अपनी आधुनिकता के बावजूद, हम सामंतवादी समाज में रहते हैं। यहां, नेताओं का कद वास्तविकता से बड़ा होता है। लोग अपने नेताओं के हर कदम को देखते हैं और उनका अनुसरण करते हैं। इसलिए, मिसाल द्वारा नेतृत्व करना

हमारे समाज को और ज़्यादा अनुशासित बनाने में बहुत शक्तिशाली भूमिका निभाएगा। अगर नेताओं की दो पीढ़ियां अनुशासन के बेहतरीन उसूलों का पालन करें तो यह स्थापित नियम बन जाएगा। हमें महात्मा गांधी के शब्दों को याद रखना चाहिए जिन्होंने कहा था, "अगर दूसरों में सुधार देखना चाहते हैं, तो स्वयं में सुधार लाएं।" हमें स्कूल के शुरुआती वर्षों से ही साधारण नागरिकों में अच्छे व्यवहार के आदर्शों को प्रोत्साहित करने होंगे। अधिकारी वर्ग में भी हमें ऐसे आदर्श चरित्र निर्मित करने होंगे।

भावी सत्येंद्र दुबे और मंजूनाथों को मरना नहीं चाहिए। इसे पाने के लिए, हमें विशिष्ट स्त्री-पुरुषों से युक्त छिद्रान्वेषक समिति गठित करनी चाहिए, जो पर्दाफ़ाश करने वालों की शिकायतों की जांच करे। इस समिति के पास दोषी के ख़िलाफ़ तुरंत कार्रवाई करने और पर्दाफ़ाश करने वालों की रक्षा करने की शक्ति होनी चाहिए। समिति राज्य विधायिकाओं के दायरे से बाहर और सिर्फ़ संसद के प्रति जवाबदेह होनी चाहिए। आरोपित नेता या अधिकारी को निर्दोष साबित होने तक पदासीन रहने की अनुमति नहीं होनी चाहिए।

अनुशासन तोड़ने वालों के ख़िलाफ़ शीघ्र और सख़्त कार्रवाई करना ही बेहतरीन विकल्प है। वास्तव में, इसी तरह सिंगापुर जैसे विकसित देशों ने अनुशासन सुनिश्चित किया है। विकसित देश में कर चोरी या भ्रष्टाचार के लिए सामान्यत: कड़ा दंड दिया जाता है, भले ही दोषी कोई भी हो। दूसरी ओर भारत में सुसंपन्न वर्ग शायद ही कभी सजा पाता हो, भले ही उनका जुर्म कुछ भी हो। कुछेक कार्यक्रमों को समय पर शुरू होने दें, भले ही वीआईपी न पहुंचे हों। शीघ्र ही आप देखेंगे कि वीआईपी समय पर आने लगेंगे। नागरिकता के हर क्षेत्र में हम समान रूप से कानून लागू करें।

सुसंपन्न और शक्तिशाली लोगों द्वारा अनुशासनहीनता के मामलों में पारदर्शिता में सुधार लाने से ऐसे उल्लंघन हतोत्साहित होंगे। यहीं मीडिया को एक महत्वपूर्ण भूमिका निभानी है। सुसंपन्न और शक्तिशाली वर्ग को छिपने के लिए सुरक्षा आवरण न देकर हमें सूचना के अधिकार कानून को मजबूत करना होगा।

भारत के राजनीतिक संगठनों में अनुशासनहीनता बढ़ाने वाला एक और तथ्य है जाति, धर्म और शक्ति की राजनीति से त्रस्त, कमियों से भरी हमारी चुनाव प्रणाली। हमें ऐसी चुनाव प्रणाली बनानी होगी जो भ्रष्टाचार को बढ़ावा न दे। हमें अपने भूतपूर्व प्रधानमंत्री अटल बिहारी वाजपेयी के शब्दों को याद रखना चाहिए जिन्होंने कहा था, "लोकसभा में चुनकर आने वाला हर सांसद अपने कार्यकाल की शुरुआत झूठे ब्योरे से करता है—अपने चुनावी ख़र्चों के ब्योरे से।" ऐसे धोखाधड़ी के कामों को तुरंत सजा देनी होगी।

हमें उन देशों से सीखने के लिए खुली मानसिकता रखनी होगी, जिन्होंने हमसे बेहतर किया है। प्रगति की दिशा में यह सबसे तेज गति का मार्ग होगा। दुर्भाग्य से, हमारे

औपनिवेशिक अतीत की वजह से हम उन्नत देशों से सीखने में हिचकिचाते हैं। अगर हमें ठीकठाक उन्नति करनी है तो इस जटिलता से निबटना होगा।

अगर हम चाहते हैं कि लोग कानूनों का पालन करने में ज़्यादा अनुशासित बनें तो हमें नौकरशाही को घटाना और प्रक्रियाओं को सरल बनाना होगा। याद रखें, टैसिटस ने 55 ईसा पूर्व कहा था, "राज्य जितना भ्रष्ट होगा, वहां उतने ही अधिक कानून होंगे।" आज, सामान्य प्रक्रियाएं भी जो विकसित देशों में एक दिन लेती हैं, भारत में महीनों ले लेती हैं। मिसाल के लिए भारत में कोई व्यापारिक लाइसेंस या परमिट लेने में लगभग 20 चरण होते हैं जिन्हें पूरा होने में औसतन 270 दिन लगते हैं! एक भारतीय प्रबंधक औसतन अपना 15 फ़ीसदी समय नौकरशाही प्रक्रियाओं से निबटने में बिताता है। अनुमान लगाया गया है कि ऐसे बेशुमार नियम भारत की सकल घरेलू उत्पाद वृद्धि में सालाना 2.3 फ़ीसदी का अवरोध पैदा करते हैं। भारत में सरकारी अधिकारियों पर सख़्त उपलब्धि लक्ष्य पूरे करने का दायित्व होना चाहिए। वेतन परफ़ॉर्मेंस और समयबद्ध परियोजनाओं और सरकारी कार्य क्रमों के पूरा होने से जुड़ा होना चाहिए।

आज, कॉरपोरेट प्रशासन में सुधारीकृत नियंत्रणों, सूचीकरण के कठोर दिशानिर्देशों और वैश्विक पूंजी के लिए बढ़ी हुई प्रतियोगिता ने हमारे कॉरपोरेट लीडरों के बीच बेहतर व्यवहार और ज़्यादा अनुशासन के लिए प्रोत्साहन उत्पन्न किए हैं। सुधारों ने भारत के औद्योगिक क्षेत्रों में प्रतियोगिता और अनुशासन पर ज़्यादा फ़ोकस बढ़ाया है। उदाहरण के लिए, मैककिन्सी का अनुमान है कि भारत के ऑटो सेक्टर में सुधार लाए जाने ने उद्योग की उत्पादकता में पांच साल में 400 फ़ीसदी की बढ़ोत्तरी की है। मगर, अनेक मुख्य उद्योग क्षेत्रों में हमें अभी भी सरकार द्वारा निर्देशित नीति पर आधारित लाभ प्रतिमानों से हटकर बाजार के प्रति अनुशासित रुख़ पर आधारित लाभ प्रतिमानों पर जाना होगा। अपनी कॉरपोरेशनों में अनुशासन लाने के लिए हमें ऐसी नीतियों को बढ़ावा देना होगा जो उद्योगों में एक खुला, प्रतियोगी बाजार बनाएं। हम एडम स्मिथ के शब्दों को याद रखें, "एक व्यापारी पर लागू वास्तविक और प्रभावी अनुशासन बाजार और उसके ग्राहकों का होता है।"

आज, अपनी आर्थिक, राजनीतिक और सामाजिक प्रणाली में हम भ्रष्टाचार से जिस संघर्ष का सामना कर रहे हैं, उसे क्रिस्टोफ़र किंग्स्टन ने 'घूसदाता का संकट' कहा है। नागरिकों को इन प्रणालियों में सुधार लाने के लिए 'सामूहिक कार्रवाई' करने पर आपसी सहमति बनानी होगी। मगर ऐसी सामूहिक कार्रवाई एक ऐसे समाज में मुश्किल प्रक्रिया है जहां सार्वजनिक भलाई का भाव क्षत-विक्षत हो। ट्रांसपेरेंसी इंटरनेशनल ने कहा है कि भारत में सामूहिक कार्रवाई के प्रयास छुटपुट, स्थानीय और लघु अवधि के रहे हैं, और इन्होंने वृहद आंदोलन का रूप नहीं लिया है। नतीजतन, भारतीयों ने अनुशासनहीनता को 'जीवन-सत्य' और हमारे सभी संस्थानों के ढांचे के हिस्से के रूप में स्वीकार कर लिया है।

स्पष्टतया, भारत को ऐसे नेताओं का संवर्ग चाहिए जो अपनी ईमानदारी, जवाबदेही, अनुशासन और बदलाव के प्रति प्रतिबद्धता में मिसाल बनकर नेतृत्व करें। ऐसे ही नेता हैं जो हमारे संस्थानों में बदलाव की संभावना और आशाएं पैदा करके सुधारों के प्रति उत्साह का माहौल बनाएंगे। जैसा कि फ़्रांसीसी लेखक एलेक्सिस डे टोक्युविल का दृष्टिकोण है, "अपरिहार्य उसी पल असहनीय बन जाता है जिस पल से उसे अपरिहार्य की तरह नहीं देखा जाता।"

हम याद रखें कि हमारे राजनीतिक दलों ने एनडीए और यूपीए दोनों सरकारों में बेहतरीन लोगों को प्रधानमंत्री चुना था—श्री वाजपेयी और डॉ. मनमोहन सिंह को। इस कार्य के द्वारा, हमारे नेताओं ने साबित कर दिया कि योग्यता की कीमत आंकी गई है और कि यह देश ईमानदार लोगों को पुरस्कृत करता है। मेरे लिए यह बहुत महत्वपूर्ण संदेश है जो हमारे युवाओं को दिया जा सकता है, और इसके लिए, मैं इन दोनों सरकारों के गठबंधनीय सहयोगियों का शुक्रगुजार हूं। इन दोनों प्रधानमंत्रियों द्वारा सरकार में अहम पदों पर की गई मंत्रालय संबंधी अनेक नियुक्तियों ने भी मुझे ऊर्जा से भर दिया है।

क्या यह पर्याप्त है? जाहिर है नहीं। एक देश के रूप में, हमें अपनी नजर विकास के लंबी अवधि के लक्ष्यों पर रखनी चाहिए, और अनुशासन और एकाग्र चित्त से उन्हें पूरा करना चाहिए। यह हमारी प्रणाली में महत्वपूर्ण सुधारों को लाने की दिशा में शानदार सफ़र की शुरुआत हो सकता है।

□

हम भारत में भ्रष्टाचार को कैसे रोक सकते हैं?

रोज हम ख़बर पढ़ते हैं कि 'सीआईडी वरिष्ठ आईपीएस अफ़सर की जांच करेगी,' 'आंध्र प्रदेश के विधायक को धोखाधड़ी के लिए नोटिस दिया गया,' 'आईटी कमिश्नर सीबीआई जाल में,' और 'सांसद को कर चोरी में जेल हुई।' ये वो चंद सुर्ख़ियां हैं जिन्हें मैंने पिछले कुछ समय के अख़बारों से चुना है। भारत में भ्रष्टाचार इतना व्याप्त हो गया है कि यह अत्यंत सम्मानीय संस्थानों में भी रिस चुका है। कोई हैरानी की बात नहीं है कि जस्टिस भरूचा को **2001** में कहना पड़ा था, "अदालतों में करीब **20** फ़ीसदी जज भ्रष्ट हैं; भारत में जन सेवकों में भ्रष्टाचार विशाल आयामों तक पहुंच चुका है। इसके हाथ उन संस्थाओं तक भी पहुंचने लगे हैं जिन्हें जनता की सुरक्षा के लिए बनाया गया था।" राजीव गांधी जैसे सशक्त प्रधानमंत्री तक ने हार मान ली थी और दुख जताते हुए कहा था, "ग़रीबी निरोधक परियोजना के लिए दिए गए प्रति **100** करोड़ रुपए में से, मैं जानता हूं कि करीब **15** करोड़ रुपए ही लोगों तक पहुंचते हैं। शेष राशि बिचौलिए, सत्ता के दलाल, ठेकेदार और भ्रष्ट लोग हड़प जाते हैं।" राष्ट्रपति के. आर. नारायणन ने **2001** में निराशा व्यक्त की थी कि सजायाफ़्ता मुजरिम तक चुनकर विधायिकाओं में पहुंच जाते हैं। **1997** में स्वैच्छिक प्रकटीकरण योजना के तहत **37,000** करोड़ रुपए या हमारे सकल घरेलू उत्पाद का **1.5** या दो फ़ीसदी हिस्सा सामने आया था। इस पर किसी को हैरानी नहीं होनी चाहिए कि ट्रांसपेरेंसी इंटरनेशनल ने भारत को दुनिया के पचपन सबसे भ्रष्ट देशों में शामिल किया है।

क्या भ्रष्टाचार महज नेताओं और अफ़सरशाही का विशेषाधिकार है? मुझे नहीं लगता। वास्तव में, सबसे बड़े भ्रष्टाचार के मामले सरकार से बाहर के रहे हैं। **10,000** करोड़ रुपए के हर्षद मेहता घोटाले और **5000** करोड़ रुपए के केतन पारेख घोटाले ने तो बाकी घोटालों को शर्मसार कर दिया था। अनुमान लगाया जाता है कि ग़ैर-बैंकिंग वित्तीय कंपनियों ने तीन करोड़ से ज़्यादा छोटे निवेशकों को धोखा दिया है। कुछ ही दिन पहले ख़बर आई थी कि एक मशहूर मल्टीनेशनल कंपनी में कई सारे सॉफ़्टवेयर प्रोफ़ेशनल्स ने

बिजनेस टुडे में प्रकाशित, **2** जनवरी, **2006**

अपने बिलों में हेराफेरी की है। आज सुबह ही मुझे अपनी एक बर्ख़ास्त भूतपूर्व सहयोगी की ईमेल मिली थी कि किसी दूसरे सहयोगी की ओर से उपस्थिति कार्ड को स्वाइप करके उसने कोई बहुत ग़लत काम नहीं किया था! क्रिकेट मैच फ़िक्स करने का कांड अभी भी हमारी याददाश्त में ताजा है। कई साल पहले शिकागो में मैं एक एनआरआई के लंबे प्रवचन को सुनता रहा था कि भारतीय कितने भ्रष्ट हैं; उस मीटिंग से तब अचानक उठकर चले आने में मुझे तनिक भी हिचक नहीं हुई, जब उसने मेरे कान में फुसफुसाते हुए पूछा कि क्या मैं उसके डॉलर ब्लैक में बेच सकता हूं। फ़ेहरिस्त अंतहीन है। यह स्पष्ट है कि जीवन के हर क्षेत्र से जुड़े भारतीय के मानस में भ्रष्टाचार एक स्वीकृत तथ्य बन चुका है।

भ्रष्टाचार सिर्फ़ नैतिक मुद्दा ही नहीं है, बल्कि भारत जैसे ग़रीब देश में आर्थिक प्रगति की एक शक्तिशाली बाधा भी है। ज़्यादातर अर्थव्यवस्थाएं मानती हैं कि भ्रष्टाचार तब फलता-फूलता है जब नेता और अधिकारी अनावश्यक और अलाभकारी सार्वजनिक परियोजनाओं और अक्षम ठेकेदारों के चयन को तरजीह देते हैं। ग़रीबों की किस्मत सुधारने की प्रतिबद्धता का दम भरने वाले नेताओं को यह याद रखना चाहिए कि एक भ्रष्ट देश में ग़रीब ही सबसे ज़्यादा तकलीफ़ पाता है।

क्या समाधानहीन लगने वाली इस समस्या का कोई हल है? क्या कहीं कोई उम्मीद है? क्या हम कभी भ्रष्टाचार मुक्त समाज देख पाएंगे? क्या हम कम से कम अपने बच्चों और नाती-पोतों के लिए भ्रष्टाचार मुक्त समाज बनाने की दिशा में काम शुरू कर सकते हैं? मैं आशावादी हूं और मानता हूं कि हर समस्या हल की जा सकती है। इसके लिए ऐसा नेतृत्व चाहिए जो प्रेरणादायी, निस्वार्थ और साहसी हो। भारत में हमारे नेताओं, अधिकारियों और कॉरपोरेट लीडरों के बीच कुछेक ऐसे लोग हैं। इस संकट से लड़ने के लिए उन्हें एकजुट होना होगा। भ्रष्टाचार से निबटने के लिए मैं कुछ जरूरी कदम सुझाता हूं।

नेताओं द्वारा प्रदर्शित निष्पक्षता, पारदर्शिता और जवाबदेही सरकार, समुदाय और समाज में विश्वास पैदा करते हैं। हमारे समाज में जब सुसंपन्न वर्ग की बात आती है, तो सरकार शायद ही कभी इन गुणों को अपनाती हो। जब सुसंपन्न और ताकतवर वर्ग में निहित भ्रष्टाचार से लड़ने के लिए हम इन गुणों को अपनाएंगे, सिर्फ़ तभी हम इसे जड़ से ख़त्म कर पाने में सफल होंगे। आगामी पैराग्राफ़ों में मैं बताऊंगा कि हम सुसंपन्न वर्ग में निष्पक्षता, पारदर्शिता और जवाबदेही कैसे बढ़ा सकते हैं।

पहले तो मैं यह सुनिश्चित करने में निष्पक्षता की बात करूंगा कि अगर इस देश का कोई व्यक्ति भ्रष्टाचार का दोषी है तो उसे सजा मिले, फिर चाहे वह कोई भी हो। इस विचार का माहौल बनाना महत्वपूर्ण है कि ईमानदारी मायने रखती है और यह कि भ्रष्ट व्यक्ति को शीघ्र सजा दी जाएगी और समाज से बहिष्कृत किया जाएगा। इसके लिए न सिर्फ़ नेताओं द्वारा, बल्कि अधिकारियों, कॉरपोरेट लीडरों और, वस्तुत: समाज के हर क्षेत्र

के हर लीडर द्वारा ईमानदारी का सक्रिय समर्थन आवश्यक है। इन लीडरों को कलंकित सहयोगियों के साथ काम करने की अपेक्षा अपने पद त्यागने के लिए तैयार रहना चाहिए। जब भी किसी व्यक्ति के ख़िलाफ़ कोई आरोप लगे, तो उसे निर्दोष साबित होने तक पद पर बने रहने की अनुमति न दी जाए। दोषी व्यक्ति को शीघ्र और कठोर दंड दिया जाए। मेरे मुताबिक, भ्रष्टाचार को रोकने के लिए हमारे पास यह सबसे शक्तिशाली साधन है। एक बार अगर हमने सुसंपन्न वर्ग की एक पीढ़ी पर इसे लागू कर दिया तो अगली पीढ़ी ख़ुद ब ख़ुद इस दर्शन से जुड़ जाएगी। दरअसल पचास के दशक के शुरुआती समय में यही नियम था। मगर आज हम देखते हैं कि अनेक आरोपित व्यक्ति केंद्रीय और राज्य कैबिनेट में काम कर रहे हैं। इसके अनेक कारण हैं। उनमें से एक वह अस्पष्ट संदेश है जो हमारे नेता भ्रष्टाचार के मुद्दे पर देते हैं। देश के अनेक नेताओं में आज यह विचारधारा है कि भ्रष्टाचार एक वैश्विक तथ्य है। इसने यह धारणा बना दी है कि भ्रष्टाचार को बर्दाश्त कर लिया जाएगा। इसके अलावा, ताकतवर नेताओं, अधिकारियों और अमीर लोगों से संबंधित भ्रष्टाचार के मामलों की तहकीकात करने और उन्हें सजा देने में हमने बहुत ढिलाई बरती है। वर्तमान पीढ़ी के दौरान हमारी प्रणाली की इस अकर्मण्यता ने अमीरों और ताकतवरों को बेख़ौफ़ भ्रष्टाचार को अपनाने का साहस दे दिया है।

मैं आपको एक मिसाल देता हूं कि हमारे नेताओं के लिए समाज को सही संकेत देना कितना जरूरी है। अस्सी के दशक के मध्य में, एक शाम मैं दिल्ली के अशोक यात्री निवास में अपने एक मित्र से डिनर पर मिला। वह केंद्रीय मंत्रिमंडल में एक अच्छे, ईमानदार और न्यायप्रिय अफ़सर के रूप में जाना जाता था। उस दिन वह बहुत उदास था और यह स्पष्ट था कि वह किसी नैतिक संकट का सामना कर रहा है। डिनर के दौरान उसने स्वीकार किया कि उसने अपनी जिंदगी में पहली बार रिश्वत ली है और वह बहुत असमंजस में है। मैंने उससे पूछा कि उसे क्या असमंजस है, क्योंकि यह तो स्पष्ट था कि रिश्वत लेना ग़लत है। उसके जवाब ने मुझे सन्न कर दिया। उसके दिमाग़ का एक पक्ष इस कार्य को न्यायसंगत ठहरा रहा था क्योंकि उसने अपने मंत्री को भी रिश्वत लेते देखा था। दूसरा पक्ष उसे इस बात के लिए यातना दे रहा था कि उसने एक बहुत बुरा काम किया है। मुझे इसमें जरा भी संदेह नहीं है कि वह अपने बॉसों द्वारा रखी मिसाल की मेहरबानी से भ्रष्टाचार की दलदल में घसीटे गए ईमानदार अफ़सरों के एक बड़े तबके का प्रतिनिधित्व करता है। किसी भी लीडर को ख़ुद को ऐसी स्थिति में नहीं डालना चाहिए जो लोगों के दिमाग़ में इस तरह के नैतिक द्वंद्व छेड़ दे।

अब मैं आपको एक सकारात्मक उदाहरण बताता हूं कि सिंगापुर में भ्रष्टाचार से किस तरह निबटा गया। मेरे सिंगापुरी दोस्तों के मुताबिक यह घटना अस्सी के दशक के मध्य में घटी थी। एक मंत्री पर लगे भ्रष्टाचार के आरोपों की तुरत-फुरत हुई जांच ने दिखाया कि उसके ख़िलाफ़ प्रथम दृष्टया मामला बनता है। संबंधित मंत्री यह पता लगाने के लिए

प्रधानमंत्री से मिला कि क्या उसे बचाया जाएगा। प्रधानमंत्री ने बहुत स्पष्ट तौर पर बता दिया कि मंत्री का कैरियर वास्तव में ख़त्म हो गया है, उसे सजा मिलेगी, और यह कि वह दोबारा कभी चुनाव नहीं लड़ पाएगा। मंत्री घर गया और उसने अपने सिर में गोली मार ली। इससे सिंगापुर के सभी नेताओं तक यह सख़्त संदेश पहुंचा कि भ्रष्टाचार को कभी समर्थन नहीं मिलेगा।

अब मैं पारदर्शिता पर आता हूं। भ्रष्टाचार को कम करने में निवेश का बेहतरीन लाभ चुनाव फ़ंडिंग प्रणाली को सही करने से मिलेगा। हमें फ़ंडिंग की जर्मन प्रणाली को अपनाना होगा ताकि नेताओं को भ्रष्ट होने का कम प्रोत्साहन मिले। प्रत्येक उम्मीदवार को उपलब्ध राशि को सार्वजनिक किया जाना चाहिए। हमें गड़बड़ी की शिकायत करने की नीति लागू करनी होगी ताकि फ़ंड पाने में होने वाले किसी भी तरह के उल्लंघन की जल्दी से जांच हो और उचित कार्रवाई की जाए। मुख्य चुनाव आयुक्त के पद को सशक्त किया जाए। मेरा विश्वास है कि नरसिम्हा राव सरकार द्वारा मुख्य चुनाव आयुक्त की शक्ति को कम करना चुनावी धांधली से निबटने में कदम पीछे खींचना था।

प्रत्येक उम्मीदवार के आपराधिक और भ्रष्टाचार के रिकॉर्ड का डेटा इकट्ठा करना और उसे व्यापक रूप से प्रकाशित करना भी भ्रष्टाचार को रोकने की दिशा में अत्यंत महत्वपूर्ण होगा। पिछले केंद्रीय और राज्य के चुनावों से पहले डॉ. त्रिलोचन शास्त्री और उनके सहयोगियों द्वारा इस दिशा में किया गया कार्य एक ऐसा कदम है जिसे पूरे समर्थन के साथ प्रोत्साहन दिया जाना चाहिए और सारे देश में सबके द्वारा अपनाया जाना चाहिए। एमआईटी में शिक्षित प्रोफ़ेसर के इस साहसिक कार्य ने शक्तिशाली लॉबियों की धोखाधड़ियों को उजागर करने में महत्वपूर्ण नतीजे पेश किए।

आदर्श रूप में, सरकारी सेवा प्रदान करने में भ्रष्टाचार को तब दूर कर दिया जाता है जबकि किसी गतिविधि से राज्य के दख़ल को हटा दिया जाता है। मिसाल के लिए, जब सरकार ने कंप्यूटर आयात की लाइसेंसिंग को हटा दिया, तो इलेक्ट्रॉनिक्स विभाग के साथ डीलिंग करने वाले छोटे उद्यमियों पर थोपा गया अधिकांश भ्रष्टाचार एक झटके में ख़त्म हो गया। मगर, सरकार की प्रवृत्ति ज़्यादा से ज़्यादा ऐसी योजनाएं बनाने की रही है कि व्यापारों को सरकारी अनुमोदन लेने की जरूरत रहे। वास्तव में, अच्छा तो यह होगा कि कुछ सेवाएं सरकार से हटाकर यूनिट ट्रस्ट ऑफ़ इंडिया (यूटीआई) जैसे संगठनों को सौंप दी जाएं। उदाहरणत: पैन नंबर आवंटित करने की प्रक्रिया को यूटीआई को सौंपने के सरकार के हाल के फ़ैसले ने देरी और भ्रष्टाचार की संभावनाओं को दूर किया है।

भ्रष्टाचार के अवसर तब ज़्यादा होते हैं जब फ़ैसले लेना और फ़ैसले लागू करना एक ही व्यक्ति के हाथ में होता है और पारदर्शिता बहुत कम होती है। इसलिए अगर हमें भ्रष्टाचार को कम करना है तो ई-गवर्नेंस लागू करना सबसे अच्छा होगा। ई-गवर्नेंस सेवाओं में फ़ैसले लेने को अलग करने और सस्ते तरीक़े से उनके क्रियान्वयन में हमारी मदद

करती है। दूसरे, फ़ैसले लेने की प्रक्रिया में हमें पारदर्शिता लानी होगी। अगर हम सरकार में लिए जाने वाले हर बड़े फ़ैसले में कार्य-प्रगति ब्योरे का इस्तेमाल करें, तो हमें पता रहेगा कि देर आख़िर कहां लग रही है। इस प्रकार, सरकार पर अपेक्षित सेवा प्रदान करने का दबाव बनाया जा सकता है।

अब मैं जवाबदेही की बात करूंगा। दोषी को शीघ्र और सख़्त सजा देने ने विकसित देशों में निवारक का काम किया है। भारत में लोक-आयुक्त नाकाम रहे क्योंकि वे राज्य सरकारों के अधीन थे और दुर्लभ मामलों के अलावा स्टाफ़ की गुणवत्ता बहुत ख़राब थी। भ्रष्टाचार के मामलों को जल्दी निबटाने के लिए हमें जूरी प्रणाली के साथ एक अलग न्यायाधिकरण बनाना होगा। इस तरह के अपराधों में जूरी प्रणाली बेहतर दृश्यात्मकता लाएगी और इस प्रकार, शायद, निवारक का काम कर सकेगी। ऐसा कदम न्यायपालिका पर बोझ को भी कम करेगा। जूरी के निर्णय के बाद हमें आगे अपील की अनुमति नहीं देनी चाहिए। भ्रष्टाचार अदालतों के प्रभारी प्रख्यात स्त्री-पुरुष हों जिनका किसी नेता या अधिकारी से संबंध न हो। वे राज्य विधायिकाओं के दायरे से बाहर हों और सिर्फ़ संसद के प्रति जवाबदेह हों। सजा सख़्त होनी चाहिए ताकि वह निवारक का उद्देश्य पूरा कर सके। वास्तव में, अपराधी को सजा मिलने में होने वाली देरी और हल्की सजा ही बार-बार भ्रष्टाचार में लिप्त होने के लिए बदमाशों का साहस बढ़ाती है।

दुर्भाग्य से, सैंट्रल ब्यूरो ऑफ़ इंवेस्टीगेशन (सीबीआई) ने दोषियों को खोज निकालने और उन्हें सजा दिलवाने की ओर कोई बड़ा काम नहीं किया है। इसने सिर्फ़ ईमानदार लोगों को कुशलता से काम करने से रोका है। इसकी सफलता दर बहुत कम है। सीबीआई के मॉडल में आमूलचूल बदलाव लाना होगा ताकि ईमानदार नागरिक आश्वस्त हो सकें कि उन्हें बेवजह तंग नहीं किया जाएगा। ऐसा करने का एक तरीका यह हो सकता है कि सीबीआई को प्रख्यात नागरिकों की कमेटी के सुपरवीजन में रखा जाए जिसके पास अपनी विश्वसनीयता बढ़ाने के लिए कार्यकारी शक्तियां हों। यह कमेटी सुनिश्चित करेगी कि कोई केस फ़ाइल करने से पहले सीबीआई के पास सही और विश्वसनीय डेटा हो।

ईमानदारी के मामले में कॉरपोरेट लीडरों को भी अपनी बात पर खरा उतरना चाहिए। तभी मूल्यों के साथ खिलवाड़ होते देखकर उनमें तुरंत कार्रवाई करने का नैतिक बल होगा। इंफ़ोसिस ने कुछ साल पहले यही दर्शाया था जब एक वरिष्ठ सदस्य ने कंपनी की मूल्य प्रणाली का उल्लंघन किया था। बहस को निष्कर्ष तक पहुंचाने और संबंधित व्यक्ति को त्यागपत्र देना के लिए कहने में हमें बस कुछेक घंटे लगे।

अंत में, नेतृत्व वह है जिसे एक कॉरपोरेशन, समुदाय या देश की सफलता तय करती है। अगर समाज के हर वर्ग के हमारे नेता इस बुराई से निबटने के लिए एकजुट हो जाएं, तो मुझे यकीन है कि ख़ूबसूरत सुबह में ओस की तरह भ्रष्टाचार भी ग़ायब हो जाएगा। □

धर्मनिरपेक्षता की प्रशंसा

धर्मनिरपेक्षता, महात्मा गांधी के अनुसार, "सभी धर्मों के लिए समान सम्मान है, समान असम्मान नहीं।" मेरी अपनी परिभाषा है कि यह एक ऐसी प्रणाली है जिसमें व्यक्तियों, और साथ ही व्यक्तियों और संस्थाओं के बीच, किसी भी पक्ष के धार्मिक विश्वासों के प्रति पूर्वाग्रहित हुए बिना आपसी लेन-देन किया जाता है, और जिसमें धर्म और जातिगत भेदभाव के बिना हर व्यक्ति को समान अवसर उपलब्ध होते हैं।

मैं कुछ मुख्य बिंदुओं पर चर्चा करूंगा कि हमें धर्मनिरपेक्ष होने की आवश्यकता क्यों है। हर प्रभुता-संपन्न राज्य का यह कर्तव्य है कि अपने नागरिकों के जीवन और स्वतंत्रता की रक्षा करे, क्योंकि हर नागरिक ने अपने विशेषाधिकार राज्य को सौंपे हैं। यह राज्य का बुनियादी फ़र्ज है और इस पर बहस नहीं की जा सकती। धर्मनिरपेक्षता हर व्यक्ति के अपनी पसंद के स्रोत से संतुष्टि और मन की शांति, और नैतिक अवलंबन, आशा और साहस पाने के हक को सुनिश्चित करती है। सारे धर्म हमें बताते हैं, ईश्वर हम सबसे ऊपर है, और उसमें मनुष्य की अपूर्णताएं नहीं हैं। इसलिए यह बहस करना कि मेरा ईश्वर किसी और के ईश्वर से बेहतर है, अपने ईश्वर की महानता को कम करना है।

प्रजातंत्र बहुल-संस्कृति के माहौल में सबसे बेहतर कार्य करता है, जहां दूसरों की राय का सम्मान होता है और जहां अपने विश्वासों का पालन करने की स्वतंत्रता होती है। प्रजातंत्र के फलने-फूलने के लिए, हमें दूसरों की अच्छी बातें सीखने के लिए खुला दिमाग़ रखना होगा और ऐसी मानसिकता बनानी होगी जो हमारे विश्वासों के अंतरों की जगह उनकी समानताओं को उजागर करे। ऐसे ही उसूलों पर आधारित प्रजातंत्र जीवंत होगा और अपने नागरिकों को आपस में फूट डालने की जगह एकजुट होने के लिए उत्साहित, प्रेरित और सक्रिय करेगा।

एक सभ्य समाज का हिस्सा होने के लिए हर पीढ़ी को कड़ी मेहनत करनी होती है और अगली पीढ़ी के लिए बेहतर और ख़ुशहाल समाज सुनिश्चित करने के लिए निजी त्याग करने होंगे। अगर हम अपने बच्चों के लिए बेहतर समाज चाहते हैं और अगर हम अपने

दरबारी सेठ स्मृति व्याख्यान, नई दिल्ली, 21 अगस्त, 2002

बच्चों को अपने से बेहतर नागरिक बनाना चाहते हैं, तो हमें किसी भी तरह की नफ़रत को बढ़ावा नहीं देना चाहिए। ऐसा तब तक नहीं होगा जब तक कि नफ़रत से मुक्त सामाजिक माहौल को प्रोत्साहन देकर हम उन्हें रास्ता न दिखाएं।

भारत एक परिवार है—एक समुदाय जो वसुधैव कुटुम्बकम् में विश्वास करता है। ऐसे परिवार में, बहुसंख्यक समुदाय बड़े भाई की तरह होता है और उसे वैसा ही व्यवहार करना भी चाहिए। इस विचार को महात्मा गांधी ने बख़ूबी व्यक्त करते हुए कहा था, "क्षमा शक्तिशाली का गुण है।" भले ही कभी-कभार छोटा भाई बचकाना व्यवहार करे, मगर बड़े भाई को उसे सजा नहीं देनी चाहिए। हम सब जानते हैं कि हर मां रोज अपने बच्चों को यही बताती है। तो इसे व्यवहार में क्यों न लाएं?

इस सच के बावजूद कि हमारी अल्पसंख्यक आबादी कुल आबादी की **15** से **20** फ़ीसदी है, भारत के कल्याण में भागीदारी के लिए उन्हें प्रेरित न करना मूर्खता होगी। भारतीय समुदाय के हर अल्पसंख्यक वर्ग में बड़ी उपलब्धियां हासिल करने वालों के हजारों उदाहरण हैं। डॉ. अबुल कलाम, जॉर्ज फ़र्नांडीज, रतन टाटा, एम. ए. के. पटौदी और दिलीप कुमार कुछ उदाहरण हैं। वास्तव में, यह देखते हुए कि हमारा देश कितना विशाल और विविधतायुक्त है, यहां हम सब ही अल्पसंख्यक हैं। उदाहरण के लिए, मैं कन्नड़भाषी हूं—एक अल्पसंख्यक; एक ब्राह्मण हूं—एक अल्पसंख्यक; शिक्षित हूं—एक अल्पसंख्यक; सुसंपन्न हूं—एक अल्पसंख्यक; और अंग्रेजीभाषी हूं—एक अल्पसंख्यक। इसलिए हमें सामूहिक रूप से समानताओं पर ध्यान देना चाहिए, न कि जाति, नस्ल, वर्ग या आर्थिक स्तर पर आधारित तोड़ने वाले तथ्यों में गहरे उतरें।

हम दुनिया के निर्धनतम देशों में से हैं। हमारे अधिकांश भूतपूर्व तीसरी दुनिया के भाई-बंधु हमें बहुत पीछे छोड़ चुके हैं। यह समय की मांग है कि आर्थिक विकास पर तीक्ष्ण ध्यान दिया जाए। ऐसी उन्नति के लिए हमें शांति, एकता, उत्साह और आशा का वातावरण चाहिए। समुदायों में फूट डालने वाले किसी कार्य से इस दिशा में कोई फ़ायदा नहीं होगा।

एक बार अगर हम विभाजनकारी मानसिकता को शुरू करेंगे, तो उसका कोई अंत नहीं है—उत्तर भारतीय दक्षिण भारतीयों से भेदभाव करेंगे; तमिल तेलुगुओं से; दक्षिणपंथी वामपंथियों से; शिक्षित अशिक्षितों से; अमीर ग़रीबों से; शहरी ग्रामीणों से वग़ैरा, वग़ैरा। यह ऐसा इकतरफ़ा रास्ता है जिस पर कोई यू-टर्न नहीं है, और इस पर कोई शिखर भी नहीं है।

हम ख़ुद से एक सवाल पूछें—हम कितने धर्मनिरपेक्ष हैं? गांधी और नेहरू जैसे स्वप्नदृष्टाओं की बदौलत, धर्मनिरपेक्षता में हमारी बुनियाद मजबूत है। मैं इस देश में व्यवहृत धर्मनिरपेक्षता की कुछ मिसाल देता हूं। मेरी एक मनपसंद मिसाल अपने बेटे रोहन की, जिसने अपने प्रारंभिक सालों का ज़्यादातर समय हमारे पड़ोसी फ़रहू के घर पर बिताया

था, और उनके द्वारा रोहन पर बरसाए स्नेह की है। भारत के धर्मनिरपेक्ष स्वरूप का एक और सुबूत हैं राष्ट्रपति अबुल कलाम जो हमारे मिसाइल कार्यक्रम की मुख्य शक्ति थे। भारत की धर्मनिरपेक्षता में मेरा विश्वास तब और बढ़ गया जब मैंने बंगलौर में एक दिन अनेक हिंदू संगीतज्ञों को, जिनमें से कुछ काफ़ी बड़े भी थे, उस्ताद जाकिर हुसैन के पैर छूते देखा, इससे उनका यह विश्वास सामने आता था कि प्रतिभा और उपलब्धियां आयु या धर्म से कहीं अधिक महत्वपूर्ण हैं। उमर अब्दुल्ला, दिलीप कुमार और शाहरुख़ ख़ान; और उस्ताद अली अकबर ख़ान और उस्ताद अमजद अली ख़ान जैसे संगीतज्ञ अल्पसंख्यक धार्मिक पृष्ठभूमि के बेहतरीन उदाहरण हैं जिन्होंने देश भर में स्वीकृति हासिल की है। यह अभी हाल ही में हुआ है कि हमने धर्मनिरपेक्षता के प्रति अपनी प्रतिबद्धता के कुछेक उल्लंघन देखे हैं।

भारत के धर्मनिरपेक्ष स्वरूप को मजबूत करने के लिए हमें यथासंभव कदम उठाने चाहिए। मैं कुछ अहम उपायों की चर्चा करूंगा। नेताओं को सभी लोगों—हिंदू, मुस्लिम, ईसाई, सिख और हमारे देश में फलने-फूलने वाले हर धार्मिक समूह—की आकांक्षाओं और विश्वास को बढ़ाकर प्रगति के परिवर्तन एजेंटों के रूप में कार्य करना चाहिए। उन्हें जनता की धर्म संबंधी समझबूझ में भारी बदलाव लाना होगा। उन्हें विभाजक नहीं, योजक बनना होगा। यह सिर्फ़ बहुसंख्यक समाज के नेताओं की नहीं, सभी समुदायों के नेताओं की जिम्मेदारी है। ऐसा करने का बेहतरीन तरीका है धर्मनिरपेक्षता के प्रति अपनी पूर्ण प्रतिबद्धता को दर्शाते हुए जो कहें सो करके भी दिखाएं। "जो बदलाव हम संसार में देखना चाहते हैं, वह स्वयं बनकर दिखाएं," महात्मा गांधी ने कहा था। हमारे नेताओं को अपने हर काम में धर्मनिरपेक्षता में अपने विश्वास का प्रदर्शन करना चाहिए।

हमें समुदाय के नेताओं की तरह सोचना बंद करके सिर्फ़ राष्ट्र के नेताओं की तरह सोचना चाहिए। हमें ऐसी प्रणाली बनानी होगी जहां लोग काम के आधार पर नेताओं को चुनें, जाति या धर्म के आधार पर नहीं। हमें हर धर्म के धर्मनिरपेक्षता के आदर्श चरित्रों का सम्मान और उनका प्रचार करना चाहिए।

आज सफल नेतृत्व विकास समकालीन और भावी मुद्दों पर ध्यान देना है। यह अतीत के अवशेषों, प्रतीकों या विचारों को लेकर झगड़ना नहीं है। एक देश को उसकी समकालीन स्थिति के आधार पर मापा जाता है, अतीत के आधार पर नहीं। एक आत्मविश्वासी नेता अतीत के गढ़े मुर्दे उखाड़ने की अपेक्षा भविष्य में लोगों की जिंदगी को बेहतर बनाने के उपायों के बारे में सोचता है।

हमें आर्थिक प्रगति की दिशा में उत्साह के साथ काम करना होगा ताकि युवाओं में भविष्य के प्रति उम्मीद जग सके। हमें अरस्तू के शब्दों को याद रखना चाहिए कि आशा चलता-फिरता सपना है। विभाजनकारी प्रवृत्तियों के अधिकांश अनुयायी वे युवा हैं जो भविष्य की उम्मीदों को खो चुके हैं। हमारे नेताओं को अपने कार्यों के द्वारा देश के युवाओं

में आशा, सहनशीलता, प्रेम और स्नेह का संदेश भेजना होगा।

हमें अपने अल्पसंख्यक समुदायों के कुछ तत्वों द्वारा कभी-कभार दूसरे देशों के बहुसंख्यक समुदाय के साथ अपनी पहचान जोड़ने पर नाराज नहीं होना चाहिए। हमें यह समझना चाहिए कि हर अल्पसंख्यक वर्ग एक ऐसे बहुसंख्यक वर्ग की महत्ता के साये में सुकून पाता है, जिसके साथ वह समान सांस्कृतिक, धार्मिक या राष्ट्रीय विरासत बांटता है। यह फ्रांसीसी यहूदियों के **1973** की इजरायली जीत पर ख़ुश होने के मामले में भी उतना ही सच है, जितना कि **1971** में इंग्लैंडवासी भारतीयों द्वारा भारत की क्रिकेट टीम का हौसला बढ़ाना था। यह भारत-पाकिस्तान मैच में पाकिस्तान की टीम की जीत पर चंद भारतीय मुसलमानों के ख़ुश होने के मामले में भी उतना ही सच है। यह स्वाभाविक है और इसे लेकर अनावश्यक रूप से चिंता नहीं करनी चाहिए।

बहुत से ऐसे लोग हैं जो यह मानते हैं कि देश में समान सिविल कोड होना चाहिए। मेरा अपना विचार है कि यह तब तक जरूरी नहीं है, जब तक कि देश की आर्थिक प्रगति में बाधा न पड़ रही हो। एक समुदाय जिसका पर्सनल कोड प्रगतिवादी या आधुनिक नहीं है, उसके नेता अपने अपने समुदाय की प्रगति चाहते हैं, तो उन्हें यह मुद्दा उठाना चाहिए। इसका दारोमदार उन पर छोड़ दें।

आज हमें एकता, उत्साह और आशा का माहौल चाहिए। यह नफ़रत का समय नहीं है। हम भारतीयों की तरह एकजुट हों और सांप्रदायिकता से लड़ें। एक ऐसा महान राष्ट्र बनाने का यही एक तरीका है, जिस पर हम गर्व कर सकें।

□

चक दे, इंडिया! की बारी

अभी उस दिन, बंगलौर में चक दे! इंडिया देख रहे अधिकांशत: बीसवें दशक के युवाओं की भीड़ में पचास से ऊपर के बहुत कम लोगों में मेरी पत्नी और मैं रहे होंगे। फ़िल्म के उस काल्पनिक टूर्नमेंट में भारत द्वारा लगाए हर गोल पर उठते जोशीले शोरोगुल पर आप, अगर वहां होते, तभी यकीन कर पाते। अंत में माहौल ऐसा था मानो भारत ने सचमुच ही महिला हॉकी में विश्व कप जीत लिया हो। मैं उस माहौल को सराह सकता था क्योंकि मैंने भी ऐसा ही आनंद और गर्व महसूस किया था, जब **2003** में मोनेको में चालीस प्रतियोगी देशों के बीच भारत और मुझे अर्न्स्ट एंड यंग एंटरप्रिन्यर अवार्ड का विजेता घोषित किया गया था और हजारों कैमरे राष्ट्रीय ध्वज थामे मेरी तस्वीरें खींच रहे थे। उस दिन जब चक दे! इंडिया देखकर मैं थिएटर से निकला, तो कई युवाओं ने फ़िल्म पर मेरी प्रतिक्रिया पूछी। मेरा जवाब सादा सा था। मैंने कहा कि मैं चाहता हूं कि यह फ़िल्म न सिर्फ़ हॉकी में, बल्कि हर क्षेत्र में एक हकीकत बने।

इस सफलता की विधि शाहरुख़ ख़ान ने फ़िल्म में बड़ी ख़ूबसूरती से उन कमाल की महिला हॉकी खिलाड़ियों को बताई थी। मैं वह विधि यहां बताता हूं।

- सबसे पहले तो हमें ख़ुद को भारतीयों के रूप में पहचानना होगा और राज्य, जाति और धर्म की सीमाओं से ऊपर उठना होगा।
- हम श्रेष्ठता को स्वीकार करें और अपने मुताबिक भूमिका को उत्साह से निभाएं।
- सफलता के लिए आवश्यक नीति पर चलते हुए हम अनुशासित रहें।
- अहं और पूर्वाग्रहों को छोड़कर अपने निजी हितों से पहले देश के हितों को रखें।
- अंत में, हमें जबरदस्त कड़ी मेहनत करनी होगी और लंबी अवधि की प्रतिष्ठा के लिए छोटे-छोटे त्याग करें।

इस देश के युवाओं में मुझे बड़ी भारी आस्था और विश्वास है। मगर क्या हम अपने नेताओं को लाखों भारतीय युवाओं के लिए मिसाल बनवा पाएंगे? मैं चाहता हूं कि काश हमारे अधिकाधिक नेता चक दे! इंडिया देखते और यह मूल्यवान सबक सीख पाते।

□

टाइम्स ऑफ़ इंडिया में प्रकाशित, **8** सितंबर, **2007**

मेरा सशक्त भारत

इंफ़ोसिस में सशक्तीकरण सभी लोगों को अवसर प्रदान करना है ताकि वे अपनी आकांक्षाओं को पूरा कर सकें, साथ ही यह भी सुनिश्चित करें कि सामुदायिक लक्ष्य पा लिए जाएं। मेरे लिए, सशक्त भारत एक ऐसा देश है जो शिक्षा, स्वास्थ्य सेवा, पोषण, आवास और रोजगार देकर हर बच्चे को अपनी पूर्ण क्षमता हासिल करने के अवसर प्रदान करे। इसी के साथ, हम यह भी सुनिश्चित करें कि ये बच्चे देश के हितों को आगे बढ़ाएंगे।

यह देखते हुए कि, आज, हम मानव विकास सूचकांक में बहुत ज़्यादा नीचे हैं, ऐसा सशक्तीकरण दूर के ढोल जैसा लगता है। मगर, मुझे भरोसा है कि अगर हम कुछ बातों को पूरा कर लें तो इस सपने को पा सकते हैं। वे बातें क्या हैं?

सशक्तीकरण के इस सपने को पाने के लिए हमें सख़्त, अलोकप्रिय और नाख़ुशगवार फ़ैसले लेने होंगे। भारत की त्रासदी यह है कि हम साहसिक और कड़े फ़ैसले लेते हुए हिचकिचाते हैं क्योंकि हम किसी को नाराज नहीं करना चाहते। इन फ़ैसलों को आगे बढ़ाने के लिए हमें दृढ़ राजनीतिज्ञ चाहिए। हमें ऐसे नेता चाहिए जिनमें विश्वास का साहस हो, बड़े सपने देखने, मुश्किल फ़ैसले लेने और त्याग करने का हौसला हो।

हमारे नेता ऐसे लोग होने चाहिए जो कई दुनियाओं को बांध सकें—शहरी-ग्रामीण, आधुनिक-परंपरागत, अमीर-ग़रीब, शिक्षित-अशिक्षित। उन्हें इन सब दुनियाओं की तमन्नाओं की कद्र करनी होगी। उन्हें यह नहीं मानना चाहिए कि विकास शून्य-शेष का खेल है जहां एक दुनिया के लाभ का मतलब दूसरी का नुक़्सान है। मैं अक्सर अपने राजनीतिक मित्रों को कहते सुनता हूं कि किस प्रकार आईटी क्षेत्र ने अमीरों और ग़रीबों के बीच बड़ी खाई पैदा कर दी है, और इसे किस प्रकार रोका जाना चाहिए। दुख की बात है कि वे यह मानते हैं कि इसका हल एक बड़ी संख्या में इस तरह के रोजगार पैदा करने के लिए हौसला बढ़ाने की जगह आईटी उद्योग के विकास को सीमित कर देना है।

हमारे नेताओं को यह विश्वास रखना होगा कि ग़रीबी की समस्या को हल करने का हमारा एकमात्र तरीका और ज़्यादा नौकरियां पैदा करना और बड़ी संख्या में लोगों को खेती

इंडियन एक्सप्रेस में प्रकाशित, 5 सितंबर, 2005

से हटाकर मेन्युफ़ैक्चरिंग और सेवा क्षेत्र में लाना है। उन्हें खुले दिमाग़ का और दुनिया भर के नेताओं के अनुभवों से सीखने को तैयार रहना होगा। उन्हें भारत को विश्व मंच पर स्थापित करने की इच्छा रखनी होगी। उन्हें कार्य प्रेरित होना होगा। हम बातों से बहुत ज़्यादा संतुष्ट रहने वाला समाज बन गए हैं। सफलता बस क्रियान्वयन का नाम है।

नेताओं को कम से कम अपनी जाति या समुदाय के अंदर श्रेष्ठता को तरजीह देनी चाहिए, क्योंकि जाति हमारे समाज के डीएनए में पैठ बना चुकी है। उन्हें ईमानदारी, आधुनिकता, शीघ्र कार्य करने और खुलेपन के क्षेत्र में आदर्श चरित्र बनना चाहिए। यह हम कैसे पा सकते हैं? इसका एक ही हल है कि हर राजनीतिक दल के वरिष्ठ नेता मिसाल बनकर नेतृत्व का प्रदर्शन करें। सभी राजनीतिक दलों के नेता एकजुट हों और भावी पीढ़ियों की भलाई के लिए इन मूल्यों का प्रचार-प्रसार करने का वचन लें।

यह मुश्किल है और एक तरह से नामुमकिन लगता है। मगर, मैं तो इस सूक्ति में विश्वास करता हूं कि, "एक संभव असंभाव्यता विश्वसनीय संभावना से बेहतर है।" इसे अंजाम देने का और कोई रास्ता नहीं है। शुरू में, शायद हम देखें कि कुछ अच्छे नेता शीघ्र त्याग दिए जाएं। मगर जब हम आगामी पीढ़ी के नेताओं में यह बर्ताव देखेंगे, तो यह नियम का रूप ले लेगा। मिसाल के लिए, एक समय, यह नामुमकिन लगता था कि एक पार्टी से दूसरी में आयाराम-गयारामों की सामूहिक दलबदली को रोका जा सकता है। इस व्यवहार पर रोक लगी क्योंकि हमारे सभी राजनीतिक नेता एकजुट हुए और इसे रोका।

हमारे यहां ऐसी अफ़सरशाही होनी चाहिए जो योग्य, निडर और कार्य-आधारित हो। आर्थिक विकास के लिए सबसे बड़ी योग्यताएं हैं, अनुरूपण, योजना बनाना, अनुमान लगाना, व्यापार योजना तैयारी, परियोजना प्रबंधन और क्रियान्वयन की उत्कृष्टता है। हमारे नौकरशाह बहुत अच्छे लोग हो सकते हैं, लेकिन सरकारी राशि वाली परियोजनाओं का प्रदर्शन कोई संकेत है तो वे इन योग्यताओं में बहुत लचर हैं। उन्हें इनमें प्रशिक्षित करना होगा।

हमें नौकरशाही के भीतर ऐसा माहौल बनाना होगा जहां उच्च-प्रदर्शन करने वालों को बिना डरे काम करने के लिए प्रोत्साहन मिले। अगर हम वर्तमान कार्यकाल प्रणाली को समाप्त करके पांच साल की अनुबंध-प्रणाली और प्रदर्शन आधारित तरक़्क़ी को लागू कर दें तो बहुत बेहतर होगा। एक अफ़सर के हर अच्छे काम की सराहना हो और उसे पुरस्कृत किया जाए। दूसरी ओर, सीबीआई जैसे संस्थानों को ख़त्म कर देना चाहिए, जिन्हें अपराधियों को पकड़ने के साधन की जगह आतंक फैलाने के साधनों की तरह अधिक इस्तेमाल किया जाता है। 'सुबूत से पहले संदेह' की अपनी नीति को बदलकर हमें 'फ़ैसले से पहले सुबूत' की नीति बनानी होगी। अगर हम कुछ साल तक इन बदलावों पर डटे रहें, तो हम कुछ बेहतरीन अफ़सरों को उभरते देखेंगे।

अंत में, कॉरपोरेट जगत में हम लोगों को भी बदलना होगा। हमें लौहपुरुष बनना

होगा, और नेताओं के कहने पर उनके समक्ष घुटने टेकना बंद करना होगा। आज भी ऐसे व्यवहार के मैं बेशुमार मामले देखता हूं। हमें सरकार से रियायतें मांगना बंद करना सीखना होगा। मिसाल के लिए, मैं नहीं समझ पाता कि हजारों करोड़ का मुनाफ़ा कमाने वाली कंपनियों के सीईओ सिर्फ़ इसलिए टैक्स में छूट कैसे मांग लेते हैं कि वे एक्सपोर्ट बिजनेस में हैं। हमें यह स्वीकार करना होगा कि हम एक्सपोर्ट बिजनेस में इसलिए हैं क्योंकि यह मुनाफ़े का कारोबार है। जब हम बाजार और अपने प्रतिद्वंद्वियों में विषमता लाने के लिए सरकार से अनुग्रह मांगते हैं, तो हम भ्रष्टाचार की प्रणाली में खिंचे चले जाते हैं।

हमें अपने समाज के सामाजिक और आर्थिक भेद कम करने की दिशा में बड़ी लगन से काम करना होगा, और लोगों की सदाशयता पानी होगी। हमें कॉरपोरेशन के हितों को निजी हितों से ऊपर रखना सीखना होगा।

अंत में, हमें, इस समाज के सौभाग्यशाली सुसंपन्न वर्ग को, जिम्मेदारी लेनी होगी। भले ही हमारा व्यवसाय कुछ भी हो—चाहे हम नेता, अधिकारी, कॉरपोरेट लीडर या शिक्षाविद हों—यह हमारी जिम्मेदारी है कि साहस दिखाएं और मिसाल बनें ताकि भावी पीढ़ियों के लिए यह एक बेहतर समाज बन सके। परिवर्तन लाने का इससे ज़्यादा सरल कोई उपाय मैं नहीं जानता हूं।

□

खंड-III

अहम राष्ट्रीय मुद्दे

1991 के आर्थिक सुधारों से सीखे सबक

इतिहास उपयोगी है क्योंकि यह अतीत में झांकने, उससे सीखने और पूरे विश्वास के साथ भविष्य की ओर बढ़ने के लिए एक अमूल्य झरोखा खोलता है। **1991** के आर्थिक सुधार स्वतंत्रत्योत्तर भारत के इतिहास में एक अत्यंत महत्वपूर्ण घटना हैं। मैं तत्कालीन प्रधानमंत्री पी. वी. नरसिम्हा राव, तत्कालीन वित्त मंत्री डॉ. मनमोहन सिंह, पी. चिदंबरम और मोंटेक सिंह अहलूवालिया द्वारा **1991** में लाए गए आर्थिक सुधारों का बहुत बड़ा प्रशंसक हूं। एक हफ़्ते से भी कम समय में भारत नियंत्रित अर्थव्यवस्था से एक लगभग मुक्त अर्थ व्यवस्था में बदल गया। बहुत से लोगों ने मेरी कंपनी इंफ़ोसिस को इन आर्थिक सुधारों से लाभान्वित होने की सुनहरी मिसाल बताया।

1991 के आर्थिक सुधारों के बारे में भारतीय नेताओं, अधिकारियों, पत्रकारों और शिक्षाविदों ने अनेक लेख लिखे और व्याख्यान दिए। मगर इन लेखों और व्याख्यानों में एक कमी थी। वह यह कि इन सुधारों से अत्यंत प्रभावित होने वाले किसी व्यक्ति ने इनके बारे में कुछ नहीं कहा। **1991** के पहले तक भारत के विकास को अवरुद्ध करने वाली बेहद नियंत्रित अर्थव्यवस्था को मैंने ख़ुद अनुभव किया था और उससे त्रस्त रहा था। यहां मैं बताऊंगा कि भारत के सुधारों ने किस तरह व्यापारों की मदद की, उद्यमशीलता को पोषित किया और रोजगार के अवसर पैदा किए। मैं इन सुधारों से सीखे जा सकने वाले कुछ सामान्य सबकों के बारे में भी बात करूंगा, और यह भी कि कैसे उन्हें भारत के व्यापक जनसमूह के समग्र विकास और लाभ के लिए इस्तेमाल किया जा सकता है।

सबसे पहले, **1991** का उदारीकरण कार्यक्रम स्वतंत्र भारत के इतिहास का महत्वपूर्ण मोड़ था। वास्तव में, ज़्यादातर भारतीयों के लिए **1991** के सुधार बर्लिन की दीवार गिराए जाने और दक्षिण अफ़्रीका में रंगभेद समाप्त होने के समान ही एक सबसे ज़्यादा असंभाव्य मगर प्रभावशाली घटना थी। **1947** भारत के लिए राजनीतिक स्वतंत्रता लाया था, तो **1991** ने आर्थिक स्वतंत्रता के बीज बोए थे। मुझे ख़ुशी है कि मैं उस युग का हिस्सा रहा हूं। इन सुधारों की बदौलत, अपनी जिंदगी में पहली बार भारत को जागते, आत्मविश्वास

मैल्कम वियनर व्याख्यान, हार्वर्ड यूनीवर्सिटी, **13** फ़रवरी, **2008**

दिखाते और काम में जुटते देख मैं बहुत ख़ुश था। दूसरे, बहुत समय से लंबित पड़े दूसरे अनेक महत्वपूर्ण सुधारों पर शीघ्र और दृढ़ फ़ैसले लेने के विषय में तत्कालीन प्रधानमंत्री नरसिम्हा राव द्वारा प्रदर्शित सामयिक और साहसी नेतृत्व को हमारे वर्तमान और भावी नेतृत्व के लिए मिसाल बनना चाहिए। तीसरे, राज्य स्तर पर सुधारों के लिए अनेक मुद्दे अनसुलझे पड़े हैं। जब तक राज्य स्तर पर सुधार सफल नहीं होंगे, हम समग्र विकास नहीं पा सकेंगे। चौथे, ऐसे अनेक विकासशील देश हैं जो आर्थिक सुधारों को लेकर अभी भी संदेहों और बहसों में फंसे हुए हैं। भारत के आर्थिक सुधारों के उदाहरण से उन्हें अपनी इन मुश्किलों को हल करने में मदद मिलनी चाहिए। अंत में और सबसे महत्वपूर्ण यह है कि मैं आश्वस्त हूं कि दुनिया में स्थायी शांति सुनिश्चित करने का सबसे अच्छा तरीका अमीरों और ग़रीबों के बीच के फ़र्क को कम करना है। जहां भी मैं गया हूं—अमेरिका, रूस, वियतनाम, पेरू या दक्षिण अफ़्रीका—युवक-युवतियों के सपने समान होते हैं: अच्छी नौकरियां, ख़ुशहाल एवं आनंद भरे दिन, और अपने तथा अपने बच्चों के लिए बेहतर भविष्य। जब आस्था और आशाएं ख़त्म हो जाती हैं, तभी लोग हिंसा का सहारा लेते हैं। इसलिए, हमारी चुनौती एक ऐसी दुनिया बनाने की है जहां भविष्य में आशा, आस्था और विश्वास मजबूत हो। इसके लिए ग़रीब देशों को स्वीकार करना होगा कि उत्तरदायी सरकारें, उद्यमशीलता और विश्व व्यापार नौकरियों के अवसर पैदा करने और जीवन स्तर में सुधार लाने के बेहतरीन साधन हैं। उद्यमशीलता के लिए सकारात्मक माहौल तभी संभव है, जब सरकारें अपना ध्यान ग़रीबों के लिए शिक्षा, स्वास्थ्य सेवा, पोषण और आवास जैसी मूलभूत सेवाएं देने के कुशल तरीकों पर लगाते हुए व्यापारों के लिए उत्प्रेरक बनें और व्यापारों को बाजारोन्मुख होने के लिए पूरी स्वतंत्रता दें। यही उदारीकरण और आर्थिक सुधार हैं।

प्रधानमंत्री मनमोहन सिंह अक्सर विक्टर ह्यूगो की प्रसिद्ध उक्ति को उद्धृत करते हैं कि कोई बल उस विचार को नहीं रोक सकता जिसका समय आ गया है, उन्होंने यह भी कहा था कि बहुत अच्छा तो यह होगा कि महान विचारों के लिए इंतजार करने के स्थान पर हम, आज, उनके लिए समय बनाएं। हम फ़्रांसिस बेकन के शब्दों को याद करें कि, "एक बुद्धिमान व्यक्ति उससे अधिक अवसर बना लेता है, जितने उसे मिलते हैं!" भारत के एक कहीं ज़्यादा मजबूत अर्थव्यवस्था बनने का समय आ गया है। हमारी अर्थव्यवस्था 9.2 से 9.3 फ़ीसदी वार्षिक की दर से बढ़ रही है। हमारे निर्यात 20 से 25 फ़ीसदी वार्षिक बढ़ रहे हैं। हमारा मुद्रा कोष अब तक की अपनी चरम स्थिति पर है। हमारे स्टॉक मार्केट निरंतर ऊपर चढ़ रहे हैं। 2007 में हमारा प्रत्यक्ष विदेशी निवेश 25 बिलियन डॉलर आंका गया था, जो कि तीन साल पहले की तुलना में पांच गुणा था। हम हर महीने 90 लाख नई फ़ोन लाइनें जोड़ रहे हैं। चारों ओर नए मिले विश्वास का भाव है। भारत में खरबपतियों की संख्या एशिया में सर्वाधिक है। हर हफ़्ते मेरे शहर बंगलौर में पचास से सौ

तक नए, युवा हाई-टेक उद्यमी मैदान में उतरने को तैयार दिखते हैं। आगे बढ़ने, अपनी समृद्धि को सुधारने, इसे समग्र बनाने, और ग़रीब से ग़रीब व्यक्ति की आंखों से आंसू पोंछने के अपने राष्ट्रपिता के सपने को सच करने का इससे बेहतर समय नहीं हो सकता।

भारत में ज़्यादातर लोगों का मानना है कि प्रजातंत्र में धीमी प्रगति होना अपरिहार्य है और यह कि अपने प्रजातंत्र के मोल के तौर पर हमें ऐसे धीमे विकास को स्वीकार करना चाहिए। भारतीय रिजर्व बैंक के भूतपूर्व गवर्नर बिमल जालान ने अपनी पुस्तक इंडिया'ज पॉलीटिक्स में लिखा है, शासन का स्वरूप तो आर्थिक विकास को प्रभावित करने वाले अनेक तथ्यों में से एक है। आख़िरकार, सबसे ज़्यादा विकसित अर्थव्यवस्थाएं भी प्रजातंत्र ही हैं। यह धारणा कि प्रजातंत्र में प्रगति धीमी होती है, महज अपनी निष्क्रियता, उदासीनता, अक्षमता और उपेक्षा, और कुछ मामलों में निहित स्वार्थों को न्यायसंगत ठहराने का एक बहाना है। मैं जवाहरलाल नेहरू के इस कथन में विश्वास करता हूं, "जीवन ताश के खेल की तरह है। आपको मिले पत्ते नियति हैं। आप किस तरह उनसे खेलेंगे, यह आपकी स्वतंत्र इच्छा है।" यही स्वतंत्र इच्छा प्रजातंत्र ने हमको अता की है ताकि हम असाधारण चीज़ें हासिल कर सकें। आख़िरकार, कौन सी समझदार राजनीतिक पार्टी नौकरियों के अवसर पैदा करने, कर-संग्रह में बढ़ोत्तरी होने, और ऐसी निधियों को देश के बहुसंख्यक ग़रीब तबके के लिए शिक्षा, स्वास्थ्य सेवा, पोषण और आवास प्रदान करने में इस्तेमाल करने का विरोध करेगी? **1991** के सुधारों ने लंबे समय से चले आ रहे इस विश्वास को ग़लत साबित कर दिया कि प्रजातांत्रिक भारत में नीति में कोई भी बड़ा बदलाव लाने के लिए लंबे विचार-विमर्श की आवश्यकता है और उसे जल्दबाजी में लागू नहीं किया जा सकता। उन्होंने कई दूसरी मिथ्या धारणाओं को भी ग़लत साबित कर दिया, जिन्हें ज़्यादातर अधिकारी लंबे समय से पाले हुए थे। मिसाल के लिए, मेरे अधिकांश सिविल सर्वे ंट दोस्तों का मानना था कि

अर्थशास्त्र के पुराने सिद्धांत भारत जैसे एक बड़े विकासशील देश के लिए सही नहीं रहेंगे। उनका विश्वास था कि विदेशी मुद्रा के निकास पर नियंत्रण ढीला करने से पूंजी में कमी आएगी। उनका यह भी मानना था कि छोटे पूर्वी एशियाई देशों में कारगर रहे आर्थि क नीति के हल भारत में नहीं चलेंगे। **1991** से भारत द्वारा की गई आर्थिक उन्नति ने उन्हें ग़लत साबित कर दिया।

यहां, मैं **1991** के आर्थिक सुधारों द्वारा लाए बस तीन बड़े नीति बदलावों की चर्चा करूंगा। इन बदलावों ने शायद भारत के व्यापारों पर सबसे बड़ा प्रभाव डाला था। इन नीति बदलावों द्वारा दूर की गई बाधाओं को बताने के लिए मैं जो उदाहरण दूंगा, वे सबसे ज़्यादा अवरोधी, पुरातन, नकारात्मक, भाग्यवादी और संदेही मानसिकता वाली हमारी पूर्व नियंत्रण नीति का बहुत स्पष्ट रूप से वर्णन करेंगे। इन नीति बदलावों को लागू करना आसान नहीं था। ज़्यादातर भारतीय नेताओं के लिए ये अभिशाप थे, जिनकी परवरिश इस

विश्वास के साथ हुई थी कि ग़रीबी गुण है, कारोबारी बदमाश होते हैं, लाभ कमाना पाप है, और सरकार हर समस्या का समाधान है। इन नीति बदलावों ने नौकरशाही से लाभ कमाने की शक्ति और अवसर छीन लिए। ये उदाहरण आपको बताएंगे कि **1991** के सुधारों से पहले भारत व्यापार के लिए कितना प्रतिकूल था। जब मैं **1991** तक हमारे द्वारा झेली लालफ़ीताशाही के भयानक किस्से सुनाता हूं तो विदेशियों को तो छोड़ें, बीसवें दशक में मौजूद युवा भारतीय तक मेरी बात पर यकीन नहीं करते।

मैं आपको थोड़ी सी पृष्ठभूमि बताता हूं कि इंफ़ोसिस में हम क्या काम करते हैं ताकि आप मेरे उदाहरणों को बेहतर समझ सकें। हमने **1981** में विकसित देशों के ग्राहकों को मांग के आधार पर सॉफ़्टवेयर विकास की क्षमता प्रदान करने के लिए इंफ़ोसिस का गठन किया था। इसके लिए हमारे व्यापार को विदेशों से उच्च तकनीक के हार्डवेयर और सॉफ़्टवेयर प्लेटफ़ॉर्म आयातित करने की, हमारे स्टाफ़ द्वारा अपने ग्राहकों के स्थल पर आसानी से और बिना अड़चनों के यात्रा करने, विदेशों में विक्रय कार्यालय खोलने, और डेटा संचार इंफ़्रास्ट्रक्चर की उपलब्धता की जरूरत थी। हालांकि यह उद्योग भारत की तकनीकी प्रतिभा के एक बड़े तबके को उच्च आय वाली अच्छी नौकरियां प्रदान कर सकता था, मगर फिर भी सरकार को यकीन दिलाना बहुत मुश्किल था कि यह एक अच्छा मौका है। **1991** से पहले कंप्यूटर आयात करने के लिए लाइसेंस चाहिए होता था। कंप्यूटर आयात करने के लिए लाइसेंस पाने की प्रक्रिया बहुत लंबी, मनमानी, महंगी और कभी-कभी भ्रष्टाचारोन्मुख थी। आमतौर पर एक लाइसेंस लेने में तीन साल और दिल्ली के पचास चक्कर लगते थे। यह मानें कि एक चक्कर की लागत एक हजार डॉलर पड़ती थी, तो इसका मतलब था कि आयातक कंप्यूटर का ऑर्डर होने से पहले ही एक आयातित कंप्यूटर के मूल्य (लगभग **100,000** डॉलर) की पचास फ़ीसदी ड्यूटी तो दे चुका होता था! इतना ही नहीं था। चूंकि लाइसेंस पाने में तीन साल लग जाते थे, तो इस बीच अमेरिकी बाजार में हमारे द्वारा मंगाए जाने वाले कंप्यूटर के हर कंपोनेंट के कम से कम पांच से दस नए मॉडल आ चुके होते थे। लेकिन लाइसेंस में एक कंपोनेंट का मॉडल नंबर बदलवाने में भी सामान्यतया नौ-दस महीने लग जाते थे! इस तरह, हमारी नौकरशाही की मेहरबानी से भारत में कंप्यूटर उपभोक्ता किसी भी तकनीक में कम से कम दो पीढ़ी पीछे थे।

दूसरा बड़ा अवरोधी पहलू था चालू खाते की विनिमेयता का अभाव, यानी भारतीय कंपनियों के पास अपने स्टाफ़ को विदेश भेजने के लिए, विदेशों में दफ़्तर खोलने के लिए, और गुणवत्ता और ब्रांडिंग जैसे क्षेत्रों के लिए विदेशी परामर्शदाता रखने के लिए मुद्रा का अभाव। मैं समझाता हूं कि हालात कितने बुरे थे। अगर मैं एक दिन के लिए भी विदेश जाना चाहता, तो मुझे रिजर्व बैंक ऑफ़ इंडिया में दरख़ास्त देनी होती और दस-बारह दिन इंतजार करना पड़ता। हमेशा यह निश्चित भी नहीं होता था कि मुझे सकारात्मक जवाब मिलेगा ही। वापस आने के बाद मुझे अपनी विदेश यात्रा पर एक रिपोर्ट भी जमा करनी

होती थी। मेरे एक मित्र को कुछेक संभावित व्यापारिक लोगों से मिलने के लिए यात्रा करनी थी—उनमें से दो पेरिस में थे और एक फ्रैंकफ़र्ट में। उन्होंने आरबीआई से दो दिन पेरिस में और एक दिन फ्रैंकफ़र्ट में ठहरने की अनुमति ले ली। जब वे पेरिस पहुंचे, तो उनके दूसरे क्लाइंट ने उनसे फ्रैंकफ़र्ट में मिलने को कहा क्योंकि उसे एक अर्जेंट मीटिंग के सिलसिले में वहां जाना पड़ रहा था। नतीजा यह हुआ कि मेरे मित्र दो दिन फ्रैंकफ़र्ट में और एक दिन पेरिस में रहे, जबकि उनकी अनुमति इसके विपरीत थी। जब वे भारत लौटकर आए और उन्होंने अपनी रिपोर्ट आरबीआई में जमा की, तो उन्हें एक 'कारण बताओ' नोटिस जारी कर दिया गया कि विदेशी मुद्रा विनियमन का उल्लंघन करने के लिए उन पर मुकद्दमा क्यों न चलाया जाए! यह अकल्पनीय है कि हम उस युग से वर्तमान युग में आ गए हैं, जब भारतीय कंपनियों के लिए विदेशों में व्यापार करना बेहद आसान हो गया है। हमें इसके लिए भूतपूर्व गवर्नरों डॉ. बिमल जालान और डॉ. वाई वेणुगोपाल रेड्डी को धन्यवाद देना चाहिए, आप दोनों ही मुक्त बाजार के हमारे बेहतरीन चैंपियन रहे हैं।

तीसरा बड़ा अवरोधी पहलू कंपनियों के आईपीओ के बाजार आधारित मूल्य-निर्धारण का अभाव था। दुनिया भर में उद्यमियों के लिए एक बड़ा प्रोत्साहन होता है कि अपने और वेंचर पूंजीपतियों के लिए चलनिधि लाने के लिए अपनी कंपनी को पब्लिक के पास ले जाना। वास्तव में, हाई-टेक क्षेत्र में अमेरिका की सफलता का एक बड़ा कारण

आईपीओ प्रणाली थी। भारत में **1991** से पहले एक सरकारी अधिकारी हुआ करता था, जिसे कंट्रोलर ऑफ़ कैपिटल इश्युज (सीसीआई) कहते थे, जो शेयर जारी करने वाली भारतीय कंपनियों के आईपीओ मूल्य निर्धारित करता था। इस अधिकारी को पूंजी बाजार के बारे में बहुत कम जानकारी होती थी क्योंकि वह दिल्ली में होता था, जबकि पूंजी बाजार मुंबई में था और वह शायद ही कभी मुंबई जाता हो या इन बाजारों की गतिविधियां समझने की जहमत उठाता हो। वह बस कंपनी के पिछले प्रदर्शन को देखता और आईपीओ मूल्य-निर्धारण के लिए बहुत कम प्रीमियम की अनुमति देता। सरकार द्वारा निर्धारित आईपीओ मूल्य-निर्धारण की ऐसी नीति उद्यमियों को निरुत्साहित करती थी, जिन्हें पूंजी बाजार से थोड़ी सी राशि हासिल करने की ख़ातिर अपनी इक्विटी का एक बड़ा हिस्सा छोड़ना पड़ता था। आख़िर तो पूंजी बाजार मात्र पिछले प्रदर्शन की अपेक्षा भविष्य की संभावनाओं से जुड़ा होता है।

जब नरसिम्हा राव के नेतृत्व में चार सुधारकों ने अपनी जादू की छड़ी घुमाई, तो यह सब पलक झपकते बदल गया। कुछ ही हफ़्तों में हम एक नई धरा पर थे जो इन तीनों बड़े अवरोधी बलों से मुक्त थी। सरकार ने अर्थव्यवस्था के ज़्यादातर क्षेत्रों में से लाइसेंसिंग को हटा दिया था। **1991** के बांद से मैं सरकार से एक भी लाइसेंस लेने के लिए दिल्ली नहीं गया हूं। सुधारों ने चालू खातों को पूरी विनिमेयता प्रदान कर दी है। वास्तव में, आज चालू खाते के किसी भी लेन-देन पर लगभग कोई प्रतिबंध नहीं हैं। पूंजी खाते की विनिमेयता

के क्षेत्र में भी कॉरपोरेशनों पर शायद ही कोई प्रतिबंध होगा। भारतीय कंपनियां विदेशों में कंपनियों पर अधिकार हासिल कर रही हैं, जो कि भारतीय अर्थव्यवस्था के इतिहास में कभी नहीं हुआ था।

सरकार ने आईपीओ मूल्य-निर्धारण की व्यर्थता को समझकर सीसीआई के पद को ख़त्म कर दिया है और भारतीय कंपनियों को अपने निवेशकर्ता बैंकरों के परामर्श से आई पीओ मूल्य तय करने की अनुमति दे दी है। इससे बाजारोन्मुख मूल्य-निर्धारण नीतियां बनीं और व्यवसायियों में अत्यधिक उत्साह पैदा हुआ।

ये तीन बड़े सुधार और बाद में आने वाले अनेक अन्य सुधारों ने कई तरीकों से भारतीय व्यापारों को प्रभावित किया है। सबसे पहले तो सुधारों ने हमारे व्यापारिक लीडरों को सक्षम किया है कि वे दिल्ली के गलियारों में अपनी लॉबी करने की जगह अपना समय बाजार, नवीनताओं और कर्मचारियों पर ध्यान देने में बिताएं। दूसरे, उन्होंने अधिकारियों की ओर से होने वाली देरी और उनकी सनकों की वजह से व्यापारिक फ़ैसलों में अनिश्चितता को दूर किया है। दूसरे शब्दों में, सुधारों के बाद, अपने भाग्य पर व्यापारों का पहले की अपेक्षा कहीं ज़्यादा नियंत्रण है। बोर्ड रूमों में असहायता का माहौल नहीं होता। कंपनियों की सफलता में बाजार सबसे अहम निर्धारक होता है। तीसरे, सुधारों ने रेंट-सीकिंग और भ्रष्टाचार के आतंक पर काफ़ी हद तक रोक लगाई है। चौथे, इन नीतिगत बदलावों ने भारत में विश्व स्तर की मल्टीनेशनल कंपनियों के आने को सुगम बनाया। चूंकि इंफ़ोसिस का फ़ोकस उन दिनों विश्व बाजारों पर था, इसलिए इन मल्टीनेशनल कंपनियों के आने का हमारे ग्राहक हथियाने पर कोई प्रभाव नहीं पड़ा। मगर कर्मचारियों के लिए प्रतियोगिता तेज हो गई। इसलिए हमें उच्च श्रेणी की प्रतिभाओं को लुभाने और बनाए रखने के लिए अपने फ़ोकस में सुधार लाना पड़ा। साफ़ कहूं तो कर्म चारियों को लुभाने और बनाए रखने पर यह फ़ोकस मेरी कंपनी को सुधारों की ओर से दिया गया लाभदायी तोहफ़ा था।

इंफ़ोसिस के व्यापार पर आर्थिक सुधारों के लाभ दर्शाने के लिए मैं कुछ आंकड़े प्रस्तुत करता हूं। 1982 से 1992 के बीच इंफ़ोसिस का रेवेन्यु 130,000 डॉलर से बढ़कर मात्र 1.5 मिलियन डॉलर हुआ था, दस साल से ज़्यादा की अवधि में कुल 12 गुणा। मगर सुधारों के बाद, हमारा रेवेन्यु 1992 के 1.5 मिलियन से 2008 में 4.1 बिलियन डॉलर के संभाव्य आंकड़े तक पहुंच गया है, जो कि सोलह साल की अवधि में 2700 गुणा है! आज हम नैस्डैक में सूचीबद्ध हैं। हम सत्तर देशों में काम करते हैं और हमारे यहां नब्बे राष्ट्रीयताओं के 88,000 कर्मचारी हैं। हमने अपने कर्मचारी स्टॉक विकल्प योजनाओं के जरिए डॉलर के आंकड़ों में 2000 मिलियनेयर और रुपयों के आंकड़ों में 20,000 मिलियनेयर बनाए हैं। सर्वश्रेष्ठ नियोक्ता, सर्वश्रेष्ठ प्रबंधित कंपनी, कॉरपोरेट प्रशासन में सर्वश्रेष्ठ, और निवेशक के फ़ोकस में सर्वश्रेष्ठ चुने जाने में हमने भारत की हर मल्टीनेशनल

कंपनी को पीछे छोड़ दिया है। हमें गर्व है कि 1991 के आर्थिक सुधारों के बाद आए हर अच्छे पक्ष की हम सुनहरी मिसाल हैं।

आईटी उद्योग का रेवेन्यु 1992 के कुल 100 मिलियन डॉलर से बढ़कर पिछले साल 40 बिलियन डॉलर से ज़्यादा हो गया था। देश का विदेशी मुद्रा भंडार सुधारों से पहले आवश्यक आयातों के लिए मुश्किल से पंद्रह दिन के लिए पर्याप्त होता। नियंत्रणों में ढील देने से आज यह कोश 280 बिलियन डॉलर से अधिक हो गया है। इस जन-धारणा के विपरीत कि विदेशी मुद्रा नियंत्रण में जरा भी ढील देने से पूंजी का अवैध निकास होगा, जिससे हमारे कोश ख़ाली हो जाएंगे, आज हम देख रहे हैं कि ज़्यादा से ज़्यादा भारतीय कंपनियां विशाल मुद्रा भंडार देश में ला रही हैं। कोई हैरानी की बात नहीं कि रुपए का मूल्य तेजी से चढ़ा है। भारतीय कंपनियों में विश्व निवेशक की रुचि की बदौलत हमारे व्यापारों ने कॉरपोरेट प्रशासन का स्तर बढ़ाया है। मल्टीनेशनल कंपनियों के आने से बढ़ी प्रतियोगिता के कारण भारतीय व्यापारों ने भी कमर कसी है और दिखा दिया है कि वे ग्राहक, कर्मचारी और निवेशक पर फ़ोकस में किसी से कम नहीं हैं।

सुधारों के हमारे लिए, भारतीय व्यापारों के लिए क्या सबक हैं? बहुत सारे हैं। सुधारों ने दिखा दिया कि भारत में कानून और नैतिकता के मुताबिक व्यापार किया जा सकता है; मल्टीनेशनल कंपनियों से प्रतियोगिता करके सफल हुआ जा सकता है; विश्व की बेहतरीन नीतियों के समकक्ष आया जा सकता है, उन्हें सुधारा जा सकता है और अगली नीतियां बनाई जा सकती हैं; और कॉरपोरेट प्रशासन की बेहतरीन नीतियों का पालन कर विश्व के निवेशकों को लुभाया जा सकता है और बाजार का पूंजीकरण बढ़ाया जा सकता है।

1991 के सुधारों से हमारे नेता और अधिकारी क्या बड़े सबक सीख सकते हैं? पहला, सुधारों ने दिखा दिया कि साहस महान नेता का पहला गुण है। उन्होंने दिखा दिया कि जो नेता इस सूक्ति में विश्वास करते हैं कि "एक संभव असंभाव्यता विश्वसनीय संभावना से बेहतर है," वे वाकई असाधारण परिणाम प्राप्त कर सकते हैं। दूसरा, उन्होंने दिखाया कि भारत जैसे विवादप्रिय प्रजातंत्र में भी शीघ्र और निर्णयात्मक नेतृत्व को धीमे और हिचकिचाते नेतृत्व के मुकाबले बेहतर ढंग से स्वीकार किया जाना संभव है। तीसरा, सुधारों ने साबित कर दिया कि हमें नियंत्रित और प्रतिबंधित अर्थव्यवस्था की ओर ले जाने वाले अधिकांश डर और आशंकाएं ग़लत थीं। अंत में, उन्होंने पुष्टि कर दी कि विकसित देशों द्वारा लागू की गई अच्छी आर्थिक नीतियां भारत जैसे विकासशील देश में भी कारगर हो सकती हैं।

यद्यपि सुधारों के शुरुआती भाग ने देश को मध्य वर्ग और उच्च मध्य वर्ग के भारतीयों के जीवन सुधारने में मदद की है, मगर ग़रीबों के जीवन पर उन्होंने कोई विशेष प्रभाव नहीं डाला। हमारे यहां दुनिया के सबसे ज़्यादा अशिक्षित हैं। हमारी कृषि वृद्धि दर

1991 से पहले की 3.2 फ़ीसदी से गिरकर आज करीब 1.9 हो गई है। इस प्रकार, हमारे ग्रामीणों ने सुधारों और वैश्वीकरण का लगभग कोई लाभ नहीं देखा है। यह असमानता बढ़ती जा रही है। जबकि भारत में अरबपतियों की संख्या तेजी से बढ़ रही है, मगर ग़रीब और ग़रीब हो रहे हैं। आज का नारा समग्र विकास है। समग्र विकास का अर्थ है सुधारों के लाभों को भारतीयों के उस विशाल बहुमत तक ले जाना जो ग़रीब हैं। प्रधानमंत्री मनमोहन सिंह इस तरह की वृद्धि के दृढ़ समर्थक हैं।

मेरा मानना है कि अगर हम यह समझते हैं कि ग़रीब क्या चाहते हैं तो 1991 के सुधारों से सीखे सबकों को हमारे समाज के समग्र विकास के लिए इस्तेमाल किया जा सकता है। एक ओर भारत के मध्यवर्ग और सुसंपन्न वर्ग और दूसरी ओर भारत के ग़रीबों की जीवनशैलियों के फ़र्क पर विचार करना सुसंगत होगा। सबसे जबरदस्त फ़र्क यह है कि मध्य वर्ग और सुसंपन्न वर्ग का सरकार से बहुत कम साबका पड़ता है। वे आमतौर पर प्राइवेट सेक्टर की सुविधाएं और सेवाएं—स्कूल, कॉलेज, अस्पताल, बैंक और दुकानें—इस्तेमाल करते हैं, जबकि ग़रीब इन सेवाओं के लिए सरकार पर निर्भर रहते हैं।

चूंकि भारत के अमीर और शक्तिशाली नागरिक तब तक सरकारी सेवाओं का इस्तेमाल नहीं करते जब तक कि और कोई विकल्प न हो, इसलिए ये सेवाएं अयोग्य और ग़ैरजिम्मेदाराना रही हैं। समग्र विकास के लिए आवश्यक है कि हम दो में से एक काम करें—सरकारी सेवाओं को ग़रीबों से भी दूर रखें, या भारत में सरकारी सेवाओं में योग्यता, पारदर्शिता और जवाबदेही लाएं। मुझे विश्वास है कि दोनों में से कुछ भी आसान नहीं होगा, उन विभिन्न सामाजिक-राजनीतिक फ़ैसलों को देखते हुए जो पिछले साठ साल में हमें लेने पड़े थे। इसलिए हमें इनमें से कुछ सेवाओं का निजीकरण करने की प्रक्रिया निर्धारित करनी होगी, साथ ही उन सेवाओं में कौशल, पारदर्शिता और जवाबदेही सुधारनी होगी, जिनका निजीकरण नहीं किया जा सकता। इससे कम कुछ भी करने से समग्रता नहीं पाई जा सकेगी।

समग्रता पाने के लिए जो दूसरा उसूल हमें दिमाग़ में रखना होगा, वह है बिचौलियों को दूर करके किसी भी सब्सिडी को ग़रीबों तक सीधे पहुंचाया जाए। आमतौर पर, सभी सब्सिडियां मुख्यत: अमीरों को ही फ़ायदा पहुंचाती हैं, जो इन्हें जारी रखने के लिए शक्तिशाली लॉबियां बनाते हैं। मिसाल के लिए, कृषि की आय पर कर में रियायत और खाद सब्सिडी ने मुख्यत: उन बड़े किसानों को फ़ायदा पहुंचाया है जिन्हें इस तरह की सब्सिडी की जरूरत ही नहीं है।

मैं मिल्टन फ्रीडमैन की वाउचर प्रणाली का समर्थक हूं। लेकिन अगर भारत में ऐसी प्रणाली लागू करना मुश्किल है तो हम एक निश्चित वार्षिक आय से कम वाले परिवारों की स्त्रियों के बैंक खाते में सीधे नकद सब्सिडी प्रदान कर सकते हैं। ऐसी प्रत्यक्ष सब्सिडी से परिवारों को अपनी सबसे ज़्यादा वांछित जरूरत पर पैसा ख़र्च करने में मदद मिलेगी।

समानांतर रूप से, हमें एक ऐसा प्रतिमान भी बनाना होगा जिसमें निजी क्षेत्र ग़रीबों को लाभदायी रूप से मूलभूत सेवाएं प्रदान करें। इस तरह ग़रीबों को अत्यावश्यक सब्सिडी भी मिल जाएगी, वे तय कर सकते हैं कि इसे किस बेहतरीन मद में ख़र्च करें, और उन्हें अपने पैसे की अच्छी कीमत मिलेगी।

सुधारों के अगले क्रम को लचीली श्रम नीति लाने, कृषि उत्पादकता बढ़ाने, बुनियादी इंफ़्रास्ट्रक्चर सुधारने, बेसिक और उच्च शिक्षा, स्वास्थ्य सेवा, पोषण और आवास का स्तर बेहतर बनाने पर ध्यान देना होगा। इस बारे में बहुत कुछ लिखा जा चुका है। मैं यहां इसकी बारीकियों में नहीं जाऊंगा।

किसी भी समाज की प्रगति उसके नागरिकों की मानसिकता के समान होती है। मैक्स वेबर को दृढ़ अनुयायी होने के कारण मैं आश्वस्त हूं कि आर्थिक वृद्धि के लिए अहम आवश्यकताएं हैं श्रेष्ठ कार्य-नैतिकता, ईमानदारी, विनम्रता, वस्तुगतता, उच्च श्रेणी का नेतृत्व और लोगों के प्रति सामाजिक प्रतिबद्धता। मैं जानता हूं ये कठिन हो सकता है, मगर मैं जॉन एफ़. कैनेडी के कथन में विश्वास रखता हूं, "हमारी समस्याएं मानव-निर्मित हैं। इसलिए, उन्हें हल भी मानव द्वारा ही किया जा सकता है। मानव नियति की कोई समस्या मानवों से परे नहीं है।"

□

भारत में जनसंख्या और आर्थिक विकास

भारत का कम लागत का, दक्ष श्रमिक बल इसके आर्थिक विकास में एक महत्वपूर्ण चालक बन गया है। आज भारत दुनिया की दूसरी सबसे सबसे बड़ी जनसंख्या है। 1960 में भारत की आबादी 548 मिलियन थी, और वार्षिक विकास दर 2.2 फ़ीसदी थी। जनसंख्या विकास दर 1970 में सर्वाधिक 2.22 फ़ीसदी थी। 1980 में परिवार नियोजन नीतियों के आने से वृद्धि दर गिरने लगी थी, और 1990 में यह 1.8 फ़ीसदी रह गई थी। 2000 से यह और नीचे 1.5 फ़ीसदी आ गई है।

मगर, भारत की आबादी अभी भी चीन की वार्षिक दर से दोगुनी तेजी से बढ़ रही है। इक्कीसवीं सदी को भारत ने दुनिया की वार्षिक जनसंख्या वृद्धि का योगदान दिया है, और आज इसकी जनसंख्या एक खरब से भी ऊपर है।

जवाहरलाल नेहरू का विश्वास था कि भारत की बड़ी आबादी एक महत्वपूर्ण धरोहर है, और यह "हमारे राष्ट्र के आर्थिक भविष्य की कुंजी" है। विकास मॉडल इंसानी धरोहर को आर्थिक विकास से जोड़ते हैं। ए. जे. कोएल और ई. एम. हूवर द्वारा लाया गया माइक्रोइकोनॉमिक विकास मॉडल इंगित करता है कि विकासशील देश में आर्थिक विकास की दर मुख्य रूप से दो बातों से निर्धारित होती है: श्रम बल में वृद्धि और प्रति श्रमिक उपलब्ध पूंजी की राशि।

आज, भारत की एक अरब आबादी में से 36 फ़ीसदी पंद्रह साल से कम उम्र की है। इसका मतलब है कि 2020 तक भारत में साढ़े बत्तीस करोड़ लोग काम करने की उम्र में होंगे। दुनिया में सबसे बड़ी कामकाजी आबादी भारत की होगी। भारत की अपेक्षित कामकाजी आबादी ऐसे समय पर आएगी जब विकसित देश एक बड़ी बुजुर्ग आबादी का सामना कर रहा होगा। उदाहरण के लिए यूरोप का कामकाजी और अवकाश प्राप्त आबादी का अनुपात भारत के 6.9 की तुलना में मात्र 0.9 रह जाएगा। ऐसा अनुमान है कि 2020 तक अमेरिका में कामकाजी उम्र के 17 मिलियन, चीन में 10 मिलियन, जापान में 9 मिलियन और रूस में 6 मिलियन लोग कम होंगे। इस परिदृश्य में भारत के पास 47 मिलियन

ए. डी. श्रॉफ़ स्मृति व्याख्यान, मुंबई, 8 अप्रैल, 2004

कामकाजी उम्र के लोग होंगे।

भारत की ऐसी जनसांख्यिकीय रूपरेखा, ऐसे समय पर जबकि कामकाजी आबादी की उच्च वृद्धि दर तेज आर्थिक वृद्धि के लिए ईंधन हो सकती है, देश के लिए 'अवसर का जनसांख्यिकीय झरोखा' होगी। ऐसा अनुमान है कि **1950** से **1990** के बीच पूर्वी एशिया में आर्थिक विकास का एक तिहाई इन देशों के इसी प्रकार के जनसांख्यिकीय गवाक्षों से आया था। गोल्डमैन सैक्स की एक रिपोर्ट में कहा गया है कि चार उभरती हुई अर्थ व्यवस्थाओं—ब्राजील, रूस, भारत और चीन—में एक विशाल, ऊर्जावान कार्यबल से युक्त भारत ही **2050** तक पांच फ़ीसदी वार्षिक की दर से वृद्धि करेगा।

मगर आर्थिक विकास और समृद्धि के लिए सिर्फ़ बढ़ती हुई आबादी ही नहीं, बल्कि जिसे अर्थशास्त्री 'श्रेष्ठ मानव पूंजी' कहते हैं, भी आवश्यक है: अर्थात अर्थव्यवस्था में भागीदारी करने के लिए दक्षताओं और संसाधनों से युक्त आबादी। श्रेष्ठ मानव पूंजी श्रम उत्पादकता और उद्यमशीलता में उच्च स्तर का योगदान करती है जिससे अर्थव्यवस्था में बढ़ोत्तरी होती है। श्रेष्ठ मानव पूंजी बनाने की कुंजी सही नीतिगत माहौल द्वारा समर्थित मानव विकास है। महत्वपूर्ण नीति क्षेत्रों में शिक्षा, जन स्वास्थ्य, परिवार नियोजन, और श्रम बाजार के लचीलेपन जैसी आर्थिक नीतियां शामिल हैं। मगर मुख्य निर्देशांक दिखाते हैं कि मानव विकास के प्रयासों में भारत किस तरह पिछड़ गया है। मानव विकास सूचकांक में हम **177** देशों के बीच **127**वें स्थान पर हैं। भारत में वयस्क निरक्षरता चीन की **9** फ़ीसदी की तुलना में **39** फ़ीसदी है। कुल मिलाकर, भारत में **300** मिलियन से ज़्यादा लोग अशिक्षित हैं। अमर्त्य सेन के अनुसार भारत, "दुनिया के सबसे ज़्यादा अशिक्षित हिस्सों में से एक बनने के ख़तरे में है।" भारत में **25** मिलियन बच्चे स्कूल नहीं जाते हैं, जो कि स्कूल न जाने वाले दुनिया के **104** मिलियन बच्चों का लगभग एक चौथाई है। भारत के **64** फ़ीसदी बच्चे कुपोषण के शिकार हैं।

चीन हर साल अपनी एक फ़ीसदी आबादी को कृषि क्षेत्र से बाहर निकालता है और उन्हें निर्माण और मेन्युफ़ैक्चरिंग के क्षेत्र में लगा देता है। इस तरह से बड़े स्तर पर नौकरियों के अवसर पैदा करने का काम श्रम बाजार के लचीलेपन और निवेश पर नियंत्रण के कारण भारत में नहीं हो सका है। भारत में ग़रीबी दर चीन की **11** फ़ीसदी की तुलना में **26** फ़ीसदी है। भारत में ग़रीबों की कुल संख्या अभी भी **260** मिलियन से ज़्यादा है—**193** ग्रामीण भारत में और **67** मिलियन शहरी भारत में। मानव विकास में सीमित प्रगति के कारण भारत की बड़ी आबादी लाभ की जगह जिम्मेदारी बन सकती है। भारत की वर्तमान जनसंख्या वृद्धि दर पर हर साल **16** मिलियन भारतीय और जुड़ते हैं, **2016** तक यह संख्या **18** मिलियन प्रति वर्ष के लगभग हो जाएगी। **2035** तक भारत की जनसंख्या चीन से ज़्यादा हो जाने की उम्मीद है, जबकि दोनों देशों की जनसंख्या करीब **1.5** खरब होगी।

भारत की जनसंख्या को स्थिर करने में नाकामी का भारत की भावी अर्थव्यवस्था पर

महत्वपूर्ण प्रभाव होगा। भारत और चीन के सकल घरेलू उत्पाद की वृद्धि बनाम विक्रय शक्ति में तुलना प्रति व्यक्ति आय पर जनसंख्या वृद्धि का प्रभाव दर्शाती है। प्रति व्यक्ति विक्रय शक्ति के अनुसार आंकने पर 1980 के दशक के अंत में चीन और भारत एक ही स्तर पर थे। 1990 में, दोनों अर्थव्यवस्थाओं ने विकास में उछाल देखी। इकोनॉमिस्ट ने लिखा है कि 1991 से 2003 के बीच भारत का वास्तविक सकल घरेलू उत्पाद 5.8 फ़ीसदी प्रति वर्ष बढ़ा। चीन का सकल घरेलू उत्पाद 1991 से 2003 के बीच 9.7 फ़ीसदी प्रति वर्ष बढ़ा। मगर प्रति व्यक्ति सकल घरेलू उत्पाद आर्थिक वृद्धि से ज़्यादा तेजी से हटा। चीन का प्रति व्यक्ति सकल घरेलू उत्पाद 1990 से 2003 के बीच औसतन 8.5 फ़ीसदी बढ़ा, जबकि भारत का 4 फ़ीसदी ही बढ़ा। नतीजतन, प्रति व्यक्ति सकल घरेलू उत्पाद का समायोजन करने पर चीन 1990 से 2003 के बीच भारत के मुकाबले 70 फ़ीसदी समृद्ध हुआ। 2003 में चीन की प्रति व्यक्ति राष्ट्रीय आय भारत की 530 डॉलर की तुलना में 1100 डॉलर थी, यह एक दशक में प्राप्त किया अच्छा-ख़ासा अंतर था। जनसंख्या वृद्धि की वर्तमान दर पर भारत 2016 तक वार्षिक 9 फ़ीसदी की सकल घरेलू उत्पाद दर से इंडोनेशिया की 2004 की प्रति व्यक्ति आय के 980 डॉलर के स्तर तक पहुंच सकेगा।

आज उच्च जनसंख्या घनत्व ने शहरी क्षेत्रों में सिस्टम और इंफ्रास्ट्रक्चर पर अतिरिक्त भार डाल दिया है। आज भारत की 25 फ़ीसदी से अधिक शहरी आबादी बिना सेनिटेशन के रहती है, और 24 फ़ीसदी को नलों में पानी उपलब्ध नहीं है। भारत के बड़े शहरों की आबादी 2015 तक औसतन 25 फ़ीसदी बढ़ने का अनुमान है। दुनिया के सबसे ज़्यादा घने बसे शहरों में से एक मुंबई की आबादी 2015 तक आज के 1.8 करोड़ लोगों से बढ़कर 2.6 करोड़ हो जाने का अनुमान है। 2030 तक भारत की 72 फ़ीसदी आबादी शहरीकृत होगी। ऐसा अनुमान है कि अतिरिक्त आबादी के कारण बढ़ी आवासीय मांग को पूरा करने के लिए भारत को प्रति वर्ष शहरी क्षेत्रों में 36 लाख आवासीय इकाइयों का निर्माण करना होगा। सिर्फ़ भारत की जनसंख्या में वार्षिक बढ़ोत्तरी के लिए ही प्रति वर्ष अनुमानत: 66,000 नए प्राथमिक स्कूल और 3000 नए स्वास्थ्य केंद्र खोलने होंगे। अतिरिक्त जनसंख्या की भोजन की आवश्यकताएं पूरी करने के लिए भारत को प्रति वर्ष 3 फ़ीसदी खाद्य उत्पादन बढ़ाना होगा।

आज की जनसंख्या वृद्धि भारत की भविष्य की जनसांख्यिकी पर महत्वपूर्ण असर डालेगी। 2003 में भारत की आठ फ़ीसदी से कम जनसंख्या साठ साल से अधिक की थी। मगर, 2050 तक 26 फ़ीसदी से ज़्यादा लोग रिटायरमेंट की उम्र पर पहुंच जाएंगे। भारत की कामकाजी जनसंख्या और दूसरों पर निर्भर लोगों का अनुपात गिरकर 0.9 रह जाएगा। नतीजतन, बुजुर्ग होती आबादी का भारत की अर्थव्यवस्था पर भार उल्लेखनीय रूप से बढ़ जाएगा।

जनसंख्या के बढ़ने का भारत के संसाधनों पर भी जबरदस्त असर पड़ेगा। विश्व बैंक

के अनुसार संसाधनों के क्षय की कीमत भारतीय अर्थव्यवस्था को सकल घरेलू उत्पाद की 4.5 फ़ीसदी वार्षिक पड़ेगी। जबरन कब्जे और अति-उत्पादन के कारण चरागाह जैसी आम संपत्ति 25 फ़ीसदी कम हो गई है। भारत में जल स्तर प्रति वर्ष छह फुट के औसत से गिर रहा है। कहा जा रहा है कि 2025 तक भारत जल की कमी का शिकार हो जाएगा। भारत की 32.9 करोड़ हेक्टेयर की अनुमानत: आधी मिट्टी का क्षय हो चुका है। अगर धरती का वर्तमान वार्षिक क्षय जारी रहा तो 200 साल के भीतर भारत की समस्त उपजाऊ भूमि रेगिस्तान में तब्दील हो जाएगी। भारत के संसाधनों पर भविष्य की खपत के निहितार्थ बहुत महत्वपूर्ण हैं। आज भारत का प्रति व्यक्ति खपत स्तर यूरोप की खपत का बीसवां भाग है। मगर, आर्थिक विकास के साथ, लगभग 3 करोड़ लोग हर साल भारत के मध्य वर्ग में शामिल हो रहे हैं। भारतीय घरों में खपत व्यय 2008 तक दोगुना होकर 510 खरब डॉलर होने का अनुमान है।

अर्थशास्त्री स्टुअर्ट हार्ट के शब्दों में भारत 'उत्तरजीवी अर्थव्यवस्था' से 'खपत व्यवस्था' में परिवर्तित होने के दौर में है। भारत के संसाधनों पर इसकी जनसंख्या की मांग, नतीजतन, महत्वपूर्ण रूप से बढ़ जाएगी। मिसाल के लिए चीन की खपत मांग आर्थिक वृद्धि के बराबर ही है। चीन ने 2003 से हर साल अपनी सड़कों पर 11,000 नई कारें उतरती देखी हैं। 2004 में, चीन में अल्युमीनियम की विश्व खपत का 20 प्रतिशत, इस्पात और कोयले की विश्व मांग का 35 प्रतिशत, और सीमेंट की विश्व भर की ख़रीद का 45 फ़ीसदी इस्तेमाल हुआ। वास्तव में, पिछले तीन साल में इकोनॉमिस्ट के वस्तु-मूल्य सूचकांक में 50 फ़ीसदी बढ़ोत्तरी के लिए चीन की मांग ही मुख्य रूप से जिम्मेदार है।

भविष्य में भारतीय और चीनी लोगों की ऊर्जा की मांग विश्व संसाधनों पर बड़ा भारी बंधन बनाएगी। 2004 में तेल के दाम बढ़ने की एक मुख्य वजह चीन की वर्तमान 10 लाख बैरल तेल प्रतिदिन की मांग को माना गया है। गोल्डमैन सैक्स का अनुमान है कि पंद्रह साल के भीतर विश्व में तेल की मांग में भारत की भागीदारी चीन को पीछे छोड़ देगी। इससे संबंधित पर्यावरणीय दबाव अप्रत्याशित होंगे। अंतरराष्ट्रीय ऊर्जा एजेंसी के मुताबिक, 2010 तक विश्व के कुल कार्बन डाई ऑक्साइड उत्सर्जन का एक चौथाई चीन और भारत पैदा करेंगे।

चीन में आर्थिक विकास के पर्यावरणीय प्रभाव पहले ही उल्लेखनीय हैं। विश्व बैंक का अनुमान है कि पर्यावरणीय और संसाधन क्षय चीन को अपने सकल घरेलू उत्पाद का 12 फ़ीसदी वार्षिक पड़ता है। सात करोड़ 'पर्यावरणीय शरणार्थी'—मिट्टी के क्षय और सूखे के कारण ग्रामीण क्षेत्रों को छोड़ने वाले लोग—चीन के शहरों में अनियमित मजदूर हैं। 2003 में पानी की कमी से चीन को औद्योगिक उत्पादन में कमी से 28 अरब डॉलर का नुक़्सान हुआ; एसिड बरसात से अर्थव्यवस्था पर 13 खरब डॉलर का भार पड़ा; और बंजर होती भूमि ने 6 खरब का बोझ डाला।

तेजी से होते पर्यावरणीय क्षय और संसाधनों के कम होते रहने की वजह से उभरती अर्थव्यवस्थाओं का तीव्र विकास जारी नहीं रह सकता। यूरोप और अमेरिका की अर्थ व्यवस्था के उपभोग के मॉडल का भारत और चीन के संसाधनों और पर्यावरण पर अपरिवर्तनीय प्रभाव पड़ेगा। नतीजतन, आज भारत के लिए दुधारी चुनौती है: जनसंख्या वृद्धि का स्थिर किया जाए; और 'टिकाऊ अर्थव्यवस्था' से आर्थिक वृद्धि को जोड़ा जाए।

2045 तक भारत की जनसंख्या को 1.7 खरब पर स्थिर करने के लिए भारत को 2010 तक वृद्धि के प्रतिस्थापन्न स्तर को पाना होगा—2.1 बनाम वर्तमान 3.3 की प्रजनन दर। मेरा विश्वास है कि यह किया जा सकता है। "अति-जनसंख्या की महामारी को हमारे खोजे हुए उपायों और हमारे पास पहले से उपलब्ध संसाधनों के द्वारा हल किया जा सकता है," मार्टिन लूथर किंग जूनियर ने कहा था। भारत की जनसंख्या वृद्धि दर को कम करने के प्रयासों को लघु और दीर्घ अवधि के लक्ष्यों के मेल में लागू करना चाहिए—लघु अवधि में जन्म दर को जबरदस्त ढंग से कम करके, और प्रजनन दर को कम करने के लिए दीर्घ अवधि की नीतियों को लागू करके। भारत की परिवार नियोजन नीति जन्म दर को नियंत्रित करने में अब तक आंशिक रूप से ही सफल रही है।

राज्य स्तर पर परिवार नियोजन कार्यक्रम लागू करने में असफलता हाथ लगी है। मिसाल के लिए उत्तरप्रदेश में गर्भनिरोध की अपूर्ण मांग लगभग 20 फ़ीसदी है। भारत के परिवार नियोजन कार्यक्रमों की प्रभाविता के बारे में बहुत कम विश्लेषण हुआ है। उदाहरण के लिए हरियाणा ने प्रोत्साहन आधारित जनसंख्या कार्यक्रम लागू किए, मगर राज्य की प्रजनन दर अभी भी राष्ट्रीय औसत से ज़्यादा बनी हुई है। बेहतर क्रियान्वयन के लिए स्थानीय सरकारी तंत्र और ग़ैर सरकारी संगठनों से परामर्श करना और ज़्यादा प्रभावकारी कार्यक्रम बनाने चाहिए। परिवार नियोजन कार्यक्रमों के स्थानीकरण से भी स्थानीय जनसंख्या की विशिष्ट आवश्यकताओं को पूरा करने में मदद मिलेगी और ज़्यादा जवाबदेही बनेगी।

गर्भनिरोध के विभिन्न साधनों के बारे में परिवारों को शिक्षित करने के लिए सरकार को सूचना प्रबंधन कार्यक्रमों का नेटवर्क बनाने पर ध्यान केंद्रित करना चाहिए। परिवार नियोजन में महिलाओं की भागीदारी और उन्हें शिक्षित करना भी परिवार में गर्भनिरोधकों का इस्तेमाल बढ़ाने में महत्वपूर्ण होगा। वास्तविक प्रगति को आंकने के लिए लघु अवधि के, राज्य स्तर के क्रियान्वयन लक्ष्य आवश्यक हैं। परिवार नियोजन नीति को लंबी अवधि के लक्ष्यों पर भी ध्यान देना चाहिए। लंबी अवधि में, मानव विकास—साक्षरता दर और स्त्री एवं बाल स्वास्थ्य में सुधार—पर ध्यान देने से प्रजनन दर और जनसंख्या वृद्धि में कमी आएगी। भारत के सबसे ग़रीब और अशिक्षित राज्यों—उत्तर प्रदेश, बिहार, राजस्थान और मध्य प्रदेश—में ही प्रजनन दर सबसे ज़्यादा 4.3 फ़ीसदी है।

मगर जनसंख्या वृद्धि में कमी दक्षिणी राज्यों केरल, तमिलनाडु, कर्नाटक और आंध्र

प्रदेश में आई है। आज इन राज्यों में प्रजनन दर 2.1 के प्रतिस्थापन्न स्तर के बराबर या जरा सी ऊंची ही है। यहां राज्य सरकारों ने मानव विकास पर ध्यान दिया है, स्थानीय

अर्थव्यवस्थाएं शुरू की हैं, और उत्तर की अपेक्षा सामाजिक सेवाओं को तेजी से सुधारा है।

इन राज्यों में बढ़ती महिला साक्षरता ने भी परिवार योजना की सफलता में योगदान दिया है। अर्थशास्त्री बेन वाटेनबर्ग ने दिखाया है कि दुनिया भर में कम होती महिला निरक्षरता और घटती प्रजनन दर में संबंध लगभग बराबर है। स्त्री एवं बाल स्वास्थ्य पर ध्यान देने ने भी जनसंख्या नियंत्रण में मदद की है। मातृ एवं शिशु मृत्यु दर में कमी आने ने भी प्रजनन दर को कम किया है। आज केरल में, मातृ मृत्यु दर प्रति 1000 पर 30 है, जबकि मध्य प्रदेश में यह 200 है। स्पष्ट है, मानव विकास और जनसंख्या वृद्धि में कमी साथ-साथ चलते हैं। मानव पूंजी को भरपूर बनाने के लिए हमें मुख्य संसाधनों तक पहुंच बनाकर लोगों को सशक्त करना होगा। "विकास का दृढ़तम सिद्धांत मानव चुनाव में है," जॉर्ज इलियट ने कहा था। लोगों को रोजगार के चुनाव तय करने के लिए दक्षताएं और संसाधन दिए जाने चाहिए। इसका मतलब है स्वास्थ्य एवं शिक्षा संसाधनों तक पहुंच बनाना, इंफ्रास्ट्रक्चर तक बेहतर पहुंच, और रोजगार के अवसर।

भारत अस्थिर आर्थिक एवं जनसंख्या वृद्धि के निहितार्थो को नजरअंदाज नहीं कर सकता। आज, हमें दृढ़, प्रभावी लीडर चाहिए जो बदलाव की अत्यावश्यकता को सामने लाएं। बदलाव की दिशा में पहला कदम जागरूकता होगा। भारत की जनसंख्या वृद्धि के निहितार्थों पर; हमारी जनसंख्या नीति की सफलताओं-असफलताओं पर; और स्थिरता की आवश्यकता पर नेताओं को सार्वजनिक बहस को बढ़ावा देना चाहिए। नेताओं और नीति-निर्माताओं को जनसंख्या को स्थिर करने और स्थायित्व प्राप्त करने के उपाय खोजने की दिशा में शोध को प्रेरित करना चाहिए। स्थायित्व पर भारत का फ़ोकस जनसंख्या पर नियंत्रण पाने के लिए बने अलग-अलग प्रोजेक्टों से हटकर जनसंख्या वृद्धि को रोकने के व्यापक लक्ष्य वाली दीर्घ अवधि के हलों, संसाधनों के संरक्षण और स्वच्छ तकनीक की खोज पर होना चाहिए।

जनसंख्या विशेषज्ञ पॉल एलि्रक और बैरी कॉमनर ने विश्लेषण किया कि किसी जनसंख्या का पर्यावरण और संसाधनों पर बोझ बनना तीन कामों की वजह से होता है: खपत, जनसंख्या का आकार और तकनीक। परिणामस्वरूप, जब जनसंख्या का आकार और खपत स्तर ज़्यादा होते हैं, तो संसाधनों पर बोझ कम करने और स्थायित्व लाने की कुंजी तकनीक में नई खोजें करना है। भारत के पास अवसर है कि पुरानी, अक्षम तकनीक को छोड़कर नए, टिकाऊ हलों पर फ़ोकस करे—ज़्यादा सक्षम यातायात और सेनिटेशन प्रणाली, स्वच्छ-ईधन वाले वाहन, मेन्युफ़ैक्चरिंग में बेहतर उत्पाद और प्रोसेस तकनीकें, और खादों के इस्तेमाल की जगह फ़सलों की बायोइंजीनियरिंग।

सरकार को संरक्षण-अनुकूल नीतियों पर ध्यान देना चाहिए। मिसाल के लिए, पारंपरिक ईंधन पर सब्सिडियों ने अक्षय ऊर्जा स्रोतों के लिए प्रतियोगिता में बने रहना मुश्किल कर दिया है, और इन्हें कम से कम अमीर और मध्य वर्ग के लोगों के लिए हटा देना चाहिए। समान दर पर बिजली देने से ग्राउंडवाटर की अतिशय पंपिंग होती है, इसे भी ख़त्म करना चाहिए। सरकार भारतीय उद्योग को पर्यावरण की दृष्टि से जिम्मेदार बनाने के लिए नियंत्रक की प्रमुख भूमिका निभा सकती है।

एक देश के रूप में हमारे सामने महत्वपूर्ण सामाजिक और आर्थिक चुनौतियां हैं। हमारे सामने असाधारण समस्याएं हैं, जिन्हें नए, नवीन हलों की आवश्यकता है। हम महान प्रतिभा का राष्ट्र हैं। मेरा विश्वास है कि हममें इन चुनौतियों का सामना करने की क्षमता और इस प्रक्रिया में अपने देश का रूपांतरण करने का अवसर है।

□

आधुनिक भारत में शहरी योजना के उपाय

1971 में, आजादी के बाद के भारत के एक प्रमुख नीति निर्माता परमेश्वर नारायण हक्सर ने इंदिरा गांधी के राजनीतिक प्रचार की रूपरेखा बनाई और 'ग़रीबी हटाओ' का सशक्त नारा दिया, जो कि 30 करोड़ ग़रीब भारतीयों की ओर से ग़रीबी के ख़िलाफ़ रणभेरी थी। हम 'ग़रीबी हटाओ' को बस एक ही तरीके से लागू कर सकते हैं, और वह है अपने शहरी क्षेत्रों में सुधार लाकर, क्योंकि शहरों को किसी भी आर्थिक वृद्धि की मुख्य चोट सहनी पड़ती है।

1956 में ग़रीबी मुक्त भारत के सपने की जो रूपरेखा सरकार ने बनाई थी कि पच्चीस साल में (1981 तक) पूर्ण रोजगार होगा, वह अभी भी हमसे दूर है। आज, 26 करोड़ से अधिक भारतीय ग़रीबी रेखा से नीचे हैं। देश में 39 करोड़ लोग अशिक्षित हैं—जो कि दुनिया में अशिक्षितों का सबसे बड़ा जमावड़ा है। भारत में बेरोजगारी 10 फ़ीसदी से ज़्यादा आंकी गई है। विशेषज्ञों का मानना है कि भारत को अगले पांच साल तक प्रति वर्ष एक करोड़ नौकरियां पैदा करनी होंगी, ताकि वर्तमान बेरोजगारी दर को बनाए रखा जा सके। फिर भी हम 10 लाख से भी कम नई नौकरियां पैदा कर पा रहे हैं। हमारी आर्थिक वृद्धि इतनी सुदृढ़ नहीं रही है कि नौकरियों के अवसर पैदा करने में स्थायित्व सुनिश्चित कर सके और व्यापाक आधार वाले, सबके लिए समान विकास को सुगम बनाए। मेरा मानना है भारत की विशाल आर्थिक सक्षमता को सामने लाने, और तीव्रगामी, टिकाऊ आर्थिक वृद्धि का निर्माण करने की कुंजी हमारे शहरों में निहित है। इसीलिए आधुनिक भारत के लिए शहरीकरण और शहरी योजना सर्वाधिक महत्व का विषय हैं।

आज, हम दुनिया भर की विकासशील और विकसित अर्थव्यवस्थाओं में तीव्र गति से शहरीकरण होते देख रहे हैं। विश्व भर में हर साल, करीब सात करोड़ लोग शहरों की ओर पलायन कर रहे हैं। शहरीकरण की दर भारत और चीन जैसे तेजी से बढ़ती, विकासशील अर्थव्यवस्थाओं में ख़ासकर उल्लेखनीय है। यह दिलचस्प बात है कि 1950 में अमेरिका में चीन या भारत की अपेक्षा पचास फ़ीसदी ज़्यादा शहरी नागरिक थे। 2000 तक, चीन

पी. एन. हक्सर स्मृति व्याख्यान, नई दिल्ली, 18 फ़रवरी, 2006

में अमेरिका से दोगुने और भारत में **25** फ़ीसदी अधिक शहरी निवासी हो गए थे।

1991 के सुधारों के बाद से भारतीय अर्थव्यवस्था छह फ़ीसदी वार्षिक की दर से बढ़ी है, और तेजी से ग्रामीण से अर्ध-शहरी अर्थव्यवस्था में बदलती जा रही है। भारत की **30** फ़ीसदी से ज़्यादा वर्तमान आबादी शहरी है। **2001** तक, **30** करोड़ भारतीय देश के लगभग **3700** शहरों और कस्बों में रह रहे थे। **1991** से **2003** के बीच **10** लाख से ज़्यादा आबादी वाले भारतीय शहरों की संख्या तैंतीस से पैंतीस के बीच बढ़ी थी। ग्रामीण-शहरी पलायन और आंतरिक वृद्धि के गठजोड़ से भारतीय कस्बों और शहरों ने **4-5** फ़ीसदी के औसत पर वार्षिक जनसंख्या वृद्धि दर दर्ज की है। इस प्रकार, भारत की शहरी आबादी हर चौदह से अठारह साल में दोगुनी हो जाती है।

अर्थशास्त्री स्टैन्ले डी. ब्रन और जैक फ्रांसिस विलियम्स ने "आर्थिक विकास के स्वाभाविक परिणाम" के रूप में शहरीकरण की व्याख्या की। उन्होंने कहा कि किसी देश के शहर उसके आर्थिक विकास के मोर्चे पर होते हैं। बड़े स्तर पर अर्थव्यवस्थाओं और लोगों के जमावड़े के जरिए शहरी केंद्र भूमि, श्रम और पूंजी पर बढ़े हुए लाभ प्रदान करते हैं। इस प्रकार शहर पूंजी और श्रम के लिए आकर्षण का बिंदु बन जाते हैं, क्योंकि व्यापार और व्यक्ति उच्चतर दक्षता और उत्पादकता का लाभ उठाने के लिए शहरी क्षेत्रों में बस जाते हैं। इस तरह बचत, निवेश और पूंजी शहरों में सीमित हो जाती है। स्पष्ट है, शहर देश की आर्थिक गतिविधियों के लिए 'संचय का रंगमंच' होते हैं। संयुक्त राष्ट्र का अनुमान है कि एक अर्थव्यवस्था में शहरों का प्रति व्यक्ति उत्पादन, औसतन, सकल घरेलू उत्पाद के संपूर्ण प्रति व्यक्ति उत्पादन से दस फ़ीसदी ज़्यादा होता है। भारत जैसे देश में तो यह और भी ज़्यादा है।

संपूर्ण आर्थिक वृद्धि में भारत की शहरी अर्थव्यवस्था का योगदान उल्लेखनीय है। सकल घरेलू उत्पाद में शहरी योगदान **1960** के **30** फ़ीसदी से बढ़कर **2003** में **70** फ़ीसदी हो गया। जैसा कि अर्थशास्त्री डेविड मैकक्की बताते हैं, शहरी क्षेत्र स्पष्ट रूप से राष्ट्रीय अर्थव्यवस्थाओं की मजबूतियों को स्थान देते हैं, और नतीजतन, "शहर की सक्षमता को नुक़्सान पहुंचाने वाली कोई भी चीज राष्ट्रीय अर्थव्यवस्थाओं की सक्षमता को अवरुद्ध करती है।" इसलिए शहरी योजना के उपाय आवश्यक है, ताकि आर्थिक वृद्धि में स्थायित्व को सुनिश्चित किया जा सके, और भूमि, आवास और रोजगार के अवसरों की प्रभावी आपूर्ति के जरिए शहरीकरण की गति का प्रबंधन किया जा सके।

दुर्भाग्य से, भारत में शहरी योजना को पर्याप्त प्राथमिकता नहीं दी गई है। भारत के कस्बों और शहरों का विस्तार बिना किसी योजना के और बेतरतीब हुआ है। नतीजतन, शहरी भारत को संसाधनों और सेवाओं की बढ़ती मांग के साथ तालमेल बिठाने में ख़ासी दिक़्क़तें पेश आ रही हैं। शहरों में स्वच्छ पानी की मांग आपूर्ति से औसतन **30** फ़ीसदी बढ़ गई है। पानी में गिरावट ने स्वास्थ्य मूल्यों को बढ़ा दिया है। शहरी कचरा प्रबंधन

प्रणालियों पर जरूरत से ज़्यादा बोझ है, जिसका सार्वजनिक स्वास्थ्य पर गहरा असर पड़ता है। शहरी क्षेत्रों में रोज जमा होने वाले ठोस कचरे के **40** फ़ीसदी से अधिक उठाया नहीं जाता है। भारत के शहरों और कस्बों में मकानों की कमी लगभग दो करोड़ बीस लाख तक आंकी गई है। भारत के शहरों की लगभग **22** फ़ीसदी जनसंख्या झुग्गी-झोपड़ियों में रहती है। शहरी जनसंख्या का **25** फ़ीसदी ग़रीबी रेखा से नीचे है। भारतीय शहरों में यातायात में बढ़ोत्तरी चिंताजनक आयामों तक पहुंच चुकी है। भारत में वाहनों की संख्या **1960** के तीन लाख से सौ गुना बढ़कर **2004** में तीन करोड़ पहुंच गई थी, जबकि इसी समयावधि में सड़कों का नेटवर्क मात्र आठ गुना बढ़ा था—चार लाख किमी से मात्र तैंतीस लाख किमी।

ग्रामीण क्षेत्रों में न्यूनतम इंफ़्रास्ट्रक्चर तक की कमी के कारण, उद्योगों, रोजगार के अवसरों और निवेश को ग्रामीण अंचलों में मोड़ने के सरकारी प्रयासों के असफल रहने से स्थिति और बिगड़ी ही है। उदाहरण के लिए, **40** फ़ीसदी ग्रामीण इलाकों में हर मौसम में सड़क द्वारा पहुंचने की सुविधा नहीं है। भारत के लगभग **28** फ़ीसदी गांवों में प्राइमरी स्कूल नहीं हैं। **54** फ़ीसदी गांव निकटतम स्वास्थ्य केंद्र से पांच किलोमीटर से ज़्यादा दूर हैं। नतीजतन, यद्यपि भारत की शहरी अर्थव्यवस्था पिछले दशक में **7.3** फ़ीसदी के औसत से बढ़ी है, मगर ग्रामीण अर्थव्यवस्था मात्र **1.9** फ़ीसदी के औसत से बढ़ी थी। इसलिए, सकल घरेलू उत्पाद में ग्रामीण श्रमिकों का योगदान, शहरी अर्थव्यवस्था में श्रमिकों के योगदान से **20** फ़ीसदी कम है। भारत में औसत शहरी आय औसत ग्रामीण आय से दोगुनी है।

स्पष्ट है, अपने शहरों की योजना और प्रबंधन में हमें तुरंत और क्रांतिकारी सुधारों की आवश्यकता है। प्रभावी शहरी योजना, जैसा कि विश्व बैंक ने परिभाषित किया है, "एक प्रतियोगी, सुशासित शहरी वातावरण बनाती है। यह अपने सभी निवासियों को सम्मानजनक जिंदगी और समान अवसर देकर शहरों को जीने योग्य बनाती है।"

जीने योग्य और समान अवसर देने वाले शहरों और कस्बों की योजना बनाने के लिए शहरी योजना-निर्माताओं को अपने काम की जटिलता को समझना होगा। समय की मांग है कि भारत के शहरों की योजना बनाने में दो आयामी दृष्टिकोण को अपनाना चाहिए। पहला, योजना को शहरी इंफ़्रास्ट्रक्चर की मौजूदा, पुरानी कमियों से निबटना चाहिए। इसे शहरी नागरिकों के लिए आवास, शिक्षा, अस्पताल, व्यापारिक गतिविधियों, यातायात और सपोर्ट इंफ़्रास्ट्रक्चर जैसे कम लागत के और सुलभ इंफ़्रास्ट्रक्चर प्रदान करने चाहिए। इसे क्षमता निर्माण के लिए प्रभावी उपाय सम्मिलित करने चाहिए, और शहरी विकास के साथ सेवाओं और इंफ़्रास्ट्रक्चर के विस्तार को संयोजित करना चाहिए।

जीने योग्य शहरी वातावरण बनाने के लिए भूमि का दक्ष उपयोग और स्थान योजना आवश्यक है। भारत के प्राचीन भूमि नियमन और संपत्ति कर प्रणाली का नतीजा भूमि का

अत्यंत अनुपयुक्त इस्तेमाल रहा। उदाहरण के लिए, भारत का शहरी भूमि सीलिंग अधिनियम और फ़्लोर स्पेस इंडेक्स (एफ़एसआई) प्रतिबंधों ने भूमि विकास में अत्यंत कम घनत्व बनाया है। इसके अतिरिक्त, किराया नियंत्रण और जटिल मालिकाना नियमन ने भी भूमि के प्रभावी पुनरुपयोग और पुनर्विकास को रोक दिया। नतीजतन आज दूसरे एशियाई शहरों के 5 से 15 के औसत की तुलना में शहरी भारत में एफ़एसआई का औसत 1.6 से कम है। ऐसे निम्न एफ़एसआई का नतीजा यातायात के लिए ऊर्जा के ज़्यादा क्षय के रूप में दिखा और इसकी वजह से प्रदूषण का स्तर भी बढ़ा। भूमि के इस तरह के अक्षम इस्तेमाल ने भूमि की कृत्रिम कमी पैदा कर दी, और इसने भारतीय शहरों में कार्यालयी स्थान और मकानों की कीमतों में बेतहाशा वृद्धि कर दी। मैकिंसी के अनुसार, भारत में औसत शहरी आय की तुलना में संपत्ति का औसत मूल्य एशिया में सबसे ज़्यादा है।

शहरी झुग्गी बस्तियों में तेजी से हुई बढ़ोत्तरी ने भी मकानों की कीमतों के पहुंच से बाहर जाने में योगदान दिया है। भारत की शहरी झुग्गी आबादी प्रति वर्ष 9-10 फ़ीसदी बढ़ रही है। शहरों में पलायन और आवास-विकास की वर्तमान दर पर, 2030 तक भारत की 35 फ़ीसदी शहरी जनता को झुग्गियों में रहने पर मजबूर होना पड़ेगा। जैसा कि

अर्थशास्त्री माइकल लीफ़ लिखते हैं, हमारी शहरी नीतियों ने "विविधता और ग़रीबी के समुद्र में सादृश्यता और दौलत के टापू" बना दिए हैं।

समान, स्थायी शहरी विकास के लिए हमें बहुमंजिला और उच्च घनत्व वाले शहरों को बढ़ावा देना चाहिए। शहरी एफ़एसआई की बंदिशों में ढील देनी चाहिए। एफ़एसआई को सैंट्रल बिजनेस डिस्ट्रिक्ट्स (सीबीडी, केंद्रीय व्यापारिक जिले) में उल्लेखनीय रूप से बढ़ाना चाहिए ताकि कार्यालयों के लिए स्थान सामर्थ्य में आ सके और इन क्षेत्रों को छोटे और मझोले व्यापारों के व्यापारों के लिए सुलभ करवाना चाहिए। भूमि बाजारों में हमें 'नियंत्रण' के रवैये को 'सक्षमकारी' रवैये से बदलना चाहिए। भूमि और आवास बाजारों को नियंत्रण रहित करना चाहिए। कर-संग्रह में सुधार लाने के लिए संपत्ति कर प्रणालियां किराए की अपेक्षा भूमि के मूल्य पर आधारित होनी चाहिए। मौजूदा संपत्ति विवादों को जल्दी सुलझाने के लिए न्यायाधिकरण से परे एक एजेंसी बनानी चाहिए।

योजना को भारतीय शहरों में कम लागत के आवासों की कमी को समुचित रूप से सुलझाना चाहिए। ऐसा अनुमान है कि शहरी आवास की वार्षिक वृद्धि की मांग को पूरा करने मात्र के लिए भारत को साल में 36 लाख आवासीय इकाइयों का निर्माण करना होगा। कम लागत के आवासीय कार्यक्रम का एक सफल उदाहरण स्वीडन का 'मिलियन प्रोग्राम' है, जिसे स्वीडिश सरकार ने 1964 और 1974 के बीच प्राइवेट डेवलपर्स के साथ साझेदारी में क्रियान्वित किया था। दस साल की अवधि में ही, इस कार्यक्रम ने ग़रीबों के लिए दस लाख कम कीमत के आवास बनाए। मकान सस्ती ट्राम व्यवस्था द्वारा शहर से भली-भांति जुड़े थे, और स्कूल, अस्पताल और मनोरंजन सुविधाओं जैसे इंफ़्रास्ट्रक्चर

उपलब्ध करवाते थे।

शहरों में प्राइवेट डेवलपर्स को कर में रियायत जैसे प्रोत्साहन दिए जा सकते हैं ताकि वे अपनी विकास योजनाओं में निम्न आय वर्ग के लिए मकानों को शामिल करें। सामाजिक आवास के लिए सार्वजनिक भूमि और परित्यक्त जगहों के पुनः प्रयोग से ऐसी परियोजनाओं के लिए भूमि की उपलब्धता बढ़ेगी। यह नीति ग़ैर-प्रचलित नहीं है—न्यूयॉर्क और कारकास में भी परित्यक्त इमारतों को सुधारकर निम्न आय वर्ग के परिवारों के लिए आवास उपलब्ध करवाए गए हैं।

भारत की शहरी नीति की एक बड़ी कमी इसके भूमि के खंड-विभाजन के नियम हैं। ये नियम शहरों को 'व्यापारिक' और 'आवासीय' खंडों में बांटना अनिवार्य करते हैं। मगर ये खंड-विभाजन के नियम **1950** से पूर्व के ब्रिटिश शहर योजना मॉडलों से लिए गए थे, और इनका मकसद प्रदूषण फैलाने वाले उद्योगों को आवासीय क्षेत्रों से अलग करना था। आज, ऐसे नियमों ने प्रदूषण न फैलाने वाली व्यावसायिक भूमि के प्रयोग के अवसर को भी सीमित कर दिया है, जो आर्थिक अवसरों में वद्धि और शहरी जीवन की गुणवत्ता में बढ़ोत्तरी कर सकती थी। आधुनिक योजना मॉडल जैसे कि स्मार्ट वृद्धि शहरी योजना मॉडल 'मिश्रित भूमि प्रयोग' प्रणाली की राय देता है। ऐसी प्रणाली रोजगार के अवसरों के आसपास व्यावसायिक और आवासीय दोनों तरह की इमारतों के योजनाबद्ध निर्माण की अनुमति देती है। ऐसा निर्माण सपोर्ट इंफ़्रास्ट्रक्चर के विकास और स्कूल एवं अस्पतालों में बढ़ोत्तरी के साथ भी समायोजित होता है। इस प्रकार, आवास, व्यावसायिक गतिविधि, यातायात और सपोर्ट इंफ़्रास्ट्रक्चर एक एकीकृत, 'समग्र' तरीके में विकसित होते हैं।

आज शहरी क्षेत्रों में सड़क यातायात में बढ़ोत्तरी एक चिंताजनक मुद्दा है। अनुमान है कि शहरों में सड़कों की भीड़भाड़ सड़क यातायात की सक्षमता को **50** फ़ीसदी कम कर देती है। हमारे देश में व्यापक शहरी यातायात प्रणालियों के विकास में बहुत कम प्रगति हुई है। सबर्बन रेल यातायात सिस्टम भारत के **10** लाख से अधिक की आबादी वाले पैंतीस में से मात्र चार शहरों में उपलब्ध है। समर्पित नगर बस सेवा बस सत्रह शहरों में कार्यशील है।

प्रभावी यातायात प्रणाली शहरी क्षेत्रों में आर्थिक विकास की रीढ़ है। जैसा कि अर्थ शास्त्री पॉल क्रुगमैन ने इंगित किया है, कमजोर शहरी यातायात प्रणाली आर्थिक वृद्धि को अवरुद्ध करती है क्योंकि वह "शहरी समूहीकरण को सीमित करती है, और बड़े पैमाने पर श्रम की गतिशीलता और अर्थव्यवस्थाओं को कम करती हैं।" दुर्भाग्य से भारत में श्रेष्ठ शहरी यातायात प्रणालियां बनाने पर बहुत कम ध्यान दिया गया है। शहरी यातायात प्रणालियों को विशेषकर छह मुख्य क्षेत्रों पर ध्यान देना चाहिए: दक्षता; सुरक्षा; शहरी सौंदर्यशीलता; वित्तीय व्यवहार्यता; और वहनीयता। शहरों को अनेक विकल्पों का प्रयोग करते हुए शहरी यातायात प्रणाली को लागू करना चाहिए। सड़क क्षमता को बढ़ाना

चाहिए। मेट्रो रेल, लाइट रेल, मोनो रेल और बस सेवाओं का प्रयोग करके जन यातायात प्रणालियों के विकास में गति लानी होगी।

समानांतर सर्विस मार्गों और प्राथमिक बस और टैक्सी लेनों के निर्माण के ज़रिए सड़क इंफ़्रास्ट्रक्चर में मौजूदा कमियों को दूर करना चाहिए। साथ ही, सार्वजनिक यातायात प्रणालियों को बस/हवाई/रेल टर्मिनलों के बीच पूरे यातायात नेटवर्क के लिए मान्य एक ही टिकट के जरिए सुगम स्थानांतरण को लागू करना चाहिए। इस तरह की एकीकृत नीति—हांगकांग और टोक्यो की यातायात प्रणाली के समान—यातायात नेटवर्क के भीतर संपर्क को बढ़ाती है, आवाजाही को आसान बनाती है और व्यापारों की दक्षता को बेहतर करती है।

इंफ़्रास्ट्रक्चर की योजना और विकास में साध्य, सुनिर्दिष्ट मानक हमारे शहरों में जीवन की गुणवत्ता बढ़ाने के लिए महत्वपूर्ण हैं। दुर्भाग्य से इमारतों, फ़ुटपाथों और सड़कों, सपोर्ट इंफ़्रास्ट्रक्चर, और जल एवं स्वच्छता प्रणालियों के निर्माण में हम इस प्रकार के साध्य डिजाइन और क्रियान्वयन मानक नहीं देखते हैं।

सामान्य, साध्य निर्देशों और निर्धारित नियमों के अतिरिक्त अनुपालन पर प्रोत्साहनों के साथ निर्माण के मानक वास्तविक होने चाहिए। मिसाल के लिए शहरों में एफ़एसआई पात्रताओं को उन इमारतों के लिए 'बोनस एफ़एसआई' के साथ जोड़ा जा सकता है, जो डिजाइन और निर्माण के गुणवत्ता मानकों में निर्धारित नियमों से ज़्यादा का पालन करें। न्यूयॉर्क शहर में ऐसा प्रयास किया गया है जो उन इमारतों को ज़्यादा एफ़एसआई प्रदान करता है जो 'सार्वजनिक दायरे को बढ़ाती हैं।'

निर्माण मानकों को व्यावसायिक और आवासीय इकाइयों के लिए पर्याप्त पार्किंग स्थान की आवश्यकता को भी अनिवार्य बनाना चाहिए। ऐसी आवश्यकता के न होने पर जरूरत से ज़्यादा भीड, सड़कों पर कब्जा और फ़ुटपाथों पर पार्किंग होने लगती है। सड़कों के बनाने और उनके रखरखाव के नियमों में उपभोक्ता अनुकूल और सुगम फ़ुटपाथ के मानक शामिल होने चाहिए जो खुली जगहों, पार्कों और खेल के मैदानों से समुचित रूप से जुड़े हों। मार्ग योजना प्रणालियों में स्ट्रीट लाइट और सड़क नेटवर्क के लिए सिग्नल प्रणाली जैसे संबंधित इंफ़्रास्ट्रक्चर के मानक भी शामिल होने चाहिए। केबलों, बिजली के तारों और सीवेज सिस्टम के लिए पाइपलाइन पड़नी चाहिए। ऐसी पाइपलाइनों से सड़कों और फ़ुटपाथों की बार-बार खुदाई भी बंद होगी—जोकि भारतीय शहरों में एक जाना-पहचाना दृश्य है।

शहरी इंफ़्रास्ट्रक्चर और सेवाओं की कार्यप्रणाली सुधारने के लिए इन सेवाओं को निजी ऑपरेटरों को ठेके पर देना चाहिए। नागरिकों को इंफ़्रास्ट्रक्चर और सेवाएं देने में प्रतियोगी माहौल बनाने से सेवाओं की आपूर्ति और उनकी सक्षमता में सुधार आएगा, शहरी विकास के प्रति बेहतर प्रतिक्रिया मिलेगी और कीमतें कम करने में मदद मिलेगी। निजी

ऑपरेटरों द्वारा सेनिटेशन प्रणाली जैसी सार्वजनिक सेवाओं का प्रबंधन थाईलैंड और मलेशिया में सफल रहा है। इन प्रणालियों में सरकार की भागीदारी नियामक एवं पर्यवेक्षक की भूमिका तक सीमित है।

शहरों में शहरी क्षय से निबटने के लिए हमें योजना ख़ाके में शहरी पुनर्नवीकरण गतिविधियों को शामिल करना चाहिए। इनसे 'निचले' इलाकों में नए व्यावसायिक और आवासीय विकास को बढ़ावा देने में, और भीड़ भरे जिलों में 'हरित क्षेत्र' और खुली जगहों को बनाने में मदद मिलेगी। शहर व्यापारिक जिलों को 'इंफ़्रास्ट्रक्चर स्थायी निधि' की अनुमति दे सकते हैं—सरकारें डेवलपर्स को मौजूदा, अनुज्ञप्त मूल्य के अलावा 'अतिरिक्त एफ़एसआई' बेच सकती हैं। ऐसी स्थायी निधि से मिली राशि को शहरी पुनर्नवीकरण गतिविधियों में लगाया जा सकता है।

स्थानीय प्रशासनों को शहर की योजना के लिए एक साझा नजरिया बनाने में अनेक स्टेकहोल्डरों—उद्योग, नागरिक समाज संस्थाएं और नागरिक संगठनों—को सक्रियता से सम्मिलित करना चाहिए। उदाहरण के लिए, ब्राजील में म्यूनिसिपैलिटियों में बजट बनाने में भागीदारी करने की प्रणाली से म्यूनिसिपल बजटों में प्राथमिकताएं और ख़र्च तय करने में नागरिक सभाओं और चुने हुए अधिकारियों के बीच आपसी संवाद को जगह मिलती है। शहरी इंफ़्रास्ट्रक्चर के प्रति एक समायोजित सार्वजनिक-निजी रवैया डिजाइन के अमल, क्रियान्वयन और कार्यगत मानकों को भी सुधार सकता है।

प्रभावी प्रशासनिक प्रणालियों के बिना कोई भी शहरी योजना उपक्रम प्रभावी नहीं होगा। यद्यपि शहरी प्रशासन महत्वपूर्ण है, मगर यह, जैसा कि अर्थशास्त्री बारबरा बोएल टॉरी कहती हैं, अक्सर न्यूनतम आपूर्ति में संसाधन होता है। भारत में शहरी प्रशासन जटिल प्रशासनिक प्रणालियों और अत्यंत खंडित उत्तरदायित्वों द्वारा कमजोर हुआ है। निर्णय लेने, वित्त और क्रियान्वयन संबंधी भूमिकाएं राज्य और शहरी प्रशासनों के बीच बंटी हुई हैं।

वर्तमान शहरी प्रशासन प्रणाली में म्यूनिसिपैलिटी जैसे स्थानीय तंत्र सेवाएं प्रदान करने के लिए जिम्मेदार हैं। मगर उनके पास ख़र्चे पूरे करने के लिए वित्तीय संसाधन बनाने और धन संबंधी फ़ैसले लेने का अधिकार नहीं है। भारत में म्यूनिसिपल क्षेत्र राज्य और केंद्र सरकारों के लिए कुल राजस्व का **50** फ़ीसदी हिस्सा जमा करते हैं। फिर भी म्यूनिसिपैलिटियों को इन निधियों में से प्रत्यक्ष रूप से दो फ़ीसदी से भी कम राशि प्राप्त होती है। निधि राज्य द्वारा इकट्ठी और आबंटित की जाती है। म्यूनिसिपल सेवाओं के लिए उपभोक्ता शुल्क और संपत्ति कर जैसे महत्वपूर्ण मुद्दों पर फ़ैसले राज्य सरकारें करती हैं। इस तरह की प्रणालियों ने म्यूनिसिपल कॉरपोरेशन की प्रभावी सेवाएं देने की क्षमता को गंभीर रूप से कम किया है।

एक भारतीय शहर का मेयर शहरी सभासदों द्वारा चुना जाता है, विशेष रूप से एक

साल के लिए। मेयर को कार्यकारी अधिकार प्राप्त नहीं होते—उसकी भूमिका मात्र सजावटी होती है और प्रशासनिक मुद्दों पर उसकी वास्तविक जवाबदेही नहीं होती। म्यूनिसिपल सभाएं प्रभावी रूप से शहरी नागरिकों का प्रतिनिधित्व नहीं करतीं। भारत के ग्रामीण प्रशासनिक संगठनों के **300: 1** के अनुपात की तुलना में शहरी क्षेत्रों में नागरिक-प्रतिनिधि का अनुपात औसतन **4000: 1** से ज़्यादा है। प्रभावी प्रशासन को सुनिश्चित करने के लिए शहरों में ऐसा मेयर होना चाहिए जिसे नागरिक प्रत्यक्ष रूप से पांच साल की अवधि के लिए चुनते हैं। मेयर को शहरी वार्डों से सीधे चुनकर आए सभासदों से युक्त शहरी विधायिका तंत्र का सहयोग होना चाहिए। नागरिक-प्रतिनिधि अनुपात के औसत को **1000: 1** से कम करने के लिए चुनावी वार्डों को सही तरीके से बंटा और सुनिश्चित होना चाहिए। विधायी स्तर पर स्थायी प्रशासनिक चिंताओं का समुचित प्रतिनिधित्व हो, यह सुनिश्चित करने के लिए यह आवश्यक है।

मेयर की अध्यक्षता में विधायी तंत्र के पास शहर के लिए सभी कार्यों—वित्त-पोषण, योजना बनाने, क्रियान्वयन और रखरखाव—के लिए व्यापक, प्रभावी अधिकार और उत्तरदायित्व होने चाहिए। कर संग्रह और निधि प्राप्त करने में म्यूनिसिपल तंत्रों को सशक्त करने के शहरी पुनर्नवीकरण मिशन का प्रस्ताव बेहतरीन है और इसे तुरंत लागू करना चाहिए।

हमें इंफ्रास्ट्रक्चर में निवेश और वार्डों को प्रदान की गई सेवाओं को वार्ड के नागरिकों द्वारा चुकाए मूल्य और कर के जरिए किए भुगतान के साथ जोड़ना चाहिए। यह 'सामाजिक समझौता', जैसा कि विश्व बैंक कहता है, शहरी प्रशासन में जवाबदेही को फिर से पाने की कुंजी है। हमें कर संग्रह के विकेंद्रीकरण के जरिए वार्डों को वित्तीय रूप से सशक्त करना चाहिए और उन्हें सेवाओं के लिए उपभोक्ता मूल्य लगाने और वसूल करने का अधिकार देना चाहिए। बिजली, पानी, सीवेज और सड़क जैसी सेवाओं का प्रबंधन वार्ड स्तर पर एक संगठित तरीके से संभाला जाना चाहिए।

शहरी प्रशासन प्रणाली को विस्तृत मेट्रोपोलिस में शहरी योजना एवं प्रबंधन को भी संभालना चाहिए। इसे शहरों के चुने हुए मेयरों की सभा द्वारा पाया जा सकता है, जो शहरी सीमाओं के फैलने, और अंतरशहरीय इंफ्रास्ट्रक्चर की योजना और विस्तार जैसे मेट्रोपोलिटन मुद्दों को संबोधित करने के लिए जिम्मेदार होगी। साथ ही, शहर के प्रमुख नागरिकों और योजना निर्माताओं से युक्त शहर का परामर्श मंडल शहर की परियोजनाओं और निधियों के कुल ख़र्च की निगरानी करे। किसी भी बड़ी परियोजना को शुरू करने से पहले उनसे सलाह ली जाए। नागरिकों के बीच संतुष्टि के स्तर को मापने के लिए समय-समय पर सर्वेक्षण होने चाहिए।

यह महत्वपूर्ण है कि शहरी प्रशासन शहरी सेवाओं के लिए वित्तीय व्यवहार्यता को सुनिश्चित करे। शहरी भारत में, कीमत की वसूली के जरिए जन सेवाएं औसतन **12** से **15**

फ़ीसदी से भी कम ख़र्च निकाल पाती हैं। यह टिकाऊ नहीं है। पानी, बिजली और सार्वजनिक यातायात जैसी सेवाओं के मूल्य निर्धारण में इन सेवाओं को देने में लगने वाली सारी प्रभावी लागत आ जानी चाहिए। मिल्टन फ्रीडमैन द्वारा सुझाई वाउचर प्रणाली जैसे सक्षम सब्सिडी तंत्र को निम्न आय वर्ग के शहरी परिवारों को प्रत्यक्ष सब्सिडी देने के लिए इस्तेमाल किया जा सकता है।

अनुमान है कि भारत में एक इमारत के परमिट या व्यापार के लाइसेंस को प्रदान करने में लेन-देन का ख़र्चा उसके कुल ख़र्च का कम से कम 40 फ़ीसदी होता है। प्रशासन में इस तरह की अक्षमताएं शहरी विकास पर महत्वपूर्ण, अनावश्यक लागतें थोपती हैं। इसे सुधारना होगा।

शहरी प्रशासन में दक्षता और जवाबदेही लाने के लिए मजबूत प्रोत्साहन प्रणालियां होनी चाहिए। पूंजी बाजार में जाकर, म्यूनिसिपैलिटियों और शहरी इंफ़्रास्ट्रक्चर इकाइयों की क्रेडिट रेटिंग द्वारा, और अधिकारियों के कार्यों के प्रतियोगितापूर्ण रिकॉर्ड रखने के जरिए शहरी प्रशासन में जवाबदेही को बढ़ाया जा सकता है। साथ ही, सार्वजनिक सेवाएं प्रदान करने की दक्षता में सुधार लाने और उनकी बेहतर निगरानी के लिए एमआईएस (मैनेजमेंट इंफ़ॉमेशन सिस्टम: प्रबंधन सूचना प्रणाली) जैसे आईटी साधन का इस्तेमाल किया जा सकता है।

हमारी अर्थव्यवस्थाओं के शहरी परिवर्तन को विकास के व्यापक संदर्भ में देखना चाहिए। शहरी रणनीतियों को योगदान की इस समझ के साथ विकसित करना चाहिए कि शहर और कस्बे देश के आर्थिक लक्ष्यों को पा सकते हैं। बाहरी इलाकों में इंफ़्रास्ट्रक्चर और मूलभूत सेवाओं का विस्तार करना मौजूदा शहरी केंद्रों के बाहर आर्थिक विकास में तालमेल बिठाने के लिए आवश्यक पहलू होगा। इसे चीन के शेंगडौंग जिले के वर्तमान विकास में देखा जा सकता है। शेंगडौंग जिला चीन के ग्रामीण अंदरूनी इलाके में स्थित है। शहरीकरण को बढ़ाने के लिए इस जिले को व्यापार, आवासीय, हाइ-टेक, विश्वविद्यालय और औद्योगिक इमारतों, और सपोर्ट प्रणालियों के उच्च तकनीक के इंफ़्रस्ट्रक्चर के साथ विकसित किया जा रहा है।

राज्य सरकारों को सिलसिलेवार क्षेत्रीय योजनाएं विकसित करनी होंगी ताकि मौजूदा शहरी केंद्रों के बाहर आर्थिक ऊर्जा का विस्तार किया जा सके। प्रभावी इंफ़्रास्ट्रक्चर नेटवर्क, तेज गति के यातायात कॉरीडोर और दक्षतापूर्ण क्षेत्रीय आपूर्ति श्रृंखलाओं की स्थापना के जरिए सेटेलाइट शहरों में वृद्धि को भी बढ़ावा देना चाहिए।

शहरी विकास को आर्थिक वृद्धि के लिए एक व्यापक मैक्रो-आर्थिक संवाद का हिस्सा होना चाहिए। कमजोर राष्ट्रीय आर्थिक नीतियां व्यापार और परिवारों के लिए कीमतों को बढ़ाती हैं। वे शहरी पूंजी निर्माण के मुख्य स्रोत, निजी निवेश को बिगाड़ती और सीमित करती हैं।

आज, हम तीव्रगामी शहरीकरण के युग में हैं। भारत के शहरों का चेहरा हमारे देश के भावी चेहरे का प्रतिनिधित्व करता है। स्पष्टतया, आज जिस तरह हम अपने शहरों और कस्बों के विकास को प्रबंधित करते हैं, वही आने वाले दशकों में हमारे देश की सफलता को आकार देगा। भूगोलशास्त्री डेविड हार्वे के इन शब्दों को याद रखना अच्छा होगा कि, "शहर महान चरित्र, और मोहक, निरंतर बदलते व्यक्तित्व से नवाजे जाते हैं।" यह समय की मांग है कि शहरी विकास और प्रशासन के लिए बुद्धिमतापूर्ण, व्यावहारिक और प्रभावी नीतियों को अपनाया जाए ताकि अपने ऊर्जावान, तेजी से बदलते शहरी केंद्रों को विकास का सच्चे अर्थों में टिकाऊ चालक बनाया जा सके।

□

भारत की तस्वीर बदल देने वाले आठ दृष्टिकोण

15 अगस्त, 2007 को भारत ने एक आजाद देश की हैसियत से अपना साठवां वर्ष पूरा किया। हिंदू परंपरा के अनुसार, साठ वर्ष पूरे करना इंसान के जीवन में एक मुख्य अवसर होता है। यह अवसर बुद्धिमानी, परिपक्वता, उपलब्धि और वानप्रस्थ आश्रम (जीवन का वह भाग जो सांसारिक दायित्वों के त्याग, और शक्ति, इच्छा और वैभव से विरक्ति का प्रतीक है) में प्रवेश के लिए तैयारी का प्रतीक होता है। लेकिन, एक राष्ट्र के जीवन में साठ वर्ष एक छोटी सी अवधि है, और इसे एक शिशु के पहला कदम चलने से ज़्यादा नहीं माना जा सकता। इसलिए इस अवधि में भारत का आकलन उदार और आशावादी होना चाहिए।

पिछले साठ वर्षों में कुछ क्षेत्रों में हमने अच्छी तरक़्क़ी की है। हमने विश्वस्तरीय वैज्ञानिक, इंजीनियर, पत्रकार, सैनिक, नौकरशाह, राजनीतिज्ञ और डॉक्टर पैदा किए हैं। हमने पेचीदा पुलों और बांधों का निर्माण किया है। हमने अंतरिक्ष में सेटेलाइट और रॉकेट भेजे हैं। हमने डॉक्टरों की संख्या दस गुणा बढ़ा ली है। हमने औसत आयु संभावना बत्तीस से बढ़ाकर पैंसठ वर्ष कर ली है। हमने लगभग 20 लाख किलोमीटर नई सड़कें बनाई हैं; हमने अपना स्टील उत्पाद पचास गुणा से अधिक और सीमेंट उत्पाद लगभग बीस गुणा बढ़ा लिया है। हमने अपना निर्यात आजादी के समय के कुछ मिलियन डॉलर से बढ़ाकर 125 अरब डॉलर से अधिक कर लिया है।

यह साबित करने के लिए भी स्पष्ट आंकड़े मौजूद हैं कि हमें अभी बहुत दूर जाना है। 35 करोड़ भारतीय अनपढ़ हैं; 26 करोड़ अभी भी ग़रीबी रेखा से नीचे हैं; 15 करोड़ लोगों की पीने के पानी तक पहुंच नहीं है; 65 करोड़ लोगों के पास अच्छे सेनिटेशन की कमी है और हमारे 50 प्रतिशत बच्चे स्वीकार्य पोषण स्तर के नीचे हैं। भारत के 75 प्रतिशत गांवों में बुनियादी दवाइयां उपलब्ध नहीं हैं।

जो भी हो, मैं उन कुछ बड़ी उपलब्धियों पर ध्यान केंद्रित करना चाहता हूं जो हमने आजादी के बाद से प्राप्त की हैं, और जिन्होंने लोगों की जिंदगी को इस तरह बदला है

द हिंदू में प्रकाशित, 15 अगस्त, 2007

जिसकी हम कल्पना भी नहीं कर सकते थे।

हरित क्रांति

शायद किसी भी भारतीय प्रयास ने राष्ट्रीय आत्मविश्वास को इतना नहीं बढ़ाया है, जितना कि डॉ. एम. एस. स्वामीनाथन द्वारा शुरू की गई हरित क्रांति ने बढ़ाया था। **1965** में शुरू हुई इस क्रांति ने भारत को न केवल अपर्याप्त-भोजन अर्थव्यवस्था से अतिरिक्त-भोजन

अर्थव्यवस्था में बदला, बल्कि ग्रामीण, ग़ैर-कृषि अर्थव्यवस्था के विस्तार को भी आरंभ किया है। इस प्रयास की बदौलत **40** से **50** करोड़ भारतीयों के जीवन में सुधार हुआ है। भारत अनाज के एक चिरस्थायी आयातक से दस वर्ष पहले ख़ालिस निर्यातक बन गया।

श्वेत क्रांति

उस पीढ़ी का होने के नाते जिसे दूध की जबरदस्त कमी से जूझना पड़ता था, मेरे लिए यह अकल्पनीय है कि आज हम दूध के सबसे बड़े उत्पादक बन गए हैं। इसका श्रेय डॉ वर्गीज कूरियन के असाधारण प्रयास को जाता है, जिसे अमृता पटेल ने बड़ी योग्यता से जारी रखा है। उस देश में जहां करोड़ों बच्चे कुपोषित हैं, दूध की इस बहुतायत ने हमें कुपोषण से लड़ने का अवसर प्रदान किया है।

1991 के आर्थिक सुधार

स्वर्गीय पी. वी. नरसिम्हा राव, डॉ. मनमोहन सिंह, पी. चिदंबरम और डॉ. मोंटेक सिंह अहलूवालिया द्वारा **1991** में आरंभ किए गए आर्थिक सुधारों ने वैश्विक बाजारों के प्रति भारतीय कॉरपोरेट नेताओं के दिमाग़ों को खोला, देश और विदेश में प्रतिस्पर्द्धा को स्वीकार करने में उनकी सहायता की, और ग्राहक के आत्मविश्वास को बढ़ाया। हमारा ठोस मुद्रा भंडार **1991** के मात्र **1.5** अरब डॉलर से आज **220** अरब डॉलर तक पहुंच गया है। इन सुधारों ने उद्यमशीलता को प्रोत्साहित किया है, और हमारे व्यापारियों और उद्यमियों को बड़े सपने देखने, रोजगार पैदा करने, निर्यात को बढ़ाने, विदेशों में कंपनियों को हासिल करने और कॉरपोरेट प्रशासन के बेहतरीन सिद्धांतों पर चलने का आत्मविश्वास दिया है।

स्वतंत्र मीडिया और निडर पत्रकार

लोकतंत्र की सफलता कुछ महत्वपूर्ण मूल्यों पर निर्भर करती है—न्यायसंगतता, पारदर्शिता और जवाबदेही। मीडिया, विशेषकर टेलीविजन की स्वतंत्रता ने हमारी सरकारों में इन मूल्यों को बेहतर बनाने की बुनियाद डाली है। अंग्रेजी प्रेस और टीवी के एन. राम,

शेखर गुप्ता, अरुण शोरी, सुचेता दलाल, बरखा दत्त और राजदीप सरदेसाई जैसे अनेक आदर्शवादी पत्रकारों, संपादकों, और क्षेत्रीय भाषाओं के अनेक बेहतरीन पत्रकारों और मीडियाकर्मियों के साहस, उत्साह और सचाई ढूंढ़ निकालने के जोश ने आज हमें विश्वास दिया है कि इस देश का भविष्य सुरक्षित है।

दूरसंचार क्रांति

भारत—शहरी और ग्रामीण—को किसी भी दूसरी तकनीक ने इतना नहीं जोड़ा है जितना कि सैम पित्रोदा के नेतृत्व में सेंटर फ़ॉर डेवलपमेंट ऑफ़ टेलीमेटिक्स (सीडॉट) द्वारा डिजाइन और लागू किए गए **500** लाइन के ईपीएबीएक्स ने। इस कार्यक्रम ने लोगों को नया विश्वास दिया क्योंकि अब वे जरूरत पड़ने पर अपने प्रियजनों, अधिकारियों और डॉक्टरों से संपर्क कर सकते हैं। अब लोगों को ऐसा महसूस नहीं होता है कि वे अलग-थलग रह रहे हैं।

अंतरिक्ष तकनीक और सेटेलाइट टेलीविजन

प्रोफ़ेसर यश पाल का सेटेलाइट इंस्ट्रक्शनल टेलीविजन प्रोग्राम (एसआईटीई) भारत के लाखों गांवों को जोड़ने वाली पूर्णकालिक सुविधा में विकसित हो गया है। टीवी के माध्यम ने हमारे नेताओं को यह अहसास करने पर मजबूर कर दिया कि उनकी गतिविधियों और नाकारापन का प्रत्येक नागरिक अवलोकन और आकलन करेगा—असम के बिसरे गांवों से लेकर केरल के सक्रिया गांवों तक। इस तकनीक ने एक अरब—अमीर और ग़रीब, शिक्षित और अनपढ़, शक्तिशाली और अधिकारहीन—लोगों के विचारों को आवाज दी है।

परमाणु ऊर्जा

डॉ. होमी भाभा ने भारतीय परमाणु कार्यक्रम की कल्पना की और भारत में परमाणु विज्ञान रिसर्च की शुरुआत की। उनके कार्यक्रम ने रक्षा, बिजली उत्पादन, औषधि और संयुक्त क्षेत्रों में परमाणु ऊर्जा के सफल इस्तेमाल को संभव बनाया है। परमाणु ऊर्जा के हमारे शांतिपूर्ण प्रयोग ने इस क्षेत्र में एक परिपक्व और जिम्मेदार इकाई के रूप में भारत की प्रतिष्ठा को बढ़ाया है।

सॉफ़्टवेयर क्रांति

1991 के आर्थिक सुधारों के साथ एन. विट्ठल के सॉफ़्टवेयर टेक्नॉलोजी पार्क्स प्रोग्राम ने इस देश की शानदार सफलता की बुनियाद रखी। भारत का आईटी निर्यात **1991-92** के महज **15** करोड़ डॉलर से बढ़कर **2006-07** में **31.4** अरब डॉलर हो गया, और **2010**

में इसके 60 अरब तक हो जाने की आशा है। आईटी उद्योग कई कारणों से अनूठा है। इसने निर्यात पर ध्यान केंद्रित किया; विश्व की बेहतरीन कंपनियों की बराबरी की; कॉरपोरेट प्रशासन के बेहतरीन सिद्धांतों का पालन किया; संगठित क्षेत्र में रोजगार के सबसे अधिक अवसर पैदा किए; और सिद्ध किया कि भारतीय सबसे अधिक प्रतिस्पर्द्धात्मक वैश्विक बाजारों में भी सफल हो सकते हैं।

निष्कर्ष

इन आठ कार्यक्रमों में क्या समानता है? इन सबका नेतृत्व स्वप्नदृष्टाओं ने किया। इन स्वप्नदृष्टाओं ने वैश्विक मानकों को स्वीकार किया और जबरदस्त कठिनाइयों के बावजूद उससे कम पर संतोष नहीं किया। इनमें से प्रत्येक मामले में, किसी असाधारण राजनीतिज्ञ या नौकरशाह द्वारा समर्थित राष्ट्रीय सरकार एक वास्तविक उत्प्रेरक थी। ये उदाहरण स्पष्ट रूप से दर्शाते हैं कि लोग और सरकार मिलकर कैसे वे काम कर सकते हैं, जो आरंभ में असंभव प्रतीत होते थे।

साठ साल बाद, 2067 के भारत से मैं क्या उम्मीद करता हूं? मैं ऐसा भारत चाहता हूं जहां हर बच्चे की अच्छी शिक्षा, स्वास्थ्य, पोषण और आवास तक पहुंच हो। मैं ऐसा भारत चाहता हूं जहां किसी भी वर्ग, धर्म और जाति से संबंध रखने वाले बच्चे को विश्वास हो कि अगर वह ईमानदार और मेहनती है तो उसका भविष्य उज्जवल होगा। मैं ऐसा भारत चाहता हूं जिसे विश्व के हर मंच का सम्मान प्राप्त होगा क्योंकि हमारा काम अच्छा होगा; हम शांतिप्रिय होंगे; हम अच्छे मेजबान होंगे; हम न्यायसंगत होंगे; हम बहुलवादी और हर मत का आदर करने वाले होंगे; और हम भरोसेमंद होंगे।

□

सॉफ़्टवेयर उद्यम: नए भारत के मंदिर

नेहरू जैसे महापुरुष के बारे में बात करना आसान नहीं है। भारत की आजादी के पचास साल में विकासात्मक विचार के प्रत्येक तंतु में उनका प्रभाव व्याप्त रहा है। निस्संदेह, आने वाली पीढ़ियां उनके गहन विचारों, दर्शन और कार्यों से लाभ उठाती रहेंगी। स्वतंत्र भारत का इतिहास ऐसे अनेक प्रयासों से भरा पड़ा है जो नेहरू ने ग़रीबी की समस्या से निपटने के लिए आरंभ किए थे। उनका सारा ध्यान नए भारत के मंदिरों के निर्माण पर रहता था—विश्वविद्यालय, बांध और फ़ैक्टरियां जो किसी भी आधुनिक राष्ट्र के लिए अनिवार्य औद्योगिक ढांचे और ज्ञान के भंडार का आधार हैं। वे जानते थे कि देश में प्रत्येक व्यक्ति के आंसू पोंछने के महात्मा गांधी के सपने को पूरा करने का बस यही एक तरीका था।

मैं भारत की आजादी की पूर्वसंध्या पर दिए उनके प्रसिद्ध भाषण 'ट्रिस्ट विद डेस्टिनी' के कुछ शब्दों को याद करना चाहूंगा। उन्होंने कहा था, "इतिहास में ऐसा क्षण विरले ही आता है जब हम पुराने से निकलकर नए में जाते हैं, जब एक युग समाप्त होता है, और जब किसी राष्ट्र की लंबे समय से दबाई गई आत्मा को अभिव्यक्ति मिलती है।" कितना गूढ़ वाक्य है! यह उस दिन भी सच था और आज भी सही है, जब भारत वैश्विक हाइ-टेक उद्योग में एक महत्वपूर्ण खिलाड़ी बनने की कगार पर है। मेरे लिए, देश में बड़ी संख्या में उभरे हाइ-टेक उद्यम वास्तव में नए भारत के मंदिर और पूजास्थल हैं। मैं इस तथ्य के महत्व पर बात करूंगा और संक्षेप में इस बारे में भी कुछ कहूंगा कि भारत को इसकी गति बनाए रखने के लिए क्या करना आवश्यक है।

एक राजनीतिज्ञ, राजनयिक और प्रशासक के रूप में नेहरू पर कई पुस्तकें लिखी जा चुकी हैं, लेकिन इस विश्वास के बारे में बहुत कम लिखा गया है कि ज्ञान और विद्वता भारत के लोगों के सशक्तीकरण में एक बड़ी भूमिका निभाएंगे। मैं तीन नीति निर्णयों पर प्रकाश डालना चाहूंगा जो उन्होंने भारत का प्रधानमंत्री पद संभालने पर लिए थे। पहला, उन्होंने इंडियन इंस्टीट्यूट्स ऑफ़ टेक्नॉलोजी (आईआईटी), इंडियन इंस्टीट्यूट्स ऑफ़ मैनेजमेंट

तेईसवां जवाहरलाल नेहरू स्मृति व्याख्यान, लंदन, 4 दिसंबर, 2000

(आईआईएम), भाभा एटॉमिक रिसर्च सेंटर (बीएआरसी) और ऑल इंडिया इंस्टीट्यूट ऑफ़ मेडीकल साइंसेज (एआईआईएमएस) सहित उच्च शिक्षा की कई संस्थाओं के निर्माण का फ़ैसला लिया। आज, सिलिकॉन वैली, दुनिया भर के प्रमुख शैक्षिक संस्थानों और अमेरिका में कॉरपोरेट प्रतिभा के भंडार का बड़ा भाग आईआईटीज का योगदान है। भारत में इंजीनियरिंग और मैनेजमेंट की रीढ़ इसी भंडार से है। भारत को ग्लोबल सॉफ़्टवेयर उद्योग में एक महत्वपूर्ण खिलाड़ी बनाने का सपना नेहरू की दूरदृष्टि के बिना पूरा नहीं होता।

दूसरे, उच्च कर और संरक्षणवादी मानसिकता के बीच भी उन्होंने इस बात पर बल दिया कि पुस्तकों, पत्रिकाओं और ज्ञान के किसी भी उपकरण पर कोई आयात कर न लगाया जाए। तीसरे, पचास और साठ के दशकों में भी जबकि विदेशी मुद्रा दुर्लभ थी, उन्होंने सुनिश्चित किया कि हर उस भारतीय को विदेशी मुद्रा दी जाए, जो विदेश में पढ़ सकता हो। मैं समझ सकता हूं कि हाल ही में औपनिवेशिक शासन से आजादी पाने के बाद, उग्र राष्ट्रवादी और कम पढ़ी-लिखी भीड़ से उन्हें कितने सख़्त विरोध का सामना करना पड़ा होगा। ये निश्चित रूप से एक ऐसे दिमाग़ के काम हैं जो दुनिया के बेहतरीन स्रोतों से ज्ञानार्जन में दृढ़ विश्वास रखता हो। नेहरू सही मायनों में एंड्रयू जैक्सन के इन शब्दों का उदाहरण थे कि "एक साहसी आदमी बहुमत बना देता है।"

समय-समय पर हम भारत के भाग्य को रूप देने में हाइ-टेक उद्यमों की भूमिका पर भिन्न विचार सुनते हैं। हम जिस बहुलवादी समाज में रहते हैं, उसमें शिक्षा के स्तरों में अंतर और आम लोगों की स्थिति पर हाइ-टेक प्रयासों के लंबी अवधि में होने वाले प्रभावों के कारण, इस विषय पर परस्पर विरोधी दृष्टिकोणों का होना स्वाभाविक है। इसलिए, मैं एक बेहतर भारत को बनाने के लिए तकनीक को स्वीकार करने की आवश्यकता पर बात करना चाहूंगा।

विज्ञान का उद्देश्य प्रकृति के रहस्यों को खोलना है और तकनीक का उद्देश्य है इंसान के जीवन को ज़्यादा उत्पादनशील और सुविधाजनक बनाना। अगर किसी उत्पाद को बाजार में सफल होना है, तो उसे इनमें से कोई एक काम करना होगा: लागत कम करना, उत्पादनशीलता को बेहतर बनाना, समय बचाना या सुविधा को बढ़ाना। इसमें कोई शक नहीं कि आईटी उत्पादों ने इन आवश्यकताओं को बहुत अच्छी तरह पूरा किया है। ख़र्च हो जाने वाली कम आय और परिणामस्वरूप बुनियादी जरूरतों को पूरा करने में मुश्किल का सामना करने वाले ग़रीब भारतीय से अधिक इसकी आवश्यकता किसे है? मैं आपको आम आदमी के लिए आईटी की शक्ति के कुछ उदाहरण देता हूं। पांडिचेरी में मछुआरे यूएस नेवी द्वारा प्रसारित समुद्र में लहरों के पैटर्न के आंकड़ों का प्रयोग करके अपने उत्पाद को 40 प्रतिशत बढ़ाते हैं। नासकॉम ने मुंबई में एक टैक्सी ड्राइवर को उत्तर प्रदेश के एक सुदूर गांव में उसके परिवार से जोड़ने के लिए आईपी-आधारित बैटरी का प्रयोग किया।

तकनीक समान रूप से काम करती है। यह अमीर और ग़रीब के बीच अंतर नहीं करती। मसलन, मेरा एक युवा सहयोगी जो इंफ़ोसिस में चौकीदार है, एटीएम के इस्तेमाल से बहुत ख़ुश है क्योंकि यह बैंक में काउंटर पर बैठे क्लर्क की तरह उसके साथ पक्षपात नहीं करती है। तकनीक सेवा को सस्ता बना देती है। बैंक में बैलेंस की जानकारी लेने में **40** रुपए लगते हैं। यही काम एटीएम से **8** रुपए में और इंटरनेट से **2** रुपए में हो जाता है। ग़रीबों से ज़्यादा इसकी जरूरत किसे है? सस्ती, सक्षम, जल्द और भ्रष्टाचार-मुक्त वर्ग की तैनाती और जनसेवाओं के लिए ई-प्रशासन के प्रयोग का नमूना एक और उदाहरण है। समय की मांग यह है कि हमारे नेता ग़रीबों का जीवन बेहतर बनाने में तकनीक के प्रयोग के प्रचारक बनें।

अब, मैं इस बारे में बात करूंगा कि हमें ग्लोबल सॉफ़्टवेयर अवसरों को तहेदिल से क्यों अपनाना चाहिए। आज, हम एक ग्लोबल गांव में रहते हैं। कोई भी देश ख़ुद को ग्लोबल मार्केट से अलग नहीं कर सकता। वे देश भी जो कुछ दशकों तक ऐसा करते रहे, उन्हें इसका अहसास हो गया और वे वापस ग्लोबल बाजारों में गए और अपने जीडीपी में निर्यात का अंश बढ़ाने में सफल रहे। सॉफ़्टवेयर भारत के लिए निर्यात का बहुत मुनाफ़ाबख़्श क्षेत्र है। हमें निम्नलिखित कारणों से निर्यात की मानसिकता को गले लगाना पड़ेगा:

1. प्रत्येक देश अपने उत्पादों और सेवाओं को ग्लोबल मार्केट में लाने के लिए अपनी प्रतिस्पर्द्धात्मक बढ़त का प्रयोग करता है। यह भारत में रोजगार मुहैया कराने का एक महत्वपूर्ण क्षेत्र है।
2. अपनी ग्लोबल प्रतिस्पर्द्धात्मक बढ़त द्वारा इतनी ग्लोबल मुद्रा कमा लेने को मैं आत्मनिर्भरता मानता हूं कि आप सारी दुनिया से बेहतरीन उत्पाद और सेवाएं आयात कर सकें। यह परिभाषा स्पष्ट रूप से परंपरागत भारतीय मानसिकता के उलट है जो ऊर्ध्व समाकलन और आयात प्रतिस्थापन पर बल देती है।
3. अर्थव्यवस्था में संतुलित और जोखिम-रहित विकास सुनिश्चित करने के लिए आपको निर्यात और घरेलू खपत में एक निश्चित स्वस्थ अनुपात बनाकर रखना होगा। भारत के सकल घरेलू उत्पाद में निर्यात का योगदान लगभग **9** प्रतिशत है जो चीन (**25** प्रतिशत) और ब्राजील (**20** प्रतिशत) जैसे देशों की तुलना में बहुत कम है। तेल जैसी आवश्यक चीजों की कीमतों में अनिश्चितता, तकनीक आयात करने की आवश्यकता और हमारे पास पर्याप्त विदेशी मुद्रा भंडार होने की आवश्यकता के चलते यह आवश्यक है कि हम अपने सकल घरेलू उत्पाद में निर्यात के योगदान को बढ़ाएं।
4. निर्यात की मानसिकता भारतीय उद्यमों को अपने उत्पाद और सेवाएं विश्व स्तर का बनाने में सहायता करती है। यदि आप अत्यंत प्रतिस्पर्द्धात्मक विश्व बाजार में सफल

होते हैं, तो इस बात की संभावना है कि आप घरेलू बाजार में भी उच्चस्तरीय उत्पाद मुनासिब दामों पर ला सकेंगे। भारतीय ग्राहक बहुत समय तक घटिया गुणवत्ता को अपनाने पर मजबूर रहा है। निर्यात की ओर अभिमुख होना इससे निपटने में सहायक होगा।

पहली सहस्राब्दी ने भारत को गणित, खगोल-विज्ञान, शल्य चिकित्सा और इसी जैसे कुछ अन्य क्षेत्रों में ऊंचाइयों को छूते देखा, जिसमें आर्यभट्ट, वराहमिहिर, ब्रह्मगुप्त और सुश्रुत जैसे लोगों ने महत्वपूर्ण योगदान किया। दूसरी सहस्राब्दी भारत के लिए भयंकर रही, क्योंकि पिछली आधी शताब्दी को छोड़कर इस पूरी अवधि में भारत विदेशी शासन के तहत रहा। दुर्भाग्य से, पहले के विजेताओं ने कला और आनंद पर ध्यान दिया और देश में विज्ञान और तकनीक की तरक़्की को प्रोत्साहन नहीं दिया। ब्रिटिश शासन ऐसे युग में शुरू हुआ जब जिज्ञासा, उद्यमशीलता और तकनीक की भारतीय मानसिकता इतिहास के निम्नतम स्तर पर थी। इस तरह, भारत औद्योगिकीकरण के फ़ायदों से चूक गया। भारतीय बुद्धिजीवी को गणित, एल्गोरिद्म और विज्ञान के सैद्धांतिक पहलू जैसे मस्तिष्क के मामलों में अपना योगदान दिखाने के लिए कलम और काग़ज से काम चलाना पड़ा। सॉफ़्टवेयर टेक्नॉलोजी के आगमन तक सारी दुनिया में बड़ी संख्या में निर्माण में नवीनता पर बल दिया जाता था। सौभाग्य से भारत में पिछले बीस साल में सॉफ़्टवेयर के विकास में जबरदस्त तरक़्की हुई जो मूल रूप से एलगोरिद्म और अवधारणा पर आधारित है। इस तरह, ग्लोबल बाजार में भारत के सामने गंभीर बाधाओं के बावजूद, भारतीय बुद्धिजीवी के पास एक ऐसा क्षेत्र है, जिसमें वह आगे बढ़ सकता है।

सॉफ़्टवेयर क्षेत्र में भारत के पास कई प्रतिस्पर्द्धात्मक बढ़तें हैं:

1. अंग्रेजी-भाषी, सॉफ़्टवेयर जानकारों का बाहुल्य
2. निश्चित लागत और वांछित गुणवत्ता और उत्पादकता के साथ समय के अंदर बड़े सॉफ़्टवेयर प्रोजेक्टों को पूरा करने की भारतीयों की योग्यता
3. सरकारों द्वारा लगातार लाई गई सॉफ़्टवेयर-अनुकूल नीतियां
4. प्रतिभा की कम लागत
5. भारत और अधिकांश जी-7 देशों के बीच समय के अंतर को पाटने की देर तक काम करने की संभावना

भारतीय सॉफ़्टवेयर कंपनियों ने उत्पादों से ज़्यादा सॉफ़्टवेयर सेवाओं पर ध्यान केंद्रित किया है। ग्राहक की आवश्यकतानुसार सॉफ़्टवेयर डिजाइन करना, विकसित करना और उनका रखरखाव उनकी विशेषज्ञता है। इस समय भारत की विशेषता मांग-आधारित सॉफ़्टवेयर बनाने में है, न कि समूह मार्केटिंग और ब्रांड निर्माण में। उत्पादों के लिए ग्राहक के नजदीक होने, नवीनता को सम्मान देने वाले माहौल और क्षेत्र के गहन ज्ञान की आवश्यकता होती है। फ़िलहाल भारत के पास ये स्थितियां नहीं हैं। इसलिए भारतीय

कंपनियों का सेवाओं पर ध्यान देना ठीक ही है।

भारत में आर्मचेयर विद्वानों में इस नीति की आलोचना करने और यह कहने का चलन है कि भारत को सेवाओं के बजाय उत्पादों पर ध्यान देना चाहिए। भारतीय बुद्धिजीवियों में ब्राह्मणवादी मानसिकता के शक्तिशाली प्रभाव और बॉक्सवालों के प्रति ब्रिटिश नौकरशाहों के अहंकारपूर्ण रवैये की बदौलत, भारतीय बुद्धिजीवी वर्ग के मन में व्यापार और व्यापारियों के प्रति काफ़ी घृणा रही है। मैं ब्राह्मणवादी मानसिकता के इस विषय पर कुछ और बात करना चाहूंगा। प्राचीन भारत ने जाति प्रथा को सिर्फ़ किसी पेशे या व्यवसाय या गतिविधि में एक परिवार की लगातार कई पीढ़ियों की विशेषज्ञता के विश्वास के आधार पर बढ़ावा दिया था। उस समय उनकी बात एकदम सही थी। नतीजतन शूद्र जमीन जोतने लगा; वैश्य कारोबार में लग गया; और क्षत्रिय योद्धा बन गया। ब्राह्मण की जिम्मेदारी बाकी सब को ईश्वर से जोड़ने की थी और वह बौद्धिक गतिविधियों का भी रखवाला था। चूंकि उसकी प्रमुख जिम्मेदारी बाद के जीवन के बारे में सोचने और उच्च शक्तियों से जुड़ने की थी, इसलिए उसे वर्तमान में ना के बराबर रुचि थी और उसे शारीरिक कामों में नहीं पड़ना होता था। ज्ञानार्जन हेतु ज्ञानार्जन उसका उद्देश्य था। समाज के हित के लिए उस ज्ञान का इस्तेमाल करना दो कारणों से ख़तरनाक होता— यह गरिमापूर्ण नहीं होता, और उसे जवाबदेह ठहराया जा सकता था!

आज भी भारत में यह मानसिकता काफ़ी मजबूत है। उदाहरण के लिए, जब मैं लड़के-लड़कियों के इंटरव्यू लेता हूं, तो वे ऐसे गूढ़ क्षेत्रों में काम करना पसंद करते हैं जिनका समकालीन भारत की समस्याओं को सुलझाने से कोई संबंध नहीं होता है। अक्सर उनकी पसंद आर्टिफ़िशियल इंटेलीजेंस (एआई) होती है! मैं जानने की कोशिश करता हूं कि उनकी रुचि एआई में क्यों है और आमतौर से उनका जवाब होता है कि यह बौद्धिक रूप से चुनौतीपूर्ण और महत्वाकांक्षी है। उन्हें ऐसे वास्तविक प्रयोजनों में कोई दिलचस्पी नहीं है जिनकी भारत के साथ कुछ तो प्रासंगिकता हो। यही रवैया तब देखने में आता है जब हमारे बुद्धिजीवी भारतीयों कंपनियों द्वारा उत्पाद पर ध्यान न देने पर टिप्पणी करते हैं। मैं उनसे कहता हूं कि जैसे-जैसे भारतीय कंपनियां अधिक वैश्विक होंगी और ज़्यादा वित्तीय मजबूती प्राप्त करेंगी, उत्पाद की योग्यता अवश्य प्राप्त और प्रयोग की जाएगी। आज की आवश्यकता है युवाओं के लिए ज़्यादा आय वाले अधिक से अधिक रोजगार पैदा करना। अगर हम ऐसे व्यापार चलाते हैं जो हमारे समाज की समस्याओं को हल करते हैं, कानूनी और नैतिक रूप से धन पैदा करते हैं, और चुनौतीपूर्ण और मुनाफ़ाबख़्श नौकरियां पैदा करते हैं, तो इससे कोई फ़र्क नहीं पड़ता कि हम रॉकेट विज्ञान के क्षेत्र में हैं या मधुमक्खी पालन के।

एक विश्वास यह भी है कि भारतीय कंपनियां बहुमूल्य काम नहीं करती हैं। मेरे विचार से, ये आलोचनाएं अनुचित हैं। आप दुनिया के अधिकतर आधुनिकतम आईटी

एप्लिकेशन्स के पीछे किसी भारतीय सॉफ़्टवेयर कंपनी को पाएंगे। चाहे अगली पीढ़ी का सिक्योरिटीज ट्रेडिंग सिस्टम हो या रीटेलिंग सिस्टम या फिर ब्रॉडबैंड वायरलैस स्विच हो, उसमें किसी भारतीय कंपनी की भूमिका की पूरी संभावना है। ऐसे अवसरों की तलाश में जुटी भारतीय कंपनियों को ये प्रश्न पूछने चाहिए: क्या बाजार में अवसर है? क्या ये अवसर मुनाफ़ाबख़्श है? क्या हम बाजार को सेवा देने में सक्षम हैं? अगर नहीं, तो सक्षम बनने के लिए हम क्या करें? इसमें सरकार और शिक्षा जगत की क्या भूमिका होनी चाहिए?

मैकिंसी के एक अध्ययन के अनुसार, **1998** में बाजार में सॉफ़्टवेयर सेवाओं का कुल अवसर **270** अरब डॉलर था। इसमें से, **27** अरब डॉलर का अवसर वह था जो भारत जैसी दूरदराज की जगहों को आउटसोर्स किया जा सकता था। इसमें से, **1999-2000** में भारत का हिस्सा **4** अरब डॉलर (**15** प्रतिशत) रहा। प्रधानमंत्री ने **2008** तक सॉफ़्टवेयर निर्यात का लक्ष्य **50** अरब डॉलर रखा है। यह लक्ष्य भी **2008** तक दुनिया भर की देश से बाहर की सेवाओं का **20** प्रतिशत ही है। जब तक आईटी में नवीनताएं आती रहेंगी, और जब तक अंतिम उत्पाद वाली कंपनियां उन नवीनताओं की शक्ति को बाजार में नई प्रतिस्पर्द्धात्मक बढ़त बनाने में इस्तेमाल करती रहेंगी, तब तक मैं भारतीय सॉफ़्टवेयर कंपनियों के लिए एक अहम भूमिका देख रहा हूं। फ़िलहाल बाजार में अवसर कोई बड़ा मुद्दा दिखाई नहीं देता।

भारत के इतिहास में पहली बार, हमें सारी दुनिया की तारीफ़ मिली है। और यह सिर्फ़ एक क्षेत्र में मिली है—सॉफ़्टवेयर निर्यात। हालांकि हमारी उपलब्धियां प्रशसनीय हैं, लेकिन हम अभी भी अपनी मैराथन की शुरुआती अवस्था में हैं। अगर हमें अपने लिए तय किए गए लक्ष्य को प्राप्त करना है, तो कुछ काम ऐसे हैं जो देश—राजनैतिक नेतृत्व, नौकरशाही, शिक्षा जगत और कॉरपोरेट नेतृत्व—को करने होंगे। मैं इनमें से कुछ कामों की बात करूंगा।

देश के विशाल जनसमूह तक आईटी के लाभ पहुंचाने के लिए, हमें शीघ्र फ़ैसले और नीतियों का कार्यान्वयन चाहिए। इसके लिए सभी प्रकार की राजनीतिक सोचों को एकमत होना होगा कि आईटी वाकई आम आदमी के बहुत काम आएगी। हम इस विषय पर लंबी बहसें सहन नहीं कर सकते कि आईटी अच्छी है या नहीं। दरअसल, हमारे राजनैतिक नेताओं को तकनीक का आमतौर से, और आईटी का ख़ासतौर से, प्रचारक बनना होगा। स्वयं आईटी का प्रयोग करके और यह दिखाकर कि आईटी का प्रयोग करके वे कितने उत्पादनशील बन गए हैं, उन्हें उदाहरण द्वारा नेतृत्व करना होगा।

जैसा कि मेरे मित्र राहुल बजाज ने कहा है, सबसे बड़ा मैनेजमेंट गुरु प्रतिस्पर्द्धा है। जब तक भारतीय कंपनियां कस्टमर सर्विस के महत्व को महसूस नहीं करेंगी, तब तक कॉरपोरेट दुनिया में आईटी का प्रयोग व्यापक नहीं होगा। यह बात सरकारी विभागों और

पब्लिक सेक्टर पर ख़ासकर लागू होती है। इन संस्थाओं के लिए ई-प्रशासन और ई-वाणिज्य के माध्यम से अपने ग्राहक को ज़्यादा तेज, बेहतर और सस्ती सेवाएं मुहैया कराने के लिए आईटी में भारी निवेश करना आवश्यक है। अगर हमें प्रतिस्पर्द्धा से फ़ायदा उठाना है, तो हमें दूरसंचार, बीमा और एयरलाइंस जैसे क्षेत्रों में एकाधिपत्य को तोड़ना होगा।

आज के प्रतिस्पर्द्धात्मक और गतिशील कारोबारी माहौल की मांग है कि नई दिल्ली से स्वीकृति पाने के बाद के बजाय शीघ्र फ़ैसले बोर्डरूम में ही लिए जाएं। भारत जैसे देश में एक कंपनी के भाग्य-निर्माण में सरकार की महत्वपूर्ण भूमिका होती है। जैसे-जैसे भारतीय कंपनियां अधिक से अधिक वैश्वीकरण की ओर बढ़ रही हैं, उन्हें प्रस्तिपर्द्धा के नए नियमों को स्वीकार करना ही होगा। ऐसे नए नियम बनाने में हमारी सरकार को अहम भूमिका निभानी होगी। इसके लिए नई दिल्ली के बजाय राज्य की राजधानियों और सरकारी दफ़्तरों से शीघ्र और विकेंद्रीकृत स्वीकृतियों की आवश्यकता है। सरकार को नियंत्रक शक्ति के बजाय उत्प्रेरक बनना होगा। मेरा अपना अनुभव यह है कि कुल मिलाकर सरकार कॉरपोरेट जगत की आवश्यकताओं के प्रति काफ़ी जागरूक हो गई है। बस कुछेक क्षेत्रों में थोड़े सुधार की आवश्यकता है।

सॉफ़्टवेयर उद्योग ने पिछले पांच साल में **40** प्रतिशत का कंपाउंड एनुअल ग्रोथ रेट (सीएजीआर) दर्शाया है। इसी अवधि में घरेलू आईटी उद्योग ने **25** प्रतिशत का सीएजीआर दर्शाया है। आईटी की मांग आज भी मौजूद है और अगले पांच से दस साल में इसके जारी रहने की संभावना है। जरूरत है आपूर्ति को बेहतर बनाने की। आईटी उद्योग इंजीनियरिंग और विज्ञान के नए स्नातकों की बड़ी संख्या को खपा रहा है और बिजली, कंस्ट्रक्शन, ऑटोमोबाइल और स्टील सहित इंजीनियरिंग के अन्य क्षेत्रों की कंपनियों के व्यवसायियों को भी आकर्षित कर रहा है। इसके अलावा, कई देशों ने भारतीय सॉफ़्टवेयर व्यवसायियों को आकर्षित करने के प्रयास शुरू किए हैं। इसलिए, अगर जल्द आईटी व्यवसायी पैदा करने और विभिन्न शिक्षण संस्थाओं में उनकी खपत को बढ़ाने के लिए नए कॉलेज नहीं खोले गए, तो यह उद्योग **2008** तक **50** अरब डॉलर के लक्ष्य को प्राप्त करने के लिए आवश्यक दर से विकास नहीं कर सकेगा।

शिक्षा की गुणवत्ता में बड़े सुधार लाने होंगे। इसके लिए आवश्यक है कि हम निजी विश्वविद्यालय बनाने और भारत में बड़ी विदेशी संस्थाओं को जड़ें जमाने की अनुमति देकर प्रतिस्पर्द्धा पैदा करें। इंडियन स्कूल ऑफ़ बिजनेस (आईएसबी) और ग्लोबल इंस्टीट्यूट ऑफ़ साइंस एंड टेक्नॉलोजी (जीआईएसटी) जैसे प्रयास इस दिशा में उठाए गए पहले सही कदम हैं। सॉफ़्टवेयर एप्लिकेशन्स और सॉफ़्टवेयर इंजीनियरिंग प्रथाओं की सीमा को बढ़ाने के लिए भारतीय उद्योग और शिक्षा जगत के बीच अधिक संपर्क की भी जरूरत है। यदि हम उत्पाद विकास में बेहतर बनना चाहते हैं, तो यह और भी जरूरी है।

जब तक हम एयरपोर्ट, सड़कें, होटल, बिजली और दूरसंचार जैसे मूलभूत ढांचे में सुधार नहीं लाएंगे, आईटी और सॉफ़्टवेयर उद्योग के निरंतर विकास की उम्मीद करना ग़लत होगा। आमतौर पर, एक देश का विकास चहुंमुखी होना चाहिए। मैं नहीं जानता कि वर्तमान भौतिक और तकनीकी ढांचे के साथ हम **50** अरब डॉलर के लक्ष्य को कैसे प्राप्त करेंगे। अगर हम चाहते हैं कि इंटरनेट सर्वव्यापी और आम आदमी के लिए हितकर हो, तो भारत के टेलीफ़ोन घनत्व को मौजूदा **1,000** के मुकाबले **3** के अनुपात से कई गुणा ज़्यादा और ख़र्च को कहीं कम होना होगा। भारत शायद दुनिया का एकमात्र ऐसा देश है जो टेलीफ़ोन का इस्तेमाल बढ़ने के साथ कीमतों को बढ़ाकर अर्थशास्त्र के बुनियादी सिद्धांत के विरुद्ध जा रहा है! इसके अलावा, भारत जैसे विकासशील देश में, अंतरराष्ट्रीय कीमतों से इन सेवाओं की कीमत जोड़ने के बजाय उसे विभिन्न क्षेत्रों में अतिरिक्त आय के स्तरों से जोड़ना चाहिए।

सरकार द्वारा उदारीकरण के प्रयासों में महत्वपूर्ण प्रगति के साथ यह आवश्यक है कि बड़े ठेके देने और नीति निर्धारण में पारदर्शिता हो। यदि हम अपनी राष्ट्र-निर्माण प्रक्रिया में और अपने आईटी उद्योग को वैश्विक प्रतिस्पर्द्धा योग्य मजबूत बनाने में विश्वस्तरीय कंपनियों की भागीदारी का लाभ लेना चाहते हैं, तो यह अनिवार्य है। इसके अतिरिक्त, ई-प्रशासन से पारदर्शिता बढ़ेगी, भ्रष्टाचार घटेगा और ग्राहक की सुविधा में सुधार होगा।

देश में जोखिम पूंजी आकर्षित करने के लिए कुछ अच्छे नियम बनाकर भारत ने अच्छा काम किया है। नतीजे दिखाई देना शुरू हो गए हैं। कर्मचारी स्टॉक विकल्प योजनाओं पर भारतीय नियम संभवत: दुनिया के बेहतरीन में से हैं। लेकिन अगर हम इन प्रगतिशील उपायों का भरपूर लाभ लेना चाहते हैं तो हमें विभिन्न राज्यों और केंद्र सरकारों की संस्थाओं के जटिल नियमों से जूझने की मुश्किलों को कम करना होगा।

भारतीय अर्थव्यवस्था के लिए इंटरनेट विकास का एक प्रमुख माध्यम होगा। भारत में वॉइस-ओवर-आईपी पर और वॉइस व डाटा के लिए पीएसटीएन व निजी नेटवर्कों के बीच संपर्क पर प्रतिबंध हटाए जाने चाहिए। वॉइस और सेटेलाइट बैंडविड्थ की कीमतें विश्व के प्रतिस्पर्द्धात्मक स्तर तक कम होनी चाहिए। इसके बिना, भारतीयों की एक बहुत बड़ी संख्या तक इंटरनेट का लाभ पहुंचना मुश्किल है। साथ ही, यह देखते हुए कि सॉफ़्टवेयर निर्यात के विकास के लिए विश्वस्तरीय संचार ढांचा एक प्रमुख शर्त है, ऐसी रुकावटें इस क्षेत्र के लंबी अवधि के विकास की संभावनाओं को बाधित कर सकती हैं। जब तक हमारा हार्डवेयर उद्योग अच्छी तरह विकसित नहीं होगा, तब तक हम आम आदमी को आईटी की शक्ति का लाभ नहीं दिला सकेंगे। हार्डवेयर की कीमतों को अंतत: कम होना ही होगा। ऐसा सिर्फ़ मात्रा को बढ़ाकर ही संभव है, और इसके लिए उचित कर ढांचे की आवश्यकता है जो निर्माण के माध्यम से मूल्यात्मकता को सहारा देता हो।

वैश्विक ग्राहकों और निवेशकों को आकर्षित करने के लिए जरूरी है कि हम

कॉरपोरेट प्रशासन में विश्व मानक कायम करके उनकी सहजता के स्तर को बढ़ाएं। इसी तरह, भारत में विदेशियों द्वारा व्यावसायिक कार्यालय खोलने से संबंधित सरकारी अड़चनों को कम से कम करना होगा। हमें अंतरराष्ट्रीय निवेशक पर अहसान करने की अपनी मानसिकता को बदलकर ऐसी मानसिकता लानी होगी जिससे उन्हें अपने स्वागत का अहसास हो। इस मामले में सरकार और उद्योग को मिलकर काम करना होगा। सरकार ने आयात कर को एक समय के भयानक **150** प्रतिशत से घटाकर शून्य प्रतिशत करके बहुत अच्छा काम किया है। लेकिन देश में बड़े पैमाने पर कंप्यूटरीकरण के लिए आयातित हार्ड वेयर पर भी कर कम करने होंगे। विशाल बाजार की संभावना को देखते हुए, वेंडरों को अपने स्रोतों से बात करके भारत के लिए विशेष कीमतें तय करनी होंगी।

कुल मिलाकर, भारतीय हार्डवेयर कंपनियों का अपने कामों में केंद्रीकरण रहा है। लेकिन यह बात भारतीय सॉफ़्टवेयर कंपनियों के बारे में कहना मुश्किल है। वास्तव में, विदेशों में ग्राहकों की सबसे आम शिकायत यह है कि भारतीय सॉफ़्टवेयर कंपनियां हर क्षेत्र को अपनी विशेषज्ञता का क्षेत्र मानती हैं! कुछ विशेष क्षेत्रों में कम मात्रा सहित इसके कई कारण हो सकते हैं, लेकिन ऐसे बिखरे हुए कामों से विश्वसनीयता और ग्राहकों को मिलने वाली सेवा की गुणवत्ता में कमी आती है। इसके बजाय, विशेषज्ञता पर ज़्यादा ध्यान देने से उस क्षेत्र का ज्ञान प्राप्त करने और इस प्रकार गुणवत्ता की कड़ी में ऊपर उठने में सॉफ़्टवेयर कंपनियों को मदद मिलेगी।

यह सर्वविदित है कि भारत में आईटी प्रोजेक्टों की नाकामी का एक प्रमुख कारण उपभोक्ता की यह समझने की अयोग्यता है कि आईटी उसे क्या फ़ायदा पहुंचा सकती है। इसीलिए उपभोक्ता सॉफ़्टवेयर की सही कीमत नहीं देना चाहता है। अक्सर, उपभोक्ता अपने आईटी वेंडरों के प्रोजेक्ट-कर्मियों को मुनासिब समय देने में पर्याप्त रुचि नहीं दिखाते हैं। इसका नतीजा होता है लंबी देरी और अधिक लागत। एक भारतीय सॉफ़्टवेयर कंपनी के लिए एक भारतीय प्रोजेक्ट को लेने के अवसर की लागत बहुत अधिक होने के साथ-साथ, घरेलू प्रोजेक्ट लेने में भारतीय सॉफ़्टवेयर कंपनियों की हिचकिचाहट की यह भी एक वजह है।

उच्च विकास और उच्च प्रतिव्यक्ति आय उत्पादकता के लिए बाजार में सबसे अच्छे ग्राहकों और स्थानीय प्रतिभा में से बेहतरीन कर्मचारियों को लुभाने की आवश्यकता होती है। ऐसा विश्व स्तर पर एक मजबूत ब्रांड ईक्विटी स्थापित करके किया जा सकता है। भारत अभी तक कोई विश्व ब्रांड बनाने में असफल रहा है। सॉफ़्टवेयर उद्योग इस मनहूसियत को तोड़ने का अवसर प्रदान करता है। लेकिन इस प्रयास के लिए दूरदृष्टि, अत्यधिक ख़र्च और बेहतरीन कार्यान्वयन चाहिए।

गुणवत्ता की कड़ी में ऊपर उठने और आईटी में कुछ नया करने की चाह के लिए हमें अपनी शिक्षण संस्थाओं की क्षमताओं का प्रयोग करना आवश्यक है। शिक्षा जगत में हमारे

बंधुओं को भी शोध की ख़ातिर शोध की पारंपरिक मानसिकता के बजाय समस्या के हल ढूंढ़ने की मानसिकता पर ध्यान देना होगा।

जब मैं पिछले दस वर्षों के बारे में सोचता हूं, तो अंतरराष्ट्रीय बाजारों से प्रतिस्पर्द्धा करने, वैश्वीकरण को स्वीकार करने, व्यापार में अड़चनें कम करने, विश्व की बेहतरीन प्रथाओं की बराबरी करने, और बाहर से मिली प्रतिस्पर्द्धा को स्वीकार करने में इस देश द्वारा की गई प्रगति के बारे में सोचकर ख़ुशी होती है। लेकिन, ये तो मैराथन के बस कुछ कदम हैं। जवाहरलाल नेहरू ने इस देश में ज्ञान उद्योग की बुनियाद डाली थी। मुझे आशा है कि राजनैतिक नेतृत्व, नौकरशाही, कॉरपोरेट नेता और शिक्षा जगत और भी अधिक उत्साह के साथ आगे बढ़ेंगे और हमारे पहले प्रधानमंत्री के सपने को पूरा करेंगे

□

खंड–IV

शिक्षा

अगर मैं किसी सैकेंडरी स्कूल का प्रिंसिपल होता?

एक सैकेंडरी स्कूल के प्रिंसिपल के पास गर्व करने को बहुत कुछ होता है। वे छात्रों का उनके कुछ सबसे विकासात्मक वर्षों में मार्गदर्शन करते हैं। स्कूल प्रिंसिपल बहुत महत्वपूर्ण होते हैं क्योंकि वे भविष्य के राजनीतिज्ञ, वैज्ञानिक, इंजीनियर, डॉक्टर, वकील, सैनिक जनरल, कॉरपोरेट नेता, प्रशासक, जज और पत्रकार बनाते हैं। वे देश की प्रगति के महत्वपूर्ण उपकरण होते हैं।

शिक्षा का प्रमुख उद्देश्य अच्छे और उत्पादनशील नागरिक बनाना होता है। अरस्तू ने कहा था, "सभ्य समाज वह होता है जहां अच्छे लोग अच्छे नागरिक बन जाते हैं।" एक सभ्य समाज में, प्रत्येक पीढ़ी से आशा की जाती है कि वह अगली पीढ़ी के लिए समाज को बेहतर बनाएगी। ऐसे सभ्य समाज का निर्माण शिक्षित लोग ही करते हैं। इसलिए, स्कूल की बहुत बड़ी सामाजिक जिम्मेदारी होती है।

मैंने सोचा कि अगर मैं किसी स्कूल का प्रिंसिपल होता, तो मैं क्या करता।

मुझे बहुत ख़ुशी है कि आईसीएसई और आईएससी के कोर्स लगातार बदले जाते हैं, ताकि वे सबसे अच्छे कोर्सों के बौद्धिक स्तर पर रहें। लेकिन मैं सारे विषयों में समस्याओं को हल करने पर बल देता। मैं कोशिश करता कि इन समस्याओं को ज़्यादा से ज़्यादा हमारे जीवन के संदर्भ से जोड़ा जाए। यह विशेषकर अर्थशास्त्र, भौतिकी, गणित और रसायन जैसे विषयों पर लागू होता है। क्लास में सिद्धांत पर बात करते समय मैं ज़्यादा से ज़्यादा मॉडलों की बात करता। इस तरह, छात्रों में स्कूल से बाहर की दुनिया में वास्तविक समस्याओं को हल करने का आत्मविश्वास पैदा होता।

आज के छात्रों की कल की जिंदगी में अपने चुने हुए क्षेत्रों में अगुवा बनने की बड़ी संभावना है। जब तक उन्हें स्पष्ट शब्दों में और बनावटी लहजे के बिना अच्छा लिखना और सही अंग्रेजी बोलना नहीं सिखाया जाएगा, तब तक क्लास में उनके द्वारा सीखी सारी अच्छी चीजें दूसरों को प्रभावित करने के लिए इस्तेमाल नहीं की जा सकतीं। मैं पांचवीं क्लास से ही अंग्रेजी लिखने का एक कोर्स शुरू करता।

---

5 जनवरी, 2001 को बिशप कॉटन ग्रुप ऑफ़ स्कूल्स, बंगलौर के प्रधानाध्यापकों की सभा में दिया व्याख्यान

मैं क्लासों में आपसी संवाद को और छात्रों की ओर से बहुत से प्रश्न पूछे जाने को प्रोत्साहन देता। इस प्रकार हम बच्चों की सवाल करने, प्रयोग करने और महत्वपूर्ण विचारों को आत्मसात करने की असाधारण जिज्ञासा को सामने ला सकते हैं। मैं बच्चों को स्वतंत्र सोच के लिए प्रोत्साहित करता। स्कूलों को बच्चों में नए विचारों और नई संस्कृतियों के प्रति खुलेपन को बढ़ावा देना चाहिए। मसलन, विभिन्न धर्मों पर एक कोर्स का होना बहुत अच्छा रहेगा जिससे हमारे बच्चे एक दूसरे के धर्मों की अच्छी बातें सीखेंगे और धर्मनिरपेक्ष और उदार दोनों ही बनेंगे।

मैं क्लास के साइज को छोटा कर देता ताकि प्रत्येक छात्र पर बेहतर ध्यान दिया जा सके। मैं क्लास में अपना समय नोट्स लिखाने से ज़्यादा धारणाएं समझाने में बिताता। मैं विज्ञान, गणित और अर्थशास्त्र पढ़ाते हुए पारस्परिक संवाद के सत्रों के लिए तकनीक का इस्तेमाल करता। मैं चौथी क्लास से ही एल्गोरिदि्मक थिंकिंग को एक विषय के रूप में शुरू कर देता। अब कई स्कूलों में कंप्यूटर प्रोग्रामिंग के कोर्स हैं, लेकिन कंप्यूटर-छात्र अनुपात को बेहतर बनाना होगा। इन कोर्सेज में इंटरनेट के अध्ययन को शामिल किया जा सकता है, ताकि बच्चों को इस महान नए क्षेत्र का अनुभव पाने का अवसर मिल सके। किसी शहर के स्कूलों से वीडियो-कांफ्रेंसिंग द्वारा जुड़ना अच्छा आइडिया रहेगा ताकि अध्यापन के अच्छे साधन, जिनकी बहुत कमी है, बांटे जा सकें।

अध्यापकों का स्तर तेजी से गिरता जा रहा है। जब तक हम अच्छे अध्यापकों को आकर्षित नहीं करेंगे, तब तक छात्रों को अच्छी शिक्षा देना संभव नहीं होगा। इसका एक तरीका अच्छे अध्यापकों की तन्ख़ाह दो या तीन गुनी करना हो सकता है। अगर अध्यापक अच्छे होंगे, तो बच्चों के मां-बाप अधिक फ़ीस देने को तैयार होंगे। पुराने छात्रों को रोजगार मिल जाने के बाद उनसे चंदा इकट्ठा करने के लिए समितियां बनाई जा सकती हैं।

बच्चों का अवलोकन बहुत तेज होता है। वे प्रिंसिपल और अध्यापकों को सारे गुणों का नमूना देखना चाहते हैं। अध्यापक उनके हीरो होते हैं। अगर वे अपने अध्यापकों को अपनी ही बात पर चलते नहीं देखेंगे, तो वे उनमें विश्वास खो बैठेंगे। इसलिए अध्यापकों को अच्छे गुणों, योग्यता, ईमानदारी और परिश्रम को अपनाना चाहिए और स्वयं को निष्पक्ष साबित करना चाहिए।

इनमें से कई बातें वे हैं जो मैंने उन स्कूलों के बारे में मां-बाप से सुनी हैं जहां उनके बच्चे पढ़ते हैं। अपनी शिक्षा प्रणाली को बेहतर बनाकर ही हम भविष्य के अच्छे नेता पैदा कर सकते हैं।

□

भारत में उच्च शिक्षा में सुधारों के उपाय

मेरे पिता एक अध्यापक थे। उनका मानना था कि कोई भी देश उतना ही अच्छा होता है जितना उसके द्वारा पैदा किए गए बुद्धिजीवी। मैं भी इस बात को मानता हूं। प्रगति बहुलवाद के प्रति सम्मान के माहौल में विचारों को सोचने, व्यक्त करने, बात करने, बहस करने और कार्यान्वित करने से आती है। हमें बेंजमिन डिजरायली के शब्द याद रखने चाहिए कि विश्वविद्यालय को प्रकाश, स्वतंत्रता और ज्ञान का स्थान होना चाहिए। एक देश की उच्च शिक्षा प्रणाली का उद्देश्य टिकाऊ विकास और कुल अर्थव्यवस्था में सुधार होता है। विश्वविद्यालय ज्ञान के सृजन, संचरण और प्रसार के माध्यम से इसे संभव बनाता है, जो एक देश के आर्थिक और सामाजिक विकास के लिए महत्वपूर्ण है, और इस प्रकार भविष्य के विकास को एक दिशा देता है। रिसर्च ने सिद्ध किया है कि औसतन वे देश जहां साक्षरता का स्तर अधिक होता है और जिन्होंने अपने श्रमिक वर्ग के स्तर को ऊंचा उठाने पर लगातार ज़्यादा निवेश किया है, उनके आर्थिक विकास का स्तर ऊंचा होता है।

विज्ञान का काम प्रकृति के राजों को खोलना और मानव जीवन को बेहतर बनाने के लिए टेक्नॉलोजी की बुनियाद कायम करना है। किसी देश में विश्वविद्यालय शिक्षा का स्तर जितना बेहतर होगा, वहां के लोग उतने ही वैभवशाली और प्रतिस्पर्द्धात्मक होंगे। जैसे-जैसे देश विकास की सीढ़ियां चढ़ रहे हैं, वैसे-वैसे जीडीपी में हाइ-टेक निर्माण और वैल्यू-ऐडेड सेवाओं का योगदान बढ़ता जा रहा है। नतीजतन, आज एक देश की तुलनात्मक बढ़त इससे मापी जाती है कि वह ज्ञान और नवीनता का किस प्रकार प्रयोग करता है। ज्ञान और नवीनता के इस्तेमाल में सफलता उच्च शिक्षा के अच्छे ढांचे से ही संभव है। लेखक क्लार्क कैर का कहना है, "विश्व स्तर पर, धन और वैभव प्राकृतिक संसाधनों से ज़्यादा ज्ञान की प्राप्ति पर निर्भर हो गया है।" इस तरह, शिक्षा की भूमिका अर्थव्यवस्था के विकास और प्रतिस्पर्द्धात्मकता के लिए केंद्रीय बिंदु बन गई है। अमेरिका इसका बेहतरीन उदाहरण है, क्योंकि इसने एक शक्तिशाली शैक्षिक प्रणाली बना ली है जो दुनिया में दूसरी सबसे बड़ी है। दुनिया के बीस सबसे बड़े विश्वविद्यालयों में से सत्रह

तृतीय के. सी. बसु स्मृति व्याख्यान, कोलकाता, **3** अगस्त, **2006**

अमेरिकी हैं। अमेरिकी विश्वविद्यालय न केवल आर्थिक विकास को बढ़ाने वाले श्रमिक पैदा करते हैं, बल्कि वे नवीनता और ज्ञानार्जन के भी विश्वस्तरीय पोषक हैं। वर्तमान में विश्व के 70 प्रतिशत नोबेल विजेता अमेरिकी विश्वविद्यालयों में कार्यरत हैं। वहां विज्ञान और इंजीनियरिंग में सारे विश्व के लगभग 30 प्रतिशत और सबसे अधिक उल्लिखित में से 44 प्रतिशत लेख लिखे जाते हैं।

अमेरिकी शिक्षा प्रणाली ने, विश्वविद्यालय के शोधकर्ताओं की शुरुआती खोजों के माध्यम से, अमेरिका में प्रमुख 'नई टेक्नॉलोजी' उद्योगों—सेमीकंडक्टर, इंफ़ॉर्मेशन टेक्नॉलोजी, बायोटेक्नॉलोजी और फ़ार्मास्यूटिकल इंडस्ट्रीज—को विकसित करने में मदद की है। वास्तव में, सिलिकॉन वैली का विकास भी शुरू में स्टैन्फ़ोर्ड विश्वविद्यालय की नजदीकी इलेक्ट्रॉनिक्स और उच्च टेक्नॉलोजी कंपनियों द्वारा किया गया था जिन्होंने टेक्नॉलोजी विशेषज्ञता और दक्षता के लिए विश्वविद्यालय की सहायता ली थी। अकेला मैसेचुसेट्स इंस्टीट्यूट ऑफ़ टेक्नॉलोजी (एमआईटी) हर वर्ष लगभग 200 कंपनियों की सहायता करता है। नतीजा है अमेरिकी अर्थव्यवस्था के वैभव और प्रतिस्पर्द्धात्मकता में साल दर साल बढ़ोत्तरी।

इसी प्रकार, 1960 के दशक से दक्षिण-पूर्व और पूर्व एशियाई देशों ने ज्ञान-केंद्रित निवेश को आकर्षित करने और आर्थिक विकास को बढ़ाने के लिए उच्च-प्रशिक्षित लोगों का 'भंडार' बनाने की रणनीति अपनाई। रिपब्लिक ऑफ़ साउथ कोरिया ऐसी अर्थव्यवस्था का उदाहरण है। 1980 में ही, इस देश ने 96 प्रतिशत प्राथमिक नामांकन दर और 40 प्रतिशत तृतीयक नामांकन दर के औद्योगिकीकृत राष्ट्रों जैसे आंकड़े प्राप्त कर लिए थे। दक्षिण कोरिया की शिक्षा नीति ने देश के निर्यात-प्रधान तेज विकास, 1980 के दशक से निरंतर आर्थिक विकास और लोगों के बढ़ते वैभव में महत्वपूर्ण योगदान किया है।

भारत में भी उच्च शिक्षा के महत्व को हमारे शुरुआती नेताओं ने महसूस किया था। भारत के पहले प्रधानमंत्री जवाहरलाल नेहरू ने देश के विकास के लिए उच्च शिक्षा की संस्थाओं के महत्व को पहचाना था। इसी दूरदृष्टि की वजह से आईआईटी, आईआईएम, एम्स और राष्ट्रीय प्रयोगशालाओं की स्थापना हुई, जिसके नतीजे में विक्रम साराभाई के अंतरिक्ष कार्यक्रम और होमी भाभा के परमाणु कार्यक्रम जैसे शक्तिशाली प्रयास सामने आए। उच्च शिक्षा में नेहरू और इंदिरा गांधी का विश्वास इतना मजबूत था कि विदेशों में पढ़ाई के लिए विदेशी मुद्रा दिए जाने पर प्रतिबंध लगाने से इंकार कर दिया और दुनिया की सबसे सख़्त कर प्रणाली के दौरान भी आयातित किताबों और पत्रिकाओं पर शून्य-कर प्रणाली पर बल दिया। उन्होंने भारत के आर्थिक विकास को आगे बढ़ाने के लिए अनेक प्रसिद्ध रिसर्चरों को आमंत्रित किया। एम.एस. स्वामीनाथन की हरित क्रांति, सैम पित्रोदा की दूरसंचार क्रांति और शिक्षाप्रद टेलीविजन के लिए सेटेलाइट टेक्नॉलोजी इस्तेमाल करने का यशपाल का प्रयोग, ये सब आम आदमी की बेहतरी के लिए उच्च ज्ञान के इस्तेमाल की

सफलता के अच्छे उदाहरण हैं। पिछले दो दशकों में, भारत ने अपने शैक्षिक ढांचे का इस्तेमाल करके अच्छी आर्थिक तरक़्क़ी की है। भारत के सस्ते, शिक्षित श्रमिकों के विशाल भंडार ने देश के तेजी के विकसित होते सॉफ़्टवेयर, बायोटेक्नॉलोजी और फ़ार्मास्यूटिकल उद्योगों को स्थापित करने में मदद की है।

अर्थशास्त्री जनध्याल बी. जी. तिलक ने भारत के सुधारों के बाद के दौर में सकल घरेलू उत्पाद वृद्धि में उच्च शिक्षा के योगदान को **27** से **30** प्रतिशत आंका है। नई सोच वाले, शिक्षित उद्यमियों द्वारा स्थापित श्रेष्ठ कंपनियों में से तेजस नेटवर्क्स, टीसीएस, इंफ़ोसिस, रिलायंस, भारती, टैल्को, रैनबैक्सी और बायोकॉन जैसी कंपनियों के विकास में शिक्षित कार्यबल ने महत्वपूर्ण भूमिका निभाई है। नेहरू और इंदिरा गांधी की दूरदृष्टि के नतीजे में सामने आए महान अर्थशास्त्रियों, वैज्ञानिकों, प्रबंधन विशेषज्ञों और कॉरपोरेट नेताओं की भीड़ में अमर्त्य सेन, कौशिक बसु, पी. बलराम, सी. एन. आर. राव, श्रीनिवास कुलकर्णी, सी. के. प्रहलाद, रजत गुप्ता और एम. एस. बांगा भी शामिल हैं। देश देशपांडे, बी. वी. चंद्रशेखर, कंवल रेखी और विनोद खोसला जैसे अप्रवासी भारतीय उद्यमियों का असाधारण काम भारतीय उच्च शिक्षा संस्थानों की सफलता का एक और उदाहरण है।

2004 तक **311** विश्वविद्यालयों और **15,600** कॉलेजों के साथ भारत दुनिया की तीसरी सबसे बड़ी उच्च शिक्षा प्रणाली बन गया है—चीन और अमेरिका के बाद। **1990** और **2004** के बीच, भारतीय शिक्षण संस्थानों द्वारा दी गई डिग्रियों की संख्या **70** प्रतिशत बढ़ी है, इंजीनियरिंग डिग्रियों की संख्या **90** प्रतिशत बढ़ी है। भारतीय विश्वविद्यालयों में पढ़ रहे **1** करोड़ **5** लाख छात्रों में से अधिकतर **88.9** प्रतिशत ने अंडरग्रेजुएट कोर्सों में और **9.4** प्रतिशत ने पोस्टग्रेजुएट कोर्सों में दाख़िले लिए हैं। भारत प्रति वर्ष **25** लाख ग्रेजुएट और **350,000** इंजीनियर पैदा करता है। भारत के सिर्फ़ ग्रेजुएटों की संख्या चीन से डेढ़ गुणा और अमेरिका से दो गुणा अधिक है। भारत अमेरिका से पांच या छह गुणा अधिक इंजीनियर पैदा करता है। लेकिन, दुनिया में सबसे अधिक डिग्रियां देने वाले देशों में होने के बावजूद भी भारत में शिक्षा का स्तर असंतोषजनक है। भारत ने हाल के वर्षों में शायद ही कोई उल्लेखनीय खोज की होगी। हमारे इस्तेमाल में आने वाली लगभग हर टेक्नॉलोजी विदेशी है। इसका कारण है हमारे शोध कार्यक्रमों की मात्रा और गुणवत्ता में कमी और रटने पर हमारा बल। आज, भारत में पीएचडी किए लोगों की संख्या अमेरिका से दस गुणे से भी कम है। भारत के इंजीनियरिंग और मेडिकल कॉलेज, मैनेजमेंट स्कूल और विश्वविद्यालय अच्छे शिक्षाविदों की गंभीर कमी से जूझ रहे हैं और अध्यापकों की कमी का औसत **20** प्रतिशत से अधिक है। कंप्यूटर साइंस (सीएस) में हमारे पीएचडी करने वालों की वार्षिक संख्या लगभग **25** है जबकि अमेरिका में यही संख्या **800** से अधिक है। चीन में सालाना पीएचडी करने वालों की संख्या **2,500** आंकी गई है।

इस तरह, विश्वविद्यालयों और कॉलेजों के अपने विशाल नेटवर्क के बावजूद भारत

एक विश्वस्तरीय उच्च शिक्षा प्रणाली बनाने में नाकाम रहा है। **2005** के लिए विश्वविद्यालयों की शैक्षणिक रैंकिंग के अनुसार, विश्व के **500** बेहतरीन विश्वविद्यालयों में भारत के दो ही विश्वविद्यालय थे, जबकि जापान के चौंतीस, चीन के अठारह, दक्षिण कोरिया के सात और ब्राजील के चार थे। मैकिंसी का आकलन है कि भारत के आर्ट्स व ह्यूमैनिटीज में डिग्री प्राप्त छात्रों में से कुल **10** प्रतिशत और इंजीनियरिंग ग्रेजुएटों में से **25** प्रतिशत ही विश्व स्तर पर प्रतिस्पर्द्धा योग्य हैं। देश के **4** करोड़ **10** लाख बेरोजगारों में से बारह प्रतिशत के पास या तो ग्रेजुएट डिग्री है या फिर पोस्ट-ग्रेजुएट डिग्री, जो देश की उच्च शिक्षा प्रणाली की गंभीर असफलता की ओर इशारा करता है। स्पष्टत: उत्कृष्टता के कुछ उदाहरणों को छोड़कर, हमारी उच्च शिक्षा प्रणाली ऐसी श्रेष्ठ संस्थाएं बनाने में नाकाम रही है जो रचनात्मक, बुद्धिजीवी नेता बना सकें जिनकी टिकाऊ विकास के लिए जरूरत है।

रिसर्च में उत्कृष्टता की कमी ने भारत की वैज्ञानिक और तकनीकी उपज पर गंभीर प्रभाव डाला है। साइटेशन सूचकांक में **149** देशों में भारत का दर्जा **119**वां है। मैकिंसी के एक अध्ययन के अनुसार स्टैन्फ़ोर्ड इंजीनियरिंग फ़ैकल्टी के चौंसठ और एमआईटी इंजीनियरिंग फ़ैकल्टी के **102** के मुकाबले आईआईटी को साल में तीन से छह पेटेंट मिले। पांच वर्ष की अवधि में प्रति फ़ैकल्टी साइटेशन की संख्या आईआईटी के लिए दो से तीन थी, जबकि स्टैन्फ़ोर्ड इंजीनियरिंग फ़ैकल्टी के लिए बावन और एमआईटी इंजीनियरिंग फ़ैकल्टी के लिए पैंतालीस। अमेरिका के **84,271**, जापान के **35,350**, और ताइवान के **5,938** के मुकाबले **2004** में भारत ने **363** पेटेंट फ़ाइल किए। **1970** और **1980** के दशकों में विक्रम साराभाई, एम. एस. स्वामीनाथन और सैम पित्रोदा के योगदानों के बाद से देश ने कोई बड़ा वैज्ञानिक और तकनीकी रूपांतरण नहीं किया है। पचास साल से अधिक में भारत ने एक भी बड़ा आविष्कार नहीं किया है।

यद्यपि जवाहरलाल नेहरू और इंदिरा गांधी ने उच्च शिक्षा का एक मजबूत इंफ्रास्ट्रक्चर बनाने पर जबरदस्त बल दिया, लेकिन बाद के प्रधानमंत्रियों में उच्च शिक्षा के प्रति इतना उत्साह नहीं रहा। उच्च शिक्षा के विश्वस्तरीय संस्थान बनाने का जोश लगभग ग़ायब हो गया है। मसलन, नेहरू के समय में देश में पांच आईआईटीज की स्थापना हुई, लेकिन पिछले चालीस साल में केवल एक आईआईटी बना है, इस तथ्य को गिने बिना कि रुड़की और बीएचयू के इंजीनियरिंग कॉलेज नामित आईआईटी थे! इसी प्रकार, इंडियन इंस्टीट्यूट ऑफ़ साइंस (आईआईसी) के लगभग सौ सफल वर्षों के बाद, प्रो. सी. एन. आर राव की दूरदृष्टि की बदौलत, अब कहीं जाकर कुछ और आईआईसी बनाने की कोशिश आरंभ हुई है। यही हाल चिकित्सा, कृषि, अर्थशास्त्र और अन्य क्षेत्रों में है।

भारत अपने सकल घरेलू उत्पाद का कुल **1.9** प्रतिशत उच्च शिक्षा पर ख़र्च करता है, जो **500** अरब डॉलर से अधिक सकल घरलू उत्पाद वाले देशों में सबसे कम है। आईटी

टास्क फ़ोर्स की रिपोर्ट पिछले आठ साल से धूल खा रही है, जिसने आईटी प्रतिस्पर्द्धा को बढ़ाने के लिए उच्च शिक्षा के क्षेत्र में कई समाधान सुझाए थे। शिक्षा पर ख़र्च को सकल घरलू उत्पाद का 6 प्रतिशत तक करने के कोठारी कमीशन रिपोर्ट के सुझाव पर आज अड़तीस साल बाद भी कोई कदम नहीं उठाया गया है! 2005 के बजट भाषण में वित्त मंत्री द्वारा आईआईसी के लिए घोषित 100 करोड़ के अनुदान को जारी करने में केंद्र सरकार को एक साल से अधिक लगा। मैं इस विषय कितना भी बोल सकता हूं लेकिन संदेश स्पष्ट है—देश के नेताओं के लिए उच्च शिक्षा में उत्कृष्टता महत्वपूर्ण नहीं है।

पिछले तीस साल में, दमघोंटू नौकरशाही और उच्च शिक्षा संस्थानों पर अत्यधिक नियंत्रण ने उनकी प्रगति का बाधित किया है। मैं कुछ उदाहरण देता हूं। विज्ञान व तकनीक के इतिहास के अमेरिका के एक नामी प्रोफ़ेसर एक इंडियन इंस्टीट्यूट ऑफ़ टेक्नॉलोजी की कहानी लिखना चाहते हैं लेकिन वीजा के लिए उनका निवेदन ठुकराया जाता रहा, जब तक कि अठारह महीने की देरी के बाद सरकार में कुछ नेकनीयत लोगों ने हस्तक्षेप नहीं किया। एक दक्षिणी राज्य के सर्वश्रेष्ठ निजी मेडिकल कॉलेजों में से एक को अठारह साल तक पोस्ट-ग्रेजुएट डिग्री कोर्स आरंभ करने की अनुमति नहीं दी गई, जबकि उसी राज्य में तमाम तरह के घटिया मेडिकल कॉलेजों को यही कोर्स शुरू करने दिया जाता है। चीन के एक प्रसिद्ध विश्वविद्यालय के अध्यक्ष के न्योते पर एक आईआईएम के डाइरेक्टर वहां एक कांफ्रेंस में भाग लेते हैं। जवाब में वे अध्यक्ष को अपने आईआईएम आने का न्योता देते हैं। सरकार अनुमति देने से इंकार कर देती है। नब्बे के दशक के अंत में अमेरिका में बसे पांच जाने-माने अप्रवासी भारतीय बायो-और इंफ़ॉर्मेशन टेक्नॉलोजी के चार संस्थान शुरू करने के लिए अपने स्टॉक बेचकर 5,000 करोड़ की निधि जमा करने का फ़ैसला करते हैं। वे दुनिया के सर्वश्रेष्ठ विश्वविद्यालय यूनिवर्सिटी ऑफ़ कैलिफ़ोर्निया, बर्कले से संपर्क करते हैं, और दो महीने में उनकी सहमति प्राप्त कर लेते हैं। फिर, वे भारत सरकार से दर्ख़ास्त करते हैं। भारत सरकार से अनुमोदन देने में जल्दी करने के लिए हममें से कई के निवेदन के बावजूद, अभी तक कोई जवाब नहीं मिला है। इस बीच, वे स्टॉक जो 1996 में 300 डॉलर के थे, बुरी तरह ढह चुके हैं, और ये अप्रवासी भारतीय अब इस स्थिति में नहीं हैं कि इस प्रयास में मदद दे सकें। देश ने एक सुनहरा मौका खो दिया। अधिकतर आईआईटीज में हॉस्टलों की हालत इन जगहों पर शिक्षा में उत्कृष्टता की हमारी मांग से एकदम भिन्न है। एक सफल और उदार विद्यार्थी अपने पैसे से अपने शिक्षण संस्थान, एक प्रसिद्ध आईआईटी, में सारी आधुनिक सुविधाओं से लैस एक अच्छा हॉस्टल बनवाता है। तत्कालीन मंत्री और उसके नौकरशाह आईआईटी के डाइरेक्टर से अनगिनत सवाल पूछते हैं कि इस हॉस्टल के निर्माण की अनुमति क्यों दी गई!

ऐसे में आश्चर्य की बात नहीं कि भारत का विश्वविद्यालय-शिक्षित प्रतिभा का भंडार देश की आबादी का महज 9 प्रतिशत है, जबकि चीन का भंडार 15 प्रतिशत, थाईलैंड का

19 प्रतिशत और फ़िलीपीन्स का 28 प्रतिशत है। हम विकसित देशों से अपनी तुलना करना तो भूल ही सकते हैं।

देश में प्राथमिक और माध्यमिक शिक्षा की स्थिति के बारे में सोचना भी महत्वपूर्ण होगा क्योंकि माध्यमिक शिक्षा ही उच्च शिक्षा का प्रवेश द्वार है। एक मजबूत प्राथमिक और माध्यमिक शिक्षा प्रणाली के बिना, इस बात की संभावना कम है कि हमारी विश्वविद्यालय शिक्षा प्रणाली अच्छी होगी। हम प्राथमिक शिक्षा के उद्देश्यों को पाने में भी हर मोर्चे पर नाकाम रहे हैं। आज दुनिया में सबसे अधिक 39 करोड़ अनपढ़ भारत में हैं। ढाई करोड़ भारतीय बच्चे स्कूल नहीं जाते हैं, जो कि दुनिया भर में स्कूल न जाने वाले कुल बच्चों का 20 प्रतिशत है। प्रारंभिक शिक्षा पर भारत अपने सकल घरेलू उत्पाद का कुल 2.1 प्रतिशत ख़र्च करता है। प्राथमिक शिक्षा के प्रति हमारी उदासीनता का प्रभाव इस उदाहरण से समझा जा सकता है। हमारे यहां 65 करोड़ की बड़ी संख्या में लोग कृषि पर आश्रित हैं जिससे होने वाली आय सकल घरेलू उत्पाद का कुल 25 प्रतिशत है, जिसके नतीजा भयानक हद तक कम 12,000 रुपए प्रति वर्ष की प्रति व्यक्ति आय है, जो देश की पहले से ही कम प्रतिव्यक्ति सकल घरेलू उत्पाद से भी कहीं कम है। ये लोग बमुश्किल जीवन-यापन करते हैं। एकमात्र उम्मीद है इन लोगों को कृषि से निकालकर लो-टेक निर्माण में लगाना। अफ़सोस, उनमें से अधिकतर अनपढ़ हैं और कृषि से निकाले जाने योग्य नहीं हैं। दूसरी ओर, चीन जिसकी वयस्क साक्षरता 93 प्रतिशत पहुंच गई है, हर वर्ष अपनी आबादी के 1 प्रतिशत को कृषि से निकालकर निर्माण और उत्पादन में लगाता है।

अमर्त्य सेन का मानना है कि प्राथमिक शिक्षा एक मानव अधिकार है, और "ऐसी जिंदगी जीने की लोगों की सक्षमता का एक आवश्यक भाग, जिसे वो मूल्यवान समझ सकें।" 1992 में, भारत सरकार ने भारत में प्रारंभिक शिक्षा को 'आम' करने के एक नियोजित लक्ष्य की घोषणा की थी। इस लक्ष्य को तीन बृहद प्रयासों में विभाजित किया गया था—आम पहुंच, आम संचयन और आम उपलब्धि—जिसका मकसद था कि शिक्षा को बच्चों के लिए प्राप्य बनाना, यह सुनिश्चित करना कि वे अपनी शिक्षा जारी रख सकें, और यह सुनिश्चित करना कि वे अपने उद्देश्यों की पूर्ति कर सकें। 2003 तक, लगभग 90 प्रतिशत भारतीय ग्रामीण आबादी के घरों के एक किलोमीटर के अंदर प्राथमिक स्कूल थे, और 84 प्रतिशत के तीन किलोमीटर के अंदर उच्च प्राथमिक स्कूल। 1991 और 2003 के बीच, प्राथमिक शिक्षा में प्रवेश का अनुपात 82 प्रतिशत से 95 प्रतिशत हो गया, और उच्च प्राथमिक शिक्षा में 54 प्रतिशत से 61 प्रतिशत। ये अच्छे आंकड़े हैं। लेकिन ये शिक्षा कार्यक्रम कार्यान्वयन और परिणाम में जवाबदेही बनाने में असफल रहे हैं। वास्तव में, प्रारंभिक शिक्षा पर सरकार के ख़र्च का 90 प्रतिशत से अधिक राज्य के स्कूलों में अध्यापकों की तन्ख़ाह में जाता है। इन कार्यक्रमों ने बच्चों को स्कूलों में बनाए रखने और शिक्षा के नतीजों पर ध्यान देने के बजाय उनके दाख़िलों पर आवश्यकता से अधिक बल

दिया है। जवाबदेही की कमी का नतीजा, एक शिक्षाविद के शब्दों में, 'आम घटिया शिक्षा' रहा है। राज्य के स्कूलों में आमतौर पर मूलभूत ढांचे और सुविधाओं तक की कमी होती है। भारत के प्राथमिक स्कूलों में औसतन **14** प्रतिशत एक-क्लासरूम या एक-अध्यापक स्कूल हैं। असम और अरुणाचल प्रदेश जैसे राज्यों में यह संख्या **40** प्रतिशत तक बढ़ जाती है। राष्ट्रीय स्तर पर किए गए एक आकलन के अनुसार, सितंबर **2005** तक लगभग **998,000** क्लासरूमों की कमी थी।

गुणवत्ता पर ध्यान की कमी ने स्कूलों में अध्यापन की गुणवत्ता पर गंभीर प्रभाव डाला है। **2003** में, विश्व बैंक के शोधकर्ताओं ने भारत के **200** प्राथमिक स्कूलों का अचानक दौरा किया, और आधे स्कूलों में कोई अध्यापन गतिविधि नहीं पाई। हार्वर्ड यूनीवर्सिटी के माइकेल क्रीमर द्वारा किए एक सर्वेक्षण ने भारत के सरकारी प्रारंभिक स्कूलों में हर समय चार में से एक अध्यापक को अनुपस्थित पाया। स्कूली वर्ष के लगभग एक तिहाई भाग में अध्यापक स्कूल में बिल्कुल ही नहीं आते। राज्यों के स्कूलों में शिक्षा की घटिया गुणवत्ता ने ज्ञान के परिणामों को बुरी तरह प्रभावित किया है—हाल के एक राष्ट्रीय सर्वेक्षण में सामने आया कि सर्वेक्षण किए गए **7** से **14** वर्ष के बच्चों में से लगभग **35** प्रतिशत एक साधारण पैराग्राफ़ नहीं पढ़ सके और लगभग **60** प्रतिशत बच्चे एक साधारण कहानी नहीं पढ़ सके। चौथी क्लास के आधे से कम बच्चे ही पहले स्तर की गणित ठीक से हल कर पाए। इस लापरवाही के नतीजे में स्कूल छोड़ने और फ़ेल होने वाले छात्रों की दर अत्यधिक है। राज्यों के स्कूलों में स्कूल छोड़ने वाले बच्चों की दर **53** प्रतिशत है। पश्चिम बंगाल में, पहली कक्षा में दाख़िला लेने वाले **100** बच्चों में से केवल सत्रह के ही दसवीं कक्षा पास कर पाने का अनुमान है। राष्ट्रीय स्तर पर, प्राथमिक स्तर पर दाख़िला लेने वाले बच्चों में से सिर्फ़ **28** प्रतिशत पांचवीं कक्षा पास करते हैं। और स्कूल छोड़ने वाले बच्चों में से **61** प्रतिशत भारत के सबसे ग़रीब **40** प्रतिशत घरों के हैं।

सरकारी स्कूलों में शिक्षा के घटिया स्तर के नतीजे में देश भर में निजी स्कूल फल-फूल रहे हैं। हाल के एक अध्ययन से पता चला कि **16** प्रतिशत ग्रामीण बच्चे अब निजी प्रारंभिक स्कूलों में जाते हैं जो सरकारी स्कूलों की मुफ़्त शिक्षा की तुलना में औसतन **90** रुपए प्रति माह लेते हैं। आज, जहां भारत के प्राथमिक स्कूलों में से **10** प्रतिशत निजी स्कूल हैं, वहीं उनमें दाख़िले **27** प्रतिशत हैं। निजी स्कूल सरकारी स्कूलों से बेहतर काम भी करते हैं। अर्थशास्त्री गीता किंगडन का सर्वेक्षण दिखाता है कि निजी स्कूल सरकारी स्कूलों की तुलना में प्रति छात्र कम लागत के साथ ज़्यादा सक्षमता से चलाए जा रहे हैं। मौखिक और गणित की परीक्षाओं में इन स्कूलों के बच्चों के अंक भी सरकारी स्कूलों के बच्चों से **10** प्रतिशत अधिक आते हैं।

अब मैं वापस उच्च शिक्षा प्रणाली पर आता हूं। ऐसा क्यों है कि वह प्रणाली जिसने केवल आईआईटी, कानपुर में **60** के दशक के मध्य में **350** शोधार्थियों को आकर्षित

किया, वह अब उसी संस्थान में आज मुट्ठी भर को भी आकर्षित करने में असफल है? ऐसा क्यों है कि वह प्रणाली जिसने केवल आईआईटी, कानपुर में साठ के दशक में सिर्फ़ एक विभाग में पचास से अधिक पीएचडी पैदा किए, आज साल में दो भी पैदा करने में असफल है? ऐसा क्यों है कि वह प्रणाली जो साठ के दशक में दुनिया के सर्वश्रेष्ठ विश्वविद्यालयों के पांच से दस प्रसिद्ध प्रोफ़ेसरों को हमारे बड़े विश्वविद्यालयों की ओर आकर्षित करती थी, आज एक को भी आकर्षित करने में असफल है? ऐसा क्यों है कि वह प्रणाली जो प्रति वर्ष केवल एक संस्था से केवल एक विषय में तीस से चालीस विश्वस्तरीय लेख सामने लाती थी, आज उसी संस्था से प्रति वर्ष दो लेख भी ला पाने में असफल है?

इन महत्वपूर्ण प्रश्नों का जवाब मिलना चाहिए। अगर हम अपने बच्चों के लिए एक बेहतर शिक्षा प्रणाली छोड़कर जाना चाहते हैं, तो हमें सचाई का सामना कर होगा, चाहे सचाई कितनी ही कड़वी क्यों न हो। एक सभ्य समाज का यही अर्थ होता है। हमें सख़्त कदम उठाने होंगे जिनसे सारे समाज को फ़ायदा हो, लेकिन जो हममें से कुछ लोगों को बुरे लग सकते हैं।

अगर हम अपनी शिक्षण संस्थओं की गुणवत्ता को सुधारना चाहते हैं, तो हमें इन संस्थाओं को पूर्ण स्वायत्तता देनी होगी। स्वायत्तता से मेरा क्या तात्पर्य है? एक शिक्षण संस्था की स्वायत्तता का अर्थ है चयन के मानक और छात्रों व अध्यापकों की संख्या; पाठ्यक्रम; छात्रों की फ़ीस और छात्रवृत्ति; अध्यापकों का पारश्रमिक; संसार के सर्वश्रेष्ठ विद्वानों और नेताओं के साथ सामंजस्य; विकास की योजनाओं और बदलते माहौल के साथ चलने के निर्णय लेने की स्वतंत्रता। यह स्पष्ट है कि स्वायत्तता के इन सारे पक्षों पर, उच्च शिक्षा की हमारी संस्थाएं बहुत नीचे हैं और, वास्तव में, अपनी स्वतंत्रता को धीरे-धीरे खोती जा रही हैं। हमारी शिक्षण संस्थाओं में कम होती स्वतंत्रता का मैं आपको एक हालिया उदाहरण देता हूं। सिर्फ़ दो हफ़्ते पहले, यह ख़बर थी कि विदेश मंत्रालय विज्ञप्ति जारी करने वाला है कि निजी क्षेत्र सहित सारे संगठन किसी विदेशी प्रतिनिधि मंडल को आमंत्रित करने या विदेशी निमंत्रण को स्वीकार करने से पहले मंत्रालय की अनुमति प्राप्त करें। कारोबारी या शैक्षिक संस्थाओं पर ऐसे प्रतिबंध हमारी प्रतिस्पर्द्धात्मकता को बाधित ही करेंगे।

पहली आवश्यकता है हमारे शिक्षण संस्थाओं की महत्वाकांक्षाओं, आत्मविश्वास, ऊर्जा और उत्साह को बढ़ाने की। हमें इन संस्थाओं के लिए अधिक पारदर्शिता और जवाबदेही के माध्यम से प्रतिस्पर्द्धा के द्वारा प्रगति का मार्ग प्रशस्त करना होगा। मैंने ऊपर जिन क्षेत्रों का उल्लेख किया है, उनमें विश्व की सर्वश्रेष्ठ प्रथाओं के आधार पर हमें स्पष्ट नियम बनाने होंगे। ऐसा करने के लिए, हमें ज्ञान के प्रत्येक क्षेत्र के लिए प्रबंध समिति नाम के समूह बनाने चाहिए, जिनमें उच्च शैक्षिक रैंकिंग में दुनिया के सर्वश्रेष्ठ पांच देशों के नामी शिक्षाविदों सहित प्रतिष्ठित लोग हों। इन समूहों को प्रत्येक प्रशासनिक क्षेत्र के मानक तय

करने और हमारी उच्च शिक्षा प्रणाली की प्रगति की समीक्षा करने के लिए वर्ष में दो बार बैठकें करनी चाहिए। इन मानकों को अख़बारों और इंटरनेट पर व्यापक रूप से प्रकाशित करना चाहिए ताकि छात्र और उनके मां-बाप जान जाएं कि उच्च शिक्षा संस्थाओं से क्या उम्मीदें की जा सकती हैं। इस प्रबंध समिति द्वारा तय किए गए मानकों के आधार पर बाजार को एक रैंकिंग प्रणाली बनानी चाहिए। राष्ट्रीय दैनिक और साप्ताहिक अख़बारों को देश में प्रत्येक क्षेत्र की और क्षेत्रीय अख़बारों को प्रत्येक राज्य की पचास सर्वश्रेष्ठ संस्थाओं को रैंकिंग देनी चाहिए। अमेरिका और कई अन्य देशों ने ऐसी ही प्रणाली बनाई हुई है।

मैंने जिस प्रणाली की रूपरेखा बनाई है, इससे सारी निजी संस्थाओं को प्रोत्साहन मिलेगा। बेशक सरकारी सहायता प्राप्त सारे विश्वविद्यालयों के लिए अचानक उत्कृष्टता के समान अवसर तक पहुंचना संभव नहीं होगा। कार्यक्षमता के वर्तमान स्तर के आधार पर हमें अपने विश्वविद्यालयों को ए, बी और सी में वर्गीकृत करना चाहिए। प्रत्येक वर्ग के लिए प्रबंध समिति विकासमान मानक तय करे, और स्वायत्तता और वित्तीय सहायता के बढ़ते स्तर को परिभाषित करे। प्रबंध समिति इन संस्थाओं के लिए ऐसे निम्नतम स्तर तय करे जिन्हें पूरा करने के बाद ही नया या बढ़ा हुआ अनुदान दिया जाएगा। प्रत्येक विश्वविद्यालय को बेहतर काम करने के लिए प्रोत्साहन दिए जाना महत्वपूर्ण है। यह भी याद रखना आवश्यक है कि कम कार्यकुशल संस्थाओं के पास भी अध्यापकों के चयन और तरक्क़ी जैसे क्षेत्रों में पर्याप्त स्वायत्तता हो, वर्ना वे विकास नहीं कर पाएंगी।

यह बात मुझे विश्वविद्यालयों में उत्कृष्टता के एक अन्य महत्वपूर्ण पक्ष की ओर लाती है—छात्रों की गुणवत्ता। हमें स्वीकार करना चाहिए कि जीवन की अधिकतर चीजों की तरह, छात्रों की गुणवत्ता सामान्य वितरण पर आधारित है। अर्थात, एक छोटा प्रतिशत असाधारण छात्रों का होगा, बहुलता औसत छात्रों की होगी, और एक छोटा प्रतिशत औसत से कम स्तर के छात्रों का होगा। बेशक प्रत्येक बच्चे को सर्वश्रेष्ठ बनने का अवसर देना महत्वपूर्ण है, लेकिन हमें स्वीकार करना चाहिए कि सारे ही छात्र ऐसा नहीं कर सकते, क्योंकि नतीजा सामान्य वितरण पर आधारित होगा। हम सबने ऐसे बहुत से मामले देखे होंगे जहां एक ही मां-बाप के बच्चों की कार्यकुशलता में बड़ा अंतर होता है। दुर्भाग्य से, भारत में, हमारी आदत है कि हम अपने मानक सबसे ख़राब कार्यकुशलता वालों पर आधारित करते हैं, और असाधारण छात्रों को हतोत्साहित करते हैं। यह सुझाव कि मुस्लिम छात्रों के लिए माध्यमिक स्तर पर गणित और अंग्रेजी उत्तीर्ण करना अनिवार्य नहीं होगा, ऐसा ही एक दुखद कदम है जो मुस्लिम बच्चों को और भी अपंग करेगा। निम्न कार्य कुशलता वाले छात्रों के लिए आरक्षण पर मौजूदा बहस भी इसी श्रेणी में आती है। सुझाया गया हल आईआईटी और आईआईएम में कमजोर पृष्ठभूमियों के 2,000 छात्रों को अवसर प्रदान कर सकता है, लेकिन यह 15 करोड़ कमजोर बच्चों की सहायता करने की

समस्या का निवारण नहीं करता। हल है प्राथमिक शिक्षा पर ध्यान केंद्रित करना, और कम कार्यकुशल बच्चों की कार्यकुशलता को बेहतर बनाने पर अधिक पैसा लगाना, न कि उच्च शिक्षा में कार्यकुशलता के स्तर को हल्का करना। सबसे अच्छा यह होगा कि तैयारी की ऐसी संस्थाएं कायम की जाएं जो कमजोर पृष्ठभूमियों के ऐसे छात्रों को लें और उन्हें अतिरिक्त कोचिंग, पोषण और वित्तीय सहायता दें ताकि वे प्रतिस्पर्द्धा-योग्य बन सकें।

यह बात सर्वसम्मत है कि किसी शिक्षण संस्था की गुणवत्ता इन तथ्यों से निर्धारित होती है कि वह कैसे छात्रों को आकर्षित करती है, कैसे अध्यापकों को आकर्षित करती है, और कैसी रिसर्च पैदा करती है। संस्था कैसे छात्रों को आकर्षित करती है, यह पूर्व छात्रों, वर्तमान छात्रों और अध्यापकों की गुणवत्ता से तय होता है। वास्तव में, यह सर्व सम्मत है कि किसी मजबूत वित्तीय प्रोत्साहन की अनुपस्थिति में, वर्तमान छात्रों की गुणवत्ता ही अच्छे छात्रों और अध्यापकों को किसी विश्वविद्यालय में जाने को प्रेरित करती है। दुनिया के सारे महान विश्वविद्यालय इन्हीं आधारभूत नियमों का अनुसरण करते हैं।

योग्यता पर आधारित श्रेणी के छात्रों में भी, हमें सिर्फ़ अच्छे छात्रों के लिए विशेष कोर्स तैयार करने चाहिए ताकि वे समान रूप से अच्छे छात्रों के साथ प्रतिस्पर्द्धात्मक माहौल में ज्ञान प्राप्त करें। अमेरिका में, ऐसे कोर्स ऑनर्स कोर्स कहलाते हैं। आमतौर पर, अधिकतर छात्र कोर्स के सामान्य संस्करण में जाते हैं, जबकि एक छोटा सा प्रतिशत उसी कोर्स के ऑनर्स संस्करण में जाता है। ऑनर्स संस्करण तेज गति का कोर्स होता है जिसमें विषय का अधिक गहरा ज्ञान होता है, जिससे आप अच्छे छात्रों की गुणवत्ता को नीचे लाए बिना सारे छात्रों तक पहुंच सकते हैं।

भारत में हमारी आदत हर चीज के सबसे निचले प्रतिनिधि तक उतरने की है। कई साल पहले, सांसदों की एक समिति ने एक आईआईटी का दौरा किया था, उसने सुझाव दिया कि पीएचडी कार्यक्रमों में कम योग्यता वाले छात्रों को समायोजित करने के लिए भारत को रिसर्च के लिए अपने मानक बनाने चाहिए!

हमें याद रखना चाहिए कि विश्वविद्यालय सिर्फ़ अच्छी पढ़ाई से नहीं, बल्कि बेहतरीन रिसर्च से महान बनते हैं। रिसर्च का अर्थ है कला या तकनीक के क्षेत्र में उच्चतम विकास को आगे बढ़ाना। नए रास्तों पर चलना। नए क्षितिज खोलना। कल्पना करना। रिसर्च के लिए आवश्यक है कि अध्यापक योग्य लोगों के बीच वाद-विवाद, प्रतिस्पर्द्धा और महत्वाकांक्षा के माहौल में काम करें। रिसर्च में औसत योग्यता के लिए जगह नहीं होती। वास्तव में, हार्वर्ड में जब भी किसी अध्यापक की जगह भरी जानी होती है, तो विश्वविद्यालय हमेशा विश्व स्तर पर सर्वश्रेष्ठ प्रतिभा की तलाश करता है, चाहे वहां कई आंतरिक उम्मीदवार मौजूद हों। लगभग सारे अमेरिकी विश्वविद्यालयों में, किसी भी उम्मीदवार के कार्यकाल का फ़ैसला करने के लिए, आंतरिक और बाहरी विशेषज्ञों

सहित, आकलन की एक कड़ी प्रक्रिया है। अगर हम वाकई आर्थिक विकास की प्राप्ति और ग़रीबों के जीवन को बेहतर बनाना चाहते हैं, तो हम कम से कम पांच बड़े विश्वविद्यालयों में प्रत्येक विषय में अध्यापकों और छात्रों के चयन में मेरिट में मिलावट नहीं कर सकते। वर्ना, सामाजिक न्याय के समर्थन में हम कितनी भी भावुकता के साथ बढ़-चढ़ कर बोलें, हमारे शब्द कोरे रहेंगे। हमें याद रखना चाहिए कि हम किसी एम. एस स्वामीनाथन, किसी सैम पित्रोदा या किसी विक्रम साराभाई के बिना सामाजिक न्याय नहीं ला सकते, और ऐसे लोग उस माहौल में पैदा नहीं हो सकते जो मेरिट को बाधित करता हो।

दुर्भाग्य से, हमारी तथाकथित सर्वश्रेष्ठ संस्थाओं में भी, अध्यापकों के चयन, पारिश्रमिक और तरक़्क़ी में मेरिट को लेकर अध्यापकों की ओर से ही कड़ा विरोध होता है। हम सबको समझना चाहिए कि एक लोकतंत्र में हमेशा औसत लोग ही बाहुल्य में होते हैं, और वही नियम बनाते हैं। मैं आपको एक उदाहरण देता हूं। कुछ वर्ष पहले, मैंने भारत में एक प्रसिद्ध संस्था के कंप्यूटर साइंस विभाग से कहा कि मैं और मेरी पत्नी अंतरराष्ट्रीय रूप से जानी-पहचानी पत्रिकाओं में प्रकाशित प्रत्येक पेपर को **2** लाख रुपए का पुरस्कार देने के लिए एक निधि कायम करना चाहते हैं। अधिकतर अध्यापकों के जोरदार विरोध से मैं हैरान रह गया, जिनके बारे में मुझे बाद में पता चला कि वे सारे औसत थे! उनका ऐतराज यह था कि पुरस्कार बार-बार कुछ ही अध्यापकों को जाएगा। मेरे इस सुझाव के जवाब में कि प्रत्येक अध्यापक अच्छे पेपर लिखने की कोशिश करे, पथरीली ख़ामोशी मिली। इसका हल यह है कि सर्वश्रेष्ठ लोग नियम बनाएं और उन नियमों को न्यायसंगतता और पारदर्शिता के साथ लागू करें। जैसा कि महात्मा गांधी ने कहा था, "एक प्रगतिशील समाज में, साधनों को हमेशा इंसानों से श्रेष्ठ समझना चाहिए क्योंकि इंसान तो अपनी पूर्ति की कोशिशों में लगे अपूर्ण यंत्र ही होते हैं।"

प्रगति का अर्थ होता है सकारात्मक, लेकिन कड़ा बदलाव। ऐसे बदलाव के लिए अच्छे नेताओं की आवश्यकता होती है। नेतृत्व का मतलब होता है बड़े सपने देखना और महान दृष्टि का निर्माण करना, आगे आकर नेतृत्व करके लोगों के भरोसे का निर्माण करना। इसका मतलब होता है मेहनत और समझदारी से काम करके और असंभव दिखने वाले उद्देश्य को संभव बनाकर अपनी बात पर अमल करना। मुझे कोई भी महान देश, महान संस्था या महान कंपनी दिखाइए, और मैं आपको उसके पीछे एक महान नेता दिखा दूंगा। अभी हमारी चुनौती है अपने विश्वविद्यालयों के नेतृत्व के लिए अच्छे कुलपतियों को लाना और उन्हें ऐसी प्रशासनिक प्रणाली से समर्थित करना जो सर्वश्रेष्ठ लोगों को आकर्षित करे।

बदकिस्मती से, आज केंद्र और राज्य सरकारों दोनों ने ही पचास के दशक में कायम की गई सुदृढ़ प्रक्रियाओं में हेरफेर करके और विश्वविद्यालयों में नेतृत्व के ओहदों को

जातीय और क्षेत्रीय आधारों पर भर कर शिक्षण संस्थाओं में प्रशासनिक प्रणाली को कमजोर बना दिया है। उदाहरणत: **2002** तक आईआईएम के डाइरेक्टरों के चयन का फ़ैसला विभागीय और बाहरी विशेषज्ञों की टिप्पणियों के आधार पर बोर्ड ऑफ़ गवर्नर्स द्वारा किया जाता था। विदेशों में सारे विश्वस्तरीय विश्वविद्यालयों के उलट, चयन में विभाग या बोर्ड की भूमिका को समाप्त करने के लिए अब इसे बदल दिया गया है।

जैसा कि मैंने पहले कहा, प्रगति के लिए महत्वाकांक्षा प्रमुख ईंधन है। महत्वाकांक्षा को बढ़ाने के लिए जरूरी है कि हम सर्वश्रेष्ठ ग्लोबल मानकों की बराबरी करें। मूलभूत ढांचे, सुविधाओं, रिसर्च और पाठ्यक्रम की गुणवत्ता में भारतीय विश्वविद्यालयों को विभिन्न क्षेत्रों—इंजीनियरिंग, चिकित्सा, विज्ञान, साहित्य, कला और कानून—में अपनी कार्यकुशलता दुनिया के सर्वश्रेष्ठ के बराबर लानी होगी। विश्व स्तर पर प्रतिस्पर्द्धात्मक मानसिकता बनाने के लिए हमें सक्रिय रूप से उन रैंकिंग्स और अध्ययनों में भाग लेना चाहिए जो भारत को उन राष्ट्रों के साथ रखते हैं जो उच्च शिक्षा में हमसे आगे हैं। एक देश की हैसियत से, हम ऐसी रैंकिंग्स से दूर ही रहे हैं। इसका एक उदाहरण है विज्ञान और गणित में स्कूल स्तर की योग्यता का राष्ट्रों का मानकीकरण। जब हमारा स्तर विश्व में बहुत नीचे पाया गया, तो हम ऐसी रैंकिंग्स से बचने लगे। लेकिन अपनी समस्याओं का अहसास करने और उनका समाधान निकालने के लिए उनमें भाग लेना जरूरी है।

भारतीय विश्वविद्यालयों को खुलेपन के माहौल को बढ़ावा देना चाहिए, और सहयोगी रिसर्च प्रयासों और अध्यापकों व छात्रों के आदान-प्रदान कार्यक्रमों के माध्यम से दुनिया के बेहतरीन विश्वविद्यालयों के साथ संपर्क स्थापित करना चाहिए। थाईलैंड ने सहयोगी प्रोजेक्ट विकसित करने के इच्छुक थाई और अमेरिकी विश्वविद्यालयों के लिए प्रोजेक्ट जूनो (जॉइंट यूनिवर्सिटीज नेटवर्क ऑनलाइन) नाम के एक इंटरनेट-आधारित 'मैच-मेकिंग' प्रयास के जरिए ऐसा किया है। यह प्रोजेक्ट थाई विश्वविद्यालयों को अध्यापकों या छात्रों के आदान-प्रदान के संभावित अवसर तलाश करने, संयुक्त कोर्स विकसित करने, और इच्छुक अमेरिकी विश्वविद्यालयों के साथ सहयोगी अनुसंधान आरंभ करने के अवसर देता है।

भारत में, मेरा सुझाव एक ऐसा प्रयोग करने का है कि हर साल पांच उच्चतम संस्थाएं हर क्षेत्र में एक कोर्स पढ़ाने के लिए पांच विश्वस्तरीय अध्यापकों को बुलाएं। अगर हम पचास क्षेत्र मानें, तो यह विदेशों से लगभग **40,000** डॉलर प्रति अध्यापक प्रति सत्र की लागत पर बस **1,250** अध्यापकों को बुलाने का सवाल है, जिसकी कुल लागत लगभग **5** करोड़ डॉलर या **250** करोड़ रुपए होगी। इसी प्रकार, प्रसिद्ध शोधकर्ताओं के साथ सर्वश्रेष्ठ विश्वविद्यालयों में रिसर्च करने के लिए हमारे छात्रों और अध्यापकों को भेजना भी संभव होना चाहिए। इसमें भी **10,000** डॉलर प्रति छात्र से अधिक नहीं लगना चाहिए। अगर हम हर साल विभिन्न शाखाओं के लगभग **1,000** छात्रों को भेजें,

तो इसमें बस 1 करोड़ डॉलर या 50 करोड़ रुपए की लागत आएगी।

हमें संयुक्त या स्वतंत्र रूप से, विदेशी विश्वविद्यालयों को आने देना चाहिए। इससे भारत में अंतरराष्ट्रीय प्रतिस्पर्द्धा बढ़ेगी, और कम ख़र्च में छात्रों की पहुंच ग्लोबल विश्वविद्यालयों तक संभव होगी। आज, लगभग 100,000 छात्र उच्च शिक्षा के लिए विदेश जाते हैं और प्रति वर्ष लगभग 1 अरब डॉलर ख़र्च करते हैं। अगर ये विश्वस्तरीय विश्वविद्यालय भारत में काम करने लगें, तो इसमें से ज़्यादातर ख़र्च को बचाया जा सकता है।

पीएचडी की थीसिसों का विदेशी रिसर्चरों द्वारा मूल्यांकन कराने की प्रथा—जो 1960 और 1970 के दशकों में आम थी—को दोबारा चालू करना चाहिए ताकि हमारा शोध कार्य अंतरराष्ट्रीय स्तर का हो सके। अमेरिकी विश्वविद्यालयों की तर्ज पर हमारे छात्रों को अंडरग्रेजुएट रिसर्च के मौके उपलब्ध कराए जाने चाहिए। ऐसे अवसरों से युवावस्था में ही रिसर्च में रुचि जागृत हो जाती है और इससे शिक्षा जगत की ओर अधिक छात्रों के आकृष्ट होने की संभावना होती है।

भारत में रिसर्च की देखभाल करने वाली संस्था डिपार्टमेंट ऑफ़ साइंस एंड टेक्नॉलोजी (डीएसटी) को स्वतंत्र बनाना चाहिए और इसे अमेरिका की नेशनल साइंस फ़ाउंडेशन (एनएसएफ़) जैसी पारदर्शी, मूल्यांकित रिसर्च फ़ंडिंग की ओर बढ़ना चाहिए। इससे रिसर्च फ़ंडिंग अधिक प्रभावशाली हो सकेगी।

यह बात मुझे उच्च शिक्षा की हमारी संस्थाओं के वित्त-प्रबंधन की ओर लाती है। मेरा मानना है कि भारत जैसे ग़रीब देश में उच्च शिक्षा, और शहरी क्षेत्रों में प्राथमिक और माध्यमिक शिक्षा भी, निजी क्षेत्र पर छोड़ देनी चाहिए। सरकार को अपना ध्यान और सीमित संसाधन ग्रामीण क्षेत्रों में प्रभावशाली प्राथमिक और माध्यमिक शिक्षा के लिए प्लेटफ़ॉर्म बनाने पर लगाने चाहिए। शहरी प्राथमिक और माध्यमिक शिक्षा में सब्सिडी केवल ग़रीब बच्चों को मिले, और सारी सब्सिडी नामी अर्थशास्त्री मिल्टन फ्रीडमैन द्वारा बनाई गई वाउचर प्रणाली से सीधे स्कूलों को जाए। कॉलेज में दाख़िले योग्य हर बच्चे को या तो कॉलेज से छात्रवृत्ति मिले या फिर किसी वित्तीय संस्था से ऋण मिले। सरकार को एक ऐसा तंत्र बनाना चाहिए कि छात्र वह ऋण ब्याज सहित वापस करे, चाहे वह देश में हो या विदेश में। इससे सरकार को उच्च शिक्षा या शहरी शिक्षा को सब्सिडी देने की आवश्यकता समाप्त हो जाएगी। ऐसा प्रतिमान उच्च शिक्षा संस्थाओं को अध्यापकों को एक प्रतिस्पर्द्धात्मक पारिश्रमिक देने और आधुनिक इंफ्रास्ट्रक्चर बनाने के लिए उचित शुल्क लेने में भी मदद करेगा। अध्यापकों के सामने बेहतर काम करने के लिए प्रोत्साहन होने चाहिए। मेरा मानना है कि फ़ीस में प्रतिस्पर्द्धात्मक माहौल अंत में शिक्षा की कीमत को कम ही करेगा। जब 1980 के दशक में जापान में उच्च शिक्षा के क्षेत्र को निजी क्षेत्र के लिए खोला गया, तो शुरू में निजी कॉलेजों में शिक्षा की कीमत सरकारी कॉलेजों के

मुकाबले ज़्यादा थी। लेकिन, निजी क्षेत्र ने ट्यूशन की दर को नियंत्रित करके बाजार और छात्र की पसंद के अनुसार चलना आरंभ कर दिया, और एक दशक के अंदर फ़ीस का अंतर ग़ायब हो गया।

अब मैं छात्रों के लिए दाख़िले की कीमत कम करने के मुद्दे पर आता हूं। आज छात्र दाख़िले की कई परीक्षाएं देने में काफ़ी समय और पैसा ख़र्च करते हैं। मैं पूरे देश में प्रवेश परीक्षा प्रणाली को दुरुस्त करने के लिए अमेरिका के स्कोलास्टिक असेसमेंट टैस्ट (एसएटी) की तर्ज पर एक राष्ट्रीय प्रवृत्ति परीक्षा का सुझाव दूंगा। उसके बाद कॉलेज राष्ट्रीय परीक्षा के अंक, स्कूल रिकॉर्ड, शैक्षिक व अतिरिक्त उपलब्धियों, इंटरव्यू, सिफ़ारिशों, नेतृत्व और प्रतिस्पर्द्धात्मक योग्यताओं जैसे कारकों को ध्यान में रखकर अपने प्रवेश मानक तय कर सकते हैं। लेकिन कॉलेजों को अपनी मानक प्रणाली में पारदर्शी होना पड़ेगा और अपने छात्रों की प्रवेश परीक्षा के औसत अंक प्रकाशित करने होंगे।

विश्वविद्यालयों से जुड़े होने के कारण कॉलेजों की अपनी प्रवेश योग्यताएं तय करने की क्षमता बाधित नहीं होनी चाहिए। मसलन, यूनिवर्सिटी ऑफ़ कैलिफ़ोर्निया (यूसी) अमेरिका के सबसे प्रतिष्ठित विश्वविद्यालयों में से है, जिसकी 150 शाखाएं हैं। राष्ट्रीय स्तर पर

सर्वश्रेष्ठ दस में यूसी के शिक्षण कार्यक्रम किसी भी अन्य सरकारी या निजी विश्वविद्यालय से अधिक हैं। यूसी के दस के दस विश्वविद्यालय कैंपस प्रवेश और कार्य प्रक्रिया दोनों में स्वतंत्र हैं।

हमारी शिक्षण संस्थाओं बदलती आर्थिक और औद्योगिक आवश्यकताओं की मांगों को प्रभावशाली ढंग से पूरा कर सकें, इसके लिए हमारी शिक्षा प्रणाली को पाठ्यक्रम बनाने, और साथ ही औद्योगिक रिसर्च में भी उद्योगों और विश्वविद्यालयों के बीच बेहतर सहयोग को प्रोत्साहित करना चाहिए। भारत में उद्योग-शिक्षा जगत के बीच सहयोग के कई उदाहरण हैं। आईसीआईसीआई बैंक ने पाठ्यक्रम विकसित करने में सहायता करने और कॉलेजों को विजिटिंग अध्यापक मुहैया कराने में कई कॉलेजों के डीन और प्रोफ़ेसरों के साथ मिलकर काम किया है। भारती टेली-वेंचर्स ने आईआईटी, दिल्ली में दूरसंचार प्रशिक्षण स्कूल स्थापित किया है। इंफ़ोसिस ने कैंपस कनेक्ट स्थापित किया है, जो भारत में तकनीकी कॉलेजों में अध्यापन को बेहतर बनाने का प्रयास है। इंफ़ोसिस आईआईटी, आईआईएम, आईआईसी और कुछ इंजीनियरिंग कॉलेजों में छब्बीस पीएचडी छात्रवृत्तियां भी देती है। सरकार को करों में छूट देने और रिसर्च के लिए नियंत्रण-रहित माहौल बनाने के माध्यम से उद्योग, रिसर्च संस्थाओं और कॉलेजों के बीच और अधिक सहयोग को प्रोत्साहित करना चाहिए।

हमें वैज्ञानिक जे.जे. बूनर के शब्द याद रखने चाहिए, जिन्होंने कहा था, "अब जबकि हम इक्कीसवीं शताब्दी में प्रवेश कर रहे हैं, विकासशील देशों के सामने चुनौती है तेजी से

विकास के पथ पर चलना, और साथ ही, उभरती ज्ञान-आधारित अर्थव्यवस्था और विश्व सूचना समाज में शामिल होना।" हमारे विश्वविद्यालयों को विश्व स्तर पर प्रतिस्पर्द्धात्मक बनाने के लिए सही बदलाव करने के लिए साहस और शायद कुछ धन की आवश्यकता होगी। आशा है कि हमारे नेता आवश्यक साहस करेंगे क्योंकि हर बड़े बदलाव के लिए साहस आवश्यक है—संकल्प का साहस, बड़े सपने देखने का साहस, और स्वार्थी लोगों के क्रोध का सामना करने का साहस। जहां तक धन का सवाल है, मुझे नहीं लगता हमें बहुत धन चाहिए। लेकिन अगर धन की आवश्यकता है, तो भी हमें हार्वर्ड यूनिवर्सिटी के भूतपूर्व अध्यक्ष रॉबर्ट बॉक के शब्द याद रखने चाहिए, जिन्होंने कहा था, "अगर आपको लगता है कि शिक्षा महंगी है, तो अज्ञानता को आजमा कर देखिए!"

जवाहरलाल नेहरू ने कहा था, "विकास के लिए हमारे देश को वैज्ञानिक स्वभाव चाहिए... विज्ञान, शिक्षा और ज्ञान की तलाश ही ग़रीबी, अंधविश्वास, विशाल संसाधनों की बर्बादी, और भूखे लोगों से भरे एक धनी देश की समस्याएं हल करने में हमारी सहायता कर सकती है।" एक नया, मजबूत शिक्षा क्षेत्र बनाकर, हमारे पास अपने देश को एक सच्ची ज्ञान शक्ति बनाने, और वैभव और विकास से भरे भविष्य को प्राप्त कर पाने की योग्यता होगी।

□

अधूरे काम

आपके सामने खड़े हुए, मैं 'ऐसी संस्था जहां कोई भी व्यक्ति किसी भी क्षेत्र में अध्ययन कर सकता है' बनाने की एजरा कॉर्नेल और एंड्रयू व्हाइट के सपने पर चकित हूं। मैं उस सपने को मजबूत बनाने में बाद में आए अध्यक्षों और आप सबके लगातार प्रयासों को सलामी देता हूं। क्या संस्था बनाई है उन्होंने! चार नोबेल विजेता, दो ट्यूरिंग पुरस्कार विजेता और तीन पुलित्जर पुरस्कार विजेता, ये आपके विशिष्ट अध्यापकों द्वारा जीते गए पुरस्कारों में से बस कुछ हैं। मैं यह सोच कर चकित हूं कि यही वह जगह है जहां हांस बीथ ने अपना रिसर्च कैरियर बिताया था। आपके भूतपूर्व छात्रों में पर्ल एस. बक, विलिस कैरियर, रूथ जिंस्बर्ग और शेल्डन ग्लाशो, और हां, हमारे अपने जेफ्री लीहमैन जैसे प्रतिष्ठित नाम शामिल हैं। आप जीनोमिक्स, कंप्यूटर साइंस, नैनोटैक्नॉलोजी, कृषि और होटल मैनेजमेंट सहित कई क्षेत्रों में आगे रहे हैं। आपकी रिसर्च का फ़लक माइक्रोस्कोप से टेलीस्कोप, एशिया से लैटिन अमेरिका, और संस्कृत से स्वाहिली तक बेहद विशाल रहा है। आपने हार्वर्ड के लुइस अगासिज की इच्छा को सच कर दिखाया है, जिन्होंने एंड्रयू व्हाइट के उदघाटन के अवसर पर कहा था, "मैं आशा करता हूं कि मैं वह समय देखने के लिए जीवित रहूंगा जब सारे पुराने कॉलेज इस युवा विश्वविद्यालय से नया जीवन प्राप्त करेंगे।"

संसार ने कुल मिलाकर और कॉर्नेल ने विशेषकर, विज्ञान और तकनीक में काफ़ी तरक़्की की है। यूनाइटेड नेशन्स की डेवलपमेंट रिपोर्ट का कहना है, "तकनीक ने एक दशक में ऐसी प्रगति करने की योग्यता दी है जिसे प्राप्त करने में पहले पीढ़ियां लगती थीं।" हमने चांद पर आदमी को भेजा है, माउंट एवरेस्ट पर विजय पाई है और एंटार्कटिका को खंगाला है। हमने डिजिटल और सेटेलाइट तकनीक से समय और दूरी पर विजय पाई है, लंबी आयु पाई है, बीमारियों पर विजय पाई है और स्वास्थ्य को सुधारा है। हमने पिछले पचास साल में विश्व के सकल घरेलू उत्पाद को छह गुणा बढ़ाया है। हमने तकनीक के प्रयोग से अधिक आर्थिक पूंजी बनाई है, लेकिन विश्व के बस एक छोटे से भाग के लिए।

लेकिन हमने दुनिया में सामाजिक पूंजी—भरोसा, पिछड़ों के लिए चिंता, ईमानदारी

जेफ्री लीहमैन के कॉर्नेल विश्वविद्यालय का प्रेजीडेंट बनने के शुभारंभ पर **16** अक्टूबर, **2003** को दिया व्याख्यान

और न्याय—को बढ़ावा देने में अधिक प्रगति नहीं की है। अमीर और ग़रीब के बीच का अंतर बढ़ा है। वास्तव में, विश्व बैंक के अध्ययन दिखाते हैं कि पिछले चालीस वर्षों में अमीर और ग़रीब के बीच की खाई दोगुनी हो गई है। बीस सबसे धनी देशों की औसत आमदनी बीस सबसे ग़रीब देशों की औसत आय से पैंतीस गुणा है। डिज़्नी के कपड़े और गुड़िया बनाने वाले एक विकासशील देश के कर्मचारी को उतना पैसा कमाने में **166** वर्ष लगेंगे, जितना डिज़्नी के अध्यक्ष माइकेल ईज़्नर एक दिन में कमाते हैं। दुनिया में **1** अरब **20** करोड़ लोग **1** डॉलर प्रतिदिन से कम की आय पर बेहद ग़रीबी में जीवन बिता रहे हैं। लगभग एक अरब लोगों को पीने का साफ़ पानी नहीं मिलता है। कितने दुर्भाग्य की बात है कि फिर भी कुछ लोग अफ़सोस जताते हैं कि "अमेरिका के चार सौ सबसे अमीर लोग"—जिनकी दौलत भारत, बंग्लादेश और नेपाल के एक अरब लोगों की कुल दौलत से अधिक है—दो जून की रोटी जुटा पाने में मुश्किल का सामना कर रहे हैं क्योंकि केवियार के एक किलो के टिन का मूल्य **28** प्रतिशत बढ़कर **1,048** डॉलर हो गया है!

हमने ऐसे हालात पैदा कर दिए हैं कि एक ग़रीब बच्ची स्कूल में लंच नहीं ख़रीद पाने के लिए शर्मिंदा होती है, जबकि पड़ोस में विभिन्न संस्थाओं के ग़रीबी-उन्मूलक पांच-कोर्स के भोजन का आनंद उठा रहे होते हैं। तीसरी दुनिया के निरंकुश शासकों द्वारा स्विस बैंकों में जमा नाजायज कमाई उनके देशों के सकल घरेलू उत्पाद से अधिक है। आज विकासशील दुनिया के एक अरब किसानों के हितों की अनदेखी करते हुए विकसित दुनिया के **65** लाख किसानों के हितों की रक्षा करने का ख़तरा है। धन महज कुछ लोगों के हाथों में एकत्रित होता जा रहा है, न केवल ग़रीब देशों में बल्कि अमेरिका जैसे अमीर देशों में भी। हमारे लिए जॉन एफ़. कैनेडी के शब्दों को याद रखना अच्छा रहेगा, जिन्होंने कहा था, "अगर एक समाज उन बहुत से लोगों की रक्षा नहीं कर सकता जो ग़रीब हैं, तो यह उन कुछ लोगों को भी नहीं बचा सकता जो अमीर हैं।"

अमेरिका में एक जानी-मानी कंपनी में, जहां **3,000** कर्मियों ने अपनी बचत खोई और नौकरी से निकाल दिए गए, वहीं बड़े प्रबंधकों ने बोनसों और स्टॉक विक्रय में लाखों डॉलर कमाए। सिक्योरिटीज एक्सचेंज कमीशन के एक वरिष्ठ अधिकारी के अनुसार एक अन्य कंपनी के वरिष्ठ अधिकारियों ने कंपनी को अपने निजी बैंक की तरह समझा, और निवेशकों को सूचित किए बिना ही ऋण और पारिश्रमिक में करोड़ों डॉलर निकाल लिए। एक और मामले में, एक सीईओ ने अपनी पत्नी के चालीसवें जन्मदिन पर एक ठाठदार पार्टी देने के लिए कंपनी के लाखों डॉलर का इस्तेमाल किया। बेहतर आधार के वादे के साथ सीईओज को विलय और अधिग्रहण की वकालत करते देखना आम बात है। वे ऐसे आधार किसी कॉरपोरेट चमत्कार से नहीं, बल्कि साधारण रोजगारों की एक बड़ी संख्या समाप्त करके प्राप्त करते हैं। हैरत की बात यह है कि जिस विलय की ये सीईओ और वरिष्ठ प्रबंधक जोर-शोर से वकालत करते हैं, उसके बाद इन्हें कंपनी में बने रहने के लिए

बोनस दिए जाते हैं। एक कंपनी में, सीईओ के रोजगार अनुबंध में न केवल मर्सिडीज के उस मॉडल का उल्लेख था जो कंपनी उसके लिए ख़रीदेगी, बल्कि एक करोड़ डॉलर के कैश बोनस और अन्य लाभों के अतिरिक्त उसकी मां के लिए मासिक प्रथम-श्रेणी हवाई टिकट का भी वादा किया गया था। आश्चर्य नहीं कि यह कंपनी दिवालियेपन के लिए निवेदन कर चुकी है। एक अध्ययन के अनुसार, पिछले दस वर्ष में फ़ॉर्च्यून **500** कंपनियों के सीईओज की औसत तन्ख़ाह **535** प्रतिशत बढ़ चुकी है। लेकिन इसी अवधि में साधारण कर्मियों का पारिश्रमिक केवल **32** प्रतिशत बढ़ा है। इसीलिए एलन ग्रीनस्पैन सीईओज में इस 'संक्रामक लालच' के बारे में बोलने को मजबूर हो गए थे। दुख की बात यह है कि अधिकतर पारिश्रमिक कमाए गए वास्तविक धन के दायरे में भी नहीं आता। दुनिया भर में प्रत्येक दिन के **16** खरब डॉलर के पूंजी प्रवाह का **3** प्रतिशत से भी कम कारोबार से संबंधित है। यही लालच आप कैसीनो में देखते हैं। मुझे अर्थशास्त्री-विचारक जॉन मेनार्ड कीन्स के शब्द याद आ रहे हैं, जिन्होंने कहा था, "जब किसी देश का पूंजी विकास एक कैसीनो की गतिविधियों का गौण-उत्पाद बन जाता है, तो सामान्यत: यह काम ख़राब ढंग से किया गया होता है। यह सांत्वना की बात नहीं है कि यह व्यवहार सिर्फ़ एक देश तक सीमित नहीं है, बल्कि दुनिया के लगभग हर देश में देखा जा सकता है।

कॉरपोरेट प्रशासन जिसका अर्थ प्रत्येक स्टेकहोल्डर—कंपनी के ग्राहक, कर्मचारी, निवेशक, वेंडर-साझेदार, सरकार और समाज—के प्रति निष्पक्षता को सुनिश्चित करते हुए शेयरधारक के मूल्य को कानून, नैतिकता और निरंतरता के आधार पर बढ़ाना है, वह आजकल अपने निम्नतम स्तर पर है। हेनरी डेविड थोरो ने कहा था, "यह सच ही कहा गया है कि एक कंपनी में नैतिकता नहीं होती है। लेकिन नैतिक लोगों की कंपनी नैतिकता वाली कंपनी होती है।" मगर, कंपनी के हितों को अपने हितों से आगे रखने की योग्यता दुर्लभ होती जा रही है। एक सभ्य समाज में, प्रत्येक पीढ़ी अगली पीढ़ी के लिए जीवन को बेहतर बनाने के लिए काम करती है। महत्वाकांक्षाएं, संस्कृति और आत्मविश्वास कम होते जा रहे हैं। यह बात फ्रैंकलिन रूजवेल्ट ने जोरदार ढंग से कही थी, "आश्यर्च नहीं कि आत्मविश्वास चुक रहा है, क्योंकि यह केवल ईमानदारी, सम्मान, कर्तव्यों की पवित्रता, निष्ठापूर्ण रक्षा और निस्वार्थ कार्य पर फलता-फूलता है; इनके बिना यह जी नहीं सकता।"

आज महत्वाकांक्षाओं और मूल्यों में इतनी तेज गिरावट क्यों हो रही है? मुझे लगता है कि हमें पुराने तर्ज का नेतृत्व वापस लाना होगा। इससे मेरा क्या अर्थ है? प्रत्येक ऐसा राष्ट्र, कंपनी या समुदाय जो कोई बड़ा परिवर्तन लाया है, उसके पीछे कोई दूरदृष्टि वाला नेता था। जॉर्ज वाशिंगटन, अब्राहम लिंकन, महात्मा गांधी, विंस्टन चर्चिल, मार्टिन लूथर किंग और नेल्सन मंडेला कुछेक नाम हैं जो तुरंत दिमाग़ में आते हैं। कॉरपोरेट जगत में, सोनी के एकियो मोरीता और जनरल इलेक्ट्रिक के जैक वैल्श भी ऐसे ही नाम हैं।

इन सब लोगों में समान क्या है? इन्होंने कुछ साधारण लोगों को लिया और उन्हें ऐसे असाधारण बल में तब्दील कर दिया जिसने अपने देश और अपनी कंपनी के लिए एक बेहतर भविष्य बना डाला। उनके पास एकमात्र संसाधन मानव मस्तिष्क की शक्ति था। उनके दिमाग़ों को प्रज्वलित करने के लिए मुख्य ईंधन महत्वाकांक्षा का था। उन्होंने अपने लोगों की महत्वाकांक्षाओं को ऊंचा उठाया और उन्हें असंभव का सपना देखने, और फिर उस सपने को वास्तविकता में बदलने के लिए मेहनत और समझदारी से काम करने को प्रोत्साहित किया। उन्होंने अपने अनुयायियों को स्वयं में विश्वास करने के लिए प्रेरित किया। उनके सिद्धांतों को राल्फ़ वाल्डो एमर्सन ने इन शब्दों में बड़े अच्छे ढंग से प्रस्तुत किया है, "हमारे पीछे क्या है और हमारे आगे क्या है, ये बहुत छोटी चीजें हैं इसकी तुलना में कि हमारे अंदर क्या है।" कौन सोच सकता था कि हजारों मर्द और औरतें भारत को आजादी दिलाने के लिए अपनी जानों की कुर्बानियां दे देंगे? कौन सोच सकता था कि रोजा पार्क्स नाम की एक थकी-मांदी, अफ्रीकी-अमेरिकी घरेलू नौकरानी बस में अपनी सीट छोड़ने से इंकार करने का साहस कर सकेगी? ये काम महात्मा गांधी और मार्टिन लूथर किंग जैसे नेताओं द्वारा पैदा की गई जबरदस्त महत्वाकांक्षा का नतीजा थे। महत्वाकांक्षाएं सभ्यताएं बनाती हैं। एक महान देश और साधारण देश में अंतर उनके नेताओं की गुणवत्ता का होता है।

आज हमें ख़ुद से एक बुनियादी सवाल पूछना है। क्या कॉर्नेल का एजेंडा सिर्फ़ इंजीनियरिंग, विज्ञान और कलाओं में बड़ी प्रगति लाना रहा है? या हम एक बेहतर उद्देश्य के लिए प्रतिबद्ध हैं? क्या हम दुनिया को एक बेहतर जगह बना सकते हैं? क्या हम इस दुनिया में बेहतर न्याय के लिए लड़ते हैं? क्या हम सबसे ग़रीब लोगों की आंखों से आंसू पोंछने के पीछे उत्प्रेरक बन सकते हैं? क्या हम सिर्फ़ चुने हुए कुछ को ही नहीं, बल्कि अफ्रीका के दूरदराज इलाके के एक तन्हा बच्चे को भी सांत्वना दे सकते हैं? हंटर रॉलिंग्स तृतीय ने कहा था, "कॉर्नेल का सबसे बड़ा योगदान इसके विद्वानों और रिसर्चरों द्वारा बड़ी मात्रा में प्राप्त किया गया ज्ञान नहीं है, बल्कि वे महिलाएं और पुरुष हैं जो इसके मूल्य अपने साथ दुनिया भर में ले जाते हैं।" हम उनकी इच्छा को कैसे लागू कर सकते हैं? क्या कॉर्नेल की धुन कैंपस पर मौजूद सिर्फ़ चुने हुए कुछ को ही नहीं, बल्कि अफ्रीका के दूरदराज इलाके के एक तन्हा बच्चे को सांत्वना दे सकती है? समय आ गया है कि हम इस शानदार देश की सीमाओं से बाहर के मुद्दों को भी हल करें।

हम कैसे उन अनेक समस्याओं को हल कर सकते हैं जो मानवता के विकास में रोड़ा बनी हुई हैं? मेरा मानना है कि हम ऐसे कॉर्नेलियन्स पैदा करके इन समस्याओं को हल करने में बड़ा योगदान दे सकते हैं, जिनमें बड़े सपने देखने का और अपने विचारों के लिए खड़े होने का साहस हो। उन्हें भरोसा पैदा करना होगा और उम्मीद जगानी होगी। इसके लिए, उन्हें समुदाय की संस्कृति का अनुपालन करना होगा। संस्कृति उस व्यवहार की नियमावली

होती है जो लोगों के आत्मविश्वास, प्रतिबद्धता और उत्साह को बढ़ावा देती है। यह समुदाय और व्यक्ति को निरंतर प्रगति करने का अवसर देती है। संस्कृति के अनुपालन के लिए ऐसे लोगों की आवश्यकता होती है जिनमें ऊंची महत्वाकांक्षाएं, स्वाभिमान, भविष्य में विश्वास और बजाहिर कठिन कामों को कर पाने का उत्साह हो। हमें ऐसे लोग चाहिए जो संस्कृति के प्रति अपनी प्रतिबद्धता के उदाहरण बन सकें। महात्मा गांधी के शब्द याद रखें, "हमें वह परिवर्तन लाने चाहिए जो हम दुनिया में देखना चाहते हैं।"

हमारा काम अभी भी अधूरा है और तब तक पूरा नहीं होगा जब तक कि हम दुनिया भर में नेतृत्व को बेहतर न बना दें। रॉबर्ट कैनेडी ने नेतृत्व की चुनौतियों को इन शब्दों में बड़े अच्छे ढंग से प्रस्तुत किया था, "कुछ लोग चीजों को देखते हैं और पूछते हैं क्यों; मैं उन चीजों का सपना देखता हूं जो कभी थीं ही नहीं और कहता हूं क्यों नहीं?" मैं कॉर्नेल को ऐसे उर्वर स्थान के रूप में देखना चाहता हूं जो बड़ी संख्या में ऐसे नेता पैदा करे। अध्यक्ष लीहमैन और असाधारण अध्यापकों को जानते हुए, मुझे कोई शक नहीं है कि आप इस नेक काम में सफल होंगे।

□

खंड–V

नेतृत्व की चुनौतियां

नेतृत्व : इंफ़ोसिस यात्रा के दौरान सीखे सबक

इंफ़ोसिस के बारे में

इंफ़ोसिस की स्थापना 1981 में एक दूसरे की पूरक योग्यताओं, समान नैतिक धारणाओं और 250 डॉलर की छोटी सी पूंजी वाले सात सॉफ़्टवेयर प्रोफ़ेशनलों ने की थी। उद्देश्य था ग्लोबल ग्राहकों के लिए बड़े, कस्टमाइज़्ड सॉफ़्टवेयर एप्लिकेशन्स का निर्माण करना। आरंभ में हम केवल सात थे, सात संस्थापक। मेरे 10 गुणा 10 फ़ुट के बेडरूम से हमने इंफ़ोसिस की शुरुआत की। हमारे पास मेहनत, प्रतिबद्धता, ऊर्जा, उत्साह और आत्मविश्वास की बहुतायत थी लेकिन पैसे की कमी थी, क्योंकि 250 डॉलर 1981 में भी कोई बड़ी राशि नहीं थी। मुझे स्वीकार करना होगा कि कंपनी की तरक़्क़ी के प्रति हममें जबरदस्त वचनबद्धता थी। अब, 2007 में, हमारी ग्लोबल आमदनी 3 अरब डॉलर को पार करने वाली है। इंफ़ोसिस को भारत की सबसे सम्मानित कंपनी, बेहतरीन एंप्लायर, सबसे बेहतर व्यवस्थित कंपनी और कॉरपोरेट प्रशासन में बेहतरीन कंपनी चुना गया है। इसने एशिया के अधिकांश और विश्व-स्तर पर भी कई अवार्ड जीते हैं। कंपनी को भारत में 1993 में और नैसडैक पर 1999 में लिस्ट किया गया, और इसका मार्केट कैपिटलाइजेशन लगभग 27 अरब डॉलर है।

नेतृत्व क्या है?

नेता कौन होता है? उसके गुण और जिम्मेदारियां क्या होती हैं? एक समुदाय, कॉरपोरेशन, समाज या राष्ट्र में समृद्धि आर्थिक उन्नति, स्थायित्व, शांति और सद्भाव से आती है। उन्नति का अर्थ होता है सकारात्मक बदलाव। एक नेता मुख्य रूप से बदलाव का प्रतिनिधि होता है। उन्नति उसका उद्देश्य होती है। उसकी जिम्मेदारी होती है अपने लोगों की आकांक्षाओं को ऊंचा उठाना, और समुदाय के और उनके अपने लिए एक शानदार भविष्य की तलाश में उन्हें और ज़्यादा आत्मविश्वासी, ऊर्जावान, उत्साहपूर्ण, आशावान और दृढ़ बनाना।

ब्लूमबर्ग लीडरशिप कॉन्फ्रेंस, न्यूयॉर्क में दिया व्याख्यान, 26 फ़रवरी, 2007

नेताओं को नए रास्ते पर चलना पड़ता है, उस मार्ग पर जिस पर कम लोग चले हों, और उन्हें बड़े ख़तरे मोल लेने पड़ते हैं। रॉबर्ट कैनेडी ने जॉर्ज बर्नार्ड शॉ के शब्दों का सहारा लेते हुए नेतृत्व की चुनौतियों का बेहतरीन वर्णन किया था, "कुछ लोग चीजों को देखते हैं और पूछते हैं क्यों; मैं उन चीजों का सपना देखता हूं जो नहीं होतीं और कहता हूं क्यों नहीं?" मेरे लिए, ये शायद नेतृत्व की चुनौती का सबसे अच्छा ब्योरा है। चुनौती है वो देखना जो अधिकतर लोग नहीं देखते हैं, उसे स्वीकार करना जिससे ज़्यादातर लोग चौंक जाते हैं और डरते हैं, और फिर ये कहना कि "मैं इस चुनौती को कुबूल करूंगा क्योंकि ये महत्वाकांक्षी है, सम्मानजनक है और यही करना सही है।"

सपना

अपने लोगों को ऊर्जा देने के लिए एक नेता का सबसे पहला काम क्या है? एक शानदार सपना देना—एक ऐसा उद्देश्य देना जो उच्च, उदात्त और महत्वाकांक्षी हो। यह ख़्वाब ऐसा हो जो समुदाय या कॉरपोरेशन में हरेक को जोश और उत्साह से भर सके। नेता को ऐसा सपना पेश करना होता है जिसमें सब अपने लिए बेहतर भविष्य देखें। सपना इतना शक्तिशाली हो कि शाम को ऑफ़िस से जाने वाला हर थका दिमाग़ और शरीर अगले सवेरे यह कहता हुआ वापस आए कि "मुझे इस कंपनी का हिस्सा होने पर गर्व है और मैं इसे एक बेहतर कंपनी बनाने के लिए मेहनत करूंगा।"

जब मई **1981** में मेरे अपार्टमेंट के बेडरूम में हम सातों मिले, तो हमारे बीच चार घंटे तक ये बातचीत चली कि हमारी कंपनी का ख़्वाब क्या होना चाहिए। हमने सबसे बड़ी आमदनी वाली सॉफ़्टवेयर सर्विसेज कंपनी बनने के ख़्वाब से शुरुआत की। मैंने इसे नामंजूर कर दिया। अगला विचार था भारत में सबसे ज़्यादा रोजगार देने वाली कंपनी बनने का। मैंने इससे भी इंकार कर दिया। फिर हमने बात की कि क्या हमें सबसे अधिक मार्केट कैपिटलाइजेशन वाली सॉफ़्टवेयर सर्विसेज कंपनी बनने की कोशिश करनी चाहिए। जब मैंने इसे भी निरस्त कर दिया, तो मेरे साथी परेशान हो गए। आख़िर वो थक कर बोले, "आप क्या करना चाहते हैं?" मैंने कहा, "मैं चाहता हूं कि ये दुनिया की सबसे सम्मानित सॉफ़्टवेयर कंपनी बने।" और मैंने आगे कहा, "अगर आप सम्मान पाने की चाह रखेंगे, तो आप अपने ग्राहकों के साथ धोखाधड़ी नहीं करेंगे, कंपनी में अपने साथियों के साथ ईमानदार रहेंगे, अपने निवेशकों के साथ पारदर्शी रहेंगे, अपने वेंडर साझेदारों के साथ समझबूझ का सुलूक करेंगे, जिस देश में काम कर रहे हों उसके कानूनों का उल्लंघन नहीं करेंगे, और आप जिस भी समाज में रह रहे हों, उसके साथ सौहार्दपूर्ण ढंग से रहेंगे। मेरा विश्वास है कि ऐसी नीति से आमदनी, नौकरियां, मुनाफ़ा और मार्केट कैपिटलाइजेशन सबकी प्राप्ति होगी।"

मुझे ख़ुशी हुई कि मेरे सारे साथी मेरी बात से सहमत थे। उन्होंने इस सपने को

बेहद प्रभावशाली, और महज़ मुनाफ़े, आमदनी और मार्केट कैपिटलाइजेशन से अधिक प्रेरणास्पद माना। सम्मान पाने के इसी सपने की वजह से आमदनी हुई है, रोजगार के अवसर पैदा हुए हैं, मुनाफ़ा बढ़ा है और मार्केट कैपिटलाइजेशन प्राप्त हुआ है। और ये सब मेरे साथियों—आज इंफ़ोसिसियनों की तादाद पचास हजार है—में ऊर्जा, उत्साह, ख़ुशी, आनंद, संतुष्टि और आत्मविश्वास के माहौल में हुआ है। इसी तरह, चाहे आप जिस भी क्षेत्र या जिस भी तरह के काम में लगे हों, आपको उसके नेता की हैसियत से एक ऐसे सपने को परिभाषित करना होगा जो आपके साथियों से बेहतरीन काम लेने के लिए रोजमर्रा की चुनौतियों से परे हो।

सपने और मूल्यों का संप्रेषण

एक शक्तिशाली और आकर्षक सपने को परिभाषित करने के बाद, आपको अपनी संस्था में बड़ी संख्या में लोगों को उस सपने की शक्ति के बारे में बताना है। ये संभव नहीं है कि आप अपने सारे साथियों से मिल सकें। आज, हम पचास हजार लोगों की कंपनी हैं; हम अड़तीस देशों में काम करते हैं; और हमारे साथ पैंतालीस राष्ट्रीयताओं के लोग काम करते हैं। मैं कितनी भी कोशिश करूं, मेरे लिए इन सब लोगों से एक-एक करके मिलना मुमकिन नहीं। इसलिए, हम कंपनी में लोगों के बड़े समुदाय तक अपने सपने को बताने के लिए कई अप्रत्यक्ष तरीके अपनाते हैं—साधारण और शक्तिशाली संदेश, नेताओं के कई स्तर, छोटे-छोटे गुपों में मिलना, और सबसे महत्वपूर्ण, उदाहरण द्वारा नेतृत्व।

जब आप अपने विचार प्रकट करने के लिए सामान्य, सीधे और शक्तिशाली वाक्यों या कथनों का इस्तेमाल करें, तब संप्रेषण सबसे ज़्यादा प्रभावशाली होता है और सबसे अच्छे नतीजे सामने लाता है। इंफ़ोसिस में हमारा मकसद है "विश्व भर में सम्मानित एक ऐसी सॉफ़्टवेयर कॉरपोरेशन बनना जो तकनीक की सहायता से व्यापार में बेहतरीन और पूर्ण हल प्रस्तुत करती हो और जहां अपने क्षेत्र के बेहतरीन लोग काम करते हों।" यह एक अच्छा सपना है लेकिन अगर हम इस सपने को हकीकत में बदलने के लिए अपने लोगों के दिमाग़ों में ख़ुशी, आनंद, उत्साह और स्फूर्ति नहीं भरते, तो ये नाकाम हो जाता। इसलिए हम इस प्रसिद्ध लोकोक्ति का इस्तेमाल करते हैं कि "एक संभव असंभाव्यता विश्वसनीय संभावना से बेहतर है," ताकि प्रत्येक इंफ़ोसिसियन याद रखे कि उसका उद्देश्य संभव रूप से असंभव को पूरा करके ग्राहकों को संतुष्ट करना है। हम चाहते हैं कि ग्राहक को संतुष्ट करने के लिए वह साधारण और आसानी से प्राप्त हो जाने वाले लक्ष्यों को पाने की बजाय हर परिस्थिति में असंभव को प्राप्त करने का प्रयास करे क्योंकि यह संभव है, प्रेरणास्पद है, वांछनीय है।

इसी प्रकार, अपने मूल्यों, कर्तव्यों, दायित्वों, विश्वासों, सपनों और आकांक्षाओं के

सरल और सीधे संप्रेषण के लिए हम कुछ अन्य लोकोक्तियों का भी प्रयोग करते हैं। उदाहरणत: हमारी कार्य-संस्कृति का संप्रेषण इस साधारण सी लोकोक्ति द्वारा होता है, "अगर आपकी अंतरआत्मा साफ़ है तो आप चैन की नींद सो सकते हैं।" पारदर्शिता के प्रति हमारी प्रतिबद्धता इस लोकोक्ति द्वारा अभिव्यक्त होती है, "जब संदेह हो, तो प्रकट कर दो।"

भरोसा अत्यंत महत्वपूर्ण है

हर महत्वाकांक्षी उद्देश्य के लिए अदम्य साहस, परिश्रम, टीमवर्क और कुर्बानी की आवश्यकता होती है। एक नेता इस उम्मीद के साथ कि वह लंबे समय तक लाभ उठा सकेगा, यह कैसे सुनिश्चित करेगा कि उसके लोग कम समय में ऐसी मेहनत और कुर्बा नी के लिए प्रतिबद्ध हो सकेंगे? लोगों से ऐसी प्रतिबद्धता प्राप्त करने के लिए नेता को भरोसेमंद बनना होता है। जब आप अपने दल को अपना सपना बताते हैं, तो आमतौर पर इसे महज भाषणबाजी या ज़्यादा से ज़्यादा महान उद्देश्यों से भरा बयान माना जाता है, क्योंकि यह साबित करने के लिए कोई आंकड़े नहीं होते कि आप वास्तव में सफल होंगे ही। चूंकि आप अपनी टीम को ऐसे रास्ते पर ले जा रहे हैं जिस पर पहले कम लोग ही चले हैं या शायद कोई चला ही नहीं है, इसलिएं ख़तरा बहुत ज़्यादा होता है।

अगर आप चाहते हैं कि आपके लोग इस तरह आपके पीछे चलें जैसे मोजेज के पीछे भक्त चले थे, तो उनका आप में अंधा भरोसा और विश्वास आवश्यक है। एक नेता भरोसे का निर्माण कैसे करता है? इंफ़ोसिस में, हमने भरोसा बनाने के लिए कई साधनों का प्रयोग किया है। काफ़ी सोच-विचार और शोध के बाद, संस्था की स्थापना के बाद जल्द ही हमने महसूस कर लिया था कि भरोसा बनाने का सबसे अच्छा साधन है उदाहरण-द्वारा-नेतृत्व या 'वॉकिंग द टॉक' द्वारा अपने सपने और मूल्यों के प्रति अपनी प्रतिबद्धता दिखाना। अगर आपके साथ काम कर रहे हजारों लोग कॉरपोरेशन के महान सपनों की पूर्ति के लिए आपको अपने उसूलों पर चलता देखेंगे, तो इस बात की पूरी संभावना है कि वे आपके शब्दों पर विश्वास करेंगे और आप पर भरोसा करेंगे।

एक महान नेता का सबसे बड़ा गुण साहस है

एक बार एक फ़ॉर्च्यून-10 कॉरपोरेशन के सीईओ ने मुझसे पूछा कि एक नेता में वह कौन सा गुण होना चाहिए जिससे उसके शेष गुणों को अभिव्यक्ति मिल सके। मुझे यह कहने में 10 सैकंड लगे कि वह गुण साहस है। उन्होंने मुझसे पूछा, "आपको ऐसा क्यों लगता है कि एक नेता के लिए साहस ही सबसे महत्वपूर्ण गुण है?" मैंने जवाब दिया, "अगर आप ऐसे मार्ग पर चलना चाहते हैं जिस पर कोई नहीं चला है, अगर आप बड़े सपने देखना चाहते हैं, अगर आप चाहते हैं कि संस्था बड़े ख़तरे ले, अगर आप

प्रतिबद्धता चाहते हैं, अगर आप पारंपरिक समझ के विरुद्ध जाना चाहते हैं, अगर आप कठोर और अलोकप्रिय फ़ैसले लेना चाहते हैं, अगर आप अपने लोगों से कहना चाहते हैं कि एक संभव असंभाव्यता विश्वसनीय संभावना से बेहतर है, तो आप में साहस होना चाहिए।" मैं किसी कॉरपोरेशन या किसी राष्ट्र के ऐसे किसी नेता को नहीं जानता जिसने साहस नहीं दिखाया हो।

मूल्यों के प्रति अपनी प्रतिबद्धता दिखाएं

अगर हम चाहते हैं कि हमारे लोग भविष्य के बारे में उत्साही हों और कुर्बानियां दें, तो हमें ऐसा माहौल बनाना होगा जिसमें हर किसी को विश्वास हो कि टीम में कोई उसे धोखा नहीं देगा। मेरे हिसाब से यह मूल्य-प्रणाली है। मूल्य-प्रणाली दल के एक व्यक्ति के व्यवहार की ऐसी नियमावली है जो दल के बाकी सारे व्यक्तियों के भरोसे, विश्वास, ऊर्जा, उत्साह और आशा को बढ़ाने के लिए आवश्यक है। अर्थात, अगर मैं आपके दल का सदस्य हूं, तो मुझे अपना व्यवहार इस तरह का रखना चाहिए कि आप सब कहें, "आज मैं इस दल के प्रति कल से कहीं ज़्यादा आशावान हूं।" यहीं मूल्य-प्रणाली अत्यंत महत्वपूर्ण हो जाती है। उन्नति के लिए कॉरपोरेशन के प्रत्येक व्यक्ति की ओर से टीमवर्क और त्याग चाहिए होता है। उन्नति तब होती है जब हर सदस्य को विश्वास हो कि अन्य सब भी वांछित परिश्रम कर रहे हैं और आवश्यक कुर्बानियां दे रहे हैं।

मूल्य-प्रणाली महज भाषणबाजी नहीं हो। नेता को समय-समय पर अपने कामों में इसे दिखाना जरूरी है। मैं एक उदाहरण देता हूं। **1995** में, बॉस्टन में एक ऑफ़िस शुरू करने के लिए हमें कुछ महीनों तक भारत सरकार की अनुमति का इंतजार करना पड़ा। इतने समय में अच्छा मुनाफ़ा कमाने की उम्मीद में हमने नए ऑफ़िस के लिए सुरक्षित पैसे को सैकंडरी मार्केट में निवेश करने का फ़ैसला किया। बाद में अंदाजा हुआ कि हमारे पास सैकंडरी मार्केट में निवेश करने के लिए पर्याप्त अनुभव नहीं था, और हमें नुक़सान उठाना पड़ गया। उस समय, भारतीय जीएएपी (जनरल ऐक्सेप्टेड एकाउंटिंग प्रिंसिपल) के अनुसार, नॉन-कोर बिजनेस गतिविधियों में हुए नुक़्सान का निम्न-स्तरीय ब्योरा देना अनिवार्य नहीं था। लेकिन चूंकि हमने अपने शेयरधारकों से वादा किया था कि हम नुक़्सान की ख़बर जल्दी और स्वयं देंगे, मैंने कहा, "मैं अपने शेयरधारकों की नजरों में एक ईमानदार आदमी की हैसियत से पहले, और समझदार आदमी की हैसियत से बाद में पहचाना जाना चाहता हूं। इसलिए मैं उन्हें नुक़्सान की पूरी जानकारी दूंगा।" हमने अपने शेयरधारकों से कहा, "सैकंडरी मार्केट में निवेश करने से हमें इतने पैसे का नुक़्सान हुआ है। हमसे ग़लती हुई। हम इस ग़लती को दोहराएंगे नहीं।" भारतीय कॉरपोरेट दुनिया में मेरे कई दोस्तों को इस पर हैरत हुई। लेकिन हमारी पारदर्शिता से शेयरधारक

ख़ुश हुए। मूल्य-प्रणाली के अनुपालन के लिए हमारी कंपनी में कई स्कीमें हैं। उदाहरण के लिए, जो व्यक्ति इंफ़ोसिस की मूल्य-प्रणाली के सबसे ज़्यादा अनुपालन का प्रदर्शन करता है, उसे वर्ष के वैल्यू चैंपियन के ख़िताब से सम्मानित किया जाता है।

खुलापन और निष्पक्षता

मेरा मानना है कि अपने लोगों का विश्वास जीतने के लिए नेताओं के पास एक और शक्तिशाली साधन खुलेपन और निष्पक्षता का है। भारतीय संस्कृति में परिवार बहुत मजबूत इकाई होता है और इसके सारे सदस्य कुर्बानी, दयालुता, खुलेपन और निष्पक्षता की सबसे बड़ी मिसाल देते हैं। इसलिए मैं अक्सर अपने साथियों से कहता हूं, "अपने सहयोगी के साथ काम करने में ऐसा बर्ताव कीजिए जैसे आप परिवार में हों।" इंफ़ोसिस में हर समय सारे दरवाजे खुले रहते हैं और हर कर्मचारी का किसी भी समय किसी के भी ऑफ़िस में जाकर किसी मसले पर बात करने के लिए स्वागत है। किसी सौदे में निष्पक्षता सुनिश्चित करने का बेहतरीन तरीका है कि उसके बारे में आंकड़ों और तथ्यों का प्रयोग किया जाए। ऐसा करके आप सिस्टम की निष्पक्षता और खुलेपन के बारे में सहयोगियों के विश्वास को बढ़ाते हैं। जो सौदा हार जाते हैं वे भी कहते हैं, "मेरे बॉस ने मेरे साथ निष्पक्षता करने की पूरी कोशिश की। अगली बार अगर मेरे पास बेहतर आंकड़े और तथ्य हुए, तो मैं जीतूंगा।" इस प्रकार, एक सौदा हार जाने के बाद भी लोगों में ज़्यादा समझदारी और मेहनत से काम करने का विश्वास होता है। खुलेपन और निष्पक्षता के प्रति हमारी प्रतिबद्धता का प्रतीक यह प्रसिद्ध लोकोक्ति है, "ईश्वर पर हमें भरोसा है, बाकी सब मेज पर आंकड़े लेकर आएं।"

समग्र माहौल बनाएं

लोगों को प्रेरित करने में हमने एक और पाठ सीखा समावेश की शक्ति का। इंसान के लिए स्वाभिमान एक बड़ा प्रेरक है। जब लोग स्वयं को प्रभावित करने वाले फ़ैसले लेने में भाग लेते हैं तो उनके स्वाभिमान में वृद्धि होती है। दूसरे शब्दों में, आप लोगों के दो वर्ग नहीं बना सकते—वे जो शासन करते हैं और वे जो शासित होते हैं। समग्र माहौल संस्था में सबके स्वाभिमान, उत्साह, ऊर्जा, आत्मविश्वास और आशा को बढ़ाता है। ऐसी प्रणाली लोगों को अपने सहयोगियों के साथ सम्मान, मर्यादा और स्नेह का व्यवहार करने में सहायक होती है। अपने सहयोगियों के प्रति ऐसी शिष्टता की शक्ति को संप्रेषित करने के लिए हम इस लोकोक्ति का प्रयोग करते हैं कि "प्रशंसा सबके सामने करो, और आलोचना अकेले में करो।" यह लोगों को उनके काम के प्रति जिम्मेदार बनाने का भी पक्का तरीका है। अगर आप लोगों के काम के लिए सबके सामने उनकी प्रशंसा करेंगे, तो आप अकेले में उनकी आलोचना करने का अधिकार भी प्राप्त कर लेंगे। सहयोगियों के साथ शिष्ट होने के महत्व पर बल देने के लिए हम इस लोकोक्ति

का प्रयोग करते हैं: "यदि आप मेरे साथ अशिष्ट नहीं हैं, तो आप मुझसे असहमत हो सकते हैं।"

नेतृत्व के लिए लोगों के बिना नेता कुछ नहीं है

नेतृत्व आपसे संबंधित नहीं है। यह इस बात से संबंधित है कि आप लोगों तक महत्वाकांक्षाएं, आत्मविश्वास, प्रसन्नता, आशा, उत्साह और ऊर्जा किस प्रकार पहुंचाते हैं। ऐसा करने के लिए आपका व्यवहार ऐसा होना चाहिए कि लोग सहायता, सांत्वना, मार्गदर्शन, विश्वास और प्रसन्नता की तलाश में आपके पास आएं। अच्छा नेता वह है जिसकी उपस्थिति में लोग स्वयं को एक इंच लंबा महसूस कर सकें। वह उदार होता है। वह आत्मविश्वासी और निर्णायक होता है। वह दृढ़ लेकिन विनम्र होता है। वह अपनी कमजोरियां दिखा देता है क्योंकि लोग उसे सुपरमैन नहीं, बल्कि एक साधारण इंसान के रूप में देखना चाहते हैं; वह उनका आदर्श होता है और लोग उसका अनुकरण करके उसके जैसा बनना चाहते हैं। लोगों को दिखाइए कि आप में भावनाएं हैं; कि आप हंसते हैं, रोते हैं, हताश और कमजोर हो सकते हैं। सबसे महत्वपूर्ण यह कि विनम्र रहिए। अपने काम को गंभीरता से लीजिए परंतु ख़ुद को नहीं। आप अपरिहार्य नहीं हैं। कुछ श्रेष्ठतम नेताओं के जाने के बाद भी संसार फलता-फूलता रहा है, और आप में से श्रेष्ठतम के जाने के बाद भी फलता-फूलता रहेगा।

फ़ीडबैक की शक्ति

अपनी ग़लतियों को सुधारने और अपने काम का आकलन करने के लिए ज्ञात और कभी-कभी अज्ञात स्रोतों से फ़ीडबैक लेना एक नेता के लिए सबसे अच्छा यंत्र है। मैं कई शक्तिशाली कॉरपोरेट और राष्ट्रीय नेताओं को जानता हूं जो फ़ीडबैक को नजरअंदाज करने के कारण बुरी तरह असफल रहे।

एक सफल कॉरपोरेशन की टिकाऊ विशेषताएं

एक कॉरपोरेशन की सफलता के लिए सबसे महत्वपूर्ण, और समय व संदर्भ के अनुसार अविचल विशेषताएं कौन सी हैं? वे हैं: नए विचारों के प्रति खुलापन, योग्यता को महत्व देना, न्याय, गति, कल्पना और कार्यान्वयन में दक्षता। लोगों का स्वाभिमान बढ़ाने और संस्था में उनसे बेहतरीन काम लेने के लिए नए विचारों के प्रति खुलापन बहुत महत्वपूर्ण है। नवीनता को प्रोत्साहन देने का भी यह एक सशक्त माध्यम है। एक आदर्श संस्था वह है जो पदवियों के तंत्र के बजाय विचारों के तंत्र का पालन करे। ऐसी संस्था हर पद पर श्रेष्ठतम व्यक्ति को बिठाती है, और तंत्रीय जटिलताओं से छुटकारा प्राप्त करके एक खुला माहौल बनाती और बेहतरीन विचारों को प्राप्त करती है। जब तक

आप ये सवाल लगातार पूछते रहें कि "क्या हम कल, पिछले महीने, पिछली तिमाही और पिछले साल से ज़्यादा तेजी से काम कर सकते हैं?", "क्या हम कल, पिछले महीने, पिछली तिमाही और पिछले साल से बेहतर विचार सामने ला सकते हैं?" और "क्या हम उन विचारों का कार्यान्वयन कल, पिछले महीने, पिछली तिमाही और पिछले साल से ज़्यादा दक्षता से कर सकते हैं?" तो मुझे लगता है कि आप एक बेहतर संस्था बना सकेंगे और निरंतर सफलता प्राप्त कर सकेंगे। मेरा पूर्ण विश्वास है कि किसी संस्था की लगातार सफलता के लिए ये विशेषताएं अत्यंत महत्वपूर्ण हैं।

मेरा यह भी मानना है कि हर संस्था को सफलता को मापने के लिए अनेक ग़ैर-वित्तीय मानकों के अतिरिक्त दो अत्यंत महत्वपूर्ण वित्तीय मानकों पर भी ध्यान देना चाहिए: पहला, प्रति व्यक्ति आय उत्पादन, और दूसरा, कर देने के बाद प्रति वर्ष प्रति कर्मचारी कमाए गए डॉलर। यह बाद वाला उपाय प्रति शेयर आपकी आय पर सीधा प्रभाव डालता है, आपके कर्मचारियों का विश्वास बढ़ाता है और आपको अपने लोगों को अधिक पैसा देने के योग्य बनाता है। इंफ़ोसिस में प्रत्येक ग्रुप की सफलता के आकलन के लिए इन दो उपायों का प्रमुख वित्तीय मानकों के रूप में प्रयोग किया जाता है।

एक सीईओ के प्रमुख दायित्व

इंफ़ोसिस में एक सीईओ के प्रमुख दायित्वों को पीएसपीडी द्वारा परिभाषित किया जाता है। पहला पी 'प्रीडिक्टेबिलिटी ऑफ़ रेवेन्यूज' के लिए है। अर्थात आपका पूर्वा नुमान कितना अच्छा है, और आप अगले महीने, तिमाही और वर्ष के लिए कंपनी की आय के बारे में कितना सही अंदाजा लगा सकते हैं। एस का तात्पर्य है 'सस्टेनेबिलिटी।' यह आपको बताती है कि बिक्री के पूर्वानुमान को वास्तव में प्राप्त करने के लिए आपका सिस्टम कितना अच्छा है; आपके सेल्स के लोग ग्राहकों की तलाश करने, ग्राहकों को फ़ोन करने, उन्हें समझाने और उत्पाद बेचने में कितने सक्षम हैं; आपकी कंपनी वादा किए गए माल को समय पर, बजट के अंदर और आवश्यक क्वालिटी के साथ पहुंचाने में कितनी अच्छी है; आप समय से इन्वॉइस बनाने में कितने दक्ष हैं; और, अंत में, आप इन्वॉइस की पूरी राशि ग्राहक से मित्रतापूर्ण ढंग से समय पर प्राप्त करने में कितने दक्ष हैं। दूसरा पी 'प्रॉफ़िटेबिलिटी' के लिए है। मेरा मानना है कि हर बड़ी संस्था को ढेर सारा पैसा बनाना होता है। अगर आप मुनाफ़े में नहीं हैं, तो कारोबार करने का कोई मतलब ही नहीं है। अगर अपने क्षेत्र में आपका मुनाफ़ा सबसे ज़्यादा नहीं है, तो आप सबसे अच्छे नहीं हैं। बेशक आपको यह मुनाफ़ा कानून और नैतिकता के दायरे में रहकर और इस तरह कमाना है कि आपके सारे सहयोगी प्रसन्न और गर्वित हो सकें। और, अंत में, अंतिम अक्षर, डी, 'डी-रिस्किंग' के लिए है। डी-रिस्किंग का अर्थ है वो सिस्टम, तरीके, जानकारी और कार्य जो संस्था के हर काम में हर कोण से जोखिम को कम करें।

इंफ़ोसिस में, यह सुनिश्चित करने के लिए कि हम एक ग्राहक, एक देश, एक प्रमुख कर्मचारी, एक तकनीक या एक कार्यक्षेत्र पर बहुत ज़्यादा निर्भर न रहें, हमने रिस्क मिटिगेशन काउंसिल बनाई है। इस प्रकार हम संस्था के भविष्य को सुरक्षित बनाने का प्रयास करते हैं।

अच्छा कॉरपोरेट प्रशासन आधारभूत बिंदु है

अंत में, इस मुश्किल समय में जबकि हमारे समाज की विश्वसनीयता कम रह गई है, मैं कॉरपोरेट प्रशासन के बेहतरीन सिद्धांतों के अनुपालन की याद दिलाना चाहूंगा। यह लंबी अवधि की सफलता की कुंजी है, और एक ऐसा सिद्धांत है जो मेरे अनुसार इंफ़ोसिस की साख का आधार है।

□

उभरते भारत के लिए नेतृत्व की मानसिकता

हम एक असाधारण युग में रहते हैं। पिछले तीन सौ साल में भारत पर इतना ध्यान कभी नहीं दिया गया, जितना अब दिया जा रहा है। मैं दुनिया में जिस कांफ्रेंस में भी जाता हूं, वहां भारत के विकास की बात की जाती है और भारत का नाम चीन के साथ लिया जाता है। भारत के बारे में अनगिनत पुस्तकें लिखी गई हैं। लोग मुझसे सॉफ़्टवेयर और बीपीओ में भारत की सफलता का रहस्य पूछते हैं। न्यूयॉर्क, लंदन और साओ पॉलो जैसे स्थानों पर टैक्सी ड्राइवर मुझसे पूछते हैं कि भारत ने दुनिया के ध्यान को अपनी ओर कैसे आकर्षित कर लिया है। इन धारणाओं को आंकड़े सिद्ध करते हैं। हम दस खरब डॉलर की अर्थव्यवस्था बन गए हैं। पिछले तीन वर्षों में हमारे निर्यात दोगुने हो गए हैं। रुपया दिन प्रतिदिन मजबूत होता जा रहा है। जुलाई **2007** में, हमारे यहां **84** लाख नए मोबाइल ग्राहक बने। **2008** में हमारा एफ़डीआई **25** अरब डॉलर होगा, दो वर्ष पूर्व से पांच गुणा अधिक। बड़े शहरों में नए एयरपोर्ट बन रहे हैं। दिल्ली में आप जहां भी जाएं, मेट्रो रेल के विस्तार का काम देखेंगे। मुकेश अंबानी जैसा एक भारतीय एक सप्ताह तक तो संसार का सबसे धनी व्यक्ति बना रहा, और अब दुनिया के सबसे धनी पांच लोगों में शुमार है। यह सूची अंतहीन है। यह ऐसा समय है जब हमें इस तरक़्क़ी को दृढ़ करना चाहिए, ज़्यादा समझदारी से और अधिक परिश्रम करना चाहिए, और समग्र विकास के लिए काम करना चाहिए।

हमें अपने आर्थिक विकास के लाभों को सारे भारतीयों का जीवन बेहतर बनाने में निवेश करना चाहिए, केवल उच्चवर्ग के नहीं, जैसा कि अभी तक हुआ है। यह संभव है यदि हम मूलभूत ढांचे और कृषि उत्पादन को बेहतर बनाने और ग्रामीण और अर्धशहरी क्षेत्रों में लोगों को कृषि से हटाकर निम्न-तकनीकी निर्माण की ओर ले जाने पर ध्यान दें। यदि हम अपनी परंपरागत मानसिकता से हटें, इस बात से इंकार करना बंद करें कि हमारे यहां समस्याएं हैं, नए विचारों और संभावनाओं के प्रति खुलापन पैदा करें, और उच्च योग्यता की संस्कृति को पैदा करें, तो यह सब संभव है।

बिजनेस टुडे में प्रकाशित, **7** जनवरी, **2008**

मेरे विचार से, नए विचारों के प्रति खुलापन, उन लोगों से सीखना जिन्होंने हमसे बेहतर कार्य किया है, समस्याओं को स्वीकार करने और सुधार की गुंजाइश को मानने के प्रति खुलापन एक प्रभावी नेता की प्रमुख विशेषताएं हैं। यहां, मैं बात करना चाहूंगा कि देश में ऊपर से नीचे तक मानसिकता में ऐसे बदलाव किस तरह से आ रहे हैं। मैं कुछ उदाहरण दूंगा कि किस प्रकार नए विचारों के प्रति खुलापन देश की छवि को सुधार रहा है। मैं कुछ ऐसे भी उदाहरण दूंगा कि किस तरह नौकरशाही के कुछ स्तरों पर रूढ़िवादिता और पुराने विचारों का अनुपालन उस छवि को धूमिल कर रहा है।

यह स्वीकार करना कि समस्याएं हैं हमारी तरक़्क़ी के लिए महत्वपूर्ण है। मेरे विचार से, यह तरक़्क़ी उन तरक़्क़ियों से अधिक महत्वपूर्ण है जो हम अपनी अर्थव्यवस्था, मूलभूत ढांचे या अपने स्टॉक मार्केट में देख रहे हैं। यह खुलापन आत्मविश्वास से उत्पन्न होता है। इंकार की अवस्था में रहने के बजाय जिसके हमारे नेता आदी हो चुके हैं, यही खुलापन चुनौतियों को स्वीकार करने और अपनी समस्याओं को हल करने में हमारी मदद करेगा। पिछले चालीस वर्ष में पहली बार मैं कुछ नेताओं को देख रहा हूं जिनमें यह स्वीकार करने का आत्मविश्वास है कि शिक्षा, स्वास्थ्य और पोषण के मूलभूत क्षेत्रों में हमारे सामने वाकई समस्याएं हैं, कि अन्य राष्ट्रों ने हमसे बेहतर किया है, और यह कि मेहनत और समझदारी से काम करके हम अपनी समस्याओं को हल कर लेंगे। हाल ही में नई दिल्ली में समाप्त हुई एशिया बिजनेस काउंसिल (एबीसी) की मीटिंग में, एशिया, यूरोप और अमेरिका के मेरे विदेशी सीईओ मित्र प्रधानमंत्री मनमोहन सिंह, राहुल गांधी, मोंटेक सिंह अहलूवालिया और कमल नाथ के खुलेपन से बहुत प्रभावित हुए। उसकी हर मीटिंग में हमारे नेता उदार, विनम्र और आत्मविश्वासी थे, अपनी बात के समर्थन में आंकड़े रख रहे थे, और भारत की तरक़्क़ी का बखान करने के लिए अतिशयोक्ति का प्रयोग नहीं कर रहे थे। वे स्वीकार कर रहे थे कि हमारे यहां आय में असमानता की समस्या है, हमारे यहां मूलभूत ढांचे की कमी है और हमें प्राथमिक शिक्षा, स्वास्थ्य, पोषण और आवास के क्षेत्रों में बहुत काम करना है। हमारे केंद्रीय मंत्रियों के साथ मेरी बातचीत इशारा देती है कि यह बदलाव स्पष्ट होता जा रहा है और अब हमारे नेताओं में विवादप्रिय भारतीय की छाया अब उतनी दिखाई नहीं देती है जितनी पहली दिखती थी। यह एक महान यात्रा का आरंभ है।

हालांकि केंद्रीय स्तर पर मुझे खुलेपन की यह मानसिकता जड़ें बिठाती दिखने लगी है, लेकिन राज्यों के स्तर पर अभी भी इस क्षेत्र में कमी दिखाई देती है। लेकिन राज्य स्तर पर भी प्रगतिशील और खुली मानसिकता वाले मंत्रियों के कई अच्छे उदाहरण मौजूद हैं। विजयराजे सिंधिया, उमा भारती और बुद्धदेब भट्टाचार्य, जो क्रमश: राजस्थान, मध्य प्रदेश और पश्चिम बंगाल के मुख्यमंत्री रहे हैं, ऐसे खुलेपन के अच्छे उदाहरण हैं। कर्नाटक के मंत्रियों में खुली मानसिकता की बात की जाए, तो मेरे दिमाग़ में डी.बी. इनामदार का नाम

आता है। कई वर्ष पूर्व जब इंडियन इंस्टीट्यूट ऑफ़ इंफ़ॉर्मेशन टेक्नोलॉजी, बंगलौर (आईआईआईटीबी) का बोर्ड ऑफ़ गवर्नर्स आईआईआईटीबी के लिए एक स्थायी स्थान की तलाश में था, उस समय इनामदार सूचना प्रौद्योगिकी मंत्री थे। मुझे नहीं लगता कि नए प्रतिमानों का प्रयोग करके समस्याओं का शीघ्र हल निकालने के प्रति उनकी खुली और सक्रिय मानसिकता के बिना आईआईआईटीबी को इतना सुंदर स्थान मिल पाता। इसी तरह, मंत्री एच. डी. रेवन्ना की प्रगतिशील नीतियों और तीव्र निर्णयशक्ति ने ही इलेक्ट्रॉनिक सिटी को अपनी बिजली समस्याओं से निपटने के लिए अत्यावश्यक सब-स्टेशन दिलाया।

मेरे मित्र रघुनाथ माशेलकर (भूतपूर्व डाइरेक्टर जनरल, काउंसिल ऑफ़ साइंटिफ़िक एंड इंडस्ट्रियल रिसर्च) अक्सर कहते हैं कि हमारे मस्तिष्क, जो कि समस्याओं के हल का इंजन है, और हमारी मानसिकता, जो विचारों और रूढ़ियों का एक सैट है, के बीच लगातार द्वंद्व चलता रहता है। उनका मानना है कि केवल वे लोग तरक़्क़ी कर पाते हैं, जिनका मस्तिष्क जीतता है। आज मैं अपने नेताओं में मस्तिष्क को मानसिकता के ऊपर रखने के प्रति थोड़ा सा झुकाव देख रहा हूं।

हालांकि मुझे हमारे वरिष्ठ नौकरशाहों में खुलेपन के प्रति एक बुनियादी झुकाव दिखाई दे रहा है, लेकिन यह झुकाव नीचे के स्तर तक जाता दिखाई नहीं दे रहा। मैं इसे सिद्ध करने के लिए आपको दो उदाहरण दूंगा। पहला उदाहरण हमारे वर्तमान विदेश सचिव शिव शंकर मेनन के बारे में है। मि. मेनन इस देश के बेहतरीन नौकरशाहों में से एक हैं। वो बेहद सज्जन, शिष्ट, मदद करने को हमेशा तैयार, और अपने विभाग की क्षमता को सुधारने के लिए हमेशा सक्रिय रहने वाले व्यक्ति हैं। एक-दो वर्ष पहले सरकार ने चौंसठ पृष्ठों का पासपोर्ट आरंभ किया था, लेकिन जल्दी ही इस नीति को समाप्त करके साधारण छत्तीस पृष्ठ वाले पासपोर्ट को ही जारी रहने दिया था। पिछले वर्ष मैंने मि. मेनन से निवेदन किया कि हम जैसे लोगों को जो अक्सर विदेश यात्रा करते रहते हैं, 240 पृष्ठ का पासपोर्ट मुहैया कराया जाए ताकि हमें हर कुछ महीनों पर नया पासपोर्ट नहीं बनवाना पड़े। यह हमारे वीसा की वैधता को भी बढ़ा देगा क्योंकि कई देश मांग करते हैं कि जब भी हम नया पासपोर्ट बनवाएं तब नया वीसा भी प्राप्त करें; इस नीति का एक उदाहरण न्यूजीलैंड है। मैंने उनसे कहा कि चौंसठ पृष्ठ का पासपोर्ट बहुत सुविधाजनक नहीं है क्योंकि हमारे उद्योग में विदेश यात्रा बहुत अधिक करनी पड़ती है, और हम 240 पृष्ठ के लिए आवश्यक सारे ख़र्च को उठाने के लिए तैयार हैं। असाधारण रूप से खुले दिमाग़ वाले नेता होने के नाते वे इसके लिए तुरंत तैयार हो गए और उन्होंने मुझसे वादा किया कि हमें ऐसा पासपोर्ट मिल जाएगा। प्रत्यक्षत: उन्होंने अपने विभाग के लोगों से इस मामले को संभालने की उम्मीद की होगी, और यह उचित भी था। कुछ महीने बाद मुझे सूचित किया गया कि बंगलौर में एक समारोह होगा जिसमें विदेश मामलों के राज्य मंत्री मुझे पहला विशालकाय पासपोर्ट देंगे। मैं बहुत प्रसन्न हुआ। लेकिन जब मुझे नया

पासपोर्ट प्राप्त हुआ, तो मैंने देखा कि वह वही पुराना चौंसठ पृष्ठ का पासपोर्ट था। वहां उपस्थित अधिकारियों ने बताया कि 240 पृष्ठ का पासपोर्ट बना पाना संभव नहीं था क्योंकि मंत्रालय की प्रेस के पास ऐसी मशीन नहीं है जो 240 पृष्ठों को सी सके! आश्चर्य की बात है कि ऐसे समय में जब भारत चंद्रमा पर सेटेलाइट उतारने की योजना बना रहा है, हम 240 पासपोर्ट पृष्ठों की मशीन बना नहीं, तो आयात भी नहीं कर सकते। समस्या है विदेश मंत्रालय में निचले स्तर के लोगों के साथ। यह उदाहरण दर्शाता है कि किस तरह एक असाधारण नेता के प्रयासों को उसके नीचे काम कर रहे कुछ लोगों की पुरानी मानसिकता किस तरह पटरी से उतार सकती है। इसे बदलना होगा।

हमारी इसी प्राचीन मानसिकता का मैं आपको एक उदाहरण और दूंगा। एक बहुत प्रसिद्ध फ़ॉर्च्यून 500 अमेरिकी कंपनी के सीईओ नई दिल्ली में एशिया बिजनेस काउंसिल (एबीसी) की मीटिंग में भाग लेने के लिए भारतीय वीसा लेना चाहते थे। जब उनके ऑफ़िस ने अपने क्षेत्र के भारतीय राजदूत के ऑफ़िस से संपर्क किया, तो उनके सेक्रेटरी से कहा गया कि वीसा लेने के लिए उन्हें अपना पासपोर्ट 30 दिन तक भारतीय दूतावास में छोड़ना होगा! सीईओ ने एबीसी सचिवालय को सूचित किया कि उनकी जल्दी-जल्दी होने वाली यात्राएं उन्हें अपना पासपोर्ट इतने लंबे समय तक छोड़ने की अनुमति नहीं देंगी, और इसलिए वे दिल्ली में एबीसी कांफ्रेंस में शामिल नहीं हो पाएंगे। अमेरिका में हमारे राजदूत रोनेन सेन को यह बात दिल्ली में स्थित एक केंद्रीय मंत्री से पता चली। उन्होंने फ़ोन उठाया, सीईओ का नंबर मिलाया, उनसे क्षमा मांगी और अपने स्टाफ़ से कहा कि वे इस प्रक्रिया में तेजी पकड़ें। उनके विभाग ने तुरंत आवश्यक जांचें पूरी कीं और उसी दिन पांच वर्ष का बहु-प्रवेश वीसा नि:शुल्क जारी कर दिया। मैंने सीईओ के मुंह से भारत की जबरदस्त प्रशंसा सुनी। ऐसी भारी प्रशंसा से देश का नाम उन एबीसी सदस्यों के सामने ऊंचा हुआ जिनकी कंपनियों का कुल मार्केट कैपिटलाइजेशन दस खरब डॉलर से ऊपर है। यह एक और उदाहरण है कि हमारी सरकारी संस्थाओं में कुछ लोग अभी तक बदले हालात के अनुसार नहीं ढल सके हैं और देश की अच्छी छवि को धूमिल करते हैं, बावजूद इसके कि उच्चस्तरीय नौकरशाहों ने सरकार में नई मानसिकता लाने के लिए जबरदस्त प्रयास किए हैं। यदि हम अधिक एफ़डीआई चाहते हैं, जैसा कि प्रधानमंत्री ने कई बार इशारा दिया है, तो हमें अंतरराष्ट्रीय बिजनेस नेताओं की भारत यात्रा को सुविधाजनक बनाना होगा। हम परस्परता का बहाना नहीं दे सकते जैसा कि अक्सर निम्नस्तरीय नौकरशाह अपनी पुरानी कार्यशैली को सही साबित करने के लिए तर्क देते हैं।

हालांकि मैं चिंतित हूं कि खुलेपन की इच्छा सरकारी संस्थाओं में सारे स्तरों पर दिखनी आरंभ नहीं हुई है, लेकिन मैंने कई सकारात्मक बदलावों के उदाहरण भी देखे हैं। हमारे कर्मचारियों द्वारा इलेक्ट्रॉनिक रूप से टैक्स रिटर्न भरने के लिए बंगलौर में आयकर विभाग द्वारा आईटी सिस्टम्स लागू करने के प्रति उत्साह, सारे देश में आईटी उद्योग का

उत्प्रेरक बनने में सॉफ़्टवेयर टेक्नोलॉजी पार्क का असाधारण काम, बंगलौर में कस्टम्स विभाग के दक्ष अधिकारी, और महाराष्ट्र, राजस्थान और उड़ीसा सरकार के अधिकारियों का 'वादा कम, काम ज़्यादा' का रवैया, ये सब ऐसी खुली मानसिकता के अच्छे उदाहरण हैं जो स्वीकार करती है कि हममें सुधार की गुंजाइश है और सुधार के लिए कदम उठाती है।

अपने लोगों में यह स्वीकार करने का खुलापन कैसे डाला जाए कि हम ग़लत हो सकते हैं और किसी और के पास बेहतर विचार हो सकता है? इंफ़ोसिस में हमें काफ़ी शुरू में ही अहसास हो गया था कि सबसे अच्छे हल पर ध्यान देने और समस्याओं को शीघ्र सुलझाने का सबसे अच्छा तरीका यह है कि हर लेन-देन को, पिछले लेन-देनों के पूर्वाग्रह को लाए बिना, शून्य के स्तर पर आरंभ किया जाए, और अपने मामले पर बात करने के लिए आंकड़ों और तथ्यों का प्रयोग किया जाए। ऐसी सोच दक्षता के प्रभुत्व, हमारे न्यायसंगत होने और समग्र बनने की हमारी इच्छा के प्रति हमारे युवाओं में विश्वास पैदा करती है। इसीलिए, इंफ़ोसिस में यह लोकोक्ति कि "ईश्वर पर हमें भरोसा है, बाकी सब मेज पर आंकड़े लेकर आएं" बहुत लोकप्रिय है।

□

खंड–VI

कॉरपोरेट एवं लोक प्रशासन

अच्छा कॉरपोरेट प्रशासन मात्र चेकलिस्ट या नई मानसिकता?

मैं एक ऐसे विषय पर ध्यान केंद्रित करने जा रहा हूं जो मेरे हृदय के बहुत नजदीक है और सारे विश्व में कारोबारों के बने रहने के लिए बहुत महत्वपूर्ण है: अच्छा कॉरपोरेट प्रशासन। हाल के समय में, उभरते बाजारों सहित सारे विश्व में इस विषय ने काफ़ी ध्यान आकर्षित किया है। भारत में हमने इस क्षेत्र में पिछले दस वर्षों में काफ़ी उन्नति की है।

मैं मुख्य रूप से अमेरिका में कॉरपोरेट प्रशासन में हुई उन्नति पर ध्यान केंद्रित करूंगा। अमेरिका दुनिया का सबसे गतिशील पूंजी बाजार है, और अमेरिकी वित्तीय संस्थाएं सारी दुनिया में कंपनियों को पूंजी बनाने में सहायता देने में अगुआ रही हैं। इसलिए यह कहना न्यायोचित ही होगा कि अमेरिकी पूंजी बाजार में हुए प्रशासकीय प्रयास अन्य पूंजी बाजारों में भविष्य में होने वाली चीजों के लिए संदेशवाहक का काम करते हैं। "जब अमेरिकी पूंजी बाजार को छींक आती है, तो अन्य सारे देशों में पूंजी बाजारों को जुकाम हो जाता है" एक मान्य कहावत है। इसलिए अमेरिकी बाजार के बारे में कही गई कोई भी बात अन्य बाजारों पर भी खरी उतरती है।

मैंने अमेरिकी कंपनियों में कॉरपोरेट प्रशासन के उल्लंघनों के उदाहरण दिए हैं क्योंकि ये बहुत पैसे वाली कंपनियां हैं। मेरा अपना विश्वास यह है कि कॉरपोरेट धोखाधड़ी हर जगह लगभग एक जैसी ही है।

मेरे हिसाब से, कॉरपोरेट प्रशासन का अर्थ है प्रत्येक स्टेकहोल्डर—कंपनी के ग्राहक, कर्मचारी, निवेशक, वेंडर साझेदार, सरकार और समाज—के प्रति निष्पक्षता को सुनिश्चित करते हुए शेयरधारक के मूल्य को कानून, नैतिकता और निरंतरता के आधार पर अधिकाधिक बढ़ाना। इस प्रकार, कॉरपोरेट प्रशासन कंपनी की संस्कृति, नीतियों, स्टेकहोल्डरों के प्रति रवैये और मूल्यों के प्रति प्रतिबद्धता का प्रतिबिंब होता है।

रॉबर्ट पी. मैक्सन व्याख्यान, जॉर्ज वाशिंगटन यूनीवर्सिटी, वाशिंगटन, डीसी, 6 फ़रवरी, 2006

अच्छा कॉरपोरेट प्रशासन कई महत्वपूर्ण उद्देश्यों की पूर्ति करता है। यह ऐसा माहौल बनाकर कॉरपोरेट कार्यस्तर को बढ़ाता है जो प्रबंधकों को निवेश पर रिटर्न अधिकाधिक बढ़ाने, कार्य क्षमता को बेहतर बनाने और लंबी अवधि की उत्पादकता वृद्धि सुनिश्चित करने के लिए प्रेरित करता है। परिणामस्वरूप, ऐसी कंपनियां विश्व स्तर पर बेहतरीन प्रतिभा को आकर्षित करती हैं। यह इस बात को भी सुनिश्चित करता है कि कर्मचारियों, प्रबंधन और बोर्ड की गतिविधियों में निष्पक्षता, पारदर्शिता और जवाबदेही उत्पन्न करके कंपनियां निवेशकों और समाज के हितों का ध्यान रखें।

किसी कंपनी की सफलता का सबसे बड़ा प्रमाण टिकाऊपन है, और टिकाऊपन और विकास के लिए अच्छा प्रशासन एक आवश्यक शर्त है। कॉरपोरेट विकास के लिए निवेश की आवश्यकता होती है। अच्छा कॉरपोरेट प्रशासन कंपनी में लोगों के विश्वास को बढ़ाता है, और निवेश के लिए पूंजी की लागत को कम कर सकता है। मैकिंसी के एक अध्ययन के अनुसार, **60** प्रतिशत से अधिक निवेशकों ने कंपनी के अच्छे प्रशासन को अपने निवेश के निर्णय के पीछे प्रमुख कारक बताया है।

आज वैश्विक पूंजी राष्ट्रीय सीमाओं से बाधित नहीं है, और जहां अनुकूल माहौल मिलता है वहां पहुंच जाती है। उच्चस्तरीय, उच्च आय के रोजगार पैदा करने के लिए वैश्विक उद्यमियों को आकर्षित करने की ख़ातिर सारे राष्ट्रों—विकसित और विकासशील—के बीच जबरदस्त प्रतिस्पर्द्धा है। इन उद्यमियों को विशाल पूंजी की जरूरत होती है और वे जानते हैं कि निवेश को आकर्षित करने के लिए एक प्रभावी प्रशासन मॉडल आवश्यक है।

अब मैं कॉरपोरेट प्रशासन को सुधारने के प्रयासों के इतिहास की बात करूंगा। लेखक जोएल बाकन के अनुसार, अमेरिका में **1930** के दशक के ग्रेट डिप्रैशन का प्रमुख कारण कॉरपोरेट कुप्रबंधन और कर्मचारियों के प्रति उदासीनता था। बाकन का कहना है कि यही बात **1933** में सुप्रीम कोर्ट के उस फ़ैसले का भी कारण थी जिसमें कंपनियों को 'पाप करने में सक्षम फ्रैंकेन्सटाइन राक्षस' कहा गया था। सार्वजनिक नजरिए के नतीजे में **1934** में एसईसी (सिक्योरिटीज एंड एक्सचेंज कमीशन) की स्थापना हुई, जिसके द्वारा कंपनी के स्वामित्व और नियंत्रण को परिभाषित करने वाले नियामक सुधार हुए। लेकिन यह कानून कंपनियों के लिए 'स्वीकार्य व्यवहार' और प्रकटीकरण के स्तरों से संबंधित जिम्मेदारियों को स्पष्ट रूप से संबोधित करने में नाकाम रहा।

1970 के दशक में, कारोबारी घपलों की एक श्रृंखला ने अमेरिकी कंपनियों में व्यापक, अनैतिक कार्यों का पर्दाफ़ाश किया। एसईसी की तफ़्तीशों से व्यापक ग़ैरकानूनी अनुबंधीय कार्यों, अंदरूनी कारोबार, भ्रामक विज्ञापन, और बचत-व-ऋण के घपलों का भंडाफोड़ हुआ। वकीलों आल्टन हैरिस और एंड्रिया क्रीमर के अनुसार **500** से अधिक अमेरिकी सरकारी कंपनियों, जिनमें से **117** उस समय की फ़ॉर्च्यून **500** कंपनियों में से

थीं, पर या तो एसईसी द्वारा कॉरपोरेट दुराचार का आरोप लगाया गया या उन्होंने स्वयं इसको स्वीकार किया।

1970 और **1980** के दशकों की प्रशासनिक असफलताओं ने लोगों और नियामकों का दिमाग़ कंपनियों का प्रशासन बेहतर बनाने पर लगा दिया। आम शेयरधारकों के प्रति कंपनियों की जवाबदेही बढ़ाने को ढांचा तैयार करने के लिए बेहतरीन दिमाग़ों को लगा दिया गया। नतीजतन सारे विश्व में सिक्योरिटीज एक्सचेंज कमीशनों, स्टॉक एक्सचेंजों और निवेशक एसोसिएशनों में सुप्रशासन के नियमों की बाढ़ आ गई। कुछ सबसे प्रभावशाली प्रयास अमेरिका में ट्रैडवे कमीशन और एसईसी ब्लू रिबन कमेटी, यूके में कैडबरी कमेटी, फ्रांस में विएना रिपोर्ट, और नीदरलैंड में पीटर्स रिपोर्ट द्वारा किए गए हैं।

इन समितियों का समान मत था कि सुप्रशासन के लिए जानकार, स्वतंत्र डाइरेक्टरों, शक्तिशाली बोर्ड उप-समितियों, प्रबंधन कार्यप्रणाली के बारे में बेहतर बोर्ड पारदर्शिता के माध्यम से प्रभावी बोर्ड कार्यप्रणाली की आवश्यकता है। उन्होंने शेयरधारकों को वित्तीय और जोखिमों की रिपोर्ट देने में अधिक खुलापन लाने की भी सिफ़ारिश की।

यूके कैडबरी कमेटी रिपोर्ट ने कॉरपोरेट प्रशासन के स्तर को बेहतर बनाने में अमेरिका के अतिरिक्त दुनिया भर में अग्रणी रहने का काम किया है। इस कमेटी ने, जैसा कि लेखक पॉल कूम्ब्स का कहना है, बोर्डों के ढांचे, स्वतंत्रता और जिम्मेदारियों के बारे में महत्वपूर्ण सिफ़ारिशें प्रस्तुत कीं। इसने प्रभावी आंतरिक वित्तीय नियंत्रकों, और डाइरेक्टरों एवं अधिकारियों के पारिश्रमिक के बारे में भी सिफ़ारिशें दीं। इस प्रयास ने यूके में कॉरपोरेट बोर्डों को बेहतर प्रभाविता दिलाई, और ब्रिटिश कॉमनवेल्थ देशों में भी ऐसे ही प्रयास आरंभ हुए।

अमेरिका में, ऑडिटरों के बारे में की गई सिफ़ारिशों को **1999** की एसईसी ब्लू रिबन कमेटी ने ले लिया। इन सिफ़ारिशों का उद्देश्य ऑडिट समितियों की आजादी, काम और प्रभाविता को बेहतर बनाना था। ये सिफ़ारिशें कानून बन गई।

कूम्ब्स का यह भी कहना है कि कैडबरी संहिता जैसी सबसे प्रभावशाली संहिताओं ने 'पालन करो या कारण बताओ' के आधार पर काम किया है। अर्थात, कंपनियों के लिए संहिता की किसी भी धारा का पालन करना आवश्यक नहीं है। लेकिन, यदि कंपनी संहिता की किसी धारा का पालन न करने का निर्णय लेती है, तो उसे ऐसा करने के लिए कारण बताना होगा।

आशा की जाती थी कि कैडबरी कमेटी और एसईसी कमेटियों के प्रयास अनुशासित कॉरपोरेट व्यवहार और सुप्रशासन के युग का सूत्रपात करेंगे। दुर्भाग्य से, यह विश्वास बहुत कम समय ही रह पाया। इन कमेटियों के बुद्धिमान पुरुषों और महिलाओं के नुस्ख़े **1990** के दशक के अंतिम भाग और इस सहस्राब्दी के शरुआती भाग में वित्तीय कुप्रबंधन और कॉरपोरेट धोखाधड़ी को रोक नहीं पाए।

नतीजतन, 1990 का दशक स्टॉक के विकल्प से समृद्ध, सुपरमैन-सुपरवुमैन सीईओज का दौर था जो अपने प्रशंसा से भरे बोर्डों की नजरों में कुछ ग़लत कर ही नहीं सकते थे, और जिन्हें अर्धदेवताओं के रूप में देखा जाता था। बोर्डों के लापरवाही से नजरअंदाज करने ने इन सीईओज को कमोबेश सर्वशक्तिमान बना दिया था। मुख्य रूप से अपने स्वार्थ सिद्ध करने की ख़ातिर बोर्ड इन सीईओज के कॉरपोरेट सहयोगी बन गए थे। ऐसे माहौल में नियमों का बहुत कम लाभ हुआ। जैसा कि मैकलीन और एल्किन्ड ने द स्मार्टेस्ट गाइज इन द रूम में कहा, नियमों का पालन "सच बोलने के बराबर था ताकि कोई यह न कह सके कि आपने झूठ बोला था।" एकाउंटेंटों ने एकाउंटिंग नियमों में तोड़-मरोड़ करने के नए तरीके खोज लिए, और निवेश बैंकरों ने जटिल वित्तीय ढांचे बना दिए ताकि अनिवार्य घोषणाएं लुभावनी दिखाई दें। इनाम के भूखे कर्मचारी बिना शिकायत किए ग़ैरकानूनी आदेशों का पालन करते गए।

आश्चर्य नहीं कि ऐसे माहौल में 2001 में एनरॉन और 2002 में वर्ल्डकॉम, क्वैस्ट और टाइको कंपनियां बुरी तरह ढह गईं। खातों में भारी अनियमितताएं—अरबों डॉलर अधिक का मुनाफ़ा दिखाना, ग़ैरकानूनी, अघोषित साझेदारियां और ऋण—सामने आईं। ये कंपनियां लालच, अहंकार और कानून की पूर्ण उपेक्षा की पूरी संस्था की संस्कृति का प्रतीक बन गईं। अंदाजा है कि एनरॉन, वर्ल्डकॉम, क्वैस्ट, टाइको और अन्यों के घपलों से बाजार की पूंजी को, पूंजीवाद के इतिहास में सबसे अधिक, 70 खरब डॉलर का नुक़्सान हुआ।

आम विश्वास यह है कि शक्ति का ऐसा ग़लत इस्तेमाल इन कंपनियों तक ही सीमित नहीं था। मैल्कम एस. साल्टर के अनुसार, कॉरपोरेट प्रशासन की कमी "विचित्र या नामुमकिन बात का नहीं, बल्कि व्यापक भ्रष्टाचार का मामला था।" वरिष्ठ प्रबंधन के लिए अत्यधिक तन्ख़ाह प्रशासन की व्यापक असफलता का महज एक उदाहरण है। एक अमेरिकी सीईओ के मेहनताने का एक औसत उत्पादन कर्मचारी की तन्ख़ाह के साथ अनुपात 2004 में बढ़कर 431:1 हो गया था। 1990 में यह अनुपात 107:1 था, और 1982 में 42:1। अमेरिका में पांच उच्चतम कॉरपोरेट अधिकारियों का कुल पारिश्रमिक 1993-97 की कुल कॉरपोरेट आय के 6 प्रतिशत से बढ़कर 1998-2002 में 10 प्रतिशत हो गया था।

उच्चस्तरीय घोटालों और बढ़ती निवेशक असंतुष्टि ने कंपनियों द्वारा अनिवार्य घोषणा और अनुपालन का 'आधार बढ़ाओ' की मांगों को जन्म दिया। "कॉरपोरेट प्रशासन अब बुद्धिजीवियों की कानूनी बहस का गूढ़ विषय नहीं रहा है। आज कॉरपोरेट व्यवहार के स्तरों के बारे में एक नई, व्यापक चिंता पैदा हो गई है," यह उस समय के एसईसी चेयरमैन आर्थर लैविट का कहना था। इन चिंताओं ने 'पालन करो या कारण बताओ' जैसे 'नर्म कानून' की आवश्यकता में परिवर्तन कर दिया है। अब बल है 'सख़्त

कानून' पर—अनिवार्य अनुपालन, और प्रशासन तरीकों पर नियामक की कडी निगरानी।

अमेरिका में, सरबेन्स-ऑक्सली (एसओएक्स) अधिनियम और न्यूयॉर्क स्टॉक एक्सचेंज और नैसडैक सूची के संशोधित नियमों ने वित्तीय घोषणाओं, कमेटी व बोर्ड के नामांकनों, और ऑडिट नीतियों के लिए ज़्यादा कठोर मानक बना दिए हैं। ज़्यादा सख़्त अनुपालन लागू करने में अन्य देशों ने अमेरिका का अनुकरण किया है। उदाहरण के लिए, यूके में एक प्रस्तावित कानून निवेशकों को लापरवाही और कर्तव्य से हटने के लिए डाइरेक्टरों पर मुकद्दमा चलाने का अधिकार देता है। यूरोपियन कमीशन को आशा है कि उसका नया कॉरपोरेट प्रशासन निदेशपत्र, जो **2009** से लागू होगा, पारदर्शिता कानूनों को बेहतर बनाएगा और शेयरधारकों को सशक्तीकरण प्रदान करेगा। एशिया में, हांगकांग, सिंगापुर और भारत जैसे कई देशों में कॉरपोरेट प्रशासन के संशोधित नियम कंपनियों के लिए अनुपालन के कहीं अधिक कठोर मानक लागू करते हैं।

अब मैं सरबेन्स-ऑक्सली (एसओएक्स) अधिनियम के बारे में कुछ बात करूंगा। यह अधिनियम पब्लिक कंपनी एकाउंटिंग ओवरसाइट बोर्ड (पीसीएओबी) के माध्यम से ऑडिटिंग, एकाउंटिंग, क्वालिटी कंट्रोल, नैतिकता और आजादी से संबंधित कॉरपोरेट मानकों पर सरकारी नियंत्रण की ओर बढ़ने का प्रतिनिधित्व करता है। कई मायनों में, एसओएक्स प्रबंधन और बोर्ड की जवाबदेही को पुन: स्थापित करने, शेयरधारकों की प्रतिक्रिया बढ़ाने और अच्छे प्रशासन को सुनिश्चित करने की ओर अर्थपूर्ण प्रगति का प्रतिनिधित्व करता है। मसलन, एसओएक्स ने कंपनी के बोर्ड ऑफ़ डाइरेक्टर्स सहित प्रमुख अधिकारियों के लिए नैतिकता और आचार संहिता लागू करने का आदेश दिया है। इसके लिए कंपनी के अंदर भंडाफोड़ करने वालों की सुरक्षा के लिए सुपरिभाषित प्रक्रियाएं आवश्यक हैं।

एसओएक्स ने नई ऑडिट आवश्यकताएं और ऑडिट समितियों के लिए अधिक आजादी भी आवश्यक कर दी है। कार्यकुशलता के नए मानकों का रुझान लंबी अवधि के शेयरधारक के मूल्य निर्धारण की ओर हो गया है। इसने जोखिम नियंत्रणों पर पूरी संस्था के अधिकार के माध्यम से ज़ानकारी की पारदर्शिता को भी संशोधित किया है। एसओएक्स के माध्यम से आया एक ठोस बदलाव है धारा **404**, जिसने कंपनी के सीईओ और सीएफ़ओ के लिए प्रत्येक वर्ष आंतरिक नियंत्रकों का विश्लेषण करना और वित्तीय रिपोर्टिंग पर नियंत्रण रखने की जिम्मेदारी को स्वीकार करते हुए लिखित वक्तव्यों पर हस्ताक्षर करना अनिवार्य कर दिया है। किसी भी प्रकार के उल्लंघन या झूठी घोषणा का नतीजा कैद और **2** करोड़ डॉलर तक जुर्माने सहित भारी सजा हो सकता है। दिसंबर **2005** तक, दुनिया भर में लगभग **12** प्रतिशत कंपनियां एसओएक्स के **404** परीक्षण में असफल हो चुकी थीं।

एसओएक्स में भी सुधार की गुंजाइश है। इसे शरीर से अधिक आत्मा पर ध्यान

देना होगा, और नियमों पर आधारित एकाउंटिंग के बजाय उद्देश्यों पर आधारित एकाउंटिंग मानकों की ओर जाना होगा। इसे कारोबार की जानकारी देने के वर्तमान ढांचे की कमियों को दूर करना होगा। प्रबंधन और निवेशकों दोनों को कारोबार के अवसरों, जोखिमों, रणनीतियों और योजनाओं जैसी अधिक 'गुणात्मक' जानकारी होनी चाहिए। ऐसी जानकारी कंपनी की पूंजी और आय की गुणात्मकता, टिकाऊपन और विभिन्नता का स्पष्ट आकलन करने में सहायक होती है। एसओएक्स के ढांचे को ऑडिट समिति की भूमिका को भी स्पष्ट करना चाहिए। इसे एकांउंटिंग कंपनियों के आधार को बढ़ाने और एक विस्तृत, प्रतिस्पर्द्धात्मक ऑडिट मार्केट बनाने में भी मदद करनी चाहिए।

प्रबंधन के पारिश्रमिक और भत्तों की पूरी घोषणा अनिवार्य करने का एसईसी द्वारा हाल में उठाया गया कदम स्वागत योग्य है। ऐसी घोषणा के बिना, हमें नोबेल पुरस्कार से सम्मानित अर्थशास्त्री जोजेफ़ स्टिग्लिट्ज़ की बात से सहमत होना पड़ेगा कि "हमने इस जानकारी को तोड़-मरोड़ दिया है कि कंपनी का पैसा किस प्रकार शेयरधारकों, कर्म चारियों और प्रबंधन में वितरित किया जा रहा है।" जैसा कि मैंने पहले कहा, कई सीईओज ने अघोषित भत्तों और तरीकों से कंपनी के अंदर पारिश्रमिकों में भारी अंतर पैदा कर दिया है। मसलन, एक सीईओ को **13** वर्ष की अवधि में भत्तों सहित **80** करोड़ डॉलर दिए गए—जिस अवधि में उसकी कंपनी का मुनाफ़ा गिर गया था, और शेयर्स से ट्र जरी बांड से भी कम मुनाफ़ा मिल रहा था।

हालांकि एसओएक्स और अन्य प्रयासों ने बेहतर प्रशासन के लिए एक अच्छा ढांचा तैयार कर दिया है, मगर मेरा मानना है कि ऐसा नियमों पर आधारित नयाचार सिर्फ़ तभी सफल हो सकता है जब हम कॉरपोरेट नेताओं में शालीनता, ईमानदारी और सम्मान की मानसिकता पैदा करें। यह सच है कि कुल मिलाकर ज़्यादातर बिजनेस लीडर इन मूल्यों के प्रति प्रतिबद्ध हैं। लेकिन जो थोड़े से लोग उनकी अनदेखी करते हैं, हमारा ध्यान उन्हें हतोत्साहित करने पर होना चाहिए।

कॉरपोरेट प्रशासन में निरंतर 'सख़्त कानून' और बेहतर नयाचार की दिशा में बढ़ने का नतीजा वाल स्ट्रीट जरनल के अनुसार 'बंदूक की नोक पर प्रशासन' होगा। कॉरपोरेट व्यवहार के हर पक्ष पर नियम बनाने का अर्थ होगा कंपनी के कार्यात्मक लचीलेपन को नकारात्मक रूप से प्रभावित करना, जोखिम लेने को हतोत्साहित करना और ईमानदार कंपनियों की प्रगति को भी सजा देना।

सरकारी नयाचार नैतिकता का वह रूप है जो बाहरी तौर से अनिवार्य है। भूतपूर्व अमेरिकी राष्ट्रपति बिल क्लिंटन के ये शब्द याद रखना कारगर होगा कि, "हमें सोचना चाहिए कि अत्यधिक कारोबारी नयाचार और 'छेड़छाड़' ('ब्र्क्तच्क्लिनि') किस प्रकार कारोबारी कार्यकुशलता को सुनिश्चित करेगी।" एक अनैतिक कंपनी सख़्त से सख़्त कानूनों को भी बाइपास कर सकती है। ऐसी कंपनी प्रशासन की हर नीति को जाहिरी तौर

पर लागू करते हुए भी वास्तव में उसकी अनदेखी कर सकती है। परिणामस्वरूप, अच्छे कॉरपोरेट प्रशासन का कानून नियम-कायदों की महज एक 'चेकलिस्ट' द्वारा नहीं बनाया जा सकता। हमें याद रखना चाहिए कि लगातार सख़्त होते कानूनों के बावजूद उच्चस्तरीय प्रबंधन का पारिश्रमिक—प्रबंधन की शक्ति का सबसे स्पष्ट प्रतीक—पिछले कुछ सालों में लगातार बढ़ता ही रहा है। **2004** में, एस एंड पी **500** सूचकांक वाली कंपनियों के चीफ़ एग्जीक्यूटिव का औसत पारिश्रमिक **30.2** प्रतिशत बढ़कर **60** लाख डॉलर तक जा पहुंचा है, जबकि **2003** में इसमें **15** प्रतिशत की ही वृद्धि हुई थी। स्पष्टत: हमें कॉरपोरेट भ्रष्टाचार के मूलभूत कारण—कंपनी के भीतर सुप्रशासन के सशक्त माहौल की कमी—से निपटना चाहिए। मेरा विश्वास है कि कोई भी सिस्टम उतना ही अच्छा होता है, जितना उसे इस्तेमाल करने वाले लोग। इसलिए, हमें अपना ध्यान ऐसा माहौल बनाने पर केंद्रित करना चाहिए जहां सम्मान की अहमियत हो।

ध्यान देने योग्य पहला क्षेत्र है प्रबंधन और बोर्ड के बीच बेहतर संतुलन। जैसा कि हमने देखा, अभी तक प्रशासनिक सुधार शेयरधारकों, प्रबंधन और बोर्ड ऑफ़ डाइरेक्टर्स के बीच एक प्रभावशाली संतुलन बनाने में असफल रहे हैं। प्रबंधन से बोर्ड की स्वतंत्रता को ऐसे डाइरेक्टर लगातार प्रभावित कर रहे हैं जिनकी शेयरधारकों के प्रति जवाबदेही सीमित है, और जिनके पास मैनेजमेंट ओवरसाइट का इस्तेमाल करने के साधन नहीं हैं। एक अंदाजे के अनुसार अमेरिकी कंपनियों के औसतन एक-तिहाई बोर्ड सदस्यों के पास मैनेजमेंट ओवरसाइट में प्रभावशाली ढंग से योगदान करने के लिए उद्योग की आवश्यक जानकारी और अनुभव नहीं होता है। मेरा ख़्याल है कि अधिकांश अन्य देशों में यह प्रतिशत इससे भी अधिक होगा। विशेषज्ञता की इस कमी के कारण कंपनी के बोर्डों में अधिकतर निर्णयों में प्रबंधन के पक्ष में शक्ति की असमानता रही है।

अत: पहला कदम है बोर्ड के पदों के लिए स्वतंत्र सोच और निष्ठा वाले जानकार लोगों का चयन करना। इन्हें बोर्ड प्रशासन में स्वस्थ प्रशिक्षण और प्रमाणपत्र कार्यक्रम के आधार पर लिया जाना चाहिए। कार्यक्रम का कारोबार संबंधी भाग कंपनी के अधिकारियों द्वारा और बोर्ड प्रशासन का प्रशिक्षण विशेषज्ञ संस्थाओं द्वारा दिया जा सकता है।

दूसरे, हर वर्ष बोर्ड के प्रत्येक सदस्य का मूल्यांकन होना चाहिए। इंफ़ोसिस में यह काम नामांकन समित के चेयरमैन द्वारा किया जाता है। ऐसे मूल्यांकन के मानक बोर्ड प्रशासन के कार्य क्षेत्र में होते हैं। बोर्ड का चेयरमैन बोर्ड के प्रत्येक सदस्य के साथ बैठता है, उसके मूल्यांकन के बारे में चर्चा करता है, और सुधारों के बारे में सुझाव देता है। चेयरमैन के कार्य का मूल्यांकन प्रमुख स्वतंत्र डाइरेक्टर द्वारा संभाला जाता है।

उन कंपनियों में कॉरपोरेट प्रशासन प्रभावित होता है, जहां स्वतंत्र डाइरेक्टरों की प्रतिबद्धता शेयरधारकों के बजाय कंपनी के अधिकारियों के साथ होती है।

शेयरधारक-बोर्ड संबंधों को अधिक प्रभावी बनाने के लिए, शेयरधारकों की बेहतर निगरानी की आवश्यकता होती है। शेयरधारकों को सक्रिय रूप से स्वामी के तौर पर आगे आना चाहिए, और कॉरपोरेट मुद्दों पर डाइरेक्टरों से चर्चा करनी चाहिए। बोर्ड के फ़ैसलों की जिम्मेदारी लेते हुए और शेयरधारकों के सवालों का जवाब देने के लिए स्वतंत्र डाइरेक्टरों को सामान्य रूप से, और सारी समितियों के चेयरमैनों को विशेष रूप से वार्षिक जनरल मीटिंगों में अधिक सक्रिय रूप से भाग लेना चाहिए।

कॉरपोरेट शक्ति का दुरुपयोग कंपनी के अंदर ऐसे प्रलोभनों से उपजता है जो भ्रष्टाचार की संस्कृति को बढ़ावा देते हैं। उदाहरण के लिए, अब बंद हो चुकी एक कंपनी के भूतपूर्व कर्मचारियों ने 'यस मैन' संस्कृति के बारे में बताया, जिसमें केवल वही कर्मचारी पनपते थे जो अपने बॉस को ख़ुश करने के लिए सब कुछ करते थे। जैसा कि बेन कंसल्टैन्सी के भूतपूर्व मैनेजिंग पार्टनर टॉम टियर्नी का कहना है, "कॉरपोरेट संस्कृति ही तय करती है कि लोगों का ऐसे समय में क्या बर्ताव होगा जब उन पर नजर नहीं रखी जा रही हो।" अनैतिक कंपनियां ऐसी कॉरपोरेट संस्कृतियों की मिसाल हैं जो बात तो एक संस्कृति की करती हैं, लेकिन उनकी प्रक्रियाएं और प्रलोभन बिल्कुल ही भिन्न संस्कृति को प्रतिबिंबित करती हैं। इसे बदलने का दायित्व उच्च प्रबंधन का होता है।

स्पष्टत: अच्छे प्रशासन के लिए कंपनी में ऐसी मानसिकता की आवश्यकता होती है जो कंपनी के प्रबंधकों और कर्मचारियों की रोजमर्रा की गतिविधियों में कंपनी की आचार-संहिता का समागम करती है। जैसा कि समाजशास्त्रियों रॉसूव और वान व्यूरेन का कहना है, कंपनियों को कॉरपोरेट नैतिकता की 'प्रतिक्रियात्मक और अनुपालन परिपाटी' से हटकर 'निष्ठा परिपाटी' पर आ जाना चाहिए, जहां पूरी संस्था की कार्यशैली पूरी तरह उसकी संस्कृति में समा चुकी हो। इसे संभव करने के लिए, हमें कंपनियों के अंदर प्रलोभनों की प्रणाली को दुरुस्त करना होगा।

कंपनियों को अपनी संस्कृति को अपने भर्ती कार्यक्रमों में समाहित करना चाहिए। उन्हें प्रत्येक संभावित कर्मचारी के लिए अपनी संस्कृति के अनुपालन को एक प्रमुख आवश्यकता बनाना चाहिए। उन्हें यह सुनिश्चित करना चाहिए कि प्रत्येक लेन-देन में हर कर्मचारी जवाबदेही और नैतिकता की जिम्मेदारी ले। कंपनियों को नैतिक व्यवहार के लिए अपने आदर्श लोगों को सार्वजनिक रूप से पहचान देनी चाहिए। उन्हें कर्मचारियों में अनुकरणीय नैतिक व्यवहार को पुरस्कार और सम्मान कार्यक्रमों के द्वारा प्रोत्साहित करना चाहिए। नैतिक मानकों और सर्वश्रेष्ठ व्यवहारों को संस्था के सारे स्तरों पर निष्पक्ष और समान रूप से लागू करना चाहिए। अवज्ञा से तुरंत निपटना चाहिए और उसे सार्वजनिक करना चाहिए। इसके अतिरिक्त, अनैतिक या ग़ैरकानूनी गतिविधियों को सामने लाने के लिए कंपनी के भीतर एक मजबूत भंडाफोड़ तंत्र होना चाहिए।

समय की आवश्यकता यह है कि कंपनी में सारी आवाजें एकमत होकर शालीनता,

ईमानदारी और पारदर्शिता के मूल्यों की प्रशंसा करें। दूसरे शब्दों में, हर कर्मचारी यह समझ ले कि अगर वह हर समझौतों में सही काम करेगा, तभी कंपनी का भविष्य सुरक्षित रहेगा। इंफ़ोसिस में, प्रत्येक इंफ़ोसिसियन को हमारे इस विश्वास पर काम करने का प्रोत्साहित किया जाता है कि "अगर आपकी अंतरआत्मा साफ़ है तो आप चैन की नींद सो सकते हैं।"

पारदर्शिता को बढ़ावा देने के लिए कंपनियों को प्रणालियां, ढांचे और प्रलोभन तैयार करने होंगे, क्योंकि पारदर्शिता से ही जवाबदेही आती है। इंफ़ोसिस में प्रत्येक कर्मचारी इस लोकोक्ति को याद रखता और इसका अनुकरण करता है कि "जब संदेह हो, तो प्रकट कर दो।"

ये सब तब तक संभव नहीं जब तक कि कॉरपोरेट नेता कंपनी की संस्कृति में विश्वास न करें, और अपनी बात पर ख़ुद अमल न करें। कॉरपोरेट नेता शक्तिशाली आदर्श होते हैं। मिसाल के तौर पर, कुछ कंपनियां मुनाफ़ा बढ़ाने के लिए लागत में कटौती की बात करती हैं। लागत का यह अहसास ऊपर से आना चाहिए। अगर हम चाहते हैं कि हमारे कर्मचारी ध्यानपूर्वक ख़र्च करें, तो हम नेताओं को उदाहरण बनना होगा। दुर्भाग्य से, ऐसा विरले ही होता है। पीटर ड्रकर का यह कथन याद रखने योग्य है कि "कॉरपोरेट नेता विशिष्टता और दायित्व का प्रतीक होते हैं।" इसलिए, उनका व्यवहार उच्च कोटि का होना चाहिए। हमें ऐसे सीईओ चाहिए जो निष्ठापूर्ण हों—ऐसे लोग एक मजबूत संस्कृति के प्रति प्रतिबद्धता दिखाने की अपनी बातों पर अमल कर सकें।

महान कॉरपोरेट नेता सहजीकरण के माहिर होते हैं। वे कारोबार के सरल नियमों पर काम करते हैं। ऐसे नियम समझने, अनुपालन करने, और समझाने में आसान होते हैं। जाहिर है, आप सरल नियमों द्वारा लोगों को धोखा नहीं दे सकते। बिना अपवाद के, प्रशासन के मूलभूत नियमों का उल्लंघन करने वाली हर संस्था ने जटिल और पेचीदा नियमों का जाल बनाकर ऐसा किया है।

अच्छे प्रशासन के लिए प्रलोभन पैदा करने के लिए हमें बाजार में बड़े स्तर पर सुधार चाहिए। जैसा कि वैनगार्ड म्युचुअल फ़ंड्स के भूतपूर्व सीईओ जॉन बोगल का कहना है, "हमारे बाजारों ने कंपनियों द्वारा फ़ंड में गड़बड़ी करने को प्रलोभन देने में प्रमुख भूमिका निभाई है।" उदाहरण के लिए, पूंजी बाजारों में सट्टा निवेश और कम अवधि के लाभों पर बल ने टिकाऊ कारोबारी विकास पर ध्यान देने को सीमित कर दिया है। फ़ंड मैनेजरों और संस्थागत निवेशकों के लंबी अवधि की परफ़ॉर्मेंस पर बल देने वाले सुधार टिकाऊ कारोबारी विकास पर ध्यान केंद्रित करने को प्रोत्साहन देंगे। इसके अतिरिक्त, हमें कॉरपोरेट करों को सुनियोजित करने की ओर ध्यान देना होगा। कर से बचने के बहुत ज़्यादा रास्ते अनुपालन के प्रोत्साहन में कमी लाते हैं।

आज वैश्वीकरण का दौर है। वैश्विक माहौल में, बेहतर यह होगा कि सभी देश अपने एकाउंटिंग मानकों के रूप में जल्दी से जल्दी आईएएस (इंटरनेशनल एकाउंटिंग स्टैंडर्ड्स) को अपनाने पर सहमत हो जाएं। इससे सारे देशों में किसी उद्योग से संबंधित कंपनियों के कार्य की तुलना करना आसान हो जाएगा। ऐसे समान एकाउंटिंग मानक के अभाव में भी, जिन आठ देशों—भारत, अमेरिका, कनाडा, यूके, फ्रांस, जर्मनी, ऑस्ट्रेलिया और जापान—के निवेशक इंफ़ोसिस के पास हैं, उनके जीएएपी (जनरली ऐक्सेप्टेड एकाउंटिंग प्रिंसिपल्स) के अनुसार नैसडैक में अपना बहीखाता और आय का ब्योरा प्रस्तुत करने वाली पहली कंपनी बनकर, इंफ़ोसिस ने अपनी निवेशक-प्रियता का प्रदर्शन किया है।

कंपनियों को सुनिश्चित करना चाहिए कि वरिष्ठ प्रबंधन और बोर्ड के सदस्यों के लाभ जिम्मेदार प्रशासन और कंपनी के लंबी अवधि के फ़ायदों के अनुपात में हों। प्रमुख अधिकारियों की तन्ख़ाह कंपनी की सारी प्रक्रियाओं—कार्यगत स्वास्थ्य एवं सक्षमता, ग्राहक और कर्मचारी संतुष्टि, और शेयरधारक के मूल्य—के साथ सीधी जुड़ी हो।

वारेन बफ़ेट का मानना है कि यदि कॉरपोरेट अमेरिका स्वयं को सुधारने के बारे में गंभीर है, तो सीईओ की तन्ख़ाह अग्नि परीक्षा है। वरिष्ठ प्रबंधन का पारिश्रमिक न्यायसंगतता, पारदर्शिता और जवाबदेही के सिद्धांतों पर आधारित होना चाहिए। सबसे निचले स्तर के कर्मचारी के पारिश्रमिक के मामले में न्यायसंगतता कर्मचारियों का भरोसा जीतने के लिए महत्वपूर्ण है। कोई भी नेता शून्य में प्रभावशाली नहीं हो सकता। सफलता के लिए उसे अपने प्रत्येक कर्मी की लगन और प्रतिबद्धता की आवश्यकता होती है। शेयरधारकों और कर्मचारियों के संदर्भ में पारिश्रमिक की पारदर्शिता उच्च प्रबंधन में भरोसे का माहौल बनाती है। तब शेयरधारक जानेंगे कि उनके नेताओं की लागत कितनी आ रही है। इसके अतिरिक्त, वरिष्ठ प्रबंधन के पारिश्रमिक के एक बड़े भाग को कंपनी की लंबी अवधि की सफलता के साथ जोड़कर ही जवाबदेही को सबसे अच्छी तरह लागू किया जा सकता है।

उच्च प्रबंधन के लिए पृथक्करण की मोटी तन्ख़ाह मानक के रूप में 'प्लेटिनम हैंडशेक' की वर्तमान प्रथा समाप्त होनी चाहिए। इसके स्थान पर कंपनी के सारे स्तरों पर वैध समान मानक होने चाहिए। आजकल, किसी निश्चित विलय या अधिग्रहण की जोर-शोर से वकालत करने वाले सीईओज को विलय/अधिग्रहण के बाद कंपनी में बने रहने का बोनस मिलना सामान्य बात हो गई है। यह प्रथा कतई समझ में आने वाली नहीं है और बंद होनी चाहिए।

कॉरपोरेट नेताओं में कॉरपोरेट नियंत्रण बाजार और उनके लिए इसके निहितार्थों को लेकर काफ़ी चिंता है। मेरा निजी विचार यह है कि कॉरपोरेट कार्य-कुशलता में उत्कृष्टता ही अधीनीकरण के विरुद्ध सबसे अच्छी सुरक्षा है।

कॉरपोरेट नेताओं को विचारों का ऐसा माहौल बनाना चाहिए जो धन के साथ सम्मान को भी महत्व दे। सम्मान की तलाश सीईओ को प्रत्येक स्टेकहोल्डर द्वारा सही काम कराने को मजबूर करती है। ऐसा बर्ताव कर्मचारियों के कंपनी में बेहतर रूप से बने रहने, बेहतर विक्रय और मुनाफ़े, बेहतर बाजार पूंजीकरण, और सीईओ एवं अन्यों के लिए बेहतर पारिश्रमिक को सुनिश्चित करता है।

व्यापारिक नेताओं को ऐसे सहयोगियों की खुलेआम निंदा करनी चाहिए जो सही आचार संहिता का पालन नहीं करते, चाहे वे कितने ही प्रभावशाली क्यों न हों। रॉबिन मैथ्यूज का कहना है कि एक बार हम ऐसा माहौल बना लें जहां हमारे सामाजिक ठेकों में ईमानदारी की भूमिका महत्वपूर्ण हो जाए, तो समाज में 'इज़्जत जाने' का ख़तरा लालच पर लगाम लगाने का काम करता है।

हमें अच्छे कॉरपोरेट प्रशासन के लिए अंतरराष्ट्रीय पुरस्कार स्थापित करने चाहिए, और फ़ॉर्च्यून **500** कंपनियों के लिए एक ग्लोबल कॉरपोरेट प्रशासन रैंकिंग प्रणाली बनानी चाहिए। सम्मान को धन के बराबर महत्वपूर्ण बनना होगा। ऐसे सम्मानित नेताओं के लिए डेवोस जैसे प्लेटफ़ॉर्मों पर पुरस्कार होने चाहिए। हमें सारी कंपनियों में स्वतंत्र डाइरेक्टरों के योगदान का आकलन करने की कोई प्रणाली बनानी होगी, और उनमें से सर्वश्रेष्ठ के लिए ग्लोबल आधार पर पुरस्कार स्थापित करने होंगे।

मैल्कम साल्टर का मानना है कि कुछ विनाश गहरे ज्ञान और बदलाव का कारण बन जाते हैं। वे कहते हैं, "राजनीतिशास्त्रियों के पास बे ऑफ़ पिग्स है; इंजीनियरों के पास चैलेंजर की तबाही है, और कंपनियों के पास एनरॉन है।" अगर कंपनियां उन पाठों को नजरअंदाज करेंगी जो एनरॉन, वर्ल्डकॉम और टाइको जैसी कंपनियों ने सिखाए हैं, तो हम लोगों का भरोसा जीतने में असफल हो जाएंगे जो हमारी लंबी अवधि की सफलता और जीवन के लिए अनिवार्य है। वे कंपनियां बहुत फ़ायदे उठाएंगी जो वास्तव में 'अच्छे प्रशासन' के सिद्धांतों को पहचानती और उन्हें अपनाती हैं—पूंजी की उपलब्धता और कम लागत, प्रतिभा को आकर्षित करने की क्षमता, ग्राहक और कारोबारी साझेदार, बेहतर प्रतिस्पर्द्धा एवं वित्तीय कार्य-कुशलता, और सही अर्थों में टिकाऊ लंबी अवधि का विकास।

□

कॉरपोरेट प्रशासन और भारत में इसकी प्रासंगिकता

कॉरपोरेट प्रशासन का अर्थ है प्रत्येक स्टेकहोल्डर—कंपनी के ग्राहक, कर्मचारी, निवेशक, वेंडर साझेदार, सरकार और समाज—के प्रति निष्पक्षता सुनिश्चित करते हुए शेयरधारक के मूल्य को कानून, नैतिकता और निरंतरता के आधार पर बढ़ाने का प्रशासनिक मॉडल। यह कंपनी को चलाए जाने के तरीके में स्टेकहोल्डरों के भरोसे और विश्वास के स्तर को ऊंचा करना है। यह प्रत्येक छोटे-बड़े शेयरधारकों की ओर से मालिकों और प्रबंधकों द्वारा न्यासियों की हैसियत से काम करना है। कॉरपोरेट प्रशासन के खेल में तीन खिलाड़ी होते हैं—वे शेयरधारक जिन्होंने कंपनी में अपना पैसा निवेश किया है; वह कार्यकारी प्रबंधन जो बिजनेस को चलाता है और बोर्ड ऑफ़ डाइरेक्टर्स को जवाबदेह होता है; और वह बोर्ड ऑफ़ डाइरेक्टर्स जो शेयरधारकों के द्वारा निर्वाचित होता है और उनके प्रति जवाबदेह होता है। अर्थशास्त्रियों के अनुसार, कॉरपोरेट प्रशासन की समस्या एजेंसी या उन प्रबंधकों की लागत को कम से कम करना है जो शेयरधारकों की ओर से कंपनी का प्रबंधन संभालते हैं। दूसरे शब्दों में, कॉरपोरेट प्रशासन में प्राथमिक समस्या यह सुनिश्चित करना है कि हम इस खेल में विभिन्न खिलाड़ियों—सामान्यत:, कंपनी के मालिक-प्रबंधकों या पेशेवर प्रबंधकों और इसके शेयरधारकों—के बीच लाभ की असमानता न खड़ी करें।

आजकल कॉरपोरेट प्रशासन का विषय इतना महत्वपूर्ण क्यों हो गया है? इसके कई कारण हैं और मैं इनमें से कुछ पर बात करूंगा।

हाल के समय में कॉरपोरेट जगत में धोखाधड़ी और दुराचार की घटनाएं बहुत आम हो गई हैं। बढ़े हुए मुनाफ़े, मतभेदपूर्ण विश्लेषक, अपने कर्तव्यों को पूरा करने में नाकाम बोर्ड ऑफ़ डाइरेक्टर्स—फ़ेहरिस्त अंतहीन है। सीईओज और वरिष्ठ प्रबंधन के बारे में लोगों की राय इतनी नीची कभी नहीं रही। वास्तव में, अमेरिका में कई सर्वेक्षणों के अनुसार सीईओ सबसे कम भरोसेमंद लोग हैं। अगर इस समुदाय ने स्वयं को सुधारा नहीं और अपने सम्मान को वापस प्राप्त नहीं किया, तो पूंजीवाद और पूंजी बाजार का भविष्य

सी. डी. देशमुख स्मृति व्याख्यान, नई दिल्ली, **14** जनवरी, **2004**

ही ख़तरे में पड़ जाएगा। दुर्भाग्य से, अविश्वास की यह भावना एक देश तक सीमित नहीं है बल्कि हमारे देश सहित लगभग हर देश में पाई जाती है। यह उस मजबूत और जीवंत पूंजी बाजार के भविष्य को ही ख़तरे में डालती है जो उद्यमशीलता और रोजगार पैदा करने के अवसरों के फलने-फूलने के लिए अनिवार्य है। आईआईएम, बंगलौर के प्रो बालसुब्रह्मण्यम के अनुसार, भारत में **1990-98** की अवधि में **256** कंपनियों का औसत मुनाफ़ा **-1** प्रतिशत था। इसी अवधि में, उच्च प्रबंधन का पारिश्रमिक औसतन **50** से **75** प्रतिशत बढ़ा। उच्चतम स्तर और निम्नतम के बीच तनख़ाह का अंतर आर्थिक सुधारों के पहले **10:1** से बढ़कर लगभग **100:1** हो गया। ऐसी कॉरपोरेट ज़्यादतियों के नतीजे में, आज कॉरपोरेट व्यवहार के प्रत्येक पक्ष पर पैनी नजर है और सीईओज और उनकी गतिविधियों के बारे में व्यापक संदेह है। मुझे फ्रैंकलिन रूजवेल्ट के शब्द याद आ रहे हैं कि "आत्मविश्वास शिथिल पड़ रहा है, क्योंकि यह केवल ईमानदारी, सम्मान, कर्तव्यों की पवित्रता, निष्ठापूर्ण रक्षा और निस्वार्थ कार्य पर फलता-फूलता है; इनके बिना यह जी नहीं सकता।" हाल के समय में हमने जो ज़्यादतियां देखी हैं, उनके नतीजे में कई कंपनियों की साख को जबरदस्त नुक़सान पहुंचा है। समय आ गया है कि हम समाज के भरोसे को दोबारा प्राप्त करें।

वैश्वीकरण की बदौलत, सीमाओं के पार व्यापार एवं वित्त के बहाव, और लोगों के आने-जाने एवं ज्ञान के आदान-प्रदान के माध्यम से दुनिया भर की अर्थव्यवस्थाओं में एकीकरण बढ़ता जा रहा है। आज, ग्लोबल व्यापार दुनिया के सकल घरेलू उत्पाद का लगभग **30** प्रतिशत है। यह **1970** के दशक के आरंभ की तुलना के प्रतिशत में विश्व के सकल घरेलू उत्पाद के भाग का चार गुणा है। विकासशील देशों ने भी वैश्वीकरण के अतुल्य फ़ायदों को पकड़ लिया है। वास्तव में, पिछले दो दशकों में, भारत, चीन, ब्राजील और मैक्सिको सहित **3** अरब लोगों की कुल आबादी वाले चौबीस देशों ने व्यापार के साथ सकल घरेलू उत्पाद के अपने अनुपात को दोगुना कर लिया है।

स्पष्ट है कि वैश्विक पूंजी जहां भी सही माहौल मिले, वहां जाने के लिए स्वतंत्र है। इसलिए, जब तक कोई कंपनी पारदर्शिता के उच्चतम स्तरों और कॉरपोरेट प्रशासन के बेहतरीन नियमों का पालन न करे, तब तक उसके विश्वस्तरीय निवेशकों को आकर्षित करने की संभावना कम ही है।

विकसित देशों ने भारतीय प्रतिभा की गुणवत्ता को पहचान लिया है। अब हमारे युवाओं की दुनिया भर में मांग है। साथ ही, वे लगातार सचल हो रहे हैं और जिस देश में चाहें काम करने को आजाद हैं। इसके अतिरिक्त, उनके पास भारत में प्रतिष्ठित बहुराष्ट्रीय कंपनियों में काम करने के अवसर भी हैं। भारत में युवाओं से मेरी बातचीत से एक बात खुलकर सामने आई कि बाकी चीजों के समान होने पर वे अच्छी साख वाली कंपनियों के लिए काम करना चाहते हैं। अच्छे कॉरपोरेट प्रशासन के मानकों का पालन

करने वाली संस्थाएं अच्छी साख बनाए रखने की बेहतर पोजीशन में हैं और वे निश्चित रूप से सर्वश्रेष्ठ प्रतिभाओं को आकर्षित करने और साथ रखने में सफल होंगी।

नैतिकतापूर्ण कंपनियों के लाभ कर्मचारियों से परे जाते हैं। वैश्वीकरण और सूचना क्रांति की बदौलत कहीं के भी उत्पादों और सेवाओं तक दुनिया के हर कोने के ग्राहकों की पहुंच और जानकारी है। अत्यंत प्रतिष्ठित कंपनियों के प्रवेश और इंटरनेट व आधुनिक मीडिया चैनलों की बहुतायत के कारण भारतीय ग्राहक बहुत जागरूक हो गया है। इसने ग्राहकों की उम्मीदों को बढ़ा दिया है। वे ऐसी कंपनियों से संबंध नहीं रखना चाहते जो घटिया माल बेचती हैं, वातावरण को प्रदूषित करती हैं या निवेशकों को धोखा देती हैं। वे मांग करते हैं कि सारे सौदों में पारदर्शिता हो। वे उचित मूल्य की मांग करते हैं। इस संदर्भ में, अगर हम ग्राहक पर ध्यान और ग्राहक के साथ ईमानदारी के सर्वश्रेष्ठ उदाहरणों पर खरे नहीं उतरते, तो हम अपने मार्केट अंश को बढ़ा या बना कर नहीं रख सकते।

हमारी सरकार आर्थिक उदारीकरण लाई है और व्यापार में बाधाओं को कम करने के लिए उसने बहुत से कदम उठाए हैं। उसने लाइसेंसिंग को समाप्त कर दिया है और उद्यमियों के सामने आने वाली नौकरशाही बाधाओं को काफ़ी कम कर दिया है। सबसे महत्वपूर्ण यह कि उसने करों को एक समय के तकलीफ़देह **97** प्रतिशत से एक स्वस्थ **35** प्रतिशत पर ला दिया है, इस उम्मीद के साथ कि हम अपने व्यापार नैतिक ढंग से चलाएंगे और अपने कर अदा करेंगे। कंपनियों के लिए सरकार के साथ अपने मामलात में ई मानदार होना महत्वपूर्ण है। इसका अर्थ है देश के हर कानून का पालन करना। ऐसा बर्ता व सरकारी अधिकारियों का भरोसा और विश्वास जीतने में उद्योग की मदद करता है, और जवाब में सरकारों को कंपनियों के लिए बेहतर नीतियां लाने के लिए प्रोत्साहित करता है। वर्ना, हमें उच्च कर और भारी-भरकम नौकरशाही के दिनों में लौटने का ख़तरा रहेगा।

आज की पेचीदा दुनिया में कोई भी कंपनी ग्राहकों की सारी आवश्यकताओं को पूरा नहीं कर सकती, और उसे दुनिया में सर्वश्रेष्ठ के साथ सहयोग करना पड़ता है। अपने वेंडर-साझेदारों के साथ ऐसे सहयोग के लिए हमें ईमानदारी के व्यवहार और पारदर्शिता के उच्चतम स्तरों पर खरा उतरने की आवश्यकता है। यह बात सर्वमान्य है कि सुप्रशासित कंपनियां पूंजी बाजार में अन्यों से बेहतर मुनाफ़ा कमाती हैं। नतीजतन, उनके ऋण की देनदारी कम रहने की संभावना रहती है। वास्तव में, हार्वर्ड बिजनेस स्कूल के जॉन कॉटर और जेम्स हैस्केट द्वारा ग्यारह वर्ष की अवधि में किए गए एक अध्ययन के अनुसार, अपने ग्राहकों, शेयरधारकों और कर्मचारियों का अच्छी तरह से ध्यान रखने वाली कंपनियों ने अन्य कंपनियों के **166** प्रतिशत के मुकाबले अपना मुनाफ़ा **682** प्रतिशत बढ़ाया था।

मैं इस बारे में लगातार बोलना जारी रख सकता हूं कि हमें अच्छे कॉरपोरेट प्रशासन की क्यों आवश्यकता है। मैं एक और वजह देकर अपनी बात समाप्त करता हूं। हम एक ग़रीब देश में रहते हैं। भारत में **25** करोड़ से अधिक लोग बेहद ग़रीबी में रहते हैं। आजादी के बाद पहले चालीस वर्षों के दौरान हमारे नेताओं द्वारा समर्थित समाजवाद और केंद्रीकृत योजना के दकियानूसी सिद्धांत और विचार ग़लत साबित हुए हैं। अब यह अहसास जाग रहा है कि रोजगार पैदा करने और ग़रीबी की समस्या हल करने के लिए निष्ठापूर्ण पूंजीवाद ही सही रास्ता है। हम व्यापारिक नेता निष्ठापूर्ण पूंजीवाद के प्रचारक हैं। अगर हम चाहते हैं कि लोग हमें स्वीकार करें, तो हमें विश्वसनीय और भरोसेमंद बनना होगा, अपनी कंपनियों में प्रशासन के सर्वश्रेष्ठ सिद्धांतों को गले लगाना होगा और अपने उसूलों पर चलकर दिखाना होगा।

हाल ही में दुनिया भर में कॉरपोरेट प्रशासन के स्तर को बेहतर बनाने के लिए काफ़ी हलचल रही है। भारत के बाहर, अमेरिका में सरबेन्स-ऑक्सली अधिनियम और ऑर्गे नाइजेशन फ़ॉर इकोनॉमिक कोऑपरेशन एंड डेवलपमेंट (ओईसीडी) के सुझाव ऐसे प्रयासों का अच्छा उदाहरण हैं। भारत में, कॉन्फ़ेडरेशन ऑफ़ इंडियन इंडस्ट्री (सीआईआई) इस क्षेत्र में अगुआ रही है। मेरे मित्र राहुल बजाज और ओमकार गोस्वामी भारत में **1995** में कॉरपोरेट प्रशासन की पहली संहिता लाए थे। इस मामले में सिक्योरिटीज एंड एक्सचेंज बोर्ड ऑफ़ इंडिया (सेबी) काफ़ी सक्रिय रही है, और इसने कुमार मंगलम बिरला समिति की सिफ़ारिशों को लागू किया है। इसी समिति के क्रम में सेबी द्वारा नियुक्त मेरी अपनी समिति की रिपोर्ट जल्द ही लागू की जाने की उम्मीद है। इन सारी समितियों का उद्देश्य बोर्ड की शक्ति और सक्षमता को बढ़ाकर प्रशासन को बेहतर बनाना है, और सूचना तक शेयरधारकों की पहुंच को बेहतर बनाने और वरिष्ठ प्रबंधन के लोभ और बेईमानी से कंपनियों के लिए उपजे जोखिम को कम करना है। मैं सिफ़ारिशों की बारीकियों में नहीं जाऊंगा, क्योंकि वे आसानी से उपलब्ध हैं। इसके बजाय मैं इस पर बात करूंगा कि हम कॉरपोरेट नेता इन सिफ़ारिशों से कैसे अधिक से अधिक फ़ायदा उठा सकते हैं।

मेरा मानना है कि अच्छा कॉरपोरेट प्रशासन आवश्यक है और समकालीन भारत में कंपनियों के लिए यह कोई बड़ी बात नहीं रहा है। यदि कोई कंपनी सारे स्टेकहोल्डरों के प्रति न्यायसंगत होना नहीं सीखती है, तो वह लंबी अवधि में सफल नहीं रहेगी। आज ईमानदारी, निष्ठा, शालीनता और सम्मान जैसे पारंपरिक गुणों को पुन: प्रचलन में लाने का समय है।

यदि आप अच्छा कॉरपोरेट प्रशासन चाहते हैं, तो आपको अच्छा नेतृत्व चाहिए। हमें ऐसे लोग चाहिए जो साहसी हों, जो बड़े सपने देख सकते हों और कुर्बानियां दे सकते हों। हमें हेनरी डेविड थोरो के शब्द याद रखने चाहिए कि "यह बात सच ही कही गई है

कि एक कंपनी में नैतिकता नहीं होती। लेकिन नैतिक लोगों की कंपनी नैतिकता वाली कंपनी होती है।" हमें निष्ठावान बिजनेस लीडर चाहिए। हमें ऐसे कॉरपोरेट मुखिया चाहिए जो अच्छी मूल्य प्रणाली के प्रति प्रतिबद्ध हों। अपने मूल्यों और विश्वासों को दर्शा ने के लिए वे अपने उसूलों पर चलकर दिखाएं। इसके बिना कोई भी कॉरपोरेट प्रशासन प्रणाली कारगर नहीं हो सकती। "अगर दूसरों में सुधार देखना चाहते हैं, तो स्वयं में सुधार लाएं," महात्मा गांधी ने कहा था। किसी कंपनी की दीर्घायुता उसकी सफलता का सर्वश्रेष्ठ सूचकांक है। कंपनी की लंबी अवधि की सफलता का आधार कर्मचारियों, ग्राहकों, वेंडर-साझेदारों, सरकार और समाज के साथ मैत्रीपूर्ण संबंध बनाकर रखना होता है। यह हममें उनका भरोसा और विश्वास बढ़ाएगा।

कंपनियां व्यापार के सरल नियमों द्वारा सबसे अच्छे ढंग से चलती हैं। व्यापार के सरल नियम समझने, अनुपालन करने और समझाने में सरल होते हैं। इसके अतिरिक्त, सरल नियमों द्वारा कोई किसी को धोखा नहीं दे सकता। इंफ़ोसिस में, हम स्वयं से पूछते हैं कि क्या हम सारे भागीदारों के साथ निष्पक्षता बरत रहे हैं और अगर हम नियम को लागू करते हैं तो क्या हमारी अंतरात्मा साफ़ रहेगी। न्यायसंगतता के बारे में हमारा रवैया हमारे इस विश्वास पर चलता है कि "अगर आपकी अंतरआत्मा साफ़ है तो आप चैन की नींद सो सकते हैं।"

भरोसा और विश्वास बनाने के लिए ऐसे माहौल की जरूरत है जहां पारदर्शिता, खुलेपन, साहस, न्यायसंगतता और इंसाफ़ को महत्व दिया जाता हो। हमें इसे प्रोत्साहन देना चाहिए। निवेशक यह समझते हैं कि व्यापार में अलग-अलग दौर आते हैं। वे जानते हैं कि कभी अच्छा समय होगा और कभी ख़राब। वे हमसे चाहते यह हैं कि हम उनको सूचित रखें। वे चाहते हैं कि हम उनके साथ अपने हर लेन-देन में खुले और ईमानदार रहें। खुलेपन और पारदर्शिता के बारे में इंफ़ोसिस का मानना है: "संदेह हो, तो व्यक्त करो।"

एक गहन बहस का क्षेत्र रहा है कंपनी के वरिष्ठ प्रबंधन के पारिश्रमिक का ढांचा। मैं ऐसे पारिश्रमिक ढांचे में विश्वास करता हूं जो बाजार से जुड़ा हो, लेकिन न्यायोचित हो। प्रबंधन के मेहनताने के बारे में हमें तीन महत्वपूर्ण कसौटियों को ध्यान में रखना चाहिए—न्यायसंगतता, जवाबदेही और पारदर्शिता। जवाबदेही सुनिश्चित करने के लिए पारिश्रमिक में एक निश्चित अंश, और एक परिवर्तनीय अंश होना चाहिए। सीईओ, अन्य डाइरेक्टरों और वरिष्ठ प्रबंधन को कंपनी के हालात के साथ तैरना या डूबना चाहिए। परिवर्तनीय अंश निश्चित अंश से कहीं अधिक होना चाहिए, और कंपनी के लंबी अवधि के उद्देश्यों को पूरा करने से जुड़ा होना चाहिए। यह कम अवधि के फ़ायदे के लिए स्टॉक की कीमतों में हेराफेरी को भी रोकेगा। इसके अतिरिक्त, वरिष्ठ प्रबंधन के पारिश्रमिक की बोर्ड की पूरी तरह स्वतंत्र डाइरेक्टरों पर आधारित पारिश्रमिक समिति द्वारा समीक्षा होनी

चाहिए। पारिश्रमिक समिति द्वारा प्रस्तावित पारिश्रमिक शेयरधारकों द्वारा अनुमोदित होना चाहिए।

हमें पथभ्रष्ट सीईओज को पहचानना और उनका उदाहरण कायम करना चाहिए। कॉरपोरेट प्रशासन के नियमों का उल्लंघन करने वालों पर तगड़ा जुर्माना लगाना चाहिए। अभी तक, हम व्हाइट-कॉलर अपराधों के प्रति नर्म रहे हैं। इसे बदलना चाहिए। हमें सुनिश्चित करना चाहिए कि ऐसे लोगों के लिए कारागार पांच-सितारा छुट्टियां न बनें।

अच्छे प्रशासन के लिए ऐसे खुले माहौल की जरूरत है जहां कोई भी, चाहे उसका पद जो भी हो, उन बातों के बारे में अपनी असहमति को प्रकट कर सके जिन्हें वह कॉरपोरेट नेताओं के ग़लत काम मानता है। परिणामस्वरूप, ऐसी प्रणाली बनाना हमारी जिम्मेदारी है जहां छोटी से छोटी आवाज को भी उचित सुनवाई मिल सके।

हमें विचारों का ऐसा माहौल बनाना है जो धन से ज़्यादा सम्मान को महत्व देता हो। अच्छे कॉरपोरेट व्यवहार के लिए पुरस्कार स्थापित करके और उन्हें अंतरराष्ट्रीय स्तर पर महत्व दिलाकर ऐसा कर सकते हैं। कॉरपोरेट प्रशासन की नीतियों और सम्मान के आधार पर कंपनियों को सार्वजनिक रूप से रैंकिंग देना भी अच्छा विचार रहेगा।

अच्छे कॉरपोरेट प्रशासन का अर्थ है कंपनी के फ़ायदे को निजी फ़ायदे से आगे रखना। इसका अर्थ है एक अच्छा कॉरपोरेट नागरिक होना। इसका अर्थ है सभ्य व्यवहार और लंबी अवधि की मानसिकता। इसका अर्थ है कंपनी में नेताओं की अगली पीढ़ी के लिए जीवन को बेहतर बनाना। एक सभ्य समाज का यही अर्थ होता है, और इतिहास गवाह है कि सभ्य समाजों ने ही प्रगति की है। इसमें हम सबके लिए एक सबक है।

मेरा मानना है कि नियम चरित्र निर्माण नहीं कर सकते। वास्तव में, अमेरिका में नियामकों ने सभी संभावित परिस्थितियों के लिए नियम बनाए हैं। नतीजतन, मानक विस्तृत और लंबे हो गए हैं। **1985** में, फ़ाइनेंशियल एकाउंटिंग स्टैंडर्ड बोर्ड (एफ़एएसबी) द्वारा बनाए गए एकाउंटिंग मानक **2,300** पृष्ठ के थे। **2002** तक, यह दस्तावेज लगभग दोगुना होकर **4,000** पृष्ठ का हो गया था! स्पष्ट है कि नियमों की कमी कभी समस्या नहीं रही। लेकिन आप ईमानदारी को नियम नहीं बना सकते। मुझे रूसी लेखक एलेग्जैंडर सोल्जेनिट्सिन के शब्द याद आ रहे हैं: "अच्छे और बुरे को अलग करने वाली रेखा राज्यों या वर्गों के बीच से नहीं, बल्कि इंसान के दिल के बीच से गुजरती है।" कानून सिर्फ़ घटिया दिमाग़ को हरा सकता है। यह दिल के घटियापन को नहीं हरा सकता।

इसमें संदेह नहीं कि भारत में **1991** से शुरू होने वाले आर्थिक सुधारों ने हमारे बाजार की प्रणालियों में आधुनिकीकरण को गति दी है। आज, हमारे पास आवश्यक नियामक ढांचा मौजूद है। सेबी की स्थापना, कंपनी लॉ में सुधार और वित्तीय बाजार की

बेहतर दक्षता जैसे बड़े कदमों ने भारतीय कंपनियों को न केवल घरेलू बल्कि वैश्विक पूंजी बाजार से भी पूंजी की तलाश करने की स्थिति में ला खड़ा किया है। कानूनी और नैतिक रूप से और अधिक धन पैदा करते रहना हम पर है। ऐसा करने के लिए, हमें कॉरपोरेट प्रशासन के उच्चतम मानकों पर चलना होगा। बेशक हमने काफ़ी प्रगति की है, लेकिन हमें अभी बहुत दूर जाना है। हमें याद रखना चाहिए कि चीन और ब्राजील जैसे बड़े देश वित्तीय पूंजी के लिए हमारे साथ जबरदस्त मुकाबले में हैं। वास्तव में, ये दोनों देश उस कांफ़्रेंस बोर्ड द्वारा प्रकाशित विदेशी मुद्रा निवेश विश्वास सूचकांक की रैंकिंग में हमसे ऊपर हैं, जिसकी सिफ़ारिश है कि भारत को अपनी विशाल संभावनाओं को फलीभूत करने के लिए अपने कॉरपोरेट प्रशासन और वित्तीय ढांचे में सुधार जारी रखना चाहिए।

आज, भारतीय उद्योग के पास विकास के जबरदस्त अवसर हैं। हमने अपनी अर्थ व्यवस्था के—ऑटोमोटिव, स्टील, मेन्युफ़ैक्चरिंग, सेवाएं, सॉफ़्टवेयर, बायोटेक और दूरसंचार जैसे—अधिकतर क्षेत्रों में तेजी से प्रगति की है। मुद्रास्फीति नियंत्रण में है। ब्याज दरें एक दशक पहले के मुकाबले आधी हैं और **100** अरब डॉलर के हमारे विदेशी मुद्रा भंडार अभी तक के सबसे ऊंचे स्तर पर हैं। हमारी कंपनियों की पहुंच दुनिया भर के नए और बड़े बाजारों तक है। इसी के साथ, संसार सबसे बड़े प्रजातंत्र और एक गतिशील अर्थव्यवस्था के तौर पर भारत के अस्तित्व के प्रति जागरूक हो रहा है। हमारे बिजनेस लीडरों के पास हमारे देश के भाग्य को ढालने का बहुत अच्छा अवसर है। फ़्रांसीसी दार्श निक ज्यां-पॉल सार्त्र के इन शब्दों को याद रखना अच्छा होगा कि उन भाग्यों के अलावा हमारे पास कोई भाग्य नहीं होते जिन्हें हम ख़ुद बनाते हैं। बेशक हमें सही रणनीति अपनाने, सही उत्पाद बनाने, उसे जल्द बाजार में लाने और बेहतरीन सेवा देने के बारे में चिंतित रहना चाहिए। लेकिन ऐसा बिजनेस बनाने के लिए जो सही मायनों में महान बने और अपने स्तर को लगातार ऊंचा उठाने के लिए, ऐसी संस्कृति बनाना आवश्यक है जो सारे स्टेकहोल्डरों में नैतिक व्यवहार को प्रेरित करे। सिर्फ़ इसी तरीके से भारतीय उद्योग जगत विकास के अवसर को भुना सकता है। कॉरपोरेट प्रशासन भारत में इतना प्रासंगिक पहले कभी नहीं रहा जितना आज है।

□

कॉरपोरेट प्रशासन : एक व्यवसायी का नजरिया

हाल में, हमने कॉरपोरेट जगत में धोखाधड़ी और दुरुपयोग के कई उदाहरण देखे हैं। अन्य जगहों पर, हम प्राथमिकता के तौर पर कॉरपोरेट प्रशासन में सुधार कानून बनते देख रहे हैं। भारत में भी कुछ करने का समय आ गया है—हमें समस्याओं के सामने आने का इंतजार नहीं करना चाहिए। हमें 'शर्मिंदगी द्वारा प्रशासन' से बच कर सक्रिय हो जाना चाहिए। भारत में क्या करना चाहिए? मैं उन अधिक महत्वपूर्ण कदमों के बारे में बात करूंगा जो उठाए जाने चाहिए, विशेषकर कंपनियों और नियामक एजेंसियों के दृष्टिकोण से।

मेरे विचार से सबसे महत्वपूर्ण काम है स्वतंत्र डाइरेक्टरों की प्रथा को और मजबूत बनाना। किसी कंपनी के स्वतंत्र डाइरेक्टर कर्मचारियों, निवेशकों, ग्राहकों, नियामकों, देश की सरकार और समाज के प्रति निष्पक्षता को सुनिश्चित करते हुए शेयरधारकों के लंबी अवधि के हितों की सुरक्षा करने वाले निष्ठावान न्यासी होने चाहिए। दुर्भाग्य से, अधिकतर डाइरेक्टर मित्रता और लचीलेपन के आधार पर चुने जाते हैं। इसलिए यह परिभाषित करना उचित होगा कि 'स्वतंत्र डाइरेक्टरों' से हमारा क्या मतलब है। मेरे हिसाब से, एक स्वतंत्र डाइरेक्टर वह है जो बोर्ड के फ़ैसलों में निष्पक्ष हो। सामान्यत: यह स्वतंत्रता महत्ता, योग्यता, निष्ठा, चरित्र, परवरिश, आत्मविश्वास, खुलेपन, और, बोर्ड में होने के दौरान (डाइरेक्टर के शुल्क के अतिरिक्त) कंपनी से कोई भौतिक आय न होने पर आधारित होती है। दुर्भाग्य से, आज स्वतंत्रता सिर्फ़ काग़ज पर होती है। सिर्फ़ भारत में ही नहीं, बल्कि पूरी दुनिया में ऐसा है। भारत में, हमने कई कानूनी सलाहकारों की उन कंपनियों के बोर्ड में नियुक्ति के उदाहरण देखे हैं जिन्हें वे सलाह देते हैं। ऐसे काम बोर्ड की स्वतंत्रता को बढ़ाएंगे नहीं। हार्वर्ड बिजनेस स्कूल के प्रोफ़ेसर माइल्स मेस के शब्दों में, ऐसे बोर्ड "कोई उद्देश्य हल न करने वाले सजावटी और दिखावटी आभूषण" बनकर रह जाएंगे।

समय की मांग बोर्डों की स्वतंत्रता को मजबूत करने की है। हमें डाइरेक्टरों की स्वतंत्रता के लिए कड़े मानक बनाने होंगे। बोर्ड को डाइरेक्टरों की स्वतंत्रता के लिए विश्वस्तरीय मानक अपनाने चाहिए, और बताना चाहिए कि प्रत्येक स्वतंत्र डाइरेक्टर उन

रंगनाथन स्मृति व्याख्यान, नई दिल्ली, **27** नवंबर, **2002**

मानकों को कैसे पूरा करता है। कंपनी के ऐसे कर्मचारियों या बोर्ड के साथी सदस्यों—जो बोर्ड के किसी डाइरेक्टर के रिश्तेदार हैं—के नाम दर्शाने वाली एक बृहद रिपोर्ट का होना भी वांछनीय है। यह रिपोर्ट सारी सूचीबद्ध कंपनियों की वार्षिक रिपोर्ट के साथ लगनी चाहिए।

एक और महत्वपूर्ण कदम है बोर्ड के सदस्यों के काम की नियमित रूप से समीक्षा। समीक्षा में योग्यता, तैयारी, भागीदारी और योगदान जैसे मुद्दों पर ध्यान दिया जाए। आदर्श रूप से, यह आकलन किसी थर्ड पार्टी से कराया जाए। ठीक काम न करने वाले डाइरेक्टरों को उनके कार्यकाल के अंत में विनम्रता के साथ जाने की अनुमति दे दी जाए ताकि उन्हें शर्मिंदगी न उठानी पड़े।

कंपनी के प्रबंधन की नीतियों का आंख मूंद कर अनुमोदन करने के बजाय बोर्ड को प्रबंधन का सच्चा, सक्रिय पार्टनर बनना चाहिए। इसके लिए, स्वतंत्र डाइरेक्टरों को उनकी भूमिका और जिम्मेदारियों के बारे में प्रशिक्षण मिलना चाहिए। **1995** में, जब हमने अपने बोर्ड में शामिल होने के लिए कई जाने-माने लोगों को आमंत्रित किया, तो मैंने इंफ़ोसिस में स्वतंत्र डाइरेक्टरों की भूमिकाओं और जिम्मेदारियों के बारे में उन्हें तीन पृष्ठ का दस्तावेज भेजा। इन लोगों की एकमत से प्रतिक्रिया यह थी कि हम भारत की उन चुनिंदा कंपनियों में से हैं जो स्पष्ट रूप से परिभाषित करती हैं कि स्वतंत्र डाइरेक्टरों की भूमिका क्या होगी, उनकी जिम्मेदारियां क्या होंगी और उनका पारिश्रमिक क्या होगा। स्वतंत्र डाइरेक्टरों को कंपनी के बिजनेस मॉडल और जोखिम मॉडल, प्रशासन नीतियों और कंपनी के बोर्डों की विभिन्न समितियों की जिम्मेदारियों के बारे में प्रशिक्षण दिया जाना चाहिए। उदाहरण के लिए, इंफ़ोसिस की बोर्ड मीटिंगों में आधा समय कंपनी के विभिन्न कार्यक्षेत्रों में कंपनी की रणनीति और योजनाओं के बारे में कार्यकारी डाइरेक्टरों और वरिष्ठ प्रबंधन द्वारा प्रेजेंटेशन देने को दिया जाता है। ऐसा इसलिए किया जाता है कि हमारे बाहरी डाइरेक्टर हमारे व्यापार की बारीकियों और जोखिमों को समझ लें।

बोर्ड के सदस्यों को संचालन के मामलात को समझने के लिए समय-समय पर अधिकारियों से संपर्क करना चाहिए। बोर्ड मीटिंग के एजेंडा के एक भाग के रूप में स्वतंत्र डाइरेक्टरों को आपस में एक मीटिंग करनी चाहिए जहां प्रबंधन उपस्थित न हो। मुझे यह कहते हुए प्रसन्नता है कि इंफ़ोसिस काफ़ी समय से इस नीति पर चल रहा है।

स्वतंत्र बोर्ड सदस्यों को समय-समय पर कंपनी के सीईओ, आंतरिक डाइरेक्टरों और वरिष्ठ प्रबंधन के काम का आकलन करते रहना चाहिए। यह स्पष्ट रूप से परिभाषित मानकों पर आधारित होना चाहिए, और ये मानक सीईओ को आकलन के समय से काफ़ी पहले से मालूम होने चाहिए। इसके अतिरिक्त, सीईओ और कार्यकारी डाइरेक्टरों की उसकी टीम को बोर्ड का आकलन बताने के लिए एक ठीक ढंग से परिभाषित प्रक्रिया होनी चाहिए। प्रबंधन का पारिश्रमिक ऐसे आकलन पर आधारित होना चाहिए। इंफ़ोसिस में, साल में एक बार बोर्ड के कार्यकारी सदस्यों और वरिष्ठ प्रबंधन के सदयों से बजट, लक्ष्यों

और उपलब्धियों सहित अपने कार्य पर प्रेजेंटेशन देने की उम्मीद की जाती है। साल में एक बार हम अपने स्वतंत्र सदस्यों से पूछते हैं कि उन्होंने कंपनी के लिए क्या उपयोगी योगदान किया है।

कुछ अवसर ऐसे आएंगे जब बोर्ड प्रबंधन से सहमत नहीं होगा। उदाहरण के लिए, कुछ वर्ष पहले, यूएस जीएएपी के अंतर्गत ग्रेचुइटी की गणना के बारे में हमारे प्रबंधन का एक दृष्टिकोण था, और ऑडिटर्स का दृष्टिकोण अलग था। बाहरी बोर्ड सदस्य हमसे असहमत थे और ऑडिटर्स के साथ थे। हमें कंपनियों में इसी प्रकार की स्वतंत्रता को बढ़ावा देना चाहिए क्योंकि ऐसी स्वतंत्रता अल्पसंख्य शेयरधारकों के हित में होती है।

साथ ही, वरिष्ठ प्रबंधन का पारिश्रमिक बोर्ड द्वारा इस ढंग से तय किया जाना चाहिए जो सारे स्टेकहोल्डरों के लिए न्यायसंगत हो। प्रबंधन का मेहनताना तय करने के लिए तीन महत्वपूर्ण कसौटियों का ध्यान रखना चाहिए—निष्पक्षता, जवाबदेही और पारदर्शिता। मेहनताने की निष्पक्षता इस बात से तय होती है कि सीईओ के पारिश्रमिक के बारे में कर्म चारियों और निवेशकों की क्या प्रतिक्रिया है। जवाबदेही कुल पारिश्रमिक को एक छोटे निश्चित अंश और एक बड़े परिवर्तनीय अंश में विभाजित करके बढ़ाई जाती है। दूसरे शब्दों में, सीईओ, अन्य कार्यकारी डाइरेक्टर और वरिष्ठ प्रबंधन को कंपनी के भाग्य के साथ चढ़ना और गिरना चाहिए। परिवर्तनीय अंश कंपनी के लंबी अवधि के उद्देश्यों को पूरा करने से जुड़ा होना चाहिए। वरिष्ठ प्रबंधन के पारिश्रमिक की समीक्षा बोर्ड की पूरी तरह से स्वतंत्र डाइरेक्टरों की पारिश्रमिक समिति करे। इसे शेयरधारकों द्वारा अनुमोदित होना चाहिए। यह महत्वपूर्ण है कि सीईओ, आंतरिक बोर्ड सदस्यों या वरिष्ठ प्रबंधन के पारिश्रमिक में आंतरिक प्रबंधन के किसी भी सदस्य का प्रभाव नहीं होना चाहिए।

स्वतंत्र डाइरेक्टरों की जवाबदेही को बेहतर बनाने में सेबी के नियम और सीआईआई की आचार संहिता काफ़ी सहायक रही है। स्वतंत्र डाइरेक्टरों को स्वयं निर्णय लेना चाहिए कि वे कंपनी में किस तरह योगदान करना चाहते हैं। उनके कार्य का आकलन सहयोगियों द्वारा विश्लेषण-प्रक्रिया के माध्यम से होना चाहिए। आदर्श रूप से, ऐसे आकलन के आधार पर पारिश्रमिक समिति को ही प्रत्येक स्वतंत्र डाइरेक्टर का पारिश्रमिक तय करना चाहिए। यह कार्य कठिन है। मैं किसी ऐसी कंपनी को नहीं जानता जिसने ऐसी पारिश्रमिक योजना लागू की हो।

एक और प्रमुख क्षेत्र ऑडिटिंग है, जिसमें सुधार की आवश्यकता है। ऑडिट शेयरधारकों और अन्य स्टेकहोल्डरों को यह विश्वास दिलाने के लिए किसी इकाई के वित्तीय लेन-देन का स्वतंत्र विश्लेषण होता है कि उसके वित्तीय विवरण ग़लतबयानी से मुक्त हैं। किसी कंपनी की वित्तीय और जोखिम-स्थिति की स्वतंत्र राय लेने के लिए वित्तीय बाजार ऑडिटर की रिपोर्ट को देखते हैं।

हमें ऐसी ऑडिटिंग को अन्य सेवाओं से अलग करना होगा। सही मायनों में एक स्वतंत्र राय के लिए ऑडिटिंग कंपनी को ऐसी सेवाएं नहीं देनी चाहिए जिन्हें वास्तविकता

में ऑडिटर की भूमिका के प्रतिकूल माना जाए। इनमें छानबीन, परामर्श देना, सामान्यत: प्रबंधन द्वारा की जाने वाली संचालन गतिविधियों को सबकॉन्ट्रेक्ट पर देना, संभावित अधिग्रहणों और निवेशों पर विशेष प्रयास, सौदे के मसौदे पर सलाह, आईटी सिस्टमों को डिजाइन/लागू करना, बहीखाते संभालना, मूल्यांकन और कर्मचारियों की भर्ती शामिल हैं। इस नीति से जरा भी हटना ऑडिट कमेटी द्वारा पहले से अनुमोदित होना चाहिए। इसके अतिरिक्त, ऐसे किसी भी अपवाद की सूचना कंपनी की त्रैमासिक और वार्षिक रिपोर्टों में दी जानी चाहिए।

ऑडिट दल की निष्ठा सुनिश्चित करने के लिए ऑडिटर पार्टनरों को बदलते रहना वांछनीय है। प्रमुख ऑडिट पार्टनर और किसी कंपनी के ऑडिट की समीक्षा का जिम्मेदार ऑडिट पार्टनर तीन से पांच साल में कम से एक बार बदला जाना चाहिए। इससे प्रमुख ऑडिटर और कंपनी प्रबंधन के बीच ऐसे निकट, अंतरंग संबंध की संभावना समाप्त हो जाती है जिसका नतीजा ऑडिट के सुझावों में निष्पक्षता की कमी होता है। इसके अलावा, अगर ऑडिट शुरू होने से पहले के वर्ष में कंपनी का सीईओ, सीएफ़ओ या मुख्य एकाउंटिंग अधिकारी किसी ऑडिटिंग फ़र्म के संपर्क में था, तो एक पंजीकृत ऑडिटर को उस कंपनी का ऑडिट नहीं करना चाहिए। बेहतर यही होगा कि किसी ऑडिट टीम के सदस्यों को उस टीम की सदस्यता समाप्त होने के बाद कम से कम एक साल तक ऑडिट की गई कंपनियों में नौकरी करने से दूर रखा जाए।

ऑडिट समिति में केवल स्वतंत्र डाइरेक्टर हों। वित्तीय एकाउंटिंग और रिपोर्टिंग प्रक्रिया की प्रभावशाली ढंग से देखरेख के लिए एक सक्षम ऑडिट समिति आवश्यक है। इसलिए, ऑडिट समिति का प्रत्येक सदस्य 'वित्तीय रूप से साक्षर' होना चाहिए। इसके अतिरिक्त, ऑडिट समिति का कम से एक सदस्य, बेहतर होगा चेयरमैन, वित्त विशेषज्ञ होना चाहिए—ऐसा व्यक्ति जिसे वित्तीय खातों और एकाउंटिंग के नियमों की समझ हो और ऑडिट करने या किए जाने का अनुभव हो।

अच्छे कॉरपोरेट प्रशासन के मानक सुनिश्चित करने के लिए कंपनियों में प्रभावशाली आंतरिक नियंत्रकों का होना महत्वपूर्ण है। वार्षिक रिपोर्ट में वर्ष के दौरान आंतरिक नियंत्रकों को मजबूत बनाने के लिए उठाए गए कदमों के बारे में ऑडिट समिति के विचार होने चाहिए। भारत में यह फ़िलहाल केवल सूचीबद्ध कंपनियों के लिए अनिवार्य है। हमें इसमें सरकारी कंपनियों की गौण शाखाओं को भी शामिल करना चाहिए।

हमें ऐसी निजी-स्वामित्व वाली कंपनियों के वित्तीय विवरणों की घोषणाओं से संबंधित नियमों की समीक्षा करनी चाहिए जिनकी एक मूल कंपनी सूचीबद्ध है। फ़िलहाल भारत में निजी-स्वामित्व वाली कंपनियों के वित्तीय खातों को मूल कंपनी की वार्षिक रिपोर्ट में अलग से घोषित किया जाता है। लेकिन ऐसा करने में एक तकनीकी समस्या है। मसलन, यंत्र के नाम से इंफ़ोसिस की एक गौण शाखा अमेरिका में है, जो वेंचर-फ़ंडेड है। भारतीय कंपनी लॉ के अनुसार हमें इंफ़ोसिस के साथ ही यंत्र का बहीखाता और

आय-खाता जोड़ना होता है। लेकिन, यंत्र के अन्य निवेशक इस विचार के विरुद्ध हैं क्योंकि यंत्र एक निजी-स्वामित्व वाली कंपनी है। यह एक पेचीदा मामला है और एकाउंटिंग के लोगों द्वारा इस पर बहस और फ़ैसला होना चाहिए।

ऑडिट समिति को कर्मचारियों द्वारा गुमनाम रूप से या भंडाफोड़ करने वालों से प्राप्त होने वाली शिकायतों से निपटने के लिए कोई प्रक्रिया स्थापित करनी चाहिए। ये शिकायतें संदेहास्पद एकाउंटिंग या ऑडिटिंग मुद्दों, कर्मचारी को तंग किए जाने या कंपनी में किसी अनैतिक कार्य से संबंधित हो सकती हैं। भंडाफोड़ करने वालों को सुरक्षा मिलनी चाहिए।

किसी भी संबंधित पार्टी के लेन-देन के लिए, अगर यह लेन-देन आर्थिक है तो पहले से ऑडिट समिति, पूरे बोर्ड और शेयरधारकों की स्वीकृति जरूर होनी चाहिए। संबंधित पार्टियां वे हैं जो प्रभाव डालने में सक्षम हो सकती हैं। इनमें मूल-गौण संबंध, समान नियंत्रण में आने वाली इकाइयां, वे लोग जो स्वामित्व के माध्यम से कंपनी पर काफ़ी प्रभाव रखते हैं एवं उनके परिवारों के लोग, और प्रबंधन के प्रमुख लोग शामिल हैं।

एकाउंटिंग के मानक वित्तीय खातों की तैयारी और प्रस्तुति का ढांचा देते और वित्तीय खातों पर राय बनाने में ऑडिटरों की मदद करते हैं। लेकिन, आज एकाउंटिंग के मानक उन इकाइयों द्वारा ही तय कर दिए जाते हैं जिनमें मुख्यत: एकाउंटेंट ही होते हैं। इसलिए, सामान्यत: एकाउंटिंग के मानक व्यापारिक माहौल में बदलावों के साथ नहीं चल पाते हैं। इसलिए, एकाउंटिंग के मानक तय करने वाली इकाई में उद्योग, व्यवसाय और नियामक संगठनों से लिए गए सदस्य होने चाहिए। इस इकाई को स्वतंत्र रूप से फ़ंड मिलने चाहिए।

फ़िलहाल, एकाउंटिंग के पेशे की कोई स्वतंत्र देखरेख मौजूद नहीं है। इसलिए स्वतंत्रता, ऑडिट की गुणवत्ता और पेशेवर योग्यता के लिए ऑडिटरों के काम की देखरेख करने वाली एक स्वतंत्र इकाई बननी चाहिए। स्वतंत्र देखरेख सुनिश्चित करने के लिए इस इकाई में ग़ैर-व्यवसायी एकाउंटेंट होने चाहिए। पक्षपात से बचने के लिए, इस इकाई के चेयरमैन को पिछले पांच साल में एकाउंटेंट के रूप में काम नहीं किया होना चाहिए। सारी सरकारी कंपनियों के ऑडिटरों को इस इकाई में पंजीकृत होना चाहिए। इसे ऑडिटरों द्वारा कानून के अनुपालन को लागू करना चाहिए और यह अनिवार्य करना चाहिए कि ऑडिटर कम से कम सात साल तक ऑडिट के काग़जात संभालकर रखें।

जानकारी की सत्यता को सुनिश्चित करने के लिए, कंपनी के सीईओ और सीएफ़ओ को वार्षिक और त्रैमासिक रिपोर्टों को प्रमाणित करना चाहिए। उन्हें प्रमाणित करना चाहिए कि रिपोर्टों में दी गई जानकारी कंपनी की वित्तीय स्थिति और कामों के नतीजे को सही रूप से प्रस्तुत करती है, और यह कि उनमें सारे आर्थिक तथ्यों का विवरण दिया गया है। इसके अलावा, सीईओ और सीएफ़ओ को यह प्रमाणित करना चाहिए कि उन्होंने यह सुनिश्चित करने के लिए कि कंपनी के कामों से संबंधित सारी जानकारी ऑडिटरों और ऑडिट समिति को स्वतंत्र रूप से उपलब्ध हो, आंतरिक नियंत्रक स्थापित किए हुए हैं। उन्हें यह भी

प्रमाणित करना चाहिए कि रिपोर्ट से पहले नब्बे दिनों के अंदर उन्होंने इन नियंत्रकों की प्रभाविता का मूल्यांकन किया है।

सीईओ और सीएफ़ओ द्वारा झूठे प्रमाणपत्र दिए जाने पर सख़्त आपराधिक सजाएं (जानबूझ कर करने पर जुर्माना और कैद) होनी चाहिए। अगर कानून का पालन न करने के लिए किसी कंपनी को अपनी रिपोर्ट दोबारा देनी पड़े, तो सीईओ और सीएफ़ओ को नौकरी जाने और रिपोर्ट जमा करने के बाद के बारह महीनों में मिले बोनस और इक्विटी-आधारित पारिश्रमिक को वापस करने जैसी सजा मिलनी चाहिए।

हमें आंतरिक कारोबार की घोषणा में तेजी पकड़ने के लिए कदम उठाने चाहिए। कारोबार होने के दो दिन के भीतर ऐसे कारोबार फ़ाइल हो जाने चाहिए। ऐसी शीघ्र घोषणाएं वरिष्ठ प्रबंधन के लोगों, बड़ी संख्या वाले शेयरधारकों, या अंदर के किसी भी व्यक्ति द्वारा किए गए कारोबार के लिए अनिवार्य की जानी चाहिए।

मेरा मानना है कि निवेश बैंकों को अपनी रिसर्च में स्वतंत्रता सुनिश्चित करनी चाहिए। वर्ना, निवेशकों का नुक़्सान होगा। मसलन, विश्लेषकों की निगरानी करने या उन्हें पारिश्रमिक देने में कंपनियों की कोई भूमिका नहीं होनी चाहिए। ऐसे प्रस्तावों के बाद जिनमें निवेश-बैंकिंग फ़र्म ने जमानती या दलाल की हैसियत से भाग लिया हो, रिसर्च बंद कर देने की एक अवधि होनी चाहिए। विश्लेषकों की रिसर्च की रिपोर्टों में विश्लेषित कंपनी की सिक्योरिटीज में विश्लेषक की होल्डिंग, कंपनी से प्राप्त मेहनताने, कंपनी या कंपनी के कर्मचारियों से किसी संबंध, और कंपनी द्वारा दिए गए निवेश बैंकिंग शुल्क से विश्लेषक द्वारा प्राप्त किसी भी मेहनताने की घोषणा होनी चाहिए।

लेकिन कुल मिलाकर, नियम चरित्र की जगह नहीं ले सकते। कोई बाहरी कानून यह सुनिश्चित नहीं कर सकता कि सीईओ, बोर्ड के आंतरिक सदस्य और वरिष्ठ प्रबंधन सही मूल्यों को ही अपनाएंगे। मुझे लॉर्ड मैकॉले के शब्द याद आ रहे हैं कि इंसान कोई काम उस तरह से तभी करता है, जब उसे पता होता है कि वह कभी पकड़ा नहीं जाएगा, वही उसके चरित्र का सही मानक है। यही नैतिकता की सबसे बड़ी कसौटी है। यह अत्यंत महत्वपूर्ण है कि हम इस कसौटी का ध्यान रखें क्योंकि हम छोटे और अल्पसंख्य शेयरधारकों के अधिकारों की अनदेखी नहीं कर सकते। इन लोगों ने अपनी बचत हमारी कंपनियों में निवेश की है। इसलिए, हमारे पास यह सुनिश्चित करने की एक प्रणाली होनी चाहिए कि उनकी बचत सही उद्देश्य में इस्तेमाल हो। अगर हम यह सुनिश्चित नहीं कर सकते, तो कॉरपोरेट प्रशासन का पूरा आंदोलन ही असफल हो जाएगा। यह कॉरपोरेट नेताओं की जिम्मेदारी है। अगर हम ऐसा नहीं कर सकते, तो हम अपने पेशे में सफलता का दावा नहीं कर सकते।

□

प्रभावी लोक प्रशासन का नया मॉडल

एक बड़े राज्य या देश को चलाना एक उद्यम को चलाने से कहीं बड़ी चुनौती है। मैं पिछले बीस वर्ष से एक उद्यम को चलाने में शामिल रहा हूं, लेकिन मुझे लगता है कि कुछ सबक जो मैंने सीखे हैं, वे लोक प्रशासन के क्षेत्र में भी लागू होते हैं।

वैश्वीकरण ने अधिक विदेशी व्यापार, विदेशी प्रत्यक्ष निवेश और पूंजी बहाव के अन्य रूपों का मार्ग प्रशस्त किया है। आज के वैश्वीकृत संसार में आर्थिक विकास की मांग है कि प्रत्येक देश पूंजी और टेक्नोलॉजी को आकर्षित करने के लिए साजगार हालात पैदा करे। एक विकसित देश में लोक प्रशासन की गुणवत्ता वैश्वीकरण के लाभ उठाने की उसकी योग्यता में महत्वपूर्ण भूमिका निभाती है। इस प्रकार, भारत जैसे विकासशील देशों में वैश्वीकरण ने बेहतर प्रशासन और भ्रष्टाचार कम करने की मांगों की ओर नए सिरे से ध्यान दिलाया है।

अच्छे लोक प्रशासन का अर्थ है पहले सामाजिक प्रगति के लिए एक उत्साहजनक और उपयोगी उद्देश्य तय करना और फिर उस उद्देश्य की अच्छी तरह पूर्ति पर ध्यान केंद्रित करना। सबसे पहले एक शक्तिशाली, उत्साहजनक नजरिए का होना आवश्यक है। आमूलचूल प्रगति सिर्फ़ एक महान नजरिए से ही संभव होती है क्योंकि यह लोगों की महत्वाकांक्षाओं को बढ़ाती है, उन्हें उत्साही और जोशीला बनाती है, और उन्हें मेहनत और कुर्बानी के लिए प्रतिबद्ध करती है। महात्मा गांधी ने स्वतंत्र भारत के लिए एक शक्तिशाली नजरिए की रचना की, लोगों की महत्वाकांक्षाओं को ऊंचा उठाया और आजादी पाने के लिए उन्हें जबरदस्त कुर्बानियां देने को तैयार किया। इसी प्रकार, जवाहरलाल नेहरू ने आधुनिक भारत के लिए एक सपना रचा और लाखों भारतीयों में स्टील प्लांट, बांध एवं उच्च शैक्षिक संस्थाएं बनाने का जोश भरा। इसी तरह निष्पक्षता और समानता के साथ आर्थिक विकास प्राप्त करने के लिए हमारे राजनीतिज्ञों को एक शक्तिशाली दृष्टिकोण की रचना करनी होगी।

अच्छा नेतृत्व वह होता है जो एक महान दृष्टिकोण को प्रभावशाली लोक प्रशासन

पांचवां जे. आर. डी. टाटा स्मृति व्याख्यान, नई दिल्ली, **1** अगस्त, **2002**

के माध्यम से उत्पादक परिणामों में बदल देता है। प्रभावी लोक प्रशासन की सरपरस्ती ऐसे प्रेरणादायी नेताओं द्वारा हो जो असंभव दिखने वाले उद्देश्यों को पूरा करने के लिए

परिवर्तन के प्रतिनिधियों के रूप में काम करें। प्रगति के लिए बहुत मेहनत, प्रतिबद्धता, त्याग और ईमानदारी की आवश्यकता होती है। नेताओं में भरोसा और विश्वास लोगों को लंबी अवधि की बेहतरी की आशा में कम अवधि की कुर्बानियां देने को प्रेरित करेगा। भरोसा और विश्वास बनाने के लिए नेताओं के पास सबसे अच्छा यंत्र होता है अपने उसूलों पर ख़ुद चलना—त्याग, प्रतिबद्धता, ईमानदारी और मेहनत में अपने विश्वास को केवल शब्दों के बजाय अपने कार्यों द्वारा प्रदर्शित करना। मसलन, कहा जाता है कि जेआरडी एयर-इंडिया के जिस जहाज में भी यात्रा करते थे, उसके शौचालयों का स्वयं निरीक्षण करते थे। इसी उदाहरण द्वारा नेतृत्व, बारीकियों पर ध्यान, और सेवाओं के प्रति चिंता ने ही जेआरडी के नेतृत्व में एयर-इंडिया को दुनिया की प्रमुख कमर्शियल एयरलाइनों में से बना दिया था।

प्रगति में समय लगता है। अपने उदाहरण द्वारा यह प्रदर्शित करके कि छोटी अवधि में समुदाय को आगे रखकर ही लंबी अवधि में व्यक्तिगत हितों को पूरा किया जा सकता है, लोगों के उत्साह को बनाए रखना नेताओं का काम है। मैंने महसूस किया है कि कम अवधि में इंफ़ोसिस के हितों को आगे रख कर मैंने लंबी अवधि में बहुत लाभ उठाया है। उदाहरण के लिए, इंफ़ोसिस में शुरुआती वर्षों में कंपनी को मजबूत बनाने के लिए स्थापक अपने करोपरांत लाभांश वापस कंपनी में निवेश कर देते थे। इसके नतीजे में स्थापकों के लिए काफ़ी धन आया, जितना वैसे संभव नहीं होता।

प्रभावशाली लोक प्रशासन के लिए ग्राहक पर तीक्ष्ण ध्यान जरूरी है। जहां निजी क्षेत्र में ग्राहक पर ध्यान एक सर्वमान्य चीज है, वहीं औपनिवेशिक शासन के नतीजे में लोक प्रशासन अपने ग्राहकों अर्थात देश के नागरिकों पर विरले ही ध्यान देता है। हमारी

सार्वजनिक संस्थाओं में स्टेकहोल्डरों के प्रति जवाबदेही पर शायद ही कभी ध्यान दिया जाता है क्योंकि औपनिवेशिक सरकारें प्रमुख रूप से लगान एकत्र करने और कानून-व्यवस्था पर ही ध्यान देती थीं, जिनमें से कोई भी इस पर निर्भर नहीं करता कि ग्राहक कितना ख़ुश है। दूसरी ओर, एक कंपनी का अस्तित्व ग्राहक को ख़ुश करने और उसकी उम्मीदों से आगे बढ़ने पर ही निर्भर होता है। ऐतिहासिक रूप से, इंफ़ोसिस में, वर्त मान ग्राहकों से प्राप्त मुनाफ़ा हमारी कमाई का **85** प्रतिशत अंश रहा है। इसका एक प्रमुख कारण समय पर बजट के अंदर उच्चतम गुणवत्ता के साथ काम करने को लेकर हमारी लगन है। चूंकि भारत में लोगों द्वारा निर्वाचित लोकतांत्रिक सरकार है, इसलिए अब समय आ गया है कि हमारे लोक प्रशासन में लोगों के प्रति जवाबदेही पर ध्यान केंद्रित किया जाए।

लोक प्रशासन में न्यायसंगतता और पारदर्शिता बहुत अहम हैं। लोक प्रशासन में

सफलता प्रत्येक स्टेकहोल्डर—नागरिक, सभ्य समाज, सरकार और निजी क्षेत्र—के लिए निष्पक्षता सुनिश्चित करने से मिलती है। इंफ़ोसिस में हम हर सौदे में अपने स्टेकहोल्डरों के साथ पारदर्शिता के उच्चतम स्तर का ध्यान रखते हैं। यह हमारे स्टेकहोल्डरों में हमारे प्रति भरोसा बनाने में एक महत्वपूर्ण कारक और हमारी प्रगति के लिए महत्वपूर्ण रहा है।

प्रभावशाली लोक प्रशासन के लिए एक मजबूत मूल्य प्रणाली अनिवार्य है। प्रत्येक देश कूटनीतिक संसाधन—मानव संसाधन और पूंजी—को आकर्षित करने के लिए वैश्विक प्रतिस्पर्द्धा में है। अच्छी मूल्य प्रणाली सरकारों के लिए एक प्रतिस्पर्द्धात्मक बढ़त हो सकती है। एक मूल्य प्रणाली नीतियों में न्यायसंगतता और समानता, पारदर्शिता और ईमानदारी, भाई-भतीजेवाद से बचने, अनुबंधों का अनुसरण करने और अपने कर्तव्यों को समय से पूरा करने पर आधारित होती है। इंफ़ोसिस में हमारी मूल्य प्रणाली हमारे इस विश्वास, कि "अगर आपकी अंतरआत्मा साफ़ है तो आप चैन की नींद सो सकते हैं।" में प्रतिबिंबित होती है।

भरोसा बनाने के लिए लोक प्रशासन में जवाबदेही एक महत्वपूर्ण कारक है। निजी क्षेत्र के उलट, जवाबदेही आमतौर पर सार्वजनिक क्षेत्र का मजबूत पक्ष नहीं है। निजी क्षेत्र के पास स्व-सुधार बाजार प्रणाली की बढ़त है। उदाहरण के लिए, किसी कंपनी द्वारा मूल्यवान संसाधनों की बर्बादी का नतीजा कम मुनाफ़ा होता है जो बाजार द्वारा कंपनी के मूल्यांकन में प्रतिबिंबित होता है। लेकिन लोक प्रशासन में ऐसी कोई प्रणाली नहीं है जो स्व-सुधार सुनिश्चित करती हो। इसलिए, जवाबदेही बढ़ाने के तरीके लागू करना महत्वपूर्ण है। उदाहरण के लिए, चीन में अधिकारियों की कम से कम 7 प्रतिशत वार्षिक आर्थिक विकास की जवाबदेही होती है। उनके लिए वातावरण को लगातार सुधारना, बेहतर मूलभूत ढांचा बनाना और अपराध के स्तर को कम करना भी आवश्यक होता है। यदि वे इन लक्ष्यों को पूरा करने में असफल रहे तो अपनी नौकरियां खो देंगे। मेरे विचार से, भारत में सबसे बड़ी आवश्यकता लोक प्रशासन प्रणालियों में जवाबदेही की प्रणाली की है।

स्थायी, नियमित एवं द्रुत नीति और अच्छा कानूनी माहौल मुहैया कराना महत्वपूर्ण है। वास्तव में, यह एक सफल अर्थव्यवस्था की दो सबसे शक्तिशाली विशेषताएं हैं। हमें राजनीतिक जोखिमों, संरक्षणों और विचारधाराओं को नीति निर्धारण और कार्यान्वयन से अलग करना होगा। वर्ना, ऐसी अनिश्चितताओं का नतीजा नागरिकों और विदेशियों दोनों के हमारे देश में भरोसा खोने और व्यापार में जबरदस्त ऊपरी लागत में होगा। विकासशील अर्थव्यवस्थाएं यह बोझ सहन नहीं कर सकतीं। हमें नौकरशाही की वजह से देरी और बेईमानी, और कानून के अनुपालन की लागत भी कम करनी होगी।

हमें जीवन के विभिन्न क्षेत्रों से प्रतिष्ठित लोगों को लेकर नियामक समितियां भी बनानी चाहिए जो प्रशासन के प्रयासों के स्वास्थ्य और प्रगति पर नजर रखें और पहरेदारों

के रूप में काम करें। ये समितियां सार्वजनिक-व्यापार कंपनियों के स्वतंत्र डाइरेक्टरों की तरह काम करेंगी। देश के चुने हुए क्षेत्रों में प्रशासनिक सेवाओं में सुधारों और प्रशासनिक प्रणाली के विस्तृत प्रस्तावों के साथ नई प्रशासन प्रणाली के नमूनों का प्रयोग करना अच्छा रहेगा। सत्यापन के बाद, ऐसे नमूनों को पूरे देश में प्रत्येक क्षेत्र की आवश्यकताओं के अनुसार फैलाया जा सकता है। ऐसे नमूनों के लिए प्रशासनिक अधिकारी सावधानीपूर्वक चुने जाएं और उनके लिए उचित प्रोत्साहन ढांचे तैयार किए जाएं।

राज्य और केंद्र सरकारों के प्रत्येक विभाग में ईमानदारी कार्यक्रमों के नमूने लाए जाएं। ऐसे ईमानदारी कार्यक्रम सही लागत पर एक वांछित अवधि में दिए गए उद्देश्य की पूर्ति करें। इसका एक उदाहरण भ्रष्टाचार-विरोधी कार्यक्रम है। ऐसे कार्यक्रमों के लिए समय कम दिया जाए, इनके स्पष्ट रूप से परिभाषित कार्य हों और इनका नतीजा स्पष्ट सुधार हो।

मैं फिर से इस बात पर जोर दूंगा कि अगर हमें लोक प्रशासन में सफल होना है, तो स्पष्ट उद्देश्य परिभाषित करना महत्वपूर्ण है, जिस तरह से निजी क्षेत्र में होते हैं। जिस चीज को मापा नहीं जा सकता, उसे सुधारा नहीं जा सकता। इस तरह से उद्देश्यों का आकलन करना हमारे सार्वजनिक प्रोजेक्टों की सफलता में बहुत सहायक होगा। मसलन, अगर हम दस महीने के अंदर **8** लाख रुपए प्रति मकान के व्यय पर **800** वर्ग फ़ुट के **1,000** मकान बनाने का फ़ैसला करते हैं, और हर माह काम का विश्लेषण करते हैं, तो इस बात की संभावना है कि हम उद्देश्य को पूरा कर लेंगे। अगर लक्ष्य पूरा नहीं भी हुआ, तो कम से कम हम यह जान लेंगे कि हम क्यों असफल हुए और उन ग़लतियों को हम अगली बार नहीं दोहराएंगे। बदकिस्मती से, फ़िलहाल लोक प्रशासन में ऐसी कोई प्रणाली कार्यरत नहीं है।

सार्वजनिक प्रोजेक्टों की अवधि को मुनासिब अवधि से कम निर्धारित करना महत्वपूर्ण है। कोई भी प्रोजेक्ट दो साल से अधिक का न हो। लंबे प्रोजेक्टों को दो साल की सीमा में लाने के लिए बांट कर छोटा कर देना चाहिए। प्रत्येक प्रोजेक्ट के लिए और बड़े प्रोजेक्टों के प्रत्येक खंड के कार्य के लिए प्रोत्साहन स्पष्ट रूप से परिभाषित होने चाहिए।

केंद्र और राज्य स्तरों पर महत्वपूर्ण सार्वजनिक प्रोजेक्टों की प्रगति पर प्रशासन अंकपत्र के प्रयोग से नजर रखनी चाहिए। सप्ताह में एक बार, प्रत्येक समाचार पत्र और टीवी चैनल राष्ट्रीय और राज्यीय स्तर पर सबसे महत्वपूर्ण सौ परियोजनाओं की प्रगति और ख़र्च हुए धन (बजट बनाम वास्तविक) का ब्योरा दे। ऐसे परियोजना-स्तर ब्योरे में मंत्री और प्रभारी सचिव के भी नाम हों। समस्याओं और देरियों से निपटने के लिए सामयिक तीव्रीकरण तंत्र भी आवश्यक है। मसलन, इंफ़ोसिस में किसी प्रोजेक्ट के पूरा होने की अवधि में **5** प्रतिशत से अधिक की देरी हो जाती है, तो निदानात्मक कार्रवाई के

लिए उसे फ़ौरन वरिष्ठ प्रबंधन को सौंप दिया जाता है। हमारे यहां एक त्रैमासिक कार्य समीक्षा भी होती है जिसमें उच्च प्रबंधन महत्वपूर्ण परियोजनाओं के काम की समीक्षा करता है। प्रभावशाली लोक प्रशासन प्रक्रियाओं के लिए ऐसे ही तंत्रों की शुरुआत करनी चाहिए।

चुनाव राजनीतिक नेताओं के दुराचार को रोकने के लिए होते हैं। लेकिन, हमारे राजनीतिक नेता प्राय: गुणवत्ता और काम के इतर अन्य कसौटियों पर चुने जाते हैं। चुनाव आयोग को प्रत्येक पार्टी के लिए सरकार या विपक्ष में रहने के दौरान अपने काम का परिमाणीय रूप से ब्योरा और अपने उम्मीदवारों का परफ़ॉर्मेंस विवरण देना अनिवार्य कर देना चाहिए। ग़लत आंकड़े देने पर पूरी पार्टी को चुनाव प्रक्रिया से प्रतिबंधित कर देना चाहिए।

अच्छे प्रशासन के लिए प्रोत्साहन देना बेहद महत्वपूर्ण है। प्रोत्साहनों की कमी ही हमारे अधिकतर सरकारी प्रयासों की असफलता का कारण है। हमारे नौकरशाहों के पारिश्रमिक का बड़ा भाग कार्यकुशलता-आधारित परिवर्तनीय तन्ख़्वाह होना चाहिए। वास्तव में, रिसर्च नौकरशाहों के वेतन के स्तर और भ्रष्टाचार के बीच एक नकारात्मक पारस्परिक संबंध दिखाती है। इंफ़ोसिस में हमने भूमिका-कार्यकुशलता-आधारित पारिश्रमिक को अपनाया है। व्यक्ति का पारिश्रमिक संस्था में उसकी भूमिका और उस भूमिका में उसकी सापेक्ष कार्यकुशलता द्वारा तय किया जाता है। सबसे महत्वपूर्ण यह कि पारिश्रमिक तय करने में उम्र की कोई भूमिका नहीं होती है।

तकनीक का उद्देश्य लागत को कम करना, समयावधि को कम करना, काम को आसान करना, उत्पादकता बढ़ाना, कार्यान्वियन की गुणवत्ता को बेहतर बनाना और ग्राहक की संतुष्टि को बढ़ाना है। ग़रीब आदमी से ज़्यादा किसे इनकी आवश्यकता है? इसलिए भारत में ग़रीबों को बुनियादी सेवाएं देने के लिए तकनीक आवश्यक है। तकनीक को राज्य और संघीय, दोनों सरकारों को अपनाना चाहिए।

सेवा की गुणवत्ता का एक पक्ष है समय पर काम करना। समय पर काम पूरा होने की मांग है कि निर्णय या मूल्य संवर्द्धन की श्रृंखला में कोई देरी न हो। देरियों को ख़त्म करने का सर्वश्रेष्ठ तरीका है निर्णय या मूल्य संवर्द्धन श्रृंखला के पूरे कार्यप्रवाह को दस्तावेजित करना, कार्यप्रवाह को स्वचालित करने के लिए तकनीक का प्रयोग करना, और पूरी प्रक्रिया में पारदर्शिता लाना। इंफ़ोसिस में ऋण निवेदन प्रणाली इसकी अच्छी मिसाल है। कर्मचारी हमारे इंट्रानेट पर ऋण के लिए निवेदन कर सकते हैं, अपने सुपरवाइजर से उसे ऑनलाइन स्वीकृत करा सकते हैं और ऋण विभाग से अपने खाते में ऋण का पैसा जमा करवा सकते हैं—सब कुछ एक दिन में!

तकनीक सूचना को प्रजातांत्रिक बनाने में मदद करती है। मुझे थॉमस जैफ़र्सन के शब्द याद आ रहे हैं कि "वही सरकार सबसे मजबूत होती है, जिसका हर व्यक्ति स्वयं को

उसका एक हिस्सा समझता हो।" तकनीक इसे वास्तव में संभव कर सकती है। इंटरनेट दूरी एवं समय क्षेत्रों की अड़चनें दूर करके और पारदर्शिता को बढ़ाकर लोगों को सशक्त करता है। लोकतंत्रों को सरकारों और लोगों के बीच संपर्क बढ़ाने के लिए इस शक्तिशाली यंत्र की आवश्यकता है। इंटरनेट नागरिकों के लिए लोकपाल का भी काम कर सकता है। उदाहरण के लिए, समाचार चैनल अक्सर दिन के प्रमुख मुद्दों पर ऑनलाइन राय लेते हैं, जिसके नतीजे अगले दिन प्रसारित किए जाते हैं।

इंटरनेट का एक और महत्वपूर्ण इस्तेमाल ई-प्रशासन में है, जो सरकार के साथ संपर्क में नागरिकों की उत्पादकता को बढ़ाता है। हमारे नागरिक राशन कार्ड और ड्र इविंग लाइसेंस प्राप्त करने, जमीन और रिकॉर्डों के पंजीकरण कराने, करों और उपयोगिता बिलों की अदायगी के लिए सरकार से संपर्क में काफ़ी समय लगाते हैं। ई-प्रशासन प्रणाली से यह समय काफ़ी कम किया जा सकता है।

भ्रष्टाचार को कम करने में भी तकनीक की अहम भूमिका है। पारदर्शिता की कमी के कारण भ्रष्टाचार को बढ़ावा मिलता है। इंटरनेट भ्रष्टाचार को कम करने में दो प्रकार से सहायता कर सकता है—सेवा के निर्णय लेने के बिंदु को सेवा के पूरा होने के बिंदु से अलग करके, और कार्यप्रवाह और अनुमोदन श्रृंखला में पारदर्शिता को बेहतर बनाकर। मसलन, बंगलौर में रीजनल ट्रांसपोर्ट ऑफ़िस (आरटीओ) क्लोज-सर्किट कैमरे लगाने की योजना बना रहा है जो दलालों की हैसियत से काम करने वाले एजेंटों पर नजर रखेंगे। यह उपाय उस अवधि को भी रिकॉर्ड करेंगे जब अधिकारी अपनी सीटों पर नहीं थे।

मुझे पूरी आशा है कि हमारे राष्ट्रीय नेता हमारी लोक प्रशासन प्रणाली के स्तर को सुधारने के लिए पूरी चुस्ती से काम करेंगे ताकि हम ग़रीब से ग़रीब लोगों के लिए भी एक तीव्रगामी, निष्पक्ष और न्यायसंगत अर्थव्यवस्था बना सकें।

□

खंड–VII

कॉरपोरेट सामाजिक दायित्व एवं लोक कल्याण

सहृदय पूंजीवाद

पूंजीवाद वैयक्तिक अधिकारों और दायित्वों के सिद्धांत पर आधारित प्रणाली है। आर्थिक गतिविधि का एक बड़ा भाग स्वतंत्र बाजार में काम कर रहे निजी उद्यमों के माध्यम से चलता है। प्रत्येक व्यक्ति अपनी योग्यता का प्रयोग करने की स्वतंत्रता के आधार पर काम करता और फलता-फूलता है। व्यक्तियों और कंपनियों को अपने आर्थिक लाभ के लिए प्रतिस्पर्द्धा करने की छूट होती है। बाजार की शक्तियां माल और सेवाओं की कीमतों को तय करती हैं। ऐसी प्रणाली उद्योग को राज्य से पृथक करने के तर्क के आधार पर चलती है। राज्य की भूमिका नियमन करने और सुरक्षा देने की होती है। प्रत्येक व्यक्ति का अपने काम के परिणाम पर अधिकार होता है और वह धन कमाने के अवसर द्वारा काम करने को प्रेरित होता है। सामूहिक रूप से, हम समाज के लिए धन कमाते हैं। इसका परिणाम संसाधनों का कुशल और उचित आवंटन होता है। एडम स्मिथ ने ठीक ही कहा है कि ऐसी प्रणाली में, "लोगों के निजी हित और भावनाएं" उस दिशा में जाती हैं "जो पूरे समाज के हितों के लिए सबसे उपयोगी होती हैं।"

बाजार प्रणाली में, कर्मचारियों के सामने अपना काम अच्छी तरह से करने और प्रबंधकों के सामने अच्छे फ़ैसले लेने के लिए निजी प्रोत्साहन होते हैं। यह स्पष्ट हो चुका है कि केंद्र से नियंत्रित अर्थव्यवस्था की तुलना में बाजार अर्थव्यवस्था कहीं अधिक उत्पादनशील होती है। पिछले दो सौ वर्षों के दौरान भौतिक समृद्धि का जो स्तर पूंजीवादी प्रणाली ने प्राप्त किया है, वह अब इतिहास की बात है। दूसरी ओर, समाजवाद समाज को व्यवस्थित करने का तरीका है जिसमें वस्तु के उत्पादन और वितरण के साधन राज्य द्वारा नियंत्रित किए जाते हैं और निजी स्वामित्व राज्य के हित में नियंत्रित होता है। यह प्रतिस्पर्द्धा के बजाय सहयोग पर आधारित होता है और केंद्रीकृत योजना और वितरण का उपयोग करता है। यह आय और संपत्ति की बराबरी के विचार को प्रतिपादित करता है। दुर्भाग्य से, समाजवाद आर्थिक शक्ति के संग्रह को निरंकुश केंद्रीकृत संस्थाओं में ही लेकर गया है। कुछ उभरते देशों में जिस समाजवादी सिद्धांत पर अमल किया जा रहा है, उसमें

ग्लोबल ब्रांड फ़ोरम, सिंगापुर में दिया व्याख्यान, 1 दिसंबर, 2003

एक धारणा है कि विश्व में धन की एक सीमित राशि मौजूद है जिसे सारे नागरिकों में समान रूप से वितरित किया जाना चाहिए। इस प्रणाली का मत है कि जीवन एक शून्य-शेष खेल है। ऐसी प्रणाली में एक व्यक्ति का फ़ायदा दूसरे का नुक़्सान है। प्रतिस्पर्द्धा के प्रभावों को नजरअंदाज करके, अर्थशास्त्री पॉल क्रुगमैन के शब्दों में, हम "अत्यंत घटिया उत्पाद बनाने वाली पुराने तर्ज की फ़ैक्टरियां बनाते हैं।" स्पष्टत: ऐसे सिस्टम में राज्य की भूमिका बहुत बड़ी हो जाती है।

यदि विश्व के धन को दुनिया भर के लोगों में बराबरी से बांट दिया जाए, तो जाहिर है कि दुनिया में धनी लोग नहीं रहेंगे। लेकिन फिर भी लोग ग़रीब रहेंगे। आप ग़रीबी को नहीं बांट सकते। समाजवादी अक्सर भूल जाते हैं कि धन को बांटने के लिए पहले धन को पैदा करना होगा। हमने देखा है कि कैसे केंद्रीकृत योजना की ऐसी आर्थिक प्रणाली का परिणाम, मिल्टन फ्रीडमैन के शब्दों में, "जीने के निम्न स्तर और अपनी नियति को नियंत्रित करने की शक्ति से रहित राजनीतिक जंजीरों में जकड़े साधारण नागरिक" होते हैं। समाजवाद के बारे में एक लोकप्रिय हास्योक्ति है कि समाजवादी प्रणाली में बेरोजगारी नहीं होती है हालांकि, साथ ही, कोई काम नहीं करता है; कोई काम नहीं करता है, लेकिन फिर भी सबको तन्ख़ाह मिलती है; और हालांकि सबको तन्ख़ाह मिलती है, लेकिन ख़रीदने को कुछ नहीं होता है!

1947 में आजादी के तुरंत बाद, भारत ने पेचीदा और कठोर केंद्रीय योजना प्रणाली को अपनाया। व्यावसायिक संपत्तियों का व्यापक सार्वजनिक स्वामित्व था; एक पेचीदा औद्योगिक लाइसेंसिंग प्रणाली थी; आयात के विरुद्ध व्यापक सुरक्षा उपाय थे; और निर्यात में बाधाएं थीं। यह प्रारूप स्पष्ट रूप से असफल सिद्ध हुआ। पहले तीस वर्ष में, प्रति व्यक्ति विकास दर मुश्किल से **1.2** प्रतिशत थी; औद्योगिक विकास **6** प्रतिशत से कम था; और विश्व व्यवसाय में भारत का अंश **2** प्रतिशत से कम हो कर **0.5** प्रतिशत रह गया था। समृद्धि और धन के भागीदार होने के बजाय लोग ग़रीबी के भागीदार थे। **1991** में, जब भारत भयानक आर्थिक संकट की कगार पर था, तो भारत ने अपनी अर्थव्यवस्था को बदल रही दुनिया के लिए खोलने को व्यापक सुधार प्रक्रिया शुरू की। बाकी, जैसा कि कहा जाता है, इतिहास है।

"जो अर्थव्यवस्था उदारीकरण नहीं करेगी, वह अपनी आलसी जीवनशैली के कारण एक धीमी मौत मर जाएगी," अपनी पुस्तक सेविंग कैपिटलिज़्म फ्रॉम कैपिटलिस्ट्स में रघुराम राजन और लुइगी जिंगालेज कहते हैं। स्वतंत्र बाजार और खुला व्यापार, जिसे पूंजीवाद प्रोत्साहित करता है, धन और अवसर उपजाने में सहायता करते हैं। सरकार का काम है ऐसा माहौल पैदा करना, जहां लोग धन और रोजगार के अवसर पैदा कर सकें।

व्यापार और विदेशी मुद्रा निवेश के प्रति खुलापन, आयातित जानकारी, नई तकनीक और ज़्यादा बड़े बाजारों तक पहुंच दिला सकता है। व्यापारिक उदारीकरण के

उत्पादनशीलता-वर्द्धक प्रभावों का स्पष्ट प्रमाण मौजूद है। वस्तुओं और सेवाओं पर व्यापारिक बाधाओं के हटने से विश्व बैंक का **2015** तक **28** खरब डॉलर का वार्षिक लाभ होने का अनुमान है। विकासशील देशों को लगभग **15** खरब डॉलर का फ़ायदा होगा जो **32** करोड़ लोगों को ग़रीबी से बाहर निकालेगा।

जिन देशों ने पूंजीवाद को अपनाया और स्वतंत्र बाजार को फलने-फूलने दिया है, उन्होंने प्रगति की है। अमेरिका, सिंगापुर और अधिकांश विकसित देश ऐसे राष्ट्रों के उदाहरण हैं। पूंजीवाद की शक्ति का फ़ायदा उठाकर, विश्व ने निश्चित रूप से जबरदस्त प्रगति की है। पिछले पचास साल में विश्व का सकल घरेलू उत्पाद छह गुणा बढ़ गया है। हमने जबरदस्त आर्थिक पूंजी बनाई है, लेकिन विश्व के बस एक छोटे से भाग के लिए।

क्या पूंजीवाद में सब कुछ हरा-भरा ही है? हां, अगर राज्य स्वतंत्र बाजारों के निष्पक्ष, कर्मठ, पारदर्शी और जवाबदेह नियामक के रूप में अपनी भूमिका निभाएं। स्पष्ट है कि ऐसा नहीं हुआ है। मैं कुछ उदाहरण देता हूं। यह साफ़ दिखने वाली बात है कि हमने विश्व में सामाजिक पूंजी—भरोसा, पिछड़ों के लिए चिंता, ईमानदारी और निष्पक्षता—को बढ़ाने में बहुत प्रगति नहीं की है। अमीर और ग़रीब के बीच का अंतर बढ़ा है। वास्तव में, विश्व बैंक के अध्ययन दिखाते हैं कि पिछले चालीस वर्षों में अमीर और ग़रीब देशों के बीच की खाई दोगुनी हो गई है। सबसे अमीर बीस देशों की औसत आय सबसे ग़रीब देशों की औसत आय से पैंतीस गुणा अधिक है। विश्व में **1** अरब **20** करोड़ लोग बेहद ग़रीबी में रहते हैं। लगभग **1** अरब लोगों को पीने का सुरक्षित पानी उपलब्ध नहीं है! मुझे एनीटा रॉडिक के शब्द याद आ रहे हैं जिन्होंने कहा था, "लोग दुनिया के हाशियों पर, विश्व व्यापार की निरंकुश शक्ति के अस्थिर लालच द्वारा अपने मौलिक मानवाधिकारों से वंचित, एक निम्नस्तरीय जीवन गुजारने को मजबूर हैं।"

हमने ऐसे हालात पैदा कर दिए हैं कि एक ग़रीब बच्ची स्कूल में लंच नहीं ख़रीद पाने के लिए शर्मिंदा होती है, जबकि पड़ोस में विभिन्न संस्थाओं के ग़रीबी-उन्मूलक पांच-कोर्स के भोजन का आनंद उठा रहे होते हैं। आज विकासशील दुनिया के एक अरब किसानों के हितों की अनदेखी करके विकसित दुनिया के **65** लाख किसानों के हितों की रक्षा करने का ख़तरा है। धन महज़ कुछ लोगों के हाथों में एकत्रित होता जा रहा है, न केवल ग़रीब देशों में, बल्कि अमेरिका जैसे अमीर देशों में भी "ग़रीब होना मुश्किल है, लेकिन अत्यधिक समृद्धि वाले अमेरिका जैसे देश में ग़रीब होना असहनीय है," एनीटा रॉडिक का कहना है। वास्तव में, संयुक्त राष्ट्र के एक अध्ययन के अनुसार, विकसित देशों में भी **54** प्रतिशत लोग झोपड़पट्टियों में रहते हैं। अगले तीस वर्षों में इस संख्या के दोगुना होने की आशंका है। इसी बात ने लेखक व अर्थशास्त्री डेविड कॉर्टेन को पूंजीवाद के लिए यह कहने पर मजबूर किया कि पूंजीवाद "एक उग्र विचारधारा है जो ऐसे लोगों की आवश्यकताओं और अधिकारों की अनदेखी करके जिनके पास लगभग कुछ भी नहीं है, असीम स्वामित्व को

कुछ हाथों में केंद्रीकृत करने को प्रोत्साहित करती है।"

अमेरिका में एक जानी-मानी कंपनी में, जहां 3,000 कर्मियों ने अपनी बचत खोई और नौकरी से निकाल दिए गए, वहीं बड़े प्रबंधकों ने बोनसों और स्टॉक विक्रय में लाखों डॉलर कमाए। बेहतर आधार के वादे के साथ सीईओज को विलय और अधिग्रहण की वकालत करते देखना आम बात है। वे ऐसे आधार किसी कॉरपोरेट चमत्कार से नहीं, बल्कि साधारण रोजगारों की एक बड़ी संख्या समाप्त करके प्राप्त करते हैं। 1980 में अमेरिका की सबसे बड़ी कंपनियों के सीईओज की औसत तऩ्ख़ाह सामान्य कर्मचारी की तऩ्ख़ाह से लगभग 40 गुणा अधिक थी। आज, यह 400 गुणा अधिक है! इसीलिए एलन ग्रीनस्पैन सीईओज में इस 'संक्रामक लालच' के बारे में बोलने को मजबूर हो गए थे। इससे भी अधिक दुख की बात यह है कि इन बिजनेस लीडरों के लिए सख़्त सजा की कमी है। मुझे एक पत्रकार की बात याद आ रही है जिसने हाल ही में लिखा था: "अगर कोई व्यक्ति 5,000 डॉलर चुराता है, तो वह दस साल के लिए जेल जाता है। अगर वह 50 करोड़ डॉलर चुराता है, तो वह कांग्रेस के सामने पेश होता है और दस मिनट तक बुरा-भला सुनता है!" नतीजतन, आज पूंजीवाद व्यर्थ और अलगाववादी लगने लगा है। विकसित संसार में भी अधिकांश लोगों को यह बुनियादी तौर पर मानवता के ग़ैर-आर्थिक मूल्यों का विरोधी महसूस होने लगा है। लोग ऐसी अर्थव्यवस्था प्रणाली में विश्वास खो बैठे हैं। "जहां स्वतंत्र बाजार ने लोगों के बटुवों को मोटा किया है, वहीं आश्चर्यजनक रूप से इसने लोगों के दिलो-दिमाग़ में बहुत कम स्थान बनाया है," रघुराम राजन और लुइगी जिंगालेज कहते हैं।

हम पर इन हालात को सुधारने की जिम्मेदारी है। हमें 'और अधिक' की तलाश को 'हम सबके लिए बेहतर' की पूर्ति में बदलना है। जहां इसमें विश्व के प्रत्येक नागरिक को एक भूमिका निभानी है, वहीं इस परिवर्तन में कॉरपोरेट नेताओं को नेतृत्व करना है। समय की मांग सहृदय पूंजीवाद की राह पर चलने की है। हमें ऐसे संसार का निर्माण करना है जिसमें अधिक से अधिक धन पैदा किया जाए और मानव सम्मान में वृद्धि हो।

सहृदय पूंजीवाद का अर्थ बड़े जनसमूह तक पूंजीवाद की शक्ति को पहुंचाना है। इसका अर्थ दिमाग़ और दिल, पूंजीवाद और समाजवाद की शक्ति को जोड़ना है। उत्पादन के साधनों के निजी स्वामित्व और एक विस्तृत कल्याण प्रणाली को जोड़ने वाला स्वीडिश मॉडल इसका एक अच्छा उदाहरण है। आश्चर्य नहीं कि बीसवीं शताब्दी के दौरान, लगभग 100 प्रतिशत साक्षरता दर, 0.3 प्रतिशत शिशु मृत्यु दर और लगभग अस्सी वर्ष की औसत आयु संभावना के साथ स्वीडन यूरोप के एक ग़रीब देश से सबसे अमीर देशों में कैसे शामिल हो गया!

विकास के लाभों को विस्तृत रूप से वितरित किया जाना है। हम ऐसे हालात नहीं पैदा कर सकते जहां ताकतवर के लिए आर्थिक विकास हो और कमजोर के लिए निर्धनता। परिणामस्वरूप होने वाला सामाजिक तनाव हमारी आर्थिक प्रणाली के ताने-बाने को

तोड़ डालेगा। हमें एडम स्मिथ के शब्द याद रखने चाहिए जिन्होंने कहा था, "वह समाज कभी समृद्ध और प्रसन्न नहीं हो सकता जिसका एक बड़ा भाग ग़रीब और दयनीय हो।" दयालुतापूर्ण पूंजीवाद का अर्थ है न्यायसंगतता, निष्ठा और समाज के हित को अपने हितों से आगे रखना। इसका अर्थ है लालच और छोटी अवधि के लाभों वाली मानसिकता पर विजय पाना। यह ऐसे समुदाय का निर्माण है जो 'वसुधैव कुटुंबकम्' (संसार एक परिवार है) की धारणा में विश्वास रखता हो।

हमें सहृदय पूंजीवाद की आवश्यकता क्यों है? कई कारणों से। पहला, हमें विकसित संसार में पूंजीवाद को फिर से अमल में लाना है। दूसरे, हमें इसको भारत और अन्य उभरते देशों जैसे विकासशील देशों में विकास का सबसे स्वीकृत प्रारूप बनाना है। हम चाहते हैं कि विकासशील देशों के नेता पूंजीवाद को अपने उद्धार का यंत्र मानने वाले बन जाएं। हमें लाखों उद्यमियों में धन पैदा करने का अवसर पाने का उत्साह जगाना है। हमें हर चिंगारी में आग और हर बीज में सेब देखने वाले स्वप्नशील लोग चाहिए। समृद्धि का विचार हमेशा लोगों के मस्तिष्क में उपजता है। उन्हें एक ऐसी आर्थिक प्रणाली में विश्वास करना होता है जो उन्हें पनपने का अवसर दे। लेकिन इसे बनाए रखने के लिए आवश्यक शर्तों पर ध्यान दिए बिना हम बाजार की स्वतंत्रता को अनुमति नहीं दे सकते। हमें एक ऐसी आर्थिक प्रणाली के रूप में पूंजीवाद में लोगों का विश्वास वापस लाना होगा जो निजी संपत्ति, अनुबंध की स्वतंत्रता, स्वतंत्र व्यापार की शक्ति और कानून की शुचिता में विश्वास रखती हो। ऐसी प्रणाली उन्हें प्रयोग, आविष्कार और उत्पादन करने की आजादी प्रदान करती है।

अगर हमने आज कुछ नहीं किया, तो ग़रीब, जो आर्थिक और सामाजिक प्रगति से वंचित रह गए हैं, पूंजीवाद में विश्वास खो बैठेंगे। याद रखिए कि हमारी आर्थिक प्रणाली की वैधता ख़तरे में है। जॉन एफ़. कैनेडी के शब्दों को याद रखना अच्छा रहेगा, जिन्होंने कहा था, "अगर एक समाज उन बहुत से लोगों की रक्षा नहीं कर सकता जो ग़रीब हैं, तो यह उन कुछ लोगों को भी नहीं बचा सकता जो अमीर हैं।" यह हमारा कर्तव्य है कि उस विचारधारा के पक्ष में जनाधार बनाएं जिसमें हम विश्वास करते हैं—वह विचारधारा जो हर किसी को धन और संपन्नता बढ़ाने के बेरोकटोक अवसर दे। यह कर्तव्य हम बिजनेस लीडरों के लिए और भी अधिक महत्वपूर्ण है जिन्होंने इस प्रणाली के लाभों को भोगा है।

कॉरपोरेट लीडरों के लोभपूर्ण व्यवहार ने लोगों के इस विश्वास को और भी मजबूत कर दिया है कि स्वतंत्र बाजार आम लोगों के कल्याण के स्थान पर अमीरों के लिए और अमीर बनने का रास्ता है। इकोनॉमिस्ट कहता है, "यह ऐसा बाजार है जो हितों के टकराव से प्रेरित होता है, ख़ुफ़िया सौदेबाजियों से भरा रहता है और सफल गुटबाजी से सुरक्षित होता है।" नतीजतन, विकासशील दुनिया का एक बड़ा भाग उस प्रणाली में वैधता नहीं देखता जिसमें वे सफल साबित किए जा चुके हैं। हमें भारत जैसे देशों के नेताओं को जो

पूंजीवाद को लेकर संशय में हैं, ग़रीबी की समस्या सुलझाने की इसकी शक्ति को समझाना होगा।

अब मैं सबसे अहम सवाल पर आता हूं: हम सहृदय पूंजीवाद का प्रयोग कैसे करें? हम बिजनेस नेताओं को समाज के भरोसे को वापस लाने के लिए आगे आना होगा। हमें अपना व्यवहार ज़्यादा नैतिक और कानूनी बनाना होगा। पूंजीवाद के आंदोलन के अगुवाओं को समृद्धि के फूहड़पन भरे दिखावे के जीवन को छोड़कर उन लोगों के सामने स्वयं को अधिक स्वीकार्य बनाना होगा जो पीछे छूट गए हैं। सहृदय पूंजीवाद का अर्थ है कम अवधि में समुदाय के हितों को निजी हितों से आगे रखना और एक अच्छा कॉरपोरेट नागरिक बनना। इसका अर्थ है सभ्य व्यवहार और लंबी अवधि वाली मानसिकता। इसका अर्थ है अगली पीढ़ी की जिंदगी को बेहतर बनाना। सभ्य समाज ऐसे ही होते हैं और इतिहास गवाह है कि ऐसे सभ्य समाज ही हमेशा प्रगति करते हैं।

इसके लिए हमें समुदाय की मूल्य प्रणाली के अनुसार रहना होगा। मूल्य प्रणाली उस व्यवहार की नियमावली होती है जो लोगों के आत्मविश्वास, प्रतिबद्धता और उत्साह को बढ़ावा दे सके। हमारी मूल्य प्रणाली हमें कॉरपोरेट प्रशासन के सर्वश्रेष्ठ नियमों का अनुपालन करने के लिए प्रोत्साहित करती है। कॉरपोरेट प्रशासन का अर्थ है प्रत्येक स्टेकहोल्डर—कंपनी के ग्राहक, निवेशक, कर्मचारी, वेंडर साझेदार, सरकार और समाज—के प्रति निष्पक्षता को सुनिश्चित करते हुए शेयरधारक के मूल्य को कानून, नैतिकता और निरंतरता के आधार पर बढ़ाना। 'निरंतरता का आधार' महत्वपूर्ण है। मसलन, अगर हम एनरॉन को देखें, तो उसने शेयरधारक के मूल्य को निश्चय ही बढ़ाया हालांकि बहुत स्वीकार्य साधनों से नहीं, और बहुत कम अवधि के लिए। एक कंपनी की सफलता का सबसे अच्छा सूचकांक उसकी दीर्घायुता है। बिजनेस लीडरों को याद रखना चाहिए कि कंपनियां उन समाजों में सफल नहीं हो सकतीं जो नाकाम होते हैं।

हर कंपनी का उद्देश्य अपने शेयरधारकों के लिए जायज और नैतिक तरीकों से धन अर्जित करना होता है। लेकिन धन की शक्ति का अर्थ है धन को बांटना। विलियम फ़ोर्ड जूनियर ने कहा था, "एक अच्छी कंपनी बढ़िया उत्पाद और सेवाएं देती है। एक महान कंपनी यह सब भी करती है और दुनिया को एक बेहतर जगह बनाने की कोशिश भी करती है।" कंपनियों को समाजोन्मुख और कल्याणकारी गतिविधियों द्वारा कुछ बदलाव लाना होगा।

व्यावसायिक नेताओं को अत्यधिक प्रबंधकीय पारिश्रमिक से बचना चाहिए। प्रबंधकीय पारिश्रमिक तीन सिद्धांतों पर आधारित होना चाहिए—अन्य कर्मचारियों के पारिश्रमिक के संदर्भ में न्यायसंगतता, शेयरधारकों और कर्मचारियों के संदर्भ में पारदर्शिता, और पारिश्रमिक को कॉरपोरेट कार्यकुशलता से जोड़ने के संदर्भ में जवाबदेही।

हमें ऐसी मान्यताओं का माहौल बनाना होगा जो कहती हों कि सम्मान धन से अधिक

महत्वपूर्ण है। हम अच्छे कॉरपोरेट व्यवहार के लिए पुरस्कार स्थापित करके ऐसा कर सकते हैं। जिस तरह फ़ॉर्च्यून **500** कंपनियों की रैंकिंग आर्थिक मानदंडों पर आधारित है, उसी तरह हमें सामाजिक रूप से जिम्मेदार कंपनियों की अंतरराष्ट्रीय रूप से मान्यता प्राप्त रैंकिंग बनानी चाहिए। हमें ऐसी कंपनियों के सीईओज के लिए नोबेल पुरस्कार के समतुल्य पुरस्कार स्थापित करना चाहिए।

उन विकसित देशों को जो पूंजीवाद के आंदोलन के फ़ायदे उठा चुके हैं, यह सुनिश्चित करना चाहिए कि स्वतंत्र व्यापार का तात्पर्य भी स्वतंत्र व्यापार हो। उदाहरण के लिए, इकोनॉमिस्ट के अनुसार, ओईसीडी के तीस देश अपने किसानों की सहायता के लिए वार्षिक **330** अरब डॉलर ख़र्च करते हैं—प्रत्यक्ष सब्सिडी और उच्च कीमत दोनों के द्वारा। इसमें से **5** प्रतिशत कम कर दें तो आपके पास एड्स से लड़ने के लिए धनी दुनिया के वर्त मान चंदों का तीन गुणा पैसा हो जाएगा। वर्ल्ड ट्रेड ऑर्गेनाइजेशन के भूतपूर्व डाइरेक्टर जनरल माइकेल मूर के अनुसार, अमेरिकी कपास उत्पादकों ने **2001** में सरकारी सब्सिडी में **3.4** अरब डॉलर प्राप्त किए। लाभार्थी किसान थे जिनकी कुल पूंजी का औसत **800,000** डॉलर हो गया। विश्व बैंक का मानना है कि इन बाधाओं को हटाने से ग़रीब पश्चिमी और केंद्रीय अफ़्रीकी कपास-उत्पादी देशों की आय **25** करोड़ डॉलर सालाना बढ़ जाएगी। तो, अमीर देशों को सुनिश्चित करना चाहिए कि वे उन मुद्दों की अनदेखी न करें जो ग़रीब देशों की आर्थिक ख़ुशहाली के लिए महत्वपूर्ण हैं। ऐसे ग़लत संरक्षणवाद को तोड़ना ग़रीब देशों के लाखों किसानों को अवसर प्रदान करेगा और पूंजीवाद में भरोसे को बढ़ाएगा।

हम इतिहास में ऐसे मुकाम पर पहुंच चुके हैं जहां बजाहिर असंभव उद्देश्यों—इस दुनिया से ग़रीबी, भूख और बीमारी को हटाना—के लिए हमारे पास ज्ञान की शक्ति, वैश्वीकरण की ताकत और तकनीक की सुविधा है। हमें चाहिए कि हम स्वतंत्र बाजार और खुली प्रतिस्पर्द्धा से पूरा लाभ उठाएं और साथ ही दरिद्रों के प्रति दया दिखाएं। हम गर्व के साथ खड़े हों और एनीटा रॉडिक की तरह कहें, "व्यावसायिक संसार के साथ मेरी यही करने की इच्छा है—दयालुता की क्रांति का पोषण करने की।" हम इस समय को ऐसा समय बना दें, जो डेविड कॉर्टेन के शब्दों में, "एक नई सहस्राब्दी के लिए आशा से भरा होगा जिसमें प्रत्येक समाज सामाजिक और बौद्धिक विकास के नए मोर्चों की तलाश में महज जीवन-यापन की चिंताओं से मुक्त होगा।" सिर्फ़ इसी तरह हम पूंजीवाद से मिलनेवाले अतुल्य लाभ उठाते रह सकते हैं। सहृदय पूंजीवाद को फलने-फूलने दीजिए।

□

भारत में लोक कल्याण की पीड़ा

क्या आजादी के बाद भारत ने पर्याप्त प्रगति की है? क्या हम इस प्रगति को लेकर ख़ुश हो सकते हैं? क्या हम शेष संसार के साथ चले हैं? क्या हमने ऐसी प्रगति की है जो टिकाऊ हो। क्या हम ऐसे भारत का सपना देख सकते हैं जहां ग़रीबी, बीमारी और अज्ञानता ग़ायब हो चुकी हो?

चलिए, विश्लेषण करते हैं कि आज भारत कहां खड़ा है। पिछले कुछ दशकों में हमारे सामाजिक सूचकांकों में सुधार हुआ है। ग़रीबी रेखा से नीचे रहने वालों की आबादी का अनुपात अस्सी के दशक के **45** प्रतिशत से घट कर **2000** में **26** प्रतिशत हुआ; साक्षरता दर **1980** के **43** प्रतिशत से बढ़ कर **2001** में **65** प्रतिशत हुई। लेकिन हमें अभी बहुत दूर जाना है। लगभग **50** प्रतिशत आबादी की पहुंच अनिवार्य दवाइयों तक नहीं है; **69** प्रतिशत की पहुंच उचित सेनिटेशन तक नहीं है। आयु संभावना अमेरिका के सतत्तर वर्ष के मुकाबले केवल बासठ वर्ष है। चीन के **10** प्रतिशत के मुकाबले हमारे सैंतालीस प्रतिशत बच्चे कमवजन हैं। पड़ोसी देश बंग्लादेश के चालीस के मुकाबले हमारे प्रत्येक **100,000** में से **190** बच्चे मलेरिया से पीड़ित हैं। मानव विकास सूचकांक में हम **124**वें स्थान पर हैं (**173** देशों में)।

स्पष्ट है कि हमारी जनसंख्या के एक बड़े भाग की स्थिति सुधारने के लिए बहुत कुछ किया जाना बाकी है। मुझे जॉर्ज बर्नार्ड शॉ के शब्द याद आ रहे हैं कि अपने साथी इंसानों के प्रति सबसे बड़ा पाप उनसे नफ़रत करना नहीं, उनके प्रति उदासीन होना है। यह अमानवीयता का सार है।

देश में अनेक लोक-कल्याणकारी संस्थाएं हैं जो इस अमानवीयता के विरुद्ध लड़ती हैं। वास्तव में, भारत में बीस लाख एनजीओ और विकास ग्रुप हैं। लेकिन, जैसा कि हार्वर्ड के प्रोफ़ेसर माइकल पोर्टर और मार्क क्रेमर कहते हैं, "निजी रूप से चंदा देने वाले लोगों से कहीं अधिक धर्मनिरपेक्ष दानशील संस्थाओं द्वारा योजनाबद्ध कोशिशें होनी चाहिए। उन्हें अपने ख़र्च से विषम सामाजिक प्रभाव डालना चाहिए।" दुर्भाग्य से, भारतीय

मौलाना आजाद स्मृति व्याख्यान, नई दिल्ली, 29 मार्च, 2004

मानववादी प्रयास अभी तक ऐसा सामाजिक प्रभाव नहीं डाल पाए हैं। मैं कुछ चुनौतियों के बारे में बात करूंगा।

भारत अनेक संस्कृतियों और भाषाओं में बंटा एक विशाल भौगोलिक क्षेत्र है। **70** करोड़ से अधिक भारतीय ग्रामीण क्षेत्रों में रहते हैं। इनमें से लगभग **19** करोड़ लोग ग़रीबी रेखा से नीचे हैं। वास्तव में, दुनिया में सबसे अधिक ग़रीब लोग भारत में रहते हैं। इसके अतिरिक्त, हमारी अनपढ़ आबादी का **84** प्रतिशत गांवों में रहता है। अनेकता और समस्या का विशाल आकार बहुत बड़ी चुनौतियां खड़ी करता है।

साथ ही, हमारी मानववादी संस्थाएं अव्यवस्थित हैं और उनके पास संचार के और संसाधन बांटने के स्रोत नहीं हैं। भारत में संस्थाओं की कोई विश्वसनीय डाइरेक्टरी नहीं है; सर्वश्रेष्ठ तरीकों को बांटने के लिए कोई व्यापक प्लेटफ़ॉर्म नहीं है; और ज्ञान एवं अंतर्बोध हासिल करने का कोई सार्वजनिक प्रयास नहीं होता है। रिपोर्टिंग के अव्यवस्थित तरीके देश भर की गतिविधियों को ठीक से आंकने की हमारी क्षमता को प्रभावित करते हैं। आकलन के आंकड़े रखने और ज्ञान को हस्तांतरित करने की हमारी अयोग्यता दक्षता को सीमित करती है। हर जानकारी चाहने वाले को स्वतंत्र रूप से जानकारी को सत्यापित करना पड़ता है, प्राय: कई दौरे करके। मुझे इंफ़ोसिस फ़ाउंडेशन की एक घटना याद आ रही है। फ़ाउंडेशन कई मानववादी गतिविधयां करती है; ग्रामीण बच्चों के लिए पुस्तकालय आरंभ करना उसका एक भाग है। एक बार, एक आदमी फ़ाउंडेशन के पास आया और उसने अपनी किताबें फ़ाउंडेशन को बेचने की कोशिश की। उसने कहा कि वह फ़ाउंडेशन के चेयरपर्सन का करीबी दोस्त है। लेकिन वह यह नहीं जानता था कि वह चेयरपर्सन से ही बात कर रहा था!

भारत में मानववादिता की एक बड़ी चुनौती पैसे का दुरुपयोग है जो लोगों में अविश्वास पैदा करता है। लोगों को चिंता होती है कि जो पैसा वे दान कर रहे हैं, शायद उसका सही प्रयोग न हो। नतीजतन, वे मानववादी संस्थाओं के बारे में संशय में पड़ जाते हैं। संशय उदासीनता में बदल गया है। हमने अभी तक 'देने' की संस्कृति विकसित नहीं की है। एशियाई देशों में मानववादिता पर हुए एक सर्वेक्षण में पाया गया कि उच्च आय वाले भारतीय इंडोनेशियाई, थाई और फ़िलिपीनी उच्च आय वालों से कम दान देते हैं। भारतीय अपनी घरेलू आय का कुल **1.7** प्रतिशत मानववादी प्रयासों में देते हैं। इसकी तुलना में, इंडोनेशियाई लगभग **6** प्रतिशत देते हैं। सामुदायिक मामलों को सुलझाने के प्रति उदासीनता ने हमें प्रगति से रोक रखा है जो कि वैसे हमारी पहुंच के अंदर है। हमें याद रखना होगा कि बुनियादी सामाजिक समस्याएं आम भलाई के प्रति प्रतिबद्धता की कमी से उपजती हैं।

स्वतंत्रता के बाद अनेक दशकों तक भारतीयों का विश्वास था कि सार्वजनिक समस्याओं से जुड़े सामाजिक मुद्दे देखना सिर्फ़ सरकार की जिम्मेदारी है। हमारी अड़ियल केंद्रीय-योजना प्रणाली और औपनिवेशिक शासन के दिनों के 'भूत' ने इस मानसिकता को

बढ़ावा दिया। नतीजतन, मानववादी संगठनों, सरकार और निजी कंपनियों के बीच अपर्याप्त साझेदारी रही। पिछले दशक के दौरान, हमने इस मानसिकता में धीमा बदलाव देखा। हमने कॉरपोरेट मानव-कल्याण गतिविधियों में भी वृद्धि देखी। मिसाल के लिए, इंडियन मार्केट रिसर्च ब्यूरो द्वारा भारतीय कंपनियों पर किए एक अध्ययन के अनुसार, **83** फ़ीसदी ने सामाजिक दायित्व को अपनी रणनीति का एक अभिन्न अंग माना।

अंतरराष्ट्रीय रूप से, सार्वजनिक-निजी साझेदारियों को जिनमें सरकार, निजी क्षेत्र और नागरिक समाज सम्मिलित होती हैं, सामाजिक मुद्दों—स्वास्थ्य सेवा से लेकर डिजिटल भेद को पाटने में—से निबटने में निरंतर महत्वपूर्ण समझा जा रहा है। रोटरी इंटरनेशनल, यूनाइटेड नेशंस, निजी क्षेत्र की कंपनियों और सरकारों द्वारा स्थापित ग्लोबल हैल्थ एलियांस ऐसी ही एक साझेदारी का उदाहरण है। ऐसी साझेदारियां निजी क्षेत्र की विशेषज्ञता का लाभ उठाते हुए समाज की आवश्यकताओं के लिए नए उपायों का निर्माण करती हैं। भारत में सिंप्यूटर की खोज ऐसे ही नए उपायों का एक उदाहरण है। ऐसी साझेदारियां मानववादी संस्थाओं में आय के सतत स्रोत को भी सुनिश्चित कर सकती हैं।

नौकरशाही की वजह से होने वाली देरियां चिंता की एक बड़ी वजह हैं। एक दृष्टांत में, एक ानववादी संस्था ग़रीबों के लिए एक अस्पताल बनवा रही थी। प्रोजेक्ट पूरा होने के दौरान, इसके सामने कई ऐसी स्थितियां आईं जब अनुमति की आवश्यकता पड़ी। अनुमतियों में शीघ्रता बरतने की जगह नौकरशाही ने लाल-फ़ीताशाही से प्रोजेक्ट के पूरा होने में दो साल की देर करवा दी। मुझे रॉबर्ट शेबर्ले का कथन याद आ रहा है कि अगर हम लाल फ़ीते को पोषक बना सकें तो सारी दुनिया का पेट भर सकते हैं।

आज, भारत आर्थिक वृद्धि में क्रांति के मोड़ पर है। एक उन्नतिशील राष्ट्र के रूप में हमें धन के अर्जन (उद्यमशीलता के जरिए) और उस धन के कम से कम एक हिस्से के पुनर्वितरण (लोक कल्याण के माध्यम से) दोनों पर ध्यान देना होगा। लोक कल्याण एक अंतर्निहित समझौते का हिस्सा है जो आर्थिक समृद्धि को पोषित और संवर्द्धित करता है। भावी आर्थिक वृद्धि को पोषित करने के लिए नवनिर्मित धन का बड़ा हिस्सा समुदाय को वापस देना होगा। यही एक तरीका है जिसके द्वारा हम अपने ग़रीबों के एक बड़े बहुमत में उम्मीद पैदा कर सकते हैं। रॉबर्ट कैनेडी ने एक बार कहा था, "जब भी कोई आदमी दूसरों का भाग्य सुधारने के लिए खड़ा होता है तो वह उम्मीद की नन्ही सी लहर छेड़ देता है।" ऐसी बहुत सारी लहरें बनाने के लिए हमारे पास इससे बेहतर समय नहीं होग।

आज, वैश्वीकरण और तत्पश्चात हुए आर्थिक विकास की बदौलत, एक बड़ी संख्या में भारतीयों में योगदान करने की क्षमता है। समाज में वापस निवेश किया हुआ धन लोगों के एक बड़े समूह के लिए अवसरों का विस्तार करता है, और इस तरह हम धन और समृद्धि का ऊपर को बढ़ता चक्र बना सकते हैं। अमेरिका जैसे देशों में सामाजिक सफलता के केंद्र में यही है।

मानववादी गतिविधियों को बढ़ाने के लिए हमें मानववादियों (दानकर्ता) के आपूर्ति

पक्ष के साथ ही मांग पक्ष (प्राप्तकर्ता) दोनों पर ध्यान देना होगा। समीकरण के दोनों पक्षों में हमारे बहुत से स्वैच्छिक संगठनों में समस्याओं को हल करने की क्षमता है, मगर उन्हें लागू करने के लिए धन बहुत कम है या नहीं है। दूसरी ओर, बहुत से लोगों के पास वित्तीय संसाधन तो हैं, मगर उन कार्यक्रमों को चलाने का समय और फ़ोकस नहीं है जो समाज की मांगों को पूरा करते हैं। लोक-कल्याण की गतिविधियों में हम ज़्यादा भागीदारी को कैसे सुनिश्चित कर सकते हैं, साथ ही अपने मानववादी प्रयासों की प्रभाविता को कैसे बेहतर बना सकते हैं? मैं कुछ ऐसे कदमों की बात करूंगा जो हम उठा सकते हैं।

समय की मांग है कि मानववादी गतिविधियों में सक्रिय भागीदार बनने के लिए हम अपने संपन्न वर्ग के एक बड़े भाग को प्रोत्साहित करें। अमेरिका में मानववादी संस्थाओं के एक गठबंधन इंडिपेंडेंट सेक्टर द्वारा किए एक सर्वेक्षण के अनुसार, **80** फ़ीसदी अमेरिकी परिवार लोकोपकार के कार्यों के लिए दान देते हैं; **8.3** करोड़ अमेरिकी वयस्क स्वैच्छिक गतिविधियों में शामिल होते हैं, जो कि **239** अरब डॉलर के मूल्य के **90** लाख फुल-टाइम कर्मचारियों से ज़्यादा के बराबर हैं। मानववादी कार्यों ने अपनी अनेक सामाजिक समस्याओं से निबटने में अमेरिका की मदद की है। **2000** में, अमेरिकी मानववादी योगदान राष्ट्रीय आय का लगभग दो फ़ीसदी थे। लैटिन अमेरिका, स्पेन और रूस आदि अनेक देशों में भी इसी तरह के मानववादी कार्यों में वृद्धि के संकेत मिलते हैं।

व्यक्तिगत योगदानों की भारत में जबरदस्त क्षमता है। मगर, अधिकांश लोग धार्मिक संस्थाओं में दान देते हैं। वास्तव में, यह भारतीयों द्वारा दान की राशि का **35** फ़ीसदी है। इसके अलावा, भारत की बहुसंख्यक स्वैच्छिक संस्थाओं में मार्केटिंग और ब्रांडिंग योग्यताओं और इस बेहद महत्वपूर्ण धन-स्रोत का लाभ उठाने की व्यवस्थित प्रणाली का अभाव है। पारदर्शिता और जवाबदेही की कमी के कारण बहुत सी स्वैच्छिक संस्थाएं विश्वसनीयता के गंभीर संकट का सामना करती हैं। इस वजह से अक्सर लोग कल्याण और विकास परियोजनाओं में योगदान से बचते हैं।

अमेरिका में व्यावसायिक फ़ाउंडेशनों का विचार वहां आज के मानववादी कार्य को मजबूती देता है। भारतीय मानववादी समूहों को मानववाद के विकास को विवेक के निजी कार्यों की जगह व्यावसायिक क्षेत्र को देने की पहल करनी चाहिए। मूल्य स्थापित करने के लिए उन्हें अपने दायित्व पूरे करने चाहिए। समय की मांग है कि परिमाणीय परिणामों की मांग और सामाजिक निवेशों का ध्यान से विश्लेषण करते हुए मानववादिता में उद्यमशीलता की कुशाग्रता को लाया जाए। अच्छा मैनेजमेंट सिस्टम बनाने के लिए प्रबंधकीय विचारों और सूचना तकनीक के साधनों का इस्तेमाल मानववादी समूहों के व्यवसायीकरण का एक और पक्ष है।

याद रहे कि मानववादी समुदाय के लिए लोगों का विश्वास ही एकमात्र सबसे बड़ी संपत्ति है। इसके बिना दानकर्ता कुछ नहीं देंगे और स्वयंसेवी शामिल नहीं होंगे। इसमें लोगों और दानदाताओं की परोपकारी मंशाओं के प्रति जवाबदेही निहित है। प्रशासन की

लागत कम करने और सामाजिक बदलाव के लिए ज़्यादा प्रभावी रणनीतियों में निवेश के लिए बेहतर कार्य-कुशलता की आवश्यकता है। सामाजिक निवेशों की प्रभाविता को मापने के लिए कार्यक्रम का मूल्यांकन, परिणामों पर फ़ोकस, और प्रभाव अध्ययन भी इसका हिस्सा हैं। अमेरिका के इंडिपेंडेंट सेक्टर ने कुछ कदमों को रेखांकित किया है जिन्हें जवाबदेही सुनिश्चित करने के लिए मानववादी और ग़ैर-लाभकारी क्षेत्र को उठाना चाहिए। भारत में भी हमें ऐसी ही एक नियमावली चाहिए।

जवाबदेही के लिए प्रभाव आकलन की व्यवस्था चाहिए। जिसे आंका नहीं जा सकता, उसे सुधारा नहीं जा सकता। इस तरह, आकलन कार्यक्रम का लक्ष्य चयनित क्षेत्र में उत्कृष्ट प्रदर्शन होता है। एक मानववादी संगठन को अपने काम के सामाजिक प्रभाव के आधार पर अपनी सफलता आंकनी चाहिए। इसमें धन जुटाना, सदस्यता वृद्धि, मदद किए गए लोग, व्यय, ऊपरी ख़र्चे और अर्जित सामाजिक लाभ जैसे विभिन्न खंडों को आंकना शामिल है।

मानववादी संस्थाओं के बारे में विस्तृत और सही जानकारी इस तरीके से उपलब्ध होनी चाहिए कि वह दानकर्ताओं और स्टेकहोल्डरों को उपयोगी लगे। भारत में, हमारे बहुत से मानववादी संगठनों से मिलने वाली जानकारी परफ़ॉर्मेंस का विश्लेषण करने के लिए दुखद रूप से अपर्याप्त होती है। छोटे मानववादी संगठनों को अपनी परफ़ॉर्मेंस की जानकारी देने के लिए इंटरनेट का इस्तेमाल करना चाहिए। ऐसी जानकारी से दानकर्ताओं को उसी क्षेत्र या स्थान में कार्यरत संस्थाओं की तुलना करने में मदद मिलेगी। सबसे महत्वपूर्ण बात कि इससे धनराशियों को आकर्षित करने के लिए मानववादी संगठन प्रतिस्पर्द्धी माहौल में काम करेंगे।

मानववादी संस्थाओं के पास स्पष्ट रूप से परिभाषित और स्पष्ट रणनीति होनी चाहिए। इसके लिए कार्यक्रम-लक्ष्य निर्धारित करने और स्थायित्व की योजना बनानी होगी। तदनुसार, अपने अवसरों, शक्तियों और कमजोरियों का आकलन करने के बाद वे कुछ मुख्य क्षेत्रों पर ध्यान दें। मिसाल के लिए, इंफ़ोसिस फ़ाउंडेशन ने सिर्फ़ कुछ क्षेत्रों में ध्यान देने का फ़ैसला किया है—ज्ञान और शिक्षा, स्वास्थ्य, सामाजिक पुनर्वास, ग्राम-उत्थान और लोक-कलाओं को प्रोत्साहन।

भारत में, इंटरनेट में समाज सेवाओं की पहलों का रूपांतरण करने की क्षमता है। यह देश भर में सामाजिक कार्यों की गतिविधियों का नेटवर्क बनाने में मदद कर सकता है। उदाहरण के लिए, एक ही सामाजिक लक्ष्य के लिए काम कर रही सारी संस्थाओं को यह साथ ला सकता है। ये उद्योग, सामाजिक संस्थाएं, दानकर्ता आदि हो सकते हैं। इस प्रकार इंटरनेट का मंच संसाधनों और जरूरतमंद समुदायों के बीच दूरी को पाट सकता है। ह्यूलेट पैकर्ड द्वारा प्रोत्साहित की गई रिसोर्सलिंक, और आई**2** टेक्नोलॉजीज द्वारा प्रोत्साहित एडमैट्रिक्स ऐसे ही उदाहरण हैं। दोनों प्रमाणित कल्याणकारी संस्थाओं को ऐसे खाद्य सप्लायरों के साथ जोड़ते हैं जिनके पास दानस्वरूप देने के लिए अतिरिक्त भोजन या उत्पाद

होता है, जिसे वे संस्थाएं सेवा-कार्यों में इस्तेमाल कर सकती हैं। वैश्विक संदर्भ में एक और उदाहरण एओएल, याहू और सिस्को सिस्टम्स द्वारा प्रबंधित नेटवर्कफ़ॉरगुड.ऑर्ग (न्एतद्धेरकफेरेग्द ोरग) का है। मगर, भारत में जहां मानववादी गतिविधियों का सवाल है, वहां इंटरनेट की शक्ति का अभी पूरा फ़ायदा नहीं उठाया गया है।

आज, भारत में एक दानदाता की भूमिका धीरे-धीरे 'दाता' से बढ़कर सामाजिक बदलाव में निवेशक की होने लगी है। मगर, बदलाव महज दान के जरिए नहीं पाए जा सकते। दान महत्वपूर्ण है और जरूरी भी, मगर यह सिर्फ़ मरहम लगाता है। हमें राहत कार्यों से विकासकारी मदद देने की ओर बढ़ना होगा। नतीजतन, हमें सशक्तीकरण और विकासकारी मदद पर ध्यान देना चाहिए। मुझे 12वीं सदी के एक यहूदी दार्शनिक मायमोनिडीज का ध्यान आता है जिन्होंने कहा था, "एक आदमी को एक मछली दोगे तो एक दिन उसका पेट भरोगे। उसे मछली पकड़ना सिखाओगे तो जिंदगी भर उसका पेट भरोगे।"

ग्रामीण क्षेत्रों में माइक्रोक्रेडिट प्रदान करना इसी दर्शन का एक उदाहरण है। मेरा विश्वास है कि ग्रामीण ग़रीबी से निबटने के लिए साध्य हल प्रदान करने की इसमें बड़ी भारी क्षमता है। हम माइक्रोफ़ाइनेंस की तकनीक से भी लाभ उठा सकते हैं। मिसाल के लिए, ह्यूलेट पैकर्ड अब एक रिमोट ट्रांजैक्शनिंग सिस्टम (सुदूर लेन-देन प्रणाली) का परीक्षण कर रहा है जिससे सुदूर गांवों में माइक्रो फ़ाइनेंस इंस्टीट्यूशंस (लघु वित्त संस्थान) की अप्रत्यक्ष शाखाएं निर्मित की जा सकेंगी।

एक लंबे समय से मानववादिता और स्वैच्छिकता भारतीय समाज का अभिन्न हिस्सा रहे हैं। दान की अवधारणा वैदिक काल से चली आ रही है। हमें सामाजिक सक्रियता के उन्हीं दिनों को वापस लाना है। यह लड़ाई हमारे सभी संसाधनों से, सामूहिक रूप से और साझेदारी में, लड़ी जानी होगी। हमें राल्फ़ वाल्डो एमरसन के शब्दों को याद रखना चाहिए, जिन्होंने कहा था, "यह जानना कि कोई एक व्यक्ति भी इसलिए आसानी से सांस ले पाया क्योंकि आप जी रहे हैं; यही सफल होना है।"

हम, विशेष सुविधाएं प्राप्त थोड़े से लोग, जो भारत के विकास के फलों का लुत्फ़ लेते हैं, भविष्य को थामे हुए हैं। अगर हम आज काम करने में नाकाम रहे, तो आने वाली पीढ़ियों की ख़ुशहाली को ख़तरे में डाल सकते हैं। मुझे डीट्रिक बॉनहोफ़र का एक कथन याद आता है कि कार्य सिर्फ़ सोचने भर से नहीं हो जाता, बल्कि दायित्व उठाने की तत्परता से होता है। मैं आश्वस्त हूं कि हर क्षेत्र के लोग—सरकार, नागरिक समाज और व्यापार—इस दिशा में कार्य करने के दायित्व को उठाएंगे। यही एक तरीका है जिससे हम भारत में लोक-कल्याण की पीड़ा को जीत सकते हैं।

□

खंड–VIII
उद्यमशीलता

एक उद्यमी का मंथन

प्रबंधन के युवा ग्रेजुएटों से मेरे वार्तालाप अक्सर उद्यमशीलता के आनंद, अवसरों और अनुभवों के बारे में प्रश्नों का रुख़ ले लेते हैं। मैं यहां प्रतिभाशाली सहयोगियों की एक टीम के साथ इंफ़ोसिस की स्थापना करने और पिछले बीस साल में इसका प्रबंधन संभालने के दौरान सीखे कुछ सबकों के बारे में बात करूंगा। यह प्रयोग पुराने समय के, कम बाजारोन्मुख-मानसिकता वाले भारत में किया गया था, लेकिन मुझे लगता है कि मैंने जो बुनियादी सबक सीखे हैं, उनकी व्यापक उपयोगिता है।

मुझे जुलाई, **1981** की वह झुलसती, निर्णायक सुबह, और इंफ़ोसिस के छह अन्य संस्थापकों के साथ वह मुलाकात याद आती है। हम सातों ने—कम से कम उस समय हमारे दोस्तों और परिवारों को यही लगता था—सुरक्षित और उज्जवल कॉरपोरेट भविष्यों को त्याग दिया था। हम बंबई में एक छोटे से कमरे में बैठे थे इस उम्मीद में कि हम अपने लिए, भारतीय समाज के लिए, और जैसा कि हमने सपना देखा था, शायद दुनिया के लिए भी एक बेहतर भविष्य बना सकेंगे। हमारे पास आत्मविश्वास, प्रतिबद्धता, जोश, आशा, ऊर्जा, उत्साह और मेहनत के जज़्बे की बहुतायत थी। लेकिन पैसे की कमी थी। हमें अपनी प्रारंभिक पूंजी के रूप में **250** डॉलर की राजसी राशि जुटाने में भी दिक़्कत आ रही थी। इसमें हमारी मदद हमारे हमेशा उत्साही रहे बैंकरों—हमारी दरियादिल पत्नियों—ने की! हमारा उत्साह इलीनर रूजवेल्ट के शब्दों में व्यक्त होता है जिन्होंने कहा था, "भविष्य उनका है जो अपने सपनों की सुंदरता में विश्वास रखते हैं।" हम जानते थे कि हमारा सपना एक महान उद्देश्य पर आधारित होना चाहिए, जो हमसे बड़ा हो। हमारा सपना था और है: तकनीक और बेहतरीन व्यवसायी लोगों का इस्तेमाल करके सर्वश्रेष्ठ व्यापारिक हल देने वाली विश्व स्तर पर सम्मानित कंपनी बनना। इतने वर्षों में मैंने महसूस किया है कि हमारे मूल्यों और महत्वाकांक्षाओं को व्यक्त करते एक सामान्य वाक्य में समाए हमारे सपने ने हमारी कंपनी के कर्मचारियों को पीढ़ी दर पीढ़ी प्रोत्साहित किया है। ऐसे सामान्य लेकिन सशक्त सपने की सुंदरता यह है कि इसे समझना, बताना, बांटना और

प्रारंभिक व्याख्यान, व्हार्टन स्कूल ऑफ़ बिजनेस, फ़िलाडेल्फ़िया, **20** मई, **2001**

इसकी ओर बढ़ना सरल है।

हमने इंफ़ोसिस को तीन महत्वपूर्ण धारणाओं के आधार पर बनाया था: किसी कंपनी के लिए प्रतिस्पर्द्धात्मक बढ़त बनाने में कस्टमाइज़्ड सॉफ़्टवेयर का महत्व, वैश्वीकरण और उद्यमी प्रयासों का व्यवसायीकरण। प्रत्येक सफल कंपनी एक ऐसे विचार पर आधारित होती है जिसे बाजार में गंभीरता से लिया जाता है। इसके लिए, एक विचार को इनमें से किसी एक या ज़्यादा को पूरा करना चाहिए: ग्राहक की संतुष्टि को बेहतर बनाना, लागत कम करना, समय चक्र को कम करना, उत्पादकता बढ़ाना, ग्राहक आधार को बढ़ाना और ग्राहकों की सुविधा के स्तर को उन्नत बनाना। रणनीति, जो सफलता के लिए बेहद अहम है, का अर्थ है बाजार में अनोखा बनना। इसके लिए आवश्यक है कि प्रत्येक कंपनी इस अनोखेपन को अपने नियमों और प्रारूप में आत्मसात करे। ये नियम और प्रारूप कंपनी की सूचना प्रणाली में समाहित हो जाते हैं। इस प्रकार, कस्टमाइज़्ड सॉफ़्टवेयर बनाने के लिए काफ़ी अवसर थे, हैं और रहेंगे।

हालांकि हमारे पास एक अच्छा विचार था, लेकिन उस समय भारत में विचार के लिए बाजार नहीं था। इसलिए हमें वैश्वीकरण को अपनाना पड़ा। जब हमने कंपनी की स्थापना की, तब हम जानते थे कि अंग्रेजी-भाषी लोगों की बड़ी संख्या, विश्लेषणात्मक रूप से मजबूत तकनीकी प्रतिभा और प्रोफ़ेशनलों में काम के प्रति अच्छी नैतिकता के चलते भारत के पास कस्टमाइज़्ड सॉफ़्टवेयर बनाने में वैश्विक सफलता के अनिवार्य तत्व मौजूद हैं। हमारा विचार था जी-7 देशों के ग्राहकों के लिए भारत में सॉफ़्टवेयर बनाना। हमारी एप्रोच भिन्न थी, लेकिन अनोखी कतई नहीं थी; कपड़ा और सेमीकंडक्टर जैसे उद्योगों में कंपनियां ऐसी ही रणनीति पर चल रही थीं।

चूंकि हमारे द्वारा इंफ़ोसिस को शुरू करने से पहले से ही हमारे सह-संस्थापक प्रोफ़ेशनल थे, इसलिए हम प्रोफ़ेशनलों की, प्रोफ़ेशनलों के लिए और प्रोफ़ेशनलों द्वारा चलाई जा रही कंपनी बनाना चाहते थे। इसीलिए, हमारा विश्वास था कि किसी कंपनी का पहला

कर्तव्य व्यक्ति के सम्मान और गरिमा को बनाए रखना है। पहले ही दिन से, हमने ऐसे लेनदेनों से परहेज रखा जिनमें संस्थापक-कर्मचारियों और अन्य कर्मचारियों के लाभों के बीच किसी तरह की असमानताएं हों। हमारी केंद्रीय कंपनी-परिसंपत्ति रोजाना मानसिक और शारीरिक रूप से थकी हुई वापस जाती है। यह हमारा कर्तव्य है कि यह परिसंपत्ति अगले सवेरे अच्छी तरह आराम करके, जोश और उत्साह से भरी वापस लौटे। अपने कर्मचारियों के लिए हमारा सम्मान इस विश्वास में स्पष्ट है कि इंफ़ोसिस का मार्केट कैपिटलाइजेशन शाम 5 बजे दफ़्तर के समय के बाद शून्य हो जाता है, चाहे दिन में जितना भी रहा हो।

किसी भी सफल उद्यमी प्रयोग के कामयाब होने के लिए एक मजबूत टीम का होना

आवश्यक है। ऐसी टीम अपने साथ एक दूसरे की पूरक योग्यताएं, विशेषज्ञता और अनुभव लाती है। आज, उद्यमियों का समर्थन कर रहे वेंचर पूंजीपति प्रमुख प्रतिभा नेटवर्कों से जोड़कर ऐसी टीमें बना रहे हैं। लेकिन उन दिनों में भारत में वेंचर पूंजीपति नहीं हुआ करते थे। हमें स्वयं ऐसे लोगों को जोड़ना पड़ता था जिन्हें मानव संसाधन, वित्त, रणनीति, तकनीक, प्रोजेक्ट मैनेजमेंट, सॉफ़्टवेयर डेवलपमेंट, सेल्स और मार्केटिंग का कुछ अनुभव हो। पूरक योग्यताओं के अतिरिक्त, यह भी आवश्यक है कि टीम एक समान मूल्य प्रणाली पर काम करे और प्रत्येक लेन-देन में प्रत्येक व्यक्ति की गरिमा और सम्मान को बना कर रखे। इंफ़ोसिस में दफ़्तरी संपर्क का तरीका हमेशा यह रहा है: "यदि आप मेरे साथ अशिष्ट नहीं हैं, तो आप मुझसे असहमत हो सकते हैं।"

शुरूआती दिनों में हमें भारत में बिजनेस करने के प्रयासों में जबरदस्त चुनौतियों का सामना करना पड़ा। हमें एक टेलीफ़ोन कनेक्शन लेने में एक साल लगता था, एक कंप्यूटर आयात करने के लिए लाइसेंस प्राप्त करने में दो साल और विदेश यात्रा के लिए विदेशी मुद्रा प्राप्त करने में पंद्रह दिन। इस तरह, हमारी इस मैराथन के पहले दस साल अनंत और हताशापूर्ण महसूस होते थे। हम किसी तरह अपना सिर तो पानी से ऊपर रखने में सफल रहे, लेकिन लड़खड़ाते रहे। लेकिन इन वर्षों का सकारात्मक पहलू यह रहा कि हमने परेशानियों से जूझना सीखा, और शायद हम बेहतर प्रबंधक और बेहतर इंसान बन सके। जिस ईंधन ने हमारी हिम्मत बांधे रखी थी, वह था कुछ कर दिखाने का जज़्बा। मेरा विश्वास है कि आज भी हमारे पैसे से अधिक महत्वपूर्ण हमारा जज़्बा है।

लुइस पास्चर ने एक बार कहा था, "किस्मत तैयार दिमाग़ों पर ही मेहरबान होती है।" अभी जबकि हम संघर्षरत ही थे कि इंफ़ोसिस में हम लोगों के लिए ईश्वर के वरदान के रूप में **1991** के भारत के आर्थिक सुधार आ गए। इन महत्वपूर्ण सुधारों ने—जिन्हें कई लोग **1947** में ब्रिटिश शासन से मिली राजनीतिक स्वतंत्रता की तरह आर्थिक स्वतंत्रता प्राप्त करने जैसा मानते हैं—भारतीय व्यापार के संदर्भ को राज्य-केंद्रित नियंत्रण मानसिकता से स्वतंत्र, खुले बाजार की मानसिकता में बदल दिया, कम से कम हाइ-टेक कंपनियों के लिए। इंफ़ोसिस में हमने उदारीकरण और भारतीय अर्थव्यवस्था के खुलने के सकारात्मक पक्षों का लाभ उठाया—और फिर पलटकर नहीं देखा। वास्तव में, जिस तरह इंफ़ोसिस भारतीय आर्थिक सुधारों से मिले लाभों का जीता-जागता उदाहरण बनी, उस पर मुझे गर्व है। भारतीय अनुभव का सबक उन सबके लिए स्पष्ट संदेश है जो सुनने के इच्छुक हैं: स्वतंत्र व्यापार समाज को बहुत फ़ायदा पहुंचा सकता है।

मैं पिछले बीस वर्षों में इंफ़ोसिस का प्रबंधन संभालने के दौरान सीखे कुछ सबकों का ब्योरा देना चाहूंगा। मेरा मानना है कि इनमें से अधिकतर सबक भले ही इंफ़ोसिस का अनुभव हों, लेकिन दुनिया भर की सारी छोटी-बड़ी कंपनियों पर लागू होते हैं।

अमेरिका के महान मानवाधिकार नेता डॉ. मार्टिन लूथर किंग जूनियर ने एक बार

कहा था, “इंसान के मूल्य का पता सुविधा के क्षणों में नहीं, बल्कि चुनौतियों और विवादों के समय चलता है।” एक कंपनी की मूल्य प्रणाली उसके परेशानी, उलझन और संदेह के समय, और तब जब वो नैतिक उलझन के दौर से गुजर रही हो, उसके लिए मशाल का काम करती है। मूल्य प्रणाली आत्मविश्वास और मानसिक शांति देती है, और परेशानी और मुसीबत के दौरान ऊर्जा और उत्साह को बढ़ाती है। आप अपनी मूल्य प्रणाली को कितना महत्व देते हैं, यह इस बात से प्रतिबिंबित होता है कि आप अपने विश्वासों और मान्यताओं की ख़ातिर कितना नुक़्सान उठाने को तैयार हैं। मूल्य प्रणाली के प्रति किसी की जितनी गहरी प्रतिबद्धता होगी, वह मूल्यों की रक्षा की ख़ातिर उतना ही नुक़्सान उठाने को तैयार होगा। इंफ़ोसिस में, हमारे सामने अनेक ऐसे मौके आए जब हमारे मूल्यों की कड़ी परीक्षा हुई। ऐसी घटनाएं केवल भारत में ही हमारे लेन-देन में नहीं, बल्कि अमेरिका सहित सारे विश्व में हुई। प्रत्येक मामले में, हम दृढ़ता के साथ अपने मूल्यों पर टिके रहे क्योंकि हम जानते थे कि ऐसे शॉर्टकट लेना जो हमारी नैतिकता के साथ समझौता करें, हमारे लिए आत्मघाती होंगे। इसी बात ने हमारी टीम को एकजुट बनाए रखा। इंफ़ोसिस में हमारी मूल्य प्रणाली का सार इस वाक्य में निहित है: “अगर आपकी अंतरआत्मा साफ़ है तो आप चैन की नींद सो सकते हैं।” हम लगातार इस मानक पर खरे उतरने की कोशिश में रहते हैं। हम इसी तरह काम करते हैं कि रात को शांति से सो सकें।

प्रत्येक कंपनी को अपने प्रमुख संसाधन को पहचानना और उनकी लंबी अवधि की आपूर्ति को सुनिश्चित बनाना होता है। हमारे मामले में, मानव बुद्धि, तकनीक और प्रक्रियाएं तीन प्रमुख संसाधन हैं। हम ऐसे क्षेत्र में काम करते हैं जहां ग्राहक की पसंद और तकनीक तेजी से बदलती रहती है और बिजनेस के प्रारूप, प्रतिमान और नियम जल्दी ही अप्रचलित हो जाते हैं। हमारे लिए एकमात्र अटल चीज बदलाव है। आजकल दुनिया इतनी तेजी से बदलती है कि अक्सर वह व्यक्ति जो कहता है कि कोई काम नहीं हो सकता, वह दूसरे व्यक्ति द्वारा ग़लत सिद्ध कर दिया जाता है जो पहले ही उस काम को कर रहा होता है। इंफ़ोसिस में हमारी सफलता इन बदलावों को तेजी से पहचानने, सीखने और आत्मसात करने, और उस आत्मसात किए ज्ञान का लाभ उठाकर अपने ग्राहकों को व्यावसायिक फ़ायदा पहुंचाने की हमारी योग्यता पर निर्भर करती है। हमारे लिए सीखने की योग्यता महत्वपूर्ण है। हम सीखने की योग्यता को निश्चित उदाहरणों से सामान्य अर्थ निकालने और नई, ढांचारहित परिस्थितियों में प्रयोग करने की योग्यता के रूप में परिभाषित करते हैं। हमारी कंपनी ने हमेशा ऐसे लोगों की भर्ती को अत्यंत महत्व दिया है जिनमें सीखने की उच्च्व योग्यता हो। वास्तव में, इंफ़ोसिस में एक अव्यक्त विश्वास यह है कि प्रत्येक व्यक्ति स्वयं को कहीं अधिक समझदार लोगों से घिरा रखे। ऐसा माहौल प्रतिस्पर्द्धा और आत्मविश्वास को बढ़ावा देता है, और ऊर्जा और उत्साह पैदा करता है। हम इन लोगों को अत्याधुनिक तकनीक और प्रक्रियाओं का एक मजबूत आधार देते हैं।

इंफ़ोसिस की दीर्घायुता इस पर निर्भर करती है कि हम कितनी अच्छी तरह अपने मानव संसाधन को बनाते हैं। इंफ़ोसिस जैसी ज्ञान कंपनी के लिए सबसे बड़ी चुनौती सर्वश्रेष्ठ प्रतिभा को भर्ती करना, सुयोग्य बनाना, सशक्त करना और उसे बनाए रखना है। हमने बहुत पहले ही महसूस कर लिया था कि हमें अपने कर्मचारियों के आगे सर्वश्रेष्ठ प्रस्ताव रखना होगा, जिस तरह हमने अपने ग्राहकों के साथ किया है।

नए विचारों के प्रति खुलापन, योग्यता को महत्व, गति, कल्पना और कार्यान्वयन में दक्षता एक कंपनी के पांच समय और संदर्भ के अनुसार न बदलने वाले गुण हैं। वास्तव में, कल्पना में गति सफलता का सबसे महत्वपूर्ण कारक है। इतिहास में कल्पना की इतनी महत्वपूर्ण भूमिका पहले कभी नहीं रही जितनी आज है। जैसे-जैसे पदग्राहिता की शक्ति कम होती जा रही है, कल्पना का महत्व बढ़ता जा रहा है। भविष्य की विजेता वे कंपनियां होंगी जो नवीनीकरण के ईंधन पर अतीत के गुरुत्वाकर्षण बल से बची रहेंगी। सीईओ का काम यह सुनिश्चित करना है कि कंपनी अपने काम के प्रत्येक क्षेत्र में इन पांचों गुणों को अपनाए। इसका अर्थ यह है कि प्रत्येक कंपनी को अपने लोगों को हर समय नवीनतापूर्ण बने रहने के लिए प्रोत्साहन देने होंगे। नवीनीकरण के लिए सर्वश्रेष्ठ प्रोत्साहन है व्यापक प्रसार द्वारा सक्रिय अप्रचलन। ऐसा सक्रिय कदम कंपनी को अप्रचलन को अपने नियंत्रण में रखने और उस क्षेत्र में अगुवा बने रहने में सहायक होता है। किसी कंपनी के नवीनीकरण को उसके प्रतिस्पर्द्धियों द्वारा अप्रचलित कर देना उसे आश्चर्यचकित कर देता है और वह बिना तैयारी के रह जाती है। ऐसी बिना तैयारी वाली कंपनियां खोए हुए मौकों का प्रतीक हैं और वे बची नहीं रह सकेंगी।

इतने वर्षों में हमने महसूस किया है कि हमारी अधिकतर समस्याओं का हल हमारे पास ही होता है। असफलता के लिए तर्क देना कमजोरी का प्रतीक है। जवाबदेही से बचने का सबसे आसान तरीका वास्तविकता को इल्जाम देना है। यह लोगों और राष्ट्रों को उदासीन बना देता है और निष्क्रियता को जायज ठहराता है। दूसरी ओर, नेता वास्तविकता को बदल कर वैसा बना देते हैं जैसा वे चाहते हैं।

उपलब्धि का प्रमुख ईंधन उन महत्वाकांक्षाओं से आता है जो यथापूर्व स्थिति से ऊपर होती हैं। नेतृत्व का अर्थ है अनुयायियों की महत्वाकांक्षा को ऊंचा उठाना। इसका अर्थ है लोगों का अपने अंदर विश्वास जगाना; इसका अर्थ है उन्हें आत्मविश्वासी बनाना; और इसका अर्थ है लोगों से चमत्कारिक उपलब्धियां करा लेना। नेतृत्व का अर्थ है असंभव सपने देखना और उन्हें पूरा करने में अनुयायियों की मदद करना। ऐसी उच्च महत्वाकांक्षाएं ही महान कंपनियां, महान देश और महान सभ्यताएं बनाती हैं।

नेतृत्व का सबसे अच्छा स्वरूप उदाहरण द्वारा नेतृत्व करना है। एक ज्ञान कंपनी में जिसकी प्रमुख योग्यताएं मानव बुद्धि और अवलोकन, आंकड़े जमा करने, विश्लेषण और निष्पादन की प्रक्रिया द्वारा सीखना हैं, नेताओं को अपने सिद्धांतों पर चल कर दिखाना

होगा। शब्दों और काम के बीच जरा सा भी अंतर विश्वसनीयता ख़त्म कराने में शीघ्रता करेगा। नेताओं के लिए महात्मा गांधी के इन शब्दों पर ध्यान देना अच्छा रहेगा, "अगर दूसरों में सुधार देखना चाहते हैं, तो स्वयं में सुधार लाएं।"

इस वैश्विक युग में, व्यावसायिक कार्यों पर इंटरनेट के असाधारण प्रभाव के चलते, व्यवसाय की दुनिया में नेता कहीं से भी आ सकते हैं। प्रतिस्पर्द्धा वैश्विक है, विशेषकर डिजिटल उत्पादों और सेवाओं की दुनिया में। सर्वश्रेष्ठ विचारों या व्यापार प्रारूपों का ही प्रभुत्व रहेगा, चाहे वे किसी भी देश के हों। भारत की उम्मीदों और महत्वाकांक्षाओं का दारोमदार इसी प्रतिस्पर्द्धात्मक वैश्विक प्रणाली पर है। इसमें कोई शक नहीं कि सामने बहुत सी चुनौतियां हैं, लेकिन भारत, और चीन जैसे अन्य मानव संसाधन संपन्न देश, वैश्विक ज्ञान अर्थव्यवस्था में जो भूमिका निभाएगा, उसे लेकर मैं आशावान हूं।

एक सुचालित कंपनी एक अच्छे प्रीडिक्टेबिलिटी-प्रॉफ़िटेबिलिटी-सस्टेनेबिलिटी-डी-रिस्किंग मॉडल के अनुसार चलती है। इंफ़ोसिस में हम इसे पीएसपीडी मॉडल कहते हैं। बारीकी से प्राप्त किए गए आंकड़ों के आधार पर बिक्री के लिए एक अच्छी पूर्वानुमान प्रणाली प्रत्याशितता (प्रीडिक्टेबिलिटी) सुनिश्चित करती है (यद्यपि प्रत्याशित मुनाफ़े के लिए लागत का पूर्वानुमान भी चाहिए होता है)। टिकाऊपन (सस्टेनेबिलिटी) की प्राप्ति उन जोशीले और प्रेरित सेल्स के लोगों द्वारा होती है जो सड़कों पर घूमते हैं और बिक्री संभव कराते हैं; उत्पादन के उन लोगों द्वारा होती है जो सुनिश्चित करते हैं कि गुणवत्तापूर्ण वस्तुएं ग्राहक को समय से पहुंच जाएं; और समय से बिलिंग और वसूली द्वारा होती हैं। प्रत्येक कंपनी को मजबूत बनाए रखने और यह सुनिश्चित करने के लिए उच्च मुनाफ़े (प्रॉफ़िटेबिलिटी) पर ध्यान देना चाहिए कि शेयरधारकों को अच्छे से अच्छा मुनाफ़ा मिल सके। दरअसल, एक कंपनी की लंबी अवधि की सफलता ऐसे मॉडल पर चलने में होती है जो मुनाफ़े के साथ आगे बढ़े। अंत में, कंपनी की जोखिम कम करने की सोच (डी-रिस्किंग) होनी चाहिए जो प्रत्येक आयाम में जोखिम को पहचाने, नापे और कम करे। डिग्री ऑफ़ एफ़ोर्डेबल रिस्क (डीएआर) किसी कंपनी की जोखिम सीमा का यौगिक मान है। प्रत्येक कंपनी को अपना डीएआर आंकना चाहिए, डीएआर में लगातार सुधार करना चाहिए और डीएआर की सीमाओं के अंदर काम करना चाहिए।

जोखिम कम करने के महत्व पर बल देने के बाद, मुझे तुरंत यह भी कहना होगा कि मैं आपको जोखिम उठाने से रोकना कतई नहीं चाहता हूं। जोखिम तो आपको उठाने ही चाहिए, लेकिन अच्छी तरह सोचे-समझे जोखिम उठाइए। हम जानते हैं कि कश्तियां बंदरगाह में सबसे सुरक्षित होती हैं। लेकिन वे वहां होने के लिए नहीं हैं—सर्वश्रेष्ठ कश्तियां वे होती हैं जो विशाल समुद्रों में चलें और तूफ़ानी, शक्तिशाली समुद्र का सामना करें, और फिर बंदरगाह की आरामदेह सुरक्षा में वापस लौटें।

इंफ़ोसिस के अनुभव से प्राप्त एक और सबक प्रशासन के विषय में है। कॉरपोरेट

प्रशासन प्रत्येक स्टेकहोल्डर—ग्राहक, निवेशक़, कर्मचारी, वेंडर साझेदार, सरकार और समाज—के प्रति निष्पक्षता सुनिश्चित करते हुए शेयरधारक के मूल्य को बढ़ाने पर ध्यान केंद्रित रखता है। पूंजी के स्वतंत्र बहाव के इस दौर में कंपनियों के लिए आवश्यक है कि वे कॉरपोरेट प्रशासन के उच्चतम मानकों पर चलें। अध्ययनों ने कंपनी के कॉरपोरेट प्रशासन के मानकों और उसकी पूंजी की लागत में महत्वपूर्ण संबंध दर्शाया है। इंफ़ोसिस में हमारे कॉरपोरेट प्रशासन की विचारधारा का आधार यह विश्वास है कि उन तरीकों से काम करने के बजाय जिनसे रात की नींद खो जाए, एक अरब डॉलर का नुक़्सान उठाना बेहतर है।

हमारा यह भी मानना है कि कम वादा करने और अधिक कर दिखाने की नीति होना अच्छी बात है। इसके अतिरिक्त, स्टेकहोल्डर को बुरा समाचार सक्रियता से जल्दी देना बेहतर है। यह नीति स्टेकहोल्डरों के साथ सद्भावना बनाती है। वे अच्छी तरह समझते हैं कि प्रत्येक व्यवसाय में उतार-चढ़ाव तो होते ही हैं। पर वे महत्व इस बात को देते हैं कि प्रबंधन उनसे हमेशा सच बोलता है।

शीघ्र प्रगति ऐसे माहौल में मिलती है जहां योग्यता का सम्मान किया जाए, जहां स्वस्थ प्रतिस्पर्द्धा हो और जहां पक्षपात न हों। इंफ़ोसिसियन्स में, वह नाम जिससे हम अपने कर्मचारियों को बुलाते हैं, अपने प्रतिस्पर्द्धियों के लिए सम्मान है, एक स्वस्थ घबराहट है जिसके कारण हम हमेशा तत्पर रहते हैं, और अपनी उपलब्धियों को लेकर हममें विनम्रता का भाव है। हम याद रखते हैं कि सफलता आमतौर पर क्षणभंगुर होती है। हम याद रखते हैं कि हम बस उतने ही अच्छे हैं जितने कि हमारी पिछली तिमाही के नतीजे। हमारा पूरा विश्वास है कि हम तेज दौड़ नहीं, बल्कि लंबी दौड़ दौड़ रहे हैं; और हमारी नीतियां इसे प्रतिबिंबित करती हैं।

मेरे दृढ़ विश्वासों में से एक यह है कि कंपनियों की एक महत्वपूर्ण जिम्मेदारी समाज के प्रति योगदान करना है। हालांकि कुल मिलाकर लोगों की आर्थिक हालत को बेहतर बनाने में जबरदस्त प्रगति हुई है, लेकिन दुर्भाग्य से, दुनिया के अमीरों और ग़रीबों के बीच की खाई चौड़ी ही हुई है, विशेषकर विकासशील देशों में। अगर समाज के लिए कुछ न करे, तो कोई भी कंपनी अपनी प्रगति को बनाए नहीं रख सकती। कुल मिलाकर, यदि हम प्रत्येक ग़रीब आदमी, औरत और बच्चे की आंखों से आंसू नहीं पोंछ सकते, तो मुझे नहीं लगता कि कोई भी सपना भला है।

अब मैं अपने अनुभव के आधार पर निजी सलाह के कुछ शब्द बांटना चाहूंगा। पहले तो मैं प्रत्येक परस्पर निर्वाह में भरोसेमंद होने पर जोर देना चाहूंगा। ऐसी ही बुनियादों पर महान संस्थाएं खड़ी होती हैं। दूसरे, भय स्वाभाविक है लेकिन अपने कामों को इससे नियंत्रित मत होने दीजिए। जिस प्रकार कभी-कभी भय आपके पूर्वाभास की छिपी आवाज हो सकती है जो आपको उस बात के प्रति सतर्क कर रही हो जो आपके

चेतन मस्तिष्क ने अभी नहीं देखी है, उसी तरह यह आपको अपने या दुनिया के किसी भाग की खोज करने का निमंत्रण भी हो सकता है। तीसरे, एक सहयोगपूर्ण परिवार ऐसा आधार होता है जिस पर संतुष्ट जीवन और कैरियर खड़े होते हैं। अपने लिए ऐसे लोगों का समर्थन जुटाइए जो आपकी सफलता से ख़ुश हों और जरूरत के समय आपका साथ दें। आपके पीछे ऐसा चट्टान जैसा समर्थन होगा, तो आप अपने कैरियर में कुछ भी सहन कर सकेंगे। चौथे, स्वयं पर, विशेषकर अपनी भावनाओं पर काबू पाने का ऐसा तरीका सीखिए जो दूसरों की और आपकी अपनी गरिमा का सम्मान करता हो। मैंने किसी निर्णय के गुण और अवगुणों को उससे जुड़ी भावनाओं से अलग करना अपने लिए हितप्रद पाया है। इंफ़ोसिस में, हम इसे 'सौदा-आधारित होना' कहते हैं। अंत में, अपना जीवन और कैरियर इस तरह बिताइए जो समाज के लिए हितकर हो।

मैं एक ऐसी घटना के साथ बात को समाप्त करना चाहूंगा जो मेरी स्मृति में नक़्श हो गई है। आप में से कुछ को साक्षात्कारों की वह प्रसिद्ध श्रृंखला याद होगी जो कुछ वर्ष पहले उच्च प्रतिभाशाली बिल मोयर्स ने महान अमेरिकी पुराणकथाशास्त्री और लोकसाहित्यशास्त्री जॉजेफ़ कैंपबेल के साथ की थी। जीवन के बारे में एक गहन बातचीत के दौरान, बिल मोयर्स आगे को झुके और उन्होंने जॉजेफ़ कैंपबेल से पूछा, "जो, मुझे विश्वास है कि आपने इस प्रश्न के बारे में सोचा होगा। हम पृथ्वी पर किसलिए हैं? इंसान को किस पथ का अनुसरण करना चाहिए?" जॉजेफ़ कैंपबेल मुस्कुराए और बोले, "हां, मैंने इस बारे में सोचा है और मुझे जो एकमात्र उत्तर मिला है वह यह है: अपने आनंद के पीछे चलो। बाकी सब तुम्हारे पीछे चलेगा।" मैं आपसे ऐसा ही करने को कहूंगा: अपने लिए एक अच्छा सपना चुनिए। आत्मविश्वास के साथ उसका पीछा कीजिए। ऐसा जीवन बनाइए जिस पर आने वाले वर्षों में आपको गर्व हो। लेकिन हमेशा सुनिश्चित कीजिए कि आप अपने आनंद के पीछे चलें।

□

उद्यमशीलता

अभी हाल ही में भारत में इस विचार को कुछ स्वीकृति मिलना शुरू हुई है कि ग़रीबी की समस्या को सुलझाने के लिए धन जमा करना आवश्यक है। महात्मा गांधी का सपना था कि देश के हर ग़रीब व्यक्ति की आंखों से आंसू पोंछ दें। मेरी राय में, इस सपने को पूरा करने के लिए सभी राजनीतिक दलों में निम्न बिंदुओं पर एकमत बनना जरूरी है:

1. ग़रीबी की समस्या को हम प्रयोज्य आय वाली नौकरियों के अवसर पैदा करके एवं जायज और नैतिक तरीके से नया धन कमाकर ही हल कर सकते हैं, मौजूदा धन को फिर से बांटकर नहीं।
2. ऐसे कुछ ही लोग हैं जो धन अर्जित करने के कार्य को पूरा कर सकते हैं, उसी तरह जिस तरह कुछ ही अच्छे सर्जन, प्रोफ़ेसर और वकील हैं।
3. ये लोग भी मनुष्य हैं और इन्हें भी धनार्जन करने के लिए प्रोत्साहन चाहिए।
4. सरकार का काम सिर्फ़ नौकरियों के अवसर पैदा करना और धन अर्जित करना ही नहीं है, बल्कि ऐसा माहौल बनाना भी है जिसमें ये लीडर ज़्यादा से ज़्यादा नौकरियां पैदा करने और धन अर्जित करने के लिए उत्साह पाएं।

धन कमाने वाले दो तरह के होते हैं—वे जो पिछली पीढ़ी के धन-अर्जकों से उन्हें प्राप्त हुए विद्यमान धन में ही और जोड़ते हैं और दूसरे वे जो नए सिरे से दौलत कमाते हैं। मैं दूसरी श्रेणी में आता हूं और पहली श्रेणी के बारे में मुझे बहुत ही कम जानकारी है। इसलिए मैं नए सिरे से धन कमाने के बारे में ही थोड़ा सा कहूंगा। उद्यमशीलता इस तरह के कॉरपोरेट धन के अर्जन को विचारों की शक्ति और श्रम की इक्विटी कहती है। इस तरह के मामलों में समुचित वित्तीय बल के अभाव में उद्यमी को अनजान राहों पर चलना पड़ता है और अपने लिए मार्ग बनाना पड़ता है। ये उद्यमी सिर्फ़—ख़ासकर काम के शुरुआती चरण में—नए विचारों और श्रम की इक्विटी के दम पर बाजार में नवीनताओं के अवसरों का लाभ उठाते हैं। दुनिया भर की सॉफ़्टवेयर इंडस्ट्री ऐसे सफल उद्यमियों से भरी पड़ी है। तकनीक में तीव्रगामी विकास और उसके परिणामस्वरूप होने वाले उत्पादकता लाभों ने बाजार में नवीनताओं के लिए अच्छे अवसर खोल दिए हैं और इस तरह अमेरिकी

चौदहवां अनंतरामाकृष्णन स्मृति व्याख्यान, चेन्नई, 8 फ़रवरी, 1999

सॉफ़्टवेयर इंडस्ट्री में उद्यमियों का सतत प्रवाह सुनिश्चित कर दिया है। चाहे वह माइक्रोसॉफ़्ट के बिल गेट्स हों या ऑरेकल के लैरी एलिसन, इनमें समान बातें हैं: शक्तिशाली विचार, नवीनता, शानदार दूरदृष्टि, भली-भांति सोची हुई रणनीति और त्रुटिहीन क्रियान्वयन।

बीस साल से ज़्यादा समय से मैं भारतीय सॉफ़्टवेयर इंडस्ट्री में उद्यमशीलता का अध्ययन कर रहा हूं और कुछ नतीजों पर पहुंचा हूं। **1979-81** के दौरान, दस से बारह उद्यमियों (व्यवसायियों) ने घरेलू और निर्यात बाजार में सक्रिय सॉफ़्टवेयर कंपनियां शुरू की थीं। आज, उनमें से बस एक या दो ही बची हैं, सफल हुई हैं और लगातार सफलतम पांच भारतीय सॉफ़्टवेयर एक्सपोर्ट हाउस में बनी रही हैं। इन दस-बारह कंपनियों की केस स्टडी एक अच्छी शिक्षा है। इन केस स्टडीज से हम कुछ निष्कर्ष निकाल सकते हैं और सफलता के कुछ सूत्र तय कर सकते हैं। सफल कंपनियों की शारीरिक संरचना और असफल कंपनियों का रोग-निदान सफलता के निम्न सूत्र सामने लाते हैं।

साझा दृष्टिकोण

कंपनी के संस्थापकों को एक स्पष्ट दृष्टिकोण सामने रखना होगा कि वे दीर्घ अवधि में अपनी कंपनी किस तरह की देखना चाहते हैं। यह दृष्टिकोण ऐसा होना चाहिए जो उद्यम के कॉरपोरेट लक्ष्यों और उद्यम के भीतर उद्यमियों एवं व्यवसायियों की निजी महत्वाकांक्षाओं के बीच एक स्पष्ट रूप से व्यक्त तालमेल प्रदान करे।

बाजार-योग्य विचार

जब तक आपके पास ऐसा विचार नहीं होगा, जिसकी अहमियत ग्राहक को बस एक सरल वाक्य में, ना कि जटिल या उलझे वाक्य में, नहीं बताई जा सके, तब तक आगे बढ़ने का कोई फ़ायदा नहीं है। आपके उत्पाद या सेवा को अपने उपभोक्ताओं को मौजूदा विकल्पों से एकाध लाभ ज़्यादा प्रदान करने चाहिए: क़ीमत में क़मी, समय चक्र में कमी, बेहतर उत्पादकता, बेहतर सुविधा या विस्तृत ग्राहक आधार। अधिकांश नाकामियां इस प्रमुख सिद्धांत को नजरअंदाज करने की वजह से ही होती हैं। अगर आप किस्मतवाले होंगे, तो आपका विचार बाजार में अहमियत प्रदान करके ऐसी अनिरंतरता पैदा कर सकता है जो इससे पहले कभी नहीं देखी गई होगी। नैटस्केप, कंप्यूटर, टेलीविजन और ऑटोमोबाइल विचारों की ऐसी अनिरंतरता के अच्छे उदाहरण हैं। बाजार को भी आपके विचार को स्वीकार करने और उसकी कीमत चुकाने के लिए तैयार होना चाहिए, वर्ना आपका विचार असफल रहेगा। इसलिए, सही समय का चुनाव भी बहुत अहम है।

ठोस रणनीति और लागू करने योग्य कार्य योजना

रणनीति का अर्थ है बाजार में ख़ुद को अनूठा बनाना। एक ऐसी रणनीति आधारित

योजना जो उद्यमियों के विचार के प्रतियोगितात्मक लाभों को सामने लाती है, उद्यमियों की कमजोरियों को ढकती है, वही वास्तविक होती है और स्थायित्व को सुनिश्चित करती है। इस रणनीति को कार्यान्वित करने के लिए एक वास्तविक योजना की आवश्यकता होती है, जिसमें आवश्यक संसाधन हों।

योग्य प्रबंधन की परत

अधिकांश उद्यमियों का दुखद पक्ष यह है कि वे प्रमुख रूप से विचार रखने वाले या टेक्नोक्रेट हैं और उद्योग स्थापित करने से जुड़े प्रबंधन संबंधी मुद्दों को बमुश्किल ही समझते होंगे। वस्तुत: मैं ऐसे-ऐसे उद्यमियों से मिला हूं जो बैलेंस शीट तक नहीं पढ़ सकते और सावधि ऋण और कार्य-पूंजी में भी फ़र्क नहीं कर सकते हैं। तकनीकी चुनौतियों के अलावा बाकी सब चीजें उन्हें नागवार गुजरती हैं। ऐसा रवैया जबरदस्त संकट की निश्चित विधि है। सफल उद्यम विचार, तकनीक और प्रबंधन की पूरक योग्यताओं को एक साथ लाता है। किसी उद्यम में सफलता के लिए मानवीय प्रेरकों, वित्त, नेतृत्व, तकनीक, उत्पादन, गुणवत्ता और अन्य दूसरी योग्यताओं की अच्छी समझबूझ की आवश्यकता होती है।

साझा मूल्य प्रणाली

काम शुरू करने के प्रारंभिक वर्ष त्याग, मुश्किलों और चुनौतियों से भरे होते हैं। परेशानियों, संघर्षों, मेहनत, पहुंच से दूर रहती संतुष्टि और आशा से भरे इन वर्षों में रोशनी से ज़्यादा अंधकार होता है। यहीं आपको अपनी टीम के सदस्यों के लिए सामान्य नियम और व्यवहार के सिद्धांत चाहिए होते हैं। जब आपको यह पता होता है कि आपकी टीम के सदस्य स्वीकृत नियमों का पालन कर रहे हैं, तो आप अपने उद्यम के भविष्य के प्रति विश्वास, आशा और उत्साह से भर जाते हैं। आप त्याग करने के लिए तत्पर रहते हैं क्योंकि आपको यह विश्वास होता है कि दूसरे सदस्य उनका फ़ायदा नहीं उठाएंगे। अपने लिए करणीय और अकरणीय के नियमों में छूट लेने का लालच बहुत सम्मोहक होता है, मगर विपरीत परिस्थितियों के सामने दृढ़ता से खड़े हो पाने की क्षमता ही असाधारण को साधारणों से अलग करती है। मैंने बहुत से उद्यमों को लड़खड़ाते देखा है क्योंकि उद्यमी एक साझा मूल्य प्रणाली नहीं अपना सके थे।

व्यवसायिकता

मैंने अनेक उभरते हुए उद्यमियों को अपने मालिकों की आलोचना करते और स्वयं अपनी कंपनी शुरू करने पर वही सब करते देखा है जिसके लिए वे उनकी आलोचना करते थे। अपने और कंपनी के संसाधनों के बीच एक स्पष्ट रेखा खींचना; अपने सहयोगियों के साथ सम्मानजनक और गरिमापूर्ण व्यवहार करना; शख़्सियत आधारित न होकर मुद्दे

आधारित होना; कंपनी में व्यक्ति-स्वतंत्र नियम और प्रक्रियाओं को स्थापित करना और उनका पालन करना; और अपने ग्राहकों, सहयोगियों, वेंडर-साझेदारों, सरकार एवं समाज के साथ सभी लेन-देनों में समग्रता एवं ईमानदारी दिखाना ही व्यवसायिकता है।

प्रबंधन से नियंत्रण को अलग करना

वास्तव में, उद्यमशीलता में सफल होने के लिए अगर कोई अहम मुद्दा है, तो वह प्रबंधन से नियंत्रण को अलग करना है। अमेरिका में, किसी भी उद्यमी को पता होगा कि उसका वेंचर-पूंजीपति कंपनी में अपनी शेयरधारिता से मुक्त किसी प्रबंधन ढांचे में निवेश करेगा। एक उद्यमी के नाते आपसे कहा जाएगा कि अपनी संस्था की आवश्यकताओं के अनुरूप सर्वश्रेष्ठ भूमिका निभाएं। स्टीव जॉब्स की कहानी हम सब जानते हैं कि किस तरह व्यवसायिक नेतृत्व की आवश्यकता महसूस होने पर उन्होंने जॉन स्कली को एपल का प्रमुख बनाया। आपको अपने मजबूत पहलू पहचानने चाहिए और सिर्फ़ उसी भूमिका में कंपनी में योगदान करना चाहिए। सिर्फ़ इसलिए आप बॉस नहीं बन जाते कि आपका कंपनी में कुछ ख़ास निवेश है, और जहां तक कंपनी के मामलों की बात है, यह आपको सर्वज्ञाता और सर्वशक्तिमान भी नहीं बनाता।

त्याग की भावना

कोई भी चीज तब तक नहीं बनाई जा सकती, जब तक कि, कम से कम, शुरुआती दौर में कुछ त्याग न किए जाएं। अधिकांश उद्यमी तथाकथित 'उद्योगपति सिंड्रोम' के जाल में फंस जाते हैं, प्रारंभिक वर्षों में ही बेकार की विलासिताओं पर पैसा ख़र्च करने लगते हैं और अपने उद्यम के लंबी अवधि के हितों को ख़तरे में डाल देते हैं।

पूंजी निर्माण में गर्व

मैं अनेक उद्यमियों से मिला हूं जो पूंजी कमाने को लेकर शर्मिंदा रहते हैं। भगवान के लिए, जायज और नैतिक साधनों से धन कमाने में कतई कोई बुराई नहीं है। धन कमाने और राहत कार्यों में कभी भी भ्रमित न हों। सबसे पहले आप निपुणता से धन कमाएं, और उसके बाद ही आप अपने लाभांश में से किसी राहत कार्य में दान करें।

विचारधारा, बौद्धिक अहं और उद्यम

मैंने अनेक ऐसे उदाहरण देखे हैं जब मेरे उद्यमी मित्रों ने अपने उद्यम को सिर्फ़ इसलिए ख़त्म कर दिया क्योंकि वे ग़लत विचारधारा के मार्ग पर चल पड़े थे। मिसाल के लिए, मेरे एक अच्छे मित्र को लगा कि उनकी कंपनी को भारत में कंपायलर और वर्ड प्रोसेसर का उत्पादन करना और माइक्रोसॉफ़्ट और बोरलैंड से मुकाबला करना चाहिए, हालांकि उनके सिवा सब यह जानते थे कि ऐसी रणनीति एकदम अबुद्धिमत्तापूर्ण एवं विनाशकारी होगी।

उनका कुल तर्क यह था कि हम, भारतीय, किसी से कम नहीं हैं और यह कि हमें दुनिया को दिखा देना चाहिए कि हम किसी की तुलना में बेहतर सिस्टम सॉफ़्टवेयर बना सकते हैं। जाहिर है, वे उतने सफल नहीं हो पाए जितना कि उनकी शानदार बुद्धि को उन्हें सफल होने में सक्षम बनाना चाहिए था।

आर एंड डी और आजीविका के स्रोत

किसी भी व्यापार के लिए यह सच है कि आपके उद्यम की आजीविका के स्रोत आर एंड डी (शोध एवं विकास) समेत आपकी सभी लागत को निकाल सकें। एक चुस्त उद्यम अपनी आमदनी आजीविका के स्रोत से निकालता है, कार्यान्वन की लागत चुकाता है और इस आमदनी के छोटे से प्रतिशत (आमतौर पर पांच से दस प्रतिशत) को नए आशाजनक क्षेत्रों में शोध एवं विकास कार्यों में लगाता है। इन नए क्षेत्रों में से कुछ, भविष्य में, उद्यम की आजीविका के स्रोत बन जाएंगे। मैं कुछ ऐसे उद्यमियों को जानता हूं जिन्होंने अपनी आमदनी का बड़ा हिस्सा शोध एवं विकास से निकालने की कोशिश की और, मुझे कहते हुए अफ़सोस होता है, बड़ी भारी मुश्किल में पड़ गए।

मिसाल द्वारा नेतृत्व

व्हाइट कॉलर और विशेषज्ञ प्रोफ़ेशनल्स से युक्त उद्यम में आपको मिसाल द्वारा नेतृत्व करना चाहिए। आज के प्रोफ़ेशनल व्यक्ति के पास विश्व स्तर की योग्यताएं और अवसर होते हैं, और वह इनके प्रति जागरूक भी होता है। आपके कहने और आपके करने में कहीं भी हुई कोई चूक आपके युवा सहयोगी आसानी से पकड़ सकते हैं और इससे मतभेद पैदा हो सकते हैं।

वित्त

किसी भी व्यवसाय को शुरू करने में धन बेहद महत्वपूर्ण है, क्योंकि आपको तन्ख़ाहें और बिल अदा करने होते हैं। मगर धन प्राप्त करना कोई सबसे मुश्किल संसाधन नहीं है। अगर आपके पास अच्छा विचार है, आपने अच्छी टीम गठित कर ली है और अच्छी मूल्य प्रणाली बना ली है तो वेंचर पूंजीपति आपके पीछे दौड़ेंगे।

मैं यह कहकर अपनी बात समाप्त करूंगा कि नए विचार, प्रतिभा, गति, कल्पना और क्रियान्वयन में उत्कृष्टता—किसी भी सफल उद्यम के ये पांच गुण हैं। इन गुणों से लाभ उठाने वाले ही आने वाले दशकों की गहन प्रतियोगिता में बचे रहेंगे और सफल होंगे।

□

खंड–IX

वैश्वीकरण

क्या हमें एक सपाट दुनिया की ज़रूरत है?

सबसे पहले थॉमस फ्रीडमैन ने वैश्वीकरण की शक्ति को लोकप्रिय बनाने के लिए 'सपाट दुनिया' शब्द का प्रयोग किया था। सपाट दुनिया वह दुनिया है जो वैश्वीकरण को फलने-फूलने की अनुमति देती है। यह देशों की सीमाओं से बाधित हुए बग़ैर जिस जगह सबसे सस्ती पूंजी हो, वहां से उसे हासिल करना, जिस जगह सर्वश्रेष्ठ प्रतिभा मिले, वहां से उसे लेना, सबसे योग्यता वाली जगह पर उत्पादन करना और जहां बाजार हो वहां माल बेचना है। वैश्वीकरण कोई नई चीज नहीं है। नयन चंदा ने अपनी नई पुस्तक बाउंड टुगैदर में लिखा है कि वैश्वीकरण सतत विकासशील परस्परता और परस्पर-निर्भरता की प्रक्रिया है जो हजारों साल पहले शुरू हुई थी और बढ़ी हुई गति और सुगमता के साथ आज भी जारी है।

वैश्वीकरण नौकरशाही, राजनीतिक अड़चनों या विदेशियों के प्रति अरुचि से बाधित हुए बिना हरेक देश को विश्व बाजार में पैसे के बदले बेहतरीन मूल्य के उत्पाद और सेवाएं उपलब्ध करवाने की पेशकश करता है। यह कॉरपोरेशनों को दुनिया की बेहतरीन प्रतिभाओं को रखने और दुनिया के बेहतरीन स्टॉक एक्सचेंजों में सूचीबद्ध होने का मौका देता है। एक वैश्वीकृत कॉरपोरेशन मल्टीनेशनल कॉरपोरेशन से फ़र्क होती है। मल्टीनेशनल कंपनी आमतौर पर किसी देश में सहायक कंपनी शुरू करती है, ताकि उसी देश में उत्पादन और बिक्री कर सके। दूसरी ओर, वैश्वीकृत कंपनी किसी ऐसे देश या क्षेत्र में सारे विश्व के लिए अपने उत्पाद बनाती है, जहां उत्पादन करना सबसे सस्ता होता है। एक विशिष्ट रूप से वैश्वीकृत कॉरपोरेशन में, उत्पाद का विकास वहां होता है जहां मानव प्रतिभा और नवीन खोजें सर्वश्रेष्ठ हों; उत्पादन उन देशों में बनी फ़ैक्टरियों में होता है जहां उत्पादन की लागत सबसे ज़्यादा मुनासिब होती है; और बिक्री उन देशों में होती है जहां सबसे ज़्यादा प्रयोज्य आय होती है।

मगर, हम आदर्श वैश्वीकृत दुनिया से बहुत दूर हैं। हार्वर्ड बिजनेस स्कूल में स्ट्रेटेजी के प्रोफ़ेसर पंकज घेमावत कहते हैं कि वैश्वीकरण के एक सदी के प्रयासों के बाद भी

पहला माइकल डेल याख्यान, यूनीवर्सिटी ऑफ़ टेक्सस, ऑस्टिन, 15 नवंबर, 2007

अर्थव्यवस्था के ज़्यादातर क्षेत्रों में मुख्य फ़ोकस घरेलू फ़ोकस ही रहता है। वे दर्शाते हैं कि अंतरराष्ट्रीय फ़ोन कॉल अभी भी कुल कॉल संख्या का मात्र तीन फ़ीसदी हैं, विदेशी प्रत्यक्ष निवेश कुल प्रत्यक्ष निवेश का तीन फ़ीसदी से भी कम है, और कुल पर्यटक संख्या में विदेशी पर्यटक 10 फ़ीसदी से भी कम हैं। वे निष्कर्ष निकालते हैं कि सीमारहित दुनिया बनने में हमें अभी भी बहुत वक़्त लगेगा।

मेरा अपना मानना है कि वैश्वीकरण उन उद्योगों में वाकई महत्वपूर्ण रूप से बढ़ गया है जिनमें किसी देश या क्षेत्र की किसी कॉरपोरेशन के पास विश्व बाजार में पेश करने के लिए कोई विशिष्ट और पैसा कमाने योग्य प्रतियोगितात्मक लाभ हो। उदाहरण अनेक हैं। कंप्यूटर उद्योग, निवेश बैंकिंग, हॉस्पिटैलिटी उद्योग और शिक्षा क्षेत्र प्रमुख मार्केट शेयर के स्पष्ट उदाहरण हैं, जिन्हें इन क्षेत्रों में अमेरिकी कंपनियों और विश्वविद्यालयों द्वारा स्थापित विशिष्ट प्रतियोगितात्मक लाभों और ब्रांड पोजीशनों की बदौलत अमेरिका ने विश्व बाजार में उतारा हुआ है।

मैं सपाट दुनिया की शक्ति को बढ़ाने वाले वैश्वीकृत कार्यों के कुछ उदाहरण देता हूं। रीबॉक और नाइक ऐसी कॉरपोरेशनों के अच्छे उदाहरण हैं। अस्सी के दशक के प्रारंभिक वर्षों के दौरान, आधुनिक स्पोटर्स शूज के इन अगुवाओं ने विकसित बाजारों में इन जूतों के विशाल बाजार की संभावना, और ताइवान एवं दक्षिण कोरिया जैसे देशों में लागत में जबरदस्त कमी, गुणवत्ता और श्रम उत्पादकता को समझा। अत्याधुनिक स्पोटर्स शूज डिजाइन करने के लिए उन्होंने अमेरिका और यूरोप के विशेषज्ञ डिजाइनर रखे, एशियाई देशों में उन्हें उत्पादित किया, शक्तिशाली ब्रांड बनाने के लिए जी-7 देशों के ब्रांड विशेषज्ञ और स्टार ब्रांड एंबैस्डर रखे, और बड़ी भारी बिक्री दर्ज की। नतीजे में ग्राहकों को भारी फ़ायदा हुआ, क्योंकि उन्हें मौजूदा कीमतों से कम में विश्व स्तर के जूते मिल रहे थे।

दूसरा उदाहरण मेरी अपनी कंपनी इंफ़ोसिस है। **1981** में, हमने देखा कि विकसित देशों में सॉफ़्टवेयर की मांग आकाश छुएगी और यह होगा हार्डवेयर की कीमत में कमी आने और सस्ते सॉफ़्टवेयर इंजनों की उपलब्धता की बदौलत, जो मिनीकंप्यूटरों और सुपर-मिनीकंप्यूटरों पर मजबूत ऑनलाइन ट्रांजैक्शन प्रक्रिया को समर्थन देगी। इसी के साथ, हमने विकसित देशों में योग्यता की भी बड़ी भारी कमी देखी। साथ ही, लगभग हर क्लाइंट ने हमें अधिकांश सॉफ़्टवेयर प्रोजेक्टों में लागत और समय के अतिक्रमण और सॉफ़्टवेयर विकास के प्रति इंजीनियरिंग अनुशासन लाने की अपनी इच्छा के बारे में बताया। भारत में होने के कारण हमें बेहद प्रतियोगी कीमत पर उत्कृष्ट कार्यगत नैतिकता से युक्त और तकनीकी तौर पर प्रशिक्षित प्रतिभाओं का बहुत बड़ा भंडार मिल गया। इसने ग्लोबल डिलीवरी मॉडल के निर्माण की नींव रखी, एक ऐसा मॉडल जो सहयोगात्मक सॉफ़्टवेयर विकास पर आधारित था। इस मॉडल में, ग्राहक से गहन संवाद पर आधारित

20 से **25** फ़ीसदी काम ग्राहक के स्थान पर या उसके पास ही प्रदान किया जाता है, और शेष **75** से **80** फ़ीसदी काम ग्राहक से मामूली या बिना किसी संपर्क के, भारत और चीन जैसे देशों में स्तरीय, प्रतिभा-संपन्न, तकनीक आधारित, प्रक्रिया चालित, और प्रतियोगी लागत वाले विकास केंद्रों पर पूरा किया जाता है। यह मॉडल मौजूदा कीमत से बहुत कम पर बेहतरीन क्वालिटी के सॉफ़्टवेयर उपलब्ध करवाता है। सबसे महत्वपूर्ण, इन प्रोजेक्टों में से **95** फ़ीसदी से ज़्यादा समय पर और बजट के भीतर पूरे हो गए, जबकि इससे पहले औसत मात्र **45** फ़ीसदी प्रोजेक्टों का था। हमारे ग्राहकों के लिए यह असली सफलता थी।

वैश्वीकरण का सबसे ज़्यादा ध्यान खींचने वाला एक पक्ष आउटसोर्सिंग है, यानी सेवाओं का वैश्वीकरण, जिन्हें विदेशों से प्रदान किया जाता है। आउटसोर्सिंग के पक्ष और विपक्ष में अनेक जोरदार दलीलें दी गई हैं। सिद्धांत और साथ ही डेटा ने भी दिखाया है कि आउटसोर्सिंग से एक देश और उसकी जनता को फ़ायदा होता है, और यह भी कि यह वेतन में कटौती या रोजगार खोने की वजह नहीं है। अर्थशास्त्री पॉल क्रुगमैन और रॉबर्ट लॉरेंस का कहना है कि बढ़ा हुआ व्यापार वास्तविक आमदनी पर प्रभाव नहीं डालता और यह भी कि कम वेतन पाने वाले अमेरिकी कामगार विदेशी व्यापार और प्रतियोगिता की वजह से हानि नहीं उठाते हैं। डेविड रिकार्डो के अनुसार, भले ही कोई देश दूसरे देश की अपेक्षा ज़्यादा दक्षता से हर चीज का उत्पादन कर ले, तो भी जिस वस्तु के उत्पादन और अन्य देशों से उसके व्यापार में वह सर्वश्रेष्ठ है, उसमें विशेषज्ञता हासिल करके वह कहीं अधिक लाभ कमाएगा। हेक्शर-ओहलिन नियम कहता है कि एक पूंजी-बहुल देश पूंजी-प्रबल वस्तुओं का निर्यात करेगा जबकि एक श्रम-बहुल देश श्रम-प्रबल वस्तुओं का निर्यात करेगा। वास्तव में, मैकिंसी की रिसर्च दर्शाती है कि अमेरिकी कॉरपोरेशनों और उनके निवेशकों ने भारत से आईटी सेवाएं आउटसोर्स करके वाकई लाभ अर्जित किया है।

सपाट दुनिया के क्या लाभ हैं? क्या यह विश्व व्यापार के रोगों के लिए रामबाण है जैसा कि वैश्वीकरण के समर्थक वकालत करते हैं, या यह उतनी ही बुरी है जितनी कि अनेक पत्रकार, विशेष हित समूह और मानवाधिकार संस्थाएं दावा करती हैं? पहले मैं कुछ लाभ गिनाऊंगा, फिर कुछ चिंताओं के बारे में बताऊंगा और अंत में चर्चा करूंगा कि किस तरह हम इन चिंताओं में से कुछ से निबट सकते हैं।

सबसे पहले तो, एक सपाट दुनिया स्पष्ट रूप से विश्व के बुद्धिजीवी वर्ग को सब जगह कॉरपोरेशनों की नवीन खोजों की शक्ति को बढ़ाने की दिशा में प्रवृत्त करने का एक शक्तिशाली मंच है। अपनी विशाल जनसंख्या और उच्च तकनीकी शिक्षा पर अपने फ़ोकस की बदौलत भारत और चीन तकनीकी प्रतिभा के भंडार बन गए हैं। हर साल, चीन **600,000** इंजीनियर बनाता है, जबकि भारत **450,000** इंजीनियर बनाता है।

इसकी तुलना में अमेरिका हर साल बस 70,000 इंजीनियर ही बनाता है। परिणामस्वरूप विश्व की अनेक कॉरपोरेशनों ने इस विश्व प्रतिभा को इस्तेमाल करने के महत्व को समझा। मिसाल के लिए, जनरल इलेक्ट्रिक (जीई) ने अपने किस्म की सबसे बड़ी आर एंड डी लैबोरेट्री अमेरिका से बाहर बंगलौर में स्थापित की है; 1000 से ज़्यादा रिसर्चर इस संस्थान से दिए जाने वाले अत्यधिक विकसित उपायों पर काम करते हैं। माइक्रोसॉफ़्ट ने चीन और भारत में आर एंड डी संस्थान स्थापित किए हैं। सिस्को सिस्टम्स, जीई, आई बीएम, इन्टेल, टेक्सस इंस्ट्रुमेंटस और मोटोरोला जैसी अमेरिकी फ़र्मों की भारतीय इकाइयों ने सिर्फ़ 2004 में 1000 से ज़्यादा पेटेंट दर्ज किए थे। फ़ोर्ड और बोइंग जैसी मेन्युफ़ैक्चरिंग फ़र्म अपनी विश्व आपूर्ति श्रृंखला और आर एंड डी के लिए भारत को अहम मानती हैं। अनेक उभरते हुए देशों में उच्च शिक्षित प्रतिभाओं का विशाल भंडार है जो अमेरिका और पश्चिम की विशाल कॉरपोरेशनों का परिमाण बढ़ा सकता है।

दूसरे, पश्चिम की जनसांख्यिकी में अगले पच्चीस सालों में बुजुर्गों की एक बड़ी तादाद हो जाएगी। परिणामस्वरूप, वहां मूलभूत सेवाओं के लिए भी श्रमिकों की कमी हो सकती है। मिसाल के लिए, अमेरिका की जनसंख्या में पैंसठ और उससे अधिक आयु के लोगों की तादाद 2003 के 10.7 फ़ीसदी से बढ़कर 2015 में लगभग 14 फ़ीसदी हो जाने का अनुमान है। वर्तमान में, बेबी बूमर (1946-1965 के दौरान शिशु जन्म दर में आई जबरदस्त तेजी के समय में जन्मे व्यक्ति) ही कुल अमेरिकी जनसंख्या के लगभग 27 फ़ीसदी का प्रतिनिधित्व करते हैं और लगभग आधा अमेरिकी उपभोक्ता व्यय उन्हीं के कारण है। इसके अतिरिक्त, अवकाश प्राप्त लोगों को बेहद उचित कीमतों पर सेवाएं चाहिए होंगी, क्योंकि अवकाश प्राप्त करने के बाद उनकी व्यय करने योग्य आय कम हो जाएगी। भारत जैसे देश, जिन्हें जनसांख्यिकीय लाभ प्राप्त है, दूर से ही और अमेरिका के मुकाबले बहुत ही कम कीमत पर अनेक ऐसी सेवाएं—अकाउंटिंग, कानूनी सेवाएं, कर-परामर्श, यात्रा एवं होटल बुकिंग, मेडीकल अपॉइंटमेंट और मेडीकल विश्लेषण—प्रदान कर सकते हैं।

तीसरे, वैश्वीकरण कॉरपोरेशनों की प्रतियोगितात्मकता को बढ़ाता है। अमेरिका जैसे प्रतियोगी बाजार में कॉरपोरेशन लगातार अपनी योग्यता बढ़ाने के लिए, लागत में कटौती करने और अपने उत्पाद की कीमतें कम करने पर मजबूर हो जाती हैं ताकि बाजार के बड़े हिस्से को ले सकें। यह तभी संभव है जब कॉरपोरेशन अपने कुछ कामों को कम महंगे क्षेत्रों में भेजकर सपाट दुनिया की शक्ति का लाभ उठा सकेंगी। इस तरह की प्रतियोगितात्मक स्थिति अख़्तियार करने के लिए समय चक्र में कमी लाने और उत्पादकता को सुधारने की जरूरत है। इन कमियों और सुधारों को पाने का एक तरीका अमेरिका के काम करने के समय और भारत और चीन जैसे देशों—जो कि दुनिया के दूसरे सिरे पर हैं और जहां बहुतायत में निपुण प्रोफ़ेशनल हैं—के काम करने के समयों को जोड़कर चौबीस

घंटे के कार्यदिवस की शक्ति का इस्तेमाल करना है। ऐसी पहल अमेरिकी कंपनियों के लाभ को बढ़ाती है जिससे वे और अधिक अमेरिकी श्रमिकों को रख सकती हैं, उन्हें बेहतर पारिश्रमिक दे सकती हैं और आर एंड डी में ज़्यादा निवेश कर सकती हैं। इस प्रकार यह कंपनियों, स्थानीय श्रम दल और व्यापार में सम्मिलित देशों के लिए विशुद्ध लाभ की बात है।

चौथे, वैश्वीकरण एक देश को अपनी आपूर्ति चुनौतियों को पूरा करने में मदद देता है। विकसित बाजारों में नवीन खोजों पर जबरदस्त फ़ोकस की वजह से अमेरिका में प्रतिभा-संपन्न व्यवसायियों की बहुत मांग है। अपनी दुनिया को पीछे छोड़ने वाली प्रतिभा की वजह से अमेरिका हमेशा से ही नवीन खोजों में आगे रहा है। मगर, सामान्य रूप से इंजीनियरिंग के अधिकांश क्षेत्रों, और विशेष रूप से कंप्यूटर साइंस में व्यवसायियों की भारी कमी रही है। मुझे बताया गया है कि अमेरिका में कंप्यूटर साइंस में प्रवेश **2001** के **52,196** से **2005** में **48,046** रह गया था। दिलचस्प बात यह है कि प्रवेश पाने वाले छात्रों में से **40** फ़ीसदी विदेशी हैं, ख़ासकर भारत और चीन के। वास्तव में, अमेरिका में कुल छात्र वीसाओं में से **44** फ़ीसदी से ज़्यादा एशियाई छात्रों के होते हैं। डेटा दर्शाते हैं कि ऐसे देशांतरण से अमेरिका को बहुत फ़ायदा हुआ है—विश्व बैंक के अध्ययन में लिखा गया है कि अमेरिका के श्रमिक बल में हिस्सेदारी के रूप में प्रशिक्षित आप्रवासियों में **10** फ़ीसदी की बढ़ोत्तरी होने से भावी पेटेंट याचिकाओं में **0.8** फ़ीसदी और यूनीवर्सिटी की पेटेंट ग्रांट में **1.3** फ़ीसदी की वृद्धि होने का अनुमान है। अमेरिका के अनेक नामी-गिरामी कॉरपोरेट लीडरों ने बार-बार कहा है कि देश में सकारात्मक आप्रवासन नीतियां होनी चाहिए ताकि स्थानीय कंपनियां, ख़ासकर तकनीकी फ़र्में, अपनी प्रतियोगितात्मक क्षमताओं को बनाए रखने और बढ़ाने योग्य होने के लिए विदेशी छात्रों को रोकने में सक्षम हो सकें।

यह देखते हुए कि प्रतिभा प्रदाता इन देशों में जीवन स्तर में सुधार हो रहा है और रिसर्च के उनके अपने अवसरों में सुधार हो रहा है, यह मुमकिन है कि इनमें से बहुत से सुयोग्य लोग अपने जन्मस्थान को लौट जाएं। अगर अमेरिकी कंपनियों को इनकी विशेषज्ञता से लाभ उठाना है, तो अपना कुछ उन्नत काम इन देशों से आउटसोर्स करना जरूरी है।

पांचवे, वैश्वीकरण बाजार का भौगोलिक रूप से विस्तार करता है। भोजन, कपड़े और ऑटोमोबाइल जैसे परंपरागत उत्पादों वाली अधिकांश कंपनियों ने विकसित राष्ट्रों के बाजारों को परिपक्व और वृद्धि दर को धीमा पाया। इसलिए वे उभरते हुए बाजारों पर ध्यान देने लगीं। सपाट दुनिया द्वारा पेश किए गए अवसरों ने इन देशों की क्रय शक्ति बढ़ा दी है, जिससे ये बाजार अहम हो गए हैं। मिसाल के लिए, भारत और चीन ऑटो और एयरलाइन उद्योग के लिए सबसे तेजी से बढ़ते बाजारों में से हैं।

प्राइसवाटरहाउसकूपर्स की हाल की एक रिपोर्ट कहती है कि बीआरआईसी देश—ब्राजील, रूस, इंडिया और चीन—विश्व के अनुमानित हल्के वाहनों के संगठन के लिए **40** फ़ीसदी से ज़्यादा की वृद्धि के लिए उत्तरदायी होंगे और **2005** से **20** तक के बीच विश्व क्षमता विस्तार के लिए उद्योग की **52** फ़ीसदी की भविष्यवाणी का प्रतिनिधित्व करेंगे। इस प्रकार इन देशों के कुछ सेक्टरों में आउटसोर्सिंग का अवसर देने से कंपनियों के लिए अमेरिका जैसे विकसित देशों में अन्य क्षेत्रों में जबरदस्त मौके खुल जाएंगे। यह भी सबके लिए विशुद्ध लाभ की बात है।

छठे, एक शांतिपूर्ण संसार के लिए सपाट दुनिया एक आवश्यक प्रतिमान है। यह माना जाता है कि आज जो हम गुस्सा, हिंसा और आतंकवाद देखते हैं, वह अमीरों और ग़रीबों के बीच मौजूद विशाल आर्थिक दरार की वजह से है। इस दरार को कम करने का एक सुनिश्चित तरीका है ग़रीब दुनिया को व्यापारिक साझेदार बनाकर उसे मुख्यधारा में लाने पर ध्यान देना, ताकि यह दोनों के लिए लाभ का प्रस्ताव हो सके। अंतरराष्ट्रीय व्यापार द्वारा जीवन की गुणवत्ता को सुधारने पर ध्यान देने वाली दुनिया शांतिपूर्ण दुनिया ही हो सकती है। बहुआयामी व्यापारिक प्रणाली की बदौलत वैचारिक मतभेद कमजोर पड़ जाते हैं। एक बार दो देशों के बीच संबंधों का फ़ोकस व्यापार बन जाता है, तो किसी भी तरह के भौगोलिक-राजनीतिक मतभेद शांतिपूर्वक हल किया जा पाना मुमकिन होगा, क्योंकि कोई भी नेता व्यापार को खोना और अपनी जनता की आर्थिक ख़ुशहाली को कम नहीं करना चाहेगा।

सपाट दुनिया की घटना के लाभों की चर्चा करने के बाद अब मैं सपाट दुनिया के बारे में अमेरिका जैसे देशों में व्यक्त की गई चिंताओं पर बात करूंगा।

स्पष्ट तौर पर, पहली चिंता तो लघु अवधि में कुछ नौकरियां खोने की है। आलोचक तर्क करते हैं कि वैश्वीकरण आउटसोर्सिंग और आप्रवासन का पक्षधर है, और इन दोनों की वजह से ही नौकरियां जाती हैं और वेतन कम होता है। निश्चय ही ये महत्वपूर्ण दृष्टिकोण हैं। रॉबर्ट फ़्रीनस्ट्रा और गॉर्डन हैन्सन ने अमेरिकी मेन्युफ़ैक्चरिंग फ़र्मों पर श्रम-प्रबल घटकों की आउटसोर्सिंग के प्रभावों का परीक्षण किया। उन्होंने यह निष्कर्ष निकाला कि आउटसोर्सिंग ने अमेरिकी कामगारों की वास्तविक तनख़ाह बढ़ाई थी। आप्रवासन का मुद्दा लें। फ़िलिप लीग्रेन ने अपनी नई पुस्तक इमिग्रैंट्स में लिखा है कि लचीली उन्नत अर्थव्यवस्थाएं अपने देसी कामकारों पर बिना कोई आर्थिक बोझ डाले बड़ी तादाद में आप्रवासियों को आत्मसात कर सकती हैं, अगर आगमन यथोचित रूप से प्रत्याशित हो, और अगर अप्रत्याशित हो तो बस कुछ समय के लिए उन पर बोझ पड़ता है। लीग्रेन देखते हैं कि किस तरह लंदन, न्यूयॉर्क और टोरंटो ने आप्रवासियों की विविधता से लाभ उठाया है। अनेक अध्ययनों को उद्धृत करते हुए लीग्रेन यह भी निष्कर्ष निकालते हैं कि आप्रवासियों का तांता देसी कामगारों के तनख़ाह या उनके

रोजगार के अवसरों को या तो कतई नहीं या मामूली सा नुक़्सान पहुंचाता है।

मेरा दृष्टिकोण है कि अगर हम मध्य अवधि में एक बड़ी तादाद में लोगों के लिए नए अवसर बनाना चाहते हैं और एक बड़ी तादाद में उपभोक्ताओं को पैसे की बेहतर कीमत प्रदान करना चाहते हैं, तो लघु अवधि में नौकरियां खोना अनिवार्य है। मैं एक उदाहरण देता हूं। कुछ साल पहले, ऑस्ट्रेलिया में कुछ पत्रकारों ने मुझसे ऑस्ट्रेलिया में नौकरियां कम होने पर मेरी राय जाननी चाही थी। मैंने भारत का उदाहरण दिया और बताया कि कैसे मल्टीनेशनल कंपनियों के आने ने बृहद स्तर पर उपभोक्ताओं को लाभ पहुंचाया, भले ही कुछ समय के लिए रोजगार के अवसर कुछ कम हुए हों। मैंने कहा कि थोड़ी सी नौकरियों की कीमत पर मैं कभी भी बहुसंख्यक लोगों के फ़ायदे को ही स्वीकार करूंगा, वे नौकरियां भी थोड़े से समय में पुनर्वितरित हो जाएंगी। कुछ उदाहरणों से मैं अपनी बात स्पष्ट करता हूं।

मेरे घर में, मेरे पुराने, शानदार भारतीय रेफ्रिजरेटर को एक दक्षिण कोरियाई कंपनी के चमचमाते नए फ्रिज से बदल दिया गया। इससे भारत में कुछ रोजगारों का नुक़्सान हुआ होगा, क्योंकि नए फ्रिज के अनेक पुर्जे दक्षिण कोरिया से आयात किए गए थे। मगर, जब सैम्संग, एलजी, इलेक्ट्रोलक्स और व्हर्लपूल जैसी दक्षिण कोरियाई और पश्चिमी

फ़र्मों ने भारत में मेन्युफ़ैक्चरिंग शुरू की और स्थानीय बाजार से पुर्जे लेने शुरू किए, तो उन्होंने पहले खोए रोजगारों से ज़्यादा रोजगार के अवसर पैदा कर दिए।

अपने दफ़्तर जाने के लिए मैं टोयोटा कार इस्तेमाल करता हूं। टोयोटा, हौंडा, जीएम, फ़ोर्ड, सुजूकी और ह्यूंडै जैसी कंपनियों के आने से पहले भारत में कार-निर्माता फ़र्में बहुत ही कम थीं। इन ऑटो दिग्गजों के आने से पहले भारत में कारों की क्वालिटी बहुत घटिया थी। जब वैश्विक ऑटो दिग्गजों ने भारत में विस्तार करना शुरू किया, तो भारतीय कंपनियों ने बड़ा भारी नुक़्सान दर्ज किया और उनमें से कुछ को तो बंद होने पर मजबूर होना पड़ा। इसका नतीजा नौकरियां खोना हुआ। इस बीच, वैश्विक दिग्गजों ने कार बाजार का विस्तार किया और अब भारत दुनिया के तेजी से बढ़ते कार बाजार में शामिल हो गया है। इसका परिणाम यह हुआ कि ऑटो पार्ट उद्योग में तीव्र वृद्धि हुई जिससे इस क्षेत्र में रोजगार के अवसरों में भारी बढ़ोत्तरी हुई।

इलेक्ट्रोनिक उपकरण और कंप्यूटर हार्डवेयर उद्योग के मामले में भी यही हुआ। मैं अपने दफ़्तर में डैल का कंप्यूटर इस्तेमाल करता हूं। हमारे अपने कंप्यूटर निर्माता भी थे, बहुत अच्छे तो नहीं थे, मगर उन्होंने बहुत रोजगार के बहुत अवसर पैदा किए थे। ये नौकरियां नहीं रहीं क्योंकि आज अधिकांश कंप्यूटर और लैपटॉप भारत में आयात होते हैं। फ़िलहाल, फ़्लेक्सट्रॉनिक्स, डैल और नोकिया के निर्माण स्थल भारत में हैं और इन्होंने भारत में सैकड़ों नई नौकरियां पैदा की हैं। हालांकि पुरानी और अक्षम घरेलू कंपनियों के बंद होने से भारत ने लगभग **30** से **40** लाख नौकरियां गंवाई, मगर देश ने कम से कम

ऐसी नौकरियों से लगभग तीन गुणा नए अवसर ईजाद किए हैं, और यह इन नई मल्टीनेशनल कंपनियों की बदौलत हुआ है। इस प्रकार, **30-40** लाख नौकरियां छोटी सी अवधि के लिए खोई थीं, मगर देश ने **30** से **40** करोड़ उपभोक्ताओं का लाभ कमाया। मगर, जो लोग बेरोजगार हुए, हमें उन्हें नए अवसर प्रदान करने चाहिए। सौभाग्य से, यह हुआ भी है। हाल ही में सामने आई ओईसीडी की रिपोर्ट कहती है कि वैश्वीकरण की बदौलत भारत हर साल **1.1** करोड़ से ज़्यादा नौकरियां जोड़ता है।

अमेरिका के मामले में, रोजगार बाजार ने ख़ुद को सकारात्मक रूप से ढाल लिया है। हाल ही के एक भाषण में फ़ेडर रिजर्व बोर्ड के चेयरमैन बेन एस. बर्नान्के ने कहा था कि अमेरिकी रोजगार बाजार में एक 'सकारात्मक मंथन' का नतीजा उच्च वेतन वाली नौकरियों के रूप में दिखा है। उनके अनुसार, पिछले एक दशक से ज़्यादा समय में, अमेरिका में हर साल निजी क्षेत्र की करीब **1.6** करोड़ नौकरियां ख़त्म होती रही हैं, जबकि **1.7** करोड़ से ज़्यादा नई नौकरियां हर साल वजूद में आईं। प्रोफ़ेसर लॉरी क्लेत्जर द्वारा किया एक और अध्ययन इसकी पुष्टि करता है। क्लेत्जर ने तीन तरह के निर्माण उद्योगों का परीक्षण किया और **1979** से **1994** के दौरान निर्यात में भागीदारी में हुए बदलावों के आधार पर उन्हें निम्न, मध्य और उच्च निर्यात प्रतियोगियों के रूप में वर्गीकृत किया। उद्योगों के तीनों समूहों में करीब दो-तिहाई लोग ऐसे थे जिन्हें पहले नौकरियों से निकाला गया था, मगर दो साल के भीतर ही फिर नौकरी मिल गई थी, और उस समूह में लगभग आधे लोग नई नौकरी में कमोबेश अपनी पिछली नौकरी के बराबर या उससे ज़्यादा ही तन्ख़ाह पा रहे थे।

दूसरी चिंता है कि वैश्वीकरण और आउटसोर्सिंग के नतीजे में विकसित देशों के लोगों की जीवनशैली की गुणवत्ता में कमी आ सकती है। हम अमेरिका के ही प्रति व्यक्ति सकल घरेलू उत्पाद के डेटा को देखते हैं। इकोनॉमिक पॉलिस इंस्टीट्यूट द्वारा हाल ही में प्रकाशित एक पेपर के अनुसार, चीन के साथ अमेरिकी व्यापार ने इतने उत्पादन को ख़त्म कर दिया जो कि **1997** से **2006** के बीच **2,166,000** अमेरिकी नौकरियों को जीविका दे सकता था। मगर, उसी अवधि के दौरान, अमेरिका का प्रति व्यक्ति सकल घरेलू उत्पाद **1997** के **31,011** डॉलर से बढ़कर **2006** में लगभग **43,500** डॉलर हो गया था। ऐसा इसलिए हुआ क्योंकि अमेरिकी कंपनियों ने मूल्य श्रृंखला को आगे बढ़ाने के लिए नई खोजों का इस्तेमाल किया और नए उत्पाद एवं सेवाएं उत्पन्न कीं जो कि दूसरे देश नहीं कर सके हैं। अमेरिका उच्चतर उत्पादकता या प्रति व्यक्ति उच्चतर आय के साथ अनेक अत्याधुनिक और नए उत्पादों को निर्यात करने में सक्षम रहा है। इसकी तुलना में, चीन या भारत से निर्यात हुए उत्पादों की प्रति कर्मचारी विक्रय आय बहुत कम रही है। अमेरिका इस क्षेत्र में हमेशा से लीडर रहा है और प्रति कर्मचारी उच्चतर बिक्री के मामले में श्रृंखला को आगे बढ़ाना जारी रखेगा।

दुनिया के सपाट होने के कारण अमेरिका में आई अस्थायी बेरोजगारी का हल क्या है? प्रसिद्ध अर्थशास्त्री पॉल सैम्युल्सन ने भी इसके साथ आने वाली संभावित बेरोजगारी के बारे में चेतावनी दी है। इसे रोकने के लिए, कार्यबल में शामिल होने वाले लोगों को सबसे पहले तो बदलती मांगों के साथ तालमेल बिठाने की जानकारी होनी चाहिए। इसे संभव बनाने के लिए उन्हें उद्योगोन्मुख शिक्षा और प्रशिक्षण दिया जाना चाहिए। दूसरे, श्रम बल के मौजूदा योग्यता स्तरों को सुधारना होगा। मैं समझता हूं कि ट्रेड एडजस्टमेंट प्रोग्राम, जो तीस महीने तक रोजगार प्रशिक्षण, आमदनी में मदद और स्वास्थ्य बीमा मदद देने की पेशकश करता है, इस दिशा में पहले ही ध्यान दे रहा है।

जाने-माने मुक्त बाजार के अर्थशास्त्री जगदीश भगवती के शब्दों को याद रखना समीचीन होगा, जिन्होंने तर्क दिया है कि विश्व व्यापार में अमेरिका हमेशा अपनी उच्चता कायम रखेगा और अगर उच्च शिक्षा, नवीन खोजों एवं बेहतरीन और जहीन प्रतिभाओं को अपनी ओर आकर्षित करने के लिए योग्यता आधारित आप्रवासन नीति पर ध्यान देगा, तो अपनी समृद्धि को बनाए रखेगा। उनका कहना है कि अमेरिका काफ़ी हद तक लचीला, सुदृढ़ और नवीनताओं से युक्त समाज है और यह कि अमेरिकी अर्थव्यवस्था के उतार-चढ़ाव उच्चतर वेतन की नौकरियां ही उत्पन्न करेंगे।

अंत में, मैं फिर कहूंगा कि हमें सपाट दुनिया की जरूरत है क्योंकि यह मुक्त व्यापार में अमेरिका के विश्वासों को बाकी दुनिया में फैलाती है; यह दुनिया भर के उपभोक्ताओं को लाभ पहुंचाती है; यह एक ऐसी दुनिया को बनाने में मदद करती है जहां सबके लिए बेहतर अवसर हों; और आख़िर में, यह आतंकवाद को त्यागकर और एक शांतिपूर्ण विश्व बनाकर विश्व व्यापार को फ़ोकस में लाती है। अमेरिका का जबरदस्त प्रशंसक होने के नाते, मैं अत्यंत आशावान हूं कि यह देश इस सपाट दुनिया में अपनी वैज्ञानिक और तकनीकी खोजों के जरिए समृद्धि में निर्विवाद लीडर बना रहेगा।

□

भारत के लिए वैश्वीकरण को कारगर बनाना

आज हम एक ऐसी दुनिया में रहते हैं जहां हर वह राष्ट्र जिसके पास योगदान के लिए कुछ है, वह न सिर्फ़ अपने देश के, बल्कि दुनिया भर के—अमीर-ग़रीब, सशक्त-कमजोर, शिक्षित और कम शिक्षित—लोगों की जिंदगी में सुधार ला सकता है। पिछले दो सौ साल में पहले कभी विकासशील देशों को आज की भांति नजरों में आने का मौका नहीं मिला था। वास्तव में, वर्तमान में, क्रय क्षमता की समानता के आधार पर आंका गया दुनिया का आधे से अधिक सकल घरेलू उत्पाद विकासशील देशों द्वारा उत्पन्न किया जाता है। अमेरिका के ला गार्डिया एयरपोर्ट से इथका जाने वाले यात्री ब्राजील से इंब्रेयर उड़ान लेते हैं; जानी-मानी वाल स्ट्रीट कंपनियां भारतीय सॉफ़्टवेयर इंजीनियरों द्वारा बनाए हार्टबीट सिस्टम का प्रयोग करती हैं; भारतीय कंपनियों और इन्टेल, सिस्को और टेक्सस इंस्ट्रुमेंट्स जैसी कंपनियों की भारतीय इकाइयों ने सिर्फ़ **2004** में ही अमेरिकी पेटेंट ऑफ़िस में हजार से भी ज़्यादा पेटेंट याचिकाएं दर्ज की थीं; और चीन में निर्मित आईपॉड जैसे अत्याधुनिक इलेक्ट्रोनिक उपकरणों ने अमेरिका में बेस्ट बाइ की शेल्फ़ों को भरा है। वैश्विक एकीकरण और वैश्विक अर्थव्यवस्था में विकासशील दुनिया के योगदान के ये बेहतरीन उदाहरण हैं।

वैश्वीकरण क्या है? मैं इसे दो स्तरों पर परिभाषित करूंगा। मोटे तौर पर, यह विश्व भर में पूंजी, सेवाओं, वस्तुओं और श्रम का टकराव रहित प्रवाह है। यह विश्व स्तर पर विचारों, ज्ञान और संस्कृति को बांटना भी है। यह ग़रीबी, एड्स, आतंकवाद और विश्व के बढ़ते तापमान जैसे वैश्विक मुद्दों से निबटने के प्रति एक साझा फ़िक्र और योजना बनाना भी है। थॉमस फ्रीडमैन ने इसे 'सपाट दुनिया' कहा है, मगर मैं इसे 'वैश्वीकृत दुनिया' कहता हूं। माइक्रोइकोनॉमिक या फ़र्म के स्तर पर, यह देशों की सीमाओं से बाधित हुए बग़ैर जिस जगह सबसे सस्ती पूंजी हो, वहां से उसे हासिल करना, जिस जगह सर्वश्रेष्ठ प्रतिभा मिले, वहां से उसे लेना, सबसे योग्यता वाली जगह पर उत्पादन करना और जहां बाजार हो वहां माल बेचना है। इंफ़ोसिस, आईबीएम और नाइकी फ़र्म स्तर पर वैश्वीकरण

चौथा नानी पालकीवाला व्याख्यान, मुंबई, **15** जनवरी, **2007**

के बेहतरीन उदाहरण हैं।

नोबेल पुरस्कार विजेता अर्थशास्त्री जोजेफ़ स्टिग्लिट्ज वैश्वीकरण के विशेषज्ञ हैं। इस विषय पर मैंने उनकी तीनों पुस्तकें पढ़ी हैं: ग्लोबलाइजेशन एंड इट्स डिस्कंटेंट्स, द रोअरिंग नाइन्टीज और मेकिंग ग्लोबलाइजेशन वर्क। मुक्त व्यापार, पेटेंट, 'संसाधन के अभिशाप', कर्ज का बोझ, विश्व भंडार प्रणाली का पुनर्गठन, बहुपक्षीय संस्थाओं में प्रजातांत्रिक घाटा, और ग्रह की रक्षा के विषय में उनके तर्क सुविचारित और डेटा से युक्त हैं। वैश्वीकरण पर किसी भी चर्चा में उनका काम एक असाधारण वृद्धि है। मानववादी होने के कारण, स्टिग्लिट्ज विकासशील देशों की स्थिति के प्रति हमदर्दी रखते हैं, वे वैश्वीकरण के प्रति विकसित देशों और बहुपक्षीय संस्थाओं के नजरियों की कमियों और नुक़्सानों का विश्लेषण करते हैं और सुधारों की वकालत करते हैं। जगदीश भगवती, जेफ्री सैक्स और पॉल क्रुगमैन जैसे दूसरे अर्थशास्त्रियों ने भी इस क्षेत्र में महत्वपूर्ण काम किया है। इन विद्वान विशेषज्ञों के साथ इस बहस में पड़ने की मेरे अंदर न तो योग्यता है और न ही कोई इच्छा। मैं सिर्फ़ आज के वैश्वीकरण को देखूंगा, मुख्यत: उन कामों के नजरिए से जो हमें, भारत में, बड़े स्तर पर लोगों की ग़रीबी मिटाने की दिशा में इसका लाभ उठाने के लिए करने होंगे। मैं उन्हीं बातों तक सीमित रहूंगा जो हमें वैश्वीकरण में चीन, पूर्वी एशियाई देशों और मेक्सिको की सफलताओं से सीखनी हैं। मेरा यह भी विश्वास है कि परफ़ॉर्मेंस पहचान बनाती है, पहचान सम्मान दिलाती है, और सम्मान से शक्ति आती है। इसलिए, मैं अपने सार्वजनिक संस्थानों में गति, परफ़ॉर्मेंस और उत्कृष्टता की संस्कृति बनाने और इस प्रयास में नेतृत्व की भूमिका पर ही अपना फ़ोकस रखूंगा।

आगे बढ़ने से पहले मैं अपनी कुछेक धारणाएं स्पष्ट करना चाहूंगा, क्योंकि मेरे तर्क इन्हीं विश्वासों के बुनियादी धरातल पर बने हैं। सबसे पहले तो, मैं पूंजीवाद में विश्वास करता हूं। समाजवाद और कम्युनिज़्म से सहानुभूति रखने, उन्हें पढ़ने और अनुभव करने के बाद, मैं आश्वस्त हूं कि अगर हमें ग़रीबी की समस्या सुलझानी है तो उदार पूंजीवाद को एक मौका देना होगा। आख़िर, पूंजीवाद हर नागरिक को मेहनत, उद्यम और पहल के जरिए अपने जीवन को आर्थिक रूप से सुधारने का समान और निष्पक्ष वातावरण देने की वकालत करता है। उदार पूंजीवाद पूंजीवाद की वकालत करता है, मगर साथ ही अपने हित के सभी फ़ैसले लेने में हमें समाज के हित को भी ध्यान में रखना होगा।

मैं प्रजातंत्र में विश्वास करता हूं। जैसा कि विंस्टन चर्चिल ने कहा था, प्रजातंत्र भले ही प्रशासन की बेहतरीन शैली न हो, मगर विकल्प और भी बुरे हैं। प्रजातंत्र का लक्ष्य कुछ लोगों के निहित स्वार्थों को नहीं, बल्कि राष्ट्र की सामूहिक महत्वाकांक्षाओं को प्राप्त करना है। प्रजातंत्र बहसों और वादविवादों के लिए खुलेपन को अनिवार्य बनाता है और आमतौर पर बेहतरीन विचारों को सामने लाता है। प्रजातंत्र हर नागरिक की मूलभूत आवश्यकताओं—शिक्षा, स्वास्थ्य, आवास और पोषण—को संबोधित करने के लिए सबसे

प्रभावी मंच प्रदान करता है। प्रजातांत्रिक प्रणाली अपनी जिंदगी बेहतर बनाने के लिए सबके लिए समान अवसरों का निर्माण करती है। यह संकटों को भी दूर रखती है, जैसा कि नोबेल पुरस्कार विजेता अर्थशास्त्री अमर्त्य सेन प्रभावी ढंग से तर्क करते हैं।

मैं मैक्स वेबर के दर्शन में यकीन रखता हूं। प्रोटेस्टेंट कार्यगत नैतिकता और पूंजीवाद की भावना पर उनका लेख मेरा फ़ेवरेट है। भारतीय समाज को कार्यरत देखने और यह देखने के बाद कि ग़रीबी मिटाने की दिशा में हमने कितनी धीमी प्रगति की है, मेरा विश्वास है कि कार्य संस्कृति, अनुशासन, समग्रता और ईमानदारी आर्थिक लाभ प्राप्त करने, और, परिणामस्वरूप, ग़रीबी मिटाने के तर्कसंगत लक्ष्य में महत्वपूर्ण भूमिका निभाते हैं। मेरा यह भी विश्वास है कि ये गुण कंपनियों, समुदायों और राष्ट्रों में नेतृत्व से भी प्रभावित हो सकते हैं। वैश्वीकृत दुनिया में विजय हासिल करने और नौकरशाही की जवाबदेही बढ़ाने के लिए मैं परफ़ॉर्मेंस की संस्कृति के निर्माण, नेतृत्व की भूमिका, प्रजातंत्र की शक्ति से लाभ उठाने आदि जैसे मुद्दों पर भी बात करूंगा।

अब मैं बात करूंगा कि हमें क्यों वैश्वीकरण को अपनाना और वैश्विक बाजारों के साथ बेहतर तरीके से जुड़ना होगा। हर राष्ट्र का प्राथमिक उद्देश्य अपने सभी नागरिकों के लिए समृद्धि, सद्‌भाव, शांति और सुख सुनिश्चित करना होता है। सद्‌भाव, शांति और सुख सिर्फ़ तभी आता है जब निर्धनता दूर होगी और समृद्धि सुनिश्चित होगी। हमें नेहरू जी के कहे शब्दों को याद रखना चाहिए, "हमें ग़रीबी से उसी संकल्प और बहादुरी से लड़ना होगा जिस तरह हम देश पर आक्रमण करने वाले दुश्मन से लड़ते हैं। हम अपने राष्ट्र का निर्माण तभी कर सकते हैं जब हम अपने लोगों का निर्माण करेंगे और उन्हें सुखी एवं संतुष्ट बनाएंगे।" मेरा विश्वास है कि भारत में ग़रीबी मिटाने का एक ही तरीका है और वह है प्रयोज्य आमदनी वाली नौकरियों के अवसर उत्पन्न करना। यह एक महा-अनुष्ठान है। अनेक अनुमानों ने भारत में बेरोजगारों की संख्या को **25** से **30** करोड़ के बीच आंका है। हर साल इस विशाल संख्या में **1.5** से **2** करोड़ नए रोजगार-इच्छुक जुड़ रहे हैं। यह समस्या तब गहन हो जाती है जब हम देखते हैं कि इन युवाओं में से करीब **70** फ़ीसदी—अठारह से पच्चीस साल के आयु-वर्ग में—अशिक्षित हैं या मामूली रूप से शिक्षित हैं। इसके समक्ष, देश मुश्किल से **20** से **30** लाख नौकरियां ही प्रति वर्ष ईजाद कर पाता है। इसका मतलब है कि हम एक गंभीर स्थिति की ओर बढ़ रहे हैं जो शीघ्र ही विस्फोटक हो सकती है। इस समस्या में मैं एक और आयाम जोड़ता हूं। लगभग **92** फ़ीसदी नौकरियां असंगठित क्षेत्रों में हैं जहां वेतन बहुत कम हैं और लाभ ग़ैरहाजिर हैं। एक तीसरा आयाम भी है। हमारी लगभग **65** फ़ीसदी जनसंख्या या **65** करोड़ भारतीय ग्रामीण क्षेत्रों में हैं और उनकी मुख्य आजीविका कृषि और उससे जुड़ी सेवाओं से है, जो कि हमारे सकल घरेलू उत्पाद में मात्र **26** फ़ीसदी जोड़ती हैं। दूसरे शब्दों में, **65,000** करोड़ लोग सकल घरेलू उत्पाद में मात्र **800,000** करोड़ रुपए प्रति वर्ष ही जोड़ते हैं, या मात्र **13,200** रुपए प्रति

वर्ष प्रति व्यक्ति। यह 40 रुपए प्रतिदिन से भी कम है। भारतीय स्तर के अनुसार भी यह सम्मानजनक ढंग से जीवनयापन के लिए पर्याप्त नहीं है। इस प्रकार, हमारे सामने दो विशाल समस्याएं हैं—हर साल रोजगार बाजार में प्रवेश करने वाले डेढ़ से दो करोड़ नए लोगों के लिए रोजगार के अवसर उत्पन्न करना और कृषि एवं उससे जुड़े क्षेत्रों में काम करने वाले 65 करोड़ भारतीयों की विशाल संख्या की प्रति व्यक्ति आय को बढ़ाना।

यह स्पष्ट है कि दूसरी समस्या को इन तीन में से एक या दो पहल करके ही हल किया जा सकता है—कृषि उत्पादों के दाम बढ़ाकर, कृषि में वृद्धि दर को सुधार कर और लोगों को कृषि से हटाकर किसी दूसरे क्षेत्र में लगाकर। दुनिया भर में खाद्य पदार्थों की कम कीमतें और देश में ग़रीबों की बड़ी संख्या पर इस वृद्धि के प्रभाव को देखते हुए कृषि उत्पादों की कीमतों को व्यापक रूप से बढ़ाना व्यवहार्य नहीं होगा।

कृषि में वृद्धि दर 1985 के पूर्व के भारत की 3.2 फ़ीसदी से गिरकर वर्तमान दशक में 1.9 फ़ीसदी रह गई है, जिससे ग्रामीण लोगों की जिंदगी और बुरी हो गई है। भारत की दो मुख्य फ़सल चावल और गेहूं का उत्पादन 1999 और 2005 के बीच या तो गिरा है या क्रमश: 8.5 और 7.5 करोड़ टन के लगभग रहा है। अगर ग्रामीण इलाकों में प्रति वर्ष 2 फ़ीसदी जनसंख्या बढ़ती है और कृषि क्षेत्र प्रति वर्ष 2.5 फ़ीसदी बढ़ता है तो अब से दस साल बाद भी कृषि में प्रति व्यक्ति सकल घरेलू उत्पादन उतना ही रहेगा। अगर हमारी अर्थ व्यवस्था अगले दस साल तक वर्तमान 8 फ़ीसदी की दर से बढ़ती रही और उसी दौरान कृषि क्षेत्र 2.5 फ़ीसदी की दर से बढ़ता रहे, तो 2017 में कृषि हमारे सकल घरेलू उत्पाद में वर्तमान 26 फ़ीसदी के स्थान पर मात्र 16 फ़ीसदी योगदान करेगी। 2017 तक वर्तमान 8 फ़ीसदी की राष्ट्रीय प्रति व्यक्ति सकल घरेलू उत्पाद दर के बराबर ही प्रति व्यक्ति सकल घरेलू उत्पाद दर कृषि से पाने के लिए हमें 10 से 12 करोड़ लोगों की जबरदस्त तादाद को कृषि से हटाकर दूसरे क्षेत्रों में लगाना पड़ेगा (यह मानते हुए कि प्रत्येक कमाऊ सदस्य के साथ चार-पांच परिवार के सदस्य हैं।) तो, हमें दस साल तक कम से कम 1 से 1.2 करोड़ लोगों को हर साल कृषि से हटाकर दूसरे क्षेत्रों में भेजना होगा। इससे जुड़ी समस्या यह है कि डेढ़ से दो करोड़ नौजवान हर साल रोजगार ढूंढ़ने की श्रेणी में आ जाएंगे। फिर आपके पास ढाई से तीन करोड़ लोगों की विशाल संख्या होगी जिन्हें या तो नई नौकरियों या बेहतर आमदनी वाली नौकरियों में लगाना होगा।

इन लोगों को कौन सा क्षेत्र अवसर प्रदान कर सकता है? सॉफ़्टवेयर, बीपीओ और वित्तीय सेवाओं जैसे सेवा क्षेत्र सुशिक्षित नौजवानों को रख सकते हैं और ज़्यादा से ज़्यादा सालाना 10 लाख लोगों के लिए रोजगार के अवसरों का निर्माण कर सकते हैं। याद रखें कि इन ढाई-तीन लाख लोगों में से एक बड़ा हिस्सा अशिक्षितों या अर्ध-शिक्षितों का है। चीन ने इस समस्या को बख़ूबी समझा और उसने कम तकनीक की निर्माण नौकरियां ईजाद करने पर ध्यान दिया। पिछले ग्यारह साल में चीन कम तकनीक के निर्माण क्षेत्र में करीब

15 करोड़ नौकरियां ईजाद कर सका है। यह अपने आप में एक रिकॉर्ड ही है। अगर हमें अपने जीवनकाल में भारत की ग़रीबी की समस्या को मिटाना है, तो हमें चीन से बेहतर प्रदर्शन करना होगा। साथ ही, हमें उच्च तकनीक, प्रति व्यक्ति उच्च नौकरियों पर ही ध्यान रखना होगा, क्योंकि यही हमारा विशिष्ट गुण है।

इस तरह की पहल निर्यात पर ध्यान देने की मांग करती है, क्योंकि घरेलू खपत कमतर प्रयोज्य तन्ख़ाहों की वजह से कम ही रहेगी। चीन, ब्राजील, मेक्सिको और पूर्वी एशियाई देशों के निर्यात का सकल घरेलू उत्पाद में **30** फ़ीसदी से ज़्यादा का योगदान है। दूसरी ओर, हम अभी भी **15** फ़ीसदी से कम हैं। हमें सुनिश्चित करना होगा कि निर्यात हमारे सकल घरेलू उत्पाद का **30** से **40** फ़ीसदी योगदान करे। इसे पाने के लिए, हमें उन उत्पादों पर फ़ोकस करना होगा जिन्होंने राष्ट्रीय आवश्यकता को बढ़ाया हो। हमें दुनिया की फ़ैक्टरी बनना होगा जैसे चीन बन गया है। हमें विदेशी फ़र्मों के लिए सहयोगपूर्ण वातावरण बनाना होगा जिससे कि वे **100** फ़ीसदी निर्यातोन्मुख यूनिटों में निवेश करें ताकि ये यूनिटें कम कीमत पर विश्व स्तर के उत्पाद बना सकें। हमें विश्व बाजारों के साथ संपर्क को बढ़ाना होगा और दूसरे बाजारों के लोगों के साथ ख़ुद को बेहतर तरीके से जोड़ना होगा। आख़िर यही तो वैश्वीकरण है।

यह एक बड़ी भारी मांग है, मगर मुझे विश्वास है कि अगर हम ढेर सारी हिम्मत दिखाएंगे तो हम सफल रहेंगे। हमें अपने मजबूत पक्षों—हमारा जनसांख्यिक स्वरूप, कानून का शासन, हमारे पास अंग्रेजी बोलने वाला तकनीकी टेलेंट है, हमारा जनसांख्यिक ढांचा, हमारी विशाल अकृषित जमीन और प्राकृतिक संसाधन—का लाभ उठाना होगा ताकि शहरी और ग्रामीण दोनों क्षेत्रों के लिए समान वृद्धि लाई जा सके। मिसाल के लिए, भारत में सिर्फ़ **34** फ़ीसदी कृषि योग्य भूमि पर कृषि होती है, जबकि चीन में **44** फ़ीसदी कृषि योग्य भूमि पर खेती होती है। दिलचस्प बात यह है कि भारत में चीन से ज़्यादा कृषि योग्य भूमि है।

हमें देश की कृषि योग्य भूमि को बढ़ाना और इस्तेमाल करना होगा। इसी के साथ, हमें शहरीकरण को भी स्वीकार करना होगा और शहरों के जीवन को सहन करने योग्य बनाना होगा। अगर हमें दुनिया की फ़ैक्टरी बनना है, तो यह अनिवार्य है कि हम अपने बीच बड़ी तादाद में विदेशियों के रहने का स्वागत करें और इसके लिए हमें इस तरह का माहौल बनाना होगा जिसमें वे सहज महसूस कर सकें। ग्रामीण इलाकों में ऐसा करने के लिए बहुत ज़्यादा समय और निवेश करने की जरूरत होगी। हमें अच्छे संपर्क के जरिए गांवों को आधुनिक जीने-योग्य जगहों में बदलना होगा, जैसा कि पई ने मणिपाल में किया, और अपने कुछ शहरों को भी अपग्रेड करना होगा। हमें स्वीकार करना होगा कि शहरीकरण अनिवार्य है और इससे लड़ना नहीं चाहिए।

अब मैं कुछ प्रमुख मानसिक बदलावों की बात करूंगा, भारत के लिए वैश्वीकरण को कारगर बनाने के लिए जिनकी हमें जरूरत है।

1. पहला, हमें वादों और फ़लसफ़ों पर बहस बंद करनी होगी। जैसा कि नानी पालकीवाला ने एक बार कहा था, "ग़रीबी बेरहम है, मगर निदानीय है। इसका एकमात्र ज्ञात निदान आर्थिक व्यावहारिकता है, उलझे हुए आदर्शवाद नहीं।" हम रोजगार के अवसर पैदा करके आगे बढ़ने पर ध्यान दें। हमसे पहले और हमसे तेजी से विकसित होने वाले लोगों और राष्ट्रों से सीखने के लिए हमें खुली मानसिकता रखनी होगी। खुली मानसिकता पाने के लिए हमें विनम्र होना होगा। अपनी वार्ताओं में हमें ज़्यादा तथ्य-और-डेटा-उन्मुख होना होगा। अनेक विदेशियों के साथ हुए मेरे संवाद मुझे बताते हैं कि भारतीयों में विनम्रता की कमी है। अनंत काल से यह देश दंभी होने के लिए मशहूर है। किसी भी बातचीत में हम बहुत जल्दी रक्षात्मक हो जाते हैं और अपनी विशाल जनसंख्या और नौकरशाही जैसी नाकामियों का बचाव करने लगते हैं। त्रासदी यह है कि हम इन स्पष्ट कमजोरियों को, अगर ये वास्तव में कमजोरियां हैं तो, दूर करने के लिए कुछ करते नहीं हैं। मिसाल के लिए, परिवार नियोजन के आक्रामक प्रचार-प्रसार के बाद इंदिरा गांधी द्वारा **1977** के चुनाव हारने के बाद से हमने जनसंख्या नियंत्रण के प्रयासों को एकदम छोड़ ही दिया है।
2. हमें प्रजातंत्र को अपनी नाकामी के बहाने की तरह इस्तेमाल करना बंद करना होगा। प्रजातंत्र को एक जिम्मेदारी की तरह बताना किसी को प्रभावित नहीं करता है। हमें याद रखना होगा कि सबसे ज़्यादा विकसित देश भी प्रजातांत्रिक हैं। भारत में भी, नेहरू और उनकी टीम ने अपने कार्यकाल के दौरान आर्थिक प्रगति—भूमि सुधार, पांच इस्पात कारख़ाने, भाखड़ा-नांगल बांध, परमाणु ऊर्जा आयोग, उच्च शिक्षा संस्थान और भी बहुत कुछ—के लिए ठोस इंफ्रास्ट्रक्चर बनाने के द्वारा इतना कुछ अर्जित करने के लिए प्रजातंत्र की शक्ति का ही लाभ उठाया था। हालांकि प्रजातंत्र पर बहसों और वादविवादों की जरूरत है, मगर हमारे नेताओं को मानना होगा कि किसी भी विकल्प की अपेक्षा यही प्रणाली बेहतर है।
3. शीघ्र उन्नति करने के लिए, सभी राजनीतिक दलों को बड़े मुद्दों पर एकमत होना होगा। ऐसा करने के लिए, हमें चर्चाओं में बौद्धिक समग्रता को अपनाना होगा। हमारे नेता जब सरकार में होते हैं तो एक बात कहते हैं, और विपक्ष में होने पर बिल्कुल ही दूसरी बात कहते हैं। विचारों की समग्रता के लिए शिक्षा और तथ्योन्मुख होना आवश्यक है। हमें अपने अधिकांश राजनीतिक नेताओं को आधुनिक दुनिया, प्रारंभिक अर्थशास्त्र, विकास के सिद्धांत, उद्यमशीलता, वैश्विक अर्थव्यवस्था में सफलता की अर्हताएं और विभिन्न संस्कृतियों के बीच आदान-प्रदान की बारीकियों को समझने के लिए प्रशिक्षित करना होगा। मुद्दों पर जज़्बाती होने की बजाय हमें निष्कर्षों पर पहुंचने के लिए आंकड़ों का इस्तेमाल करना चाहिए।
4. अगर हमें आज की वैश्वीकृत दुनिया में सफल होना है तो हमें गति को अपनाना

होगा। सरकार में फ़ैसले लेने की गति में दैनिक आधार पर सुधार लाना होगा ताकि हम चीन जैसे देशों के साथ आ सकें। मैं कई उदाहरण बता सकता हूं जिनमें एक दशक से ज़्यादा से फ़ैसले लंबित पड़े हैं: बंगलौर में पावर प्लांट का निर्माण बीस साल से अधिक से लंबित है; तत्कालीन प्रधानमंत्री राजीव गांधी द्वारा **1987** में जापानी और जर्मन व्यापारियों के लिए घोषित फ़ास्ट ट्रैक उन्नीस साल से लटका हुआ है; और सॉफ़्टवेयर उद्योग के जल्दी-जल्दी यात्रा करने वाले लोगों के लिए **240** पेज के पासपोर्ट की छोटी सी मांग तक आठ साल से ज़्यादा से अटकी हुई है!

5. हमें एक विश्वसनीय देश बनना होगा। भारत के ख़िलाफ़ विदेशियों की निरंतर एक शिकायत यह है कि हमारी सरकार बेहद अविश्वसनीय है। हम वादे करते हैं और उन्हें पूरा नहीं करते। हम अपनी प्रतिबद्धताएं और समझौते तोड़ देते हैं। हम नीतियों की घोषणा करते हैं, मगर बरसों उनको लागू नहीं करते। हमारे मंत्रियों के फ़ैसलों को निरर्थक कानूनी बहसें और नौकरशाही उड़ा लेती है। निवेशक सरकारी घोषणाओं पर आधारित ठोस व्यापार योजनाएं नहीं बना सकते।
6. हमारे नेताओं को दोनों दुनियाओं—शहरी-ग्रामीण, शिक्षित-अल्पशिक्षित, धनी-निर्ध न—को पाटना होगा। उन्हें समझना होगा कि नौकरियों के अवसर किस तरह बनाए जाते हैं और इसे प्रोत्साहन देना होगा। उन्हें पक्ष नहीं लेने चाहिए। उन्हें शून्य-शेष के खेल नहीं खेलने चाहिए। मिसाल के लिए, बंगलौर में दफ़्तरों को जाने के लिए बेहतर सड़कों की मांग करने पर सॉफ़्टवेयर उद्योग की बहुत आलोचना हुई। यह विडंबना ही है कि ग्रामीण भारत के मुद्दे को उठाने वाले नेता शहरी भारत में बैठे रहते हैं और वहां नौकरियों के अवसर पैदा करने की निंदा करते हैं। हमारे नेताओं को मिसाल बनकर नेतृत्व करना चाहिए और महात्मा गांधी के इसे नुस्ख़े का उदाहरण बनना चाहिए: “अगर दूसरों में बदलाव देखना चाहते हैं, तो स्वयं बदलें।”
7. सुसंपन्न लोगों और उनके निहित स्वार्थों ने इस देश के भविष्य को तबाह कर दिया है। मिसाल के लिए, अमीर और सशक्त लोग तो अपने बच्चों को अंग्रेजी माध्यम के स्कूलों में भेजते हैं, मगर ग़रीबों को इसी लाभ से वंचित करते हैं। हर साल, मुझे सफ़ाई करने वाली महिलाओं, ड्राइवरों, चपरासियों और क्लर्कों की ढेरों प्रार्थनाएं मिलती हैं जो अपने बच्चों को अंग्रेजी माध्यम के स्कूलों में भर्ती करवाना चाहते हैं। वे भी चाहते हैं कि उनके बच्चे सॉफ़्टवेयर इंजीनियर, बैंकर, वकील, प्रशासनिक अधिकारी और पत्रकार बनें। इस सिलसिले में कर्नाटक के अनुवर्ती मुख्यमंत्रियों से की गई मेरी असंख्य प्रार्थनाएं या तो सुनी नहीं गई या निष्प्रभावी बैंड-एड हलों के रूप में फलीभूत हुई। इसमें कोई संदेह नहीं होना चाहिए कि भविष्य में जब चीन जैसे देश अंग्रेजी में सिद्धहस्त हो जाएंगे और नेहरू जी द्वारा हमारे लिए निर्मित किए लाभों को शून्य क़र देंगे, तब हम इस पर पछताएंगे।

8. हमें प्राथमिक और उच्च शिक्षा दोनों में शिक्षा की गुणवत्ता को सुधारना होगा। जैसा कि **2300** साल पहले अरस्तू ने कहा था, हर राज्य की बुनियाद उसके नौजवानों की शिक्षा पर टिकी होती है। हमारी डींगों के बावजूद, भारतीय विश्वविद्यालय और शैक्षिक संस्थान शायद ही कभी विश्व रैंकिंग में स्थान पाते हों। दूसरी ओर चीन ने इस क्षेत्र में बेहतरीन काम किया है। मैं जोजेफ़ स्टिग्लिट्ज़ से सहमत हूं कि चीन और भारत में मुख्य फ़र्क प्रजातंत्र का नहीं, बल्कि शिक्षा और स्वास्थ्य पर भारत के फ़ोकस की कमी का है। जैसे हमने **1991** में उद्योग क्षेत्र का उदारीकरण किया, उसी तरह हमें शिक्षा क्षेत्र का भी उदारीकरण करना चाहिए। उच्च शिक्षा के सारे संस्थानों को पूरी तरह स्वायत्त होना चाहिए। विदेशों के नामी-गिरामी विश्वविद्यालयों के साथ परस्पर संपर्क बढ़ाना चाहिए। पाठ्यक्रम को जल्दी-जल्दी बदलना होगा ताकि दुनिया में हो रहे बदलावों के साथ गति बनाई रखी जा सके। रटंत-विद्या को, जो कि भारतीय उच्च शिक्षा प्रणाली के लिए अभिशाप है, समस्या हल करने की प्रवृत्ति को स्थान देना होगा। शिक्षा के प्रति हमारा मौजूदा रवैया मुझे मार्क ट्वेन की बात याद दिलाता है, "सबसे पहले तो ईश्वर ने मूर्ख बनाए। यह अभ्यास के लिए था। फिर उसने स्कूल बोर्ड बनाए।"

9. हमारी धीमी प्रगति की एक और वजह हमारी नौकरशाही है जिसकी न के बराबर जवाबदेही है और जिसके लिए कार्य करने पर कोई प्रोत्साहन नहीं है। क्रियान्वयन में ज़्यादातर देरी का हमारी राजनीतिक प्रणाली से बहुत कम लेना-देना है। यह तो गति और क्रियान्वयन में उत्कृष्टता पर हमारे ध्यान की कमी की वजह से है। वृद्धि को संभालने के लिए हमारे अधिकारियों का शायद ही कोई प्रशिक्षण, योजना और तैयारी होती हो। सरकारी फ़ैसलों में आर्थिक व्यावहारिकता लाना हमारे लिए अनजानी सी बात है। जब मैं सरकार की बात करता हूं, तो मुझे चेस्टर बॉल्ज की याद आ जाती है, जिन्होंने कहा था, "वाशिंगटन में दो साल गुजारने के बाद, मैं अक्सर हॉलीवुड के यथार्थवाद और निष्ठा के लिए तरसता हूं!" हमारी सरकारों में कार्य-कुशलता और पुरस्कारों के बीच कहीं कोई कड़ी नहीं है। इसलिए, ज़्यादातर परियोजनाएं असामान्य रूप से लेट हो जाती हैं। मानसिकता प्रशासनिक है और स्थिति को जस का तस बनाए रहने की पक्षधर है। इसे प्रबंधकीय हो जाना चाहिए, जो कि समय पर कार्य पूरे करने, बजट के भीतर रहने और ग्राहकों की संतुष्टि पर आधारित प्रगति के विषय में है। सामान्य कर-संग्रहक टाइप प्रशासनिक अधिकारियों के दिन लद चुके हैं। आज हमें ऐसे विशेषज्ञ चाहिए जो अपना सारा समय एक काम करने में, सीखने और निरंतर अपनी योग्यताओं को बढ़ाने में बिताएं। उन्हें मैनेजर बनने के लिए प्रशिक्षित होना चाहिए।

10. अगर कोई एक ऐसी योग्यता है जो हमारे अधिकारियों को सीखनी चाहिए, तो वह

है परियोजना प्रबंधन। हमें परियोजना की कार्य-पूर्ति में उच्चतर स्तर तक पहुंचना होगा। ऐसा किया जा सकता है अगर, हर नई सरकार का कार्यकाल शुरू होते समय, समय, गुणवत्ता और लागत के बजट के साथ हर विभाग में पचास बड़ी परियोजनाओं को चिह्नित किया जाए। वरिष्ठ अधिकारियों को सचिव की हैसियत से **10** साल का करार किया जाए, और चाहे जिसकी भी सरकार आए, वे इस दौरान पद पर बने रहें। हर साल अधिकारियों के कार्यकाल का बढ़ना इस पर निर्भर हो कि उन्होंने अपने कार्य का निष्पादन कितनी भली-भांति किया है। हर टीवी चैनल, अख़बार और इंटरनेट वेबसाइट के लिए सालाना हर परियोजना से जुड़े मंत्री और वरिष्ठ अधिकारियों के नामों के साथ उसकी प्रगति का विवरण प्रकाशित करना अनिवार्य हो। इस प्रगति को जीवन के विभिन्न क्षेत्रों से जुड़े अत्यंत प्रतिष्ठित लोगों की एक नागरिक समिति प्रमाणित करे। अधिकारियों को छोटी सी निश्चित और बड़ी सी परिवर्तनीय तन्ख़ाह मिले, जो उनके द्वारा नियंत्रित परियोजनाओं की प्रगति पर निर्भर करे। नौकरशाही और नेताओं में जवाबदेही लाने का यही बेहतरीन तरीका होगा।

11. हमारे अधिकारियों को अपने वरिष्ठों—राजनीतिक या दूसरे—के 'सम्मान' में उनके अधीन हो जाने की जगह अपने विश्वासों और मूल्यों के लिए खड़े होना सीखना होगा। बर्नार्ड शॉ के इन शब्दों को याद रखना बुद्धिमानी होगी, "कुछ लोगों में अपने वरिष्ठों के प्रति इतना सम्मान होता है कि उनके पास अपने लिए कुछ नहीं बचता।"

12. हमारी सरकार में पारदर्शिता लाने के लिए सूचना पाने का अधिनियम शानदार साधन है। हमारी सरकारों को इस अधिनियम को मजबूत बनाना चाहिए और निहित स्वार्थों को इसे कमजोर करने की अनुमति नहीं देनी चाहिए।

13. पारदर्शिता की बात चली है, तो मुझे कहना होगा कि अगर हम जवाबदेही और पारदर्शिता को सुधारना चाहते हैं तो तकनीक और प्रणालियों को प्रशासन में अनिवार्य भूमिका निभानी चाहिए। सबसे पहले, सरकार में हर गतिविधि, रूटीन गतिविधियों समेत, को प्रोजेक्ट की तरह डिजाइन किया जाना चाहिए और उनकी प्रगति की निगरानी के लिए प्रोजेक्ट प्रबंधन सॉफ़्टवेयर का इस्तेमाल करना चाहिए। दूसरे, निर्णय लेने की हर प्रक्रिया के लिए वर्कफ़्लो सॉफ़्टवेयर का इस्तेमाल करना आवश्यक है। ऐसा सॉफ़्टवेयर यह सुनिश्चित करेगा कि ये प्रक्रियाएं चरणबद्ध हों, और हर चरण को एक कार्य-पूर्ति लक्ष्य समय और चरण को समय पर पूरा करने के लिए जिम्मेदार व्यक्ति दिया जाए। इस प्रकार किसी प्रोजेक्ट या फ़ैसले में होने वाली कैसी भी देरी को उस व्यक्ति पर इंगित किया जा सकता है जो फ़ैसले को दबाए बैठा है। साथ ही, उस चरण और पिछले चरणों से संबंधित सारी काग़जी कार्रवाई को सब नेट पर देख सकते हों! इस तरह, हर चरण के लिए पूरी पारदर्शिता और जवाबदेही होगी, क्योंकि हर नागरिक को उस व्यक्ति, वह अवधि जिसके दौरान वह फ़ैसले को दबाए

बैठा रहा और देरी की वजह के बारे में पता होगा।

14. हमें व्यापार में कर-प्रोत्साहनों द्वारा नहीं, टकराव कम करके वृद्धि को प्रोत्साहित करना चाहिए। याद करें नानी पालकीवाला अक्सर कहते थे, "हर आर्थिक नीति और कानून का हमें सख़्त परीक्षण करना चाहिए—यह फलोत्पादी लक्ष्यों तक पहुंचने के लिए हमारे लोगों की प्रतिभा, ऊर्जा एवं समय को किस हद तक मोड़ेगा और किस हद तक उन्हें कानून की निरर्थक बातों और अक्षम अधिकारियों को बर्दाश्त करने से अलग करेगा।" हमें 10 करोड़ रुपए के लाभ की न्यूनतम सीमा से ऊपर के निर्यातों पर सभी कर-प्रोत्साहन और एक लाख की न्यूनतम सीमा से ज़्यादा के लाभांशों पर सभी कर रियायतें ख़त्म कर देनी चाहिए और उस धन को ग्रामीण शिक्षा, मिड-डे मील योजनाओं और ग्रामीण चिकित्सा सुविधाओं में लगाना चाहिए। जरूरत हो, तो हमें कॉरपोरेट और व्यक्तिगत कर-दरों को आय का 50 फ़ीसदी तक करने में हिचकिचाना नहीं चाहिए, लेकिन तभी जब तक कि हम यह सुनिश्चित करने के लिए कोई प्रक्रिया स्थापित न कर लें कि धन का समुचित उपयोग होगा।

15. स्वतंत्रता के साठ साल बाद भी हम गुलामों और पीड़ितों की मानसिकता बरकरार रखे हुए हैं। हम हर विदेशी को शक की नजर से देखते हैं। इसे रोकना होगा। ऐसी मानसिकता की बेहतरीन मिसाल हमारा टेलीकॉम उद्योग में 74 फ़ीसदी विदेशी मालिकाना हक की घोषित नीति से पलट जाना है। बहाना दिया गया सुरक्षा का। साफ़ कहूं तो कोई भी मुझे यह नहीं समझा सका कि टेलीकॉम कंपनियों में 74 फ़ीसदी के विदेशी मालिकाना हक से देश की सुरक्षा पर किस तरह प्रभाव पड़ेगा। नेटवर्क कंट्रोल केंद्रों का भारत से बाहर होने का सवाल भी एक और मुद्दा है जिसमें अवरोध डाला जा रहा है। यहां भी, हमें समझना चाहिए कि भारत अभी भी डेटा ट्रैफ़िक के क्षेत्र में एक छोटा सा बाजार है। इस स्थिति में भारत में नेटवर्क कंट्रोल केंद्रों को रखना व्यवहार्य नहीं होगा, हालांकि भविष्य में ऐसा अवश्य होगा। वैसे, हम कह सकते हैं कि अगर युद्ध जैसी कोई आपातस्थिति सामने आए, तो सरकार भारत में इन सुविधाओं को नियंत्रण में ले लेगी। यह कहना कि विदेशी निवेश वाली टेलीकॉम कंपनियों के सीईओ भारतीय ही होने चाहिए, एक और बेतुकी आवश्यकता है। आज, किसी भी कॉरपोरेशन में सीईओ महज अनेक अग्रणी लोगों में से एक है। कंपनी के वरिष्ठ मैनेजमेंट के सहयोग के बिना वह कुछ ख़ास नहीं कर सकता। वैसे, एक अच्छा नियामक, एक स्वतंत्र बोर्ड और मजबूत चेतावनी सूचक नीति सीईओ को अपनी शक्तियों के दुरुपयोग से रोकेंगे। हमें उन देशों के उदाहरणों से सीखना होगा जिन्होंने इस क्षेत्र में जबरदस्त प्रगति की है।

16. हमें नए व्यापारिक मॉडलों को स्वीकार करना और निहित स्वार्थों के आगे झुकना नहीं होगा। सॉफ़्टवेयर उद्योग दूरसंचार मंत्रालय के साथ दस साल से ज़्यादा समय से निजी

उपभोक्ता समूहों के जरिए आईपी-चालित ध्वनि नेटवर्क संपर्क प्रदान करने की आवश्यकता पर बात कर रहा है। इस सुविधा से हमारे परियोजना प्रबंधकों को रात के वक़्त घर से भी भिन्न समय क्षेत्र वाले अपने ग्राहकों की सेवा करने में मदद मिलेगी। त्रासदी यह है कि हम बैंडविड्थ का पैसा दे रहे हैं, मगर सरकार के इंकार करने के कारण इसका इस्तेमाल नहीं कर पा रहे। यह हमें बाजार में ग़ैर-प्रतिस्पर्द्धी बनाता है और हमारे कर्मचारियों को सोलह घंटे सुबह आठ बजे से आधी रात तक दफ़्तर में बिताने के लिए मजबूर होना पड़ रहा है। इससे कर्मचारियों के स्वास्थ्य, पारिवारिक जीवन और हौसले पर प्रभाव पड़ता है। यही नीति जारी रही तो, बहुत संभव है कि, कुछ साल में यह उद्योग दम तोड़ देगा।

17. सरकार की कार्य-कुशलता बढ़ाने के लिए हमें निजी क्षेत्र को शामिल करना होगा और सार्वजनिक-निजी साझेदारियां बनानी होंगी। सरकार सार्वजनिक कल्याण पर ध्यान देती है, तो निजी क्षेत्र दक्षता, प्रभाविता और जवाबदेही पर।

    दुर्भाग्य से, निजी क्षेत्र के विशेषज्ञों को सरकार में लाने के इंदिरा गांधी के प्रयोग को उनके उत्तराधिकारियों ने छोड़ दिया। इसी प्रकार, बंगलौर एजेंडा टास्क फ़ोस, जो कि एक अनूठी सार्वजनिक-निजी साझेदारी थी, बनाने के एस. एम. कृष्णा के प्रयोग को उनके उत्तराधिकारियों ने बर्ख़ास्त कर दिया। इन प्रयोगों को चालू रखना चाहिए।

18. अंत में, किसी भी प्रगति के लिए अनुशासन चाहिए। मैं ऐसे किसी भी विकसित देश या ऐसे देश को जो विकसित होने का लक्ष्य रखता हो, नहीं जानता जो सख़्त अनुशासन पर डटा न रहा हो। दुर्भाग्य से, हमारे देश में अनुशासन को सबसे कम महत्व दिया जाता है। अगर हम वैश्वीकरण के जरिए ग़रीबी मिटाने के लिए बड़ी संख्या में नौकरियों के अवसर पैदा करना चाहते हैं, तो इसे बदलना होगा।

ये सब काम किए जा सकते हैं। मैं आशावादी हूं और विंस्टन चर्चिल के इस कथन से मुझे शांति मिलती है, "एक निराशावादी हर अवसर में मुश्किल देखता है; एक आशावादी हर मुश्किल में एक अवसर देखता है।" मेरे किसी भी सुझाव के लिए अंतरिक्ष विज्ञान की आवश्यकता नहीं है। मगर, उन्हें साहस की आवश्यकता है, जो एक महान नेता का सबसे पहला गुण है। उन्हें एक ऐसी मानसिकता की आवश्यकता है जो भावी पीढ़ियों की बेहतरी के लिए निजी हितों और इस पीढ़ी के हितों की बलि देने को तैयार हो। मैं जानता हूं हम ये कर सकते हैं। हमें कुछ सख़्त फ़ैसले लेने होंगे। बस।

□

उभरती अर्थव्यवस्थाओं का रूपांतरण और नई विरासतों का निर्माण

यहां मैं व्यापारों को सफलतापूर्वक चलाते और लाभ कमाते हुए, उभरती अर्थ व्यवस्थाओं के रूपांतरण और नई विरासतों का निर्माण करने में भावी व्यापारिक लीडरों की भूमिका पर ध्यान दूंगा। मैं एक बिजनेसमैन के नाते भारत और चीन में अर्जित किए अपने अनुभवों के साथ ही तीन शानदार किताबों: सी. के. प्रह्लाद की द फ़ॉर्च्यून एट द बॉटम ऑफ़ द पिरामिड, विजय महाजन और कामिनी बांगा की द 86% सॉल्युशन और रमा बीजापुरकर की वी आर लाइक दैट ओनली—के विचारों की मदद लूंगा।

उभरती अर्थव्यवस्थाएं क्या हैं? वे 150 देशों में फैली दुनिया की 86 फ़ीसदी जनसंख्या का निर्माण करती हैं, जिनका कुल सकल राष्ट्रीय उत्पाद प्रति व्यक्ति 10,000 डॉलर से भी कम है। ये वे बाजार हैं जो अभी हाल तक भी बहुराष्ट्रीय कंपनियों द्वारा या तो नजरअंदाज किए जाते रहे या विकसित देशों में कारगर तरीकों द्वारा असफलतापूर्वक खखोड़े गए। मगर, ये बाजार उन बहुराष्ट्रीय कंपनियों को विकास का बड़ा मौका देते हैं जिनकी वृद्धि दर विकसित राष्ट्रों के पारंपरिक बाजार में धीमी पड़ गई है।

उभरती अर्थव्यवस्थाएं व्यापारों के कार्यक्रम में आज सबसे ऊपर क्यों हों, इसकी कई वजहें हैं। पहली बात तो, उभरती अर्थव्यवस्थाएं तेजी से बढ़ रही हैं। अनेक निर्देशांक दिखाते हैं कि उभरती अर्थव्यवस्थाएं विश्व अर्थव्यवस्था में प्रमुखता पा रही हैं। 2005 से, उभरते बाजारों का संयुक्त सकल घरेलू उत्पाद (क्रय शक्ति की समतुल्यता के आधार पर आंका गया) दुनिया के कुल सकल घरेलू उत्पाद का आधा है। इकोनॉमिस्ट के अनुसार, विश्व निर्यात में उनकी हिस्सेदारी 1970 के 20 फ़ीसदी से 2006 में 43 फ़ीसदी तक पहुंच गई। उभरती अर्थव्यवस्थाएं दुनिया की आधी से ज़्यादा ऊर्जा की खपत करती हैं और पिछले पांच साल में तेल की मांग में 80 फ़ीसदी बढ़ोत्तरी उनकी ही वजह से हुई है। उनके पास विश्व का लगभग तीन चौथाई विदेशी मुद्रा भंडार है। पिछले 15 साल में

'शिखर से नजारा', ग्रेजुएट स्कूल ऑफ़ बिजनेस, स्टैनफ़ोर्ड यूनीवर्सिटी में दिया व्याख्यान, 15 अक्टूबर, 2007

चीन सालाना 10 फ़ीसदी से ज़्यादा की वृद्धि के साथ और भारत पिछले 10 साल में सालाना 7 फ़ीसदी की वृद्धि के साथ इसके बस दो उदाहरण हैं। उभरती अर्थव्यवस्थाओं में घरेलू बाजार पहले की अपेक्षा कहीं तेजी से बढ़ रहे हैं। मिसाल के लिए, चीन में रीटेल सेक्टर पिछले बीस साल में 15 फ़ीसदी बढ़ा है। 40 करोड़ से अधिक उपभोक्ताओं के साथ चीन पहले ही विश्व का सबसे बड़ा मोबाइल फ़ोन बाजार बन चुका है और भारत में भी मोबाइल फ़ोन का बाजार हर महीने 80 लाख नए उपभोक्ताओं की दर से बढ़ रहा है। भारत में तेजी से बिकने वाली उपभोक्ता वस्तुओं का बाजार करीब 10 अरब डॉलर का है और 7 फ़ीसदी की दर से बढ़ रहा है। चीन में हर साल 3.3 करोड़ पर्सनल कंप्यूटर बिकते हैं जबकि भारत में एक साल में 85 लाख। ऐसे आंकड़े मैं बताता ही जा सकता हूं। संदेश स्पष्ट है: सामान्य रूप में इन बाजारों और विशेषकर इन समाजों के सबसे ग़रीब खंड से, जिसे पिरामिड की सतह कहते हैं, तकदीर बनाई जा सकती है।

दूसरे, दुनिया उभरती हुई अर्थव्यवस्थाओं को अमीर देशों से हमेशा मदद पाने वाले की तरह नहीं देखती, अब वे उन्हें इन अर्थव्यवस्थाओं के लिए एक मंच बनाकर उन्हें स्रोत क्षेत्र, निर्माण के केंद्र और बाजार की तरह देखती है, ताकि ये अर्थव्यवस्थाएं दुनिया के बाजार में भागीदारी कर सकें। ये लाभ नौकरियों के अवसर उत्पन्न करते हैं और ग़रीबी मिटाते हैं। दूसरे शब्दों में, इस बात को लेकर एक मत है कि उभरती अर्थव्यवस्थाओं को आर्थिक मदद प्रदान करने की जगह एक स्तर पर खेल का माहौल तैयार करने से स्थायी आर्थिक समृद्धि आएगी। ऐसा वैश्वीकरण के कारण हुआ है, जिसे मैं प्रतिमान कहता हूं जो कंपनियों को देशों की सीमाओं से बाधित हुए बग़ैर जिस जगह सबसे सस्ती पूंजी हो, वहां से उसे हासिल करने, जिस जगह सर्वश्रेष्ठ प्रतिभा मिले, वहां से उसे लेने, सबसे योग्यता वाली जगह पर उत्पादन करने और जहां बाजार हो वहां माल बेचने में मदद करता है। ऐसी दुनिया ने, जिसे थॉमस फ़्रीडमैन 'सपाट दुनिया' कहते हैं, कंपनियों के लिए विकसित देशों में दक्षता से कार्य करने के लिए भारी अवसर बनाए हैं। दुनिया की फ़ैक्टरी के तौर पर चीन की सफलता और दुनिया के सॉफ़्टवेयर विकास केंद्र के रूप में भारत का उभरना इस प्रतिमान के दो अच्छे उदाहरण हैं।

तीसरा, इन उभरती अर्थव्यवस्थाओं की एक अच्छी-ख़ासी (65 से 70 फ़ीसदी तक) जनसंख्या मात्र दो डॉलर प्रतिदिन की आय पर गुजारा करती है। दिलचस्प तो यह है कि ये ग़रीब लोग मूल्य के प्रति जागरूक ग्राहक हैं, जो किसी उत्पाद या सेवा को तब तक ख़रीदेंगे जब तक उन्हें अपने पैसे की कीमत वसूल होती है। भले ही प्रति उपभोक्ता रेवेन्यु और लाभ कम हों, उनकी बड़ी तादाद, वास्तव में, अच्छा-ख़ासा लाभ जोड़ेगी। नोकिया और यूनीलिवर जैसी कंपनियों की परफ़ॉर्मेंस ने साबित कर दिया है कि पिरामिड के नीचे वाकई पैसा बनाया जा सकता है। अब तक, उभरती हुई अर्थव्यवस्थाएं ज़्यादातर पश्चिमी व्यापार मॉडलों को इस्तेमाल करने वाली मल्टीनेशनल कंपनियों के राडार सिस्टम

से बाहर रही हैं। चुनौती तो, जैसा कि सी. के. प्रह्लाद कहते हैं, बाजार के जरिए गरिमा और चयन सक्षम बनाकर उनके उपभोक्ताओं को लाने की है।

चौथा, विकसित देशों में खाद्य, निजी देखभाल, ऑटोमोबाइल, बैंकिंग और रीटेल जैसे अनेक क्षेत्रों की वृद्धि दर सपाट हो रही है। ये कंपनियां अपनी विकास दर और लाभांशों को बनाए रखने के लिए एशिया और लैटिन अमेरिका के उभरते हुए बाजारों की ओर देख रही हैं। किसी भी पत्रिका को उठा लें, आप देखेंगे कि अनेक नामी-गिरामी कंपनियों के लाभ-विवरण और आय में एशिया की भागीदारी निरंतर बढ़ रही है। उदाहरण के लिए, भारत और चीन ऑटोमोबाइल और एयरलाइन उद्योग में तेजी से विकसित होते बाजारों में से हैं। प्राइसवाटरहाउसकूपर्स की एक हालिया रिपोर्ट कहती है कि बीआरआईसी देशों की वजह से—ब्राजील, रूस, भारत और चीन—विश्व में हल्के वाहनों के निर्माण में **40** फ़ीसदी से ज़्यादा बढ़ोत्तरी का अनुमान है और ये **2005-10** के दौरान वैश्विक क्षमता विस्तार में उद्योग के अनुमान के **52** फ़ीसदी का प्रतिनिधित्व करते हैं।

पांचवां, ज़्यादातर क्रोध, हिंसा और आतंकवाद जो हम आजकल अपने आसपास देखते हैं, की वजह अमीरों और ग़रीबों के बीच मौजूद गहरी आर्थिक दरार है। इस दरार को कम करने का एक अचूक तरीका ग़रीब दुनिया को व्यापारिक साझेदार बनाकर उन्हें मुख्यधारा में लाने पर ध्यान देना है, ताकि सबका लाभ हो। अंतरराष्ट्रीय व्यापार के जरिए जीवन का स्तर सुधारने पर ध्यान देने वाली दुनिया निश्चय ही शांतिपूर्ण होगी।

एक और भी वजह है जिसके लिए हमें उभरती अर्थव्यवस्थाओं और उनके बाजारों की चिंता करनी चाहिए। प्लूटो ने अपनी मशहूर पुस्तक रिब्लिक में अपनी अभिभावक या दार्शनिक-राजाओं की धारणा से शासकों की भूमिका का उत्थान किया है, जो कि योद्धाओं, व्यापारियों और किसानों से ऊपर हैं। इसी प्रकार, **2000** ईसापूर्व के अनेक हिंदू ग्रंथ भी ऐसे प्रमाण उपलब्ध कराते हैं कि प्राचीन भारत में दार्शनिकों को राजाओं, योद्धाओं, व्यापारियों और किसानों से उच्चतर भूमिका दी जाती थी। मेरी दृष्टि में, वैश्वीकरण और सीमा-पार व्यापार के इस दौर में, उच्च शिक्षित युवा, वस्तुत: दार्शनिक ही हैं जिन्हें राष्ट्रों और नस्लों की सीमाओं से ऊपर उठकर वैश्विक रोगहर्ता का दायित्व निभाना होगा। उन्हें दुनिया भर के ग़रीबों की जिंदगी को बेहतर बनाने के लिए अवसर पैदा करने के लिए कॉरपोरेट धन की शक्ति का उपयोग करना होगा और साथ ही कॉरपोरेशनों के लिए लाभ भी अर्जित करने होंगे।

इन उभरते राष्ट्रों की राजनीतिक और सामाजिक विशेषताएं क्या हैं?

पहली, अपने औपनिवेशिक इतिहास या मल्टीनेशनल कंपनी द्वारा शोषण के मामलों की वजह से अधिकांश उभरते देशों में राजनीतिक नेतृत्व विदेशियों और विदेशी कंपनियों को लेकर शंकालु है। दूसरी, ऐसे अधिकांश देशों में विशाल ग्रामीण जनसंख्याएं हैं।

इसलिए प्रजातांत्रिक प्रणाली वाली उभरती अर्थव्यवस्थाओं में चुनावी ऊर्जा कम आय वाली और अल्प शिक्षित ग्रामीण जनता में बसी है, जबकि आर्थिक ऊर्जा शहरी क्षेत्रों में है जहां आर्थिक प्रगति होती है। इसलिए, नेताओं को संभलकर चलना होगा और औद्योगिक प्रतियोगितात्मकता को सुधारने के लिए शहरी क्षेत्रों को राशि आबंटित करते हुए शून्य-शेष के खेल नहीं खेलने होंगे। तीसरी, स्थानीय व्यापारिक लॉबियों की प्रवृत्ति विदेशी प्रतिस्पर्द्धा को बाजार में आने से रोकने की होती है, क्योंकि कीमत, नवीनताओं, गुणवत्ता और ग्राहक संतुष्टि में विदेशी कंपनियों से प्रतियोगिता करने का उनमें बहुत विश्वास नहीं होता। यह बहुत अहम है कि उनके डर शांत किए जाएं। चौथी, **5000** साल से भारत में उगाए जा रहे बासमती चावल या हल्दी को पेटेंट कराने जैसे कुछ ग़ैर-इरादतन दुर्भावनापूर्ण कार्यों के मामलों ने विदेशी कंपनियों के प्रति संदेह पैदा कर दिए। यह बहुत अहम है कि इन बाजारों में भरोसा पैदा किया जाए। अंत में, यह याद रखना महत्वपूर्ण होगा कि इन अर्थव्यवस्थाओं में अफ़सरशाही बहुत कड़ी है; पारदर्शिता कम है; और भ्रष्टाचार विकसित देशों से बहुत ज़्यादा है।

आमतौर पर, ये अर्थव्यवस्थाएं या तो उपनिवेश रही थीं या तानाशाह या कम्युनिज़्म के शासन के तहत थीं। दूसरे शब्दों में, वहां बहुत हाल तक भी पूंजीवाद नहीं था। कुछेक अपवादों को छोड़कर, ज़्यादातर ने यह समझ लिया है कि फ़ैबियन समाजवादी मॉडल ग़रीबी की समस्या को सुलझाने में कामयाब नहीं रहा है। आर्थिक नीतियों में केंद्रीकृत योजना और नियंत्रण ने ऐसी अर्थव्यवस्थाओं की प्रगति को बिगाड़ने में बड़ी भूमिका निभाई है। अफ़सरशाही अड़ियल है और सरकार के हित को लोगों का हित समझने की भूल करती है। जैसा कि हेरनांडो ड सोटो ने इंगित किया है, ये अर्थव्यवस्थाएं अक्सर संपत्ति-समृद्ध होती हैं, मगर पूंजी-निर्धन क्योंकि इनके पास संपत्ति अधिकारों की गारंटी देने के लिए तीव्र और कार्यकुशल कानूनी प्रणाली नहीं होती। उदाहरण के लिए, इन अधिकांश देशों में, कहा जाता है कि **95** फ़ीसदी भूस्वामियों के पास अपनी भूमि के कानूनी हक नहीं हैं। इन राष्ट्रों ने हाल ही में (**70, 80** और **90** के दशक में) यह समझा है कि ग़रीबी केवल एक ही तरीके से दूर की जा सकती है, और वह है ऊंची से ऊंची प्रयोज्य आय वाली अधिक से अधिक नौकरियों के अवसर पैदा करना, और यह कि उद्यम ही ज़्यादा नौकरियां ईजाद कर सकते हैं। इनके नागरिकों ने यह भी समझा है कि सरकार की जिम्मेदारी ये नौकरियां पैदा करना नहीं है, बल्कि ऐसा माहौल बनाना है जिसमें उद्यमों के लिए टकराव कम और प्रोत्साहन अधिकतम हों। दूसरे शब्दों में, इन देशों में मुक्त बाजार के लिए समझ बढ़ती जा रही है।

उभरती अर्थव्यवस्थाओं के रूपांतरण से हमारा क्या तात्पर्य है?

1. यह समुचित शिक्षा, स्वास्थ्य, पोषण और आवास उचित दामों पर प्रदान करके सुनिश्चित करना है कि हर बच्चे को ये उपलब्ध हों।

2. यह हर व्यक्ति द्वारा अपनी क्षमताओं को उभारकर उन्हें अपनी जिंदगी को बेहतर बनाने की स्वतंत्रता सुनिश्चित करना है।
3. जैसा कि सी. के. प्रह्लाद कहते हैं कि यह बाजारों के जरिए गरिमा और चयन को सक्षम करने और सबके लिए लाभदायी तरीके से बड़ी तादाद में फलोत्पादी नौकरियों के अवसर पैदा करने की मुक्त बाजारों की शक्ति में विश्वास करना है।

इन अर्थव्यवस्थाओं के रूपांतरण और संभवतया नई विरासतों का निर्माण करने के लिए क्या करना होगा?

1. सबसे पहले तो आपको इन व्यवहार्य बाजारों को स्वीकार करना होगा। इन्हें व्यापारिक मॉडलों, उत्पाद, डिजाइन, मूल्य, फ़ाइनेंसिंग, उत्पादन, विपणन और विक्रय में नवीनता की आवश्यकता है। हमें मदद देने के युग से निकलकर ग़रीबों को उचित दामों और बाजार तंत्र से उचित उत्पादन प्रदान कर उन्हें सक्षम बनाना होगा—यह सबके लिए लाभदायी स्थिति होगी।
2. यह स्वीकार करना होगा कि उभरती अर्थव्यवस्थाएं वैसी नहीं हैं जैसे कि विकसित देश अपने शैशवकाल में थे। वैश्वीकरण और तकनीक के बढ़ते प्रभाव की बदौलत, हम एक आपस में जुड़े वैश्विक ग्राम में रहते हैं। जैसा कि हाल ही में हुए आईफ़ोन के लांच के संदर्भ में देखा जा सकता है, आज अमेरिका में लांच हुए उत्पाद को फ़ौरन दुनिया भर में नेट पर देख लिया जाता है, इसकी विशेषताओं पर विस्तार में चर्चा होती है, इसके कमजोर पक्षों की बारीकी से चीरफाड़ होती है, और उकताहट की हद तक इसके मूल्य-प्रस्ताव पर चर्चा होती है। इसलिए मल्टीनेशनल कंपनियों को यह पारंपरिक सोच छोड़नी होगी कि वे उभरती अर्थव्यवस्थाओं में अपने पुराने उत्पाद चला देंगे। मिसाल के लिए एक नामी-गिरामी यूरोपीय कार-निर्माता ने भारत में एक पुराना मॉडल लांच किया, उस उत्पाद को तुरंत ही नकार दिया गया। हमें मूल्य के दंभ को छोड़ना होगा और यह मानकर चलने से बचना होगा कि जो चीज अतीत में विकसित बाजारों में कामयाब रही, वह आज विकासशील बाजारों में भी कामयाब होगी।

   रमा बीजापुरकर बताती हैं कि किस तरह दक्षिण भारत में अपने ब्रेकफ़ास्ट सेरेल को पोषक और वसा रहित के रूप में पेश करना कैलॉग्स के लिए कामयाब नहीं रहा, क्योंकि वहां की लोकप्रिय इडली भी पोषक और वसा रहित होती है, और भारतीय बच्चे सुबह-सुबह ठंडी चीजें खाना पसंद नहीं करते। दूसरी ओर, बीजापुरकर के अनुसार, अगर कैलॉग्स अपने उत्पाद को स्कूल से थके-मांदे लौटने वाले बच्चों के लिए शाम के ऊर्जादायी पोषण के रूप में पेश करता, तो शायद इसे बेहतर ढंग से लिया जाता।
3. अपनी आय बढ़ाने के लिए ग़रीबों को उधार का उपयोग प्रदान करने के नवीन तंत्र

बनाकर बाजार के अनौपचारिक खंड को उभारा जा सकता है।

सीईएमईएक्स में फ्रांसिस्को जैम्ब्रानो और उनकी टीम ने पाया कि मेक्सिको के सीमेंट बाजार का लगभग **40** फ़ीसदी हिस्सा अनौपचारिक खंड है। यह बाजार लगभग मजबूत **1** अरब डॉलर का है और इसके **10** से **15** फ़ीसदी प्रति वर्ष बढ़ने की संभावना है। ग़रीबों की बुनियादी जरूरतों को नुक़्सान पहुंचाए बिना स्वीकार्य समय में फैली एक वहनीय, बचत-आधारित भुगतान प्रणाली प्रदान करने के लिए उन्होंने 'पैट्रिमोनियो होय' (आज की बचत/संपत्ति) की अवधारणा रखी।

कसास बहिया इस बात का एक और शानदार उदाहरण है कि कैसे ब्राजील में पिरामिड की निचली सतह की आवश्यकताओं को पूरा करते हुए कोई लाभदायी व्यापार कर सकता है, जिसकी क्रय शक्ति **150** अरब डॉलर से ज़्यादा है। इसने नई उधार विश्लेषण और वित्तीय योजनाएं शुरू कीं, और सूचना तकनीक का फ़ायदा उठाकर अपनी गतिविधियों की कीमत को घटा लिया। कसास बहिया झोपड़पट्टियों के ग्राहकों के घरों में इलेक्ट्रॉनिक उपकरण पहुंचाती और उन्हें लगाती है। इस प्रतिमान के जरिए इस फ़र्म ने **1.5** अरब से ज़्यादा का व्यापार खड़ा कर लिया है।

4. ग़रीबों को आपूर्ति श्रृंखला का हिस्सा बनाकर आप अपनी कारोबारी गतिविधियों की कीमत को घटा और दक्षता को बढ़ाएं। भारत में यूनीलिवर की सहयोगी हिंदुस्तान यूनीलिवर ने ग्राहकों को आकर्षित करने के लिए वफ़ादारी कार्यक्रम और रीटेलरों को उत्साहित करने के लिए शक्तिशाली प्रोत्साहन कार्यक्रम बनाकर, ग्रामीण भारत में अपने उत्पादों के रीटेलर के तौर पर ग्रामीण महिलाओं को भर्ती करके अपने 'शक्ति अम्मा' प्रोजेक्ट के जरिए ग्रामीण महिलाओं में उद्यमशीलता पनपाई है।

हिंदुस्तान यूनीलिवर का सपना भारत भर में **10,000** शक्ति अम्माओं के जरिए एक लाख गांवों में **10** करोड़ सबसे निचले स्तर के ग्रामीण ग्राहक बनाने का है। हिंदुस्तान यूनीलिवर **1995** के **50** क्रोड़ डॉलर के उद्यम से आज लगभग **3** अरब डॉलर का उद्यम बन गया है।

5. पिरामिड के निचले स्तर के ग्राहकों की जेब को रुचने वाले उत्पाद बनाएं। यह देखकर कि निचले स्तर के ग्राहकों के लिए **50** रुपए की शैंपू की शीशी ख़रीदना मुश्किल होगा, हिंदुस्तान यूनीलिवर ने छोटे-छोटे सैशे बाजार में उतारे जिनमें बस एक बार के इस्तेमाल लायक शैंपू होता है और उन्हें एक रुपए में बेचा। यह बाजार अच्छी गति से बढ़ रहा है। अगर भारत की **20** फ़ीसदी जनता भी रोज इस शैंपू का इस्तेमाल करेगी, तो इसका नतीजा **1.5** अरब डॉलर प्रति वर्ष के बाजार के रूप में दिखेगा।

इसी प्रकार रिलायंस कम्युनिकेशंस ने अविश्वसनीय रूप से कम कीमत के हैंडसेट बाजार में लाकर और देश में कहीं भी **1.50** रुपए प्रति कॉल कॉल दर करके भारत

में मोबाइल क्रांति ला दी। कोई हैरानी नहीं कि भारतीय मोबाइल बाजार 80 लाख नए ग्राहक प्रति माह की दर से बढ़ रहा है। आज, 4 अरब डॉलर से ज़्यादा की आय और 30 अरब डॉलर से अधिक की बाजार-पूंजीकरण के साथ रिलायंस कम्युनिकेशंस लाभोत्पादी कंपनी है। भारत में निजी क्षेत्र के सबसे बड़े बैंक आई सीआईसीआई ने भारत की ग्रामीण आबादी में बैंकिंग की शक्ति से लाभ अर्जित करने के लिए एक बृहद तकनीक आधारित माइक्रोफ़ाइनेंस कार्यक्रम शुरू किया था।

6. अपने उत्पादों के विवरण में निर्यात कार्यक्रम भी बनाएं। अपने व्यापार विवरण में निर्यात को प्राथमिकता दें ताकि देश विश्व बाजार में सशक्त बन सके। उभरती अर्थ व्यवस्थाओं में, ऐसी निर्यात आय आपको स्थानीय समुदाय में महत्वपूर्ण और सम्मानीय खिलाड़ी बना देगी। ऐसा करने के लिए आप अपने उत्पाद और सेवाओं की उत्कृष्टता पर ध्यान दें। इस तरह, आप स्थानीय बाजार की बेहतर सेवा कर सकेंगे।

7. इन बाजारों में विश्व स्तर का नेतृत्व विकसित करने पर ध्यान दें। अपनी कंपनी में नेतृत्व कार्यक्रम बनाएं ताकि आप अपनी स्थानीय कंपनी में विश्व स्तर के लीडर बना सकें जो आपके वैश्विक कार्यों में गुणवत्ता जोड़ सकें। इससे आपकी कंपनी को मदद मिलेगी और आपके कर्मचारियों और देश का आत्म-गौरव बढ़ेगा। यह करने के लिए, अपने लोगों की महत्वाकांक्षाएं बढ़ाएं और बड़े सपने देखने के लिए उनका हौसला बढ़ाएं। खुली संस्कृति बनाएं। अपने कार्यों को दुनिया की बेहतरीन फ़र्मों के समकक्ष लाएं। सफल कंपनियों के पांच अचल प्रासंगिक गुणों पर ध्यान दें—नए विचारों एवं संस्कृतियों के प्रति खुलापन, प्रतिभा को तरजीह, गति, कल्पनाशीलता और कार्यान्वयन में उत्कृष्टता। हिंदुस्तान यूनीलिवर और सिटीबैंक ने भारत में वैश्विक-स्तर के प्रबंधकों का संवर्ग विकसित करने में शानदार काम किया है।

8. मिसाल के द्वारा नेतृत्व करके मूल्यों का प्रदर्शन करें। अधिकांश उभरती अर्थ व्यवस्थाओं में वरिष्ठ क्रम की संस्कृति है। ऐसी स्थिति में स्वीकृति पाने का बेहतरीन तरीका मिसाल के द्वारा नेतृत्व करना है। इसे प्रतिबद्धता, मेहनत, सादगी और उत्कृष्टता पर ध्यान देकर दर्शाएं।

9. समाज में मूल्य जोड़ें। इसका अर्थ है औद्योगिक संगठनों, शैक्षिक गतिविधियों और सामाजिक गतिविधियों जैसी ग़ैर राजनीतिक और ग़ैर-विवादित गतिविधियों में हिस्सा लें। अपने लाभ का एक अंश दान देकर निर्धन से निर्धनतम की समस्याओं को सुलझाने की बुनियाद रखें। अपने व्यवसायियों को अपने ख़ाली समय का कम से कम एक छोटा हिस्सा समाज को बेहतर बनाने में लगाने का परामर्श दें। पर्या

वरण को प्रदूषित करने वाले उत्पादों और सेवाओं का प्रयोग करने से बचें।

10. अपने हितों को देश के हितों के साथ जोड़ें। अपने हर फ़ैसले में यह पूछें कि क्या इससे आपका देश और आपकी कंपनी की बेहतरी होगी। अगर संदेह हो, तो देश को चुनें क्योंकि जब तक देश सफल नहीं होगा, आपकी कंपनी भी सफल नहीं हो सकती। इस प्रकार की नीति उभरती अर्थव्यवस्थाओं में लाभकारी और स्थायी कारोबार निर्मित करने का अचूक तरीका है। यूनीलिवर इसी सिद्धांत का शानदार उदाहरण है।

11. एक स्थायी विरासत का निर्माण करें। ऐसी विरासत बनाने के लिए, ख़ुद से अक्सर यह सवाल पूछते रहें: "हम ऐसा क्या कर सकते हैं कि अगर हम कल न रहें तो लोग हमारी कमी महसूस करें?" और उसी के अनुसार कार्य करें।

मैं आपको न जाने कितनी मिसालें देता रह सकता हूं कि उभरती अर्थव्यवस्थाओं के पिरामिड के निचले स्तर के चार अरब लोगों की जरूरतें पूरी करके आप कैसे लाभ कमा सकते हैं। जैसा कि मैंने पहले भी कहा है, उत्पाद के डिजाइन, मूल्य, फ़ाइनेंसिंग, उत्पादन, विपणन और विक्रय में नवीनताएं लाने से ही यह संभव होगा। बाजारों और नवीनताओं की शक्ति में विश्वास करके आप अपनी कॉरपोरेशन में लाभ अर्जित करेंगे और निचले स्तर के ग्राहकों को चयन की गरिमा प्रदान करेंगे। सबसे महत्वपूर्ण बात, मुक्त बाजार की ताकत में दृढ़ विश्वास होने के कारण मैं आपसे कहूंगा कि शंकालुओं को ग़रीबी मिटाने में मुक्त बाजारों की प्रभावोत्पादकता दिखाएं।

□

खंड–X

इंफ़ोसिस

कॉरपोरेशन की साख की अहमियत

मई 1981 के बाद के दिनों की बात है जब इंफ़ोसिस के सातों संस्थापक कंपनी के लक्ष्य तय करने के लिए मुंबई स्थित मेरे घर पर मिले थे। बातें भारत की सबसे ज़्यादा आमदनी वाली सॉफ़्टवेयर कंपनी बनने से सबसे ज़्यादा लाभ अर्जित करने वाली और सबसे ज़्यादा बाजार-पूंजीकरण वाली कंपनी बनने तक हुई। अंत में, तथ्यों और आंकड़ों पर आधारित—जो कि इंफ़ोसिस का सिद्धांत बनने वाला था—चार घंटे की जोरदार बहस के बाद, हमने तय किया कि हम भारत की सबसे सम्मानित सॉफ़्टवेयर सर्विसेज कंपनी बनने की कोशिश करेंगे। हमारा तर्क यह था कि सम्मान के लिए प्रयास करने पर हम अपने ग्राहकों को धोखा नहीं देंगे; अपने सहयोगियों के साथ ईमानदार और खुला बर्ताव करेंगे; अपने निवेशकों के प्रति पारदर्शी और जवाबदेह रहेंगे; अपने वेंडर-पार्टनरों के साथ निष्पक्ष रहेंगे, जहां कहीं भी हम काम करेंगे, उस स्थान के कानून नहीं तोड़ेंगे; और समाज में सदाशयता बनाएंगे। वास्तव में, ये हमारी मूल्य प्रणाली (ग्राहक पर फ़ोकस, मिसाल के द्वारा नेतृत्व, समग्रता और पारदर्शिता, ईमानदारी, और क्रियान्वयन में उत्कृष्टता) की बुनियाद हैं। हमारा सपना तब और आज भी बेहतरीन, संपूर्ण हल प्रदान करके, तकनीक की ताकत हासिल करके और बेहतरीन स्तर के व्यवसायियों को रखकर विश्व में सम्मानीय कॉरपोरेशन बनना है।

पिछले दशक में भारत में अन्य किसी कंपनी की अपेक्षा इंफ़ोसिस को ही बार-बार सबसे ज़्यादा सम्मानित कंपनी क्यों कहा गया है? स्पष्ट तौर पर ऐसा मूल्यों के प्रति हमारी सतत प्रतिबद्धता के कारण है। हमारे मैसूर स्थित कैंपस के ग्लोबल फ़ाउंडेशन सेंटर में जब कोई नया इंफ़ोसिसियन आता है, तो हम उसे पहले ही दिन से अपने स्टेकहोल्डरों से सम्मान पाने की महत्ता समझाते हैं। मैंने अपने कैरियर में बहुत जल्दी ही यह जान लिया था कि रोज सुबह मेरे सहयोगी ख़ुशी और उत्साह के साथ दफ़्तर आएं, इसके लिए बेहतरीन तरीका इंफ़ोसिस को अधिकाधिक प्रतिष्ठित बनाना है। जब भी ओरिएंटेशन के एक हिस्से के तौर पर मैं अपने नए बैच को संबोधित करता हूं, तो हर बार उनसे कहता हूं कि मैं

बिजनेसवर्ल्ड में प्रकाशित, 3 सितंबर, 2007

इंफ़ोसिस में उन्हें बस तीन बातों की गारंटी दे सकता हूं। पहली, हर लेन-देन में उनका सम्मान और गरिमा बनाए रखी और बढ़ाई जाएगी। दूसरी, कंपनी हमेशा ईमानदार और नैतिकता के साथ कार्य करेगी ताकि उन्हें कभी अपने प्रियजनों और मित्रों के सामने शर्म से सिर न झुकाना पड़े। तीसरे, अन्य किसी भी वातावरण से वे यहां तीन गुना ज़्यादा सीख सकेंगे। युवाओं को यह अच्छा लगता है क्योंकि वे आदर्शवादी होते हैं, अपने बड़ों का सम्मान करते हैं और परिवार उनके लिए सबसे ज़्यादा मायने रखता है, और सीखने को वे सबसे ज़्यादा महत्व देते हैं।

मुझे ख़ुशी है कि अब तक इंफ़ोसिस ने अपने वादे पूरे किए हैं। हमने सुनिश्चित किया है कि हम जो भी काम करेंगे, उसमें ग्राहकों के हित को सबसे पहले रखेंगे। इस नजरिए को मैं एक उदाहरण से स्पष्ट करता हूं। जुलाई **1996** में, हमने कनाडा के एक ग्राहक के साथ एक प्रोजेक्ट समझौते पर दस्तख़त किए थे। कस्टमर चैंपियन ने एक निश्चित सोमवार को काम शुरू करने का वादा किया था। उससे पहले वाले शुक्रवार को हमारी प्रोजेक्ट टीम को भारत से कनाडा के लिए रवाना होना था। मगर, नई दिल्ली के कनाडाई हाई कमीशन से वीसा मिलने में देर हो रही थी। बुधवार तक यह स्पष्ट हो गया था कि टीम शुक्रवार को कनाडा के लिए रवाना नहीं हो पाएगी। हमारे कस्टमर चैंपियन का कहना था कि हमें प्रोजेक्ट आगामी सोमवार को शुरू करना ही होगा, वर्ना क्लाइंट एमआई एस निर्देशक की अपने लोगों के सामने हेठी होगी। इसलिए क्लाइंट एमआईएस निर्देशक को यह सूचित करने का फ़ैसला किया गया कि वे सोमवार को अपनी पसंद के वेंडर से प्रोजेक्ट के पहले चरण का काम शुरू करवा दें और हमारी कीमत आरे कस्टमर की कीमत के फ़र्क को हम अदा करेंगे।

महात्मा गांधी के घोर प्रशंसक होने के नाते, इंफ़ोसिसियनों का विश्वास है कि अपने लोगों में विश्वास पैदा करने का बेहतरीन तरीका मिसाल द्वारा नेतृत्व करना और जो कहें सो करके दिखाना है। चाहे दफ़्तर जल्दी आने, कड़ी मेहनत करने की बात हो, या लागत कम करने के लिए वित्तीय और भौतिक सुविधाओं का त्याग करना हो, या कार्यान्वयन में उत्कृष्टता पर फ़ोकस करना हो, इंफ़ोसिस में मैनेजर हमेशा अग्रिम पंक्ति में रहते हैं।

समग्रता इंफ़ोसिसियनों के तौर पर हमारे अस्तित्व का प्राण है। हम अक्षमता के लिए क्षमा कर सकते हैं, मगर समग्रता में कमी के लिए नहीं। हमारे सबसे ज़्यादा मुश्किल फ़ैसलों में से एक प्रतिभा पर समग्रता को तरजीह देना था, जब कई साल पहले हमने एक असाधारण व्यक्ति को जाने दिया था। समग्रता हमारे इस विश्वास पर आधारित है कि हमें हमेशा अपनी बात पर पूरा उतरना चाहिए। इसीलिए इंफ़ोसिस में 'अंडर-प्रॉमिस, ओवर-डिलीवर' (कहो कम, दो ज़्यादा) एक सम्मानजनक सूक्ति मानी जाती है।

निवेशक समझते हैं कि हर व्यापार के अपने उतार-चढ़ाव होते हैं। वे चाहते हैं कि बुरी ख़बर प्रबंधक सक्रियता से और शुरू में ही उन्हें बता दें। इसीलिए पारदर्शिता बहुत

महत्वपूर्ण हो जाती है। जब हम कर्ज में डूबे थे, तो पारदर्शिता में हमारे विश्वास ने ही हमें यह उजागर करने के लिए प्रेरित किया। इंफ़ोसिस का हमेशा से यह यकीन रहा है कि कोई भी संभावित बुरी ख़बर स्वैच्छिक तौर पर अपने निवेशकों को दे दी जाए। मैं ऐसे कई उदाहरण बता सकता हूं। हमारे सबसे बड़े क्लाइंट के बिजनेस को खोने की ख़बर देनी हो, गौण स्टॉक मार्केट में निवेशों की वजह से हुए नुक़्सान, **2001** में धीमी वृद्धि का पूर्वानुमान, और बहुत शीघ्र ही, शोषण के एक मामले में कंपनी की संभावित वित्तीय देनदारी को मान लेना, ऐसी कुछ घटनाएं हैं।

निष्पक्षता वह बुनियाद है जिस पर सभी ख़ुशहाल और स्थायी रिश्ते बनते हैं। निष्पक्षता सुनिश्चित करने का बेहतरीन साधन हर सौदे पर फ़ैसला लेने में आंकड़ों और तथ्यों का इस्तेमाल करना है। युवा सहयोगियों के साथ बातचीत से मुझे पता लगता है कि अगर हम पारदर्शितापूर्ण फ़ैसले पर पहुंचने के लिए निष्पक्ष और निर्धारित प्रक्रिया से चलें, आंकड़ों और तथ्यों का इस्तेमाल करें, और प्रभावित व्यक्ति को अपने आंकड़े प्रस्तुत करने का पूरा मौका दें, तो वे विपरीत फ़ैसले को भी स्वीकार करने को तैयार होंगे। इसीलिए हम इस सूक्ति में विश्वास करते हैं कि, "ईश्वर में हमें भरोसा है, बाकी सबको मेज पर आंकड़े रखने होंगे।"

कार्यान्वयन में उत्कृष्टता अत्यंत महत्वपूर्ण है क्योंकि ब्रांड उत्पाद या सेवा के अनुभव पर बनते हैं। लफ़्फ़ाजी ग्राहक को उतना आश्वस्त नहीं करती जितना कि आपके द्वारा वादे से ज़्यादा दिया जाना करता है। हम मानते हैं कि हमारा काम बोलता है और वही हर स्टेकहोल्डर में विश्वास पैदा करता है। इसीलिए, इंफ़ोसिस में फ़ोकस बातों की अपेक्षा कार्यान्वयन पर है। इसीलिए, आज भी, हम अपना अधिकांश समय नियुक्तियों, प्रशिक्षण और प्रोजेक्ट के कार्यान्वयन की गुणवत्ता बढ़ाने में लगाते हैं। हर हफ़्ते, हमें रिपोर्ट मिलती है कि हमारे सिक्योरिटी गेट कितने साफ़ हैं क्योंकि हमारे स्टेकहोल्डरों के लिए वही पहला संपर्क सूत्र हैं। कार्यान्वयन में उत्कृष्टता का एक और महत्वपूर्ण पक्ष अपने स्टेकहोल्डरों, ख़ासकर साथी इंफ़ासिसियनों, के निवेदनों, सुझावों और परेशानियों का जवाब देने में गतिशीलता है। हमें प्राप्त होने वाली हर मेल का जवाब, समुचित कार्रवाई, अगर पूरी न की जा सके, तो उसे शुरू करके चौबीस घंटे के भीतर दे दिया जाता है।

अंत में, सम्मान अपने स्टेकहोल्डरों के साथ किए हर समझौते में भरोसा और विश्वास पैदा करने से मिलता है। हमें याद रखना होगा कि परफ़ॉर्मेंस भरोसा और विश्वास जगाती है, भरोसे और विश्वास से सम्मान मिलता है, सम्मान पहचान बनाता है और पहचान से शक्ति प्राप्त होती है। यही इंफ़ोसिस का मंत्र है।

□

अब तक का सफ़र

उन कुछ लोगों के गुट को कोई क्या कहे जिन्होंने ऊंचे सपने देखे थे और उन सपनों को पूरा करने के लिए जबरदस्त कुर्बानियां दीं? उन लोगों को कोई क्या कहे जिनका विश्वास था कि उनकी महत्वाकांक्षाएं उनकी संभावनाएं हैं? मैं बस यही कह सकता हूं शुक्रिया, और शाबाश। अब और लंबी मैराथन के लिए तैयार हो जाइए। यह आज से ही शुरू हो रही है।

यह सफ़र साहस, विश्वास, सपनों, उम्मीद, समग्रता, पारंपरिक के प्रति अवज्ञा, उत्कृष्टता की खोज और बहुलवाद की पच्चीकारी रहा है। मेरे मस्तिष्क में वाकई अतीत की हजारों तस्वीरें कौंध जाती हैं, जो मुझे आनंद से भर देती हैं। सभी बड़े सफ़र एक सपने की दिशा में सतत प्रवाह हैं। हमने अपने सफ़र की शुरुआत इस विश्वास के साथ की थी कि "हम दुनिया में सम्मानित कंपनी बनेंगे।"

जब मैंने अपना उद्यम शुरू करने के लिए पीसीएस को छोड़ने का फ़ैसला किया, तो सबसे पहले मैंने एन. एस. राघवन (एनएसआर) से बात की थी, जो पीसीएस में मेरी जगह लेने वाले थे। मैं उस दिन को कैसे भूल सकता हूं जब एनएसआर ने अच्छी तन्ख़्वाह वाली, सुरक्षित नौकरी की जगह मेरे साथ संघर्ष करने का फ़ैसला करके मुझे पहला विश्वास-मत दिया था? दुनिया में बहुत लोगों में इतनी हिम्मत नहीं होती जितनी हमारे पहले ग्राहक डॉन लिल्स ने दिखाई थी, जिन्होंने हमारे साथ काम करने के लिए मुंबई के अपने सारे ऑपरेशंस ख़त्म कर दिए थे।

1982 का वो दिन मुझे साफ़-साफ़ याद है जब अमेरिका में अपने छह सहयोगियों को गुजारा-भत्ता भेजने के लिए हमारे पास पैसे नहीं थे। मेरी पत्नी सुधा को पैसा उगाहने के लिए अपने जेवरात गिरवी रखने का फ़ैसला लेने में एक मिनट भी नहीं लगा। युवा क्रिस और नंदन को भुलाना मुश्किल है जिन्होंने अपनी शादी के मोड़ पर अपनी अच्छी-ख़ासी नौकरियों को छोड़कर इंफ़ोसिस में उतरने के विश्वासपूर्ण फ़ैसले लिए।

मुझे मोहन और बाला का वो बच्चों का सा उत्साह अभी तक याद है जो अक्सर

इंफ़ोसिस के बिलियन डॉलर दिवस समारोह के अवसर पर बंगलौर में दिया व्याख्यान, **13** अप्रैल, **2006**

दौड़ते हुए मेरे कमरे में चले आते थे, यह कहते हुए कि फ़ाइनेंशियल रिपोर्टिंग में उन्होंने एक और रिकॉर्ड बनाया है। जीआरएन हर चुनौती भरी स्थिति में चट्टान की तरह मजबूत रहे। शरद, प्रह्लाद या हेमा जैसी हिम्मत रखना आसान नहीं है जिन्होंने आरामदेह और सुरक्षित विकल्पों की जगह नई-नवेली इंफ़ोसिस को तरजीह दी।

मैं बता नहीं सकता कि कितनी बार इस संस्था को किसी प्रोजेक्ट की असंभव सी दिखने वाली स्थिति से उबरने के लिए दिनेश की मदद लेनी पड़ी है। फ़णीश, श्रीनाथ, बासाब, गिरीश, प्रीति और प्रवीण को कौन भूल सकता है जो बेहद अड़ियल ग्राहकों को भी ठंडे दिमाग़ से संभालते थे? शिबु तो एक ही हो सकता है, और मुझे ख़ुशी है कि वह इंफ़ोसिस के साथ है। लोग कहते हैं कि प्रोग्रामर कवि नहीं हो सकते। अशोक ने ऐसे प्रोग्राम लिखकर इस बात को ग़लत साबित कर दिया, जो ख़ूबसूरत कविताएं थीं।

जब सैकड़ों युवा इंफ़ोसिसियन और नन्हे इंफ़ोसिसियन देश भर में हमारे कैंपसों की सड़कों पर चलते हैं, तो मैं उनके ख़ुशी भरे चेहरों का आनंद नहीं भूल सकता। पहले समावेश के दौरान विभिन्न पृष्ठभूमियों को सैकड़ों इंफ़ोसिसियनों का अपनापन मुझे अभी भी याद है। सबसे पहली बार उत्कृष्टता के लिए पुरस्कार जीतने वालों के चेहरों का गर्व मुझे कभी नहीं भूलता। उस पल का मैं अभी भी आनंद लेता हूं जब मुझे पता चला था कि हमारे यहां तीस राष्ट्रीयताओं के इंफ़ोसिसियन कार्यरत हैं। अपने स्वतंत्र निर्देशकों के साथ बिताए अपने हर पल का मैं आनंद लेता हूं।

मैं संस्थापक सदस्यों के परिवारों का शुक्रिया अदा करना चाहूंगा जिन्होंने बड़े भारी त्याग किए थे जिसकी वजह से हम मजबूत इंफ़ोसिस बना सके। मैं हर इंफ़ोसिसियन और भूतपूर्व इंफ़ोसिसियन को, और उनके परिवारों को भी तहेदिल से शुक्रिया कहना चाहूंगा, उनकी कुर्बानियों ने ही इस सपने को संभव बनाया है, और अनेक चुनौतियों के सामने भी हमें अविचल खड़ा रखा।

मैं इंफ़ोसिस के बाहर के कुछ लोगों का भी ख़ास जिक्र करना चाहूंगा जिनकी मदद के बिना हम इतनी दूर नहीं आ पाते: कर्नाटक राज्य लघु उद्योग विकास निगम के तत्कालीन चेयरमैन और कर्नाटक के भूतपूर्व मुख्य सचिव के. एस. एन. मूर्ति, जिन्होंने रिकॉर्ड समय में एक असाधारण व्यक्ति स्वर्गीय रुद्रदेव की सहायता से एक बड़ा ऋण पारित किया था; कर्नाटक राज्य वित्त निगम के तत्कालीन एमडी और भूतपूर्व मुख्य सचिव बी. एस. पाटिल जो इस ऋण में कर्नाटक राज्य लघु उद्योग विकास निगम के सक्रिय और उत्साही पार्टनर थे; केंद्र में इलेक्ट्रॉनिक्स विभाग में तत्कालीन सचिव एन. विट्ठल, बंगलौर के सॉफ़्टवेयर टेक्नोलॉजी पार्क के पहले निदेशक और उनके अनुवर्ती बी. वी. नायडू, जिन्होंने दिखाया कि भारत में उद्योग-समर्थक अधिकारियों का अभाव नहीं है।

अगर हमारे पहले बड़े घरेलू ग्राहक मीको ने असाधारण सहयोग न दिखाया होता तो यह कंपनी इतनी दूर तक न आ पाती। मैं श्री विक्रम भट्ट, श्री वेंकटराजन और श्री राजीव

लाल को भी धन्यवाद दूंगा; ये वो असाधारण लोग हैं जिन्होंने अतिशय समग्रता, समर्पण और प्रतिबद्धता, मगर बिना पैसे वाले लोगों में अपना भरोसा जताया।

भारत के प्रति इंफ़ोसिस का क्या योगदान रहा? हमारा सबसे बड़ा योगदान तो इस देश के युवा उद्यमियों के आत्मविश्वास को बढ़ाना रहा है। हमने दिखा दिया है कि भारत में भी नई खोजें संभव हैं और हम विश्व स्तर पर खड़े हो सकते हैं; कि जायज और नैतिक तरीकों से व्यापार करना और धन कमाना संभव है; कि निश्चितता, स्थायित्व, लाभोत्पादकता और जोखिम दूर करना किसी कंपनी की सफलता के बुनियादी तत्व हैं; कि नए विचारों के प्रति खुलापन, प्रतिभा को तरजीह, गति, कल्पनाशीलता और कार्यान्वियन में उत्कृष्टता मूल्य निर्माण के अनिवार्य तत्व हैं; कि जोशीले और सीखने के इच्छुक लोग किसी भी चुनौती का सामना कर सकते हैं और वैश्विक वातावरण में काम कर सकते हैं; कि प्रत्येक को वही करना चाहिए जो नए भविष्य के लिए सही हो, वह नहीं जो पारंपरिक रूप से स्वीकार्य है; कि हरेक व्यक्ति अगुआ है, पथ-निर्माता है जो बेहतरी के लिए राह बदल सकता है; और कि संदर्भ प्रगति के लिए एक अवसर है, अवरोध नहीं।

आपके बीच अगली पीढ़ी की इंफ़ोसिस के संस्थापक हैं। अगला सफ़र शुरू हो गया है। नंदन, क्रिस और एक शानदार टीम के सुयोग्य नेतृत्व में आप निश्चय ही सफल होंगे।

मैं बस इतना कह सकता हूं: मौलिक, साहसी, अलग और हठीले बनिए। कड़ी मेहनत करिए, अच्छे मूल्य रखिए, अपने हर काम में देश के हित को पहले रखिए और इस देश को दुनिया का बेहतरीन स्थान बनाइए।

□

वयस्क होने पर

अपने शिशु को बढ़ते, अच्छे संस्कार अपनाते, ऊंची महत्वाकांक्षाएं तलाशते और वो सब पाते देखना जो आपको कभी मुमकिन नहीं लगा था, यह बहुत गर्व की बात है। इंफ़ोसिस ऐसा ही एक शिशु है—ऐसा शिशु जिसने न सिर्फ़ अपनी उपलब्धियों, बल्कि उतनी ही बड़ी अपनी विनम्रता, गरिमा, मूल्य प्रणाली और सौजन्यता से हमारा सिर ऊंचा किया है।

इस अवसर पर मैं दो तरह के लोगों को धन्यवाद देना चाहूंगा। पहले तो, बेशक, इंफ़ोसिसियन और भूतपूर्व इंफ़ोसिसियन हैं। उन्होंने ऊंची महत्वाकांक्षाओं और एक महान मूल्य प्रणाली को अपनाया, और साबित कर दिया कि "संभव असंभाव्यता विश्वसनीय संभवता से बेहतर है।"

मगर उनके सपने, उनकी महत्वाकांक्षाएं और उनकी मेहनत कुछ काम नहीं आती, अगर उतनी ही उंची महत्वाकांक्षाओं, साहस, सपनों और, शायद, श्रेष्ठ लक्ष्यों से लैस कुछ असाधारण लोगों का एक गुट न होता। वास्तव में, इन लोगों ने लाखों भारतीयों की उम्मीदों और सपनों को वहन किया, और विपरीत परिस्थितियों में काम करते हुए असंभव दिखने वाले सपने को संभव कर दिखाया। बेशक मैं **1991** के आर्थिक सुधारों के शिल्पकार स्वर्गीय प्रधानमंत्री पी. वी. नरसिम्हा राव, वर्तमान प्रधानमंत्री डॉ. मनमोहन सिंह, श्री पी. चिदंबरम और श्री मोंटेक सिंह अहलूवालिया की बात कर रहा हूं।

इंफ़ोसिस आर्थिक सुधारों की सफलता की जगमगाती मिसाल है। यह ऐसी कंपनी है जिसने **55,000** से ज़्यादा उच्च क्वालिटी की, उंची प्रयोज्य आय वाली नौकरियां निर्मित की हैं, भारत के निर्यात में **2** अरब डॉलर प्रति वर्ष का योगदान दिया है, जायज और नैतिक तरीके से व्यापार करके और विदेशों में अनेक प्रशंसाएं पाकर भारत की छवि को बेहतर बनाया है।

भारत के आर्थिक सुधारों के आलोचकों को हमारे उदाहरण से यह ज़ानने दें कि ग़रीबी की समस्या का हल करने के लिए नौकरियां निर्मित करने के अलावा और कोई

इंफ़ोसिस की पच्चीसवीं सालगिरह के समारोह के अवसर पर मैसूर में दिया व्याख्यान, **30** जुलाई, **2006**

विकल्प नहीं है। उन्हें हमारे उदाहरण से यह समझने दें कि अपने बच्चों के लिए एक बेहतर समाज छोड़ने के लिए दुनिया के सर्वश्रेष्ठों से प्रतियोगिता करने में उच्च महत्वाकांक्षाओं, साहस, विश्वास और कार्यान्वयन में उत्कृष्टता का कोई विकल्प नहीं है।

आज, एक के बाद एक, कई तस्वीरें मेरे दिमाग़ से गुजरी हैं। महीने दर महीने अपनी ही मेहनत से कमाए डॉलरों का एक हिस्सा लेने के लिए अपने अच्छे मित्र अनिल भटकल के साथ, और कभी-कभी सुधा और नन्ही अक्षता के साथ रिजर्व बैंक के गेट पर चार-छह घंटे इंतजार करना, ताकि अपने छह अन्य संस्थापकों को सहारा दे सकूं, एक ऐसा अनुभव था जिसे मैं कभी नहीं भूल सकता और नहीं चाहूंगा कि कोई और इससे गुजरे।

जब **1992** में, इंफ़ोसिस के युवा लाइब्रेरियन ने ई एंड आर के हमारे पहले अध्यक्ष द्वारा लाइब्रेरी की एक किताब मांगने पर, मुझ—उधार लेने वाले—को "दरवाजे के पास बैठने वाले जेंटलमैन" कहा, तो मैं जान गया कि पदों की उच्चता-क्रम तोड़ने का हमारा काम हो गया है। जब हमारा पहला फ़ोन पी. बाला के यहां लगा जो कि कंप्यूटर सेंटर की इंचार्ज थीं, और सीईओ के यहां नहीं, तो मैं जान गया कि हमने एक ग्राहक-केंद्रित संस्था बनाई है।

जब **1992** में भारत का पहला कैंपस शुरू करने के लिए हमने अपनी आय का डेढ़ गुणा धन ख़र्च किया, तो मैं जान गया था कि हम सुयोग्य सपनों का सफ़र शुरू कर चुके थे। जब **1995** में हमने विनम्रता से जनरल इलेक्ट्रिक की बेतुकी शर्तों को मानने से मना कर दिया और उनके काम से हट गए थे, हालांकि वे हमारी आमदनी में **25** फ़ीसदी और हमारे लाभों में **8** फ़ीसदी का योगदान करते थे, तब मैं जान गया था कि हमने एक साहसी और सिद्धांतवादी संस्था बनाई है।

जब एक अटेंडेंट रामचंद्रप्पा ने हाल ही में मुझे अपने शानदार घर के बारे में बताया जो उसने बनवाया था, तो मैं जान गया था कि धन के लोकतांत्रिकरण का हमारा प्रयोग सफल हो चुका है और वास्तव में एक महान उद्देश्य को पूरा कर रहा है। जब इंफ़ोसिस फ़ाउंडेशन ने कमजोर समुदाय के जहीन मगर ग़रीब हनुमथप्पा की उच्च शिक्षा को फ़ाइनेंस किया और उसके सपने को पूरा किया, तो मैं जानता था कि हमारे दिल सही जगह पर हैं। जब मैं **1500** निवेशकों के सामने खड़ा हुआ और यह माना कि हमने गौण बाजार में कुछ अतिरिक्त पैसा निवेश करने की ग़लती की और उसे खो दिया है, तो मैं जानता था कि हमने अपने निवेशकों के साथ पारदर्शी रहने के अपने वचन को निभाया है।

मैं तो कहता ही रह सकता हूं। मगर यह याद रखना जरूरी है कि हमारे सामने बड़ी चुनौतियां और पुरस्कार हैं। जब ये सब पाया जाएगा, तो मैं नहीं होऊंगा। मगर याद रखें कि महत्वाकांक्षा, साहस, उसूल, नवीनता और उत्कृष्टता पर अनथक फ़ोकस आपको महान सफलताओं तक ले जाएंगे।

□□□